【臺灣現當代作家
研究資料彙編】60

無名氏

國立台灣文學館
出版

部長序

　　時光的腳步飛快，還記得去年「臺灣現當代作家研究資料彙編第三階段」成果發表會當天，眾多作家、文友，以及參與計畫的學者專家齊聚一堂，將小小的紀州庵擠得水洩不通，窗外是陰雨綿綿的冬日，但溫潤燦麗的文學燭光，卻點燃了滿室熱情與溫馨。當天出席的貴賓，除了表達對資料彙編成書的欣喜之情，多半不忘殷殷提醒，切莫中斷這場艱鉅卻充滿能量的文學馬拉松，一定要再接再厲深入梳理更多資深作家的創作與研究成果，將其文學身影烙下鮮明的印記。

　　就在眾人引頸期盼與祝福聲中，國立臺灣文學館以前此豐碩成果為基礎，於 2014 年持續推動「臺灣現當代作家研究資料彙編計畫」第四階段，出版刻正呈現於讀者眼前的蘇雪林、張深切、劉吶鷗、謝冰瑩、吳新榮、郭水潭、陳紀瀅、巫永福、王昶雄、無名氏、吳魯芹、鹿橋、羅蘭、鍾梅音共 14 位前輩作家的研究資料專書。看到這份名單，想必召喚出許多人腦海中悠遠而美好的閱讀記憶：蘇雪林的《綠天》、《棘心》，謝冰瑩的《從軍日記》、《女兵自傳》，為我們勾勒了 20 世紀初現代女性的新形象；臺灣最早的「電影人」黑色青年張深切、上海名士派劉吶鷗的風采；人人都能琅琅上口的王昶雄《阮若打開心內的門窗》；無名氏純情而又淒美的《塔裡的女人》；鹿橋對抗戰時期西南聯大青年學子生活和理想的詠歎《未央歌》、鍾梅音最早的女性旅遊書寫《海天遊蹤》……。每一部作品，都是一幅時代風景，是臺灣人共同走過的生命絮語，也是涓滴不息的臺灣文學細流。只是，隨著光陰流轉，許多資深前輩作家逐漸滑進歷史的夾縫，淡出了文學的舞臺。

　　而「臺灣現當代作家研究資料彙編」叢書的出版，無疑正是重現這些文學巨星光芒的一面明鏡，透過相關資料的蒐集、梳理、彙整，映現作家的生命軌跡、文學路徑；評論者巧眼慧心的析論，則為讀者展開廣闊的閱讀視野，讓文本解讀的面向更加豐富多元。這不僅是對近百年來臺灣新文學的驗收或檢視，同時也是擴展並深化臺灣文學研究的嶄新契機。在此特別感謝承辦單位台灣文學發展基金會所組成的工作團隊，以及參與其事的專家、學者，當然更要謝謝長期以來始終孜孜不倦、埋首於文學創作的前輩作家們，因為有您們，才讓我們收穫了今日這一片臺灣文學的繁花似錦。

文化部部長　龍應台

館長序

　　作家站在文學與時代的樞紐，在時代風潮、社會脈動中，用文字鋪展出獨具個人風格的作品。透過心與筆，引領讀者進入真與美的世界，與充滿無限可能的人生百態。而作家到底是什麼樣的一群人？他們寫什麼？如何寫？又為何寫？始終是文學天地裡相當引人入勝的問題之一。此所以包括學院裡的文學研究者和文壇書市中的讀者書迷，莫不對「作家」充滿好奇與興趣，想要一窺其人生之路的曲折、梳理其心靈感知的走向、甚至是挖掘、比較其與不同世代乃至同輩寫作者的風格異同。這些面向，不僅關乎作家自身的創作經歷和文學表現，更與文學史的演進有密不可分的關係。

　　作為一所國家級的文學博物館，國立臺灣文學館除了致力於臺灣文學的教育、推廣，舉辦各項展覽，另一項責無旁貸的使命即是文學史料的蒐集、整理、研究，並將這些資源和成果與社會大眾分享，以促進臺灣文學的活絡與發展。懷抱著這樣的初衷，本館成立11 年以來，已陸續出版數套規模可觀的文學史料圖書，其中，以作家為主體，全面觀照其文學樣貌與歷史地位的「臺灣現當代作家研究資料彙編」系列叢書，可說是完整而貼切地回答了上述問題，向讀者提出對作家及其作品的理解與詮釋。

　　「臺灣現當代作家研究資料彙編計畫」啟動於 2010 年，先後分三階段纂輯、彙編、出版賴和等 50 位臺灣重要現當代作家研究資料專書，每冊皆涵蓋作家影像、生平小傳、作品目錄及提要、文學年表以及其代表性的評論文章和研究目錄。由於內容翔實嚴謹，一致獲得文學界人士高度肯定，並期許持續推展，以使臺灣作家研究累積

更為深化而厚實的基礎。職是之故，臺文館於 2014 年展開第四階段計畫，承續以往，以經年的時間完成蘇雪林、張深切、劉吶鷗、謝冰瑩、吳新榮、郭水潭、陳紀瀅、巫永福、王昶雄、無名氏、吳魯芹、鹿橋、羅蘭、鍾梅音共 14 位資深前輩作家研究資料彙編。本計畫工程浩大而瑣碎，幸賴承辦單位秉持一貫敬謹任事的精神，組成經驗豐富的編輯團隊，以嫻熟縝密的工作流程，順利將成果呈現於讀者眼前；在此也同時感謝長期支持參與本計畫的專家學者，齊為這棵結實纍纍的文學大樹澆灌滋養。

國立臺灣文學館館長　翁誌聰

編序

◎封德屏

緣起

1995 年 10 月 25 日，在臺灣師範大學教育大樓的 201 室，一場以「面對臺灣文學」為題的座談會，在座諸位學者分別就臺灣文學的定義、發展、研究，以及文學史的寫法等，提出宏文高論，而時任國家圖書館編纂張錦郎的「臺灣文學需要什麼樣的工具書」，輕鬆幽默的言詞，鞭辟入裡的思維，更贏得在座者的共鳴。

張先生以一個圖書館工作人員自謙，認真專業地為臺灣這幾十年來究竟出版了多少有關臺灣文學的工具書，做地毯式的調查和多方面的訪問。同時條理分明地針對研究者、學生，列出了十項工具書的類型，哪些是現在亟需的，哪些是現在就可以做的，哪些是未來一步一步累積可以達成的，分別做了專業的建議及討論。

當時的文建會二處科長游淑靜，參與了整個座談會，會後她劍及履及的開始了文學工具書的委託工作，從 1996 年的《臺灣文學年鑑》起始，一年一本的編下去，一直到現在，保存延續了臺灣文學發展的基本樣貌。接著是《中華民國作家作品目錄》的新編，《臺灣文壇大事紀要》的續編，補助國家圖書館「當代文學史料影像全文系統」的建置，這些工具書、資料庫的接續完成，至少在當時對臺灣文學的研究，做到一些輔助的功能。

2003 年 10 月，籌備多年的「臺灣文學館」正式開幕運轉。同年五月《文訊》改隸「財團法人台灣文學發展基金會」，為了發揮更大的動能，開

始更積極、更有效率地將過去累積至今持續在做的文學史料整理出來，讓豐厚的文藝資源與更多人共享。

於是再次的請教張錦郎先生，張先生認爲文學書目、作家作品目錄、文學年鑑、文學辭典皆已完成或正在進行，現在重點應該放在有關「臺灣現當代作家評論資料目錄」的編輯工作上。

很幸運的，這個計畫的發想得到當時臺灣文學館林瑞明館長的支持，於是緊鑼密鼓的展開一切準備工作：籌組編輯團隊、召開顧問會議、擬定工作手冊、撰寫計畫書等等。

張錦郎先生花了許多時間編訂工作手冊，每一位作家的評論資料目錄分爲：

（一）生平資料：可分作者自述，旁人論述及訪談，文學獎的紀錄。

（二）作品評論資料：可分作品綜論，單行本作品評論，其他作品（包括單篇作品）評論，與其他作家比較等。

此外，對重要評論加以摘要解說，譬如專書、專輯、學術會議論文集或學位論文等，凡臺灣以外地區之報刊及出版社，於書名或報刊後加註，如中國大陸、香港、新加坡等。此外，資料蒐集範圍除臺灣外，也兼及中國大陸、香港、新加坡、日本、韓國及歐美等地資料，除利用國內蒐集管道外，同時委託當地學者或研究者，擔任資料蒐集工作。

清楚記得，時任顧問的學者專家們，都十分高興這個專案的啓動，但確定收錄哪些作家名單時，也有不同的思考及看法。經過充分的討論後，終於取得基本的共識：除以一般的「文學成就」爲觀察及考量作家的標準外，並以研究的迫切性與資料獲得之難易度爲綜合考量。譬如說，在第一階段時，作家的選擇除文學成就外，先考量迫切性及研究性，迫切性是指已故又是日治時期臺籍作家爲優先，研究性是指作品已出土或已譯成中文爲優先。若是作品不少而評論少，或作品評論皆少，可暫時不考慮。此外，還要稍微顧及文類的均衡等等。基本的共識達成後，顧問群共同挑選出 310 位作家，從鄭坤五、賴和、陳虛谷以降，一直到吳錦發、陳黎、蘇

偉貞，共分三個階段進行。

　　「臺灣現當代作家評論資料目錄」專案計畫，自 2004 年 4 月開始，至 2009 年 10 月結束，分三個階段歷時五年六個月，共發現、搜尋、記錄了十餘萬筆作家評論資料。共經歷了三位專職研究助理，近三十位兼任研究助理。這些研究助理從開始熟悉體例，到學習如何尋找資料，是一條漫長卻實用的學習過程。

接續

　　「臺灣現當代作家評論資料目錄」的專案完成，當代重要作家的研究，更可以在這個基礎上，開出亮麗的花朵。於是就有了「臺灣現當代作家研究資料彙編暨資料庫建置計畫」的誕生。為了便於查詢與應用，資料庫的完成勢在必行，而除了資料庫的建置外，這個計畫再從 310 位作家中精選 50 位，每人彙編一本研究資料，內容有作家圖片集，包括生平重要影像、文學活動照片、手稿及文物，小傳、作品目錄及提要、文學年表。另外每本書分別聘請一位最適當的學者或研究者負責編選，除了負責撰寫八千至一萬字的作家研究綜述外，再從龐雜的評論資料中挑選具有代表性的評論文章，平均 12～14 萬字，最後再附該作家的評論資料目錄，以期完整呈現該作家的生平、創作、研究概況，其歷史地位與影響。

　　第一部分除資料庫的建置外，50 位作家 50 本資料彙編（平均頁數 400 ～500 頁），分三個階段完成，自 2010 年 3 月開始至 2013 年 12 月，共費時 3 年 9 個月。因為內容充實，體例完整，各界反應俱佳，第二部分的 50 位作家，接著在 2014 年元月展開，第一階段計畫出版 14 本，預計在 2015 年元月完成。超量的出版工程，放諸許多臺灣民間的出版公司，都是不可能的任務。

　　首先，工作小組必須掌握每位編選者進度這件事，就是極大的挑戰。於是編輯小組在等待編選者閱讀選文的同時，開始蒐集整理作家生平照片、手稿，重編作家年表，重寫作家小傳，尋找作家出版品的正確版本、

版次，重新撰寫提要。這是一個極其複雜的工程。還好有宇需帶領認真負責的工作同仁，以及編輯老手秀卿幫忙，才讓整個專案延續了一貫的品質及進度。

成果

雖然過程是如此艱辛，如此一言難盡，可是終究看到豐美的成果。每位編選者雖然忙碌，但面對自己負責的作家資料彙編，卻是一貫地認真堅持。他們每人必須面對上千或數百筆作家評論資料，挑選重要或關鍵性的評論文章，全面閱讀，然後依照編選原則，挑選評論文章。助理們此時不僅提供老師們所需要的支援，統計字數，最重要的是得找到各篇選文作者，取得同意轉載的授權。在起初進度流程初估時，我們錯估了此項工作的難度，因為許多評論文章，發表至今已有數十年的光景，部分作者行蹤難查，還得輾轉透過出版社、學校、服務單位，尋得蛛絲馬跡，再鍥而不捨地追蹤。有了前面的血淚教訓，日後關於授權方面，我們更是如臨深淵、如履薄冰，希望不要重蹈覆轍，在面對授權作業時更是戰戰兢兢，不敢懈怠。

除了挑選評論文章煞費苦心外，每個作家生平重要照片，我們也是採高標準的方式去蒐集，過世作家家屬、友人、研究者或是當初出版著作的出版社，都是我們徵詢的對象。認真誠懇而禮貌的態度，讓我們獲得許多從未出土的資料及照片，也贏得了許多珍貴的友誼。許多作家都協助提供照片手稿等相關資料，已不在世的作家，其家屬及友人在編輯過程中，也給予我們許多協助及鼓勵，藉由這個機會，與他們一起回憶、欣賞他們親人或父祖、前輩，可敬可愛的文學人生。此外，還有許多作家及研究者，熱心地幫忙我們尋找難以聯繫的授權者，辨識因年代久遠而難以記錄年代、地點、事件的作家照片，釐清文學年表資料及作家作品的版本問題，我們從他們身上學習到更多史料研究可貴的精神及經驗。

但如何在規定的時間內，完成每個階段資料彙編的編輯出版工作，對

工作小組來說，確實是一大考驗。每一冊的主編老師，都是目前國內現當代臺灣文學教學及研究的重要人物，因此都十分忙碌。每一本的責任編輯，必須在這一年多的時間內，與他們所負責資料彙編的主角——傳主及主編老師，共生共榮。從作家作品的收集及整理開始，必須要掌握該作家所有出版的作品，以及盡量收集不同出版社的版本；整理作家年表，除了作家、研究者已撰述好的年表外，也必須再從訪談、自傳、評論目錄，從作品出版等線索，再作比對及增刪。再來就是緊盯每位把「研究綜述」放在所有進度最後一關的主編們，每隔一段時間提醒他們，或順便把新增的評論目錄寄給他們（每隔一段時間就有新的相關論文或學位論文出現），讓他們隨時與他們所主編的這本書，產生聯想，希望有助於「研究綜述」撰寫的進度。

在每個艱辛漫長的歲月中，因等待、因其他人力無法抗拒的因素，衍伸出來的問題，層出不窮，更有許多是始料未及的。譬如，每本書的選文，主編老師本來已經選好了，也經過授權了，為了抓緊時間，負責編輯的助理們甚至連順序、頁碼都排好了，就等主編老師的大作了，這時主編突然發現有新的文章、新的資料產生：再增加兩三篇選文吧！為了達到更好更完備的目標，工作小組當然全力以赴，聯絡，授權，打字，校對，重編順序等等工作，再度展開。

此次第二部分第一階段共需完成的 14 位作家研究資料彙編，年齡層較上兩個階段已年輕許多，因此到最後的疑難雜症，還有連主編或研究者都不太清楚的部分，譬如年表中的某一件事、某一個年代、某一篇文章、某一個得獎記錄，作家本人絕對是一個最好的諮詢對象，對解決某些問題來說，這是一個好的線索，但既然看了，關心了，參與了，就可能有不同的看法，選文、年表、照片，甚至是我們整本書的體例，於是又是一場翻天覆地的大更動，對整本書的品質來說，應該是好的，但對經過多次琢磨、修改已進入完稿階段的編輯團隊來說，這不啻是一大挑戰。

1990 年開始，各地縣市文化中心（文化局），對在地作家作品集的整

理出版，以及臺灣文學館成立後對日治時期作家以迄當代重要作家全集的編纂，對臺灣文學之作家研究，也有了很好的促進作用。如《楊逵全集》、《林亨泰全集》、《鍾肇政全集》、《張文環全集》、《呂赫若日記》、《張秀亞全集》、《葉石濤全集》、《龍瑛宗全集》、《葉笛全集》、《鍾理和全集》、《錦連全集》、《楊雲萍全集》、《鍾鐵民全集》等，如雨後春筍般持續展開。

經過近二十年的努力，臺灣文學的研究與出版，也到了可以驗收或檢討成果的階段。這個說法，當然不是要停下腳步，而是可以從「臺灣現當代作家評論資料目錄」所呈現的 310 位作家、10 萬筆資料中去檢視。檢視的標的，除了從作家作品的質量、時代意義及代表性去衡量外、也可以從作家的世代、性別、文類中，去挖掘還有待開墾及努力之處。因此在這樣的堅實基礎上，這套「臺灣現當代作家研究資料彙編」，每位編選者除了概述作家的研究面向外，均有些觀察與建議。希望就已然的研究成果中，去發現不足與缺憾，研究者可以在這些不足與缺憾之處下功夫，而盡量避免在相同議題上重複。當然這都需要經過一段時間去發現、去彌補、去重建，因此，有關臺灣文學的調查與研究，就格外顯得重要了。

期待

感謝臺灣文學館持續支持推動這兩個專案的進行。「臺灣現當代作家評論資料目錄」的完成，呈現的是臺灣文學研究的總體成果；「臺灣現當代作家研究資料彙編」套書的出版，則是呈現成果中最精華最優質的一面，同時對未來臺灣文學的研究面向與路徑，作最好的建議。我們可以很清楚的體會，這是一條綿長優美的臺灣文學接力賽，我們十分榮幸能參與其中，更珍惜在傳承接力的過程，與我們相遇的每一個人，每一件讓我們真心感動的事。我們更期待這個接力賽，能有更多人加入。誠如張恆豪所說「從高音獨唱到多元交響」，這是每一個人所期待的。

編輯體例

一、本書編選之目的，爲呈現無名氏生平、著作及研究成果，以作爲臺灣
文學相關研究、教學之參考資料。

二、全書共五輯，各輯內容及體例說明如下：

輯一：圖片集。選刊作家各個時期的生活或參與文學活動的照片、著
作書影、手稿（包括創作、日記、書信）、文物。

輯二：生平及作品，包括三部分：

　　1.小傳：主要內容包括作家本名、重要筆名，生卒年月日，籍
貫，及創作風格、文學成就等。

　　2.作品目錄及提要：依照作品文類（論述、詩、散文、小說、
劇本、報導文學、傳記、日記、書信、兒童文學、合集）及
出版順序，並撰寫提要。不收錄作家翻譯或編選之作品。

　　3.文學年表：考訂作家生平所進行的文學創作、文學活動相關
之記要，依年月順序繫之。

輯三：研究綜述。綜論作家作品研究的概況，並展現研究成果與價值
的論文。

輯四：重要文章選刊。選收國內外具代表性的相關研究論文及報導。

輯五：研究評論資料目錄。收錄至 2014 年 11 月底止，有關研究、論
述臺灣現當代作家生平和作品評論文獻。語文以中文爲主，兼
及日文和英文資料。所收文獻資料，以臺灣出版爲主，酌收中
國大陸、香港、日本和歐美國家的出版品。內容包含三部分：

　　1.「作家生平、作品評論專書與學位論文」下分爲專書與學位
論文。

　　2.「作家生平資料篇目」下分爲「自述」、「他述」、「訪談」、
「年表」、「其他」。

　　3.「作品評論篇目」下分爲「綜論」、「分論」、「作品評論目
錄、索引」、「其他」。

目次

【輯五】研究評論資料目錄

輯一◎圖片集

影像◎手稿◎文物

1929年，甫從中央大學實驗小學畢業的無名氏。（汪應果提供）

1931年，無名氏（前排右三）與二哥卜少夫（前排右一）、導演潘子農（前排右二）及二哥友人合影。（汪應果提供）

1939年，無名氏攝於重慶，時年22歲。（汪應果提供）

1941年，時任重慶《掃蕩報》記者的無名氏。（汪應果提供）

約1946年，寓居於杭州慧心庵時期的無
名氏，時年29歲。（翻攝自《無名氏的文
學作品探索與紀懷》，文史哲出版社）

1944年春，時年27歲的無名氏（左）。
（汪應果提供）

1947年，與趙無極夫婦及林風眠攝於杭州葛嶺山趙家別墅。前排右起：無名氏、友人楊
女士、趙無極妻子謝景蘭；後排右起：趙無極及其子趙嘉陵、林風眠。（汪應果提供）

1940年代的無名氏。（文訊文藝資料中心）

1970年，無名氏與母親盧淑貞合影於母親87歲生日。（汪應果提供）

1980年，無名氏與助手宋友杭(右)合影。（汪應果提供）

1982年12月18日，無名氏於赴港前攝於杭州西湖。（汪應果提供）

1982年12月23日，無名氏抵達香港，與睽違32年的二哥卜少夫（左）合影。（汪應果提供）

1984年秋，與詩友小聚合影。前排左起：張默、洛夫、無名氏、張堃、葉維廉、向明、碧果、彭邦楨；後排左起：管管、辛鬱。（文訊文藝資料中心）

1985年5月19日，無名氏與馬福美（左）結婚。
（文訊文藝資料中心）

1985年，應海外文化界及僑社邀請進行訪問，攝於
美國哥倫比亞大學。左起：卜少夫、無名氏、馬福
美、王洞、夏志清。（汪應果提供）

1986年，與獲得第21屆中山文藝創作獎散文獎的張
拓蕪及文友合影。前排左起：小民、劉俠；後排左
起：無名氏、張拓蕪。（文訊文藝資料中心）

1987年12月21日，無名氏（右二）與郭嗣汾（右
一）及妻子馬福美（右三）合影。（文訊文藝資
料中心）

1988年5月22日，無名氏攝於由文訊雜誌社與
聯合文學雜誌社共同舉辦的「當前大陸文學研
討會」，於會議中擔任貴賓致詞。（文訊文藝
資料中心）

1988年12月，無名氏與文建會副主委張植珊（左）攝於
在臺北空軍活動中心舉行的「無名氏創作五十周年、投
奔自由五周年紀念酒會」。（文訊文藝資料中心）

1989年7月14日，無名氏邀請文友餐敘並欣賞書法。左起：管管、
葉維廉、無名氏、辛鬱、瘂弦、張默。（文訊文藝資料中心）

1990年10月7日，攝於文訊雜誌社主辦「文藝界重陽敬老聯誼活動」。右起：無名氏、林貞羊、尹雪曼。（文訊文藝資料中心）

1991年6月22日，無名氏攝於文訊雜誌社主辦「當前大陸文學研討會」（二），於第一場論文發表會的綜合討論議程針對大陸散文的局限與缺點發表意見。（文訊文藝資料中心）

1992年10月3日，無名氏出席由文訊雜誌社於臺北聯勤中山俱樂部舉辦的「文藝界重陽敬老聯誼活動」。（文訊文藝資料中心）

1995年3月4日，無名氏參加由文訊雜誌社在佛光山臺北道場舉辦的「臺灣現代詩史研討會」。（文訊文藝資料中心）

1995年，無名氏獲得100年選拔一次中華民族世紀菁英的「世紀巨龍獎」。（汪應果提供）

1996年，無名氏攝於韓國慶洲。（汪應果提供）

1996年，無名氏接受《文訊》雜誌專訪，攝於書房。
（文訊文藝資料中心）

1997年，無名氏攝於八十大壽席間。（汪應果提供）

1999年，無名氏攝於木柵寓所庭院。（翻攝自《無名
氏的文學作品探索與紀懷》，文史哲出版社）

1990年代，無名氏與張至璋（左）、夏祖麗（右）合影。（文訊文藝資料中心）

1990年代，與文友合影。左二起：劉紹唐、無名氏、陳紀瀅、劉國瑞。（文訊文藝資料中心）

1990年代的無名氏。（文訊文藝資料中心）

1970年代初期，無名氏「元好問〈同兒輩賦未開海棠〉」墨寶。（文訊文藝資料中心）

1976年1月8日，無名氏「黃庚〈雜詠〉」墨寶。（文訊文藝資料中心）

1970年代初期，無名氏「辛棄疾〈祝英台近・晚春〉」墨寶。（文訊文藝資料中心）

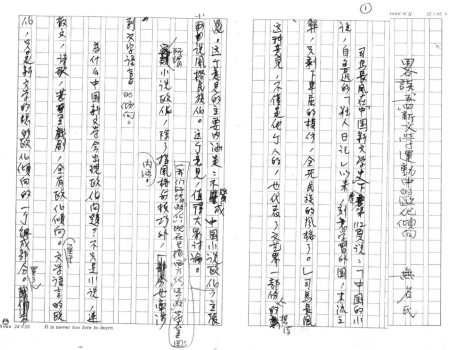

1983年12月，無名氏發表於《文訊》第6期〈略談小說創作——在香港中大文藝座談會上的講話〉手稿。（文訊文藝資料中心）

1984年5月，無名氏發表於《文訊》第11期〈略談五四新文學運動中的歐化傾向〉手稿。（文訊文藝資訊中心）

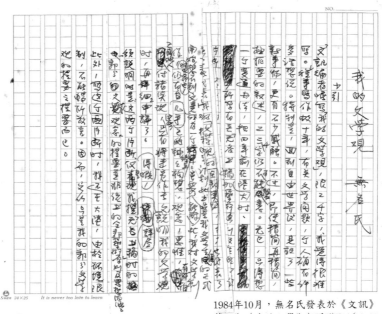

1984年10月，無名氏發表於《文訊》
第14期〈我的文學觀〉手稿。（文訊
文藝資料中心）

2002年10月2日，無名氏病發前
的最後手寫文字。3日凌晨因
食道靜脈出血入院。（翻攝自
《無名氏的文學作品探索與紀
懷》，文史哲出版社）

濕雲全壓數低　淨低影悽迷　生非非霧排雲　丰葉善四生　北煙神女欲來　洛妃毫青作　夢回俊人也

納蘭性德詞　卜平書

無名氏「納蘭性德〈江城子・詠史〉」墨寶。
（文訊文藝資料中心）

畢至少長咸集此地有崇山峻領茂林脩竹又清流激湍暎帶左右引以為流觴曲水列坐其次雖無絲竹管弦之盛一觴一詠亦足以暢叙幽情是日也天朗氣清惠風和暢仰觀宇宙之大俯察品類之盛所以遊目騁懷足以極視聽之娛信可樂也

節临逸少兰亭　卜平

無名氏「王羲之《蘭亭集序》」部分墨寶。
（文訊文藝資料中心）

輯二◎生平及作品

小傳◎作品◎年表

小傳

　　無名氏，譜名卜寶南，後改名卜乃夫，又有筆名卜寧。籍貫江蘇揚
州，1917 年 1 月 1 日生於南京下關，1983 年 3 月來臺，2002 年 10 月 12
日辭世，享壽 86 歲。

　　北平俄文專科學校畢業。曾任中央圖書雜誌審查委員會幹事、香港
《立報》、爪哇吧城（今雅加達）《吧城新報》駐重慶特派員，重慶《新蜀
報》、貴陽《中央日報》駐西北特派員，重慶《掃蕩報》記者、西安《華北
新聞》主筆、上海真善美圖書出版公司總編輯，並經營個人出版事業「無
名書屋」。國民政府來臺時，為照顧年邁母親而滯留杭州，後於文化大革命
期間遭下放勞改，於文壇銷聲匿跡近 30 年。輾轉來臺後，曾任《臺灣日
報》顧問、《中華日報》特約主筆等，1983 年獲舊金山中山文化學院名譽
教授。曾獲中山文藝獎、國家文藝獎、教育部社會教育有功個人獎、華夏
一等獎章。

　　無名氏創作文類以小說、散文為主，兼及報導文學與詩。1940 年代以
長篇小說《北極風情畫》、《塔裡的女人》而聞名一時，其後歷時 15 年完成
的作品「無名書」六卷，以類散文體小說的筆觸描寫 20 世紀初葉的中國知
識青年追求真理的過程，行文不拘泥於中國現實政治，緊緊地扎根在時代
的生命洪流裡，自大文化角度探討人生與社會問題，開創中國現代「哲理
小說」的先河。張堂錡曾評「無名書」系列：「有意打破傳統的小說敘事模

式，創造出一種融合哲理、詩、散文、報導爲一體的新的藝術表現形式。」

　　散文方面，無名氏爲文不拘題材，除直書戰時情景，暢談自身愛情觀與戀愛經歷，亦透過真誠深刻的觀察，書寫人生閱歷。報導文學方面，作品多取材自中國勞改時期親身經歷與見聞的慘虐事實，除回憶自身遭遇的《海的懲罰》與《走向各各他》外，更有論者將其描寫國軍軍官 20 年勞改生涯的《紅鯊》與俄羅斯作家索忍尼辛（Aleksandr Isayevich Solzhenitsyn）的《古拉格群島》相比。詩作方面，則以 1968 年 6 月起囚禁獄中一年零三個月間的詩作及出獄後作品《獄中詩抄——寫在腦紙上的 125 首詩》聞名，詩中深刻地表達出對共產鐵幕的強烈控訴與抗議。

　　論其文學特色與成就，叢甦曾言：「無名氏文字的最大特色是詞藻的瑰麗、廣博、雕飾、隱喻、明喻與譏諷的反覆應用，疊句、重複句的用法，和象徵筆法的運用，但是其文字本身的奔放暢流則有如決堤氾濫的大江長河，一瀉千里，不可遏止」。而陳思和將「無名書」視爲「潛在寫作」作品，以「一部中國知識分子的烏托邦與大同書，它只能在潛隱狀態下完成，可以說代表了中國當代文學史上潛在創作的價值取向」將其定位。

　　無名氏一生筆耕不輟，縱使早年歷經戰亂與文革時期的沉重壓抑，依舊焚膏繼晷，透過書寫追求精神上的永恆，以生命做筆，情思爲墨，在文學史上留下了豐碩壯麗的創作結晶。

作品目錄及提要

【詩】

無名氏詩篇
香港：新聞天地社
1982 年 2 月，32 開，294 頁

本書爲無名氏詩作結集。全書分 11 輯，收錄〈觀《攻克柏林》〉、〈讀《第七個十字架》〉、〈讀「國會縱火案」史料〉、〈讀《誰無兒女》〉、〈猶龍德祈禱詞〉等 150 首。正文後附錄無名氏〈詠阿波羅殘闕胸像──德國里爾克作〉、無名氏〈無名氏詩自析〉、蔡炎培〈讀詩與寫信〉。

獄中詩抄──寫在腦紙上的 125 首詩
臺北：黎明文化公司
1984 年 5 月，32 開，271 頁

本書爲作者自 1968 年 6 月起，囚禁獄中一年零三個月間的詩作及出獄後作品。當年作者因擔心中共搜查，至 1976 年毛澤東過世後方將默記心中長達八年的詩句書寫而出，詩前皆有短幅釋文。全書分「獄中詩抄」、「出獄詩抄（一）」、「出獄詩抄（二）」、「出獄詩抄（三）」四輯，收錄〈白楊〉、〈白籠〉、〈腳步〉、〈沒有胴體的語言〉、〈兩隻鳥〉等 125 首。正文前有洛夫〈序〉、無名氏〈自序〉。

無名氏詩詞墨蹟
臺北：黎明文化公司
1984 年，16 開，61 頁

本書爲作者書法墨寶集。全書分三輯，第一、二輯內容爲中國古典詩人詩詞，第三輯爲無名氏古典詩詞作品，收錄〈湖上春色〉、〈湖上夏景〉、〈湖上秋色〉等十首。正文前有史紫忱〈《無名氏詩詞墨蹟》序〉、史紫忱〈無名氏的書法〉、無名氏〈學書始末簡記〉、無名氏〈關於《無名氏詩詞墨蹟》〉。

【散文】

真善美圖書 1948　　開山書店 1972

新聞天地社 1977　　黎明文化公司 1994

沉思試驗

上海：真善美圖書出版公司
1948 年 7 月，32 開，217 頁
習作小輯之四・無名叢刊第八種

香港：波文書局
1970 年
習作小輯之四・無名叢刊第八種

臺南：開山書店
1972 年 10 月，32 開，191 頁
大觀文庫 4

香港：新聞天地社
1977 年 1 月，32 開，217 頁

臺北：遠景出版公司
1977 年 1 月，32 開，205 頁
無名氏全書 7

香港：未名書屋
1980 年

臺北：黎明文化公司
1994 年 6 月，25 開，239 頁

全書分「一九四三年」、「一九四四年」、「一九四五年」、「一九四六年」、「默想集」五輯，收錄作者 1943 至 1946 年間以哲思說理爲主的散文文章與〈林風眠——東方文藝復興的先驅者〉、〈趙無極——中國油畫界一顆彗星〉兩篇畫論。
1970 年波文書局版：（今查無傳本）。
1972 年開山書店版：更名爲《人生的奧義——無名氏沉思錄》，輯名「默想集」更名爲「畫論二篇」，內容與 1948 年真善美版同。
1977 年新聞天地版：更名爲《冥想偶拾》，內容與 1948 年真善美版同。
1977 年遠景版：更名爲《冥想偶拾》，輯名「默想集」更名爲「畫論二篇」，內容與 1948 年真善美版同。
1980 年未名書屋版：（今查無傳本）。
1994 年黎明文化版：更名爲《蝴蝶沉思》，內容與 1948 年真善美版同。

真善美圖書 1947　　　新聞天地社 1976

新聞天地社 1983

火燒的都門

上海：真善美圖書出版公司
1947 年 9 月，32 開，191 頁
習作小輯之一・無名叢刊第五種

香港：新聞天地社
1976 年 9 月，32 開，191 頁

香港：新聞天地社
1983 年 2 月，32 開，191 頁

本書爲作者 1939 至 1942 年間作品。全書分
四輯，收錄〈僧二〉、〈蜂火篇──擬屠格涅
甫〉、〈詛咒集〉等 27 篇。
1976 年新聞天地版：內容與 1947 年真善美版
同。
1983 年新聞天地版：更名爲《蕹露》，內容與
1947 年真善美版同。

海峽兩岸七大奇蹟──無名氏演講集

臺北：黎明文化公司
1983 年 12 月，32 開，175 頁

本書爲作者演講文集。全書收錄〈海峽兩岸七大奇蹟〉、〈共產
主義爲什麼不適合於中國？〉等七篇。正文前有無名氏〈自
序〉、鄧海翔〈編語〉。

我站在金門望大陸

臺北：黎明文化公司
1985 年 8 月，32 開，367 頁

本書以綁縛、不自由的象徵──「繩子」呈現作者生命經驗中
大陸「繩子生活」與臺灣「反繩子生活」的對照。全書分四
輯，收錄〈「我選擇自由！」〉、〈我的聲明〉、〈答有人及讀者
問〉、〈告別香港朋友〉等 47 篇。正文前有無名氏〈繩子與我─
─《我站在金門望大陸》自序〉。

無名氏巡迴美、加、日演講紀要

臺北：光陸出版社
1986 年 4 月，25 開，254 頁

本書爲作者於 1985 年 11 月應海外文化界及僑社邀請所進行的
24 場海外訪問演講紀要及部分講詞。全書收錄〈美國外交政策
與中國大陸政治運動的鏈鎖關係〉、〈美國外交政策上的歷史悲
劇——中國歷史上最黑暗的一年〉等七篇。正文前有光陸出版
社〈出版者序〉、無名氏〈無名氏自序〉、「無名氏畫頁」、〈無名
氏簡介〉、〈美、加、日巡迴演講紀要〉，正文後有「新聞評
述」。

讀書・時代・生活

臺北：黎明文化公司
1986 年 8 月，32 開，238 頁
無名氏演講第 2 集

本書爲作者演講文集。全書收錄〈讀書・時代・生活——兼談
海峽兩岸文化出版概況〉、〈人類歷史上最黑暗的一年——美國
外交政策的歷史悲劇〉等七篇。正文前有無名氏〈自序〉，正文
後附錄羅造虛〈無名氏巡迴美加日演講插曲〉、〈無名氏巡迴美
加日演講行程表〉。

中國大悲劇時代對話

臺北：黎明文化公司
1988 年 5 月，32 開，257 頁
無名氏演講第 3 集

本書爲作者演講與對談紀錄文集。全書收錄〈中國大悲劇時代
對話〉、〈大陸社會・文化與臺灣社會心態〉、〈大陸社會結構的
特質〉等 11 篇。正文前有無名氏〈玫瑰自殺（代序）〉。

塔外的女人

臺北：風雲時代出版公司
1990 年 4 月，新 25 開，280 頁
風雲文學叢書

本書爲作者戀情相關文章結集。全書分「月光之葉」、「森林之
葉」、「幽蘭之葉」三卷，收錄〈天真——擬戀歌斷片之一〉、
〈情簡〉、〈水之戀——擬戀歌斷片之二〉等 18 篇，「月光之
葉」卷附錄〈一封未寄的情書〉、〈憶塔底的女人〉、〈月亮小
札——紀念杭州故居在地球上消失〉三篇。正文前有無名氏

〈塔外的女人——我的婚姻心路歷程（代序）〉、〈塔外的喜劇——吉日花絮補誌〉、〈我的婚姻〉、〈跡近白卷——我的另一半〉，附錄卜幼夫〈緣——我初次客串了「紅娘」〉、無名氏〈星星點點〉、習賢德〈寶島風情畫‧無名氏黃昏之戀——塔外的女人‧馬福美五月于歸〉等十篇。

塔裡‧塔外‧女人

臺北：風雲時代出版公司
1990 年 4 月，新 25 開，244 頁
風雲文學叢書

本書分「鱸蕈之葉」、「薤露之葉」兩卷，收錄〈無名齋記〉、〈奇餐記〉、〈唐達臘斯‧鱸蕈‧尋根——《四十年來家園序》〉、〈從杏花煙雨入火山之島〉等 38 篇。正文前有風雲時代出版公司〈編語〉，正文後附錄司馬長風〈無名氏的《火燒的都門》〉、司馬長風〈無名氏的散文〉共兩篇。

淡水魚冥思

臺北：黎明文化公司
1992 年 1 月，新 25 開，171 頁

本書分「淡水魚冥思」、「西湖冥思」兩卷，收錄〈淡水魚冥思〉、〈祛夏冷語〉、〈速溶思縷〉等 15 篇。正文前有無名氏〈自序〉。

恐龍世紀

臺北：黎明文化公司
1992 年 12 月，新 25 開，88 頁

本書以苦難見證者的視角出發，揭露中國共產鐵幕為人類歷史帶來的黑暗頁面。全書收錄〈末日降臨〉、〈封鎖末日〉、〈數字遊戲〉等 13 篇。正文前有無名氏〈自序〉、無名氏〈引言〉。正文後有〈註釋〉、蘇凡〈比「恐龍」更恐怖——讀《恐龍世紀》有感〉。

愛情・愛情・愛情

臺北：黎明文化公司
1993 年 5 月，25 開，485 頁

本書分「聲音之什」、「經驗之什」、「理念之什」三卷，全書收
錄〈愛情・愛情・愛情——兼談當前臺灣社會男女愛情走向〉、
〈古今小說描愛情〉、〈文學與人生〉、〈論新文學的文字語言〉
等 41 篇。正文前有無名氏〈自序〉。

淡水魚冥思

廣州：花城出版社
1995 年 1 月，25 開，217 頁

本書分上、下兩部。上部「淡水魚冥思」內容爲黎明版《淡水
魚冥思》；下部「蝴蝶冥思」共五輯，以寫作年代區分，收錄作
者 1943 至 1946 年間作品。正文前有無名氏〈自序〉，爲黎明版
《淡水魚冥思》自序節錄。

塔裡・塔外・女人

廣州：花城出版社
1995 年 1 月，25 開，342 頁

全書分「愛情之葉」、「月光之葉」、「森林之葉」、「幽蘭之葉」、
「薔薇之葉」、「薝露之葉」六卷，收錄〈塔外的喜劇（代
序）——吉日花絮補志〉、〈塔外的女人——我的婚姻心路歷
程〉、〈我的婚姻〉、〈跡近白卷——我的另一半〉、〈天真——擬
戀歌斷片之一〉等 56 篇。正文後附錄司馬長風〈無名氏的散
文〉。

在生命的光環上跳舞——旅遊其實是一種心情

臺北：中天出版社
1997 年 12 月，25 開，280 頁
Happy Mind 009・無名氏全集第 12 卷上冊

本書內容爲作者自香港到臺灣定居、遊歷世界各地的生活經歷
及日常生活中的風味趣聞。全書分「第一幕・外國的月亮」、
「第二幕・上山下海遨遊去」、「第三幕・兩極世界」、「第四
幕・人間喜劇」四部分，收錄〈盆地梳草記——美加日眼浴花
絮〉、〈入紐約記〉、〈華府簡感〉、〈芝加哥過眼〉等 36 篇。正文
前有瘂弦〈披著詩裝的散文家／代序〉。

宇宙投影——人生是夢的放射

臺北：中天出版社
1997 年 12 月，25 開，237 頁
Happy Mind 010．無名氏全集第 12 卷下冊

本書內容爲作者對歷史人物的小記與生活中所感所思。全書分
「序曲・看呀！他！」、「第一樂章・快板：那些人們哪！」、
「第二樂章・慢板：取經記」、「第三樂章・行版：下午茶」、
「第四樂章・稍快板：啊！人生！」、「第五樂章・如火的快
板：宇宙狂想曲」六部分，收錄〈光棍自述〉、〈無名氏論無名
氏〉、〈從杏花煙雨入火山之島〉、〈紅與白——擬一位大陸人在
臺灣的戀愛插曲〉等 45 篇。正文前有朱炎〈無名氏牛刀宰雞／
代序〉》

無名氏散文

杭州：浙江文藝出版社
1998 年 11 月，25 開，415 頁

本書分「抒情煙雲」、「抒情夢卷」、「倉庫大師」、「夕陽語片」
四輯，收錄〈葛嶺夢憶〉、〈吟月〉、〈涓流〉、〈瀟湘〉、〈吻潮〉
等 59 篇。正文前有無名氏〈不死的黑玫瑰——自序〉。

談情

南京：江蘇文藝出版社
2001 年 12 月，新 25 開，135 頁

本書探析人情、世情、哲情、宇宙情等愛情以外的各種情感。
全書分「語絲」、「斷片」、「殘簡」三卷，收錄〈這個時代〉、
〈按照理想去墮落〉、〈達摩現代化〉、〈玫瑰的象徵〉、〈指鹿爲
馬〉等 83 篇。正文前有無名氏照片、無名氏〈小序〉。

在生命的光環上跳舞

北京：人民文學出版社
2002 年 6 月，25 開，287 頁

本書內容遴選自中天出版社《在生命的光環上跳舞——旅行其
實是一種心情》、《宇宙投影——人生是夢的放射》。全書分「外
國的月亮」、「上山下海遨遊去」、「人間喜劇」、「看呀！我這個
人！」、「看呀！這些異人！」、「沉思錄」、「下午茶」、「宇宙狂

想曲」八卷，收錄〈盆地梳草記——美加日眼浴花絮〉、〈入紐約記〉、〈華府箇感〉、〈芝加哥過眼〉、〈多倫多蹠印〉等 58 篇。 正文前有朱炎〈無名氏牛刀宰雞〉。

【小說】

革心出版社 1942

中國編譯出版社 1942

真善美圖書 1947

王家出版社 1970

新聞天地社 1976

海邊的故事

臺中：革心出版社
1942 年 1 月，32 開，98 頁

重慶：中國編譯出版社
1942 年 2 月，32 開，145 頁
夜星文藝叢書

上海：真善美圖書出版公司
1947 年 9 月，32 開，124 頁
習作小輯之二・無名叢刊第六種

臺南：王家出版社
1970 年 9 月，32 開，98 頁

香港：新聞天地社
1976 年 9 月，32 開，169 頁

短篇小說集。全書收錄〈古城篇〉、〈海邊的故事〉、〈日耳曼的憂鬱〉、〈鞭屍〉、〈騎士的哀怨〉、〈露西亞之戀〉共六篇。

1942 年中國編譯版：更名爲《露西亞之戀》，內容與 1942 年革心版同。正文前新增王志光〈夜星文藝叢書總序〉。正文後新增卜寧〈後記〉。

1947 年真善美版：更名爲《露西亞之戀》，內容與 1942 年革心版同。

1970 年王家版：內容與 1942 年革心版同。

1976 年新聞天地版：更名爲《露西亞之戀》，內容與 1942 年革心版同。

真善美圖書 1948

華南出版社 1959

重光書店 1966

萬象出版社 1967

新聞天地社 1976

黎明文化公司 1976

遠景出版公司 1976

魯南出版社 1979

北極風情畫

西安：華北新聞社
1944 年，32 開，246 頁

西安：無名書屋
1944 年 7 月，32 開，188 頁

上海：無名書屋
1945 年 12 月，32 開，219 頁

上海：時代生活出版社
1947 年 7 月，32 開，219 頁

上海：真善美圖書出版公司
1948 年 10 月，32 開，188 頁

臺南：華南出版社
1959 年 5 月，32 開 166 頁

新竹：重光書店
1966 年 2 月，32 開

臺南：萬象出版社
1967 年 4 月，32 開，136 頁

香港：新聞天地社
1976 年 9 月，32 開，282 頁

臺北：黎明文化公司
1976 年 9 月，32 開，247 頁

臺北：遠景出版公司
1976 年 9 月，32 開，282 頁
遠景叢刊 311・無名氏全書 1

臺南：魯南出版社
1979 年 5 月，32 開，157 頁

臺北：黎明文化公司
1989 年 10 月，32 開，247 頁

臺北：風雲時代出版公司
1989 年 11 月，新 25 開，282 頁
風雲文學叢書

上海：上海文藝出版社
1989 年 11 月，32 開，219 頁
橄欖叢書

上海：上海文藝出版社
2001 年 7 月，25 開，176 頁

上海文藝 1989

風雲時代出版公司
1989

上海文藝 2001

長篇小說。本書為作者首次以「無名氏」發表之著作，敘述韓裔高級將領「林」於駐紮俄羅斯托木斯克期間與波蘭少女奧蕾莉亞由相戀至天人永隔的故事。「林」於戀情正濃時奉命返回新疆，原計將情人及其母偷渡同行的計畫遂付諸東流。隨軍離去的「林」不久收到情人自戮身亡的訊息，信中夾帶著奧蕾莉亞的遺書及她在「林」離去後驟生的一束華髮。「林」最後遁入山林，雖生猶死。

（1948 年以前查無傳本。）

1948 年真善美版：正文前後無序跋。

1959 年華南版：內容與 1948 年真善美版同。

1966 年重光書店版：（今查無傳本）。

1967 年萬象版：內容與 1948 年真善美版同。

1976 年新聞天地版：內容與 1948 年真善美版同。

1976 年黎明文化版：內容經作者修訂，共 21 部分。正文前新增無名氏〈定本序言〉。

1976 年遠景版：內容與1976年黎明文化版同。

1979 年魯南版：（今查無傳本）。

1989 年黎明文化版：本書為修正定本再版。

1989 年風雲時代版：本書與 1948 年真善美版同。

1989 年上海文藝版：（今查無傳本）。

2001 年上海文藝版：（今查無傳本）。

真善美圖書 1948

晨光出版社 1965

塔裡的女人

上海：時代生活出版社
1944 年 1 月，32 開，152 頁

西安：無名書屋
1944 年 10 月，32 開，168 頁
無名叢刊第一種

西安：鐘樓書局
1944 年，32 開，196 頁

重慶：無名書屋
1945 年，32 開，168 頁

上海：真善美圖書出版公司
1948 年 2 月，32 開，152 頁

魯南出版社 1970　　新聞天地社 1976

遠景出版公司 1984　黎明文化公司 1987

上海書店 1988　　中國華僑 1989

黎明文化公司 1990　上海文藝 2001

新竹：重光書店
1961 年 9 月，32 開，91 頁

臺南：晨光出版社
1965 年，32 開，144 頁

臺南：萬象出版公司
1967 年 4 月，32 開，91 頁

臺南：魯南出版社
1970 年，32 開，164 頁
長篇文藝小說

香港：新聞天地社
1976 年，32 開，182 頁

臺北：新聞天地社
1979 年，32 開，182 頁

臺北：遠景出版公司
1984 年 9 月，32 開，203 頁
遠景叢刊 312

臺北：黎明文化公司
1987 年 5 月，32 開，197 頁

上海：上海書店
1988 年 12 月，32 開，152 頁
現代都市小說專輯・中國現代文學史參考資料

北京：中國華僑出版公司
1989 年 5 月，306 頁

臺北：風雲時代出版公司
1989 年，25 開，203 頁
風雲文學叢書

臺北：黎明文化公司
1990 年，新 25 開，198 頁

上海：上海文藝出版社
2001 年 7 月，25 開，140 頁

長篇小說。全書共八章。故事敘述同時具備醫檢與小提琴家身分的羅聖提與富家女黎薇之間的纏綿糾葛。羅聖提結識黎薇時已為有婦之夫，由於糾結於父母媒妁之言與一廂情願地單向思考，導致黎薇賭氣而另嫁他人，就此斬斷緣分。多年後，喪妻喪子的羅聖提希望能與黎薇重新開始，黎薇卻因過往婚姻的緣故而精神失常。兩人縱然重逢，過往戀情亦盡付流水。

（1948 年以前查無傳本。）
1948 年真善美版：正文前後無序跋。
1965 年晨光版：內容與 1948 年真善美版同。
1967 年萬象版：（今查無傳本）。
1970 年魯南版：（今查無傳本）。
1976 年新聞天地版：（今查無傳本）。
1984 年遠景版：正文與 1948 年真善美版同。正文前新增無名氏〈序言〉。
1987 年黎明文化版：正文經作者修改。正文前新增無名氏〈定本序言〉、無名氏〈修正版序言〉。正文後新增傅頌愉〈《塔裡的女人》〉。
1988 年上海書店版：內容與 1948 年真善美版同。
1989 年華僑版：正文與 1948 年真善美版同。正文前新增〈內容簡介〉。
1990 年黎明文化版：改版重排，內容與 1987 年版黎明版同。
2001 年上海文藝版：正文與 1948 年真善美版同。正文前新增無名氏〈前言〉。

真善美圖書 1944　　王家出版社 1970

新聞天地社 1976

一百萬年以前

西安：鐘樓書局
1944 年，32 開，207 頁

上海：真善美圖書出版公司
1944 年 11 月，32 開，165 頁

臺南：王家出版社
1970 年 9 月，32 開，115 頁

香港：新聞天地社
1976 年 9 月，32 開，207 頁

長篇小說。全書分「上卷・一個故事」、「下卷・故事以外」兩部分，故事敘述文字工作者夏萊因文筆出眾，導致日軍意圖吸收而被強擄至軍營。堅決反抗的夏萊在經歷一年八個月慘無人道的監牢生涯後，被獄友駱蔭甫救出。出獄後的駱蔭甫與夏萊，為降低日軍警戒而日夜笙歌、煙酒沉淪。駱在放縱中對日軍帶來的人間煉獄感到絕望而跳江自殺。夏萊則在故事最後靠著駱蔭甫遺留的錢財逃出南京。
1944 年鐘樓版：（今查無傳本）。
1970 年王家版：內容與 1944 年真善美版同。
1976 年新聞天地版：內容與 1944 年真善美版同。

真善美圖書 1946

新聞天地社 1977

遠景出版公司 1984

中國文聯出版公司
1989

黎明文化公司 1995

花城出版社 1995

文听閣圖書公司 2010

野獸・野獸・野獸

上海：真善美圖書出版公司
1946 年 12 月，32 開，530 頁
無名書初稿第一卷・無名叢刊第四種

上海：時代生活出版社
1946 年 12 月，32 開，530 頁

香港：新聞天地社
1977 年 1 月，32 開，567 頁

臺北：遠景出版公司
1984 年 12 月，32 開，585 頁
遠景叢刊 318

北京：中國文聯出版公司
1989 年 5 月，32 開，379 頁
《中國新文藝大系》參考叢書

臺北：黎明文化公司
1995 年 1 月，25 開，537 頁

廣川：花城出版社
1995 年 2 月，新 25 開，358 頁

臺中：文听閣圖書公司
2010 年 5 月，菊 8 開，532 頁
民國小說叢刊第一編 116

長篇小說。本書為「無名書」系列第一卷，
敘述主角印蒂對共產主義產生嚮往、疑惑、
覺悟致遭遇組織整肅而理想幻滅的過程。
1920 年，年輕而滿懷理想主義的印蒂在畢業
前夕為尋求精神與生命中的可貴意義而棄學
出走。在投身共產主義北伐計畫的十年間，
戰爭帶來的死亡與殘酷使印蒂日漸產生疑惑
與迷惘。在歷經政治鬥爭、入獄、好友背叛
與對共產主義的幻滅，心靈受創的印蒂最後
接受朋友邀請，踏上前往南洋報社的旅程。
正文後有〈正誤表〉。
1946 年時代生活版：內容與 1946 年真善美版
同。
1977 年新聞天地版：更名為《印蒂》。全書共
九章：1.反叛；2.工廠、3.戰場；4.勝利；5.分
岔；6.被捕；7.監獄；8.樓陷；9.南下。正文
前新增〈楔子〉。

1984 年遠景版：本版內容經作者修訂。正文後新增〈無名氏簡略年表〉。

1989 年中國文聯版：本版內容與 1977 年新聞天地版同。正文前新增〈出版說明〉。正文後新增涪村〈編後絮語〉。

1995 年黎明文化版：本版內容經作者修訂，正文前新增夏志清〈夏志清論「無名書」斷片——摘自夏志清論文：〈索忍尼辛與無名氏〉〉、司馬長風〈「無名書稿」獨創性〉、司馬長風〈司馬長風論《野獸‧野獸‧野獸》斷片——摘自司馬長風《新中國文學史》〉、夏志清〈夏志清論《野獸‧野獸‧野獸》斷片——摘自夏志清論文：〈索忍尼辛與無名氏〉〉。正文後新增附錄黃芩〈《野獸‧野獸‧野獸》重版贅言〉。

1995 年花城版：（今查無傳本）。

2010 年文听閣版：內容與 1946 年真善美版同。

真善美圖書 1947　　時代生活出版社 1948

新聞天地社 1977　　漢光文化公司 1986 上冊

漢光文化公司 1991 下冊　　花城出版社 1995

海艷

上海：真善美圖書出版公司
1947 年 9 月，32 開，1233 頁

上海：時代生活出版社
1948 年 3 月，32 開，1233 頁
無名書初稿第二卷‧無名叢刊第四種

上海：無名書屋
1948 年 3 月，32 開，1233 頁

香港：新聞天地社
1977 年 1 月，32 開，756 頁

臺北：漢光文化公司
1986 年 7 月、1991 年 7 月，32 開，244 頁、269 頁
漢光文庫 001-002

廣州：花城出版社
1995 年 1 月，25 開，512 頁

長篇小說。分上、下兩冊，共 12 章。本書為「無名書」系列第二卷，敘述主角印蒂遠赴南洋後，自先前的挫折中振作，轉向追求完美愛情的過程。南洋的陽光治癒了印蒂的心靈創傷，但隨著被告發為某黨成員及具有反英傾向後，印蒂在被驅逐出境的返國海輪上邂逅了一名神祕女子。而後印蒂於杭州西湖畔再次與神祕女子——多年未見導致互不相識的表妹瞿縈相會。在印蒂的熱烈追求及經歷一番波折後，兩人陷入熱戀。但隨著「九一八事件」爆發，印蒂決定前往哈爾濱加入抗日義勇軍。

1948 年時代生活版：分上、下兩冊。（今查無傳本）。

1948 年無名書屋：分三冊。（今查無傳本）。

1977 年新聞天地版：本書與 1947 年真善美版同。

1986 年、1991 年漢光文化版：分上、下兩冊。內文經作者修訂。正文前新增曾昭旭〈《海艷》說了些什麼？──無名氏《海艷》重版序〉、無名氏〈文學夢語──修正版自序〉。

1995 年花城版：內容與 1986 年漢光文化版同。正文前原漢光文化版無名氏〈文學夢語──修正版自序〉更名為〈修正版自序〉。

真善美圖書 1947　　**新聞天地社 1976**

龍窟

上海：真善美圖書出版公司
1947 年 9 月，32 開，170 頁
習作小輯之三・無名叢刊第七種

香港：新聞天地社
1976 年 9 月，32 開，197 頁

短篇小說集。本書內容以韓國運動為背景基調，全書收錄〈伽倻〉、〈狩〉、〈奔流〉、〈抒情〉、〈紅魔〉、〈龍窟〉共六篇。
1976 年新聞天地版：與 1949 年真善美版同。

新聞天地社 1977　　**文听閣圖書公司 2010**

金色的蛇夜

上海：真善美圖書出版公司
1949 年 5 月，32 開，478 頁

香港：新聞天地社
1977 年 1 月，32 開，478 頁；

臺中：文听閣圖書公司
2010 年 5 月，菊 8 開，450 頁
民國小說叢刊第一編 117

長篇小說。本書為「無名書」系列第三卷，敘述主角印蒂在加入的抗日義勇軍潰散後，由於身處亂世對生命感到絕望，耽溺於聲色犬馬與具備魔性魅力的交際花莎卡羅。全書共六章：1.末日；2.酒肉；3.走私；4.黑暗；5.菸賭；6.三峽。
1977 年新聞天地版：內容與真善美版同。
2010 年文听閣版：內容與真善美版同。正文後新增〈正誤表〉。

死的巖層

香港：新聞天地社
1981 年 9 月，32 開，712 頁

長篇小說。本書爲「無名書」系列第四卷，有別於第三卷中主角因絕望而耽溺於聲色的心境，作者書寫東方的自然主義與解脫，藉由宗教使印蒂的精神層面全面昇華。投身抗戰的印蒂負傷於武漢會戰，療傷半年間，印蒂就民族、戰爭、國家層面進行思考，並受到天主教感化成爲修士。印蒂在教會醫院中結識病人鄔瑪麗，但深受印蒂敬重的梅良神父卻覬覦瑪麗，神父對信仰的褻瀆，使印蒂感到沮喪失望，憤而退出教會。而後，印蒂皈依佛門出家，在有感佛門戒律對肉體及靈魂的綑綁下再次離開宗教，踏上尋找意義的路程。

金色的蛇夜（續集）

香港：新聞天地社
1982 年 12 月，32 開，552 頁

長篇小說。本書爲《金色的蛇夜》續集，印蒂與莎卡羅在峽谷偶遇並盡釋前嫌後。莎卡羅基於過往生命經歷與在奢靡生活後感到的絕望而感悟，要求印蒂與其前往塔克拉瑪干沙漠隱居，尋求真正的寧靜。但印蒂的拒絕迎來莎卡羅的報復——印蒂及其共同走私的朋友們被捕入獄。印蒂一蹶不振，幾乎自殺。時值盧溝橋事變爆發，出獄的印蒂藉由母親誦唸《聖經》的聲音獲得救贖，並再次走上人生旅程。正文前有卜少夫〈無名氏的《金色的蛇夜》下卷發表之前〉、〈《金色的蛇夜》上冊提要〉。

開花在星雲以外

香港：新聞天地社
1983 年 1 月，32 開，775 頁

長篇小說。本書爲「無名書」系列第五卷，全書分十章。印蒂離開重慶後，直奔華山獨居修行，卻巧遇即將前往西班牙的鄔瑪麗。在瑪麗的要求下，兩人在華山之巔展開爲期七天的柏拉圖式愛情。最終瑪麗明白印蒂的情感歸屬只能保留給 13 年前等待至今的瞿縈。瑪麗離去後，印蒂在某一深夜忽大徹大悟，精神就此進入另一高深的境界。抗戰勝利，已然領悟的印蒂離開華山，決心進入現實去實踐他的「道」。

展望雜誌社 1983

黎明文化公司 1990

花城出版社 1995　　江蘇文藝出版社
　　　　　　　　　　2001

綠色的迴聲──無名氏青春期愛情自傳

臺北：展望雜誌社
1983 年 7 月，32 開，391 頁
展望雜誌叢書之四

臺北：黎明文化公司
1990 年 9 月，新 25 開，495 頁

廣州：花城出版社
1995 年 1 月，25 開，308 頁

南京：江蘇文藝出版社
2001 年 12 月，25 開，354 頁

長篇小說。本書以作者真實經歷改寫，敘述其年輕時期與中俄混血少女妲尼亞的愛情故事。正文前有無名氏〈《綠色的迴聲》序〉。正文後有無名氏〈跋〉。

1990 年黎明文化版：正文經作者修改。正文前新增無名氏〈修正定本序〉，原〈《綠色的迴聲》序〉更名為〈跋〉，挪至正文後。正文後刪除原展望出版社〈跋〉，新增無名氏〈後記〉。

1995 年花城版：內容與 1990 年黎明文化版同，正文前有〈修正定本序〉。正文後刪去無名氏〈後記〉。

2001 年江蘇文藝版：更名為《我心蕩漾──俄國少女妲尼婭與我的故事》，正文為 1990 年黎明文化版《綠色的迴聲》再經作者修訂後。全書共十章。正文前刪去無名氏〈《綠色的迴聲》序〉，新增無名氏〈金陵燕夢重溫──新版代序〉、無名氏〈修正定本序〉。

創世紀大菩提

臺北：遠景出版公司
1984 年 9 月，32 開，963 頁
遠景叢刊 324

長篇小說。本書為「無名書」系列第六卷，故事敘述抗戰勝利，印蒂前往成都尋回瞿縈，兩人成婚並返回西湖開始經營文化工作，藉著出版叢書為人類文化另闢新徑。戰火雖又再起，但印蒂的文化工作受到各地學者的熱烈支持，兒子海地的出生亦給他帶來無限幸福。印蒂更與朋友們打造出「地球農場」，力

在培養一種正義、平等、博愛的人際關係。最後地球農場計畫成功，印蒂在歷經追尋真理、在絕望中低靡、藉宗教救贖與思索、自行悟道並入世實踐後，與妻、子沉浸在幸福之中。正文後有〈無名氏簡略年表〉。

蠱甕
臺北：黎明文化公司
1991 年 12 月，新 25 開，314 頁

短篇小說集。全書收錄〈化石〉、〈一杯水〉、〈蠱甕〉、〈甲魚〉、〈幽靈碎片〉、〈窗紗〉、〈鴨舌帽〉、〈上橋〉、〈奇展記〉共九篇。正文前有無名氏〈自序〉。正文後附錄司馬中原〈民族悲劇的開端〉、黃文範〈今生何世〉、張默〈杯水車淚——讀〈一杯水〉〉、管管〈讀〈一杯水〉的一點感想〉共三篇。

萬象書局 1956

海天出版社 1993

北極風情畫‧塔裡的女人
臺南：萬象書局
1956 年 7 月，32 開

新竹：重光書店
1967 年，32 開

深圳：海天出版社
1993 年，25 開，293 頁

廣州：花城出版社
1995 年 1 月，25 開，283 頁

北京：人民文學出版社
2010 年 5 月，32 開，307 頁
中國現代中篇小說藏本

長篇小說集。全書收錄〈北極風情畫〉、〈塔裡的女人〉共兩篇。
（1993 年以前查無傳本）
1995 年花城版：正文與 1993 年海天版同。正文前新增無名氏〈自序〉。
2010 年人民文學版：正文與 1993 年海天版同。正文前新增人民文學出版社編輯部〈出版說明〉。

花城出版社 1995

人民文學出版社 2010

契闊／于青編

石家莊：花山文藝出版社
1994 年 1 月，25 開，380 頁
二十世紀臺港及兩岸文學經典

短篇小說集。全書收錄〈露西亞之戀——一九三三年發生在柏
林深夜的故事〉、〈北極風情畫〉、〈塔裡的女人〉、〈海艷（節
選）〉、〈契闊——文革插圖之二〉共五篇。正文前有金宏達〈前
言〉，正文後有〈無名氏小傳〉。

幻情／曾煜選編

長春：吉林人民出版社
1995 年 10 月，446 頁
世紀情愛小說作品

長、短篇小說集。本書收錄〈塔裡的女人〉、〈露西亞之戀〉、
〈北極風情畫〉、〈海艷（節選）〉共四篇。正文前有〈前言〉、
〈作者簡介〉。

塔裡的女人／陳曉明主編

蘭州：甘肅人民出版社
1996 年 4 月，32 開，213 頁
塵封之鏡・現代十才子叢書

長、短篇小說集。收錄〈海邊的故事〉、〈日耳曼的憂鬱〉、〈露
西亞之戀〉、〈紅魔〉、〈龍窟〉、〈塔裡的女人〉共六篇。正文後
有郭德芳〈跋：無名氏的創作特色〉。

Flower Terror: Suffocating Stories of China／Richard Ferris Jr. & Andrew Morton 譯

New Jersey：Homa & Seka Books
1999 年 1 月，21.59×13.7 公分，256 頁

中、短篇小說集。全書收錄"The fossil"、"A glass of water"、
"Flower terror"、"Reunion"、"The turtle"、"A type"、"Silken veil"、
"Duck's tongue cap"、"Onto the bridge"、"Flower play"、"The
secret on the Pamirs"、"The day Mao died"共 12 篇。正文前有"Pu
Ning and his writing"、"Preface"。

九歌出版社 1999
上冊

九歌出版社 1999
下冊

上海文藝 2001
上冊

金色的蛇夜

臺北：九歌出版社
1999 年 1 月、1999 年 7 月，25 開，397 頁、
459 頁
九歌文庫 976、977

上海：上海文藝出版社
2001 年 7 月，25 開，355 頁、420 頁
無名氏作品系列

本書分上、下兩冊。爲《金色的蛇夜》與
《金色的蛇夜（續集）》合併。正文前有瘂弦
〈略談「無名書」〉。
2001 年上海文藝版：正文與 1999 年九歌版
同。正文前刪除瘂弦〈略談「無名書」〉，新
增汪應果〈二十世紀中國文學的又一座豐碑
——《無名書》總序〉、陳思和〈《金色的蛇
夜》代序〉。正文後新增無名氏〈跋〉。

花與化石

臺北：中天出版社
1999 年 5 月，25 開，207 頁
Happy Mind027・無名氏全集 9

短篇小說集。本書內容以共產社會下的中國小人物爲故事背
景，全書收錄〈上橋〉、〈窗紗〉、〈花的恐怖〉、〈一杯水〉、〈化
石〉共五篇。正文前有無名氏〈用腳思想（序一）〉、蘇士尹
〈一株耶誕紅與〈花的恐怖〉（序二）〉。正文後附錄李喬〈爾雅
版《七十二年短篇小說》編者評論摘要〉、司馬中原〈民族悲劇
的開端〉、黃文範〈今生何世〉等五篇。

一根鉛絲火鈎

臺北：中天出版社
1999 年 5 月，25 開，207 頁
Happy Mind028

短篇小說集。全書收錄〈一根鉛絲火鈎〉、〈鴨舌帽〉、〈甲魚—
—六〇年代大陸江南流傳的故事〉、〈契闊——文革插圖之一〉、
〈拈花——三女性素描〉、〈一型〉、〈妁〉、〈幽靈碎片〉共八
篇。正文前有無名氏〈用腳思想（序一）〉、蘇士尹〈一本令人

拍案叫絕的書（序二）〉。正文後附錄周寧〈爾雅版《七十一年
短篇小說》編者評論摘要〉。

《無名書》精粹／陳思和編

武漢：武漢出版社
2006 年 1 月，18 開，536 頁
潛在寫作文叢

本書爲「無名書」系列精粹節選，全書分「第一篇・《無名書》
第三卷《金色的蛇夜》（節選）」、「第二篇・《無名書》第四卷
《死的嚴層》（節選）」、「第三篇・《無名書》第五卷《創世紀大
菩提》（節選）」、「第四篇・《無名書》第六卷《創世紀大菩提》
（節選）」四部分，收錄〈末日〉、〈巴蜀傳奇〉、〈被侮辱與被損
害的〉、〈午夜海市蜃樓〉、〈「海開了花」〉、〈官能大戈壁〉、〈埃
及畫雕〉、〈西藏骷髏舞〉、〈紅燭光〉、〈莎卡羅〉、〈莎卡羅注
釋〉、〈三峽素描〉、〈峽谷幽影泛舟〉、〈死海底的玫瑰〉、〈艷窟
浮雕〉、〈黑森林紅月亮〉、〈奧麗奧帕屆之夜〉、〈魔鬼獨白〉、
〈畫室紅日〉、〈望彌撒〉、〈一元〉、〈祈禱詞（一）〉、〈祈禱詞
（二）〉、〈一封信〉、〈神的沉思〉、〈生物學家之死〉、〈守灶〉、
〈假山石〉、〈布道〉、〈倉庫大師〉、〈死的凝思〉、〈魔鬼山〉、
〈靈魂獨語〉、〈華山絕頂〉、〈母親的死〉、〈高峰冥思〉、〈悟道
的時刻〉、〈生之毒熱〉、〈畫展奇觀〉、〈悟後〉、〈感覺的變星〉、
〈自我銀河系宇宙〉、〈不死的人〉、〈鏡花水月〉、〈不朽之思〉、
〈感覺的旅程〉、〈胴體凝思〉、〈蘭憶〉、〈靜觀蓖麻子樹〉、〈金
魚幻想〉、〈嬰思〉、〈地球頌〉、〈地球停止旋轉的一秒〉、〈海水
詩篇〉、〈商人書簡〉、〈牛頓的蘋果〉、〈風聲、竹聲、水聲〉、
〈現代性的新阿波羅〉、〈平衡〉、〈幸福〉、〈洪水〉、〈語言崩
潰〉、〈靈魂底層的火山〉、〈半個問題〉、〈星球哲學〉、〈腥紅旭
日上升〉共 66 篇。正文前有陳思和〈總序〉、陳思和〈代序：
試論「無名書」〉。正文後附錄無名氏〈略談小說創作〉、〈「無名
書」情節簡介〉共兩篇。

無名氏卷／陳思和編

上海：上海文藝出版社
2010 年 5 月，25 開，297 頁
海上文學百家文庫 114

本書收錄 1999 年九歌版《金色的蛇夜》上冊部分，正文前有
〈凡例〉、徐俊西〈前言〉。正文後有陳思和〈編後記〉。

【報導文學】

韓國的憤怒

重慶：光復社
1942 年

韓國：光昌閣
1946 年 5 月，18 公分，93 頁
金光州韓譯

本書以韓國光復軍將領李範奭名義出版，為
作者根據韓國獨立軍戰役所完成的報導文
學。全書分 11 部分：1.大戰序幕；2.遭遇；3.
準備；4.從暗夜到黎明；5.白雲坪之戰；6.向
甲山村途中；7.泉水坪之戰；8.馬鹿溝之戰；
9.血的插曲；10.勝利；11.終話。
1946 年光昌閣版：由金光州韓譯為《韓國의
憤怒：青山里血戰實記》（《한국의 분노》）。
（兩版皆查無傳本）。

新聞天地社 1985　　黎明文化公司 1986

海的懲罰──下沙鄉集中營實錄

臺北：新聞天地社
1985 年 8 月，32 開，173 頁

臺北：黎明文化公司
1986 年 10 月，32 開，258 頁

本書為作者於大陸文革時期所見所經歷的生
活實錄，收錄〈海的懲罰──下沙鄉集中營
實錄〉、〈一個大陸囚徒的意識流──《海的
懲罰》續篇，下沙鄉集中營心靈經驗〉等三
篇。正文前有瘂弦〈序〉。正文後有無名氏
〈三十三年觀火簡記──跋《海的懲罰》〉。
1986 年黎明文化版：正文與 1985 年新聞天地
版同。正文後新增附錄〈走向各各他──一
九六八年受難記實〉，該文文前有黃永武
《《走向各各他》序〉，文後有梁實秋〈跋〉。

The Scourge of the Sea：A True Account of My Experiences in the Hsia-sa Village Concentration Camp
Taipei : Compilation Dept／Kuang Lu Pub
1985 年 10 月，18.7×13 公分，118 頁

本書為《海的懲罰》英譯版。正文前有"About the Author"、Ya Shuen " Preface"。

走向各各他──1968 年受難紀實
臺北：新聞天地社
1986 年 2 月，32 開，80 頁

本書內容為作者於中國文革時期遭監禁的生命經歷。正文前有黃永武〈《走向各各他》序〉。正文後有無名氏〈後記〉。

紅鯊
臺北：黎明文化公司
1989 年 9 月，32 開，468 頁

本書內容為真實事件紀錄，以共產中國社會中慘絕人寰的勞改與批鬥揭示小人物命如飄絮的悲哀。全書收錄〈井底〉、〈紅鯊〉、〈帕米爾的祕密〉等四篇。正文前有無名氏〈自序（一）──寫給臺灣這一代青年〉、無名氏〈自序（二）──再寫給臺灣這一代青年〉。正文後附錄無名氏〈亞洲的《紅與黑》〉、黃文範〈中國的索忍尼辛──《古拉格群島》與《紅鯊》比較初探〉共兩篇。

Red in tooth and claw : twenty-six years in Communist Chinese prisons
New York：Grove Press
1994 年，21.59×14.6 公分，228 頁

本書為黎明版《紅鯊》之〈井底〉與〈紅鯊〉（四章）英譯，全書收錄"In the Well-Cell"、"Tilan's Rage"、"Scarlet Predators"、"A Tsaidamu Vignette"、"In the Barrens"共五篇。正文前有"Acknowledgments"、C. T. Hsia "Foreword"、Pu Ning "Prologue: The Secret of the Cave"。正文後有 Pu Ning "Epilogue"、"About Han Wei-tien"、"A Chronology of Han Wei-tien's Years of Imprisonment"。

【書信】

魚簡

臺北：遠景出版公司
1983 年 4 月，32 開，221 頁
遠景叢刊 328

本書爲作者與文壇友人、家人與紅顏知己的書信集。全書分「海水書簡」、「藝文書簡」、「西湖書簡」、「夕陽書簡」、「家書」、「葛嶺夢痕」、「尼庵書簡」、「抒情書簡」八輯，收錄書信 54 封。正文前有無名氏〈序〉。

【合集】

山河出版社 1982　　遠景出版公司 1983

聖誕紅

香港：山河出版社
1982 年 12 月，32 開，198 頁
山河創作叢書 2

臺北：遠景出版公司
1983 年 12 月，32 開，205 頁
遠景叢刊 327

本書爲報導文學與小說合集。收錄報導文學〈韓國的憤怒——青山里喋血實記〉一篇；短篇小說〈逝影〉、〈拈花——三女性素描〉、〈一根鉛絲火鈎〉、〈聖誕紅〉、〈妁〉、〈一型——文革插圖之一〉、〈契闊——文革插圖之二〉共七篇。正文前有無名氏〈《聖誕紅》序〉。

1983 年遠景版：內容與 1982 年山河版同。

無名氏自選集

臺北：黎明文化公司
1985 年 3 月，32 開，303 頁
中國新文學叢刊 145

本書爲無名氏散文、小說、書信選集，選文著重凸顯原出處書籍的內容風格。全書收錄散文〈我站在金門望大陸〉、〈夢北平〉共兩篇；小說〈人類歷史縮影〉、〈人與地球〉、〈七朵海夜〉、〈莎卡羅胴體畫〉、〈印修靜之死〉、〈人類思想軌迹〉、〈意象的畫與

夜〉、〈午夜星海〉、〈時間〉、〈靜觀蓖麻子樹〉、〈夢橄山幻火〉、
〈北極邂逅〉、〈《塔裡的女人》序曲〉、〈蓮湖公園抒情曲〉共 14
篇；書信〈葛嶺書簡〉一篇；詩〈被綁縛的大陸人──五十年代
大陸藍圖〉、〈獻給野獸時代──五十年代大陸心靈獨白〉、〈新鮮
的死者〉等 17 首。正文前有「素描」、「生活照片」、「手跡」、無
名氏〈自序〉、〈小傳〉。

花的恐怖
臺北：黎明文化公司
1988 年 1 月，32 開，328 頁

本書爲小說及報導文學合集。全書分三輯，收錄短篇小說〈花的
恐怖〉、〈契闊〉、〈一型〉、〈一根鉛絲火鉤〉、〈妁〉、〈拈花〉、〈騎
士的哀怨〉、〈幻魅〉、〈露西亞之戀〉、〈古城篇〉、〈海邊的故
事〉、〈鞭屍〉、〈日耳曼的憂鬱〉、〈逝影〉共 14 篇；報導文學
〈韓國的憤怒──青山里喋血實記〉一篇。正文前有無名氏〈增
訂本序言〉、無名氏〈原序〉。正文後附錄周寧〈爾雅版《七十一
年短篇小說選》編者評論摘要〉、李喬〈爾雅版《七十二年短篇
小說選》編者評論摘要〉、譚錫永〈附錄三：〈露西亞之戀〉評論
摘要──譚錫永〈讀「無名氏全書」散記〉節錄〉共三篇。

北極風情畫
臺北：輔新書局
1989 年 4 月，新 25 開，314 頁
中國名家系列

本書爲小說、散文合集。全書收錄長篇小說〈北極風情畫〉一
篇；散文〈夢北平〉、〈霧〉、〈拉丁之凋落〉等六篇。正文前有司
馬長風〈無名氏的「無名書」序〉。

說愛
南京：江蘇文藝出版社
2001 年 12 月，新 25 開，205 頁

本書爲詩、書信與散文合集。全書內容以「愛情」爲主調，分
「情詩一束」、「情書六扎」、「兩性之間」、「愛情故事」四卷，
「情詩一束」收錄詩〈春色〉、〈共同體〉、〈憶華〉等 11 首；「情
書六扎」收錄書信〈情簡──致李彥文〉、〈水之戀──致閔泳
珠〉等六篇；「兩性之間」收錄〈立情──兩性漫談之一〉、〈說
情性──兩性漫談之二〉等五篇；「愛情故事」收錄〈說愛〉、

〈愛情・女人〉等五篇。正文前有無名氏〈序〉。

花的恐怖／陳思和編

武漢：武漢出版社
2006 年 1 月，18 開，416 頁
潛在寫作文叢

本書為無名氏詩、散文、書信、小說作品選集。全書分「散文卷」、「詩歌卷」、「短篇小說卷」、「書簡卷」四卷，收錄散文〈電光小集〉、〈無聲〉、〈瀟湘情調〉等 26 篇；詩〈靜中亂——奉獻給華〉、〈琴——奉獻給華〉、〈奇妙的一夜〉、〈抒情〉等 34 首；小說〈花的恐怖〉、〈契闊〉、〈一根鉛絲火鉤〉、〈一型〉、〈拈花——三女性素描〉共五篇；書簡〈致女友信〉、〈致趙無華書〉、〈一封寄給天堂的信〉等 29 篇。正文前有陳思和〈總序〉。正文後附錄〈無名氏小傳〉、劉志榮〈代後記：痛苦的雨滴——20 世紀 50 至 70 年代無名氏的散文、詩歌和小說〉共兩篇。

無名氏代表作——塔裡的女人／沐定勝選編

北京：華夏出版社
2010 年 1 月，25 開，294 頁
中國現代文學百家

本書為作者作品選集，全書分兩部分：「小說」收錄〈北極風情畫〉、〈塔裡的女人〉共兩篇；「散文」收錄〈僧二〉、〈烽火篇——擬屠格涅夫〉、〈詛咒集〉等 24 篇。正文前有陳建功〈總序〉、〈無名氏小傳〉。正文後有〈無名氏主要著作書目〉。

【全集】

「無名書」——無名氏全集

臺北：文史哲出版社
1998 年 1 月，1998 年 10 月，1999 年 9 月，2000 年 5 月，2001 年 4 月，2002 年 10 月共 11 卷。正文前有無名氏全集出版基金籌募委員會、無名氏〈鳴謝〉。
因出版時間先後不一，書目提要以全集卷次依序排列。

北極風情畫

臺北：文史哲出版社
1998 年 10 月，25 開，246 頁
文學叢刊 75・無名氏全集第一卷上冊

本書收錄修訂版定本《北極風情畫》。正文前有〈「無名氏全集」內容〉、〈評論摘要〉、〈書史奇蹟〉、〈《北極風情畫》圖片〉。正文後有方為良〈試談《北極風情畫》的藝術魅力〉、呂明〈略說無名氏小創作的抒情風格（節錄）——讀《北極風情畫》、《塔裡的女人》、《野獸、野獸、野獸》〉、李偉〈踏破小說的殘闕古壘（節錄）——七十歲老翁讀《北極風情畫》〉。

塔裡的女人

臺北：文史哲出版社
1998 年 10 月，25 開，185 頁
文學叢刊 76・無名氏全集第一卷下冊

本書收錄修訂版定本《塔裡的女人》。正文前有相關照片及〈《塔裡的女人》圖片說明〉。正文後有傅頌愉〈《塔裡的女人》〉、無名氏〈跋〉。

上冊　　　下冊

野獸・野獸・野獸

臺北，文史哲出版社
2002 年 10 月，32 開，564 頁
文學叢刊 146・無名氏全集第二卷

本書收錄修訂版定本《野獸・野獸・野獸》，分上、下兩冊。全書共九章。正文前有「手稿」、尉天驄〈探求・反思・自由——讀「無名書」〉。正文後附錄「詩篇手稿」:〈等待——給菁〉、〈仳離〉、〈盛筵〉、〈除夕〉。

上冊　　　　下冊

海艷

臺北：文史哲出版社
2000 年 5 月，25 開，621 頁
文學叢刊 106・無名氏全集第四卷

本書收錄修訂版定本《海艷》，分上、下兩
冊，共 12 章。正文前有曾昭旭〈《海艷》說
了些什麼？——無名氏《海艷》重版序〉。正
文後有無名氏〈作者跋〉。

上冊　　　　下冊

死的巖層

臺北：文史哲出版社
2001 年 4 月，25 開，630 頁
文學叢刊 120・無名氏全集第五卷

本書收錄修訂版定本《死的巖層》，分上、下
兩冊，全書共 11 章。正文前有無名氏〈書中
人語（代序）〉。正文後有李明〈一部探索人
生真諦的啟示錄（節錄）〉、無名氏〈跋〉。

上冊　　　　下冊

開花在星雲以外

臺北：文史哲出版社
2002 年 10 月，25 開，700 頁
文學叢刊 147・無名氏全集第六卷

本書收錄修訂版定本《開花在星雲之外》，分
上、下兩冊。全書共十章。正文前有手稿。
正文後附錄〈詩篇手稿〉。

上冊　　　　下冊

創世紀大菩提

臺北：文史哲出版社
1999 年 9 月，25 開，834 頁
文學叢刊 90・無名氏全集第七卷

長篇小說。本書爲修訂版定本《創世紀大菩
提》，分上、下兩冊，全書共九章。正文前有
無名氏〈告讀者〉、陸達誠〈談《創世紀大菩
提》序曲〉。正文後有瘂弦〈無名氏的文學時
代（跋）〉。

上冊　　　　下冊

抒情煙雲

臺北：文史哲出版社
1998 年 1 月，25 開，837 頁
文學叢刊 70-71・無名氏全集第十一卷

本書分上、下兩冊。全書分「抒情夢卷」、「抒情煙雲」、「塔外的女人」、「天真夢卷——西湖夢卷」、「幽蘭之葉」、「豹籠大師」、「夕陽語片」、「烽火之葉」八卷，上冊四卷記載無名氏與趙無華五個月的戀情，下冊四卷爲作者各時期散文，收錄〈蘭憶〉、〈胴體凝思〉、〈靜觀蓖麻子樹〉、〈嬰思〉、〈客廳的樹〉等 72 篇。正文前有〈不死的黑玫瑰——《抒情煙雲》序〉。正文後附錄司馬長風〈無名氏的散文〉、司馬長風〈無名氏的《火燒的都門》〉共兩篇。

文學年表

1917 年	1 月	1 日，生於南京下關天保里，譜名卜寶南，後改名卜乃夫。父親卜世良（後改名善夫），母親盧淑貞。於家中六子中行四。
1922 年	本年	就讀私塾，學習《大學》、《中庸》等書。
1923 年	本年	父親卜善夫過世。
1924 年	本年	就讀揚州黃鈺橋小學。
1927 年	本年	返回南京，就讀龍江橋小學，後就讀南京東南大學實驗小學（中央大學實驗小學前身，今大石橋小學）。
1928 年	本年	作文〈夏天來了〉兩篇發表於上海中華書局主辦《小朋友》雜誌。
1929 年	夏	連跳三級，畢業於中央大學實驗小學。
	秋	就讀南京安徽中學。
1930 年	春	轉學至南京青年會中學，就讀初中一年級。
	夏	因學費短缺，輟學一年。期間大量閱讀二哥卜少夫的文學藏書。
1931 年	秋	考取南京樂育中學，就讀初中三年級。
	本年	文章發表於卜少夫創辦的《活躍》周報上。
1933 年	春	私造轉學證明，考入南京三民中學，跳級就讀高中二年級。
	本年	短篇小說〈SOS〉及其他文章發表於《三民校刊》。
		短篇小說〈怪物〉發表於南京《文化戰線》。
		〈學校生活一頁〉發表於《新民報》。

1934 年	4 月	1 日，由於反對會考（又稱聯考），放棄三民中學畢業會考，轉而前往北平，並於圖書館大量閱讀。
	秋	就讀北平俄文專科學校，專攻俄文。
	本年	短篇小說〈六月〉、〈火的怒吼〉、〈霧〉以筆名「高爾礎」發表於天津《大公報》「小公園」副刊。
		於北京大學中文系、哲學系旁聽自修
1935 年	冬	因俄文專科學校遭政府勒令停辦，被迫肄業。返回南京下關。
1936 年	本年	〈趕車人〉發表於上海《汗血週刊》。
1937 年	8 月	於南京完成〈崩潰〉，為真正文學創作的開端。
	9 月	戰火四起，返回揚州。
	11 月	上海陷落，返回南京舊宅善後。
		離開南京後六天，日軍攻陷南京。
1938 年	春	避戰禍至漢口，獲湖北省政府「中央宣傳部藝文研究會」錄取為編員，並協助陶希聖「藝文研究會」事務，協助撰寫民初偉人英雄生平小冊。
	7 月	完成〈論拜倫〉、〈川江夜泊〉。
	本年	因「藝文研究會」遭政府查封，開始在重慶及海外各報紙雜誌發表新聞報導文章，兼事文藝創作、投稿。
1939 年	9 月	26 日，〈山居雜記：竹〉發表於《立報》。
	秋	任職於中央教育部圖書雜誌審查委員會，後任香港《立報》駐重慶記者，發表時事、文藝通訊及散文。
	冬	短篇小說〈古城篇〉、〈日耳曼的憂鬱〉發表於《文群》。
	本年	短篇小說〈騎士的哀怨〉發表於重慶及海外各報紙雜誌。
1940 年	8 月	〈薤露〉連載於《時事新報》副刊。
	冬	自中央教育部圖書雜誌審查委員會離職。

1941 年　1 月　擔任重慶《掃蕩報》記者，後兼任爪哇吧城（今雅加達）《吧
　　　　　　　城新報》駐重慶記者。

　　　　夏　離開《立報》、《掃蕩報》。

　　　　11 月　結識《北極風情畫》主角原型人物——韓國光復軍總司令李
　　　　　　　範奭，因此完成報導文學《韓國的憤怒》與編著《中韓外交
　　　　　　　史》，李範奭的形象後續亦多次出現在「無名書」系列中。

1942 年　1 月　短篇小說集《海邊的故事》由臺中革心出版社出版。

　　　　2 月　短篇小說集《露西亞之戀》（原《海邊的故事》）由重慶中國
　　　　　　　編譯出版社出版。

　　　　8 月　19、24 日，〈關於〈荒漠裡的人〉〉連載於貴陽《中央日報》
　　　　　　　「前路」副刊。
　　　　　　　29 日，長篇小說〈荒漠裡的人〉以筆名「卜寧」連載於貴陽
　　　　　　　《中央日報》副刊，至隔年 7 月 24 日止。

　　　　9 月　受李範奭邀請，擔任韓國光復軍西安第二支隊祕書，隨軍前
　　　　　　　往西安。

　　　　本年　以韓國臨時政府宣傳部副部長閔石麟名義編著《中韓外交史
　　　　　　　話》，由重慶東方出版公司出版。
　　　　　　　報導文學《韓國的憤怒》由重慶光復社出版。
　　　　　　　擔任重慶《新蜀報》、貴陽《中央日報》駐西北特派員。

1943 年　夏　遊華山，此經驗後成為長篇小說《塔裡的女人》與「無名書
　　　　　　　系列」中重要寫作題材。

　　　　11 月　應西安《華北新聞》總編輯趙蔭華之請，首次用筆名「無名
　　　　　　　氏」撰寫長篇小說〈北極豔遇〉（後出版時改名為《北極風情
　　　　　　　畫》），連載於《華北新聞》，至翌年一月。並常於《大華晚
　　　　　　　報》發表方塊文章。

　　　　本年　結識中俄混血女子劉雅歌（俄文名 Tamara），為《綠色的迴

聲——無名氏青春期愛情自傳》女主角原型。

1944 年	1 月	長篇小說《塔裡的女人》由上海時代生活出版社出版。
	7 月	長篇小說《北極風情畫》由西安無名書屋出版。
	10 月	長篇小說《塔裡的女人》由西安無名書屋出版。
	11 月	長篇小說《一百萬年以前》由上海真善美圖書出版公司出版。
	12 月	離開西安,前往重慶。
	本年	長篇小說〈一百萬年以前〉連載於《華北新聞》。
		長篇小說《北極風情畫》由西安華北新聞社出版。
		長篇小說《塔裡的女人》、《一百萬年以前》由西安鐘樓書局出版。
		開始經營個人出版事業「無名書屋」。
1945 年	11 月	返回上海。
	12 月	長篇小說《北極風情畫》由上海無名書屋出版。
	本年	長篇小說《塔裡的女人》由重慶無名書屋出版。
1946 年	4 月	13 日,遷往杭州,於慧心庵專心寫作「無名書」。
	12 月	長篇小說《野獸‧野獸‧野獸》分別由上海真善美圖書出版公司與上海時代生活出版社出版。
	本年	報導文學《韓國의憤怒:青山里血戰實記》由韓國光昌閣出版。(金光州譯)
1947 年	7 月	長篇小說《北極風情畫》由上海時代生活出版社出版。
		寫作過度,罹患腦疲症。
	9 月	《火燒的都門》、長篇小說《海艷》與短篇小說集《龍窟》、短篇小說集《露西亞之戀》由上海真善美圖書出版公司出版。
1948 年	1 月	遷至西湖葛嶺,開始創作長篇小說〈金色的蛇夜〉。

	2 月	長篇小說《塔裡的女人》由上海真善美圖書出版公司出版。
	3 月	長篇小說《海艷》（2 冊）由上海時代生活出版社出版。
		長篇小說《海艷》（3 冊）由上海無名書屋出版。
	7 月	《沉思試驗》由上海真善美圖書出版公司出版。
	10 月	長篇小說《北極風情畫》由上海真善美圖書出版公司出版。
1949 年	1 月	偕母親及義妹卜寶珠（原姓劉，受卜家收養時取名爲菁，後改名寶珠，文革期間恢復原姓名）遷往杭州。
	5 月	長篇小說《金色的蛇夜》由上海真善美圖書出版公司出版。
		國民政府撤退來臺，因照顧年邁母親，選擇停留杭州。
		罹患肺結核。
1950 年	春	與母親借住於畫家趙無極位於葛嶺的別墅。
	5 月	與來別墅靜養的趙無極之妹趙無華發展戀情，趙無華於該年 10 月病逝，後完成回憶文章〈抒情煙雲〉以茲紀念。
1952 年	本年	因肺疾，閉門蟄居。
1954 年	7 月	15 日，與義妹卜寶珠於杭州結婚。
1956 年	7 月	長篇小說集《北極風情畫・塔裡的女人》由臺南萬象書局出版。
	夏	開始撰寫長篇小說〈死的巖層〉、〈開花在星雲以外〉、〈創世紀大菩提〉。
1957 年	本年	完成長篇小說〈死的巖層〉。
1958 年	7 月	15 日，深夜遭共產黨逮捕，被押解至杭州下沙鄉集中營，監禁 37 天。
	本年	完成長篇小說〈開花在星雲之外〉。
1959 年	5 月	長篇小說《北極風情畫》由臺南華南出版社出版。
1960 年	5 月	3 日，完成「無名書」最後一卷，長篇小說〈創世紀大菩提〉。因身處共產鐵幕下仍堅持完成創作，於室中輕呼「我勝

利了！」。

	10 月	遭下放至杭州 70 里外的潘板橋農場從事勞動。
1961 年	9 月	長篇小說《塔裡的女人》由新竹重光書店出版。
1962 年	春	自潘板橋農場返回杭州。
1963 年	本年	完成短篇小說〈聖誕紅〉。
1964 年	本年	開始創作長篇小說〈綠色的迴聲〉。
1965 年	本年	完成短篇小說〈契闊〉、〈一根鉛絲火鈎〉、〈一型〉、〈妁〉、〈枯花〉。
		長篇小說《塔裡的女人》由臺南晨光出版社出版。
1966 年	2 月	長篇小說《北極風情畫》由新竹重光書局出版。
	8 月	因「文化大革命」，家中數次遭到搜抄，藏於友人俞漱心家中未完稿的〈綠色的迴聲〉亦遭抄沒。
1967 年	4 月	長篇小說《塔裡的女人》、《北極風情畫》由臺南萬象出版社出版。
		遷居上海。
	本年	長篇小說《塔裡的女人》由姚鳳磐編爲同名電影，林福地導演；楊群、汪玲主演。
		長篇小說集《北極風情畫‧塔裡的女人》由新竹重光書店出版。
1968 年	3 月	返回杭州。
	6 月	30 日，因友人遭捕而受波及，以「包庇反革命」罪名入獄，囚於杭州小車橋監獄。
1969 年	9 月	9 日，獲釋。出獄後一周遭遇數次大會鬥爭，以「窩藏叛國投敵集團首要分子」及「一貫暗寫反動文章」被視爲「反革命分子」，此後持續帶著寫有「反革命分子」的帽子於街道進行各項清潔勞動。

本年　　長篇小說《北極風情畫》改編爲同名電影，王星磊、李翰祥導演；楊群、萬儀主演。

1970 年　9 月　短篇小說集《海邊的故事》與長篇小說《一百萬年以前》由臺南王家出版社出版。

本年　　長篇小說《塔裡的女人》由臺南魯南出版社出版。
《沉思試驗》由香港波文書局出版。

1972 年　9 月　被宣布摘下「反革命分子」帽子，此後以鑽研書法、臨摹碑帖維持生計。

10 月　《人生的奧義——無名氏沉思錄》（原《沉思試驗》）由臺南開山書店出版。

1973 年　1 月　22 日，因中國政府干涉，與妻子劉菁離婚。

1976 年　9 月　短篇小說集《露西亞之戀》、《龍窟》、長篇小說《一百萬年以前》、《北極風情畫》與《火燒的都門》由香港新聞天地社出版。
卜少夫《無名氏生死下落》，由臺北遠景出版公司出版。
長篇小說《北極風情畫》分別由臺北遠景出版公司及臺北黎明文化公司出版。

本年　　長篇小說《塔裡的女人》由香港新聞天地社出版。

1977 年　1 月　長篇小說《野獸・野獸・野獸》、《海艷》、《金色的蛇夜》、《印蒂》與《冥想偶拾》（原《沉思試驗》）由香港新聞天地社出版。
《冥想偶拾》由臺北遠景出版公司出版。

4 月　24 日，母親盧淑貞因胃病過世。

1978 年　12 月　法院宣布平反「反革命」罪名，恢復公民權利。

1979 年　5 月　長篇小說《北極風情畫》由臺南魯南出版社出版。

本年　　發還於 1966 年遭抄，包含「無名書」後三卷半的所有稿件，

在學生、友人幫助下，將「無名書」各卷整理謄抄，分數千
封信寄往香港，歷時四年方完全寄出。

長篇小說《塔裡的女人》由臺北新聞天地社出版。

《沉思試驗》由香港未名書屋出版。

1981 年	8 月	3～6 日，報導文學〈韓國的憤怒——青山里喋血記〉連載於《中央日報》第 11、12 版。
	9 月	長篇小說《死的巖層》由香港新聞天地社出版。
		獲聘為浙江省文史研究館館員。
		卜少夫編《無名氏研究》，由臺北遠景出版公司出版。
1982 年	1 月	18～19 日，短篇小說〈契闊——「文革插圖」之一〉連載於《臺灣時報》副刊。
	2 月	13 日，〈鳴謝與罪己——關於《死的巖層》一書出版之感〉發表於《臺灣時報》第 12 版。
		詩集《無名氏詩篇》由香港新聞天地社出版。
	12 月	報導文學與小說合集《聖誕紅》由香港山河出版社出版。
		長篇小說《金色的蛇夜（續集）》由香港新聞天地社出版。
		經多次申請，獲准前往香港探親。
		23 日，抵香港，與闊別 32 年的二哥卜少夫、六弟卜幼夫見面。
1983 年	1 月	透過六弟卜幼夫，開始與未來妻子馬福美通信。
		長篇小說《開花在星雲之外》由香港新聞天地社出版。
	2 月	《薤露》（原《火燒的都門》）由香港新聞天地社出版。
	3 月	22 日，在香港居留期滿當夜，由卜少夫陪同，祕密搭機抵臺，自此定居臺灣。
		23 日，〈我的聲明〉發表於《民生報》第 7 版。
		24～25 日，短篇小說〈聖誕紅〉連載於《自立晚報》副刊。
	4 月	《魚簡》由臺北遠景出版公司出版。

5 月　　10 日，出席「光復大陸設計委員會擴大座談會」，以「大陸知識分子的生活與心態」爲題進行演講。

7 月　　長篇小說《綠色的迴聲——無名氏青春期愛情自傳》由臺北展望雜誌社出版。

〈三十三年來中共對知識分子的政策及大陸知識分子的心態〉發表於《光復大陸》第 199 期。

9 月　　20～21 日，〈被壓下去的大陸聲音——論人與人之間沒有共同聲音〉連載於《中央日報》第 12 版。

〈學書始末簡記〉發表於《大成》第 118 期。

10 月　　17～18 日，〈談大陸走路〉連載於《中央日報》第 11、12 版。

穆子傑編《無名氏在香港》，由臺北遠景出版公司出版。

〈試談讀書〉發表於《新書月刊》第 1 期。

11 月　　〈記杭州「橋上文人」〉發表於《傳記文學》第 258 期。

12 月　　報導文學與小說合集《聖誕紅》由臺北遠景出版公司出版。

《海峽兩岸七大奇蹟——無名氏演講集》由臺北黎明文化公司出版。

區展才編《無名氏卷》，由臺北遠景出版公司出版。

〈略談小說創作——在香港中大文藝座談會上的講話〉發表於《文訊》第 6 期。

本年　　擔任《臺灣日報》顧問。

擔任《中華日報》特約主筆。

擔任成功大學文學講座。

獲頒舊金山中山文化學院名譽教授。

1984 年　2 月　　〈一張帳單——抗戰時期寫作生涯回顧〉發表於《文訊》第 7、8 合期。

	5 月	詩集《獄中詩抄——寫在腦紙上的 125 首詩》由臺北黎明文化公司出版。
		〈略談五四新文學運動中的歐化傾向〉發表於《文訊》第 11 期。
	7 月	19 日,〈憶無華〉發表於《中央日報》第 12 版。
	9 月	11 日,〈我的文學信念——《無名氏自選集》序〉發表於《青年戰士報》第 11 版。
		長篇小說《塔裡的女人》、《創世紀大菩提》由臺北遠景出版公司出版。
	10 月	7 日,〈沙漠種玫瑰記〉發表於《中央日報》第 10 版。
		9 日,〈從一隻纖手想起……〉發表於《中央日報》第 10 版。
		〈我的文學觀〉發表於《文訊》第 14 期。
	12 月	長篇小說《野獸‧野獸‧野獸》由臺北遠景出版公司出版。
		〈誰是塔裡的女人?〉發表於《聯合文學》第 2 期。
	本年	《無名氏詩詞墨蹟》由臺北黎明文化公司出版。
1985 年	3 月	《無名氏自選集》由臺北黎明文化公司出版。
	5 月	18 日,〈塔外的女人——我的婚姻心路歷程〉發表於《聯合報》第 8 版。
		19 日,與馬福美於臺北空軍軍官俱樂部結婚。
	8 月	《我站在金門望大陸》由臺北黎明文化公司出版。
		報導文學《海的懲罰——下沙鄉集中營實錄》由臺北新聞天地社出版。
	10 月	報導文學《海的懲罰——下沙鄉集中營實錄》英文版(*The scourge of the sea：a true account of my experiences in the Hsia-sa Village Concentration Camp*)由臺北國立編譯館出版。

	11 月	3 日,應海外文化界及僑社邀請,出訪加拿大、美國、日本等地,爲期一個半月。
	12 月	16 日,返回臺北。
	本年	詩集《獄中詩抄──寫在腦紙中的 125 首詩》獲中山文藝獎。
		定居淡水。
1986 年	2 月	報導文學《走向各各他》由臺北新聞天地社出版。
	3 月	2～4 日,〈大陸文學的社會背景和我的文學觀〉連載於《臺灣日報》第 8 版。
		〈逆流中的搏鬥──評介馬克任〈美國華人社會評論〉〉發表於《傳記文學》第 286 期。
	4 月	《無名氏巡迴美、加、日演講紀要》由臺北光陸出版社出版。
	7 月	長篇小說《海艷》(上冊)由臺北漢光文化公司出版。
		〈共產主義爲什麼不適合於中國〉發表於《彰銀資料》第 35 卷第 7 期。
	8 月	《讀書‧時代‧生活》由臺北黎明文化公司出版。
	10 月	報導文學《海的懲罰──下沙鄉集中營實錄》由臺北黎明文化公司出版。
	本年	《我站在金門望大陸》獲得國家文藝獎。
1987 年	2 月	於龍門畫廊展出書法作品,至 3 月 4 日止。
	5 月	28 日,〈塔裡的女人〉發表於《臺灣日報》第 8 版。
		長篇小說《塔裡的女人》由臺北黎明文化公司出版。
	7 月	參加文訊雜誌社於國家圖書館國際會議廳舉辦的「紀念抗戰五十周年──抗戰文學研討會」。
	10 月	5 日,〈速溶思縷〉發表於《中央日報》第 10 版。

11 月	14～15 日，〈半紀楮墨瑣譯──我的創作心路歷程〉連載於《中央日報》第 10 版。	

12 月　20 日，〈文學冥思──紀念創作五十年〉發表於《臺灣日報》第 8 版；〈胴體凝思──紀念創作五十年〉發表於《中央日報》第 20 版。

本年　獲文建會贈「文藝醒世」獎牌。

1988 年　1 月　18 日，〈蘭憶〉發表於《中央日報》第 18 版。

小說與報導文學合集《花的恐怖》由臺北黎明文化公司出版。

2 月　〈我決定接受人們任何新的公正意見〉發表於《文訊》第 34 期。

3 月　30 日，〈做一個想像人〉發表於《中央日報》第 18 版。

5 月　22 日，出席由文訊雜誌社與聯合文學雜誌社共同舉辦的「當前大陸文學研討會」，並於會議中擔任貴賓致詞。

《中國大悲劇時代對話》由臺北黎明文化公司出版。

6 月　1 日，〈不能空心，那能了悟？〉發表於《自由時報》第 11 版。

8 月　27 日，〈大陸札記──寫於 1959 年〉發表於《中央日報》第 16 版。

12 月　長篇小說《塔裡的女人》由上海上海書店出版。

出席於臺北空軍活動中心舉行的「無名氏創作五十周年、投奔自由五周年紀念酒會」。

1989 年　3 月　穆子傑、李揚編《走出歷史峽谷》，由臺北黎明文化公司出版。

4 月　小說與散文合集《北極風情畫》由臺北輔新書局出版。

5 月　長篇小說《塔裡的女人》由北京中國華僑出版公司出版。

　　　　　　　　長篇小說《野獸・野獸・野獸》由北京中國文聯出版公司出版。

　　9 月　　報導文學《紅鯊》由臺北黎明文化公司出版。

　10 月　　長篇小說《北極風情畫》由臺北黎明文化公司出版。

　　　　　　　歐展才、卜少夫編《現代心靈的探索——無名氏作品研究》，由臺北黎明文化公司出版。

　11 月　　長篇小說《北極風情畫》分別由臺北風雲時代出版公司與上海上海文藝出版社出版。

　　　　　　　長篇小說《塔裡的女人》由臺北風雲時代出版公司出版。

1990 年　　4 月　　27 日，〈《塔裡的女人》散憶・省思〉發表於《臺灣日報》第15 版。

　　　　　　　《塔外的女人》、《塔裡・塔外・女人》由臺北風雲時代出版公司出版。

　　　　　　　獲得教育部「推展社會教育有功個人獎」。

　　8 月　　〈無名氏的文學語言〉發表於《國魂》第 537 期。

　　9 月　　長篇小說《綠色的迴聲——無名氏青春期愛情自傳》由臺北黎明文化公司出版。

　11 月　　15 日，〈憶獅子頭〉發表於《中央日報》第 16 版。

　　本年　　長篇小說《塔裡的女人》由臺北黎明文化公司重排出版。

1991 年　　1 月　　長篇小說《海艷》（上冊）由臺北漢光文化公司出版。

　　4 月　　9～11 日，中篇小說〈化石〉連載於《中央日報》第 16 版。

　　6 月　　22 日，應邀出席由文訊雜誌社主辦的「當前大陸文學研討會（二）」，並於第一場論文發表會的綜合討論議程中針對大陸文散文的局限與缺點發表意見。

　　7 月　　長篇小說《海艷》（下冊）由臺北漢光文化公司出版。

　　8 月　　〈我的筆名〉發表於《聯合文學》第 82 期。

	10 月	25 日，〈海水的聲音〉發表於《中央日報》第 18 版。
	12 月	短篇小說集《蠱甕》由臺北黎明文化公司出版。
1992 年	1 月	《淡水魚冥思》由臺北黎明文化公司出版。
	8 月	15 日，〈《恐龍世紀》——人類有史以來最怵目驚心最黑暗的一頁〉發表於《中央日報》第 16 版。
	10 月	3 日，應邀出席由文訊雜誌社於臺北聯勤中山俱樂部舉辦的「八十一年文藝界重陽敬老聯誼活動」。
	12 月	《恐龍世紀》由臺北黎明文化公司出版。
1993 年	2 月	3 日，出席由《中央日報》舉辦的「全國新春作家聯誼茶會」。
	5 月	《愛情·愛情·愛情》由臺北黎明文化公司出版。
	本年	長篇小說集《北極風情畫·塔裡的女人》由深圳海天出版社出版。
1994 年	1 月	于青編短篇小說集《契闊》，由石家莊花山文藝出版社出版。
	6 月	《蝴蝶沉思》（原《沉思試驗》）由臺北黎明文化公司出版。
	7 月	6 日，不慎於停車場被鐵鍊絆倒，左盆骨破碎性骨折。
	9 月	12 日，〈白頭宮女話玄宗——大陸版《塔裡的女人》題記〉發表於《臺灣日報》第 9 版。
	12 月	23 日，〈無名氏論無名氏〉發表於《聯合報》第 37 版。
	本年	報導文學《紅鯊》部分英文版（*Red in tooth and claw: twenty-six years in Communist Chinese prisons*）由紐約 Grove Press 出版。
1995 年	1 月	《淡水魚冥思》、《塔裡·塔外·女人》、長篇小說集《北極風情畫·塔裡的女人》、《海艷》、《綠色的迴聲——無名氏青春期愛情自傳》由廣州花城出版社出版。
		長篇小說《野獸·野獸·野獸》由臺北黎明文化公司出版。

	2 月	長篇小說《野獸・野獸・野獸》由廣州花城出版社出版。
	8 月	7～8 日，〈抒情煙雲〉連載於《中央日報》第 18 版。
	10 月	曾煜編長、短篇小說集《幻情》，由長春吉林人民出版社出版。
	本年	獲頒中華民族世紀菁英「世紀巨龍獎」。
1996 年	2 月	接受馮季眉訪問文章〈以自由的心靈堅持創作——專訪作家無名氏〉發表於《文訊》第 124 期。
	4 月	陳曉明編長、短篇小說集《塔裡的女人》，由蘭州甘肅人民出版社出版。
	9 月	〈社會道德倫理之重建——謹以個人淺見，求教高明，希能喚起各界之重視與討論〉發表於《孔學與人生》第 4 期。
	10 月	7 日，〈爬過兩千一百萬字〉發表於《中央日報》第 18 版。
		18 日，與妻子馬福美受李範奭紀念事業會邀請，同赴韓國訪問。
		21 日，於韓國明知大學以「我所知道的李範奭將軍的革命事蹟」為題進行演講；中午出席於東崇美術館舉辦的書法展覽；出席長篇小說集《北極風情畫》韓譯版發表會。
1997 年	2 月	16～17 日，〈檀君之島——兼記一位韓國偉人〉連載於《中央日報》第 18 版。
	3 月	20 日，於臺北長流畫廊舉辦「無名氏 80 回顧展」，展出書法作品。
		21 日，〈靈魂走向——八十感言〉發表於《中央日報》第 18 版。
		23 日，八十大壽暨創作 60 周年，共有 120 多位臺灣文化名人及文化界人士為其慶祝。
	10 月	4 日，〈告別「無名氏」〉發表於《中央日報》第 18 版。

12 月　6 日，出席「『告別無名氏』新書發表會暨記者會」，發表
《在生命的光環上跳舞——旅遊其實是一種心態》、《宇宙投
影——人生是夢的放射》。

《在生命的光環上跳舞——旅遊其實是一種心態》、《宇宙投
影——人生是夢的放射》由臺北中天出版社出版。

本年　遷居木柵，與妻子馬福美分居。

1998 年　1 月　《抒情煙雲》（2 冊）由臺北文史哲出版社出版。

3 月　8 日，〈月光憶——《抒情煙雲》補遺〉發表於《中央日報》
第 18 版。

8 月　19 日，〈風景與監獄——簡記生平所遇奇景異事〉發表於
《中央日報》第 22 版。

李偉《神秘的無名氏》由上海上海書店出版社出版。

10 月　5 日，赴大陸杭州，爲離開中國 16 年來首次返回舊地。

長篇小說《北極風情畫》、《塔裡的女人》由臺北文史哲出版
社出版。

汪應果、趙江濱《無名氏傳奇》，由上海上海文藝出版社出
版。

11 月　《無名氏散文》由杭州浙江文藝出版社出版。

12 月　11 日，〈警告盜印商——兼談《北極風情畫》、《塔裡的女
人》最後定本〉發表於《青年日報》第 15 版。

1999 年　1 月　長篇小說《金色的蛇夜》（上冊）由臺北九歌出版社出版。

中、短篇小說集 *Flower Terror: Suffocating Stories of China* 由
紐澤西 Homa & Seka Books 出版（Richard Ferris Jr. & Andrew
Morton 譯）。

5 月　18 日，〈花——幾乎坐牢〉發表於《聯合報》第 37 版。

短篇小說集《花與化石》、《一根鉛絲火鈎》由臺北中天出版
社出版。

	6 月	18 日,〈用腳思想〉發表於《中央日報》第 18 版。
	7 月	長篇小說《金色的蛇夜》(下冊)由臺北九歌出版社出版。
	9 月	李偉《愛河中浮沉的無名氏》由深圳珠海出版社出版。
		長篇小說《創世紀大菩提》(2 冊)由臺北文史哲出版社出版。
2000 年	2 月	21～22 日,〈略論文化小說──我的文學創作理念〉連載於《民眾日報》第 15 版。
	5 月	長篇小說《海艷》(2 冊)由臺北文史哲出版社出版。
2001 年	4 月	長篇小說《死的巖層》(2 冊)由臺北文史哲出版社出版。
		耿傳明《獨行人蹤──無名氏傳》由南京江蘇文藝出版社出版。
	7 月	長篇小說《北極風情畫》、《塔裡的女人》、《金色的蛇夜》、《海艷》(2 冊)由上海上海文藝出版社出版。
	12 月	《談情》與詩、書信、散文合集《說愛》由南京江蘇文藝出版社出版。
		長篇小說《我心蕩漾──俄國少女坦尼婭與我的故事》(原《綠色的迴聲──無名氏青春期愛情自傳》)由南京江蘇文藝出版社出版。
2002 年	3 月	〈略記大陸出版拙作簡況〉發表於《文訊》第 197 期。
	6 月	因貧血嚴重,送往臺北萬芳醫院治療。
		《在生命的光環上跳舞》由北京人民文學出版社出版。
	10 月	3 日,食道靜脈破裂,送往臺北榮民總醫院急救。
		12 日,因肝硬化併發器官衰竭,辭世,享壽 86 歲。
		長篇小說《野獸‧野獸‧野獸》(2 冊)、《開花在星雲之外》(2 冊)由臺北文史哲出版社出版。
	11 月	2 日,於第一殯儀館舉行公祭,獲政府追贈華夏一等獎章,

　　　　　　　　　　由司馬中原、鍾鼎文、墨人、黃文範在棺木上覆蓋國民黨黨
　　　　　　　　　　旗。

　　　　　　　　　　9 日，政治大學中國文學系、文史哲出版社與官邸藝文沙龍
　　　　　　　　　　於市長官邸舉辦「無名氏文學作品研討會」，後由文史哲編委
　　　　　　　　　　會編會議論文集《無名氏的文學作品探索與紀懷》，於 2004
　　　　　　　　　　年 10 月出版。另有「無名氏手稿書法展覽會」自該日展至
　　　　　　　　　　15 日。

　　　　　　12 月　29 日，骨灰安葬於高雄佛光山。

2006 年　　1 月　陳思和編《「無名書」精粹》、《花的恐怖》，由武漢武漢出版
　　　　　　　　　　社出版。

2010 年　　1 月　沐定勝編《無名氏代表作——塔裡的女人》，由北京華夏出版
　　　　　　　　　　社出版。

　　　　　　5 月　陳思和編《無名氏卷》，由上海上海文藝出版社出版。
　　　　　　　　　　長篇小說集《北極風情畫‧塔裡的女人》由北京人民文學出
　　　　　　　　　　版社出版。
　　　　　　　　　　長篇小說《野獸‧野獸‧野獸》、《金色的蛇夜》由臺中文听
　　　　　　　　　　閣圖書公司出版。

參考資料：

‧彭正雄編，〈無名氏文學創作年表〉，《無名氏的文學作品探索與紀懷》，臺北：文史哲
　出版社，2004 年 10 月，頁 347〜362。

‧〈無名氏作品簡略年表〉，《野獸‧野獸‧野獸》，臺北：遠景出版公司，1984 年 12
　月，頁 583〜585。

‧卜少夫，《無名氏生死下落》，香港：新聞天地社，1976 年 9 月。

‧汪應果、趙江濱，《無名氏傳奇》，上海：上海文藝出版社，1999 年 2 月。

‧李偉，《神祕的無名氏》，上海：上海書店出版社，1998 年 8 月。

‧趙江濱，《從邊緣到超越——現代文學史「零餘者」無名氏學術肖像》，上海：上海文

藝出版社，1998 年。

‧耿傳明，《獨行人蹤——無名氏傳》，南京：江蘇文藝出版社，2001 年 4 月。

輯三◎
研究綜述

多重壓抑下的現代烏托邦試驗
無名氏作品研究概述

◎陳信元

前言

　　1940 年代，上海孤島時期（1937 年 11 月 12 日至 1941 年 12 月 7 日），淪陷時期（1941 年 12 月 8 日太平洋戰爭爆發至 1945 年 8 月 14 日，日本投降前夕），文壇出現三位倍受矚目的暢銷作家。徐訏（1908～1980）在 1940 年前後，幾乎同時推出《吉布賽的誘惑》、《荒謬的英法海峽》、《神經病患者的悲歌》和《一家》等四部中短篇小說，暢銷一時，長居暢銷書的榜首，1943 年被出版社譽為「徐訏年」。1943 年也是張愛玲（1921～1996）奇蹟般出現在上海的一年，作品見於上海《雜誌》，《萬象》、《天地》諸刊，1944 年 8 月，小說結集為《傳奇》，1946 年出版《傳奇》增訂版，為上海淪落後的文壇造就一個傳奇又璀燦的小說家。

　　無名氏（1917～2002）自 1937 年開始寫作，到 1949 年為止，他自己劃分為兩個階段，1946 年 12 月《野獸・野獸・野獸》出版之前為習作階段，這一階段他只完成《北極風情畫》和《塔裡的女人》，一部短篇小說集《海邊的故事》（後改名《露西亞之戀》）、《一百萬年以前》（為「無名書稿」未出版的第四卷《荒漠裡的人》第一、二章，是最初的試作）；其餘的都是未完成的長篇斷片。據無名氏的二哥卜少夫說：無名氏寫《北極風情畫》和《塔裡的女人》，「他立意用一種媚俗的手法來奪取廣出的讀者，向

一些自命擁有廣大讀者的成名文藝作家挑戰。」[1]本文以四節概述無名氏各
文類的代表性作品。

一、無名氏的習作階段──《北極風情畫》和《塔裡的女人》

　　楊義曾比較徐訏與無名氏早期小說的風格異同。徐訏往往以愛情描寫
爲經緯，以心理剖析爲動力，最終以哲學沉思爲歸宿。徐訏爲法國大學哲
學博士，他的哲學和心理學知識淵博，但他未曾把小說寫成學究的講義。
「他通過悲歡離合、兒女情長的風流故事，超越紛紜的人事，趨向清澈通
明的哲理和人性的世界。他思考著人類文化，思考東方家族化社會和西方
商品化社會中，一對文化心態不同的男女所出現的文化不適症。最終作品
藉助於愛情可以使地獄變天堂，北極變赤道的特異功能，穿越哲學和心理
的層面，昇華出濃郁的宗教意識。」[2]楊義評論《北極風情畫》和《塔裡的
女人》能接續徐訏之後，在 1944 年以充沛的創作力與之爭奪世俗讀者，主
要在於無名氏「以其新奇艷麗的書名，風流倜儻的愛情故事，跌宕多姿的
人際悲歡，以及迷亂蒼茫的哲理思索，一版再版，風靡文壇。」

　　　　無名氏的文筆比徐訏更爲粗豪舒展，在徐訏展示西歐的柔情，晃動著若
　　　　隱若顯的梅里美的倩麗的影子之時，無名氏從抒寫北國的強悍開始，呼
　　　　喚著一個慘痛欲絕的靈魂，閃動著乍明乍暗的陀斯妥耶夫斯基的悲寂的
　　　　面容。他所展示的愛情畫面和心靈世界是更爲陰淒、騷擾，帶有濃郁的
　　　　走投無路的沉重感了。[3]

---

[1]司馬長風，〈無名氏的「無名書」〉，原刊香港《星島日報》1978 年 4 月 10 日。此文與作者《中國
新文學史》論無名氏一節相同。收錄於卜少夫、區展才主編，《現代心靈的探索──無名氏作品研
究》（臺北：黎明文化公司，1990 年 10 月），頁 334～336。
[2]楊義，《中國現代小說史‧第三卷》（北京：人民文學出版社，1991 年 5 月）第六章「上海孤島及
其後的小說」第三節「徐訏：逶迤於哲理、心理和浪漫情調之間」，頁 439～440。
[3]楊義，《中國現代小說史‧第三卷》第六章第六節「其他作家」，頁 501。

　　楊義僅對這兩部小說作情節介紹，將《北極風情畫》比喻爲「北國苦寒的風情畫」，《塔裡的女人》則是「江南淒婉的詠歎調」，既然作者都謙稱創作這些言情的浪漫小說爲「習作階段」，楊義、司馬長風都把論述放在「無名書稿」前三卷。目前，追查到最早評論《北極風情畫》的文章，是章伊雯〈悲劇藝術的意義——評《北極風情畫》〉（原刊重慶《中央日報》副刊，1945 年 2 月 24 日，4 版），作者將此書視爲具有希臘悲劇藝術的小說，受希臘悲劇精神深入的滲透，而又表現十分顯豁，作者對人類、生命提出許多「爲什麼」步步進逼生命根本的根本，步步向「生命堂奧」作登堂入室的邁進。

> 故事以撫解人類的悲劇根性開始，由於人類悲劇根性的發展、演變，造成一種錯誤複雜、顛倒離奇的所謂「人類歷史」、「人類社會」。人置身於這歷史、社會中，一切殘酷、無理、苦楚、慘痛的「人間事」，便會四面八方，毫不猶豫地給你多次的打擊，作包抄的侵襲，使你感覺宛似墮落於種種罪惡大淵藪，人間的罪惡淵藪。[4]

既然人間汙濁不堪，作者只好「返回自然」，做爲一個「自然人」，以達到解脫境界。章文中也指出這部書的瑕疵，第一、悲劇發展的場面仍然不夠廣泛，未能深入生命各部門，因其故事簡單之故。第二、它的文字語句非常深刻，哲理非常豐富，幾乎可以說涵泳著宇宙性的偉大意義，但故事本身發展，卻未能追上這些語句所蘊藉的意義。[5]

　　1982 年 3 月，卜居杭州的無名氏申請赴港探親，12 月 23 日抵九龍。這一年 6 月 21 日，大陸學者 L. M（呂明）在《北極風情畫》、《塔裡的女人》仍被視爲禁書的年代，冒險撰寫〈略談無名氏小說創作的抒情風格—

---

[4] 章伊雯，〈悲劇藝術的意義（評《北極風情畫》）〉，收錄於卜少夫、區展才主編，《現代心靈的探索——無名氏作品研究》，頁 247。
[5] 同前註，頁 253～254。

―讀《北極風情畫》、《塔裡的女人》、《野獸‧野獸‧野獸》〉,[6]寄到海外發表,文中表達無名氏的作品在 1940 年代受到文藝批評家、作家、文史學家冷酷的待遇,「把他拒於千里之外」,但在刊行之初至 1980 年代初,先後在海內外掀起四次「無名氏熱」,1951 年,無名氏作品在大陸被查禁後,《北極風情畫》、《塔裡的女人》一直以手抄本的形式廣泛流傳,即使在文革期間,人們仍不惜冒極大的危險,爭相傳抄。

呂明引用無名氏論「無名氏初稿」的一段話,說明他的部分藝術原則:我嘗試在作品中創造一種強烈氣氛,它由三個來源組成;1.文字語言的具有音樂性的美的洪流;2.巨大的熱情洪流;3.人生哲理的思維洪流。這三股洪流,構成無名氏獨特的風格,其中「熱情洪流」占主導地位,而「哲理洪流」是「感情洪流」發展的峰巔,有時其中二種洪流會合而為一,以一種狂放、暢快的情感的熱浪向我們迎面撲來。呂明認為這種情感決定他的抒情基調――高昂、悲壯、急促、奔放,也構成他匠心獨運的抒情風格。

呂明較全面地從內容到形式評論無名氏早期小說的風格。在內容上,無名氏的作品主要是表現人類各種美好的感情,藉它們來激動人們麻木的冷卻的心靈,從而達到啟迪人們靈魂的目的。(頁 72)無名氏對人性、對宇宙充滿希望與信心,從生命整體概念(宇宙生命),從人類整體歷史文化精神,來分析和探索人生,追求其中的真善美。他禮讚積極的人生和純真的愛情,謳歌進步的社會革命,希望人性回歸。(頁 73)

形式是構成風格的一個重要方面,呂明從下列幾方面進行分析:景(場景、情景)的描繪,題材的選擇與素材的剪裁,結構的安排和情節的設置,人物形象的塑造,語言的運用、哲理的闡述等。茲簡述其大要:在無名氏筆下,景是情的反映,其特點是:1.鋪張揚厲,將物景盡情展拓,

---

[6]本文初刊原名〈文學版圖開拓者――略談無名氏小說創作的抒情風格(上、中、下)〉(《新書月刊》第 2～4 期),1983 年 11～12 月,1984 年 1 月,頁 81～84,84～87,87～89),收錄於《現代心靈的探索――無名氏作品研究》。

把感情傾瀉個痛快淋漓。2.抓住與所要表現的情感相吻合的景物進行描寫、創造一種強烈的抒情氣氛，讓讀者突然一下子深陷進去，在情感的漩渦裡翻滾、顫抖。3.靜態與動態交叉描寫，使場景和情景交替變換，在變換中抒發大起大落、跌宕起伏的情感。4.掌握客觀景物美的情態、色調、用中國畫的筆法，在朦朧中描摹出其神采風韻，注入深深的情愛，創造一幅幅別具情致的風景畫。（頁 79～82）

在形式因素中，題材和素材的處理，是創作中首先碰到的問題，無名氏大都寫故國鄉地之思、骨肉天倫之愛、男女繾綣之懷、遠方征人之戀、摯友離合之感。他能把一般「才子佳人」的題材處理得不落俗套，這和他取材的角度、素材的提煉以及抽象思想的深刻有關。（頁 82）無名氏對小說結構的安排、情節的設置別有創新。他摒棄中國傳承三段式、順理成章的結構，而是把西方「意識流」的任意調遣時間、空間的手法，融入中國傳統的傳奇式結構中，同時擷取了陀思妥耶夫斯基、列夫‧托爾斯泰和雨果等大師的手法，以議論與描述互為穿越、互相滲透、創造出他自己的大開大合，任意揮灑，宜於抒情的跳躍式結構。（頁 84～85）

在人物形象的塑造上，無名氏每一部作品中都只有兩三個主角形象是活生生的，有獨特性格的，立體的，而且這兩三個主角也是幻想與思想多於行動的人物，具有太濃太重的天國氣味。無名氏是傾向浪漫主義與象徵主義的，用舒展的筆調去勾勒自己的人物，把筆鋒折入人物的內心世界，寫他們的感情、夢幻、思想、靈魂，以揭示他們「心靈最隱處的皺紋」（雨果語），從而表現出作者自己的理想與希望。（頁 88～89）無名氏塑造人物的另一重要手段是心理刻畫。他的抒情主人公，大部分時間生活在夢幻和自己的主觀世界中，當他（她）們在現實世界碰到矛盾與障礙時，就在自己的心靈世界中尋求解脫。他的心理描寫，不但是人物性格的補充和發展。他採用了內心獨白、自我交代和抒情對話兩種方式來表現心理。（頁 91～92）

司馬長風在〈「無名書稿」獨特性〉（收入卜少夫編《無名氏研究》，香

港：新聞天地出版社，1981 年 9 月）一文，對無名氏早期創作的語言文字特色作了中肯的評價：「無名氏，在造句煉字上，表現了超卓的創造力，他幾乎扔棄所有前代和同代作家語彙，每字每句都別出心裁，重新燃燒，重新錘鍊，因此創新了文學語彙，達到前所未有的新鮮和豐富。」[7]呂明則詮釋無名氏敢於用自己的獨特語言來說話，創造具有音樂美好的詩一般的文字語言，音節短促鏗鏘有力、粗獷雄健，富於跳躍性，宜於抒發一瀉千里的奔放的感情，構成了「文字語言的具有音樂性的美的洪流。」呂明也分析無名氏使用哪些修辭手法，使得語言達到極度詩化的境界：1.是運用巧妙、新奇、易懂的比喻，把費解的哲理、抽象的感情、以及難懂的字眼變得形象化、生動化、具體化，終於明白易解，同時語言也靈動了、活潑了、新鮮了、親切了。2.他擅長用重複迴環的手法，來加強語言的節奏和感染力。3.利用誇張造成幽默、風趣，從而把濃烈的感情極端化。（頁 96～98）

　　L. M.（呂明）何許人也，同樣令人好奇。或許只有《新書月刊》創辦人劉紹唐知道他的廬山真面目。我倒懷疑這篇文章有可能是無名氏的「夫子自道」，在 1982 年無名氏的書在大陸尚未解禁，呂明又能閱讀到香港寄來的《無名氏研究》，觀其行文，對無名氏的風格瞭若指掌，又處處為其辯護，並與西方文學經典作家相提並論，將無名氏習作階段作品提到一定高度，不乏溢美之詞，對缺失之處幾乎隻字未提。但在沒有直接證據之前，姑且存疑。

二、「無名書稿」（上）——《野獸‧野獸‧野獸》、《海艷》、《金色的蛇夜》

　　無名氏 1950 年致其兄卜少夫的信中談到「無名書稿」的構思及主題，「……如能預期完成這個多年的計畫，我相信無論在藝術上、思想上，對

[7]引自卜少夫，區展才主編，《現代心靈的探索——無名氏作品研究》，頁 70。

中國和世界總有涓滴之獻。我主要野心實在探討未來人類的信仰和理想：
由感覺—思想—信仰—社會問題及政治思想。我相信一個偉大的新宗教、
新信仰即將出現於地球上，……」1951 年另一封信中又說：「此生夙願是
調和儒、釋、耶三教，建立一個新信仰。」[8]在 1951 年這一封信中，無名
氏還提到早在 1940 年代，就已作出一個結論，就是中國的問題歸根結蒂是
文化的衰落和道德的淪喪，唯一的辦法是將東、西文化融合在一起。他
說：「西方文化是精氣四溢的活力象徵。東方文化則沿襲已久，今日，東方
文化必須向西方文化借取活力，再溶以東方的寬博精神，則將成爲一種新
文化。」

　　「無名書稿」原計畫共七卷，前三卷《野獸・野獸・野獸》、《海艷》、
《金色的蛇夜》（上卷）在 1949 年 5 月前出版。司馬長風、楊義、叢甦、
吳義勤等人，都是根據這三卷評論。第四卷《荒漠裡的人》，1949 年 5 月
全稿已完成並已在印刷廠排竣未及出版，上海已淪陷，遂不知所終。後三
卷《死的巖層》、《開花在星雲之外》、《創世紀大菩提》，創作於 1956 至
1960 年，復旦大學陳思和從大陸當代文學史的觀點稱其爲「潛在寫作」，
是冒著生命危險的隱密書寫，在當時政治環境絕無出版、發表的可能。

　　司馬長風肯定「無名書初稿」（不同時期有不同稱呼）頭三卷風格的獨
創、主題在廣大和旨趣上，都踏破前人所未踏之境，以及造句練字超卓的
創新力。但他也提出若干缺陷或美中不足之處：一是文字和描寫的奢侈。
文字的奢侈是指在遣詞造句上，複字和複句太多；在描繪上常出現重複的
累贅和乏味，這是描寫的奢侈。二是主題廣大無邊，情節和人物都嫌蘊育
不足，遂致情節發展破綻，人物缺乏血色與個性。雖有上述的缺點，司馬
長風仍肯定無名氏依循西方文學的「一往情深創新探奇」的突破和創新。[9]

　　楊義視「無名書初稿」是 1940 年代頗有分量的現代主義巨著，「它宛
若未加耘芟的叢莽，把 1930 年代上海現代派獨闢蹊徑的低吟淺唱，變得氣

[8]司馬長風，〈無名氏的「無名書」〉，《現代心靈的探索——無名氏作品研究》，頁 344～345。
[9]同前註，頁 342～346。

象森然。它的現代主義手法運用得頗爲浪費，卻給人一種迅雷疾風的衝激力。」[10]對「無名書初稿」頭三卷，他以「一曲氣勢淋漓，而又迷魂顛倒的靈魂交響曲」形容。《野獸・野獸・野獸》充滿著生命意識，「整部作品在原始的野獸般強悍的生命本能和翻雲覆雨的社會政治強力的衝突中，蒸騰出一種離群、厭倦一切的政治主義。」這種懷舊主義延續發展了 1930 年代海派（或稱新感覺派）作家穆時英在〈pierrot〉裡的對革命的懷疑主義，這種懷疑主義是現代主義文學的哲學酵素，因此，楊義將「無名書初稿」做爲三十年代現代派文學在一個創作力頗爲旺盛的作家手中的延續和發展。（頁 507）

　　楊義形容《金色的蛇夜》所追求的，用該書的語言表達，就是「一種隋煬帝或莎樂美的深度」，一種「中古傳奇加世紀末的病態刺激」。這個故事不同於《海豔》追求東方的寧靜境界，《海豔》中的瞿縈是個「菩提樹型的透明女人」，代表著人間性，他給印蒂的是「光風霽月的歡樂、沉醉、詩與透明」。而《金色的蛇夜》的莎卡羅代表地獄（魔性），無名氏把她寫成一個高級妓女型的哲學家，在她身上有一套魔鬼主義加煉獄精神的哲學，並說這是人類精神歷史上「負的哲學」或可稱「黑暗哲學」的某種結晶。楊義評論：「作家在藝術的反傳統中，走到了一種奇僻執拗的極致：野獸主義，或魔鬼主義；因而他在觀念上，也從生命哲學走到反生命哲學，即生命在黑暗中把墮落當作完成，把崩潰當作深刻。」（頁 576）

　　無名氏創作《金色的蛇夜》此時的文筆是陰鬱、淒厲而重濁的。有人向他請教文學創作的經驗，他拈出三字：「重、拙、大」，此乃況蕙風詞之結語。楊義宣稱這種追求，在一定程度上是受了陀思妥耶夫斯基的影響，無名氏坦言卡夫卡也是他青年時代的偶像之一。楊義這部三卷本《中國現代小說史》，宣稱得到夏志清的讚賞，但夏氏《中國現代文學史》對無名氏隻字未提（英文版成書於 1960 年代初）。楊義對無名氏「無名書初稿」前

---

[10]楊義，《中國現代小說史・第三卷》，頁 510。

三部的藝術風格有正面評價：

> 作家追求的不是對現實世界的畢肖和藝術世界的精緻圓潤，他的直覺能
> 力似乎並不傑出，他筆下的諸色人物包括教授、軍人、舞女、強盜，都
> 能洋洋灑灑談論哲理，因而不同程度地模糊了自己的面影。他以哲理和
> 詩的翅膀，在前三卷「無名書初稿」中，使其人物的心靈翱翔於宇宙演
> 變、地質變遷以及古往今來的宗教家、哲學家和志士仁人的天地之中，
> 足跡遍於南京、上海、杭州、華北、南洋、東北，東及朝鮮海峽，西抵
> 於長江三峽。他全力地搏兔地在古老的東方大地上，製造傾盆而瀉的現
> 代主義的雷陣雨。

——頁 512

自 1970 年代中期起，臺港媒體界、文壇掀起一波報導無名氏生活動態的熱
潮，為無名氏申請赴港探親敲邊鼓。本來在 1949 年前的中國現代文學史從
未出現的一位作家，頓時成為人們崇拜的偶像。徐訏的作品曾在臺灣紅極
一時，一部《風蕭蕭》不知觸動過多少離鄉遊子的心弦，但熱潮過後幾乎
已被遺忘。其實，無名氏的作品，臺灣自 1960 到 1970 年代，甚至到 1980
年代還有出版社在翻版，他並不是真正的「無名氏」，而是在「文革」期
間，盜印的書商對無名氏的遭遇毫無所悉，用「無名氏」之名出書最為保
險，而且所出版的書都是 1949 年以前出版，屬於習作階段的「言情小
說」，不具政治敏感性。目前，可見資料中，有《海邊的故事》，兩家出
版，一是臺中革心出版社，出版日期 1942 年 1 月，比大陸初版還早一個
月，疑是書商作偽，粗估應在 1970 年左右出版；另一家是臺南王家出版
社，1970 年 9 月出版。《北極風情畫》有四家出版：臺南華南出版社，
1959 年 5 月；新竹重光書店，1966 年；臺南萬象出版社，1967 年 4 月；
臺南魯南出版社，1979 年 5 月出版。《一百萬年以前》，臺南王家出版社，
1970 年 9 月出版。

　　旅美作家叢甦是較早綜論無名氏「無名書稿」前三卷的評論家。1980
年 7 月 21 日起刊登在《聯合報》副刊的〈印蒂的追尋——無名氏論〉，文
章開頭就點出追尋的主題，人類「都在找些什麼？找生命的真諦？找一個
更美更真實的存在？找生命裡的『圓全』、『協調』、『至真、至善、至
美』？找存在極限外的最後『涅槃』？」她並引用歌德在《浮士德》的開
始就假借上帝與魔鬼的對話說明人在存在裡永恆的焦灼、永恆的追尋。[11]

　　叢甦指出印蒂的悲劇是一個知識分子在一個民族大動亂裡的個人悲
劇。產生印蒂的時代背景使他的追尋對中國的近代人（按：即現代人）更
有其歷史意義。從 1920 到 1940 年代，中國遭逢內憂外患，馬克思主義的
引進與傳播，革命思想的泛濫與實踐，實不脫對中國現狀的不滿，與對虛
幻的烏托邦理想主義不切實際的嚮往。叢甦認為《野獸‧野獸‧野獸》、
《海艷》與《金色的蛇夜》這三部曲（Trilogy）「是一個理想主義者在一個
殘酷黑暗的現實裡對一種更高更完美的存在的追尋與幻滅。」她舉古典的
悲劇裡，主要角色多半由於性格上的缺陷，而導致一生命運不可避免的波
折與毀滅，以印證印蒂的悲劇性格。（頁 8）

　　對印蒂的個性，文章有精確的剖析，他「倒不全是一個全然無理智的
人，但是他的理智不是冷峻的、武斷的、實驗主義的，而是溫情的、不切
實際的、浪漫主義式，是受制於情感的。」這也是印蒂內存的情（欲念、
情感、佛洛伊德所謂的 id，或佛家所謂的七情六欲三毒，是本能的），知
（理性、智性，是判斷的、分析的）和靈（神性、形上的，宗教性的、宇
宙的、直覺的、超越的、神祕主義的，靈犀一點通的）鬥爭的心路歷程。
（頁 9）

　　叢甦以四節來析論《野獸‧野獸‧野獸》，依序為「改造的狂熱」，描
繪印蒂相信馬克思學說將「改造世界，改造國家社會，改造中國、改造時
代」；「由理想而參與」，則寫印蒂對「未來」（明天）的呼喚，南下廣州，

---

[11]引自卜少夫、區展才主編《現代心靈的探索——無名氏的作品研究》，頁 6。

參加北伐革命行列，並投入共產主義的陷阱；「幻滅的開始」描寫印蒂被捕入獄，和監獄生活的無助無奈與無望。「這裡所描述的一切苦痛和暴虐不只是入獄者個人遭受，而更是一個民族的靈魂在一個瘋狂的抽搐裡殘毒的創傷。」（頁 17）「幻滅而蛻變」，描寫一年以後，印蒂被父親營救出獄，他以前「同志」對他的猜忌和冷酷卻使他對整個革命感到幻滅。重返自由的印蒂有著強烈的改變，雖然世界依然醜陋骯髒，但是他試著容忍一切污垢，而且熱愛一切。

　　對《海豔》,《金色的蛇夜》，文章僅各以一節評論，可窺見叢甦對《野獸‧野獸‧野獸》的偏愛。「由幻滅而回歸」，是描寫《海豔》一書是作者「肯定生命，肯定真理，肯定個人的良知，尊嚴和價值」的試探。也是一個由「群體」回歸「自我」的過程。「這回歸不是自『理論與現實』的鬥爭重返人間世的七情六欲裡，而更是回歸大自然，回歸到音樂、藝術、詩畫和女人的愛。」（頁 27）其實，可以說印蒂是陷溺在情欲的徵逐中，從「沉溺、放縱、迷戀、流連，最終，幾乎可預測的，又是破幻。」（頁 27）在這部用傳奇性的懸疑的「偶合」與「機遇」的筆法，同時也用在《塔裡的女人》和《金色的蛇夜》，叢甦頗不以爲然，懷疑是受到精於此道的英國小說家哈代的影響，建議少用爲妙。

　　《金色的蛇夜》被視爲印蒂繼續沉湎於聲色享樂生活的延續，但不同於《海豔》的是印蒂又重投入群體的墮落當中：走私、跑單幫、賺錢、玩嫖女人，投機做掮客，採取了「吃喝拉撒」的人生哲學。不同於《海豔》一開始，印蒂禮讚生命，禮讚美，禮讚大自然；在《金色的蛇夜》裡，他卻沉淪於一種對人對世事幾乎是冷酷的譏諷，是灰色的悲觀，是頹廢，是失落。本書描寫的是 1930 年代經左傾過的青年的苦悶，是一個理想、信仰和無辜喪失的悲劇。但是，「舊理想毀了，但是沒有新的取代，他們只有在真空裡苟延殘喘。」（頁 36～37）穿插在這個故事的主角是一個神祕的有「地獄之花」之稱的莎卡羅，她貫穿在小說的開始和結束。莎卡羅究竟是誰？她代表什麼？象徵什麼？生命的需求是什麼？叢甦給出的答案是：

她可是人類慾望中最陰晦、最原始、最危險,也最奔放的獸性和肉慾?
她永遠不給予(情感上),只引逗、汲取、啃噬、像地獄永張的裂口;她
永遠存在,她永遠在黑暗中向我們窺視;她永久又沉默得如三峽峭壁上
的古岩,也如同斯芬克斯的永恆的謎。

——頁 40

　　叢甦並未看到《金色的蛇夜》的下卷,所以她很納悶無名氏費了相當
大的心力去塑造這樣一個女人,其性格的真正涵意、象徵、關鍵何在?她
質疑那些筆墨「真有浪費之感」,那些懸疑也真是「雷聲大雨點小」了。我
們也很好奇,在「無名書稿」六卷出齊後,叢甦如何整體來看待評論?倒
是在 1980 年代,叢甦已對無名氏的文字與技巧格調給予高度的評價:「在
中國近代文學史上,無名氏的文筆風格是獨一無二的,是首創的、是完全
屬於他自己的。」(頁 41)文章對無名氏的文字有襃有貶,她指出最大的
特色是詞藻的瑰麗、廣博、雕飾、隱喻、明喻與譏諷的反覆應用,疊句、
重複句的用法,和象徵筆法的運用。但其文字的缺陷在於其奔放流暢有如
決堤的大江長河,一瀉千里,不可遏止;過度的華麗,過度的意象的累
積,過度思流的奔放,有時也不免有滿溢之患,但畢竟瑕不掩瑜,叢甦以
畢卡索的畫來比擬無名氏的文字詞藻之浩瀚與震撼:

　　有古典的敦雅純樸(描寫西湖的山水,錢塘江的子午潮,和三峽的山光
　　水色,和其他的數不盡的對風景的描述,是中國近代文學史上罕見的好
　　散文),也有近代的突異創新;沉鬱時有波德萊爾的郁臟靡麗(尤其是
　　《金色的蛇夜》一書),奔放時有惠特曼的激情豔暢(以《海艷》為
　　主)。這是一個獨特而創新的文格,是完全屬於他的。

——頁 45～46

　　當然，每個作家都有不完美之處，無名氏也毫無例外。他的性格刻畫有時嫌平面，布局有時無真實感，對話有時嫌生硬或說教。但他的重要性，也許不在於技巧和匠心，叢甦用了一個頗富創意的「困擾作用」。因他是一個令人不安的作家，他擾動了我們的浮蕩和自滿，我們的冷漠和懶惰，向我們提出了存在裡最根源、最沉重的問題：生命是什麼？理想是什麼？存在的真諦是什麼？人往何處去？他不提供簡單答案；抑或，這一切是否有答案？（頁 67）這些問題正是一代又一代的作家都想要探尋的問題。

　　有關無名氏及其作品的重要研究，1990 年以前，大致收入區展才主編《無名氏卷》（臺北：遠景出版公司，1983 年 12 月），及卜少夫、區展才編《現代心靈的探索——無名氏作品研究》（臺北：黎明文化公司，1989 年 10 月），後者選錄的文章，雖與前書小部分重複，但已可涵蓋此時期的研究成果。限於篇幅，未能收入本評論資料彙編的文章（初選曾列入考慮者）就有侯立朝〈無名氏全書的整合觀〉，提醒評論者把已經出版的「無名氏全書」看完，以「理解方式」結合「社會背景」做內在外在的透視，把握住主體的生命，再作品評。他指出：無名氏的作品一如索忍尼辛所強調的「為人類而藝術」，並為同時代的美國文學作家索爾貝婁在 1976 年獲得諾貝爾文學獎，同年，無名氏的「全書」出版，但在大陸仍因政治因素未能出版的遭遇打抱不平。另有崑南〈淺談無名氏初稿三卷——《野獸・野獸・野獸》、《海艷》、《金色的蛇夜》〉，他將「無名書初稿」三卷，並列於喬伊斯《尤利西斯》、普魯斯特《追憶似水年華》、羅曼・羅蘭《約翰・克利斯朵夫》等，推崇為中國五四以後的偉大作品。

　　中國大陸自 1980 年代末，零星出版無名氏早期成名的小說集，1995 年後至 21 世紀以來，無名氏的作品獲得較多出版社的青睞，但至今基於經濟因素考量尚無出版社敢嘗試推出「無名書稿」六卷，倒是無名氏的傳記、評傳在 1998 年後相繼出版，單是 1998 年就出版李偉《神祕的無名氏》、汪應果、趙江濱《無名氏傳奇》、李偉《愛河中沉浮的無名氏》。進入

21 世紀，還有耿傳明《輕逸與沉重之間——「現代性」問題視野中的「新浪漫派」文學》、《獨行人語——無名氏傳》、趙江濱《從邊緣到超越——現代文學史「零餘者」無名氏學術肖像》、厲向君《人生悲苦命運的象徵——無名氏與現代作家作品論》等。

　　吳義勤〈無名氏的貢獻：現代主義磅礴氣勢的追求〉，是被朱壽桐納入《中國現代主義文學史》[12]的一章。他雖僅涉獵無名氏習作階段及「無名書初稿」的前三部（可能未讀過《金色的蛇夜》下卷），但已發現無名氏作品構思的龐大，主題也充滿現代主義和未來主義的氣息。無名氏小說現代主義主題的基本內涵，則在對於人類的生存意義和生命終極存在的思考和探索，「生命」和「存在」也相應地成了籠罩他全部作品的兩個基本的主題詞彙，也代表作家所思考的兩個意象性對象。

　　從「無名書初稿」的情節來看，它十分簡單，幾句話就能概括，它只是以印蒂的精神漫遊和追尋做為貫穿始終的線索。也正是印蒂這個充滿現代主義的焦慮、衝動和痛苦形象的塑造，使無名氏全部作品「尋找」和「超越」生命與存在的本真意義的主題得到順利的實現。他詮釋「印蒂」的意思就是印證生命的根蒂：

> 他以自己的整個生命為代價，尋找的就是生命中的「最後」和「永恆」。由國家民族戰爭而愛情藝術美而走私販毒集惡於一身而自然解脫而宗教創世紀菩提；由現象而本質；由狂熱而沉靜；由現實「浮華」、「浮世」而內在心靈的「圓寂」。印蒂，做為中國現代文學甚或中國文學中的第一人以全身投入的完整的生命歷程深入到了人的生命和存在的核心。

——頁 672

　　無名氏小說融入西方現代主義的藝術表現，具有典型的現代主義的藝

---

[12] 朱壽桐主編《中國現代主義文學史・下冊》（南京：江蘇教育出版社，1998 年 5 月），頁 667～687。

術特徵。吳義勤在論述無名氏「與現代主義藝術相契的軌跡」從幾個方面加以認識無名氏與現代主義的關係。

其一，藝術表現的心理化和感覺化。全面走向心理是現代派藝術和傳統藝術最根本的區別之一。現代派藝術特別強調對外物作用人心理所產生的主觀的感覺或主觀印象的形象描繪。而無名氏把感覺甚至推向生命的高度。當作者把這種感覺化的手法用來表現和分析人物的心理和精神狀態時，心理化和感覺化的結合就會賦予小說一種撲朔迷離的生命深度。

第二，現代主義的語言方式和中國古典美學意蘊的化合。無名氏小說語言的表達方式是傳統語法和修辭所無法接受和分析的，他總體上追求的是一種現代派繪畫和抽象的效果。無名氏小說語言非常注重色彩對感官的刺激以及由此引起的心理效應，並常常以感覺中色彩對感官的刺激的隨意性和濃烈來表現自我心理感受的主觀和強烈，這也導致他的語言往往表現洪水決堤式的感情潮流。但他的小說語言和西方現代派小說的語言又特別追求語言的刺激效果。最重要的是無名氏善於巧妙地借現有的語言表達另一種無法言語的語言，傳達出現代主義的生存感悟。（頁 682～684）

吳義勤以「大肆鋪張的藝術創新」形容無名氏學貫中西，他的語言一面深得西方現代主義的精髓，另一方面又顯出文化調整後的中西思想觀念及美學追求的有機融合。他根據自己的需要大膽創造出新，形成了自己獨特的風格。另一方面無名氏對現代主義的藝術手法的運用又顯得過於鋪張浪費，有故意炫耀才華的缺陷。同時，無名氏的現代主義夾雜浪漫主義、未來主義、表現主義、意識流等觀念和手法，因而產生混雜之感。再加上他那毫無節制的情緒宣洩和哲學抒發，文字上也就難免有些拖沓空泛的毛病。（頁 685～686）

此外，厲向君《人生悲苦命運的象徵——無名氏與其他中國現代作家作品論》（成都：巴蜀書社，2009 年 3 月）也有一章「無名氏的文學創作與西方文化的影響」（頁 184～197），可供參照。

三、「無名書稿」六卷整合觀

　　復旦大學陳思和是大陸學界較早注意到無名氏作品的評論者。早在
1987 年撰寫〈中國新文學發展中的浪漫主義〉時，即藉探討浪漫主義創作
思潮，將無名氏的作品有限度地介紹給讀者。他從流派變遷的角度將無名
氏作品列爲浪漫主義在中國現代文學史的最後一個餘波。論斷「無名氏早
期的小說格調不高、感情浮露，卻能夠吸引不少習慣於言情派口味的讀
者；從其思想情趣來看，很容易使人聯想到夏朵勃利益的《阿達拉》和
《勒內》。…所不同的只是夏朵勃利益的感傷小說能夠開啓 19 世紀浪漫主
義思潮的先河，而他在中國 20 世紀 40 年代的追隨者，卻只能成爲西方浪
漫主義在現代中國的迴光返照。可以說，從郁達夫到無名氏，體現了西方
浪漫主義在中國由盛而衰的過程。」[13]

　　相隔 11 年，陳思和閱讀了無名氏「無名書」（即「無名書稿」）各卷，
並成爲他開始研究「潛在寫作」[14]的課題時主要的關注對象。〈試論無名氏
的「無名書」〉[15]一文，陳思和仍然以浪漫主義文學思潮的背景來看無名氏
的創作特色以及對文學史的貢獻，不過，對六卷本的「無名書」，陳思和一
改初衷，認爲藝術境界當在《阿達拉》之上，更讓人想起的是歌德的《浮
士德》。但考慮到東西方文化傳統的隔閡，與中國知識分子的現實處境，制
約了知識分子的思維形態：

　　　　普羅米修斯以降的西方浪漫主義的「魔鬼」傳統從未揳入中國的土壤。

---

[13]陳思和〈中國新文學發展中的浪漫主義〉，收入《陳思和自選集》（桂林：廣西師範大學出版社
　　1997 年），頁 86。
[14]陳思和對「潛在寫作」的定義是指「那些寫出來後沒有及時發表的作品，如果從作家創作的角度
　　來定義，也就是指作家不是爲了公開發表而進行的寫作活動。」見陳思和〈我們的抽屜──試論
　　當代文學史（1949～1976）的「潛在寫作」〉，原刊《文學評論》1999 年第 6 期。引自《思和文
　　存》（第二卷）合肥：黃山書社，2013 年 1 月，頁 235。
[15]陳思和，〈試論無名氏的「無名書」〉，原載《當代作家評論》1998 年第 6 期，2011 年 3 月修訂。
　　引自《思和文存》（第二卷），頁 250～270。

少年維特式的「淚浪滔滔」，自然會掩沒了浮士德式的嚴肅地抽象的精神追求。西方的浪漫主義只有被改造為抒情傳統，才能在中國得以傳播，郁達夫的抒情小說正好成為這種改造的潤滑劑，而「無名書」從夏朵勃利盎式的傷感向浮士德式的探索的過渡，則注定了它的寂寞與失寵。以郁達夫為始，以無名氏為終，這就是浪漫主義在中國現代文學史上的命運。

——頁 253

　　陳思和比較了「無名書」和《浮士德》的意義：浮士德是從虛無出發，通過虛無的證明來試驗人性探索的永無止境；而印蒂是從肯定的意義出發，通過一次次的破和立來證明人性探索真理的艱巨姓。他不得不贊歎：「一位繼承了從普羅米修斯到浮士德傳統的浪漫主義英雄，一個討論文化的融會與更新的繁複文本，一部反映現代中國知識精神歷程的長河小說，這在中國文學史上都是別具一格的探索。尤其在浪漫主義英雄印蒂的身上，我們看到了第一個中國式的『聖者』與『魔鬼』的綜合形象。」（頁254）

　　「無名書」以融合東西文化的實驗做為描寫的對象，陳思和認為這實在太難、太虛、太玄了，印蒂成為表述作家觀念的道具。「『無名書』的真正的描寫對象是生命文化現象的本相，從最具體逐步上升到最抽象，依次是革命、愛情、罪孽、宗教、宇宙五相，以人性的角度來論，經歷了獸欲—唯美—虛無—莊嚴—自然五層，層層上升，層層盤旋，前四相都從正反兩面展示其內在的陰陽統一。」（頁 254）無名氏所追求的複雜精神決定了他對現實層面並沒有關注的責任（按《野獸‧野獸‧野獸》還是關心北伐前後的社會、政治問題），但他關注的是文化層面的探求和做為小說家的文體試驗，這並不表示他對現實政治沒有固執的見解，而是他將自己對現實中國命運的獨到感受融化到藝術空間裡去展示，成為六卷「無名書」的一個有機組成部分。（頁 254）

以火山意象形容無名氏的作品，陳思和不是第一人。但他把「無名書」稱爲文學史上的一座火山，卻有雙重的義涵。第一重指它所蘊藏的內涵的複雜性、豐富性，有如火山噴發似的奇觀，而且前五卷幾乎每一卷都是一個獨立相對的小宇宙，而六卷連成一體，又自成完整的邏輯結構，體現了相當繁複的精神結構。另一重意思，是就文體、語言、意象而論，「無名書」的文體像一座噴發無度的火山，令人目不暇接，壯麗瑰博；但也暴露了無名氏那種泥沙俱下、氾濫成災的語言特色。而它運用的意象太密，比喻太擠，色彩太濃，議論太雜，令一切變得太光怪陸離，創造語言的同時又謀殺了語言。（頁257）

陳思和特別欣賞第五卷《開花在星雲之外》，這部作品描寫當現實處在最艱苦的時代變局中，印蒂卻孤身一人跑到華山五千仞高的山頂上去「悟道」，完全脫離現實的實際背景。陳思和把「無名書」定位爲一部浪漫主義的烏托邦，小說的邏輯是超越現實諸相的局限，進入星空的時代，「所以它是從離生命本相最遠的現實政治開始破除，進而是生命本體的愛情與唯美，而再是生命深層的罪孽欲望，而再是生命中形而上的宗教，最後達到的是自然宇宙的大生命空間。」（頁260）

劉志榮《潛在寫作：1949～1976》[16]，第一編「被邊緣化的文學路向的延續」，有二章論及無名氏的作品，第二章「現代焦慮的精神超越：論無名氏的潛在寫作（上）」，主要評論「無名書」；第三章「痛苦的雨滴：論無名氏的潛在寫作（下）」，主要論述詩歌、短篇小說、散文隨筆。陳思和是劉志榮的博士論文指導教授，在陳思和主編的《中國當代文學史教程》（上海：復旦大學出版社，1999年）中，劉志榮負責撰寫一些與「潛在寫作」的相關文字，並開始深入這一領域的考察與研究。在「現代焦慮的精神超越」，主要論及「無名書」通過個體生命的困境和精神探索昭示出時代的困境與潛隱的時代精神，無名氏高度注意人的生命探索和精神探索在解決時

---

[16]劉志榮，《潛在寫作：1949～1976》（上海：復旦大學出版社，2007年4月）。

代問題的基本和核心的地位。

> 「無名書」前四卷處理在現代中國最具勢力的各種流行思潮:《野獸・野
> 獸・野獸》處理的是革命潮流,《海艷》處理的是浪漫主義與唯美主義思
> 潮,《金色的蛇夜》處理的則是世紀末頹廢與「魔鬼主義」,《死的巖層》
> 處理的是宗教問題——以代表西方宗教的天主教和代表東方傳統宗教的
> 佛教為例。這四個主題一步一步深入生命的本體,主人公印蒂必須穿越
> 這四個階段,才能進入「悟道」的生命超升與新世界觀「星球哲學」的
> 建立。
>
> ——頁 57～58

印蒂要達到對四個階段的超越,必須直接面對世界性的瘋狂與中國的現代
焦慮的廣泛沉重。所以,劉志榮對「無名書」的看法是它產生於中國對現
代焦慮的背景,企圖從精神上對之超越,但因處處受其制約,自身也帶有
現代焦慮的強烈印記。

　　劉志榮從文學層面考察,「無名書」遠不是一部完美的書,它最大的矛
盾,即那種不斷追求超越的精神,與每一次的生命經歷不徹底而導致對話
不充分的矛盾。作家本人缺乏相應的生活經驗,自然是非常重要的原因,
而從總體上看,「無名氏」的這些缺陷最大的來源在於其抱負太過巨大:

> 捕捉一種文化的靈魂,需要歌德完成《浮士德》那樣的不懈激情;而充
> 分地展開歷史的發展與民族知識分子的內心狀態,需要托爾斯泰的《戰
> 爭與和平》那樣從容的造型能力;企圖與現代各種最流行思潮展開充分
> 對話,則需要陀斯妥耶夫斯基那樣的敏感、尖銳與分裂的靈魂;悟道更
> 是歷世歷代的聖者終生追求的目標;設想未來的合理的世界更使得許多
> 思想家花盡了一生心血仍不能有滿意的結果。
>
> ——頁 78

　　這些不完美的根源，作者歸咎於「無名書」過於巨大的抱負，與作家與歷史局限之間的矛盾，平心而論，對於跨越 1940 到 1970 年代的知識分子，這是一種苛求，巴金「文革」後才寫出《隨想錄》，但在這段處處受到政治洗腦的、萬魔騷擾的不正常時代，能存活下來已是萬幸，更遑論完成數百萬言的大書，作者雖然承認「無名書」在 20 世紀中國文學史上，屬於繞不過去的里程碑，但仍附加一句「『無名書』即使失敗的地方，也傳達出一些值得我們深思的意義。」（頁 78）

　　汪應果、趙江濱合著《無名氏傳奇》（上海：上海文藝出版社，1998年 10 月），是第一部無名氏的評傳，曾獲無名氏提供的第一手資料，包括手稿及著作修改稿，加之經常的越洋電話得以了解無名氏的最新思想動態。本書除「引子」、「尾聲」外共計 14 章，其中從第 7 章至 13 章，都是評論「無名書稿」，以「印蒂的追尋」為每章的章名，加上「生命的盲動」、「跌入浪漫」、「向欲望沉淪」、「搖擺的皈依情懷」、「雲海星空中的沉思」、「人生終極的『圓全』」做為對「無名書稿」六卷的分論，而以「『無名書稿』縱橫論」總結。

　　在本書〈序〉，作者承認無名氏的創作是極其複雜的，他的作品包含著豐富的哲學思想，紛繁的知識信息，駁雜的文化、藝術影響，也必然包含著深刻的矛盾。這是不少評論家共同的看法，作者也具體提出無名氏對中國文學的貢獻主要可歸納下列幾個方向：

　　第一，他是 20 世紀中國文學史上很有思想的作家之一，他的作品為中華文化發展提供了寶貴的思想財富。無名氏早在 1940 年代，就已做出一個結論，就是中國問題歸根結蒂是文化的衰落和道德的淪喪，唯一的辦法就是將東、西文化融合在一起，所以「此生宿願是調和儒、釋、耶三教，建立一個新信仰。」（1951 年無名氏致其兄卜少夫的信）

　　第二，他為中國現代文學提供了一部人類心靈探索的史詩性作品，塑造了一個浮士德式的人物——印蒂，從而為中國現代文學史提供了一個嶄新的主題和人物形象。作者肯定貫穿於「無名書稿」創作的那 15 年是一段

中國歷史上不適合於巨大的文化創造的年代，就真正的文化創造來說，它是這一時期中國現代文化富有原創性的文化碩果。《野獸‧野獸‧野獸》是寫追求革命的紅色狂熱，《海艷》是寫追求愛情與肉體的歡樂，《金色的蛇夜》是寫對神與宗教的思考，《開花在星雲之外》是寫儒、釋、耶在禪的基礎上渾成一體，形成新的世界觀，《創世紀大菩提》是寫在新信仰指導下的社會實踐及人生追求。（〈序〉，頁9～10）

　　第三，無名氏是中國現代派小說的開創者之一，也是在這方面取得成就較大的作家之一。他對小說的創新表現在他打破了傳統小說的敘事模式，創造了一種全新的集哲理、散文等為一體的新的形式。做為現代派小說的典型特徵之一就是他們淡化了小說與其他文體、其他門類藝術的界線。在語言運用上，無名氏創造了一套獨特的語彙系統，豐富了語言的表現力。

　　〈「無名書稿」縱橫論〉對這部長河型的長篇小說，其創作主旨矚目於「探討未來人類的信仰和理想：由感覺—思想—信仰—社會問題及政治經濟。」[17]作者提醒讀者，這並不代表它是專門為未來的人而作，只是因為企圖、雄心和處境和當時時代的潛在張力，使它只能暗暗地對未來寄託著殷殷的期待。「無名書稿」是一部從大文化角度探討人生與社會的問題的大書。無名氏曾在《野獸‧野獸‧野獸》中對政治運作非理性和暴力現象與人性道德的衝突，表示這不只是一個歷史問題、政治問題，而且也是一個文化問題。他認為純粹政治主張或政見，只能解決一時的社會問題，不能解決人類的永久信仰的，能給人永久信仰的，只有宗教。而宗教在無名氏想法中是做為文化象徵物的，他在述及中西文化差異時，經常標舉宗教的特徵來指涉它們的文化性相。（頁291～292）

　　這個綜論性的章節，最富創見也最可能引發爭議的是將「無名書稿」的誕生淵源，直接與但丁的《神曲》和歌德的《浮士德》相聯繫，並認為

[17]引自司馬長風〈無名氏的「無名書」〉，《現代心靈的探索——無名氏作品研究》，頁344。此段話見於1950年無名氏致其兄卜少夫的信中。

「無名書稿」受到後二書的藝術影響和思想的啓發。「《神曲》是對人生過程的一種縝密精緻的象徵性闡釋，表現了靈魂經由罪惡而獲得解救的過程。僅從表面即可看出，《神曲》對人生過程結構化闡釋的藝術構架也鮮明體現在『無名書稿』中，《神曲》中揮舞的『人智』和『神智』兩面旗幟也在『無名書稿』中換上了『思想』和『信仰』。」（頁 296）《神曲》對人生過程給予「地獄」、「煉獄」、「天堂」三部曲的結構，但這部經典之作，最令人矚目的是創造了貝亞特麗絲的形象，但丁對她的讚美高揚激烈，「貝亞特麗絲從一個欲望的形象昇華爲天使的形象，成爲教會拯救等級體系中的關鍵因素。」[18]歌德的詩劇《浮士德》，歷時 60 年完成，他是德國想像性文學的真正始祖，但哈羅德・布魯姆從西方的角度來看，歌德代表的是一個終結而不是起點。本文作者指出《浮士德》對人生過程給予了四部結構的影響：一是勾畫了人生的「知識悲劇」，二是「愛情悲劇」，三是「追求美的悲劇」，四是「社會理想的悲劇」。（頁 296～297）並認爲「無名書稿」的主旨和藝術形式直追《神曲》與《浮士德》，「當之無愧的是兩部偉大著作的現代中國化嘗試，它也努力地試圖對人生的過程給以結構化的解釋。」（頁 298）托爾斯・曼在晚期論文〈歌德暢想〉中，讚美歌德「出色的自戀，過分嚴肅的自負，極其關注自我完善與啓示及個人天賦的錘煉，這一切是『虛榮』這個狹隘字眼無法承載的。」[19]這倒可做爲無名氏的寫照。

　　這篇文章對「無名書稿」不完全是溢美之辭，它也指出了一些缺失。如無名氏在創作「無名書稿」過程中，一再告誡自己「形象！形象！形象！」但一旦他的思想像野馬一樣狂奔，他也無法制止這股思想洪流，以至有形而上泛濫之嫌，影響了「無名書稿」的藝術完善性。此外，印蒂的象徵性藝術形象在「無名書稿」的藝術描寫中不是被貫徹得非常澈底，他曖昧地搖擺於象徵和寫實之間。寫實和象徵是否可以和諧相處，相得益彰，是一個值得深入探討的問題。「無名書稿」中二者的結合未臻周詳，也

---

[18]哈羅德・布魯姆著；江寧康譯，《西方正典》（南京：譯林出版社，2011 年 7 月），頁 59。
[19]同前註，頁 165。

是它受批評的原因之一。（頁 306～307）

四、《綠色的迴聲》及短篇小說、散文、詩、報導文學

　　無名氏《綠色的迴聲——無名氏青春期愛情自傳》，撰於所謂「潛在寫作」的 1960 年代，仍受 1940 年代文風的影響。無名氏來臺後發現臺灣小說的句型及風格已有新貌，無名氏不能不順應潮流，對此書重加刪補、增訂，乃成修正定本。[20]修定本能否稱為「潛在寫作」，大陸學界也多所質疑。本書的〈跋〉，為 1960 年代所撰的序，作者坦率承認，本書男女主角情節是 99%真實，兩人的對話只有 90%真實，至於有關友人的情節與對話，只有 70%到 80%真實。在〈修正定本序〉，無名氏說明新版的特點是所有人物都用真名真姓，僅女主角中國名字取代名，卻顯真姓，其俄國名字亦採代名。叢甦採用的應該是 1983 年舊版，因男主角為濮南甫而非修正定本的卜乃夫。無名氏還透露兩段頗堪玩味的事實，一是他是電影的愛好者，從 1945 到 1949 年底大陸變色止，他積存的電影說明書，竟達五百張左右，大多是西片，這也呈現知識分子在國難當頭選擇的一種生命形態。他特別留意女主角的面型、體態、流盼、舉止、言語、聲音、情采、神韻、風度、氣質。他特別欣賞好萊塢的超級美女瑪麗・蒙特絲，形容她是「一顧傾人城，再顧傾人國。」而他對書中的女主角姐尼婭就有相同的觀感。二是他對 19 世紀法國文學大師司湯達的寫實傑作《紅與黑》佩服得五體投地，對書中女主角瑪特兒癡情的表現，竟有一年之久，在陝北黃土高原縈繞在他心中。

　　叢甦〈未譜完的樂章：試評《綠色的迴聲》〉[21]，是無名氏六弟卜幼夫外，唯一一篇專論本書的文章。作者認為這是一本奇異而迷人的小書，除了故事發展的曲折錯綜，她語出驚人的表示：「由於人間現實的過度冷酷殘

---

[20]無名氏，《綠色的迴聲——無名氏青春愛情自傳》修正定本（臺北：黎明文化公司，1990 年 9 月）。另有臺北：展望雜誌社版，1983 年 7 月。

[21]叢甦，〈未譜完的樂章：試評《綠色的迴聲》〉，刊載於《文訊》第 6 期（1983 年 12 月），頁 222～236。後收入《現代心靈的探索——無名氏作品研究》，本文採用後一個版本。

忍，作者在舉手投足之間以春秋之筆『替天行道』——在幻想世界裡泡製幸福。這也是西方文學中作家偶用的『Poetic Justice』（詩意的公道）。」（頁 273～274）

　　文章論及此書的男女主角在故事發展中註定要有一個「愛情的非結合」，它的悲劇精神是「古典式」的，或可稱為「內含的悲劇」以別於「外化的悲劇」。兩者的區別，在於前者是由於人本身內在因素所造成的；後者是由於社會的、經濟的、倫理的、道德的、或種族等因素所造成的。

　　單純的劇情一如無名氏其他的小說，吳義勤就曾以「海上邂逅」、「西湖熱戀」、「海濱結合」、「愛情幻夢」來概括《海艷》的情節。[22]叢甦則以男女主角，「在傳奇性的陝北高原上，他們傳奇的相遇、相會、分離、又會相戀、失戀、相思、重逢、又戀、失戀、苦戀、分離……，最終，怨憤、悔恨、永別……。」（頁 276）將悲劇的關鍵歸咎在男女雙方。男主角濮南甫（修正定版改為卜乃夫）是一個理想主義者，視「戀愛為藝術」，他對女人的要求除了美麗的外型要像好萊塢女星瑪麗‧蒙特絲，更要內涵，要求一份「魔魅的靈魂與形體」的結合。但對女主角妲尼婭而言，她雖是一位青春少女，但閱人多矣，不乏社會經驗及對物質生活的徵逐。她多少帶點「邪味」，「她倔強，倨傲、矜持，內心又燃著火山燄似的熱情。……她樂於挑逗、調情，樂於試驗自己對異性的魅力與吸引，更樂於玩弄一切愛情的遊戲……她血液中不幸地又跳動著那斯拉夫民族性特有的病態：一種不可理喻、不可抗拒、跡近瘋狂的自毀自虐衝動。」（頁 279～280）

　　在俄國文學傳統中，這種衝動，明顯的顯現在陀思妥耶夫斯基、托爾斯泰、契訶大筆下的女性角色。具有外文系背景的叢甦，擅長以西方文學的人物性格與無名氏筆下的人物相對映。她發現妲尼婭與陀思妥耶夫斯基《白癡》女主角娜斯塔斯婭有不少相似之處：兩人在熱鬧華麗的虛表下卻掩著一顆孤寂、恐懼、無辜、善良，但又近病態的孩童似的心靈。《白癡》

---
[22]同註 12，頁 675。

中的米希金王子對娜斯塔斯婭的愛是爲了「拯救」她，而濮南甫對妲尼婭的感情多少也帶著「拯救」的意味。

在這部「內含的悲劇」裡，一些外在因素，如家庭的反對、友人的非議嘲笑、社會的物議等這些客觀環境的逆障、阻礙，都是造成悲劇的主要因素。但在兩人相戀的初期，悲劇的導演卻是妲尼婭不成熟、患得患失的個性。妲尼婭屢屢提及自己學問知識不能匹配濮南甫高尙的人格，而自慚形穢，產生自卑感，說出：「你是那麼崇高，我卻是一個平凡的女人，我只能愛一個平凡的男人。真的，我寧願找一個壞一點的男人，一個帶著魔鬼味的男人——那倒更耐尋味……」濮南甫對生命過高的理想，對文學繆思的追求，對歷史的展望，以及對愛情的過高要求等，對妲尼婭都造成極爲沉重的精神負擔。（頁 284～285）

在文章尾聲「結合又會怎樣？」叢甦總結造成這齣悲劇的因素，包括妲尼婭個性之基本的瑕疵矛盾，外加她靈魂深處未馴服的男性氣質，外加自毀自賤意識與「幸福的逃離症」，造成她與濮南甫愛情拉鋸戰中不可避免的一連串誤解、心酸、鬥爭與挫折的豪鉅代價，使男女雙方面瀕毀滅，數瀕瘋狂。但有創作才能的濮南甫能使其痛苦創傷化爲創作的動力，但表面堅強孤傲，實在孱弱易碎的女人卻只能消瘦、憔悴、衰老，以至於最終苦澀、嘲諷、絕望。（頁 292～293）異國戀情有諸多可討論的面相，兩種不同的民族文化性格，一旦碰撞，難免出現扦格不入之感，此書令人感歎，也令人深思。

劉志榮〈痛苦的雨滴：論無名氏的潛在寫作（下）〉[23]，提及寫作此文的動機，是要讓讀者感覺到無名氏寫作年代的氣氛與寫作者的內心情愫，即是那些記錄大時代面影與一己「痛苦雨滴」的小說、詩歌、散文、隨筆及書信。本文所討論的文本都曾經在 1980 年代後的臺、港兩地公開出版，也在大陸以選集、單行本形式出版，在臺灣卻較少受到評論家的青睞。劉

---

[23]原載《藍》第 17 期，2005 年 1 月，頁 57～88。原名〈痛苦的雨滴——20 世紀 50 至 70 年代無名氏的散文詩歌和小說〉。本文選自劉志榮《潛在寫作：1949～1976》。

志榮鈎稽兩岸三地出版的相關著作，整理出長篇小說「無名書稿」、《綠色的迴聲》外，其他文類的作品，並予以綜合性分析，是本文最大的貢獻。

　　1950 年代後，無名氏有意識地處於隱居，所以，他對時代的感受與熱切投身於運動的人們的感受迥然相異，劉志榮形容這是一個「瘋狂錯亂的世界」。在這時期，無名氏的詩歌形式多半採用意象濃密的變形手法，以表達自己對時代的感受。「文革」中以手抄本流通的地下詩歌，大多以晦澀的技巧表達對時局的不滿，對未來的迷惘，被稱爲「迷惘的一代」。無名氏與這一代的詩歌作品風格並不相同，以〈世界〉這首詩爲例，其意象濃密、晦澀，不易以單義的直白的散文方式來解讀，但聯繫其背景，並不似初讀起來那麼晦澀。萬一詩稿被查抄沒收，也不至於被羅織罪名。意象的扭曲變形，無非是爲習慣於樂觀的時代基調與話語方式的人們所排斥而已。無名氏寫於「文革」時代的詩，後來都加上題記說明寫作背景，現在看來已不晦澀。劉志榮認爲：「文革」時代話語邏輯與現實邏輯之中，它的「晦澀」與「變形」，其實只不過是一種對現實的白描。實際上，按諸無名氏此一時期的詩篇，如〈新鮮的死者〉、〈蛇色的老婦〉、〈密鄰〉、〈異音〉等，可以說是處處在以這種晦澀的「白描」來記錄他的時代印象。

　　無名氏創作於 1950～1970 年代的短篇小說，如〈拈花〉、〈一型〉、〈契闊〉、〈花的恐怖〉、〈一根鉛絲火鈎〉等，都帶有強烈的寫實色彩，有些幾乎是作者生活片段的素描；有些雖然不是作者生活的實錄，但其基礎無疑建基於真實的生活體驗。閱讀這些短篇小說，可發現「無名氏作品的話語方式及對時代的整體把握與主流文學迥異，即使其對日常生活的觀察，也呈現了當時主流文學所遮蔽或忽視的生活暗角。」（頁 86）〈一型〉即描述那個時代頗具代表性的群體人格畫像，一個愛好文學、聰敏活潑的年輕人，從軍八年竟變得非常嚴肅、冷淡、沉默寡言。無名氏想表達的是，這種僵化狀態是對時代的標準反應。以「文革」爲背景的〈契闊〉，主題是兩個闊別十年的老友，難得一見，卻陷入尷尬的沉默之中，這是特定時代人與人關係的微妙變化，無名氏用細節渲染出了特定年代那種相互猜疑產生

的緊張氣氛。〈花的恐怖〉是描寫一位養花、愛花及愛聽外國音樂的人，兩次被勞動改造的心路歷程，它顯示出權力機制的規訓力量，甚至進入最個人化的感性層面。〈一根鉛絲火鉤〉則描寫一位公務員被日常瑣事搞得心慌意亂，不得安寧頗有新時期新寫實小說的風格，如劉震雲的〈一地雞毛〉。實際上，無名氏是把自己在 1950、1960 年代那種困窘生活中飽受瑣屑折磨的心理投射進了這些小說文本。

　　無名氏 1950～1970 年代的散文隨筆中，有一些是對當時典型現象的思考，如針對 1950 年代「大力提倡清教徒作風」，討論靈與肉的問題。1960年代的兩則〈沉思隨筆〉，觸及整個這一時期的獨斷論與狂熱的群眾運動的虔誠情緒。寫於 1972 年的〈自白〉對自己心靈空白、靈性枯竭，創造力被迫衰退的憂傷，卻也有著在困憊中奮進的希望。1973 年，無名氏與妻子離婚，於 1974 年至 1976 年寫下 18 則〈夕陽語片〉，對他這時期內心的掙扎交戰留下一些難得的紀錄。「文革」即將結束時，無名氏寫下〈莫干山風情畫——一封給友人的信〉、〈水夜〉等，文筆又恢復以往的流動，但生命境界自有宛若禪境般寂寞晚年的空曠氣象，以〈莫干山風情〉為例：

　　那種神祕岑寂，七八年未重溫了，這一夜它竟放肆地泛濫，那況味，倒使我摸不清楚，我在感什麼，思什麼？勉強形容，有點像乘宇宙飛船，漂浮星海太空，渾身失重，在飄，飄極了，飄成一個無。我這個「無」，半夜起床，入盥洗室，從山谷內，忽響一陣幽玄的風籟，宛若山妖祕語，語絲音縷，一絲絲、一縷縷的透入心脾，那真是微妙，我似在聽無音之音。

——頁 105

　　1982 年，香港新聞天地社出版《無名氏詩篇》，收入 172 首詩，其中大部分都是 1944 至 1948 年間的作品。李庸（李瑞騰）有兩篇文章評論這本詩集。一是〈無名氏詩篇散論〉，二是〈衝破黑暗牢籠——再論無名氏詩

篇，並以此文歡迎無名氏回到自由祖國〉[24]，兩篇都寫於無名氏踏上自由土地之後，前一篇是 1982 年 12 月 23 日抵達香港九龍，隔天所寫；後一篇則是次年 3 月 22 日抵臺後所寫。無名氏曾自述，他的一些所謂「象徵詩體」雖脫胎自象徵派，但也含唐人絕句韻味，是東西詩體的混合物。無名氏詩中主要的題旨之一是「創造的渴望」，而他所欲創造的，包括「一個壯麗的版圖」、一個真正回到萬有引力的「星球」、一個絕對被哲學占有的世界。他企圖通過音樂以重顯「偉大的星球風景」，企圖通過詩以復活「一個新詩的美麗整體，通過各種媒體而創造一個神祕的美境。」（頁 330）在〈衝破黑暗牢籠〉一文，主要探討反束縛、反壓迫、渴望衝破黑暗牢籠的主題意識。

　　1968 年，無名氏因「包庇反革命」的罪名，被囚禁在杭州小車橋監獄，前後一年三個月，於 1969 年 9 月 9 日釋放，他直到 1972 年才被摘掉「反革命」帽子，恢復公民身分，1979 年 9 月，才得以正式平反。《獄中詩抄》（臺北：黎明文化公司，1984 年 5 月）是他在繫獄時打的腹稿，出獄後始整理成篇。洛夫為這本詩集寫序，刊載於《聯合報》副刊，1984 年 5 月 3 日，第 8 版。這部詩集共分四輯，第一輯為「獄中詩抄」，後三輯為「出獄詩抄」，共計 126 首。洛夫將這些詩大致歸納為「抗議詩」、「諷喻詩」和「自勵詩」三類，並視這些詩是民族苦難的象徵，揭露一個黑暗時代的證言。

　　無名氏的《紅鯊》[25]是在臺灣所寫的一部報導文學集，這本書是根據一位任職情報員的國軍軍官，被派往上海蒐集情報，遭中共祕密逮捕，因而卜監、勞改，甚至長達兩年被關在井底的地牢，忍受極殘酷的刑罰。1976年獲釋出獄，於 1978 年 11 月回到臺北。1987 年 4 月，無名氏與他初會，經過數百次會談，終於進行《紅鯊》的寫作，〈自序（一）——寫給臺灣這一代青年〉中說：「〈紅鯊〉與〈井底〉全是真人真事，由當事人口述，提

[24]兩篇文章都收錄於卜少夫、區展才主編《現代心靈的探索——無名氏作品研究》。
[25]無名氏，《紅鯊》（臺北：黎明文化公司，1989 年 9 月）。

供資料，經我整理，撰寫報導。除主角外，《紅鯊》全部人物都是真名真姓。」本書共收錄〈井底〉、〈紅鯊〉、〈帕米爾的祕密〉、〈毛澤東死的那天〉四篇文章。另有附錄：無名氏的〈亞洲的《紅與黑》〉、黃文範〈中國的索忍尼辛〉。

　　黃文範〈《紅鯊》與《古拉格群島》〉，[26]是 2002 年 11 月 9 日「無名氏文學作品研討會」發表的論文。1968 年 5 月，索忍尼辛完成氣勢磅礡的《古拉格群島》，黃文範花了七年時間把全書譯完。他譯完這部大書，油然升起一種感喟：「中國的索忍尼辛在何處?」當無名氏的《紅鯊》一篇篇刊出，他不禁狂喜：「我找到了!」他在論文中說：「《紅鯊》是一部震撼人心，直寫人在逆境中求生的重要紀錄，人們可以看到一幕又一幕勞改制度下，成千成萬犧牲者集體受難或死亡的慘劇。」(頁 8)作者比較索忍尼辛和無名氏相似之處，除了生於同一時代，又都熱愛文學，熱愛真理，更熱愛國家，可是都受到祖國的苛待，索忍尼辛遭判刑八年，放逐三年。無名氏頻遭迫害，先後勞改一年多，又囚禁在監獄一年三個月，出獄後又受監管三年。《古拉格群島》便是索忍尼辛的親身體驗，還加上兩百七十個勞改犯血淋淋的經驗累積而成。無名氏也曾寫過《海的懲罰》，並受委託把一段親歷的勞改、監禁的殘酷迫害，再結合無名氏的經驗公諸於世，寫成令人震撼的《紅鯊》。

結語

　　將無名氏列入「臺灣現當代作家評論資料彙編」有其曖昧性。不過，無名氏在臺北定居 19 年，所有著作(包括舊作、新作)都在臺北出版，已被視為臺灣作家，但其創作的主要成就仍是大陸時期的小說，這是客觀的事實。無名氏成名於 1940 年代中與徐訏齊名，並與張愛玲並列上海孤島時期及淪陷時期文壇炙手可熱的作家，但在 1949 年以前及「文革」後至

---

[26]收錄於文史哲出版社編委會編《無名氏的文學作品探索與紀懷》(臺北：文史哲出版社，2004 年 10 月)。

1980 年代中期的文學史著，幾乎都隻字未提三人。無名氏習作階段的作品，「無名書稿」前三卷都完成於 1949 年並陸續出版（《金色的蛇夜》下卷完成於 1951 年）。後三卷從 1956 年夏動筆至 1960 年 5 月完成，其中，《開花在星雲以外》，1983 年在香港出版，《死的巖層》、《創世紀大菩提》都先後在臺北出版。對後三部長篇小說及寫於 1950 年代的詩歌、短篇小說、散文隨筆、書信等，陳思和、劉志榮將其列為大陸當代文學史著，也爭相將無名氏關專章或專節討論。大陸學界、出版界自 1990 年代起爭相出版無名氏的傳記、評傳、選集，無名氏還親自編選《花的恐怖》一書在大陸出版。研究生也競相發表評論文章，撰寫博碩士論文，由此可見，大陸學界、出版界一窩風搶熱潮的特殊現象。南京師範大學王娟〈九十年代以來無名氏研究綜述〉（《南京師範大學文學院學報》2004 年第 4 期，12 月）就提出對無名氏的研究存在整體觀照不足、評價人為拔高等問題。

　　臺灣對無名氏的研究、報刊報導文章大致收錄在以下各書：區展才主編《無名氏卷》、穆子傑、李揚編《走出歷史峽谷》、卜少夫、區展才編《現代心靈的探索——無名氏作品研究》及文史哲出版社編委會主編《無名氏的文學作品探索與紀懷》。至於研究無名氏的專書及學位論文卻付之闕如。研究「無名書稿」的第一手資料，應該是無名氏從大陸寄到香港的 4000 多封信，裡面有 180 餘萬字未刊的「無名書稿」各卷，以及其他各種稿件，相信這些經由無名氏對這些「失而復得」（1960 年代被查抄，1979 年平反後發還）稿件的整理、修改，以及學生、友人幫忙謄抄的稿件寄至香港後彙整，當初應保存在卜少夫手中，現在不知下落何處。這些經由各種不同謄寫者、投遞者之手安全抵港的稿件，雖非無名氏手稿，應是文學史上無價的瑰寶，如果還存世，文化部門應想方設法收藏，以見證在非理性時代知識分子行動雖受禁錮、壓抑，心靈卻澄明，自我釋放於烏托邦的追尋中。

　　綜觀無名氏的研究，臺港文壇學界大多是報刊報導性文章、綜論、單本或多本著作的評述，缺乏系統性的研究專書。香港司馬長風《中國新文

學史》是第一部以專章探討無名氏的早期作品。1980 年代末，1990 年代初，嚴家炎《中國現代小說流派史》（北京：人民文學出版社，1989 年 9 月），將徐訏、無名氏的小說創作，列入「後期浪漫派小說」專章，除以兩節分述兩人的小說，也以一節探討後期浪漫派小說的特色。楊義《中國現代小說史》（第三卷）則視「無名書稿」爲現代主義巨著。朱壽桐主編《中國現代主義文學史》也收入吳義勤的論文，發現無名氏作品的主題充滿現代主義和未來主義的氣息。21 世紀初，許志英《中國現代文學主潮》（福州：福建教育出版社，2001 年）也闢出專章「浪漫傳奇的現代包裝」，對徐訏和無名氏作品進行比較分析。1990 年代，大陸評論家熱中爲徐訏與無名氏的流派屬性命名，有主張歸屬「後期浪漫派」、「消極浪漫派」，如陳思和，「後期海派」；如吳福輝，「新浪漫派」；如朱德發，也有主張兩人小說創作是「浪漫主義和現代主義」的結合，這些不同意見的爭鳴，有利於加深對無名氏創作風格的多元理解。大陸有關無名氏的研究綜述可參考吳暉湘〈九十年代徐訏、無名氏小說研究綜述〉（《中國文學研究》2000 年第 3 期）、厲向君〈中國當代無名氏研究略述專刊〉（《山東師範大學學報》2002 年基礎教育）、〈中國當代無名氏研究管窺〉（《安徽教育學院學報》2002 年第 20 卷）、王娟〈九十年代以來無名氏研究綜述〉（《南京師範大學文學院學報》2004 年第 4 期）、厲向君《人生悲苦命運的象徵——無名氏與其他中國作家合論》中的〈多重視角的港臺及海外無名氏研究〉（成都：巴蜀書社，2009 年 12 月）。

輯四◎
重要評論文章選刊

上海孤島及其後的小說（節錄）

◎楊義[*]

無名氏（1917～2002）

　　暢銷書似乎是離不開人欲、愛情和悲歡離合的命運遭際的。在徐訏的浪漫言情小說於 1943 年名列暢銷書榜首之後，次年又有無名氏接踵而起，以充沛的創作力與之爭奪世俗讀者。無名書屋刊行的兩部中篇《北極風情畫》和《塔裡的女人》，以其新奇豔麗的書名，風流倜儻的愛情故事，跌宕多姿的人際悲歡，以及迷亂蒼茫的哲理思索，一版再版，風靡文壇。無名氏的文筆比徐訏更爲粗豪舒展，在徐訏展示西歐的柔情，晃動著若隱若顯的梅里美的倩麗的影子之時，無名氏從抒寫北國的強悍開始，呼喚著一個慘痛欲絕的靈魂，閃動著乍明乍暗的陀思妥耶夫斯基的悲戚的面容。他所展示的愛情畫面和心靈世界是更爲陰淒、騷擾，帶有濃郁的走投無路的沉重感了。

　　開頭就驚世駭俗，撥動讀者欲罷不能的情感琴弦，是暢銷小說的慣用技法。《北極風情畫》的開頭不是簡捷的，而是盤曲的，山重水複，煞是好看。它把人物置於天下名山——華山的峰巔，渲染出一種神祕怪誕的氣氛。「我」因腦疲症，到五千仞上的華山落雁峰療養。日夕與山、樹、雲、泉爲伴，此身不再是「社會人」，而是「自然人」了。除夕前夜，山風狂嘯如虎，次晨漫山積雪，把整座華山裝點成銀色的宇宙。有個陌生怪客住進「我」所居住的白帝廟隔壁，夜間秉燭徘徊，長髮披臉，一副兼雜著野

---

[*]發表文章時爲中國社會科學院文學研究所研究員，現爲中國社會科學院文學研究所研究員、澳門大學講座教授。

獸、鬼魂和死屍的像貌，充滿著歪扭、絕望、慘厲、陰森、悲哀的神色。
他驀地奔向落雁峰頂，遙望北方，豺狼般哀吟著慘不忍聞的歌聲，當
「我」阻止他縱下懸崖的時候，他冷雋地告訴「我」：人生每秒鐘都有千丈
懸崖等待他。強不過「我」帶來的汾酒的誘惑，他在元旦凌晨，自剖著一
顆痛苦而帶血腥味的心。《韓非子》說楚人賣珠，把一個木蘭匣子薰香飾
翠，極盡包裝工藝之能事，作家也若售珠者，他為一幅哀豔的風情畫，提
供了一個雄奇蒼涼、鏤月裁雲的鏡框。

陌生怪客講的故事，是充滿浪漫主義的傳奇風味的。十年前，即 1932
年冬，他做為上校參謀隨抗日名將馬占山部，撤至遼遠荒寒的西伯利亞托
木斯克城。他在除夕深夜看完歌劇《茶花女》，如孤鬼遊魂般歸來的途中，
被絕世佳人奧蕾利亞誤認為自己的情侶，抱吻於滴水成冰的街頭。這位林
上校是風度翩翩的美男子，自稱千古軍人而兼詩人的只有兩人，「一個是拿
破崙，另一個是我。拿破崙一生太走運，太有辦法了，所以非兼為詩人不
可。我吧，一生太不走運，太沒辦法了，所以也非兼做詩人不可」。他對自
己戎馬生涯的風流儒雅的談吐，使這位俄羅斯少女把他視為英雄。當他知
道她是波蘭將軍的遺孤之後，便喚起了自己是朝鮮民族流亡軍人的身世之
感。他稱讚波蘭出了近百年最偉大的女性居里夫人，以天涯知己的心情談
論著：「在世界大戰以前，世界上有兩個最富有悲劇性的民族：一個是東方
的韓國，一個是西方的波蘭。」自此他們心心相印，吟誦著、談論著海涅
和彭斯的情思單純的愛情詩，雙雙變成「最好做夢的孩子」。從奧蕾利亞錚
錚鏦鏦的吉他聲音，他身處奇寒的西伯利亞，卻體驗到熱帶海島夏威夷的
土著少女跳起土風舞的最原始的熱情。其後他們利用奧蕾利亞執教的學校
的春假，到鄉間短期旅行，在河邊唱歌，在田野散步，與農家老少閒談，
「像噴泉樣的盡量噴射出自己的生命」，達到了「人間幸福和情感享受的頂
點」。小說至此，起用了樂極生悲的程式，它單純而明媚有若月光下的貝加
爾湖的言情，陡起波瀾：由中俄兩國政府協定，借居於托木斯克城的兩萬
官兵立即回國。奧蕾利亞聞訊，她便把每小時當一年，把分離前的四天當

96 年，以狂熱的賭徒方式享受著他們的愛情。林上校歸國途經義大利熱那亞，即接到她母親的來函，告知奧蕾利亞引刀自殺，並遺書讓他十年後爬上一座高峰，北向而高唱他們告別時的《別離曲》。華山落雁峰那淒厲如狼嗥的歌聲，就是他十年後的踐約哀鳴。這是一幕典型的浪漫傳奇，一朝遇豔，十年哀痛，英雄美人，滿腔血誠。這雙男女熱戀之時，談論著上至天文，下及地理，談論著藝術與哲學、生死與戀慕、演劇與戰爭，在開闊的思路中一派戲劇化的腔調。作品言情言愁，到底還帶點「為賦新詞強說愁」的滋味，不過它把這雙男女寫成兩個弱小民族的飄零子民，字裡行間是散發著憤懣的民族意識的。

　　從《北極風情畫》到《塔裡的女人》，無名氏引導描寫筆鋒由民族意識的發散，趨於人生境界的吟味，假若說前一部中篇是北國苦寒的風情畫，後一部中篇就是江南淒婉的詠歎調了。伴隨著小說音樂性情調的增濃，主人翁也被設置成為一個出色的音樂家了。「我」重返華山，住在山腳的玉泉院，滿眼流泉，使我彷彿獲得《藍色多瑙河》一曲的靈感，思想裡充滿了水，水，水。院觀裡的道士多俗氣，倒是出家不久的老道士覺空，意態如閒雲野鶴，頗有點仙風道骨。他在夜間在松林中拉響的提琴聲，有若飽經風浪的衰老舟子，把一生的情感和智慧凝結成的最後一聲歎息。在「我」探究著他的人生奧祕的時候，他給我一個大紙包，裡面傾訴著關於音樂與愛情的哀感頑豔的故事。覺空本名羅聖提，是南京最優秀的衛生檢驗專家和獨一無二的提琴家。他應邀到某女子大學校慶晚會演奏，穿一襲舊藍布衫徒步而至，在貴賓如雲之際，被晚會總招待、出身於外交官名門的黎薇小姐誤以為羅聖提的僕人。他使出渾身解數，演奏雍容華貴的世界名曲，贏得滿堂喝采，黎薇也投來極古怪深沉極神祕的眼光。小說的文筆是華麗繁縟的，它以浪漫主義的誇張，對風光男女的容貌、身價和智慧窮極描繪；同時，它又以浪漫主義的想像，把他們之間豪華的愛情，寫得超凡入聖。黎薇是南京社交界一朵朝餐陽光夕飲露珠的鮮花，光華覆照，沒有一個男子不為之俯首。但羅聖提偏要向她證明，天下男子並非都是大廉價，

交往三年，只對她保持清淡的審美的態度。傲慢的女子不愛人則已，一旦真愛，便出奇的猛烈，她把記錄內心情感的四厚冊日記給他，一度泛舟玄武湖，兩人擁抱得天旋地轉。不過，在她性欲飢渴之時，他還是以醫生的冷靜，勸她服用鎮靜劑。他的心靈也有陰影，他是行過舊式婚配的人，在北平鄉間的妻子膝下已有二男。但她不改初衷，在臂上刺上羅聖提的名字縮寫「R. S. T」。他終於發現了一位自稱父親是前清狀元，當過巡撫和民國副部長，本人又是軍事機關的上校的留法學生方某，做自己的替身，把幸福奉給他們二人，把痛苦留給自己。黎薇為了成全他道德上的自我完善，也強忍哀痛，與方某成婚。婚後才知，方某自吹的身世，多是欺騙，他為人處世心術不正，在家庭裡又專橫跋扈，並在她懷孕之後將她遺棄了。羅聖提英雄式的自我犧牲，換來的只有對情侶的沉重的負罪感。戰事使他南北流徙十年，當他不遠萬里來到偏遠的西康，找到她隱姓埋名從教的小學之時，她已經變得癡呆、衰老，兩鬢斑白，並且幾乎認不出羅聖提了。她對跪在膝前祈求饒恕的羅聖提說：「遲了！過去的已經過去了！」這齣禍福無常的愛情悲劇，滲透由熱烈轉向悲涼的人生失落感。它以美（女校皇后）的淪落，和善（道德自我完善）的幻滅，無比悵惘地觸及了舊式婚姻和門戶攀比的禮教制度所釀成的一派真情的迷失。它借用挪威作家漢姆生《牧羊神》中的一段插話，得出結論：「女人永遠在塔裡，這塔或許由別人造成，或塔由她自己造成，或塔由人所不知的力量造成！」不過，作品既然給主人翁起了個法名「覺空」，在他「十年一覺揚州夢」之後，所省悟到的乃是「色即是空」的宗教玄理。

　　值得注意的是書中的「我」有這樣一段話：「這時我最愛讀紀德，這位法蘭西當代大散文家給我的印象，像清晨泉水裡的一場沐浴，新鮮極了，也涼快極了。我像啜飲清涼泉水似地，讀著他的《大地的糧食》和《新的糧食》。」紀德散文集對北非風光絢麗濃豔的描繪，自然觸發了作家體悟華山泉水之瑰麗空靈和提琴樂音之美麗憂鬱的靈感。同時，《塔裡的女人》的謀篇布局，也難免令人聯想到紀德小說《偽幣犯》的多維度的結構方式。

它先以旁觀者的視角，敏感而瀟閒地揣測著一個道觀奇人，從而設置了很深的懸念。繼之，換以當局者的視角，切入小說的主體部分，採取道觀奇人自述的方式，回憶著前塵影事，傾吐著喜怒哀樂，體悟著懺悔和空幻，在內心自白中縮短了小說人物和讀者的心理距離。在小說的主體部分，又有自白中的自白，由於它是男主角的自述，難以直接敞露女主角的胸襟，便以她的大段日記加以彌補。故事講完後，又借用漢姆生小說中的插話，加以哲理的昇華。昇華之不足，還寫覺空見「我」要拿他的稿子去出版，憤然揮拳打在「我」的臉上，使我猛然覺醒：哪裡有什麼覺空？「我」又哪裡再到過華山？這只不過是幾天來一直鬧病，長睡了 18 小時，做了一個長夢。在月色如水，星斗寂然之際，重溫這個夢，只不過希望讀者：「請求你們能真正醒過來！」這種夢中之夢，把人帶入了類乎唐人傳奇〈枕中記〉、〈南柯太守傳〉的境界，真幻交織，迷離惝恍，裊裊然浮升起一層愛怨皆空、榮辱無常、人生如夢的煙霧。

無名氏置身於上海文壇之後，受海派文學風氣的薰染，小說創作的現代主義色彩進一步增濃。他把創作《北極風情畫》、《塔裡的女人》等言情的浪漫主義小說的時期，稱爲習作階段。那麼，其後創作的列入「無名書初稿」的系列長篇，自然就是他在藝術上尋找自我和實現自我的階段了。他稱這些具有濃重的現代主義色彩的作品，爲「哲理的詩混合的小說」，自述甘苦道：「有些（作品），由於是想探索開闢詩小說與哲理小說及其他等等綜合藝術體系，篳路藍縷，免不了出現問題，甚至是無法解決的問題。總是，吳（無名氏自己的代稱）有心想反叛寫實主義的傳統，至少，大大背離這一傳統，這樣，有時可能就焦頭爛額了。」但他覺得這是值得付出代價的藝術追求：「寫實小說，只需故事情節，人物形體，加上一些技巧就行，但詩和哲理混合的小說，除了上述種種外，卻還需要一定的——甚至較高的詩的修養，哲學素養和文字技巧。」[1]他在 1946 年 4 月，由滬遷入

[1]無名氏，〈藝文書簡・致叢甦書〉第一函、第二函，收錄於《魚簡》（臺北：遠景出版公司，1983 年）。

杭州慧心庵，潛心創作「無名書初稿」，於是同年底，及 1947、1949 年，便有初稿第一卷《野獸‧野獸‧野獸》、第二卷《海艷》、第三卷《金色的蛇夜》，陸續由上海時代生活出版社梓行。

多卷本「無名書初稿」是一曲氣勢淋漓，而又迷魂顛倒的靈魂交響曲。《野獸‧野獸‧野獸》充滿著生命意識。它夾雜著歡樂和哭泣、固執和惆悵，聲嘶力竭地呼嘯著。

> 生命是一連串大毀滅與再建造！大毀滅中有大自由！大建造中有大真理。……
>
> 生命本是一種最高度的連續追求，以及無限永恆的開展。大追求者是大火者，也是大冷者，大孤獨者……

它以如此多的「大」字來渲染「生命」，把它渲染成從虛無到人、從永恆到剎那的如火球一般燃燒著、旋轉著的存在。小說的主人公，1920 年代初 N 城師範學校品學兼優的學生印蒂，拋棄學校、家庭、朋友，到陌生的北方漂泊五年，就是由於「生命」二字如雷電一般在他血液裡旋滾，如野獸一般在他靈魂中呼喚：「衝出黑暗洞窟！投到曠野的喊聲裡！」他認為，生活目的是「探究生命，找尋生命」。在當過新聞記者、校對、店員、工頭和小販的五年中，他找到生命的信仰：生命只是一種改造，即改造社會和人類。於是他南下廣州，參加北伐，和左派人士組織「政治研究社」。「清黨」大屠殺，使 1927 年成了「歷史墮落犯罪的年齡」，「一部人類文化史，其實也是一部獸苑史」。在血的恐怖面前，他宛若孤鬼遊魂，彳亍徬徨。他受左派革命者的推動，組織紗廠罷工，並因之被捕入獄。在酷刑的折磨、美色的誘惑和鐵窗的孤獨中，他體驗到生命是無休止的痛苦和無休止的神聖憤怒。他一年後出獄，那些「左派革命者」卻擔心他威脅自己的地位，絕情地把他視為托派，拒於門外。他面對浩蕩長江，深感「現實政治（特別是中國現實政治），只是一個汙水缸，任何潔白身子跳進去，出來時也是

一身髒和一身臭」。他十年的信仰全然崩潰，面臨著嚴重的精神危機。直至友人聘請他去南洋，合辦華僑報紙的時候，他坐上破浪而去的江輪，才感到一種最原始的本能的衝動，野獸般向生命撲過去。整部作品在原始的野獸般強悍的生命本能和翻雲覆雨的社會政治強力的衝突中，蒸騰出一種孤獨離群、厭倦一切的政治懷疑主義。這一點類乎 1930 年代海派作家穆時英的〈pierrot〉，它也是描寫一個青年神往革命，卻被革命所誤解和拋棄，終至精神崩潰的。這種懷疑主義乃是現代主義文學的哲學酵素，於此可知，「無名書初稿」可以視爲 1930 年代上海現代派文學在一個創作力頗爲旺盛的作家手中的延續和發展。

　　懷疑主義使作家的生命意識難以在現實社會中找到牢固的平衡點，它成了一個不安定的靈魂。無以自制的內在追求，於迷惘中顯示了開闊，於動蕩中顯示了複雜的內涵。在《海艷》中，作家似乎想把這個不甘平庸的生命，疏導到東方的寧靜境界。印蒂從南洋歸來，在海船上遇到一位白衣少女，她豔麗得猶如一尊白玉雕塑的精美藝術品。奇蹟般相愛，使他們度過七個銷魂的日夜。船抵中國大都市 S 埠，少女失蹤，唯遺一張白紙：「一點電閃就夠了！……爲什麼要傻找她呢？」他到杭州探視姨媽，隨之在一家銀行當了一個收入豐厚的掛名專員，賃居西湖畔兩間茅屋，日夕出入於詩書山水之間，過著一串絕對以大自然爲幕景的空靈日子。豈料他朝思暮想的神祕的白衣少女竟出現在姨媽的家裡，竟是瞿縈表妹！瞿縈中學畢業後，開始了浪漫蒂克的冒險生活，五、六年間，萍蹤遍及天南海北，當過賣花女、記者、舞女和戲劇演員，這次回杭家居，埋首於書卷和鋼琴，冷漠得猶如修道院女尼。印蒂聽了她四個月的琴聲，寫了百餘封未嘗發出的情書，終於耐不得她的冷靜，想一走了之。瞿縈辨明他的心跡，欣然重敘情好，他們泛舟於九溪十八澗，出入於舞場咖啡館，隨之又到 T 島度蜜月。他們的生命彷彿找到了永生歡樂的迷景，整個世界似乎都爲他們而存在。愛情的節目都演奏過之後，印蒂生命的火焰歸於明淨的沉思與靜寂。此時傳來了「九‧一八」事變的消息，哈爾濱的朋友來函敦促印蒂去參加

義勇軍。於是，他把在西湖邊建一幢美麗的花園小洋房，正式行婚禮後到義大利漫遊的美夢留給瞿縈，隻身起程，奔赴關外。

　　按照無名氏的解釋，瞿縈「這個菩提樹型的透明女人」，代表著人間性，她給予印蒂的是「光風霽月的歡樂、沉醉、詩與透明」。這似乎在某種程度上回歸到《北極風情畫》時期的隨遇性的愛情和諧，但是在作家的生命哲學中，和諧意味著幻滅，在愛情的節目單都排演一遍之後，剩下的最後一個節目，便命定地是「蕭邦的喪曲」。這種經過西方現代主義染色的「生命」，與其在東方的隱逸境界中尋找歸宿，不如在西方世紀末的惡魔境界中尋找熬煎。《金色的蛇夜》所追求的，用該書的語言表達，就是「一種隋煬帝或莎樂美的深度」，一種「中古傳奇加世紀末的病態刺激」。印蒂從東北義勇軍潰散回 S 埠之後，和一班知識界朋友玩起「魔鬼的紙牌」，組織走私團伙，把粉絲、雜糧諸色貨物販運到朝鮮海峽彼岸，又把紅參、海產偷運回來。他們的哲學是：「生命本來是場賭博，那裡都行，只要有金子和女人！」這班亡命之徒把黑道橫財，盡情地揮霍在極度肉感的瘋狂和高度享樂性的官能放縱之上。印蒂姘上了那位曾在獄中對他勸降的女特務林美麗，此人已被特務機關「用過了」而拋棄，如今在舞場上芳名為「常綠」。他從海上九死一生地冒險回來後，常綠去內地了，他就帶上高麗小舞場的舞女盛繁虹，和一班朋友、舞女到郊外遊樂園蕩舟狂舞，放浪形骸，最後鑽進密林中過野獸式的生活。在一次化裝舞會中，他追逐起化裝成骷髏的舞場皇后莎卡羅。這個有「地獄之花，最典型的世紀末，時代最深謎底」的黑衣女人，以其母獸般的「半瘋狂半智慧」，使全城風流男子神魂顛倒，卻只是挑選那些儈俗不堪的商賈為面首。印蒂百般曲意逢迎，也難以獲得她的青睞。印蒂乘旅行團的江輪到三峽、重慶一帶做走私生意，在秭歸古城聽到仙女降臨山峽，每夜仙樂不絕的奇聞。因此他冒險去探明究竟，卻發現所謂仙女，就是失蹤多時的莎卡羅。她沿江「嫖男人」而來，想在這個充滿古趣的小城暫時解脫可怕的肉欲。印蒂想在懸崖上對她強行無禮，被手槍拒退之後，反而痛罵她是「萬死不足蔽其辜的淫婦」。她欣賞他的狂

態，逐雙雙蕩舟於江流礁石之間，舉杯爲這個荒淫無恥的世界祝福，願世人都能享受一份野獸式的無恥歡樂。作家自述：「瞿縈代表人間（人性），莎卡羅代表地獄（魔性）……我把莎寫成一個高級妓女型的哲學家（我所謂高級妓女，與一般高級妓女性質不同）。她有一套魔鬼主義加煉獄精神的哲學，也可說，人類精神歷史上『負的哲學』（程度上的）某種結晶。」[2]這部小說在生命意識的探究中，終於發現了「負的哲學」或「黑暗哲學」的支柱。作家在藝術的反傳統中，走到了一種奇僻拗執的極致：野獸主義，或魔鬼主義；因而他在觀念上，也從生命哲學走到反生命哲學，即生命在黑暗中把墮落當作完成，把崩潰當作深刻。這一點，連小說的行文中也是承認的：「魔鬼主義的憑藉，常常是精神因素中那些幻覺的肉瘤和瘰癘，它的高峰，則來自精神結構的總解體。」

　　「無名書初稿」是 1940 年代頗有分量的現代主義巨著，它宛若未加耘芟的叢莽，把 1930 年代上海現代派獨闢蹊徑的低吟淺唱，變得氣象森然。它的現代主義手法運用得頗爲浪費，卻給人一種迅雷疾風的衝激力。比如它的象徵，就紊亂交織著繁複而奇特的意象，全然沖毀了古典詩歌中的比興技巧。《野獸・野獸・野獸》以樂曲象徵生命，那

> 樂曲在奔，在馳，在飛舞，從宗教的飛到浪漫的，從古典的飛到現代的，……三夜曲塗有波特萊爾的色彩！馬拉梅的色彩！最肉感的色彩！……音樂把靈魂照亮了。音樂剝掉太陽紅光了。音樂抹掉天空藍色了。……沒有時間。沒有空間。沒有宇宙。沒有永恆。沒有刹那。沒有過渡。沒有眼淚。沒有悲哀。沒有歡笑。……啊，原來是你：生命！

它把宇宙的生命化作音樂的旋律，跨越時空，錯綜古今，令人在幾乎不知所云之中，體驗到一種神祕莫測的造化力量。《金色的蛇夜》以一幅充滿恐

---

[2] 無名氏〈藝文書簡・致叢甦書〉第四函，收錄於《魚簡》。

怖激情的壁畫《彭貝的毀滅》來象徵時代，它借維蘇威火山毀滅義大利古代名城的一瞬，人們依然在作最後的跳舞，最後的荒淫畫面，渲染著世界的「末日」氣氛。在這種陰森怪誕的渲染中，作家把象徵的手法野獸化和巫覡化了。他追求從象徵的意象中昇華出哲理和詩，但這種哲理和詩是黑暗的，無可奈何地帶上了末日悲歌的瘋狂和混亂的情調。

　　無名氏此時的文筆，是陰鬱、淒厲而重濁的。有人向他請教文學創作經驗，他說：「我個人寧願用兩秒鐘說一個大概，我贈他們三字：『重、拙、大』，此是況蕙風詞之結語。此三字反面是『輕、巧、小』。」這種追求，在一定的程度上是受了陀思妥耶夫斯基的影響，他日後宣稱：「最近開始看卡夫卡的短篇，……已夠我佩服得五體投地」，「有人把卡夫卡和杜斯妥也夫斯基相聯繫。這位癲癇患者的大師是我青年時代的偶像之一。」[3]且不說無名氏常用排比、重複和冗長的句式，那往往是他的筆墨過分鋪陳，缺乏節制的地方，使他筆下已是濃重的畫面彷彿滴下了更為濃重的墨跡。倒是那些打破時空界限，縱橫運筆的地方，最具有他個人的特色。它產生了迭影、錯綜、顛倒、跳躍的藝術效應，令人疑真似幻，眼花繚亂。《金色的蛇夜》這樣寫舞會：「世界——這座『腐爛大廈』，並不饒恕這個精緻客廳，把喪曲旋律滲入它的華爾滋裡，把火山岩礫混入它的跳舞滑粉裡，且用街頭晚報『黑龍江邊境日俄開火』聲來為這個沙龍氣氛塗殮。人們沒頂在歡醉裡，只不過短短一剎，頭一抬出來，茫茫黑黑的海景又冰凍了他們的眼睛。天花板上的磨砂宮燈光裡，有德國國會的大火光。爵士音樂裡，有殺死 217 人的法國火車失事碰撞聲。」在舞廳的聲、色、光、形之間，作家投進了國際國內的政治軍事事件和鐵路事故、海上冒險的重重陰影，造成一個光色反差和心理反差都極其不協調、不平衡的畫面，使繁華場中的男女在聲色犬馬的淫樂中隱隱感到一種天崩地坼的精神危機。作家的藝術思維是豐富開闊而紊亂紛繁的，他往往以奇險的設喻和邈遠的聯想，顯

[3]無名氏〈藝文書簡‧致叢甦書〉第四函、第二函，收錄於《魚簡》。

示自己不受傳統規範約束的表現才能。這種倏忽的思路，如黑色的鷹隼在陰沉的天際飛掠著，於粗率的情節線索上編織著稠密的聲色氛圍和情感網絡。《野獸‧野獸‧野獸》寫印蒂在獄中，可以幻見「默罕穆德一手執劍，一手捧經，在阿拉伯沙漠上赤足狂奔」；可以幻見「三閭大夫顏色憔悴，形容枯槁，鬼魂樣盤旋在汨羅江畔」；可以聽見「釋迦牟尼在菩提樹下結跏趺坐，憤怒地發誓」；可以聯想到「恆河的子孫沉默地紡紗一日，為獄中的甘地祝壽」。作家追求的不是對現實世界的畢肖和藝術世界的精緻圓潤，他的直覺能力似乎並不傑出，他筆下的諸色人物包括教授、軍人、舞女、強盜，都能洋洋灑灑談論哲理，因而不同程度地模糊了自己的面影。他以哲理和詩的翅膀，在前三卷「無名書初稿」中，使其人物的心靈翱翔於宇宙演變、地質變遷以及古往今來的宗教家、哲學家和志士仁人的天地之中，足跡遍於南京、上海、杭州、華北、南洋、東北，東及於朝鮮海峽，西抵於長江三峽。他全力搏兔地在古老的東方大地上，製造著傾盆而瀉的現代主義的雷陣雨。

無名氏原名卜寶南，後易名乃夫，祖籍揚州，生於南京。在南京五州中學未及畢業，便隻身去北平，旁聽於北京大學。抗戰期間，當過記者和教育部職員。1940 年隨韓國光復軍李範奭將軍去西安，曾獨居華山一年，與高僧談佛論道。1944 年去重慶，抗戰勝利後到上海，隱居杭州從事寫作。1982 年去香港，出版《金色的蛇夜》續集，並有創作和出版「無名書」第四卷《荒漠裡的人》、第五卷《死的巖層》之議。

——選自楊義《中國現代小説史‧第三卷》
北京：人民文學出版社，1991 年 8 月

無名氏的「無名書」

◎司馬長風*

　　無名氏（1917～2002）原名卜寶南，後改名乃夫，又改名卜寧，又自稱寧士；兄弟六人行四；祖籍揚州，生在南京。改名卜寧、寧士，皆含有紀念南京意味。

　　無名氏在南京中央大學附屬實驗小學畢業，考入五州中學，未及畢業，隻身遠去北平。「他蔑視文憑，主張自修。他以卜懷君名義，投考北大，錄取而未入學。在北平三年，常到北大旁聽，其餘時間完全用在北平圖書館。」

　　1937 年抗日戰爭爆發時，無名氏 20 歲，在烽火興亡的年代，做過記者，在教育部做過小職員。1940 年前後隨韓國光復軍李範奭將軍去了西安，其間曾獨居華山約一年，與高僧談佛道；1944 年才又回重慶，勝利後回到上海。直到 1949 年一直從事寫作。1949 年以後居杭州。

　　據無名氏之胞兄卜少夫氏論他的爲人說：

> 無名氏這個人，在我們弟兄中，天資最聰慧而又長得最英俊的，可是他的性格卻極爲突異、冷靜、堅定，加上執著。又：在多人場合，他大都沉默無言，聽別人講話、絕少激動、衝動，大怒大笑、大聲大躍的舉動。是屬於敏感症、神經質、沉思派的一種「典型」。

　　無名氏大約自 1937 年開始寫作。到 1949 年爲止，他自己劃分爲兩個

---

*司馬長風（1920～1980），原名胡欣平，遼寧瀋陽人。文學評論家。發表文章時爲香港《明報》編輯。

階段，1946 年 12 月《野獸・野獸・野獸》出版之前爲習作的階段，那以後才是創作的階段。

習作階段的作品

在他習作階段所完成的小說作品，時間先後如下：

〈古城篇〉，1939 年 12 月（短篇小說）。

〈海邊的故事〉，1940 年 2 月（短篇小說）。

〈日耳曼的憂鬱〉，1940 年 3 月（短篇小說）。

〈鞭屍〉，1940 年 8 月（短篇小說）。

〈露西亞之戀〉，1942 年 1 月（短篇小說）。

〈騎士的哀怨〉，1942 年 12 月（短篇小說）。

以上六篇集爲《露西亞之戀》出版。

《一百萬年以前》，1943 年春夏之際，爲「無名書初稿」第四卷「荒漠裡的人」，第一、第二兩章最初的試作。

〈伽倻〉，1942 年 7 月（短篇）。

〈狩〉，1942 年 8 月（短篇）。

〈奔流〉，1942 年 11 月（短篇）。

〈抒情〉，1943 年 1 月（短篇）。

以上四篇作品自稱：「爲一個未出版的長篇的四個片斷」。

〈紅魔〉，1943 年 9 月（短篇）。

〈龍窟〉，1943 年 10 月（短篇）。

關於〈紅魔〉與〈龍窟〉，作者自稱：「是一個未完成的長篇的第一章與第二章，這個長篇主題是寫韓國滅亡及國內革命，但我只寫了原書的六分之一，就放棄了。」

以上六篇合集爲《龍窟》單行本。

《北極風情畫》，1943 年 11 月（長篇）。

《塔裡的女人》，1944 年春（長篇）。

嘔心瀝血「無名書」

　　從以上的紀錄可知，在「習作」階段，他只寫了兩部完整的長篇小說《北極風情畫》和《塔裡的女人》，一部短篇小說集《露西亞之戀》；其餘的都是未完成的長篇片斷。

　　據卜少夫說，作者寫《北極風情畫》和《塔裡的女人》兩部愛情小說，「他立意用一種新的媚俗手法來奪取廣出的讀者，向一些自命擁有廣大讀者的成名文藝作家挑戰。」他真正的創作是「無名書初稿」（以下簡稱「無名書」）原計畫共七卷，有關資料列下：

　　第一卷《野獸‧野獸‧野獸》，約卅萬字，1946 年 12 月初版。

　　第二卷《海艷》，約四十萬字，1947 年 9 月初版。

　　第三卷《金色的蛇夜》，約三十萬字，1949 年 5 月初版。

　　第四卷〈荒漠裡的人〉，1949 年 5 月全稿完成並已在印刷廠排竣未及出版，共軍陷上海，遂不知所終。

　　第五卷《死的巖層》。

　　第六卷《開花在星雲之外》。

　　第七卷《創世紀大菩提》。

　　從上述資料得知，「無名書」七卷，已完成四卷，出版者僅三卷。以下略述全篇內容概要。

　　「無名書」頭三卷總字數近百萬字。但情節十分簡淡。以一般小說的標準來看，那簡直不成為情節，只是一條若有若無、若斷若續的線索。

　　五四時代一青年印蒂，拋離南京的家，流浪到北方去找「真理」了。北伐（1926～1928 年）前夕，他從北方歸來，在家中喘息，反芻了一陣，奔往革命策源地——廣州。兩年後，他隨著北伐激流又回到長江下游。

　　反共清黨的風暴來了，他被捕入獄，在獄中他體驗了人間最底層的慘苦，可是仍受到組織的懷疑、誣妄和唾棄。真理碎了，他從岩漿的熱流中醒過來，從階級革命的大霧中闖出來；在父親印靜修的營救下出了獄，回

了家。

　　以上是「無名書」第一卷的概要。

　　從政治烽火中醒來之後，仔細咀嚼了自由和人生，他開始追求詩和夢，追求甜熱的愛情。在海上旅途中，他邂逅了自幼分別、相逢不相識的表妹瞿縈。《海艷》近四十萬字，就專寫印蒂和瞿縈，在西子湖畔的熱戀，在青島的蜜月，以及夢和詩的幻滅，愛情的破碎。「九‧一八」砲聲響了，給了印蒂離棄瞿縈的契機，從此天涯陌路。

　　以上是「無名書」二卷的情節概要。

　　印蒂跑到東北投身抗日游擊隊，並非完全為了民族興亡的大業，而是逃脫那無可奈何的幻滅感。當兵敗潰散之後，便失魂落魄回到上海。上進之路絕了，於是向下沉淪。在沉淪中摸索拯救的機運。一群革命舊侶，組成了走私集團，從此滑入狂飲、豪賭、荒淫、鴉片煙的洞窟。《金色的蛇夜》在這裡閃耀了迷離幻彩。

　　在洞窟中，印蒂被一條最美最毒的蛇——莎卡羅迷住了。她是人盡可夫的蕩女，卻有冷若冰霜的矜持；她一擲千金購買面首宣淫，但卻卑視男人的嚮慕和追求；於是使印蒂受盡折辱和煎熬。從金綠的上海，一直追到三峽的荒城。歷盡風波和糾纏，終於在一個月夜溝通了情意，莎卡羅卻不告而別走了。

　　《金色的蛇夜》到此落幕，「無名書」也到此頓挫了。後四卷還有什麼情節呢？迄無人知，但作者在致卜少夫信中曾有如左的透露：

　　第四卷（《荒漠裡的人》）探討神和宗教問題，第五卷（《死的巖層》）寫東方的自然主義和解脫，第六卷（《開花在星雲之外》）寫綜合的東西文化的境界及新世界人生觀，第七卷（《創世紀大菩提》）寫五百年後的理想的新世界的人與人的關係。

　　他所說的只是主題的思想，小說的骨骼，血肉的形象則不得而知，也

無從推察。因此，我們只能品鑑「無名書」的頭三卷。

踏破小說故壘殘關

無名氏小說的特點和魅力，筆者在〈《野獸‧野獸‧野獸》讀後〉中有如下的描述：

> 我們熟悉的小說，是以敘事文為主的文學作品，可是這部小說，絕大部分則是形象化的描寫；景象和氣氛都十分不同。我們慣見的小說，都有密實的故事情節，這部小說，只是無數縹緲的感覺，恍惚的臆想，藕斷絲連的綴合。
>
> 我們看過的小說，充滿角色的行動和對話，這部小說主要是作者的旁白，角色的獨白，全書近五百頁，自始至終好像全是絮語和夢囈。
>
> 通常的小說，都寫幾個角色的悲歡離合，即使寫社會和時代，也透過角色的行動來表現；可是這部小說則全憑直接的描寫，來表現歷史的峽谷，時代的急流，國家的浮沉，社會的風雨。讀來，只感到無數巨幅的畫卷，飛掠心腦。
>
> 全書九章，以北伐大革命為背景，只寫了七幅書卷：1 遠遊回家的印蒂，再捨家投身革命；2 在革命的心臟廣州；3 北伐風暴裡的南京；4 反共清黨，國共分裂；5 被捕入獄；6 出獄，回家；7 再度遠遊。本書僅 483 頁，竟花了 90 頁寫獄中生活，幾乎全是無任何情節的白描，可是竟像磁石似的，吸引你屏息斂氣讀下去，試想這是何等手筆，何等才情！
>
> 突破了古今中外一切小說的框框，開創了不像小說的小說。以詩、散文詩、散文和類小說的敘事，混成的新文學的品種。叫它小說也可以，叫它散文詩也可以，叫它詩和散文的編織也可以，叫它散文詩風的小說也可以。他打破了傳統文學品種的疆界，蹂躪了小說的故壘殘關，這個人真野，真狂，在藝術天地裡簡直有我無人！

字字句獨出心裁

綜合「無名書」頭三卷的印象，其超卓的成就，在突破性的獨創。

1.風格的獨創。前面已略提及，我們所了解的小說，具有前後連貫的情節，以人物的行動和對話爲主，敘事體的文學作品，而「無名書初稿」則是情節疏淡，以人物的思想、感受爲主。

在這之前，已有散文詩體的小說，如沈從文的《邊城》、老舍的《月牙兒》、蕭紅的《呼蘭河傳》等是；而「無名書」可以說是詩化的小說。他不用行動和對話來表達情節，而用大畫卷似的形象化描寫，來表達人物的思想和感受。試舉一最顯著的例子，在《海艷》中有三段形象化的描寫，來形容洞房花燭的歡樂，第一段約二千字，第二段約二百字，第三段約四千字，這三段六千多字，寫性的歡樂，但是竟一塵不染！使人無纖毫情欲的明孽。因爲根本不涉及具體行動，只作象徵性的歌唱，有如：「現在，它華艷得像一片紅熱的永恆，那成千成百的玫瑰花瓣是在永恆裡飛舞，靜靜落下。」

2.是主題在廣大和旨趣上，都踏破前人所未踏之境，托爾斯泰的《戰爭與和平》、雨果的《九十三年》、福婁拜的《情感教育》、李劼人的《死水微瀾》和《大波》，都寫一族一國的一個大時代；狄更斯的《雙城記》，寫一個大時代兩個民族，已算是異數了，可是「無名書」，則寫東方和西方會合（經過西方文化洗鍊的新東方）的大時代。

3.「無名書」，在造句練字上，表現了超卓的創新力，他幾乎甩開扔棄所有前代和同代作家的語彙，每字每句都別出心裁，重新燃燒，重新錘鍊，因此刷新了文學語彙，達到前所未有的新鮮和豐富。

描寫的奢侈

「無名書」在獨創性上，雖有睥睨一代的成就，但也表現了若干缺陷或美中不足。

　　首先是文字和描寫的奢侈。文字的奢侈是指在遣詞造句上，複字和複句太多。這種例證，翻開俯拾皆是。例如第一卷《野獸・野獸・野獸》第一頁第一節

　　……這是些甚麼？這是些甚麼，這是些甚麼呀？啊！樂曲！樂曲！樂曲！一朵又一朵的樂曲！一組又一組的樂曲啊！音樂！音樂！美死人的音樂！迷死人的音樂！可也糟蹋死人的音樂！無涯無涘的奏鳴！無限的響！無極的鳴！無窮的音！音！音！音！音！音！音！音！……

　　複字複句運用得好有加強效果的作用，可使名詞動詞化，增加飛動力；有如第一卷的書名《野獸・野獸・野獸》，三個「野獸」連在一起，表現了活氣、激動、逼真和迫力，使人恍如見到萬蹄隆隆，煙塵滾滾，奔騰叫嘯大獸群的洪流。但是，如果用得過分，便破壞了美。有如所引前文裡，末句連用了八個「音」字，接著是表示不盡的虛線，為甚麼要用那麼多「音」字呢？

　　再看引用的前文中，既用那麼多字句來描寫「樂音」了，又用了那麼多的字句來描寫「音樂」，而「樂曲」和「音樂」在這裡那樣不易分別，當你被那些怵目的驚歎號和問號所牽引，風馳電掣的飛奔時，可以囫圇吞棗，只感一片熱流滑過眼睛，可是當你稍微冷靜，加以咀嚼時，立刻就可嚐出重複的累贅和乏味了。這是描寫的奢侈，分開看，每字每句都有精確細刻的功夫，可是只因過多了，便發生反作用，俗云：「蜜多不甜。」

　　再如「無名書」第二卷《海艷》，裡面對大海、西湖以及印蒂和瞿縈熱戀的描寫，都極絢爛美妙，初讀時不禁凝神斂氣，驚歎絕倒；可是見好不收，於是有第二次描寫，第三次、第四次；雖然是不同角度，不同時分的描寫，但也難逃大同小異，於是欣賞的興趣便遞減；第二次描寫尚可打起精神欣賞，到了第三次便難於讀下去了。

主題廣大無邊

其次,「無名書」的主題過於廣大,而且情節和人物都嫌蘊育不足,遂致情節發生破綻,人物缺乏血色與個性。

無名氏 1950 年致其兄卜少夫的信中嘗自述「無名書」的主題:

> ……如能預期完成這個多年計畫(「無名書」全稿),我相信無論在藝術上、思想上,對中國和世界總有涓滴之獻。——我主要野心實在探討未來人類的信仰和理想:由感覺——思想——信仰——社會問題及政治經濟。我相信一個偉大的新宗教、新信仰即將出現於地球上,……

1951 年另一封信中又說:「此生夙願是調和儒、釋、耶三教,建立一個新信仰。」

這般廣大繁複的主題,要集中在某一人物、某些人事片斷上表現出來,那等於宇宙濃縮爲一粒原子。我不敢說,這是絕不可能的事情,但的確感到超過了小說藝術的極限。可是無名氏居然這麼作了,而作得相當輝煌絢爛,顯示了睥睨百代的才華與氣魄。但是在這裡,我們也見出才華的極限,而露出了枯乾的破綻,真是無可如何。

以第二卷《海艷》來說,印蒂和瞿縈美滿的愛情,突然無疾破滅,跌落絕望的深淵,以及印蒂的逃離行動,都成爲不可解的斷崖。作者爲了安排這一破滅,從頭到尾,做了無數的襯筆、伏筆和暗示,但讀來依然缺乏說服力,全書 40 萬字,遂成爲無數篇精美散文詩的綴合,小說的線索太單薄,臨風一吹就斷了、散了。這些失敗都由於作者蓄意表達「色即是空」這一觀念,因爲這是主題進行必要的段落和轉折。

以第三卷《金色的蛇夜》來說,無論從情節安排、人物刻畫,都最爲圓熟,但是因受主題的勒制,把一群高級知識分子,驅爲海上走私集團,耽於狂嫖、濫賭、酗酒、吸鴉片;若是個別的墮落,真實感不發生問題;

一大群高級知識分子，像感染瘟疫一樣，手拉手一齊沉淪，就不免有點稀奇古怪了。而這一大群人，幾乎都缺乏個性，因為他們都在主題的要求下，身不由己的向人生的深淵沉落。在這一情勢下，書中的角色，便絕難突出個性了。

一往情深創新探奇

中國傳統文學，擅寫常人常事和常情，每從常見的悲歡離合、生老病死中，發掘和蒸餾藝術的彩色，其功夫恆在「化腐朽為神奇」。如《儒林外史》、如《浮生六記》、如《三言二拍》中的絕大部分的短篇作品，莫不這樣。西方文學的主要特徵之一，是一往直前的創新探奇，題材要新要奇，手法也要新要奇。人間事沒有那麼奇，不惜鑽弄塑造新和奇。無名氏的小說，基本上是依循西方文學的路向，以萬馬奔騰之勢，做無限制的突破和創新，他的「無名書」充分的達到了這一意向，使中國文壇呈現了前所未有的異彩。他的命意，不但是對中國傳統文學的衝擊，也是對西方文學的挑戰，從這個角度看，他的成就確是出類拔萃。

——香港《星島日報》，1978 年 4 月 10 日

——選自卜少夫、區展才主編《現代心靈的探索——無名氏作品研究》
臺北：黎明文化公司，1989 年 10 月

印蒂的追尋
無名氏論

◎叢甦*

一、永恆的追尋

> 奇里滿吉柔是一個一萬九千七百一十呎的雪山。據說是非洲最高的山。它的西峰叫做「神之屋」。離西峰不遠處有一個乾癟而凍僵的豹子的屍首。沒有人知道這豹子在那高處究竟尋找什麼。
>
> ——海明威短篇小說〈奇里滿吉柔的雪〉的楔子

　　奇里滿吉柔雪山上的豹子，橫跨淺灘的哥倫布，烏托邦裡的那遜叟（Nonsenso in Thomas More's *Utopia*），都遊心未盡，足底生煙的格利佛，那跋涉沼澤茂林的「基督徒」（《天路歷程》），都在找些什麼？找生命的真諦？找一個更美更真實的存在？找生命裡的「圓全」、「協調」、「至真、至善、至美」？找存在極限外的最後「涅槃」？人究竟為什麼要找？這找尋的意義在其過程抑在其終點？多少人抵達彼岸？多少人覆舟沒頂？多少人得成正果？多少人如同奇里滿吉柔雪山頂的豹子，乾癟、僵硬而死亡？

　　歌德在《浮士德》的開始就假藉上帝與魔鬼的對話，說明人在存在裡永恆的焦灼、永恆的追尋（也就是卡繆所謂的：「人是唯一不安分守己的動物。」這種焦灼與不安是自人類歷史以來就有的，20 世紀的存在主義只將其制度化、具體化、哲學化而已）：

魔鬼說：「他（人）的精神激動紛擾，向極遠處企望。……他瘋狂癡癲的不安，他渴求上天最美的星星，地上最高最大的歡樂。」

上帝說：「當人的欲望在嚮往騷動，他無可如何，只有犯錯。」又說：「一個好人，即使有最隱晦的渴望，仍有覓真的本能。」（歌德《浮士德》——泰勒英譯本。）

這「覓真的本能」可是他人性中向上的、飛躍的、征服的、追尋的神性？……也許，在人卑微的存在裡，他經常的試探、摸索與追尋，就形上的觀點來論，都像是格利佛腳下螞蟻的爬行，或如來佛掌上的孫悟空的跟頭，是無用、無能，而近於荒謬可笑，然而他依然再接再厲，就是粉身碎骨亦在所不惜。再借用海明威一句話：「人可以被毀滅，但不能挫敗。」人的肉體可以上刀山、下油鍋、拋頭顱、灑熱血，受盡人間世最殘酷毒烈的折磨，但是人的精神，人的良知、理性，人在最污穢最無底的黑暗裡的永恆希望——人體中神的所在，卻是不能毀滅的。唯物史觀的人會說這是想入非非，癡人說夢，但是人類幾千年的文化歷史的發展與延續卻建設在人對永恆、對未知的一再探討、追尋，再匍匐跌爬，一再地試探著超越，超越自我、超越時空、超越存在局限的羈絆。也正如歌德的《浮士德》，人最後的榮譽也許不在他身成正果，抵達彼岸。人的尊嚴與勝利在於他永不竭止地在黑夜海上的航行，在於他在「明知不可為而為之」的瞬間對他內在的理性與神性的再一度的承諾與肯定。

二、理想主義者的悲劇

無名氏筆下的印蒂在《印蒂》（即《野獸‧野獸‧野獸》）、《海艷》與《金色的蛇夜》裡，就是這樣一個在黑夜的海上摸索的人，同時也是那奇里滿吉柔雪山上的豹子。當然，一個年代，每一個國度，都有不同的上山豹和下海人，因為人類的文明是由這些向理想王國的探險者塑成的。但是產生印蒂的時代背景也許使他的追尋對中國的近代人更有其歷史意義。

如果說印蒂的悲劇是一個知識分子在一個民族大動亂裡的個人悲劇，

那麼這個悲劇不但有其外在的時代因素，更有其內在的個人因素（印蒂本人的悲劇性格）。歸納地說，這三部曲（Trilogy）是一個理想主義者在一個殘酷黑暗的現實裡對一種更高更完美的存在的追尋與幻滅。在古典的悲劇裡，主要角色多半由於性格上的缺陷（如在希臘悲劇中，「傲」常是性格上致命的瑕疵）而導致一生命運裡不可避免的波折毀滅。

印蒂的個性，或正如許多其他的狂熱的理想主義者一樣，是一個感性的個性。如同華波（Horace Walpole）說的一樣：「世界對思想的人是喜劇，對感覺的人是悲劇。」印蒂倒不是一個全然無理智的人，但是他的理智不是冷峻的、武斷的、實驗主義的，而是溫情的、不切實際的、浪漫主義式的，是受制於情感的。因此生命裡的一切失敗與破幻不僅是外在客觀環境裡的挫敗，而是實際內在靈魂的創傷。如果人的生命可以說是由三種根源的動力組織：情（欲念、情感，佛洛伊德所謂的 id，或佛家所謂的七情六欲三毒，是本能的），知（理性、智性，是判斷的、分析的）和靈（神性、形上的、宗教性的、宇宙性的、直覺的、超越的、神祕主義的，靈犀一點通的），那麼在我目前所要討論的三部曲（《印蒂》、《海艷》、《金色的蛇夜》）可以說是印蒂本人內存的情、知、靈鬥爭的心路歷程。不過由於這鬥爭的過程在一個動亂中的歷史舞臺上，因此它也更顯得突出、敏銳、戲劇化。

在時間的程序上，「印蒂」是首，《海艷》是中身，《金色的蛇夜》是尾，而在他個人的內心掙扎裡，他由反叛而參與、而幻滅、而沉悒、而回歸、而厭倦、而沉淪，最終，而復起（？）。在印書開始（民國 10 年左右？），印蒂，一個師範學校唸書的學生，在畢業前一個月失蹤了（揚棄文憑當然這也是一個揚棄世俗傳統的姿態，似乎是《拒絕聯考的小子》的先聲）他的離家出走也象徵地拋棄了一些昔日的恩物：「維尼斯的石膏浮雕，文藝復興的宗教畫，無錫泥菩薩，美國法蘭絨馬褲，繡花拖鞋」，當然，這也明顯地象徵著拋扔下一些小資產階級的文化包袱（藝術、宗教、和物質安適）。為什麼要這樣？在給他父親的信上他如此說：

> 我整個靈魂目前只有一個要求：必須去找、找、找……走遍地角天涯去
> 找！找一個東西！……這個東西是什麼？我不知道……這是生命中最寶
> 貴的一個「東西」，甚至於比生命還重要的東西！
>
> ——《印蒂》，頁 33

這個不可抑止的「找」的衝動和「不知道是在找什麼」的愚駭可能是造成所有狂熱的理想主義者的悲劇。因為這種「找」只是存在裡最深遠、最強烈的「焦急」與「不安」——對現狀（已知）的不滿，對未來（未知）的嚮往；但是對找尋的對象也沒有明顯的概念。因此在這狂熱的追尋裡很可能身落陷阱，粉身碎骨。

三、改造的狂熱

因此，不可避免地，一個描繪人類「未來的光明的烏托邦」的學說必定使得在狂熱裡找尋摸索的人毫無保留的擁抱——馬克思學說。馬克思的「福音」將「改造人類，改造世界，改造國家社會，改造中國、改造時代」。(《印蒂》，頁 38。如果當時的印蒂能有機會讀 50 年以後的《古拉格群島》，當然這天大的譏諷是人不但被「改造」，簡直被改造得奄奄一息、面目全非！)

「改造的狂熱」是任何一個激情的革命分子，或極端的理想主義者背後不可少的動力。美國名專欄作家李普曼說改造者是：「至上的建築師，以夢想家開始，而變成盲目的狂熱者，最後終成獨裁的暴君。」政治理論家卡爾遜說改造者是「要以政治手段將人與社會依照他們自己的夢想去加以塑造」。(Clarence B. Carson《現實之飛離》(*Flight from Reality*)，頁 11)

當然，在情緒化的有色眼鏡的透視下，一切現存的都顯得十萬倍的黑暗醜陋；而一切未來的也都顯得十萬倍的光明美麗。而且，對他們而言，這一切一定也是黑白分明（沒有灰白的中間地帶，沒有妥協）。

而這時在印蒂生命裡的另外兩個人：他的父母，卻代表著另外兩種不

同的生命觀。他的父親印修靜是一個隱退的、淡泊的、在亂世「獨善其身」的儒道之風的學者，他的母親印老太太則將整個生命寄托於宗教信仰。印老先生對革命有他冷靜的理性的看法：「一個激烈的革命者對於生命不一定有正確的了解和判斷。」而他以他蒐集的昆蟲標本中的瘠螆（如同Leitmotif，在書中出現多次）來做爲對生命更深刻的啓示：「追求真理的人，本不可執著一點，觀點也像瘠螆的眼睛，常在變化中。」（《印蒂》，頁51）。這執著（觀點）也是佛家所深忌的。古希臘哲人希瑞古萊泰斯（Heraclitus，號稱哭泣的哲人）即認爲生命永遠在變幻，世間無絕對事物（最早的相對論）。在極變的虛幻眾象中找尋永存不變的外在價值，悲劇是不可避免的。

　　然而革命分子、理想主義者，和改造者的意識形態中最主要的成份是對「未來」（明天）的信托——這可稱爲「美麗遠景的情意結」（共產主義的基礎是建築在一個永恆的明天裡，一個永不兌現的允諾，一個永不降臨的明天）。這個「明天」，對印蒂來說，是一幅金光閃爍的人間天堂：

他流著眼淚，想像著明天的人類：他們會呼吸在愛的藍天下，他們會像兄弟般生活著，沒有剝削，沒有私有財產，沒有欺詐，一切都沉浸信賴與溫情裡……。

——《印蒂》，頁81

四、由理想而參與

　　由於這個「明天」的呼喚，印蒂又離家出走，南下廣州，參加北伐革命的行列。當然，在他盲目的狂熱裡，也投入了共產主義的漩渦。

　　當時在他周遭的左派革命分子裡有幾個突出的角色：左獅（名字也具象徵意義，粗獷豪邁，有典型的穿山甲的勇往直前的精神，「真理」永遠只在鼻子尖上，「擇善固執」變成執迷不悟），賈強山（危險、陰詐、虛假、充滿仇恨），鄭天遐（知識分子，大學教授，雖狂熱，但尚具人性）。其他

對共產主義沒有達到「如癡如醉」地步的有莊隱（穩健、理性），林鬱（詩人，有小資產階級本能的「存疑」精神，也許是由於他詩人的敏感觸角）。當然另外還有一個最突出的角色：韓國人韓慕韓。這個人首先是一個民族主義者，也是一個拜倫筆下的浪漫式的革命者，個人英雄主義式，奔放、粗獷、衝動、火辣辣地愛、火辣辣地恨。（《北極風情畫》的男主角？）

這時的共產黨和左傾分子夾雜在北伐的行伍裡，表面上開會，組織工人，演講，印傳單，寫標語，實際上是積極地進行挑撥離間，階級分化，煽火惹事的陰謀。這種「毀滅一切，重頭再來」的衝動完全是虛無主義式的。當然，在這種衝動的背後是我稱爲的「救世主的情意結」（Messiah Complex）。（我要救你，不管你要不要被救；我是萬能先知；我的真理是唯一的真理；我唯一擁有通往天國的鑰匙；我所要求的一定也是你——人民——所需要的。）由下面這一段可以看出這狂熱的程度：

> ……衝倒那些反動的階級，反動的制度……打倒那些說謊的幫兇的文士的嘴，打那些牧師，打那些偽善的道德說教者！打他們的頭！……打他們的眼睛！……打他們的心口！……這絕對少數人江湖術士式的建立起謀殺性的宗教、法律、道德，和社會規律，毀滅它們！毀滅它們！……毀滅一切無恥！毀滅一切暴政！毀滅一切黑暗！……
>
> ——《印蒂》，頁 226～227

當然，這裡令人不禁想起那虛無主義的原始人，屠格涅夫（《父與子》）筆下的巴扎柔夫（Bazarov），那個要毀滅一切傳統價值、哲學、宗教、藝術，甚至於對女人的愛（認定是浪漫主義式的癡癲）：在目前最有用的是否定——我們否定！」「咒詛一切！」「首先要清地！」（《父與子》，Bantam 版，頁 47）

也正如巴扎柔夫說的：建設不是他們（虛無主義分子）所關懷的。「首先要清地！」——這大掃除、大劇清裡受害最深的還是老百姓：「永遠失敗

和破滅的只是群眾」（《印蒂》，頁 256）。而這時革命陣營裡的左右兩派已開始明顯分歧。權力的鬥爭與勢力分化已漸達到尖銳化和白熱化。對極端的左派分子，妥協不是權宜之計，而是「出賣」、「投降」，於是「機會主義者」、「反動派」、「動搖分子」，各式樣的帽子全出籠了。當然，對於敏感的印蒂來說，他已看出這個革命潛伏的悲劇——革命不是革新，只是「割命」——割那些正待拯救的老百姓的命。因為正如同賓頓（Crane Brinton）在《革命的解剖》（*The Anatomy of Revolution*）中說的一樣：任何一個革命都有它潛伏的悲劇的種子；一場暴力毀滅後，舊偶像推翻了，換上嶄新的，但還是偶像，還是主子，只是衣飾不同、稱號不同罷了。康拉德（Joseph Conrad）在《西方的眼光下》（*Under Western Eyes*, 1911 年）也說過：「一個殘暴的革命首先落入一些狹窄的偏激分子與專制的偽君子手中，然後就是一些炫耀的不成器的知識分子，這些就是革命的頭目和領袖。那些謹慎的、公平的、高尚的、人性的、獻身的、無私的智慧的人可能開始一個運動，但是它旋即遠離他們。他們不是革命的首領，他們是革命的犧牲品。」

　　而蕭伯納（George Bernard Shaw）在《革命分子手冊》（*Maxims for Revolutionists*）一書中也有同樣的悲觀論調：「革命從未減輕暴君的壓力，它們（革命）只將它（暴力）挪移到另外的肩膀上。」當然，在最近歷史上的伊朗人，趕走了狼（巴勒維），迎來了豹（柯梅尼），就是好例子。

　　然而，即使在最殘酷最暴虐的黑暗，人性的光輝仍能閃爍。在一個小插曲的描述裡，顯示了無名氏火煉真情的絕筆。當那個浪漫型的革命分子韓慕韓捉到一個白軍的士兵就要就地處決的時候，雙手倒綁的年輕俘虜伸長了脖子，用整個靈魂去狂吻那張自他身上搜出的愛人的照片，把一旁觀望的韓慕韓激動得狂吼著放了他。（《印蒂》，頁 262～264。這是一篇極精緻極人性的短篇小說的材料。）那年輕士兵臨終時對愛的肯定也拯救了他自己的生命。而浮士德在被魔鬼屢次誘惑與試探後仍能對他「始亂終棄」的瑪格麗特肯定一種更高的愛。人的拯救，或近代人（以浮士德為象徵

的）的拯救可是仍在肯定我們最根源的愛心？

　　當然國共的全然決裂在 1927 年以後更表面化、劇烈化。這時，印蒂真正開始感到「人間世」的一切掙扎的無奈，感到迷惑與徬徨。被國民黨開除黨籍的共黨分子正式轉入地下滲透工作，恐怖運動（以賈強山為首，採取土匪式的劫掠政策，結合各種流氓幫會）。「為了一個正義的目的，一切土匪手段都可以用。」（《印蒂》，頁 315）。以後幾十頁的地下恐怖分子（尤以項若虛、歐陽孚、賈強山為主）與其工作的描繪，真可與康拉德的《祕密間諜》（The Secret Agent）比美。

　　而印蒂，這永恆的感情的理想主義者，還是擺脫不了溫情主義的羈絆——他對人性中最終的善良與愛心的肯定。做為一個革命分子，這是他的弱點；但是做為一個人，這是他的優點，這也是他最後的得救。他不贊成賈強山一群人的「為達目的不擇手段」的恐怖政策（政治暗殺），因為他認為「革命不是報復主義。革命主要的是對付制度，不是對付個人！」又說：「布爾塞維克革命不是一種恐怖運動！」這當然是為職業的革命如左獅等所評判與卑視的。而這個「溫情主義的包袱」也可能是印蒂和共產主義決裂的最初也是最後的根源。因為他永遠不能只顧目的、不顧手段；只顧革命、不顧人性。

五、幻滅的開始

　　被捕入獄的印蒂也開始遨遊了但丁《神曲》裡的地獄。這牢獄，也正如但丁的地獄的大門上刻印著的：「一入此門，放棄所有希望。」是「人間世」最深最黑的絕望。這第六章與第七章我認為是全書最具強烈震撼力的。這兩章描寫他的被捕、入牢、苦刑，和監獄生活的無助無奈與無望。當然這裡所描述的一切苦痛和暴虐不只是入獄者個人遭受，而更是一個民族的靈魂在一個瘋狂的抽搐裡最殘毒的創傷。

　　暴力與慘酷本身不能因為施予者是一個國家、一個主義、或一個政黨就改變其殘酷的性質。遠在 18 世紀，英國詩人彭斯（Robert Burns）就曾

驚歎於「人對人的非人性」。當然一個希特勒或一個史達林的誕生，不應該只是一個國家或一個時代的恥辱，而更是人類整體的負擔。所以在 1920 年代中所可能產生的一切殘暴和苦痛，固然是當時的人的羞恥，也更是中國人整體的羞恥。人研究歷史是爲了超越歷史的險渦和陷阱。美國 20 世紀哲人詩人聖他揚那（George Santayana）說：「那些不能自過去中學習的人是註定了要重覆它的。」而不能自歷史中擇取教訓的人也是註定了重蹈覆轍的。

韓娜・阿瑞特（Hannah Arendt）在《暴力》（*On Violence*）一書中曾說：「暴力的運用，像所有的行動一樣，能改變世界，但是最可能的改變是成爲一個更暴力的世界。」（豐收出版，頁 80）暴力本身永遠是否定的、永遠是消極的、永遠不能導致問題的解決，只能導致問題的險化與惡化；而且只能使施暴者獸化、使被施者烈士化。受刑後的印蒂沒有屈服，但只更加強了烈士的情操和使命感。當痛苦使心肉麻木而俱成一體的時候，這時痛苦已不是肉體的創傷，而是心靈的昇華：

> 啊，主……我不要金山銀礦！我不要雕樑畫棟的宮殿！……我不要千萬人的呼聲，不要詩，不要酒，不要琴聲！千千萬萬東西中，我只要一個東西——最深沉、深沉、深沉、深沉的痛苦……。
>
> ——《印蒂》，頁 358

到此爲止，革命、犧牲、殉道情操和使命感已經達到宗教性的狂熱。而這狂熱不下於聖奧古斯丁的對神的熱情渴望。因爲「生命是一個不朽的痛苦創造！」這以「受苦」而達到生命的昇華的情操純粹是宗教式的，而這也如同杜斯妥也夫斯基筆下的人物一樣，由受苦而超脫而最終達到靈魂的拯救。

在監牢裡他體會到「人間苦也有一種美」，「絕望的美」。而他對自己和同牢的項若虛的個性的分析與比較也說明了印蒂個性中的「悲劇瑕疵」

154 無名氏

（Tragic Flaw）──這是我在本文一開始就指出的──感性的理想主義者，一個用情感觸角生活的人：

> 他和善之間的主要異點是：項缺少想像油彩，沒有想像，難有感情，他從不用感情來體驗理想和理論，一切出發點，只是機械理智的判斷，純粹現實味……他投身信仰，與其說它看做一種不朽的寄托，不如說是一種現實的需要的滿足……印蒂正相反，他所愛於理想，寧屬它抽象的概括性，而不是碎裂的現實斷片。他把它看做永生謎底的解決、精神的膏油、靈魂的鹽，而不是粗糙現實的滿足。一切現實必須統一在一偉大精神象徵下。

──《印蒂》，頁 418～419

　　這是一段對情性的理想主義和知性的理想主義（其實是理想主義與實用主義的混合）極精闢的分析。後者是功利式的、實用的、物質的、具體的；前者是抽象的、概括的、象徵的、情愫的。而前者即使在達到一種物質之完美境界後仍然會有「意猶未盡」之感。這是一種形上的精神的渴求，一種齊克果（Søren Kierkegaard）所謂的「至死的厭倦」（Sickness unto Death），是存在主義式的焦灼與不安。而這種人的悲劇在於凡事有抽象化、意念化、象徵化的趨勢。而這種「抽象化的」趨勢可能使他們在觀察世事時不免有「誇張感」和「以偏蓋全」的趨向。悲觀時，他們可以由一條小巷的汙（汗）穢看到整個社會的頹敗；而樂觀時，則真的會到「一花一天國，一沙一世界」的地步。

　　當然，任何理想主義者，不可避免地，會在意念裡畫定出一個「至美至善至真至誠」的準則。達不到那個準則，就是悲劇的起因。基於這準則，因此他對人性中的完美性也就有過高的要求。當然，如果這等人果真地「擇善固執」到達「走火入魔」的地步，這「癡迷」不但害己，更且害人。易卜生劇本中頗不乏此種人，《野鴨》一劇中的男少東「威力」

（Werle）」即是例子，爲了「真理」，不惜犧牲「常情」，而導致一個小女孩的死亡。

由下面這段事，我們可以看出印蒂個性中的「固執面」：「當獄中的囚犯們絕食幾天以後，項若盧禁不住向獄卒送來誘惑的牛奶蛋糕投降。」這舉動使印蒂哭了，從此不再和項說話。印蒂的哭，不僅是因爲項的意志軟弱，不和其他的囚犯合作堅持到底，而更是對理想（一個革命分子的堅韌不搖的無畏精神）的叛棄，和苦難的現實環境對「理想」的姦淫，如果印蒂不以理想主義者的眼光來看，而以宗教或哲學的眼光來看項，項的投降不過是他對基本人性中最原始的需求（飢餓）的承認與接受。然而，有烈士情懷的革命者是不接受也不願承認人性中的弱點。他要求的，也正如那傾聽查拉圖斯特拉（Zarathustra）豪笑的尼采一樣，是一個勇敢的堅強的、有如天神普羅米修斯樣豪韌的超人。這種要求，如果要以政治手段達到，這是馬克思構思下要塑造的「全新的人」（先有抽象的模型，而後將人「削足適履」地照型改造；而不是先依人性中的優弱而潛移默化地漸臻完美），而全然遺忘那個同時爲神也爲魔鬼，同時可愛也復可卑，有道德感，也有私欲，有仇恨也有愛心的人。而這個人卻是真實的，是活生生的，是具體的（不只是一個抽象的意念），是任何一個政治家、道德家、宗教家，不能否認，不能遺棄，必須熱愛，必須擁抱的人。

即使吃盡苦頭，獄中的印蒂尚認爲「革命信仰本身不只是現實滿足，主要代表的是一種無上精神貞潔」（《印蒂》，頁 425）；也有地藏佛普渡眾生、脫離苦海的大乘精神：「在這個世界上，只要還有一個哭泣聲，我絕不把你的杯子（葡萄酒）舉到唇邊！」（《印蒂》，頁 431）

六、幻滅而蛻變

但是一年以後，當他被父親營救出獄，他以前「同志」對他的猜忌和冷酷卻使他對整個革命感到幻滅。當然這幻滅不是朝夕間事，首先是印蒂自己本人對世事觀點的改變：他不再苛求人類與世界。

　　重返自由後的印蒂對那些彎曲古舊的街道，腐臭破敗的小巷不再感到噁心（過去這些對他都是一種黑暗社會的垂死象徵），反而感到欣喜。在那囂亂擁擠的人群中，他充滿感激，迷戀和虔敬的心情：「在這個世界上的另外許多角落裡，也還有另外許多人，需要我愛……」（《印蒂》，頁441）不錯，他是充滿了愛心。但是在過去他的愛是主知性的（Intellectualized）、抽象化、踞高臨下的；現在的愛卻是踏實的、真切的、無條件的。過去他對人類的愛總隔著「美感的距離」，多少帶有優越感與施捨的意味（有「我為你吃苦！」「我比你懂得多！」的自大意味）。那不是一種平等的愛，是一種單行線的（由上而下）、是苛求的（「為什麼你不能像我一樣純潔、一樣犧牲？」）、是有條件的（「為了報答我為你下地獄的犧牲，你必須毫無條件地接受我的教條，我的關懷，否則你即為糞土！」）；當然這種苛求的愛有時不免有所失望，這是當「被拯救」的對象是愚昧、無知、貪婪、污穢、淫蕩、不知感恩的時候：「啊！你蠢徒！你奴才！你畜牲！……你活該被奴役，過牛馬日子！你活該在陰溝裡……」。（《印蒂》，頁361）

　　這種武斷的沒有仁慈的愛是期望多於愛，譴責多於寬恕，是可怕的。而有這種愛的人多半愛抽象的覺念大於愛活生生的人。然而，出獄後的印蒂卻有著強烈的改變。世界依然醜陋骯髒，但是他能容忍一切污垢，而且熱愛（也許苦刑和牢獄能令任何一個孤傲的人變卑微）。當他看到大街上的盂蘭盆會的行列，那嘈雜擁擠的景象是他過去一直卑視的迷信，但是此時他非但不覺得它荒謬，只感到以它為契機的「偉大人性的表現」。這平凡的七個字一語道破「唯物史觀」的悲劇的死角。生命和人性在唯物史觀的解剖下沒有情感，沒有歡樂，沒有眼淚，沒有痛苦、仇恨、熱愛與嫉妒，只有「可塑造的」與「不可塑造的」。顏色是明顯的黑與白；線條是絕對的垂直與對角；行為是機械的，理論是武斷的。因此，一個鑼鼓喧天的盂蘭盆會只代表人的愚昧、無知、迷信與耗費；但卻從不窺見那香煙彌漫後潛伏著遠古文明曙光時人類對未知的祈求與祝禱，從未窺見那影射在「迷信」背後的文化與傳統的歷史足跡。

　　印蒂對這「迷信」的接受與容忍也是他得救的第一步。他說：「迷信有什麼可厭呢？它們代表了一種怎樣的人情美啊！」這對「人情美」的欣賞也代表他對人性中弱點的容忍和對人性中善良的肯定。到此，他和共產主義的決絕是不可避免的。

　　他和左獅一派人的分歧不只是由於他將革命人性化、情感化、客觀化；而後者將它物質化、機械化、主觀化，而更是他發現自己崇信十年的偶像身上的「毒瘡、惡瘤和瘢疤，以及它全身裡面的敗絮和污泥」（基本理論的畸態與手段的惡劣）。然而將一個迷戀已久的信仰突然揚棄，痛苦是在所難免的──在痛苦裡沉思，由沉思而悟真：「希爾希維克為了一個大是非，而忽略了許多小是非……為了有利於群體的理想，而不問人的一般是非。但站在真理面前，沒有群體和個人的分別。」（《印蒂》，頁 522）又說：「我們詛咒右派反動分子的卑劣罪行，不能因為左派犯了，便可以特別寬恕。」──這是對教條主義的客觀看法。當然，無名氏不知在 30、40 年後，西方世界的左派人士依然以「特別寬恕」的態度去對付史達林的古拉格群島集中營（請參見索忍尼辛的新書：《橡樹與犢牛：回憶錄》），去顧左右而言他。而這些同樣的人士對希特勒的集中營卻搥胸揪髮地嘶罵。

　　而無名氏在本書最後一章對革命的分析，以及革命本身內存的自毀頹敗因素和少數獨裁新貴崛起的理論卻回應著另一個國度裡的賓頓和吉拉斯（Milovan Ðilas）。也許世間有見解的思想家總是不謀而合的。下面這一段話我不得不全部抄下：

　　　可是一個大行動，沒有一個正確理論領導，徒然白白拿人民性命開玩笑而已。……但今天中國的老百姓，再經不起這種玩笑了。……領導者們事先不肯用頭腦思想，而用腳板思想，等待無辜人民死了成千上萬，然後再修改理論的一枝一節，這種作法，並不是革命者的作風，只是秦始皇野蠻主義的復活！

　　　　　　　　　　　　　　　　　　　──《印蒂》，頁 540

　　無名氏寫了以上一段話以後的 20、30 年，一個以秦始皇二世自居的毛
澤東，在大躍進、大整風、文化大革命裡為了達到「理論中一枝一節的正
確」而屠宰了上千萬的中國人。無名氏是先知！正如奧維爾
（George Orwell）和赫克須利（Aldous Huxley）是先知一樣。不幸的是，
無名氏的預言在苦難的中國竟活生生地實現！

七、由幻滅而回歸：海艷

　　當然，一個信仰迷戀十年以後乍失的空間是無可比擬的，是無底憂
悒。佛洛伊德在〈哀悼與憂悒〉（"Mourning and Melancholia"，1917 年）中
曾說：「憂悒是對愛物之喪失之自然反應，……」失眠、大病、怠懶、徬
徨、無精打采，這是印蒂在以後的日子裡所感受的。但是他所喪失的愛物
不是人，而是人靈魂的寄托——人的信仰與理想。所以這個創傷更疼更深
更難以彌補。佛洛伊德在上文中又說：「沉悒的特徵是一深沉而痛苦的消
沉，對外界興趣之揚棄，對自我評價之降低以致於自責自譴……」。（紐
約，考利爾版本，頁 164～165）但是沉悒後的人如果沒有新的「愛物」來
填補已存的空虛，則可能萬劫不復，一沉再沉，不能自拔。支持印蒂的也
許是他對人性、對個人的自由與尊嚴，與對真理的再度肯定（《海艷》，頁
552）。

　　當年紀德對共產主義的幻滅始自他自蘇聯遊歷歸來（1963 年）。當
然，沒有任何幻滅是朝夕間事，多半是水到渠成，由來已久矣。紀德在大
醒後，覺悟到「沒有對黨的忠誠可阻止我坦言直語，因為我視真理在黨之
上，而我也深知馬克思教條裡沒有真理……。」（《幻滅的神》，哈甫出版，
1949 年，頁 195）

　　肯定生命，肯定真理，肯定個人的良知，尊嚴與價值是印蒂在《海
艷》一書裡試探的。這也是一個由「群體」回歸「自我」的過程。當然，
這回歸不只是自「理論與現實」的鬥爭裡重返人間世的七情六欲裡，而更
是回歸大自然，回歸到音樂、藝術、詩畫，和女人的愛。如果說「印蒂」

一書是男主角的「知」（精神、理論、理想）的追尋、困惑與破幻，那麼，《海艷》則可說是他的「情」的沉溺、放縱、迷戀、流連，最終，幾乎可預測地，又是破幻。因為，唯美唯情的享樂主義最後導至的還是死巷一條。當然，這還是要歸咎到印蒂本人的個性（我前面已數度提起的「性格瑕疵」）。

　　他個性上根源的永不可抑止的飢渴是對永恆價值的嚮往。好酒、佳食、美女、麗屋對一般人可以說是「生命的圓全」，但是對於他，到頭來，還是如聖經上所說的，只是：「虛華！虛華！一切皆虛華！」現在在這裡說也許過早，但是他的飢渴已超越知識上一或理性上的（如浮士德），或卡繆與齊克果的存在式的焦灼與不安，而更是聖奧古斯丁式的對形上的更高的存在嚮往癡戀，所以可以說是純宗教式的（靈魂的飢渴）。在正在連載中〈死的巖層〉一開始，印蒂以修士的姿態出現，這不令我驚奇，這幾乎是必然的。（我只看過「死」的第一篇，對連載小說的「且聽下回分解」的「凌遲刑」我是敬而遠之，故不知這個故事的發展如何）而且無名氏在目前討論的三部書裡也放了不少伏筆：「能給人永久信仰的只有宗教……」（《印蒂》，頁 538）又，「宗教是人最後理想的寄托。」（《金色的蛇夜》，出自莊隱之口。）

　　當然，在抵達宗教式的「圓全」之前，印蒂的劫數尚未了。尚須在紅塵裡打滾、摸索、掙扎。由「印蒂」到《海艷》是自群體與社會回歸到個人與自然；由政治的理想主義回歸到個人的浪漫主義、唯美主義、享樂主義。

　　故事的開始發生在海上，印蒂自南洋歸來（海是無名氏書裡一個重要的象徵，海是智慧，是神，是玄學，是宇宙的謎與解答）在歸來的船上他與一個智慧、美麗而又神祕的女孩子邂逅，而這女孩子最後竟是他多年未見的表妹。這段邂逅的描寫極費筆墨，而且極富浪漫色彩。對我個人來講（一個慣受寫實主義與自然主義影響的人），這一段極不易接受。這裡用傳奇性的懸疑的「偶合」與「機遇」的筆法（Chance and Coincidence），《塔

裡的女人》和《金色的蛇夜》裡也用。當然「偶合」「機遇」的技巧並不是
完全不能用，還是少用爲妙。也許是受了精於此道的英國小說家哈代的影
響？對於近代人來言，男女主角相遇在菜市場、超級公路上，或豆漿攤子
上，或許更真實，更易接受。這普遍的存疑式的「犬儒態度」可能是我們
滯重的不空靈的年代的必然產物。

　　歸來的印蒂退隱在西湖，浸溶身心於大自然的美與協調裡：遊山玩
水，訪友聽琴，吟詩看畫，當然，還有和女人（表妹）談戀愛。他每天的
生活雕琢得像一首精緻的小詩。對愛情、對藝術，他是唯美主義：「只有
美，才是靈魂的基點……生命唯一報酬也就是這點美……美」（《海艷》，頁
188～189）。對生活，他是享樂主義：「在生命裡追求一種意義嗎？那只有
歡樂，特別是美的歡樂……哲學的歡樂極膚淺，宗教的歡樂不自然，政治
的歡樂太卑俗，英雄的歡樂很虛妄。只有美的歡樂最深、最真、最崇高、
也最自然。」（同上，頁 186）他有如一個在沙漠裡跋涉十年的人，在這新
發現的「美的源泉」裡埋頭痛飲。而一旦戴上華茲華斯式的浪漫主義的眼
鏡，宇宙萬物對他來言皆是美：「但這種『美』……是大自然的化身，也是
生物情緒的最高表現……構成生命宮殿的基石，那一塊不是美？不叫我們
眩暈？」（頁 187）

　　當然，這時的印蒂和《印蒂》一書裡的他已有重大的精神蛻變。那時
他是苦行僧式的禁欲主義者，此時卻是盡情放縱於感官之樂、美的享受。
當然，由哲學觀點言（或印老先生的瘠蟲——多方視角），美醜實在多係觀
望者的主觀重點和詮釋而定。宇宙和生命原本皆有向陽面和陰晦面，仁者
見仁，智者見智。武斷的革命者只誇張生命裡的黑暗，而盲目於其陽光。
印蒂對自己也做這樣的分析：「米開蘭基羅的崩山裂岩的創世紀大混沌，我
凝望得太久。現在該看看達文西的蒙娜麗莎的唇邊微笑。」（《海艷》，頁
80）當然，不「以偏概全」的人會同時欣賞《創世紀》與《蒙娜麗莎的微
笑》的，而不會因此而廢彼。但是，欣賞蒙娜麗莎又談何容易？無名氏也
許不自覺這簡單一句話背後的象徵意義：能懂得她的微笑的人也許真能達

到禪宗的頓悟境界。那半隱半顯，似隱似顯的微笑裡正述說著人類文明和古老的謎：宇宙創造的根源和疑惑。偉德‧派特（Walter Pater）在《李奧納多‧達文西的註釋》（*Notes on Leonardo da Vinci*，1869 年）中說：

> 在她頭上世界所有的終點匯止。而她的眼皮稍顯疲憊⋯⋯她比她週身圍繞的岩石更古老；像一個吸血精靈，她曾死過無數次，而熟知墓窟的祕密；也是一個深洋的潛水者，帶有她沉落的過去的意味⋯⋯

她的微笑，也正如那大漠裡的斯芬克斯一樣，沉默但有聲，向人類發出永恆的詢問。

　　然而此時對於極端浪漫主義的（近於華茲華斯式的泛神主義）印蒂來言，天地萬物皆美皆善（簡直有 18 世紀童騃式的樂觀主義的意味），俯身即是。在老僕人么虎砍木頭的動作裡，他看出「單純得近於偉大」的美（《海艷》，頁 111），又：

> 我們身邊儘有的是春天和幸福，但我們卻被一個古老邪說迷住，以為人必得經過地獄，也正如鄭天遲說的，是：「樹蔭下的圓全，湖邊的圓全⋯⋯不是街頭的圓全，更不是人群中的圓全⋯⋯

——《海艷》，頁 211

當然問題是：人能在湖邊、在樹蔭下待多久？有良知的人，能像那暴虐的尼羅王一樣，一邊彈琴、一邊「隔岸觀火」似地看羅馬焚燒？這是小乘大乘之爭。印蒂的生命到此為止，由小乘而大乘，而又復歸小乘。這小乘的真諦對他只是在美化個人的感官：「在奔波十年艱苦長路以後，最後覺得世界上只剩下一件事最應該做：到園子裡摘一朵玫瑰花。」（《海艷》，頁 80）

　　這對一個精疲力竭、幾乎粉身碎骨的由地獄歸來的人說也許不算是一

個過分的要求。法國文豪伏爾泰的名著《坎地達》（*Candide*）的男主角在身歷戰爭、苦痛、飄零和屠殺以後也說：「我們還是種種自己的花園吧！」這真是異曲同工之妙。花園、玫瑰，都是美、生命，和個人擁有的象徵。在亂世裡，在遭受到「知其不可為而為之」的大挫敗後，也許獨善其身是唯一的答案。

　　但是在印蒂與他表妹瞿縈的焚燒式的戀愛裡，可以說是一開始就註定下破幻的種子。這是兩個高度理想主義者和浪漫主義者的交匯和融和。戀愛不可能是一首永遠寫不完的詩，不是永遠不沾塵埃，而且也不是永遠在發高燒。但是他們卻希望它永遠是詩、是畫、是遠山的夕陽、是斑鳩的咕咕聲，是說不完的夢話。瞿縈在日記裡寫著：「我愛你、親你，有時卻不願它們沾一點塵土。」（《海艷》，頁 410）而他，為了維持美感的情緒，在咖啡店裡都不要點東西吃，因為「一個人最愚蠢的面孔，就是吃東西的面孔，這時候，情緒難看極了。食欲把所有精緻感覺都歪扭了。……」

　　這「精緻」的戀愛難道不食人間煙火？這樣的愛情能在油鹽醬醋的燻染裡持久？不可能！當然，不可能的主因還是歸咎於印蒂的個性瑕疵。

　　無名氏在印蒂與瞿縈的肉體之愛（性愛）到達顛峰前花費了很大的筆墨去做準備工作。而最終男女主角在青島海濱的融化結合他也以極細膩精緻的筆法描寫。文學裡的「性」不易寫，寫得不好，極易流俗而汙穢。由整體而言，這一章極盡誇張，渲染之能事。將男女肉體之結合儀式寫得莊嚴隆重如宗教儀式（ritualized）。這女人赤裸的胴體，搭抹著油膏蜜汁，灑撒著香檳酒，點綴著玫瑰花瓣，這一切雖有「小資產階級的頹廢與畸態」之嫌，但是由於作者的文字洗鍊透明，故這段性描寫，不覺骯髒，只有「多此一舉」之感。在這裡唯一可以和無名氏比美的也許只有勞倫斯。（在《查泰萊夫人的情人》裡，女主角康妮在和愛人做愛時也用花瓣點綴著下體。不知無名氏受勞倫斯的「啓示」，抑純係中西巧合？）

　　與瞿縈的肉體的結合也是印蒂在感官享樂的高潮。但是達到顛峰的歡樂不能持久，只有走下坡路，只有「過度滿足後的疲倦」；由疲倦而產生厭

倦：「過度重複後的遲鈍」（《海艷》，頁 556），又，「生命是這樣美麗，卻又這樣令人厭倦」（《海艷》，頁 633），「如果他再留下去，他所能做的，只是千萬次的嚼蠟的重複」。（《海艷》，頁 629）

這「厭倦」的到來似嫌突然，但是在追求期間，瞿縈拒人千里之外的故作姿態，使印蒂對「獵物」的迷戀與嚮往達到癲狂地步。但是獵物到手後，獵人卻已疲憊不堪：「人完全得到一切，也可能黯淡。」（《海艷》，頁 554）

愛是什麼？有如高燒，有如夢囈，或如莎士比亞在《隨你喜歡》中說的：「愛是一種瘋狂。」湯姆士・華遜（Thomas Watson，1582 年）說，愛是「含酸的喜悅，帶甜的憂愁，活生生的死亡……理性戒律的破壞。」當然，這「活生生的死亡」不能持久，正如一個發高燒的人，他的病狀有兩種可能的發展：一是越燒越高，以致於死；一是退燒，而至痊癒。無論如何，這繼續發燒的狀態不能永遠繼續下去。當然，瞿縈強烈的占有欲，大量的需求和狂熱焚燒的熱情，對於這份感情的消耗也不無責任。

這如同「嚼蠟的重覆」使他厭倦，不僅厭倦於愛，而且厭倦於生命，狂歡後的空虛導致於死的欲望，他聽見一個「神祕聲音的呼喚……它是另一個世界的聲音。」（《海艷》，頁 626）。這正如齊克果在《致死的疾病》（*The sickness unto death*）中討論的對「歡樂」追求所產生的「無聊」與「厭倦」，繼而「絕望」，最終「死欲」（Death wish）。表面看來，印蒂似乎是「不知好歹」。但是我前面說過，對這情性的理想主義者，即使客觀環境完美（在美如天堂的西子湖畔，另外有相伴！）仍然消解不了他內心的飢渴。因為一切感官之樂只是「表象」與虛幻，而不是「本質（Essence）」與永恆；只是殼，而不是核！他所追求的是「真正的硬度！最後的肢體！」他要追尋的是形象背後最表層的最深沉的「真實」——對這「真實」的撲捉與詮釋是古今哲人自普塔哥瑞斯（Protagoras）、亞里斯多德、莊周、下至笛卡爾、黑格爾、康德、史賓諾莎，來勃尼慈等一直在努力試探的。

　　最終，印蒂他留書不別而行，又踏上另一個追尋的旅程（也真有「春蠶到死絲方盡，蠟炬成灰淚始乾」的精神！）。

　　這自幻滅而出世（只走出社會，並未走出七情六欲三毒的塵世，故難過的是人間神仙的生活，仍未超脫精神羈絆的桎梏）而又復入世（社會與群體）的過程在《海艷》一書結束已成整圓。

八、沉淪：金色的蛇夜

　　《金色的蛇夜》一書，印蒂繼續沉湎於聲色享樂生活的延續。但是這裡不同於《海艷》的是他又重投於群體之中：走私、跑單幫、賺錢、玩嫖女人、投機做掮客、吃喝，也就是採取了甄俠（走私頭子）所謂的「吃喝拉撒」的人生哲學。而「這一刻，這一分，一杯酒，一個女人，一塊醺魚，才是真理。」（《金色的蛇夜》，頁 47）這也真有古波斯詩人奧馬開儼（Omar Khayyám）的及時行樂的意味：「樹枝下一捲麵包，一壺酒，一本詩集，在荒野裡，你在我身畔吟詠，荒野即成天堂！」（奧馬開儼《雋永集》，第 11 節）但是，這正是他肺腑之言嗎？這不只是沉淪後的空虛、無奈與譏諷嗎？

　　在《海艷》一開始，他禮讚生命，禮讚美，禮讚大自然；但在這裡他卻沉淪於一種對人對世事幾乎是冷酷的譏諷：「地球上最無聊最不可救藥的動物就是人！」（《金色的蛇夜》，頁 424）；是灰色的悲觀：「這個時代，誰希望，誰就毀滅！」（同上，頁 194）是頹廢，是失落！和他同年代的一些朋友，也都在金錢與肉欲裡麻醉自己：「一切沉痛中最高的沉痛，莫過於一個清醒的知識分子，有意地屠殺自己的良知。」（《金色的蛇夜》，頁 342）是極端的懷疑主義：「政治上的真理，只是蜉蝣真理：早上誕生，晚上死掉。」（《金色的蛇夜》，頁 120），又，「那些大思想家、大革命家，那些自命人類先知和拯救者⋯⋯口口聲聲和平、幸福、自由，但他們的手和腳永遠泡在血裡。⋯⋯一場混亂代替舊混亂，這就是革命！一場新恐怖代替舊恐怖，這就是和平！一大堆新牢獄代替舊牢獄，這就是自由！」《金色的蛇

夜》，頁 209）

　　以上這段是中國共產黨「革命」和蘇聯布爾希維克革命的最好寫照，當然這裡又聽到了賓頓和康拉德的迴聲！

　　這部書裡所寫的中國 1930 年代的中國青年的苦悶（尤其是以前左傾過的）是一個理想、信仰和無辜喪失的悲劇。舊理想毀滅了，但是沒有新的取代，他們只有在真空裡苟延殘喘、摸索。1930 年代裡司坦（Gertrude Stein）在巴黎對海明威說的話：「你們是失落的一代！」可以應用在他們身上。當然海明威那一代的失落只是精神上的徬徨，尚無印蒂一等人的「被欺騙被姦淫」的感覺。他將自己比做一個被自己所崇拜「尊敬的親長強姦了的女子」（《金色的蛇夜》，頁 192）。這幻滅開始是驚奇，繼而是「澈底的解脫與自由」（因為不再有偶像崇拜）。但是這種乍得的「自由」，也如同太空中游絲的「自由」；是無著落的空虛與飄盪；這不是「自由」，不是「解脫」，只是迷惘與失落。

　　當然，穿插在這故事裡的主角，不是印蒂，而是一個神祕的有「地獄之花」之稱的女人：莎卡羅。《金色的蛇夜》這書以這女人開始，也以她結束，但是結束在一個問號上：莎卡羅，這個女人，她是誰？她代表什麼？象徵什麼？在生命裡所擷取需求的是什麼？她出現在故事一開始時畫家馬爾提一張題目「末日」的畫面裡：沉甸、濃縮、陰暗、淒冷，但也膨脹著火山爆裂前的痙攣和焦躁；故事發展三、四百頁以後，又結束於她消失在三峽的月夜裡。在她正式出現之前，作者自各個不同的角度埋下伏筆，以逐漸加強她登臺前的觀眾預期緊張的情緒，這也正如莎劇中在主角色登臺前的喇叭的響亮吹奏一樣。在全書的中途，這世紀末的頹廢奇葩才正式露面：她奇特、孤傲、衝破一切世俗禮教的規範——她放蕩不羈、抽雪茄、吸鴉片煙、嫖玩男人、嗜賭、打領帶、著男裝、永遠一身黑，永遠在日落後，在黎明前，像條飢餓的野狼一樣，自一個酒吧闖入另一個酒吧，自一個擁抱投入另一個擁抱！她是誰？或者我應該說，她是什麼？如果只籠統地說她是一個亂世裡放蕩墮落的高價妓女，這似乎是把問題簡單化了。

　　她的焦急、不安、空虛，和永遠在黑暗裡的摸索，與其說是她個人的精神苦悶，倒不如說是反映她的時代的混沌與痙攣，一股在大風暴前埋積的烏雲下的緊張密縮的電流，隨時要求解脫，要求爆炸，要求焚燒時的火花與激歡！她貪婪地喝嫖玩樂，但動作近於機械，這語氣不加重在「樂」字上。因為在她的一切作為裡，沒有「快樂」，只有對空虛（無底黑窟）的永恆填塞。這是一個在一切正常的感官聲色的極度沉溺後所要求的更進一步的刺激。她永遠在黑暗裡（不見天日）的蠕動，令人憶起那畏懼陽光的拙丘拉公爵（Count Dracula，西方通俗傳說中的吸血鬼）。當然說拙丘拉只是一個「寡人有疾」（吸血）的令人膽驚的吸血鬼，也似乎忽視了這傳統魅惑的象徵意義。莎卡羅是什麼？拙丘拉是什麼？他們可是代表生命裡那陰晦、潮濕（不向陽面）的動力（Primal Force）？那代表黑暗、死亡，但又如磁力般吸引的毀滅？（銀幕上拙丘拉吸引他的受害者正如磁石吸鐵一樣。當然在最近幾年來好萊塢的拙丘拉電影都著重了這吸血鬼的「性」的吸引力。）或者，他們可代表那古波斯宗教先知扎瑞斯塔（Zoroaster，波斯祆教始祖）所說的阿瑞曼（Ahriman），那代表宇宙罪惡、黑暗、頹廢的精靈！如同波德萊爾（Charles Baudelaire）的《惡之華》般的燦爛、腐蝕，而又絕望的美？或者，他們只是月球的陰暗面及人性中的黝晦面？他們的存在，正如罪惡的存在一樣，是我們努力掙扎的不可少的阻力？是我們得救時必有的蠱惑？（人的得救不在於跨過一條平坦光滑的直通天國的康莊大道，而在於他在荊棘、沼澤、亂石的小徑裡仆匐跌爬，尋覓通往天國之路）或者，她什麼都不是，她只是那不少在文學或神話中導人致命的艷毒尤物（Femme Fatale）？那特洛城的海倫（那發動了千隻大船的臉）？那貪婪聖約翰的頭顱的莎樂美？那在《奧德賽》中以甜鳩般的歌聲引人毀滅的女海妖（Sirens）？那易卜生筆下的孤傲善妒的海德卡布勒（Hedda Gabler），或如《欲望街車》裡的白郎瑟（Blanche），抑或如那焚燒自己也焚燒情人的卡門？

　　她們火山熔漿般的熱情和占有欲、征服欲，也使得任何和她們接觸過

的人與物都化爲如同梅杜莎（Medusa）睥睨下的石像。她們是誰？她們是什麼？莎卡羅究竟是什麼？她可是人類欲望中最陰晦、最原始、最危險，也最奔放的獸性和肉欲？她永遠不給予（情感上），只引逗、汲取、啃噬，像地獄永張的裂口；她永遠存在，她永遠在黑暗中向我們窺視；她永久又沉默得如三峽峭壁上的古岩，也如同斯芬克斯的永恆的謎。她威脅了人一切正常的禮俗與規範，但是她的蠱惑，也正如命運和死亡一樣，只是一個永久的問號。

在《金色的蛇夜》裡，她悠忽地來、又悠忽地自印蒂身邊逝去，這不能說是故事的結束，只能說是另一個故事的開始。

在上面的一段文字裡，我不擬對莎卡羅這個謎做任何解答，只想提出疑問。真正的解答在於作者本人對這個角色的繼續探索。據說《金色的蛇夜》的下卷在香港某雜誌連載，（抑已載完？）我沒有看到，故無從評起。但是由這上卷看來，作者費了這麼大的心力去塑造這麼一個女人，我不知道這個性格的真正涵意何在？象徵何在？關鍵何在？如果她只是一個亂世裡賣笑爲生的「寡人有疾」的又妓又嫖的交際花，那麼那些筆墨也真有浪費之感；而那些懸疑也真是「雷聲大雨點小」了！

九、文字的特色與技巧

任何討論無名氏的作品的文章，如果不論及他的文字與技巧格調將不會是完整的。在中國近代文學史上，無名氏的文筆風格是獨一無二的、是首創的、是完全屬於他自己的。當然，文格只是形式，不是內容，也不能取代內容。有了獨特的筆調而無內涵，也不能說是好作品。但是如果有好的內涵，而更有好的表達，那就更難能可貴了。前幾年在美傳頌一時的一本小書叫做《傳導即主題》（The Medium Is The Message，亦即「形式即內涵」）。當然，在電子時代的大眾傳播事業（主要是電視），傳導與主題的關聯十分密切，而幾乎融二爲一。但是以文字爲傳導工具的文學來說，主題與格式之間尚有距離；而可能由於內涵的某種特別需求，而需有特別格調

的文字來表達。

　　無名氏文字的最大特色是詞藻的瑰麗、廣博、雕飾、隱喻（Metaphor）、明喻（Simile）與譏諷（Irony）的反覆應用，疊句、重複句的用法，和象徵筆法的運用，但是其文字本身的奔放暢流則有決堤氾濫的大江長河，一瀉千里，不可遏止；也有如熔漿迸激的火山口，燦燦熾熱；有五彩繽紛的色彩，也有鏗鏘脆朗的音符，是海嘯，是風吼，是雷霆萬鈞。但是過度的華麗，過度意象（Image）的累積，過度思流的奔放，有時也不免有滿溢之患。赫木戴（R. J. Hollingdale）在論及尼采的《查拉圖斯特拉如是說》（*Thus Spake Zarathustra*）一書中說尼采在該書裡犯的過錯是「形態的過分」（Excess Of Manner）。古希臘人以「不過度」（No excess！即中庸之道）為美德。這「格式（形態）的過分」——不夠節制，不夠收斂。我認為是無名氏的弱點。

　　另外的缺點可能與當時的文風有關，那就是將英文字譯音不譯意的用法（實在譯不出的時候，或有巧當的用字的時候，譯音並不是不可用，「幽默」和「披頭」就是兩個極好的譯音例子），因此，靈感變成「煙士披里純」，機關槍變成「馬克沁」，鬣狗變成「海甲那」，唧筒變成「幫浦」。這種直譯法不但會使不解英語的讀者入五里雲霧，且更不真實地反映著中國文字的貧乏，此風實不可長。（香港式的中文也有這種趨勢：「的士」、「柏文」、「燕梳」等不但可惡，且令人費解。聽說日本人更精於此道，當然對其文字根本借助於中國的日本來言，這應該是常情。）

　　然而，就整體言，無名氏的文字洗練透澈，尤其在意象的應用上，更是奇特突出，有英國「形上詩人派」（以約翰登為首）的險峻奇特。下面是一個例子：

　　獄中的印蒂受嚴刑拷打得遍體鱗傷，「但他的身軀自己卻長了眼睛把自己看得清清楚楚。這些眼睛就是血紅的傷口，血紅的痛苦。傷口看清自己的一切，痛苦看清自己的一切。」（《印蒂》，頁363）

　　將傷口比喻作睜開的眼睛，這不僅說明傷口是裂開的，且也說明它每

一個裂痕都是有意識的，是洞察著的，是控訴的。

這比喻所引起的意象是赤裸的殘酷，令人窒息。

又，在描述印蒂的遍體鱗傷，有如古代荒蠻人的紋身，有以下這樣的寫法：「紋飾著青蛇和紅色盤龍。……這些青蟒和紅龍像蜷盤住宮殿巨柱，死死纏住他，且不斷咬噬他。」（《印蒂》，頁 364）

這裡比喻的意象也是凄而莊肅，把身體的傷痕比為毒蛇和飛龍。毒蛇象徵著施刑人的狠毒，飛龍象徵著犧牲者不屈的飛躍意志和高傲情操。當然，毒蟒給人的第一個印象是盤纏與啃噬，是一個動作的陰晦的形象，而宮殿巨柱（烈士的身軀）則是一個靜止的、陽剛的形象。將身軀比喻做為宮殿的巨柱——當然描述烈士的莊嚴剛直。雖然如此，但也如那落魄小人國的格利佛被捆紮得動彈不得（被有如毒蛇盤纏的傷痕所擊敗）；也如同那被捆鎖在高加索巔峰的普羅米修斯一樣，頗有虎落平陽、項王面漢之感——英雄被困，倍感凄楚。

在這裡我要說明的是很多文字上的象徵用法，作者寫時或無意時，但看有意。故影射太多的「字裡行間」的「隱意」，有時候反而可能會錯了作者的本意或其曖昧筆法。我個人倒並不推崇這種「顯微鏡」式的批評。但是上面比喻的用法太大膽突出，故不得不指出。

但有時他的比喻單純到通俗的地步，但卻也能緊握文字的精髓。在《金色的蛇夜》（頁 154），對一個可憐蟲似的交際草常綠有這樣的說法：「碼頭從不能真正抓住船或海水，她也不能真抓住什麼。」這交際草一生凄苦、滯重而孤伶的命運也一語道破了。想像一個船隻散盡的碼頭！碼頭沒有獨存的價值，只永遠等待那遠洋歸來的船。船走了以後是空虛；船來前是等待。碼頭的存在只是「空虛」與「等待」的延續，而常綠的生命也是在男人（船隻）的占有（停舶）與離去之間的空虛與等待中消逝。

以上只是隨手拈來的幾個例子，當然在無名氏每一本書裡，這奇突險峻，但有時又稀鬆平常的形象應用極繁且多，有心人可以仔細享用。即使在書面的題目上，作者也用心良苦。《印蒂》一書原名《野獸・野獸・野

獸》,「野獸」一書是印蒂參加革命的政治漩渦的開始與結束。當然任何革
命的爆發皆有如猛撞出籠的野獸,橫暴難馴。而在這政治的鬥爭裡,人性
中的野獸也在陰謀與暗殺中大發,所以這題目可以說是「一語雙關」。但是
如果只用「野獸」一遍力量似乎就小得多,這「野獸」的三次重覆,不但
有「眾獸」之感,且有眾獸狂奔的動作感。在《金色的蛇夜》裡,印蒂和
他同代的年輕人,意志沉淪,生活墮落。蛇在西方傳統裡是導致人墮落的
罪惡象徵(伊甸園中的亞當和夏娃被蛇誘惑)。而《海艷》中的海當然扮演
了極大的角色,全書自海始,自海終。海是大自然的永恆脈搏。而在《海
艷》一書裡印蒂自群體的鬥爭裡回歸大自然,在西湖畔的那段日子也帶給
他一時的快樂與滿足,雖極短暫。

　　歸結地說,無名氏的文字詞藻與格沒之浩瀚與震撼,也許只有用畢加
索的畫來比擬;有古典的敦雅純樸,(描寫西湖的山水,錢塘江的子午潮,
和三峽的山光水色,和其他的數不盡的對風景的描述,是中國近代文學史
上罕見的好散文,)也有近代的突異創新;沉鬱時有波德萊爾的郁膩靡麗
(尤其在《金色的蛇夜》一書),奔放時有惠特曼(Walt Whitman)的激情
豔暢(以《海艷》為主)。這是一個獨特而創新的文格,是完全屬於他自己
的。要模倣他的人如果認為把「我愛你」寫上 50 遍(像《塔裡的女人》)
就行,那就是犯了天大的錯誤。文句的重覆與重疊是他的特色之一;但是
任何文章除了詞藻和筆法以外,更要看(如張佛千先生說的)運行其間的
「氣」(這「氣」比西方人所謂的——「韻律」Rhythm 更高一層、更空
靈、更虛玄),這是文章的脈動和靈魂,是任何人模擬不來的。

　　康拉德在《納西斯的黑水手》(*The Nigger of The Narcissus*)的前言
(1914 年)中說文學的力量在於「使人聽,使人感覺,使人看」。我更要
加另外一句:使人沉思。文學是一個作家對生命邂逅的反應。在生命裡,
他體驗、觀察、咀嚼、挑戰、征服或挫敗——他的創作是那個經驗的綜
合。在那個綜合裡,他愛、他恨、他做夢、他期待、他渴望、他幻滅、他
匍匐跌爬,或又另一次地升躍。那個經驗是屬於他自己的,但也應該是屬

於人類的。因為他的人性只是人類的一個縮影、一面鏡子。好的作家應將那面鏡子時時拭摸，因為在它的迴影裡也書寫著人的苦痛和破幻夢和希望。好的作家不只是地方性的，不只是時代性的，不是象牙塔裡的，也不是空中樓閣上的，不是童騃性的樂觀主義者，也不是灰暗式地悲觀。他只是一個雙足深陷在汙泥中但同時又渴望天際星辰的人。在作品裡，他或譏諷，或譴責，或嘲弄，或苛求，但是對人，對人性，他也應該永遠寬恕，永遠熱愛，永遠擁抱。

　　做為一個作家，無名氏不是完美的。他的性格刻畫有時嫌平面，布局有時無真實感，對話有時嫌生硬或說教。他不工匠騎服如詹姆士，不細膩穴靈如吳爾芙，不渾厚廣瀚如狄更斯。但是，在他的升躍處，他卻有勞倫斯的熱情奔放，陀思妥耶夫斯基的精敏、豪邁，湯姆士・曼的穩健拙樸，也更有赫曼赫塞（Hermann Hesse）的陰悒和怪誕。

　　他的重要性也許不在於的技巧和匠心，所在於他的「困擾作用」，他是一個令人不安的作家，他擾動了我們的浮薄和自滿，我們的冷漠和懶慵，向我們，毫無遮攔地，提出了存在裡最根源、最沉重的問題：生命是什麼？理想是什麼？存在的真諦是什麼？人往何處去？他不提供簡單答案；抑或，這一切是否有答案？

　　他塑造的印蒂不是「亮如閃電」的尼采的超人，也不是馬克思構想下的「全新的人」。他只是一個 19 世紀浪漫主義 20 世紀存疑主義的綜合產物。這是一個感覺的人，沉思的人，是一個有道德識覺的人，但也更重要地，是沙特所謂的「委身的人」（Committed, engaged）。他憤怒、恐懼、咒詛、踟躕，但在他的焦灼與不安裡，也永遠希望、永遠熱愛。在他的追尋裡，他不曾達到「涅槃」，不曾窺見天國。但是他的永生和他的拯救不在於他的「涅槃」、「天國」或樂園，而在於他是那形容枯槁、盾折馬癰的唐吉訶德，迎著另一個日出，另一個風車，永遠整頓上馬，永遠仆跌追尋。我們不敢譏笑他的迂闊與執著，只感激他的無辜和堅持。因為，在印蒂的旅程裡，他也正如那午夜曠郊孤獨的喊聲，迴應著我們自己最深的焦急與抗

議。在他的追尋裡，人，這可憐可歎可歌可泣可悲可憫、可愛復又可卑的宇宙孤兒，人，這 20 世紀「荒原」裡的浮士德，也探尋到他最終的拯救與歸宿。

　　——1980 年 5 月 3～4 日，午夜紐市

　　後記：每年的二月中旬到四月中旬是我一年一度的「非人季節」——不應酬，不消遣，不寫信，不拜客。這是我家裡外雜務最繁忙的一段時期。但是今年二月裡瘂弦兄一個越洋電話卻改變了一切。他出題目要我作文章：寫一篇評無名氏作品的東西。也許，我目前唯一不能也不敢拒絕的題目。任何看了《無名氏生死下落》一書的人都會不可抑止地感到深沉的憂悒和內疚。這種內疚也許正是紀德所說的救生艇裡的人對淹沒在海裡的人所感到的。但是這作業也一直拖到五月初才著手。

　　無名氏是一個被誤解的作家，背了 30 年的黑鍋：一般人只認為他是「那個寫《塔裡的女人》和《北極風情畫》的人」，而完全忽視了他的嚴肅作品。四月初在見到曹禺的聚會裡，我偶爾提起無名氏的名字，他瞠目以對，倒是和他同行的英先生卻略有所思地說：「哦，是一位老作家吧……不是寫《北極風情畫》的那位嗎？」而同時在場的另一位人士卻說：「他是寫性書的嘛！」這當然是極不公平，極不負責的說法。這篇文章倒不是在替無名氏「平反」，而只是幫著讀者去欣賞中國近代文學史上一位極突出極優秀的作家。他的職責是去創作，我們的職責是去試著了解。儘管有些微瑕疵，但他的氣魄、企圖，和整體而論的優越使某些「最偉大的作家」不禁顯得蒼白、貧血和患了三天以上的便祕症。如果他嚴肅的作品沒有人讀，那只有怪讀者自己的愚昧和懶惰了。

　　不過，退一萬步言，他那兩本暢銷的通俗書（「北極」與「塔裡」），就情節曲折與賺人眼淚言，與當今坊間的本本搬上銀幕但濫如糞土的愛情小說來比，還是強了千萬倍。所以，假如他的黑鍋要繼續背下去的話，這或許是些微安慰吧！

　　　　　　　　——1980 年 5 月 11 日夜

　　　　——臺北《聯合報》，1980 年 7 月 21 日

——選自卜少夫、區展才主編《現代心靈的探索——無名氏作品研究》

臺北：黎明文化公司，1989 年 10 月

無名氏的貢獻：現代主義磅礡氣勢的追求

◎吳義勤[*]

　　無名氏，原名卜寶南，後改名卜乃夫，一度稱卜懷君，長期沿用筆名卜寧。無名氏筆名是他 1943 年寫長篇小說《北極風情畫》時首次使用的。無名氏祖籍江蘇省江都縣，1917 年出生於南京。無名氏在中國文學史上並非真的「無名」，在 1940 年代的文壇，他是和徐訏齊名的另一位家喻戶曉的暢銷書大家。只不過，他的命運似乎比徐訏更爲不幸，在 1940 年代他就被批評爲徐訏的「摹仿者」，而在今天徐訏的作品日益引起研究者的重視，他卻只是在人們談到「後期浪漫派」的時候才順帶會被提起。專門、全面、系統地認識、研究無名氏的工作還遠未開始。這是無名氏的不幸，也更是中國現代文學史研究的一個失誤。無名氏數百萬字的文學作品及其轟動性的影響理應值得認真的總結，而在中國現代主義文學發展的歷程上，無名氏對 1940 年代現代主義小說的貢獻更是無人所能替代。從某種意義上說，無名氏的作品比徐訏的作品更具有現代主義的氣韻，也更具有現代主義的話語價值，其置身現代主義文學史中的地位應是不可動搖的。

生命與存在：現代主義主題的探尋與超越

　　無名氏把自己的創作分爲前後兩個階段，分界線是 1946 年 12 月《野獸‧野獸‧野獸》的出版。前期他自稱爲習作階段，後期才是創作階段。習作階段有短篇小說集《露西亞之戀》和《龍窟》，有長篇小說《北極風情

*發表文章時爲蘇州大學文學博士生，現爲中國現代文學館館長、《中國現代文學研究叢刊》主編。

畫》和《塔裡的女人》及《一百萬年以前》。據卜少夫說,無名氏寫《北極風情畫》和《塔裡的女人》兩部愛情小說,「立意用一種新的媚俗手法來奪取廣大的讀者,向一些自命為擁有廣大讀者的成名文藝作家挑戰」。[1]而事實上,無名氏的暴得大名也正由於這兩部浪漫傳奇小說,從 1945 年二書出版到 1949 年之間共計印了一百多版,銷了三十幾萬冊,當時凡能看小說亦能買得到此二書的青年,幾乎全讀過。[2]但對無名氏來說,他創作的重心和成就卻不在此,他藝術追求的實現還是在他的所謂創作階段。

無名氏創作階段的作品是大型系列叢書「無名書初稿」,原計劃寫七卷,已出版四卷。這七卷書依次是:《野獸‧野獸‧野獸》、《海艷》、《金色的蛇夜》、《荒漠裡的人》、《死的巖層》、《開花在星雲之外》、《創世紀大菩提》。「無名書初稿」代表了無名氏藝術探索和藝術追求的傑出成就,但其實在文學史上,「無名書初稿」的影響及聲譽反不及他早期「習作」大,這大概由於無名氏進入創作階段已經由「浪漫」的愛情轉向了對現代主義話語的冥思,現代主義的藝術範式多多少少造成了讀者與文本之間的距離,這也是無名氏所始料未及的。

一、生命與存在思考的龐大氣韻

統觀無名氏的全部作品,會發現其構思是相當龐大的,主題也充滿了現代主義和未來主義的氣息。他自述「無名書」的總主題是:「……如能預期完成這個多年計劃,我相信無論在藝術上、思想上,對中國和世界總有涓滴之獻。——我主要野心實在探討未來人類的信仰和理想:由感覺——思想——信仰——社會問題及政治經濟。我相信一個偉大的新宗教、新信仰將出現於地球上……」、「此生夙願是調和儒、釋、耶三教,建立一個新信仰」。[3]可以看出,無名氏對於其創作有著「其巨大」的藝術「野心」,「無名書」可以算是一部綜合性巨著,它已超出一般的藝術規範,而把社

---

[1] 卜少夫編,《無名氏研究》(臺北:遠景出版公司,1983 年)。

[2] 無名氏,〈小傳〉,《無名氏自選集》(臺北:黎明文化公司,1985 年)。

[3] 卜少夫編,《無名氏研究》。

會歷史、時代精神、文化哲學、倫理道德、人類生存與生命本體等一股腦
全熔鑄在其中，成了一部吞吐萬象的「奇」書。仔細審視無名氏的作品，
會發現對於人類的生存意義和生命終極存在的思考和探索無名氏小說現代
主義主題的基本內涵，在此意義上，「生命」和「存在」也相應地成了籠罩
他全部創作的兩個基本的主題詞彙。且看無名氏《海艷》中的幾段議論
（著重號爲筆者所加）：

在生命裡尋找一種意義嗎？那只有歡樂。
又是那個老題目：生命的不可解性與它的永恆神祕性。
找尋生命，探索生命，生命裡所有的內涵不都在這裡了嗎！
一種極脆弱微小的存在，你從未藐視它，一天你開始注意時，突然發覺
它已像巨蟒一樣纏住了你……
我第一次感到：生命裡除了我們習見的存在以外，似乎還有一種更高更
貴更深刻的存在。
是的，我要找一種東西，一種存在……它的能激動我那根最深的弦子。

　　顯然，「生命」和「存在」這兩個概念和話語代表了作家所思考的兩個
意向性對象。現代語言學研究已表明語言不僅僅是普通交際的工具，而且
是主體人存在的家園和避難所。而哲學就是人和語言的對話，任何自成體
系的哲學都有著屬於自己的表達語言，如存在主義之於「存在」、「黏滯」，
生命哲學之於「生命」、「綿延」，禪宗之於「圓寂」、「涅槃」，佛洛伊德之
於「本我」、「超我」等。從語言的角度，我們可以確認作家對現代哲學的
選擇和思考。
　　存在主義的所謂「存在」是一種特殊的存在，海德格爾說：「『我在』
是唯一表達『我在』的存在的一個詞。」[4]美國哲學家威廉·巴廉特解釋海

---

[4]（德）海德格爾，《存在與時間》（北京：生活·讀書·新知三聯書店，1987 年）。

德格爾這句話說：「沒有人（我在），就沒有存在，而沒有我在，也同樣沒有世界。」唯有存在主義才這樣把人推向極致。而「人不是別的，乃是這樣的東西，即他創造他自身，這就是存在主義首要原則」。[5] 因此，存在主義的「存在」又往往被理解為自由，存在就是自由，沒有自由就是「他在」而非「我在」。只有了解了存在主義對自由和「自我」的理解，我們才能體驗到無名氏筆下的印蒂為什麼一生總是處於對自由、自我崇拜的激動和永不休止的追求中。「在生命裡我只愛兩樣東西：『自我』和『自由』，沒有前者，我等於一個走動的軀殼，比死更可怕的死者。沒有後者，活著只是一個刑罰，生命只是嚴懲」（《海艷》）。《露西亞之戀》中「我」在監獄裡被監禁了三年，突然有一天獄吏通知「我」到監獄門口拔荒草，「我不知道別的人感覺怎樣，然而我，我……」。沒有任何語言能夠表達出「我」在獲得自由時的狂喜，以至忘記了皮鞭和自己囚徒的身分，自由的靈魂與獄外的春天即刻融為一體。正是對自由的忘我表現使他獲罪，也使他在囚徒科科長面前獲得了另一種免除刑罰的自由。他流淚了，這是他第一次流淚。「九一八以後的東北，一個傷感的人每天都以淚洗面，但是我沒有一顆眼淚，眼淚對於敵人是太弱太弱的報復。……我懂得眼淚的意義」，眼淚的意義就是自由。印蒂從獄中歸來後放聲大哭了。「他泅著泅著，忘記了一切，忘記了自己，彷彿……不是他的肉體在河水裡游泳，而是他的靈魂在自由裡游泳……他泅著泅著，忽然沖去岸邊躺在草地上，大聲哭泣了。他不是哭他過去十幾個月的黑暗，而是哭這一秒一剎那間的傳奇式的明亮……幸福的太陽燃燒於天穹，也燃燒於他心底。這一切一切的幸福和幸福，只來自一個源泉——自由」（《野獸・野獸・野獸》）。毫無疑問，「自由」正是現代主義者的所謂「生命」和「存在」的最高境界，對「自由」的追求使西方現代文學產生了一個特殊的現象，即丹尼爾・貝爾所謂的「尋找崇拜」。西方人出於一種本能的潛意識，力圖通過文藝對人生意義的重新解說來取

---

[5]（法）薩特，《存在與虛無》（北京：生活・讀書・新知三聯書店，1987 年）。

代宗教對社會的維繫和聚斂功能，填補宗教衝動耗散之後留下的巨大精神空白。丹尼爾・貝爾以為「現代人最深刻的本質，它那為現代思辨所揭示的靈魂深處奧祕，是那種超越的無限度的精神……因此，現代世界也就為自己規定了一種永遠超越的命運──超越道德、超越悲劇、超越文化」；「做為這一超人努力的後果，人的自我感在 19 世紀後占有了最突出的地位……而生命變得更加神聖更加寶貴了。申揚個人的生命也成為一項本身即富有價值的工作。」[6]因為「存在」是特指主體人「我在」的「存在」，因此對存在的不斷超越和探尋，也就是對生命的不斷超越和探尋。在此基礎上，現代主義文學關於「生命」和「存在」的話語就以「尋找」和「超越」的主題呈現出來，這在無名氏的創作中亦可得到佐證。他作品中的人物曾如是說：

> 我整個靈魂目前只有一個要求：必須去找、找、找……走遍天涯去找！找一個東西！……這個東西是什麼？我不知道……這是生命中最寶貴的一個「東西」，甚至比生命還重要的東西！
>
> 人啊！你為什麼要奔走不停？你為什麼淒淒惶惶如有所失？你在找什麼？你為什麼要這樣痛苦的找？你在找什麼？要找到何時？找到哪裡？啊，宇宙這樣美……你為什麼還要找？

從「無名書初稿」來看，情節雖然十分簡單，它只是以主人公青年知識分子印蒂的精神漫遊和追尋做為貫穿始終的線索，然而正是這個充滿了現代主義的焦慮、衝動和痛苦的形象的塑造，使無名氏全部作品「尋找」和「超越」生命與存在的本真意義的主題得到了順利的實現。「印蒂」的意思就是印證生命的根蒂，他以自己的整個生命為代價，尋找的就是生命中的「最後」和「永恆」。由國家民族戰爭而愛情藝術美而走私販毒集惡於一

---

[6]（美）丹尼爾・貝爾，《資本主義的文化矛盾》（北京：生活・讀書・新知三聯書店，1992 年）。

身而自然解脫而宗教創世紀菩提；由現象而本質；由狂熱而沉靜；由現實
「浮華」、「浮世」而內在心靈的「圓寂」。印蒂，做為中國現代文學甚或中
國中的第一人以全身投入的完整的生命歷程深入到了人的生命和存在的核
心。

二、《野獸・野獸・野獸》系列中的存在主義

　　《野獸・野獸・野獸》是一部洋溢著存在主義哲學氣息的小說。它也
是印蒂生命追尋的第一個階段，此時「我在」的全部意義還完全停留在對
人身失去自由的反抗，更確切地說是對國家和民族失去自由的反抗；不僅
僅是為「自身」、「自在」，更多的是為「他身」、「他在」鬥爭而生存。做為
一個「五四」時代血氣方剛的青年，印蒂為時代精神鼓舞，拋離富裕溫暖
舒適的家庭，浪跡於北方，尋找「真理」。北伐前夕，又展翅飛奔當時的革
命大本營——廣州，兩年後，隨北伐軍打到長江中下游。豈料形勢劇變，
國民黨掀起了反共清黨的風暴，他在上海從事地下工作時被捕入獄，經受
了各種酷刑和利誘，甚至在獄中還領導了絕食鬥爭，但出獄後由於當時黨
內機會主義流行，他被懷疑在獄中變節，強制他交代自己的「錯誤」，他憤
而出走，從此走上了反思的道路。他首先反思的是他以前所從事的暴力的
本真意義和原初目的。暴力本身永遠是否定的，永遠是自由的異化物。只
可惜「流血流淚是一回事，人能明白是另外一回事」，現在他悔悟道：「過
去十年，他那些掙扎和奔走，只是離人性越來越遠。他現在才算真正到人
性旁邊，假如他真尋找生命，最絕對的生命，它不在這裡還在哪裡？」《野
獸・野獸・野獸》同時又是一部充滿了生命意識的小說，它夾雜著歡樂和
哭泣、固執和惆悵，聲嘶力竭地呼嘯著：

　　生命是一連串大毀滅與再建造！大毀滅中有大自由！大建造中有大真
　　理……
　　生命本是一種最高度的連續追求，以及無限永恆的開展。大追求者是大
　　火者，也是大冷者，大孤獨者……

　　它以如此多的「大」字來渲染「生命」，把它渲染成從虛無到人從永恆到剎那的如火球一般燃燒著、旋轉著的存在。主人公的漂泊遠方就是由於「生命」二字如雷電一般在他血液裡旋滾，如野獸一般在他靈魂中呼喚：「衝出黑暗洞窟！投到曠野的喊聲裡！」他認為，生活的目的是「探究生命，找尋生命」，也正因此，當他在獄中體驗到生命是無休止的痛苦和無休止的神聖憤怒，而出獄後又遭到左派絕情的拒絕之後，他十年的信仰全然崩潰，面臨著各種的精神危機和存在主義式的選擇困惑。直到友人聘請他去南洋，他坐上破浪而去的江輪，才感到一種最原始的本能的衝動，野獸般地向生命撲過去。整部作品在原始的野獸般強悍的生命本能和翻雲覆雨的社會政治強力的衝突中，蒸騰出一種孤獨離群，厭倦一切的政治懷疑主義。這種懷疑主義乃是現代主義文學的哲學酵素。

　　《海艷》是印蒂生命的第二階段，即情感體驗階段。這部長篇小說主要寫印蒂在燃燒著的愛情中，尋找生命存在的真諦的過程。作者有意安排印蒂通過愛情尋找夢與詩，從中感悟愛情這個人生中最重要的課題對生命存在的最終意義。在小說中，印蒂最終勘破了這場春夢，識破了這種盎然詩意的虛妄性質，從而他再次被呼喚，被催促去進行新的精神漫遊與追尋，在新的行動中再去印證生命的真諦。無名氏所以這樣寫，因為他知道，藝術、哲學、宗教都是源自生命，而生命也並不是虛幻地存在著，它必須借一定的時空才能得以表現。生命本體必須具有生動可感的種種姿態，只有讓這種可感的生命姿態在一定的時空結構中去行動、去創造、去體驗、去感悟，才能在實踐的快樂與痛苦中勘破它的人生「面相」，在人類生存的更深處找尋它的存在意義。應該說這正是支持一個人上下求索的最內在的內驅力源。無名氏在《沉思試驗》中說過一席話，很可以看作是《海艷》的創作註腳。他說：「生命的各種姿態都是行動，思想也是行動。世界上沒有真實的靜。因此生命的進程本身絕不是數學的或邏輯的，但它們都以後者為其過程的解釋。分析與了解只是生命姿態的一種，而這一種亦不能給人最強烈最高的沉醉。了解和分析是清醒的，絕不是沉醉的。因

此，他們有極沖淡極輕微的快樂，卻沒有極深沉狂酣的快樂。拿理智來衡量快樂是不正常的。只有拿風情才能正常的來衡量快樂。快樂絕不是一種詭辯或理論，而是有血有肉的感覺。」所以，不僅在《海艷》中，在「無名書初稿」的其他作品中，這種追尋求索做為最深沉最沉醉的生命力，外化為印蒂的有血有肉的感覺，並且也只有走完所有的路程，包括生命的負面（魔性、沉淪、罪孽），才能最後達到新境界，而獲得新生。生命真諦將在這裡得到揭示，就如但丁與浮士德一樣，精神（生命）終於找到自己的歸宿。因為《海艷》只不過是寫印蒂勘破並超越「愛情」這一人生「面相」，所以他命定地要繼續遭受劫難，用血肉之軀拼出一條生命之路，尋找意義與歸宿。這就要求我們必須把《海艷》放在「無名氏全書」在大系統中去理解去感受，才能正確把握小說的現代主義題旨。

　　《海艷》情節也不複雜，40 萬字的篇幅，其情節發展只要用「海上邂逅」、「西湖熱戀」、「海濱結合」、「愛情幻滅」來概括就基本可以了。但小說情節背後所蘊納著的無名氏對歷史、對人類的哲學上與宗教上的探索與思考則是博大精深的。在印蒂的心目中，「愛情是生命的原形質，沒有它，什麼也沒有」。他認識了冷豔、熾熱甚至帶點恐怖美的瞿縈，「從那一夜起那一高貴而深刻的存在，彷彿為我展開一個新異的世界，一個我從未經過的天地！」愛情是包含雙方主體意識的一種特殊的存在，但隨著雙方任何一方意識的枯萎，愛情這種特殊的存在方式也就漸漸地消失了。在人的意識裡，獲得和失去或許永遠是一個矛盾的情結，在得到感情的同時也付出了自己的感情，得到了愛情的自由同時也為自己套上了永遠不自由的鎖鏈，而一旦意識到這種存在主義式的悖論並進而反抗這種悖論時，失去的「自我」也就回來了。印蒂的困惑和悲劇也正在此，在愛情的狂熱中他開始孤立自己，「他一孤獨下來，就試著沉思什麼。長久以來，那個被送到半空中的『自我』現在又慢慢回到他血肉裡。他感到『自我』，以及隨『我』而來的那層峭壁」。他終於在痛苦中得到了那個永不滿足必須尋覓下去的精神的催促，經歷重大的心靈蛻變，勘破了愛情這個人生「面相」，在新婚前

夜不辭而別去了東北，「他必須追逐下去，追尋一個新的太陽，新的宇宙。
舊的歷史太陽，曾經燃燒過四千年，早已燒完了。新的殘缺太陽，曾有一
兩座燃燒在地平線上，現在也只剩下最後的殘輝，四周的歌聲再也掩不住
它醜陋的黑霉斑。在絕望的天邊，必須升起新的太陽。也許他找不到，也
許許多人找不到，但人類必須找到，一個新的太陽必須代替舊的太陽，一
個新的宇宙必須代替舊的宇宙。人類不能永遠絕望下去。人類不能永遠在
陰慘的深淵裡掙扎」。他此次的北上完全不同於當初，「假如我要為什麼
『國家』、『民族』、『人類』、『主義』、『信仰』、『正義』等名詞去消耗自己
時，則連一秒鐘的狂醉都沒有」。他再次北上完全是為了自己，為了再次體
驗「我在」：「過去那些火再燒不起我了，我只有試試這片新火。即使燒成
灰燼，最大的結果，也不過是一個空虛，而這空虛不會比目前我所忍受的
更可怕的」。

　　《金色的蛇夜》是印蒂尋找生命真諦的第三個階段，作者將追尋的足
跡延伸到了血腥邪惡的陰界——生命的另一面。印蒂跑到東北後，投身抗
日游擊隊。他赴東北，並非為赴國難，而是要擺脫他與瞿縈的愛情，逃避
日日夜夜煎熬著他的那種無可奈何的幻滅感。當游擊隊兵敗潰散後，便喪
魂落魄地回到上海。他絕望了，沉淪了，妄圖在沉淪中摸索拯救的機遇。
但他不能自己，繼續下沉。他和一群高級知識分子組成走私集團，墜入洞
窟，並與他們一起狂飲豪賭，搞女人，吸鴉片。「金色的蛇夜」在他們面前
閃耀著迷離的幻影。其間，印蒂被一個最美最毒的淫蕩女人莎卡羅迷住
了。而這個男人皆可為夫的女人對印蒂卻冷若冰霜，這刺激得他發瘋般地
追求她，他為她受盡凌辱和煎熬，從花天酒地的上海追到三峽荒城，在一
個月夜裡，兩人溝通了情意。事後，莎卡羅卻不辭而別。作家自述：「瞿縈
代表人間（人性），莎卡羅代表地獄（魔性）……我把莎寫成一個高級妓女
型的哲學家（我所謂高級妓女，與一般高級妓女性質不同）。她有一套魔鬼
主義加煉獄精神的哲學，也可以說，人類精神歷史上『負的哲學』（程度上

的）某種結晶。」[7]這部小說在生命意識的探究中，終於發現了「負的哲學」或「黑暗哲學」的支柱。在西方文化和中國部分文化中，人性本是惡的、原罪的，對惡的超越也就決定了「尋找」和「超越」本身的必要和意義。西方文化正視並表現這種惡，在他們看來，歷經苦海和魔域，正如同《神曲》經過地獄和煉獄一樣，是人之所以成為人必不可少的歷程。不經過這個階段，人也就不會超越附於本體的「我」的原罪。印蒂的經歷也正驗證了這種現代主義世界觀，他的哲學是，「這一刻、這一分、一杯酒、一個女人、一塊醺魚，才是真理」。而莎卡羅更是一個象徵物，代表著泛濫的沒有規範的原始衝動力！代表著全宇宙罪惡頹廢的精靈！代表著「惡之花」般燦爛腐朽而又絕望的美！代表著月球的陰暗面和人性中的黝黑面！她們的存在，正與罪惡的存在一樣，是人們努力掙扎的不可少的阻力，是人們得救必有的蠱惑。

「無名書初稿」後四卷雖然未見，但從無名氏 1950 年致其兄卜少夫的信中卻透露出它們的主題意旨。其信說：「第四卷探討神和宗教問題，第五卷寫東方的自然主義和解脫，第六卷寫綜合的東西文化境界及新世界的人生觀，第七卷寫五百年後的理想的新的世界的人與人的關係。」[8]確實，無名氏在他的作品中是有著「為人類而藝術」的目的和「野心」的，他把目光緊緊盯在生命本體上其根源也在此。他說：「新的藝術不光表現思想，也得表現情緒，不，應該表現生命本身。生命起源自川流不息的大江河，洶洶湧湧直奔前去。藝術必得借情緒來象徵這種大生命的奔流。」[9]這是一種新的美學主張。正基於此，印蒂就如《神曲》中的但丁和歌德的浮士德一樣，始終進行著一場極為艱難的精神漫遊與追尋。與他們不同的是，印蒂所追尋的是生命的本體意義。作家以七卷的篇幅組成了印蒂人生的七個里程（正如佛家的「七相」，佛家認為人生就由七相組成，人只要勘破七相，

[7]無名氏，〈藝文書簡・致叢甦書〉第四函，收錄於《魚簡》（臺北：遠景出版公司，1983 年）。
[8]卜少夫編，《無名氏研究》。
[9]同前註。

最後悟得生命的本體意義，便獲得正果立地爲佛了）。這就是作者爲什麼要讓印蒂經歷革命、愛情、罪惡、孤獨、死亡、悟道、境界七個層相，並且一層層不斷被揚棄超越，而最後奔向理想世界的原因。可以看出，無名氏賦予印蒂的最高人生境界正是皈依宗教。宗教對無名氏顯然極有誘惑。在早期習作《塔裡的女人》裡，最後的結局便是羅聖提蟄居華山寺院，而黎薇入了康定山區的天主教堂。《海艷》中印蒂對自然、對美和對藝術以及愛情每每追求，尤其失望的時候，宗教便如一個巨大的隱形磁場時時吸引著他。

> 「無」是人最初的軀殼，也是人最後的軀殼……大自然是「無」的最高符號。
> 假如說，您已發現了您的上帝，我還沒有發現它、或類似的絕對存在時，我就感到「圓全」了。
> 過去，我屢次和你說過，由於年齡你所抓住的只是表象，你還不能深入永恆。現在，聽你口氣，你似乎在嘗試突破表象，企圖捕捉最終的永恆了。
> ……

在無名氏的尋找裡，宗教是生命本體意義最永恆的所在。這與存在主義有內在相通之處。存在主義之謂「自由」最終落實處是尼采關於意志的自由，是「無」化的自由，因爲人雖然生而自由但無往而不在拘束中，真正的自由是將「我」以外的萬物「無化」，無視他們的存在。薩特認爲人的存在同世界上其他存在不同的地方，就在於人有這麼一種自我虛無的能力，這一能力即自由，又叫「向虛無彼岸的自我退隱」。[10]只有將萬物「虛無」了，自我才能純粹地「存在」；只有在宗教中才能真正找到自我並實現

---

[10] 卜少夫編，《無名氏研究》。

生命的永恆。無名氏的宗教觀融合了東西方宗教義理並滲透了自己的宗教體驗，「創世紀」和「大菩提」這分屬在基督和佛教中的不同屬性的兩個宗教術語，無名氏能把它們結合在一起並視之為五百年後理想的新世界的人與人的關係，正體現了無名氏非同凡響的思想氣魄。

　　總的來說，無名氏應是 1940 年代具有現代主義思想的文學大家，他小說的主題背景是中國的、世界的，乃至整個人類的生存與發展，這是一種最本質最深刻也是最地道的現代主義話題。某種意義上，中國現代文學史上如此認真而執著地探討和表現西方現代主義關於「生命」和「存在」的文學主題的作家，像無名氏這樣純粹的，還沒有第二個。無名氏的思想氣魄和思想深度都證明了他是中國現代最深刻最典型的一個現代主義作家。

容納與創新：現代主義藝術風采

　　無名氏的小說不僅在思想下、主題上有龐大的構思，藝術上也有著巨大的「野心」。他說：「在中國文學史上，從《莊子》、〈離騷〉起，繼而《史記》，李杜詩篇、韓柳歐蘇文章，辛稼軒詞，關漢卿曲，以至《紅樓夢》等……作品，一脈相繼的，總洋溢著一片長江大河的氣象，一種磅礴宇宙的文勢，那種萬穹怒號的生命力量，洋洋灑灑的情感，亮若閃電的智慧，真如勃發狂飆，足以石破天驚，令人五內憤興，且心智澈悟，若醍醐灌頂。」中國如此，在西方文學史上也是這樣：「從《伊利亞特》史詩起，洎乎《神曲》，莎士比亞詩劇，《失樂園》，《浮士德》，巴爾扎克的小說，直至 20 世紀 T. S 艾略特的《荒原》，也借各種不同的形式與內涵，更廣泛更深刻的表現了上述偉大的氣象、韻勢、情感、智慧，與生命力量，因而震撼人心。」他覺得「這些淵湛的藝術元素，是人類精神整體的一些重要組織者，也是文化精神整體的重要構成部分，它們不僅能推動時代，也是崇高而豐富的人性的基石」。為此，他自稱為「無名書稿」時：「我除了試驗多種新鮮的風格與內涵外，多多少少，還著重繼承東西二大支文學傳統，把古典文學中那種浩瀚的氣象，磅礴的韻勢，蕩決地脈的生命力量，一瀉

千里的情感，銳如犀角的哲思，全注入此書的新形式新內蘊中。」[11]正由於無名氏有著融匯古今中外文學傳統的藝術雄心，因此，其小說形態上的現代主義風格就是呈現出斑駁多姿的藝術色調。

一、巨量的容納顯露出博大氣勢

　　無名氏的小說中既裝進了現實又融入了理想，將政治、軍事、文化思想、日常生活熔於一爐，既有人生百相的描繪，又有心態、意志、信仰的探討。它似常規，又不落窠臼。就容納社會生活的深度和廣度來說，就叢書的規模來說，「無名書稿」在中國現代文學的畫廊中都是應該被刮目相看的。而從小說意識上看，整部叢書有的地方不像小說，它具有詩的特徵，情節很淡，但又處處能打動人心，有吸引力。它如雷鳴，如閃電，如自語，如意識流。它注重人物的心態，強化整體氣氛，充分突出作家的主體思維。讀這種小說，首先是受震動，其次才是被感染。應該說這套書的內容和形式是統一的，作家的目的是在時代的經緯網上，織進儒、釋、耶的統一，建立新信仰，又實在又虛無，又是眼前又是遼遠，形式上遠遠突破了傳統的模式。正如司馬長風評價《野獸‧野獸‧野獸》時所說：

> 我們熟悉的小說，是以敘事文為主的文學作品；可是這部小說，絕大部分則是形象化的描寫；景象和氣氛都十分不同。
>
> 我們慣見的小說，都有密實的故事情節，這部小說，只是無數縹緲的感覺，恍惚的臆想，藕斷絲連的綴合。
>
> 我們看過的小說，充滿角色的行動和對話；這部小說主要是作者的旁白，角色的獨白，全書近五百頁，自始至終好像全是絮語和夢囈。
>
> 通常的小說，都寫幾個角色的悲歡離合，即使寫社會和時代，也透過角色的行動來表現；可是，本書則憑直接的描寫，來表現歷史的峽谷，時代的急流，國家的浮沉，社會的風雨。讀來，只感到無數巨幅的畫卷，

---

[11] 無名氏，〈自序〉，《無名氏自選集》（臺北：黎明文化公司，1985 年）。

飛掠心腦。

……突破了古今中外一切小說的框框，開創了不大像小說的小說，以
詩、散文詩，散文和類小說的敘事，混成的新文學品種。叫它小說也可
以，叫它散文詩也可以，叫它詩和散文的編織也可以，叫它散文詩風的
小說也可以。他打破了傳統文學品種的疆界，蹂躪了小說的故壘殘關；
這個人真野，真狂，在藝術天地裡簡直有我無人！[12]

的確，無名氏對我們來說，其人其文其藝術都是陌生的，有人說，他
是「新鴛鴦蝴蝶派」，寫「抗戰加戀愛的新式傳奇」；有人說，他屬於「後
期浪漫主義」、「現代主義」，寫的「哀豔的鴛蝴言情體」；有人說，他因為
具有孤高的個性，絕不步敷衍流行的意見，因此才飽受文學批評家的冷遇
和歧視，然則他的小說卻「最暢銷」。[13]但至少有一點是可以肯定的，那就
是無名氏的小說融入了西方現代主義的藝術酵素，具有典型的現代主義的
藝術表徵。

二、與現代主義藝術相契的軌跡

概括起來說，無名氏和現代主義的關係可以從下面幾個層面加以認
識：

其一，藝術表現的心理化和感覺化。全面走向心理是現代派藝術和傳
統藝術最根本的區別之一。在現代派看來，「只有印象（無論產生印象的物
質是多麼微不足道，不論這種印象是多麼難以置信）才是真實的唯一標
準，也正因為如此，只有印象才能獲得精神的理解。」[14]因此，現代派藝術
特別強調對外物作用於人心理所產生的主觀感覺或主觀印象的形象描繪。
而無名氏更是把感覺甚至推到了生命的高度：「我現在才懂得生命，生命的
深度和廣度。我現在才懂得，生命的唯一報酬，就在感覺……我們所要求

---

[12]司馬長風，《中國新文學史》下卷。
[13]司馬長風，《中國新文學史》下卷。
[14]司馬長風，《中國新文學史》下卷。

生命的，只要感覺就夠了。在這裡一切都有了」（《海艷》）。《海艷》中三次大海和開篇月夜的描繪就是作者在特定心境下皆「著我之色」的主觀感覺和主觀印象的典型表現。《野獸・野獸・野獸》對大火的描寫更是充滿了「縹緲的感覺」、「恍惚的臆想」：

> ……在火光與爆炸聲中，分不清是燃燒的火在爆炸，還是爆炸在燃燒。燒著炸著，炸著燒著。大城像一座蕪蜂的窠巢，聲音顏色，千千萬萬，凸凸凹凹，高高低低，紅紅紫紫，大大小小，長長短短，圓圓方方：尖銳的哨笛聲，救火車聲，警車聲、槍聲，呼喊聲，馬蹄聲，奔跑聲！人聲，捕捉凶手聲，建築倒塌聲，哭泣聲，求救聲，爆炸聲！爆炸聲！爆炸聲！爆炸聲！爆炸聲！爆炸聲！爆炸聲！爆炸聲！……混亂是一把無窮大的老虎鉗子，把整個大城鉗碎了，鉗碎了！鉗碎了！鉗碎了！鉗碎了！鉗碎了！鉗碎了！……

這種寫法，對於戰爭緊張、恐怖氣氛的烘托，對於不容喘息的氣勢的渲染，是有利的，有力的。它動態感強，沒有秩序，不加修飾，反而感到逼真而有立體感。而當作者把這種感覺化的手法用來表現和分析人物的心理和精神狀態時，心理化和感覺化的結合就會賦予小說一種撲朔迷離的藝術深度，《金色的蛇夜》對印蒂的魔性生命意識的表現就是如此。

其二，現代主義的語言方式和中國古典美學意蘊的化合。弗雷德里克・傑姆遜認為：「現代主義文學中的主要問題是一個表達的問題。」[15]如馬拉美和艾略特以一種晦澀和艱深的語言來改變被工業化貶值了的另一種言語，試圖恢復現有語言早已失去了的活力。無名氏小說語言的表達方式是傳統語法和修辭所無法接受和分析的，他總體上追求的是一種現代派繪畫濃烈和抽象的效果。印蒂和瞿縈的幾段自白可以幫助我們理解：

---

[15] （德）弗雷德里克・傑姆遜，《後現代主義與文化理論》（西安：陝西師範大學出版社，1986年）。

　　她就這樣躺著，像馬蒂斯畫上的那種睡女，安靜與懶散中帶著深沉的力
　　量，以及原始的蠻獷。
　　這不是我們的愛情，這是畢加索的畫……我們的早晨相當他的「青色時
　　代」黃昏可算是他的「紅色時代」。
　　我們的生活不只是後期印象派，簡直是野獸派，比馬蒂斯還馬蒂斯的野
　　獸派！

　　無名氏的小說語言非常注重色彩對感官的刺激以及由此引起的心理效應，
並常常以感覺中色彩對感官的刺激的隨意性和濃烈來表現自我心理感受的
主觀和強烈。這也導致小說往往形成一種語言的激流，他有時甚至用最簡
單的語言重複和感嘆號連綴表現洪水決堤式的感情潮流。更重要的是無名
氏還善於巧妙地借現有的語言表達另一種無法言語的語言，傳達出現代主
義的生存感悟。《海艷》第九章「結合」，爲了表達印蒂和瞿縈在海邊亞當
夏娃般創世紀婚禮儀式和交歡的大歡融大快樂，作者用了長達十頁汪洋恣
肆石破天驚的文字和感歎號爲此做了最後最壯麗的歌唱。但在最後一個休
止符奏完後，文章卻迅速地轉入了第十章「沉鬱」，語言也立刻變得疲軟鬆
散灰暗。司馬長風首肯了無名氏對傳統語言的大膽突破，但對此巨大語言
落差卻感到難以理解。這大概是他傳統的審美眼光阻礙了他對現代派語言
背後的另一種語言的感悟。在無名氏的感覺裡，獲得的快樂和失去的無奈
幾乎是同時產生的，越快樂越失望，獲得的越多失去的也就越多。此處表
達的正是這樣一種現代主義的人生感悟。另一方面，無名氏的小說語言和
西方現代派的語言一樣又特別追求語言的象徵效果。《野獸・野獸・野獸》
以樂曲象徵生命，紊亂交織著繁複而奇特的意象，它把宇宙的生命化作音
樂的旋律，跨越時空，錯綜古今，令人在幾乎不知所云之中，體驗到一種
神祕莫測的造化力量。《金色的蛇夜》以一幅充滿恐怖激情的壁畫《彭貝的
毀滅》來象徵時代，它借維蘇威火山毀滅義大利古代名城的一瞬，人們依
然在作最後的跳舞、最後的荒淫的畫面，渲染著世界的「末日」氣氛。在

這種陰森怪誕的渲染中，作家把象徵的手法野獸化和巫覡化了。他追求從象徵的意象中昇華出哲理和詩，但這種哲理和詩是黑暗的，無可奈何地帶上了末日悲歌的瘋狂和混亂的情調。

三、大肆鋪張的藝術創新

同時，又必須指出，無名氏的小說語言一方面深得西方現代主義的藝術精髓，另一方面又顯示出了文化調整後的中西思想觀念及美學追求的有機融合。從他的創作可以看出，無名氏學識淵博，見解獨到，對西方文藝，特別是現代派藝術很了解；而在中國古典藝術上也有很深的造詣。但他並不拘泥於任何一方，而是根據自己的需要大膽創造出新，形成了自己獨特的現代藝術風格。例如《海艷》對大海的描寫，他不光是從聲、光、色、形各個角度感受大海，而且首先把它做為一種象徵物，賦予它極為豐富的內涵。就印蒂與瞿縈的愛情而言，海就是他們情緒發展的表現，是他們精神追尋的三個支點：邂逅後，它是那樣的朦朧美妙，止暗示出二人對愛情的憧憬；結合時，它是那樣的紅勢歡快，暗示出二人感情隨著靈肉的最終統一而達到高潮；最後離異，大海也變得格外沉悒、狂怒。當然，大海的象徵意義還不止於此，做為意象，在美學上是美的象徵，在哲學上是一種實在，在宗教上是一種永恆；真善美統一，則顯示出人、自然、宇宙的統一性，人有了海性，海有了人性；天地人三為一體，最後顯示出生命存在的意義。因而他筆下的大海，令人沉醉，叫人沉思，讓人敬畏。在對大海的描寫中，我們可以感覺到，中國傳統美學的賦、比、興，融匯於西方藝術所注重的聽、視、味、觸諸種感覺及對潛意識、隱意識的心理分析之中，把大海刻畫得驚心動魄、酣暢淋漓。而對愛情的描寫就更顯出了無名氏把現代派藝術和東方美結合起來的成功嘗試，他用詩的語言、哲學的思辨與宗教的情緒，把男女的情愛高度詩化、哲學化與宗教化了，使整個做愛過程表現得莊嚴隆重，心動神搖，展示出原始生命的獷野、舒張與歡樂。儘管裡面有對性的感受和誇張，但其中通過酣暢濃豔的語言，通過象徵手法唱出了性的贊歌，創造出一片氤氳華豔的詩境。小說中這樣寫道：

它華艷得像一片華艷的永恆。那成千百的紅玫瑰花瓣裡是在永恆裡飛
舞，靜靜落下，任何巉岩峭壁都溶在這片紅熱裡。所有驂驔混濁全變成
一片火明。鋼流在轉旋。岩石在碎裂。萬萬千千紅熱大魂圍住他們蟒
舞。太陽在永恆的星座上紅明燃燒。他們的愛情也在恆星座上燁燁燃
燒。

——《海艷》

這段性愛描寫可稱爲中國文學中有關性愛的一段經典性文字，它既融入了
西方現代主義那種哲學化、本體化、審美化的特徵，同時也弘揚了東方文
學含蓄、表意的詩學傳統。

　　然而，無名氏的作品一方面充分自如地施展了其現代主義的藝術風
格，另一方面，他對現代主義的藝術手法的運用又顯得過於鋪張浪費，是
故意炫耀才華的缺陷。他往往在他的小說中用排比、重複和冗長的句式，
造成迭影、錯綜、顛倒、跳躍的藝術效應，令人疑真似幻，眼花繚亂。他
一有機會就盡力傾瀉其才華。如《野獸・野獸・野獸》開花之始的楔子，
整整八頁不分行不分段，一氣呵成，從宇宙洪荒寫到人類的出現，從古代
神話寫到近代的一切大音樂家，把讀者引入五里霧中，加強了歷史縱深
感，具有強烈的象徵性。其他如寫發電廠，如寫兵器與戰場，如寫關於馬
克思主義和無政府主義等，都十分具體，個別地方簡直到了離開情節和人
物性格的需要，而孤立、靜止地介紹知識的地步。由於作家才華太露，整
體上不免露出捉襟見肘的窘相：時而才華橫溢，咄咄逼人，時而思維混
亂，不能自圓其說。同時由於無名氏的現代主義揉進了浪漫主義、未來主
義、表現主義、意識流等的觀念和手法，因而產生混雜之感。再加上他那
毫無節制的情緒發洩和哲學抒發，文字上也就難免了拖沓、空泛之毛病。

　　無名氏做爲一個典型的現代主義者，他的深刻而博大的現代主義思想
以及新奇奇崛的現代主義形式在 1940 年代的文壇上都應當是首屈一指的。
從現代主義角度來看，如果說徐訏主要是思想上的現代派而形式上的浪漫

派的話，那麼無名氏則無疑在思想和形式上都站在了現代主義的前沿。然而，無名氏卻和徐訏一樣成了 1940 年代的暢銷書大家。這其中的主要原因是由於他的早期「習作」《北極風情畫》和《塔裡的女人》承襲了徐訏浪漫言情小說《鬼戀》等的風格，以新奇豔麗的書名，風流倜儻的愛情故事，跌宕多姿的人際悲歡吸引讀者，從而為他博得了「大名」。另一方面也由於無名氏其後的創作雖然在現代主義領域裡進行了大膽的探索，但是他仍然緊緊地握住了「愛情」和「傳奇」這兩面藝術的大旗，在現代主義的藝術之思中融入了通俗小說的酵母。這也可算是無名氏的一條成功的藝術經驗。

——選自朱壽桐編《中國現代主義文學史》（下卷）

南京：江蘇教育出版社，1998 年 5 月

試論無名氏的「無名書」

◎陳思和[*]

浪漫主義在中國的絕唱與回響

　　十多年前，我在寫《中國新文學整體觀》時，曾通讀過無名氏在 1940 年代出版的作品。這些作品大致上可以分作兩類：一類是被作者自稱為「習作小輯」的散文、隨想和小說片段，那幾部用通俗而豔麗的文字寫出的暢銷作品，似也可歸為同類，這些作品，或可看成是無名氏在準備生命大書「無名書」之前的練筆和鋪墊；第二類是無名氏的真正代表作「無名書」，當時只印出三種，即第一卷《野獸‧野獸‧野獸》（1946 年）、第二卷《海艷》（1947 年）和第三卷《金色的蛇夜》上冊（1949 年），作家抱著嚴謹的創作態度，稱為「無名書初稿」。我初讀「無名書」時，由於其創作形態完全沸溢出大陸文學史著作對那個時代所理解之鼎鑊，一時竟無言表述由衷感受。後來幾經修改，在論及無名氏的創作時，以歐洲夏朵勃利盎的浪漫主義創作流派為參照，做了如下論斷：

> 從流派的變遷角度說，他的作品最有資格被列為浪漫主義在中國現代文
> 學史的最後一個餘波。無名氏早期的小說格調不高、感情浮露，卻能夠
> 吸引不少習慣於言情派口味的讀者；從其思想情趣來看，很容易使人聯
> 想到夏朵勃利盎的《阿達拉》和《勒內》。作者故意製造出一個遠離人世
> 的蠻荒環境：西伯利亞、華山古剎，讓帶有慘痛人生經驗的主人公在那

[*]發表文章時為上海復旦大學中國語言文學系副教授暨人文學院副院長，現為上海復旦大學中國語言文學系教授暨圖書館館長。

兒敍述一幕幕浪漫的愛情故事，與夏朵勃利盎一樣，無名氏毫不隱諱地反對當時的政治思想，並且也是把宗教力量推為很高的人生境界。在他稍後創作的「無名書初稿」中，耶穌與佛陀的經歷做為人生兩大意象，時隱時顯地穿插在主人公的人生探索歷程中，暗示出最終點創世紀大菩提、東西文化相融會的大圓滿。作者認為在創作中隱藏著很高的境界，但描寫中所表現的那種濃艷富麗的詞藻鋪張，那種極度誇大的感情宣洩，以及在愛情場面中配以月光下的大海怒濤（如《海艷》）、或狼嗥聲裡的峭壁險山（如《金色的蛇夜》）的藝術效果，都流露出那位法國浪漫主義大師的藝術的韻味。所不同的只是夏朵勃利盎的感傷小說能夠開啟19世紀浪漫主義思潮的先河，而他在中國20世紀40年代的追隨者，卻只能成為西方浪漫主義在現代中國的迴光返照。可以說，從郁達夫到無名氏，體現了西方浪漫主義在中國由盛到衰的過程。[1]

這段論述寫於1987年，那時無名氏出奔海外不久，大陸學術界很難對他作客觀的評價和理解，我也只能在探討浪漫主義創作思潮時有限度地把他介紹給讀者，希望引起讀者對這個名字的重新關注。第二年我去香港中文大學做四個月的訪問學者，在書肆裡看到有新聞天地社等印行的「無名書」後幾卷，但似已不齊全，只閱讀了能找到的一兩種，而且當時手頭正忙別的工作，所以沒有進一步研究下去，但對「無名書」的興趣始終不減。一晃十年過去，現在無名氏的作品將在臺灣和大陸相繼重版或出版，「無名書」各卷又經過作家的逐一修訂，「初稿」改成了「修正本」[2]，我心裡自

---

[1] 陳思和，〈中國新文學發展中的浪漫主義〉，收錄於《陳思和自選集》（桂林：廣西師範大學出版社，1997年），頁86。

[2] 「無名書」的成稿過程十分複雜。它共有六卷，近二百萬字，作者無名氏（卜乃夫）。第一卷《野獸·野獸·野獸》，1946年12月上海時代生活出版社出版；第二卷《海艷》，1947年9月由上海真善美圖書出版公司出版；第三卷《金色的蛇夜》（上冊），1949年7月由上海真善美圖書出版公司出版。此後，作者蟄居杭州，潛心寫作，1950年完成《金色的蛇夜》（下冊），1982年12月在香港新聞天地社出版；1957年完成第四卷《死的巖層》1981年香港新聞天地社出版；1958年完成第五卷《開花在星雲以外》，1983年1月香港新聞天地社出版；1960年完成第六卷《創世紀大菩提》，1984年臺灣遠景出版公司出版。後四種完成後藏稿於家中，「文革」中被抄走，「文革」

然爲這一筆風格獨創的精神財富終於不沒於史而感到欣慰。也因此緣了這個契機，當我開始研究潛在寫作的課題時，「無名書」六卷成了我主要的關注對象，並試進一步探討這部奇書在中國 20 世紀文學史的藝術獨創性。

我們還是應該從浪漫主義思潮的角度來討論「無名書」的文學史定位。在 18 世紀法國大革命的狂瀾裡，人性在血腥恐怖與英雄主義的交響樂裡得到了前所未有的張揚，用人間真理來取代對上帝的信仰，人把自己誇張到神的位置上，天賦人權也就有了神聖的意義。人獲得了真理以後緊緊擁抱真理，即與真理融爲一體，爲真理獻身的同時也完成了自我形象的最後一筆，與日月（真理）同輝。這是人性中高尚而虛飾的一面；另外一面就是在暴力革命所展示出來的恐怖下，人性猙獰殘忍的本能也終於有了公開舞鬚弄爪的表演機會，恰如山洪暴發在騰躍與怒吼中瞬息間吞噬千萬生靈，無疑是極度的恐怖，但其猛獸似的躍姿與吼聲卻象徵了自然界生命的巨大能量，人性中的「山洪暴發」往往也象徵了人類生命力的可怕的巨大能量。經過這樣血淋淋的歷史事件的洗禮以後，人再也不是原來意義上的人，人性也不再是原來意義上的人性了。這種歷史對人性的刺激於文化藝術上的反映，就生成了偉大的浪漫主義思潮。

中國最早把西方浪漫主義思潮介紹給國人的是魯迅，他稱之爲「摩羅詩力說」，意思是「論說魔鬼般的藝術力量」。人性中的「魔鬼」性並不是指人性中的陰負面，而應該理解作把人性中的各種因素都高揚到極致，綜合了「神」和「魔」兩方面，使之成爲審美的材料，尤其是令人悸怖的審美材料。世界文學史的第一個魔鬼般的浪漫主義英雄是古希臘神話中的盜火者普羅米修斯，當他被綁在高加索山峰上把肺臟奉獻給鷹鷲的尖嘴利爪時，他既是宇宙間最頑劣不馴的反叛者，又是凝聚天地間正邪二氣的大英

後期發還。作者抄寫出來，用幾千封通信的形式陸續寄到香港，再由他哥哥卜少夫組織人員整理成書，在臺灣和香港分頭出版。全書寫主人翁印蒂從北伐戰爭前後到抗戰勝利的求索真理過程，經歷了政治革命的狂熱追求、愛情的靈肉交歡、欲望的沉淪、因現實生活而搖擺不定的宗教皈依、感應天地萬物和日月星空，最終在創建人類新的文化精神中達至終極的烏托邦。作者自述此書「是一部心靈的革命史」。

雄，既令人悸怖又令人敬仰，因此普羅米修斯也就成了浪漫主義英雄的象徵。幾千年來，這一神話形象一直光照歐洲文學史的浪漫主義畫廊，那種永遠懷疑和反叛現存環境的進取精神、不知疲倦的上天入地的探索實踐、人性在神性與魔性的穿透下像洪水一樣浩浩瀚瀚，成為西方浪漫主義英雄的共同性格特徵。從集唐璜與希臘起義軍首領為一身的拜倫自畫像，到把靈魂抵押給魔鬼而對人性追求永不滿足的浮士德，再到貫通了日耳曼民族的原始蠻力與法蘭西民族的精緻文化而奮鬥一生、追求一生的約翰·克利斯朵夫，都是這一英雄譜系中熠熠發光者。浪漫主義當然還包括另外一支譜系：從夏朵勃利盎到少年維特的傷感的逃避的詩人形象，但比起前一種浪漫主義英雄來要軟弱一些，只是浪漫主義文學譜系中的一個抒情分支。

　　以浪漫主義文學思潮的背景來看無名氏的創作特色以及對文學史的貢獻，似乎更確切一些。十年前我讀無名氏的前期作品，以夏朵勃利盎來參照，體會到兩者有相當的接近，今讀其後期創作，以完整的六卷「無名書」為代表，藝術境界當在《阿達拉》以上，更讓人想起的是歌德的《浮士德》。雖然《浮士德》在中國有多種譯本，但這一西方知識分子永無止境的追求精神的象徵，在中國的非學術領域從來沒有受到過分青睞，尤其是第一部，浮士德遨遊古代神話世界，生發填海奇想，這對於缺乏西方文化背景的中國讀者來說是無法理解的，很難得到他們的同情。對照中國讀者在 1920 年代熱烈歡迎少年維特，1940 年代熱烈歡迎約翰·克利斯朵夫，這是一個十分耐人尋味的接受美學現象。究其根源，不但有東西方文化傳統上的隔閡，也與現代中國知識分子的現實處境有關。在 20 世紀初中國傳統士大夫階級向現代知識分子轉型過程中，知識分子離開了傳統的活動舞臺廟堂，另外開闢一個類型廣場的公共空間，來履行他們推動社會進步的責任。這種廣場式的活動主要是面對大眾，通過對大眾的啟蒙和對廟堂的抗爭，來完成現代知識分子的社會責任。這種活動場所和活動方式制約了知識分子的思維形態。首先，要喚起民眾就不能好高騖遠，只能採取急功近利的立場，用迫在眉睫的現實困境刺激大眾和批評社會，才能產生熱烈

的效果；其次，啓蒙必須使用淺通明白的表述方法，才能讓社會順利接受其思想，借助於西方文學形象也一樣，觀念性的、黑白分明的形象才容易被接受，少年維特和克利斯朵夫均屬此類，而一些抽象複雜的文化形象和意義含混的藝術形象就不容易被接受；其三，現代知識分子的多元價值觀主要表現在專業成就方面，但啓蒙實踐使他們陷入巨大而切實的現實困境中，不得不遭遇到社會責任與專業責任的分裂，他們不是通過專業成就來履行對社會正義的捍衛，而是通過離開專業崗位或者以專業知識爲工具來完成現實的鬥爭使命。上述思維形態對現代文化和文學發生過極爲重要的制約作用，要是忽略這種制約作用，就很難理解爲什麼普羅米修斯以降的西方浪漫主義的「魔鬼」傳統從未揳入中國的文化土壤。少年維特式的「淚浪滔滔」，自然會淹沒了浮士德式的嚴肅的抽象的精神追求。西方的浪漫主義只有被改造爲抒情傳統，才能在中國得以傳播，郁達夫的抒情小說正好成爲這種改造的潤滑劑，而「無名書」從夏朵勃利盎的傷感向浮士德式的探索的過渡，則注定了它的寂寞與失寵。以郁達夫爲始，以無名氏爲終，這就是浪漫主義在中國現代文學史上的命運。

正是這樣一種歷史性的空白，才能顯現出「無名書」得天獨厚的價值。無名氏恰恰是跳出了上述三種思維形態的窠臼而別開生面。無名氏1940 年代成名於兩部暢銷小說，與差不多同時在淪陷區成名的張愛玲一樣，走的是取悅於現代都市市民讀者的通俗文學道路，一開始就與構成新文學主流的知識分子啓蒙思潮沒有直接的聯繫。與所有的浪漫主義作家一樣，無名氏拙於從現實生活中提煉真實細節進入再造現實世界的藝術創造能力，他擅長的是從生活表面現象上輕輕掠過，然後進入想像空間。我們不妨將他與巴金做個比較。他們在抗戰後期描寫的知識分子在生活泥漿裡掙扎的生活細節相當相似（如巴金《小人小事》與「無名書」裡都寫到知識分子在貧民區裡陷入鄰居家禽的糾紛），但巴金的現實主義創作方法使他進一步抓住小人物無助的悲慘命運，寫出了揭示現實生活深度的《寒夜》，而無名氏展覽式地羅列大後方知識分子的生活困境，卻是爲了對照和凸出

超人式的英雄印蒂的理想境界，第四卷《死的巖層》以降，小說的結構就是以現實生活的困境與印蒂的理想主義追求的對照來展示的。顯然，巴金的藝術空間在於現實世界，而無名氏的藝術空間則在另一層面上，即想像的空間，這也是浪漫主義者世襲的藝術空間。所以無名氏的創作能夠很快地從言情與愛國的敘事模式中擺脫出來，超越現實層面，完成了由夏朵勃利盎向歌德的轉換。

正因為無名氏擺脫了啓蒙的敘事立場，所以他超越現實層面以後直接進入了抽象的文化層面，毫無顧忌地以融合東西方文化的實驗作為描寫對象。這實在太難、太虛、太玄了，印蒂不過是表述作家觀念的道具，「無名書」的真正的描寫對象是生命文化現象的本相，從最具體逐步上升到最抽象，依次是革命、愛情、罪孽、宗教、宇宙五相，以人性的角度來論，經歷了獸欲—唯美—虛無—莊嚴—自然五層，層層上升，層層盤旋，前四相都從正反兩面展示其內在的陰陽統一。印蒂每投入一相，都極其嚴肅地探究其正面的意義，並將其正面意義發揮到極致，方才暴露其負面的意義，然後破除此相，向更高境界漫遊。浮士德是從虛無出發，通過對虛無的證明來試驗人性探索的永無止境；而印蒂是從肯定的意義出發，通過一次次的破和立，來證明人性探索真理的艱巨性。中國 20 世紀的文學不乏描寫知識分子精神探索的優秀創作，但主要是集中在政治層面的尋找，多以現實政治理想為人生意義的終結，而在無名氏的精神文化結構裡，政治理想不過是最低層次的探索，由此可以看出「無名書」的獨特追求。我們固然不必以印蒂所謂的終極真理為一定之是，但就其探索過程所展示的艱巨性、複雜性，遠在一般以啓蒙為宗旨的探索之上。

無名氏所追求的複雜的精神文化結構決定了他對現實層面並沒有什麼關注的責任，他關注的是文化層面的探求和做為小說家的文體試驗，這並不是說他對現實政治沒有固執的見解，恰恰相反，他是將自己對現實中國命運的獨到感受融化到藝術空間裡去展示，成為六卷「無名書」的一個有機組成部分。由於作家生活環境的客觀限制，這部書稿的大部分是在蟄居

生活中悄悄寫成的，這期間他沒有可能參與現實生活的建設，對他來說，完全不存在知識分子兩種責任的分裂，他當時唯一的希望和信念就是寫成這部心血之書傳諸後世。這種特殊的環境玉成了他的創作，使中國文學史上終於有了類似西方的長河小說。這種長卷式的小說創作其實是對知識分子精神能力的考驗，沒有對自己專業崗位的堅韌信心，要以 15 年的時間來完成一項藝術創造是難以想像的。

　　一位繼承了從普羅米修斯到浮士德傳統的浪漫主義英雄，一個討論文化的融會與更新的繁複文化，一部反映現代中國知識分子精神歷程的長河小說，這在中國文學史上都是別具一格的探索。尤其在浪漫主義英雄印蒂的身上，我們看到了第一個中國式的「聖者」與「魔鬼」的綜合性形象。「聖者」表現在他身上有著浮士德那樣不知疲倦的探索人生真諦的精神力量，印蒂在小說一開始就宣布：

> 我整個靈魂只有一個要求：「必須去找，找，找！走遍地角天涯去找——找一個東西！」這個「東西」是什麼，我不清楚。正因不知道，我才必須去找。我只盲目地感覺，這是生命中最可貴的「東西」。甚至比生命還要重要的「東西」。[3]

當他全身心地投入尋找真理的所謂「悟道」過程時，他的人格也隨著「道」而愈來愈「聖化」，特別在第五卷《開花在星雲以外》中，他超凡脫俗，天人合一的境界，只能從浪漫主義英雄的美學意義上來理解；而「魔鬼」則表現在他是個強烈的反道德主義者，這一形象的出現，促使了無名氏創作風格的轉換。在夏朵勃利盎的傷感的浪漫主義風格裡，道德的困境正是其悲劇的根源。無名氏早期創作也是如此，《北極風情畫》展示了民族戰爭的道德律與個人幸福的衝突，《塔裡的女人》展示了舊婚姻道德與生命

---

[3]無名氏，《野獸‧野獸‧野獸》（臺北：黎明文化出版公司，1995 年），頁 21。

之愛的衝突，在這些衝突中，道德永遠是勝利者。這種由社會道德律引起的個人悲劇最能夠迎合都市市民階層的審美趣味，也是無名氏早期創作獲得成功的原因。但印蒂的出現，掃除了小說的通俗趣味，他的強烈的反道德精神衝擊了社會的正常倫理俗習的束縛，展示出中國文學裡很少出現的魔鬼性格的魅力。真正的浪漫主義英雄都具有反道德的性格因素，普羅米修斯偷天火觸犯神規，浮士德把靈魂抵押給魔鬼，可以說都是反道德主義的旗幟。印蒂對人生意義的求索似可以理解作對天火的窺探，為此他也把靈魂交給了另一種魔鬼：「命運」。從他在青春期情竇初開之時，就產生了反叛社會秩序的欲望衝動，義無反顧地離開正常社會體制，以後就一路反叛下去：對事業的反叛、對愛情的反叛、對虛無人生觀的反叛、對宗教信仰的反叛——用他自己的話說，他探索真理的方式是「一路甩下去，見山甩山，見水甩水，見火甩火，見金甩金，見星甩星，見月甩月」[4]，終於完成了新型人格的自我塑造。因此，在印蒂身上既有追求真理擁抱真理的聖者色彩，又有「見山甩山」式的魔鬼本相。如果我們熟悉拜倫筆下的唐璜和歌德筆下的浮士德，對這種浪漫主義英雄的美學趣味不會感到陌生。但在中國新文學史上，由於籠罩著濃厚的啓蒙者的道德因素和現實主義的教育功能，連最大膽的反道德主義者也只是郁達夫式的傷感多愁的才子型人物，印蒂的乖戾、強悍、瘋狂的性格可能會引起某種令人不適的刺激感，但同時，也會帶來新的美學效應。

　　如果說，歌德創造了不朽的浮士德形象來歌頌人類追求永恆的偉大渴望，那麼，無名氏創造的印蒂則是這種西方文化精神在東方的回應，儘管這一形象多半含有烏托邦的性質。20 世紀中國文化經歷了向西方文化大開放、大接受、大檢驗的時代，但最終仍然要落實到自身的更新與發展。如無名氏在小說裡所分析的，中國文化的偉大生命活力表現在：「近百年來，它扮演一隻勇敢的蜜蜂，飛入西方花園，吸取百花精英，以便釀製真正東

---

[4]無名氏，《死的巖層》（臺北：文史哲出版社，2001 年），頁 262。

方的佳蜜。」[5]從「無名書」的結構來說，印蒂的生活歷史發展到 1940 年代末已經接近「圓全」，前四卷展示的四個相，應和了 19 世紀的社會主義思潮、文藝復興以來的個性主義思潮，20 世紀以來的現代頹廢思潮和來自希伯來文化的基督教思潮，經過對這四大西方文化思潮的揚棄以後（也包括對佛教的粗淺清算），他開始用西方的科學精神來融合東方文化，實現他生命的「圓全」。這融合也經過了兩個層面，即自然主義的「悟道」和返回人間的實現理想，「無名書」的第五卷和第六卷展示了這方面的內容。與世界上所有的烏托邦小說一樣，作家闡述社會理想的理論有許多不切合實際的空間可笑的議論，但作為一部浪漫主義和空想主義結合的巨作，如果沒有這種空洞可笑的議論就沒有它的完整性和完美性。

應該指出，無名氏的這種巨大精神探索的畫卷終結於 1940 年代末，與當時的歷史發展的精神是暗合的。「無名書」設計於 1940 年代中期，抗戰將臨結束之際。無名氏意識到中國歷史將出現一個新的時代，如他在第六卷裡所寫的：

> 東方正在上「最後的一課」，打算把西方某一空間進行的社會試驗全部學來，在中國「複製」一遍，看它是不是一種百寶靈丹，能叫這個古老民族脫胎換骨。如不估計它的後果，只分析它的動機，那麼，這是中國四千年古老文化表現巨大生命活力的又一明證。[6]

小說主人翁印蒂用這樣的口氣討論未來中國的命運，顯然是預言式的，他並沒有對現實中國的政治決戰表明自己的傾向，但是他明顯預感到，隨著苦難與探索的進程，中國將出現下一個階段的探索歷程，那就是烏托邦。儘管他宣揚的僅僅是作家個人認定的一種所謂東西方文化相融合的烏托邦理想，但完成於 1950 年代末的《創世紀大菩提》所宣揚的烏托邦

---

[5]無名氏，《創世紀大菩提》（臺北：遠景出版公司，1984 年），頁 432。
[6]無名氏，《創世紀大菩提》，頁 432～433。

精神，不能不與當時中國的現實產生一種尖銳的對比。

文學史上的一座火山

把「無名書」稱爲文學史上的一座火山，第一個意義就是指它所蘊藏的內涵的複雜性。僅以書中所涉及的文化政治宗教科學等領域的知識，就不能不讓人眼花繚亂。並不是說無名氏對這些領域的知識都很精通，即便是浮光掠影，能將如此豐富的知識集中在一部文學作品裡呈現，照樣顯現出火山噴發似的奇觀；而且前五卷書幾乎每一卷都是一個相對獨立的小宇宙，有正反兩相，由入到出，由立到破，都有相當完整的過程；而六卷連成一體，又自成完整的邏輯結構，靈魂的探險經歷了由高昂到下沉、再由低谷上升到峰頂到 V 字型歷程，體現了相當繁複的精神結構。

但是我想說明的「火山」意象還包含了另外一重意思。「無名書」的文體像一座岩漿滾滾、噴發無度的火山，令人目不暇接，壯麗瑰博。這也不是說無名氏的文體是無懈可擊的，正相反，火山意象就說明了它那種泥沙俱下、泛濫成災的語言特色，這是一個語言的角鬥場，無數鮮蹦亂跳的意象在相撞、拚殺、爆炸，瞬間就變成屍骨成山，鮮血成河，有時你會忍無可忍地閉上眼睛，實在受不了這種血淋淋的刺激。你會指責作家爲什麼要這麼奢侈：一個意象未展開緊接著又一個意象，一段議論未完成已經插入了另一段議論，單獨地看，每一種意象、比喻、色彩、議論，都充滿活潑的生命力，但是我們也有理由批評作家運用的意象太密，比喻太擠，色彩太濃，議論太雜，一切都變得光怪陸離，創造語言的同時又謀殺了語言。語言的生命體瞬息萬變，轉而即逝，造成極大的浪費。這樣一種狂轟濫炸的語言特色，在中國 20 世紀文學創作中也有人嘗試過，如「五四」初期郭沫若的《女神》，當代文壇莫言的小說，似可差強人意，不過郭氏詩歌僅曇花一現，未成氣候，莫言雖有其感性的色彩聲音和想像，卻無其理性的學識論理和抽象能力，也難爲後繼之人。所以，且不論「無名書」成就高低，僅以它火山型的語言特色，在文學史上也是獨樹一幟的。

　　我不認為小說的文體是先驗的,它至少是與小說的藝術構思同時生成的一種要素。正像「五四」初期的郭沫若接受了西方的泛神論思想而形成狂放無度的文體一樣,「無名書」的文體首先來自作家強烈獨特的生命意識。無名氏對東西文化以及宗教都有所涉獵,並以此為基礎企圖綜合地演繹出一套新的哲學體系,他稱「無名書」為「初稿」,也是過渡的意思,並非終極之作。[7]後來由於種種原因所拘,他的哲學著作未見問世,體現在小說中的印蒂「悟道」,也不過點到輒止,語焉不詳,因此無從了解無名氏的真正思想。但從他的小說所展示的畫面上,能感受到的是強烈而獨特的生命意識,貫穿在印蒂人生探險的五相之中。在第一卷開篇,小說就有一段關於雷雨的描寫:

> 一切聲音似乎都死了,只有兩個字鮮蹦活跳地狂吼著:「生命!」窗外,成千成萬,從黑暗天空衝撲下來的,彷彿不是暴風雨,而是成千成萬有思想有骨血的生命。是生命在喊,在蹦,在跳。是生命在憤怒,在爆炸,在衝擊!是生命在呼號,在狂馳,在急舞!……全部大雷雨只是這兩個字的注解,正像全部聖經是它們的注解。[8]

　　接著,寫印蒂五年前出走時就是因為聽到了「生命」的呼喊:他「並未看清它的臉孔,只是聽它的神祕召喚,彷彿野獸聽到同類召喊」。[9]作家又以耶穌和釋迦牟尼聽到生命的「召喚」而放棄一切世俗羈絆去尋求而得道的故事來象徵主人翁的行為,很顯然,這個虛無縹緲間的神祕生命是無

---

[7]無名氏 1950 年致其兄卜少夫的信中自述《無名書》的主題:……如能預期完成這個多年計劃,我相信無論在藝術上、思想上,對中國和世界總有涓滴之獻。——我主要野心實在操持未來人類的信仰和理想:由感覺—思想—信仰—社會問題及政治經濟。我相信一個偉大的新宗教、新信仰即將出現於地球上……1951 年的信中又說自己預計「在 40 歲前能完成小說及此數本哲學,則前半生生命可算有一交代」。(轉引自卜乃夫、區展才編,《現代心靈的探索——無名氏作品研究》,臺北:黎明文化公司,1989 年 10 月,頁 119、344〜345。)

[8]無名氏,《野獸·野獸·野獸》,頁 26。

[9]同前註。

名氏在這部小說裡主要想表達的思想和哲學。

在印蒂的生命五相中，最重要的是第五相，即東方自然主義與西方星雲知識的結合，也即是哲學與科學的結合，用印蒂的話說，是「星球哲學」。「無名書」的楔子前二闋，猶如一支大氣磅礴的交響樂，表現的是宇宙的起源和人類文化的繁衍，開篇第一句就是：

> 啊！好一片奇！好一片幻！好一片詭！好一片艷！這無量數的奇蹟！這五彩繽紛的波詭！這搖漾多姿的斑斕！這是些什麼？這是些什麼？這是些什麼呀？[10]

彷彿有知覺的嬰兒剛離母胎而對神祕無窮的宇宙世界所生出的感知。從嬰兒的感知出發，它是生命的天問，必然萬物皆渺。這「奇」、「幻」、「詭」、「艷」四字就為小說文體定下了基本的音調，而這「萬物皆渺」就成了小說敘事的特有視角。作家把地球視為宇宙的一個星球，以另一空間俯視地球的視角來敘述這個世界所發生的方方面面的事件，就會打破現實空間，千百件同時發生的事件可以並列在同一場面中。在《金色的蛇夜》裡有一段落描寫印蒂等人的瘋狂嫖妓：

> 這正是四月之夜！成熟了而又瘋狂了的四月之夜！這個由精囊壺腹與傘形輸卵管構成的四月之夜，在遙遠美洲，學生們正舉行大罷課運動，反戰爭！反國家主義！……在歐洲，戰爭恐怖像瘟疫蔓延，德、法、俄、意，準備動員，希臘政府則用飛機大炮猛攻「叛軍」。在亞洲，瀋陽兵工廠鍋爐爆炸，黃河大水四滾，立煌大饑荒，災民們神經錯亂，幼童們烹食父母屍體。「罷課吧！自稱上帝吧！動員吧！進攻吧！爆炸吧！決堤吧！神經錯亂吧！烹食人肉吧！時代早已上了吊！真理早已上了絞刑

---

[10]無名氏，《野獸・野獸・野獸》，頁 1。

臺！在遍地一片漆黑中，今夜究竟是四月的夜，是玫瑰花與芍藥花之
夜——讓我們先把酸骨頭烤熱了再說！」[11]

這段描寫本來含有色情的意味，是異常瘋狂的性交場面，但作家通過
主人翁的精神活動，將性的瘋狂與地球各大洲的瘋狂事件交織在一起，用
鏡頭重疊的形式取代了單純的色情場面，但最後又回到了妓院的現實環境
（玫瑰花和芍藥花），那一段「世界瘋狂」的插入彷彿是人物的精神幻覺，
其實不然，它正是小說敘事的視角所致。由於作家的生命意識是通過空間
置換來表現的，世界性的共時現象就能同時收進眼底，同時表現出來。又
如，同一卷裡寫印蒂眼中出現墮落女人常綠悲慘下的幻覺時，同時進入他
意識的是三個場面：

他此時絕不是在西班牙小夜曲的窗下，而是在世界毀滅的陰影中，看見
這個女人，聽到她的魚腥味的故事。同樣在一場朝鮮颶風所造成的一千
一百零四個死屍裡，他看見她；在內蒙古炮火光中，他看見她。[12]

這裡關於朝鮮和內蒙古的悲慘事件都來自當時的新聞報導，但作家信
手拈來與小說人物的命運聯繫起來，使一個人的命運化作芸芸眾生的共
相。「性」與「死」都可以看做是生命的某種現象，作家不是孤立地表現它
們，而是把它們放在世界諸種生命現象當中，使這些生命顯得渺小，從而
顯現出全球大生命的意義。

空間置換的敘事視角帶來了對「生命」的新感受。從星空看地球，地
球上的生命不再是唯一的生命，這就是我所說的「萬物皆渺」的生命新景
觀。「生命」象徵著宇宙大生命，並非是一時一地的小生命。印蒂的父親教
訓印蒂說：

---

[11]無名氏，《金色的蛇夜》（下）（香港：新聞天地社，1982 年），頁 82。
[12]無名氏，《金色的蛇夜》（下），頁 117～118。

> 大自然估量生命，是以十萬年百萬年爲單位，不是以一年十年爲單位。
> 在地球史前時代，每一個大冰期，總要死掉千千萬萬的人與獸。假如大
> 自然高興，它可以毀掉一個地球，兩個地球，甚至十個百個地球。你這
> 些芝麻大一點的「時代需要」算什麼呢？[13]

在這種自然觀下面，現實世界的種種欲望與追求都變得微不足道，這就有了印蒂一相破一相的生命五相。也許讀者會批評這部小說太脫離現實中國的實際背景、尤其是第五卷《開花在星雲以外》，當現實處在最艱苦的民族戰爭狀態，印蒂卻孤身一人跑到華山頂上去「悟道」，完全脫離了生活實踐。如果用傳統現實主義的觀點來看，印蒂這樣做確實毫無意義，但「無名書」本來就是一部浪漫主義的烏托邦，小說的邏輯是超越現實諸相的局限，進入星空的時代，所以它是從離生命本相最遠的現實政治開始破除，進而是生命本體的愛情與唯美，再而是生命深層的罪孽欲望，再而是生命中形而上的宗教，最後達到的是自然宇宙的大生命空間。爲了在地球上表現這個新空間，作家煞費苦心地選擇了華山五千仞高的大上方做爲印蒂「悟道」的地點，從烏托邦的意義上說，第五卷是最美麗的一部，作家用華麗如錦緞、奔騰如瀑布似的文體鋪張西嶽華山上的風、雨、雲、霧、雪等自然現象，可以說是自古以來文學史上描寫華山的登峰造極之作。在無名氏的筆下，自然現象都是生命的展現，人也是其中一個生命體，在混沌一片中隱含著天人合一的境界。有人稱「無名書」的文體如詩如歌如散文，完全打破了小說形式的限制，正是與他的生命意識相關，雖然就其內涵來說，未免虛幻了一點，但對表述文體的解放，卻有著實實在在的推動。

當然，任何以作家某種觀念和熱情做爲創作出發點都會產生負面作用，給藝術本身帶來無法彌補的損害。無名氏的敘事方式是一種不著地皮

---

[13]無名氏，《野獸‧野獸‧野獸》，頁46。

的高空作業，他好像高坐雲端俯視著他的人物，以致那些掙扎在大地上的生命體由於距離遙遠而變得黑糊糊一片。儘管作家給了這些人物一點表面特徵，如某某生就了一對「千年神龜」的眼睛，某某長著一張「花旦型的臉」，但所有的次要人物都彷彿是一個模糊背景：統一的情緒天地、統一的聲音和牢騷、統一的悲哀和絕望，他們的場面不是由具體可感的行動而是由烙了作家主觀印記的玄談式話語來完成的。就連印蒂這個貫穿了六大卷的主要英雄，除了努力實踐著作家的生命五相的人生探索外，也無強烈、豐富、血肉的個性內涵，作家的思想探索大於對現實細節的把握，所以思想的果和現實的因之間常常不相協調。如，第四卷《死的巖層》寫印蒂破宗教相是因爲教會神聖人員的瀆職行爲，這就有些勉強。教會的腐敗與宗教信仰之間有著本質上的分別，精通西方宗教歷史、又經歷了種種靈魂磨難的印蒂不應該對此產生如此強烈的反應。作家把他的叛教與第一卷脫離革命政黨時的精神狀態相並提，卻忘了革命時代的印蒂只是個初出茅廬的年輕人，兩者心理成熟的程度不可同日而語。不是說印蒂不能批評宗教，但應該是較高層次上的批評和背叛，應該從宗教本身的矛盾和破綻著手，而像某神父企圖非禮女教友這樣的事件，如果從性的角度來看也並非就不可原諒，曾經滄海的印蒂由此生發叛教和長篇大論地批評宗教，就顯示小題大作，牛刀殺雞了。再進一步而論，也不是說印蒂不能從神父瀆職行爲中引發出叛教大事，但要寫好這些邏輯關係須有現實主義的大手筆，通過大量生活細節與心理細節作爲鋪墊，一步步揭示出人物精神巨變的邏輯過程，有如托爾斯泰的《復活》。「無名書」顯然不屬於這樣的現實主義巨作，作家的星球意識賦予他的英雄人物睥睨大地的批判權力，卻沒有提供支撐批判的現實邏輯起點，所以人物滔滔不絕的話語藝術雖然精采，然而無力，在第六卷尤其明顯。

其次，與作家的生命意識相關的，對「無名書」文體構成有至關重要影響的還有作家狂放無度的美學情致。很多即使對「無名書」持贊揚立場的批評家也不能諱言其狂放文體給藝術帶來的損害，「見好不收」的筆調造

成「無名書」大量重複的意象和議論，在現代社會有可能使讀者失掉閱讀的耐心。甚至有人建議，如果「無名書」減去三分之一的篇幅，也絲毫不會影響它的完整性。這些批評當然不能說是求全責備，但從無名氏在毫無名利可圖的環境下苦心經營 15 年的藝術實踐上看，其狂放無度的文體特徵的背後，理當隱藏著非常人所解的美學追求，作家強烈的生命意識除了構成縱橫捭闔的小說敘事外，在美學上也嘗試著一種冒險：即想試驗一下如何表達生命怒放的極致。正如詩無達詁一樣，美也沒有一定之規。含蓄是一種美，奔放也是一種美；清淡是一種美，濃烈也是一種美。形式主義的美學講究鐐銬的舞蹈，無名氏尋求的美學，卻是一種對「度」的超越。用他的話來形容，就是「洪流」：「我嘗試在作品中創造一種強烈氣氛，它由三個來源組成，一、文學語言的具有音樂性的美的洪流；二、巨大的熱情洪流；三、人生哲理的思維洪流。」[14]我以為這三大「洪流」匯成的狂放文體，足以構成一座文字王國的火山，意味了對現成美學規範的破壞，也就是對「度」的超越。洪流是狂暴無度的，一旦決堤，浩浩蕩蕩泥沙俱下，世間萬物皆為魚鱉，同樣達到了火山爆發時的奇觀。洪流不避浩長，火山不避繁複，但這樣狂放無度的小說文體究竟能在審美上帶來怎樣的新鮮感受？我想首先是語言上具有強烈的感官刺激。在這裡，電閃雷鳴的聲響接近噪音，斑斕雜駁的色彩幾乎汙染，奇異怪誕的比喻充塞空間，形容無不用其極，感歎無不驚其大，縱然每一個字都是美味羔羊，也讓人昏迷於衝天的膻腥。這種亂心神、迷感官的文字效應就彷彿看一場群魔亂舞的原始宗教儀式，或者是天崩地裂似的搖滾樂狂舞，身在局外很難想像其中的魅力，可一旦身臨其境，經昏眩、疲乏、厭倦、刺激的過濾後仍然會有一種震撼。中國古代文學史上有著名的枚乘〈七發〉，以層層推進的華麗詞藻、奇特名物和誇張想像令聽者大汗淋漓，治癒了一場惡疾——這個故事，也許能夠解釋這種語言魔力。「無名書」裡有美輪美奐的語言段落，也有下流

---

[14]轉引自卜乃夫、區展才編，《現代心靈的探索——無名氏作品研究》，頁 70。

猥褻的語言段落，如《海艷》裡爲人稱道的性愛描寫與《金色的蛇夜》裡
「死海底的玫瑰」的女體寫真，表達了兩種強烈對比的情緒的極致。又如
《金色的蛇夜》開篇就用長長的文字描寫一幅題爲「末日」的現代畫：

> 赤花花的女體，一枝枝的，紅罌粟花似的搖顫著升起來。手掌朝天，裸
> 臂高舉，圓圓搭成一座座印度大金獅子法輪，或者，模擬蝴蝶翅膀，在
> 兩側輕輕飄撲……這是一些古埃及舞姿，肉體在最深的山岳凝靜中表現
> 出最高的火焰式的瘋狂。<u>造化主覺得這還不夠</u>，於是，一陣旋風，在這
> 些埃及裸體四周，突然掛滿起普魯士藍的帆篷，一些大荷葉裙子，一片
> 急促的現代巴萊特旋律鰻魚樣滑入人心底。在更遠的空間，燒起更野蠻
> 的舞姿，澳洲土人的科羅薄利舞、袋鼠舞、安達曼人的男舞、新幾尼亞
> 人的化裝魂舞、非洲土人的草裙舞……不管這些舞姿是古典、現代、野
> 蠻，不管它們是素描地底恐龍的原始冷靜，現代都會的癲癇狂，以及原
> 人的獸趣，不管它們線條色彩是黑朱砂的黑，蛇莓子的紅，或藍高嶺石
> 的藍，它們的野趣只有一個：燦爛出一片沙漠的狂渴，凝造一片荒淫的
> 瀑流，重顯古代酒池肉林的艷景。藉這一簇簇巨大色情狂焰，它們繪畫
> 出肉體最深的地獄、最黑暗的戲劇。<u>狂舞盡頭處</u>，猙獰的光影中，無聲
> 的幽靈，一個個，渾身黑煙水晶色彩，慢沉沉隱顯著，把死的黝影投到
> 舞者臉上、臂上、身上。但舞蹈者毫不知覺，依舊沉酣在淫亂的性線條
> 裡。<u>在另一個鏡頭處</u>，天轟地塌，一大峰血紅火光淹沒一切，酸性熔岩
> 流正在洶射，爆裂火口在擴大崩裂，火山灰火山砂礫在豪噴，從火山雄
> 大狂焰中，大片大片的西洋紅、朱紅、紫紅，像一群群梟獸瘋衝出來，
> 要湧到跳舞者胸上、手上、腿上、臉上。但舞者仍在猛跳、狂舞，她們
> 要舞死一個世紀！一座歷史！不，一整個宇宙！[15]

---

[15] 無名氏，《金色的蛇夜》（上）（香港：新聞天地社，1983 年），頁 1。引文有刪節，爲引者所刪，
底下加線部分也是引者所加。

　　不是說這個段落寫得好，但它能表現出「無名書」的敘事風格。它描繪的那幅畫是第三卷小說的開場部分，所表達的主題是世紀末的腐爛與死亡，暗示了印蒂生命五相中的第三相：人性的罪孽。我們由此可以看出無名氏的美學追求：飽滿、狂放、刺激。所謂飽滿就是他不給畫面留一點空白，意象填滿了所有的畫面：畫面的中心是一群埃及裸女的狂舞，彷彿是「地獄核心的色情大風暴」；然而作者覺得意猶未盡，在四周加上各種瘋狂舞蹈，企圖重現「酒池肉林的豔景」；這還不夠，畫面一角出現了死亡的幽靈，另一角又出現火山爆發的景象，暗示狂舞者將「舞死一個世紀」。這裡淫蕩、狂放、死亡的意象擠滿畫面，強烈刺激著觀賞者，讓人喘不過氣來，而且，主題的刻畫一層比一層險峻，彷彿每一層都要表現主題的極致，然後，下一層又翻出了新的拓展。

　　無論是忠於革命、溺於愛情、沉於罪孽、迷於宗教，這樣一種訴諸感官刺激的描寫比比皆是。無名氏的文字描寫像一幅潑墨畫，每一道墨潑上畫面都彷彿走到了頭，人們很難想像他如何再往下寫，但他卻旁若無人地一路潑下去，繼續著最高級的形容詞。這樣的嘗試有時會帶來一些無法克服的後果：一是不能不大量地重複意象；二是有時候意象過於飽和後不能不難以爲繼。第一條不必多舉例，第二條確實妨礙了全局構思的力度。如第二卷寫印蒂與瞿縈的愛情纏綣寫到了美的極致，第六卷兩人破鏡重圓就寫不下去，只能用物質上奢侈來彌補，精神力度不能不有所衰弱。第三卷寫頹廢女人莎卡羅經過「三峽驚豔」、「死海底的玫瑰」已經登峰造極，無法再增美一分，然而作家勉強寫下去，就出現了暴露裸體等荒唐場面，爲強弩之末。但我更想指出的並不是這些讓人一目了然的弊病，而是無名氏這種歷來被人視爲大忌的藝術探索精神，在心靈日見冷漠、語言日見枯澀的中國當代文學創作領域中，仍然是相當可貴的。

　　這種狂放無度的美學追求不僅體現在語言的運動，而且還充斥小說文體。文學史家司馬長風對無名氏的創作多有高評，其中關於小說文體作如是評價：「『無名書』可以說是詩化的小說。他不用行動和對話來表達情

節，而用大畫卷似的形象化描寫，來表達人物的思想感受。」[16]用議論入小說，即使是形象化的議論，對小說藝術來說也是一種鋌而走險的探索。但做為一部探索現代人心靈世界的長河小說，尤其是作家把小說當做他表達文化哲學觀念的「初稿」，「無名書」不可能迴避大量的哲理性思想性的議論。無名氏把「人生哲理的思維洪流」看成他的藝術追求的目的之一，把哲理性的議論做為小說敘事的結構之一。「無名書」淡於情節故事和人物性格，濃於精神感受和心理分析，精神感受是通過人物的議論來表達，心理分析是通過作家的議論來展示，兩者自然都有不盡如人意的地方，但做為一種大膽而新鮮的藝術嘗試，成了小說構成的重要因素。「無名書」裡幾乎所有人物都是屠格涅夫筆下羅亭式的「語言巨人」，儘管他們的語言缺乏個性的鮮明性和豐富性，也顯得單調重複，但一是仗著熱情有餘，二是不乏精采哲理，所以「玄談」構成了「無名書」的一大特色。尤其是印蒂的大段議論，是展示人物性格發展和人生探索的重要手段。每一卷裡，印蒂破除生命之相時都有長篇議論，有些非常精采，有些尚嫌平庸，但如果缺了這些議論，小說就達不到現在的深度和力度。無名氏的自信突出表現在最後一卷，竟用了近八十頁的篇幅記錄了他的四次演講，超過《約翰·克利斯朵夫》和《復活》的議論部分。平心而論，這部分演講相當精采，反映了無名氏在 1940～1960 年代相當深刻的文化思想。除了最後一次講的是空想政治制度和道德規範的設想外，其他三篇演講，第一篇談語言的隔閡和不真誠如何造成世界的各種仇恨；第二篇提出人生沒有終極性結論，但可以有階段性結論，人類應該建立一個對抗戰爭的文化體系；第三篇強調世界的多元化和文化格局的多元性，這些思想雖然點到輒止，但與當時歐洲思想界流行的語言符號學、文化人類學、結構主義、甚至解構的思想，都時有暗中呼應，聯想到作家是在封閉的環境裡進行創作，能表達這些思想實在是駭人聽聞的。至於作家在敘事中插入心理分析，則是相當形象化的

---

[16]轉引自卜乃夫、區展才編，《現代心靈的探索——無名氏作品研究》，頁 341。

議論，大量比喻、暗示、象徵都充斥其間，是小說最為精采的藝術特色。
如第四卷《死的巖層》寫印蒂從神父非禮女教友事件中轟毀了原來對宗教
的虔誠，作家用了「林空」的自然現象作比喻，引申出一大段議論：

> 渦漩無盡的綿綿大森林山脈間，常出現一兩個神祕地域：「林空」。這些
> 暴雨柱樣密集的森林中，偶然浮現一兩片巨大空白，像茫茫大海中偶然
> 畫一葉孤島，異常玄奇、誘人。這種「林空」的產生過程，淒艷極了。
> 行人偶然扔下一枝煙蒂，大雷電中偶然一次觸電，一只玻璃瓶長久暴露
> 烈日下，偶然發生焦點火光，或者，乾燥空氣的震蕩偶與風相衝突、摩
> 擦、產生高熱──一刹那間，千萬年大森林突然自焚了，蔓成漫山遍野
> 的火災：無日無夜，狂猛燃燒，火焰燭天，火燎遍地，彷彿在作一場集
> 體自殺，又莊嚴，又浪漫蒂克。結果，幾十里森林，往往一掃而光，連
> 一根小草也不剩下。當這場偉大自殺行進時，黑夜裡，假如有一架飛機
> 偶然掠過，機上旅客在漆黑太空，面對這幾十里的瘋狂火光，他渾身將
> 怎樣顫慄？他心魂將怎樣恐怖？因為，有生以來，他第一次發現大自然
> 的最絕望的畫幅。

這段議論以後，典型的無名氏風格是並不結束議論的，緊接著又重複
性地用了一段關於蒙古草原失火的意境，構成「賦」的特色，以繼續強化
議論效果，然後才指出結論性的比喻：「在一個人一生的精神暗夜中，偶然
也有一兩次，會遭遇這種森林集體自殺性的大火災，以及蒙古荒原上的大
火海。這種大火海的動人處，在於下列幾種特色：黑極了的夜，紅極了的
宇宙，大極了的燃燒空間。強烈而廣大的黑和紅，無邊靜夜中的猛撼的燔
燒聲……那片可怖的紅是怎樣纏人靈魂？裹人心魄？」[17]通篇議論可以說是
比興賦的合成：以林空、草原的抒情為起興，以鋪張排比為形式，來達到

---

[17]無名氏，《死的巖層》，頁 157～158。

比喻人物精神變裂的效果。

「無名書」的潛在創作特徵

　　如果從文學史的角度來考察「無名書」的寫作年代，這部小說還包含了一個新的信息：即它的成書時間跨越了兩個性質不同的社會形態。第三卷《金色的蛇夜》上冊出版於 1949 年 5 月，似乎在國民黨潰退前夕，但據作者自稱，該書實際上的出版時間還要遲幾個月。共產黨的軍事力量已經占領了上海。無名氏的書再也不可能公開出版，但他蟄居杭州，依然埋頭創作，1950 年完成《金色的蛇夜》下冊。在以後的四年裡斷斷續續寫作一些散文隨筆與詩，並未結集出版。1956 年起開始寫第四卷《死的巖層》，第二年完稿；緊接著在 1958 年完成第五卷《開花在星雲以外》；1960 年完成第六卷《創世紀大菩提》，煌煌二百萬言的巨著幾乎是一氣呵成。從 1946 年出版《野獸·野獸·野獸》起，整整 15 年過去，經歷了歷史性巨變而能不改宗旨完成一部大書的，無名氏是絕無僅有的例子。尤其是後十年的創作環境，對無名氏這類知識分子來說是極為嚴峻和殘酷的。從 1950 年代初開始，彌漫神州大地的知識分子思想改造運動、「肅清反革命分子」運動、反「胡風集團」運動、「反右」運動等等政治思想文化領域的各類政治運動中，大多數知識分子動輒得咎，遑論自由創作。當時能公開發表的文學讀物，只能是主流意識形態的宣傳品和作家言不由衷的歌頌性表態性文字，少數有良知的知識分子堅持「五四」新文學的現實戰鬥精神，用極為曲折的手法表達心裡的真實感受，但都因此付出了沉重的代價。然而，為什麼頭上似乎懸著達摩克利斯劍的無名氏，居然能如此安心地寫完這部書稿，而且在書中幾乎看不出那個時代的痕跡？

　　「無名書」是作家長期醞釀成熟的一部書稿，以後雖有若干改動，但主要的構思沒有大變。最初計劃有七卷，據有關資料記載：「第四卷（按：《荒漠裡的人》）探討神和宗教問題，第五卷（按：《死的巖層》）寫東方的自然主義和解脫，第六卷（按：《開花在星雲以外》）寫綜合的東西文化的

境界及新世界人生觀，第七卷：《創世紀大菩提》）寫五百年後的理想的新
世界的人與人的關係。」[18]寫成後的「無名書」也是七卷，《金色的蛇夜》
分作上下兩冊，刪去了《荒漠裡的人》的書名，保留了《死的巖層》以下
各卷書名，但實際刪去的是最後一卷的內容，其他各卷書名均向上移。這
樣的改動是可以理解的，因為寫到第六卷時內容已經大團圓，烏托邦的成
分很重，想像枯竭。若再要寫「五百年」以後的事，可能完全是一部空想
哲學的著作了，而且 1960 年代的環境也不可能為作家提供這樣的想像力。
另外從第一卷到第三卷的內容來看，筆筆都有呼應。第一卷裡偶然露面的
郭紹嘉、林美麗，到第三卷分別以莎卡羅和常綠的名分出場，都有所交
代。但從第四卷起，幾乎沒有出現過新的重要人物，主要角色一貫到底，
不斷重複，人物性格也基本上沒有新的發展。從這些跡象可以看出，「無名
書」的寫作內容是早已定下大綱，整個寫作過程中基本上沒有變動，也沒
有發展，保持了原計劃的面貌。可以說，「無名書」是文學史上一份特殊的
個案。它提供了一個令人感興趣的文學史現象，即如何評價文學史上潛在
創作的價值取向？[19]

　　……

　　如果把「無名書」整體地放在歷史背景下加以考察，應該說，它是一
部對時代「共名」保持獨立態度的創作。從抗戰發生以後，「共名」一直體
現著民族解釋的最高願望，無名氏也深受影響，寫過《一百萬年以前》這
樣的揭露法西斯的小說。抗戰勝利以後，時代的「共名」也相應發生變
化，隨著要求和平民主建國的思潮高漲，國共兩黨軍事力量的較量也日見
分曉，困擾著知識分子的是對未來中國命運的選擇。以無名氏的社會背景
而言，他本該是站在當時的國民黨政府一邊，但恰恰相反，他的「無名

[18]轉引自卜乃夫、區展才編，《現代心靈的探索──無名氏作品研究》，頁 339。
[19]我在本文最先提出「潛在創作」的概念，並對此作了理論上的探討。後在〈我們的抽屜──試論
　　當代文學史（1949～1976）的「潛在寫作」〉裡正式改為「潛在寫作」。文中省略號處刪去兩段對
　　「潛在創作」的理論探討，具體內容可參考〈我們的抽屜──試論當代文學史（1949～1976）的
　　「潛在寫作」〉一文。

書」是從批判國民黨開始的。第一卷既寫國民黨清黨的殘酷和監獄裡的非人迫害，又寫共產黨內部的「殘酷鬥爭，無情打擊」，其實是一劍兩刃地拒絕當時主要的兩大政治勢力，表明了知識分子的獨立立場。1949 年以後，社會主義的思想文化控制中國大陸的文化學術領域，「共名」與國家主流意識形態完全合一。雖然無名氏 1950 年代以後留在大陸，卻過著半隱居生活，與國家體制沒有發生關係，也沒有受到主流意識形態的干擾，「無名書」在當時決無公開發表可能，作家在創作過程中完全明白這是一部為未來讀者寫的書，所以對主流意識形態既無故意逢迎亦不特別反對，走的是自己的道路。「無名書」在後幾卷裡，雖然對國民黨統治下的大後方的黑暗面繼續有所揭露，但他著力描寫的印蒂「悟道」之路與當時的國家主流意識形態顯然不能相容。所以，我們可以把「無名書」看做是一部中國知識分子的烏托邦和大同書，它只能在潛隱狀態下完成，可以說代表了中國當代文學史上潛在創作的最高成就。

　　現在我們可以探討文學史上潛在創作的價值取向了。我選擇「無名書」做為一份特殊個案，就是想說明當知識分子失去了自由發出聲音的時候，他能否繼續堅守在自己的工作崗位上，追求一份超越現實利益的專業價值？這裡所說的「自己的工作崗位」，也就是指人文知識分子的專業領域。在 20 世紀的中國，每個時代都有困擾著知識分子的現實環境，所以常常有人發出「偌大中國安不下一張書桌」的歎息。尤其是時代的「共名」強大到足以制約人文學科的時候，人們會不知不覺地游離專業的價值目標，或迎合或適應這「共名」，希望能急功近利地獲得「共名」社會的承認，這樣的例子已經不需要再舉了。反之，人們受到現實壓迫，在疾痛慘怛之下發出抗議的聲音，這當然是正義的，但即使是這樣的聲音，它能否取代知識分子的專業價值？回到文學史的範圍來討論這個問題：作家在失去發表言論自由的情況下，他能否嚴格遵循他的藝術良知來盡可能完美地完成他的創作？文學史上並不缺乏作家在不自由的環境下創作的例子，有明志之書，有血淚之書，也有阿諛之書，但真正潛心創作苦吟之書，卻不

多見。1950 年代無名氏的「無名書」，1960 年代張中曉的《無夢樓隨筆》，1970 年代豐子愷的《緣緣堂續筆》，都可以說是難得的幾種。這些創作都是在後人難以想像的環境裡完成的，但從當時的文本來看，有的是自成邏輯的現代心靈探索，有的是哲理與抒情的吉光片羽，有的是清淡到近於閒適的個人生活回憶，顯示出思想與審美的純粹性，不僅表現了作家對主流意識形態的拒絕，也表現了不為一己之困頓所束縛的專業責任，把個人處境的悲苦與絕望經過精神的淨化後轉換成審美意識，體現出藝術家對專業崗位的價值確認與自信。

　　當然不是說作家的潛在創作應該是脫離人間煙火的創作。「無名書」裡幾乎看不到時代的痕跡，只是指作家專心致志地達到一個預定寫作目標而不受現實環境的干擾，但如果仔細閱讀，小說所提供的藝術空間裡，還是處處會有作家生活的影子。如第三卷反覆渲染末日來臨的絕望情緒裡，正浸淫著作家痛失女友趙無華的感覺世界，同時也感受到作家做為一個正在崩潰的階級面對歷史巨變所產生的變態的頹廢心理。1950 年代的蟄居生活對無名氏來說絕不是愉快的。從第四卷起，結構上重複平行敘述印蒂的悟道和知識分子群體的困窘境遇，後一條線索幾乎是不厭其煩地抱怨家庭的拖累和生活的卑瑣，雖然寫的是抗戰時期的後方生活場景，但多少也能窺探到作家對家庭生活的極度厭倦。更有諷刺意味的是，小說裡到處彌散了想入非非的生活享受描寫，這在物質相當貧乏的 1950 年代是耐人尋味的。像無名氏這類知識分子，生活態度多少有點享樂主義和唯美主義，他在作品裡絮絮叨叨地渲染美味佳肴、美景良宵，都似乎有一種望梅止渴的功效。但我覺得更有價值的不是這些，而是「無名書」中俯首可拾的議論，許多議論雖然出自印蒂之口，卻代表了作家對時代的嚴肅思考。如最後一卷的印蒂演講裡關於世界上的原則衝突：

　　　　當初是一些最簡單的爭執，甚至是純理論的爭執，一旦與血牽連一起，
　　　特別是，長久泡在血裡以後，你就很難再把一些原則從混沌泥沼中去搭

救出來。你不知道究竟是原則的衝突，還是血的衝突？很少有一個流過血的人──特別是長久流過血的人，能平心靜氣坐下來，像坐在法國沙龍裡一樣，來談論原則。……歷史上從沒有過這類奇蹟。假如有類似的奇蹟，那也是在另外一代，一些新的生命完全忘記血的記憶，或者，至少，他們自己身上從未濺過血跡，只在這時候，重新估計一些原則，才有可能。

關於寬容：

我們不該蜜蜂繞花一樣，用無量數的嘵嘵不休圍繞弱點，從而耗盡我們的精力，也不該在對細小罪惡的圍攻中，化完大部分生命。寬容本身就是一片明淨的流水，能自動把一切污穢化為純潔。血洗不清血。污水永遠洗不淨污水。只有純潔的山泉，才能滌淨它。在人類理性良知和皮鞭之間，我們寧選擇前者。

關於多元：

在如此複雜錯綜的現代科學結構中，不可能設想一種原始的單調、單純或單一，雖說這是一種最大方便。應該容許一切複雜的沖激，它能為最危險的水流產生極平安的活力和流動力。有時候，不需要用這個代替那個，用甲吃掉乙、乙吃掉丙，讓它們在靈魂空間平擺著，保持均衡，並無害處。……幾千年來，既然人類耗殫一切力量，想使生命平靜無爭，而終無效果，那麼，就讓它們變化著、分歧著、平擺著、均衡著吧。相互寬容本身，就解決一切最難的難題。[20]

---

[20] 無名氏，《創世紀大菩提》，頁 763～764、777、779。

　　這樣一些思想和言論放在今天來看自然沒有什麼特別的地方，但退回40 年前「無名書」的創作年代裡，中國大地上籠罩著一片「階級鬥爭為綱」的肅殺之氣，知識分子剛剛經歷了「反右」運動，戰戰兢兢如驚弓之鳥，無名氏卻如此沉浸在未來理想世界的追求和探討中，津津有味地想像著世界進入諒解、寬容、多元，儘管在當時看來這是多麼不切合實際，多麼夸夸其談，但隨著時間的推移，40 年後顯示出先知的光輝。這對當時主流意識形態是一種超越，如果把這些思想放回產生它們的歷史年代裡，那就可以看到「共名」遮蔽下的知識分子對時代的多元感受和深刻理解。

　　文學史上的潛在創作及其規律、成就和價值取向，目前學術領域還沒有給以認真的研究和評價。「無名書」的出版將給我們提供一個解剖的對象，但由於它的創作風格、美學追求、產生環境都非常特殊，要進入這個特殊的藝術世界，就需要有比較特殊的理解藝術的方法，誠如美國作家索爾‧貝婁所說：奇特的腳是需要有一雙奇特的鞋。大陸學術界對無名氏的創作一向缺少研究，除了政治上的原因，文學觀念和審美觀念的隔膜也是一個重要原因。本文試圖做的，就是對以上三個方面的特殊性作出一些力所能及的解釋。無名氏的兄長卜少夫對他有篇介紹，倒不妨做為參考：「我的弟弟無名氏是一個特殊的人，他一生對文學、哲學、藝術與宗教層層深入，瘋狂追求，其執著處不下尼采，狂熱處不下梵谷（即凡‧高——引者），所以，他的作品並不僅是一般人心目中的文學創作，他是有他的大構想、大企圖的，為了解決時代苦悶的問題、思想方向的問題、人類幸福的問題，他試著建構一項『文學上的新宗教』……」[21]如果沒有這樣一種精神和理想支撐，要在潛伏的歷史條件下完成「無名書」是不可能的。假如進入「無名書」的藝術世界真需要一雙鞋的話，那麼，這種精神和理想就應該是一雙引渡的鞋。

——1998 年 9 月於漢城孔陵洞

---

[21]轉引自卜乃夫、區展才編，《現代心靈的探索——無名氏作品研究》，頁 268。

——2011 年 3 月修訂

——原載《當代作家評論》1998 年第 6 期

——選自陳思和《思和文存第二卷・文學史理論新探》

合肥：黃山書社，2013 年 1 月

現代焦慮的精神超越

論無名氏的潛在寫作（上）

◎劉志榮*

　　與許多作家相似，無名氏的生命與創作也跨越了現代與當代兩個階段，其「無名書」自《金色的蛇夜》（下）起，更是中國當代文學中潛在寫作的重要內容。但與大部分跨越兩個時代的作家相比，20 世紀 1950～1970年代處於隱居狀態的無名氏，雖然難免也受到時代的衝擊，思想上的波動卻遠沒有別人那麼劇烈。他所視爲「生命大書」的多卷本小說「無名書」，企圖在外來思想與現代中國的保守思想之外，爲中國乃至整個地球的文化生命另尋一條路，這裡的抱負不能說不巨大，全書的寫作也橫跨兩個時代，經歷了十幾年時間，卻基本上保證了思路的連續性。「無名書」從1945 年即已開始進行構思（其思想核心部分的發端，如果從《沉思試驗》開始，則還要早得多），可以看作抗戰及以後中華民族存亡絕續的貞元之際中國「文藝復興」氣氛的一部分。到 1949 年 5 月杭州解放時，無名氏已經完成並出版了這部大書的前兩卷——以革命爲主題的《野獸・野獸・野獸》（1946 年）和以戀愛爲主題的《海艷》（1948 年），第三卷《金色的蛇夜》也已寫了十萬字，7 月初寫完此書上冊帶到上海付印，但爲遠禍將標明的出版時間提前幾個月。此後無名氏處心積慮地保持低調的隱居狀態，雖亦不免受到當時緊張環境的波及與個人生活悲劇的影響，最終還是堅持原來的思路完成了多卷本「無名書」的寫作。[1]完成全部初稿的 1960 年 5 月 3

---

*發表文章時爲上海復旦大學講師，現爲上海復旦大學中國語言文學系副教授。
[1]後幾卷書名和寫作時間分別是：《金色的蛇夜》（下），1950～1956 年；《死的巖層》，1956 年下半年～1957 年上半年；《開花在星雲以外》，1957～1958 年；《創世紀大菩提》，1959～1960 年。「無名書」僅這幾卷屬於「潛在寫作」範圍，但由於整部小說有完整的構思，全書也氣脈貫通，故本

日，無名氏覺得心願已了，欲赴杭州北高峰大呼歡慶，因懼禍未能成行，僅在自己房間連蹦三次，低呼「我勝利了！我勝利了！我勝利了！」——然而外部劇烈變動的世界，已不復能感知這部大書意義何在了。不過天佑斯文，「文革」中無名氏繫獄時稿子雖然被查抄，但巧遇辦案的法官李木天知書達理，將之封存，「文革」後竟然傳奇式地完璧歸趙，後以幾千封信的形式發到海外，首先在港臺印行。

一、超越與焦慮：「無名書」的內在矛盾

　　全部「無名書」二百六十多萬字，卷帙浩繁，文筆也鋪排龐雜，然而讀者如果堅持讀完全書，頭昏腦漲之餘，還是能夠感受到其中湧動著的一種力量。這部大書立意和視點之高，近世小說中罕有其倫。多年以後，無名氏在評價自己的這部主要作品時頗為自負地說：「流行的寫實小說，大多屬於社會現實的寫真，『無名書』則屬於人類情感（過程）的寫實，人類（人生哲學）思維（過程）的寫真，與人類詩感覺的寫實，以及中國時代精神（過程）生命精神（過程）的寫實。社會寫實的對象多數是平常的社會人，『無名書』觸及的對象，則是少數突出的知識分子，具有詩人、哲人、（浪漫的）情感人、嚴肅的道德人及理想主義者的氣質。前者多半採取傳統藝術技巧，後者則想盡最大可能突破傳統藝術。」[2]整部「無名書」正是通過個體生命的困境和精神探索昭示出時代的困境與潛隱的時代精神——在這裡，無名氏與時代風氣的區別非常清楚：他並不像 20 世紀 1930 年代之後的大多數作家那樣以社會問題和政治問題淹沒生命和文化精神方面的問題——反而高度注意人的生命探索和精神探索在解決時代問題時的基本和核心的地位。「無名書」前四卷處理在現代中國最具勢力的各種流行思潮：《野獸・野獸・野獸》處理的是革命潮流，《海艷》處理的是浪漫主義

節以其整體為對象進行討論，以見全書之基本線索。這是需要提請讀者注意的。
[2]無名氏，〈修正版自序〉，《海艷》（廣州：花城出版社，1995 年），頁 9。下文論述引用均依據該版本，不再一一註明。

與唯美主義思潮，《金色的蛇夜》處理的則是世紀末的頹廢與「魔鬼主義」，《死的巖層》處理的是宗教問題——以代表西方宗教的天主教和代表東方傳統宗教的佛教爲例。這四個主題一步一步深入生命的本體，主人公印蒂必須穿越這四個階段，才能進入「悟道」的生命超升與新世界觀「星球哲學」的建立。無名氏企圖以東方精神穿透現代世界潮流（主要是從西方傳來的各種思潮），最後將現代科學與東方的「悟道」境界統一起來，建立未來世界的新信仰——在西方文化在現代中國強勢的影響刺激這一背景下，這一思路顯得頗爲殊異。

　　不過，做爲在中國的現代焦慮（下文將對之重點說明）中並試圖對之進行超越的產物，無名氏的這一宏大構思不可避免有不少矛盾。「無名書」的整體思路本身當然對讀者不無啓發，而其自身內部的犯沖與不和諧之處，也傳達出許多耐人尋味的信息。「無名書」一書最大也最明顯的犯沖，在於全書狂肆的文體與企圖達到的明淨超越的精神境界的不和諧。我們試看《金色的蛇夜》中的一個段落：

這正是四月之夜！成熟了而又瘋狂了的四月之夜！這個由精囊壺腹與傘形輸卵管構成的四月之夜，在遙遠美洲，學生們正舉行大罷課運動，反戰爭！反國家主義！也同樣在美洲，一個窮孩子在冰天雪地中拾了大批黃金，喜極發瘋，自稱上帝，操人間生死大權！在歐洲，戰爭恐怖像瘟疫蔓延，德、法、俄、意，準備動員，希臘政府用飛機大炮猛攻叛軍。在亞洲，瀋陽兵工廠鍋爐爆炸，黃河大水四滾，立煌大饑荒，災民們神經錯亂，幼童們烹食父母屍體。罷課吧！自稱上帝吧！烹食人肉吧！時代早已上了吊！真理早已上了絞刑臺！在遍地一片漆黑中，今夜究竟是四月的夜，是玫瑰花與芍藥花之夜，讓我們先把酸骨頭烤熱了再說。[3]

---

[3]無名氏，《金色的蛇夜》續集（香港：新聞天地社，1982 年），頁 82。下文論述引用均依據該版本，不再一一註明。

這是典型的「無名書」文體。全書中類似這樣的段落俯拾皆是，不僅是以墮落爲主題的《金色的蛇夜》，即使以革命、戀愛、宗教、悟道、新世界觀爲主題的各卷中，也都充斥著這樣的段落，堆積著世界的瘋狂，鋪排著怪異的意象，放縱著各樣的情感。實際上，在全書的第一部《野獸·野獸·野獸》的開篇部分，無名氏即從尼羅河邊獅身人面像的視點，透過人類世界和歷史乃至無限宇宙時空無盡變化的瘋狂，所以，從一開始，這種瘋狂恣肆的文體，便構成了整部「無名書」的基調。陳思和先生曾經非常精采地把「無名書」的文體比喻爲「一座岩漿滾滾、噴發無度的火山」，以此「說明它那種泥沙俱下、泛濫成災的語言特色」；「這是一個語言的角鬥場，無數鮮蹦亂跳的意象在相撞、拚殺、爆炸，瞬眼間就變成屍骨成山，鮮血成河，有時你會忍無可忍地閉上眼睛，實在受不了這種血淋淋的刺激。……一個意象未展開緊接著又一個意象，一段議論未完成已經插入了另一段議論，如果單獨地看，每一種意象、比喻、色彩、議論，都充滿活潑的生命力，但問題是意象太密，比喻太擠，色彩太濃，議論太雜，一切都變得光怪陸離，創造語言者同時又謀殺了語言。」「在這裡，電閃雷鳴的聲響接近噪音，斑斕雜駁的色彩幾乎污染，奇異怪誕的比喻充塞空間，形容無不用其極，感歎無不驚其大，縱然每一個字都是美味羔羊，也讓人昏迷於衝天的膻腥。這種亂心神、迷感官的文字效應就彷彿看一場群魔亂舞的原始宗教儀式，或者是在天崩地裂似的搖滾樂裡狂舞，身在局外很難想像其中的魅力，一旦身臨其境，經昏眩、疲乏、厭倦、刺激的過濾後仍然會有一種震撼。」[4]

如果從審美的層面深入一層，我們可以看出文體的背後蘊涵著現代人的生命感受。雖然中西文學史都不乏鋪排的傾向，但在無名氏這裡，文體的鋪張放縱具有特別的現代意義。通讀全書我們會發現，「無名書」那種鋪張放縱的文體，其背後的怪異激情是非個人的，它的來源正是現代世界性

---

[4]陳思和，〈試論「無名書」〉，《當代作家評論》1998 年第 6 期（1998 年 12 月）。

的瘋狂與中國特有的現代焦慮——正是這種瘋狂與焦慮，產生了「無名書」特有的文體與敘述邏輯。「無名書」前四卷處理的四個主題——革命、浪漫與唯美、「魔鬼主義」、宗教，都是現代世界特有的文化現象，也是中國進入現代世界之後必須面對的內在問題——它們既是對現代中國問題的應對，但因為未能究竟，所以它們本身同時也是現代中國混亂的症狀。無名氏以之做為印蒂悟道、建立星球哲學必須經歷的四個階段的主題，本身即足以說明他非常明白：要達到對之的超越，必須直接面對世界性的瘋狂與中國的現代焦慮的廣泛沉重。無名氏顯然賦予了他理想中的中國主體不為這些現代困境所囿的不斷超越的精神，然而人類精神要達至這種超越，就必須經歷在現代世界性的瘋狂與焦慮中的沉淪、掙扎、搏鬥，而這沉淪、掙扎與搏鬥的過程，本身也不可避免地充斥著現代焦慮的氣息。實際上，我們可以把「無名書」看作這樣一部小說：它產生於中國現代焦慮的背景，企圖從精神上對之超越，但因處處受其制約，自身也帶有現代焦慮的強烈印記。

二、黑暗的重壓：現代焦慮的幾個面相

　　如果不嫌過於簡化的話，我們可以從以上思路把整部「無名書」的主體內容解讀為一個尋求光明的故事，如同小說裡在印蒂「悟道」後寫的：「說簡單點，廿幾年來，這是一個尋求白色的故事，一個追尋空靈的故事，一個捕捉宇宙渾然光明體的故事。」但從另外一面看，則這也是一個全面地展示現代中國靈魂的各層面的深重的黑暗危機並尋求解脫的故事，這黑暗的一面更為沉重有力，甚至使得我們可以說，黑暗的重壓構成了全書最基本的敘事動力。追求光明與擺脫黑暗當然是 20 世紀中國文學，尤其是革命文學最為重要的主題，但對於「無名書」來說，它的殊異之處在於，不論是尋求光明還是擺脫黑暗，它都是從生命和世界的根本一面來說的，不但所追求的光明是內在而永恆的光明，所欲擺脫的黑暗，也是生命存在所必須面對的普遍性的黑暗。

　　「無名書」切入的這種普遍性的黑暗，其根本的一面在於生命在追求自由時所感受到的永恆死亡的黑暗重壓。無名氏發明了一個專門的詞彙「宇宙壓」，來指代人所感受到的永恆的黑暗力量，某種似乎在主宰人的命運的無名巨力。在人達到「生命的圓全」與自由之前，這種對人的生命意識構成威脅的無處不在的黑暗巨力，成為人類生存的黑色幕影。對於個體生命來說，這種普遍的黑暗壓力首先來自於死亡的威脅，「每當他與死亡最接近時，他極容易感到一種永生力量，一種不可抗拒的命定的生命因素」。《海艷》中當印蒂不能再沉醉於個人愛情的幸福幻夢中時，他回憶起生命中他兩次很清晰地感受到過這種壓力：

　　　　一次，他躺在醫院內……病狀很險惡。那一晚，他一直不能入睡。在茫茫暗夜中，他感到死的壓力，它像一片沉重的黑暗巨岩，從高空慢慢壓下來，加在他身上。一片昏眩，鼻子一陣酸，一剎那間，從來堅強勇敢的他，卻第一次軟弱了。他第一次感到：並不是他占有世界，而是世界占有他。並不是他的頸子伸長到雲層上，而是另一張偉大而神祕的臉在它上面，他只是天穹下面最低地上的一隻小蟲子。全宇宙昏黑，昏暗中屹立著一個無比巨大的永生力量，它主宰他、支配他，使他無條件匍匐下來。一個超絕的悲哀征服了他，他流下眼淚，極多的眼淚。另一次，是他被捕後，第一次聽到黑夜裡的喊聲，幾個同志臨刑前的最後吼聲。聽到這些最深的血淚的聲音，他又一次感到永恆黑暗巨力的壓迫，一陣酸楚中，他不禁匍匐下去，幾乎想放棄一切。[5]

　　進一步看，這種死亡的壓力之巨大，不僅因為在空間上其與個體生命的渺小相比顯得過於沉重，更因為在時間上這種死亡似乎是永恆的，折磨人的；這種死亡的壓力也不僅來自於個體生命暫時死亡的黑色幕景，更來

[5]無名氏，《海艷》，頁477。

自於群體生命永恆死亡的黑色深淵：

> 在生命中，人們有許多苦惱，其中極痛苦印蒂和萬萬千千人的一種，卻是那份剎那的死亡感覺，永恆的毀滅。不管你怎樣萬帆風順，千歡萬喜，花園裡開放數不清的幸福，一想到死，你眼前就出現一座可怕的黑色深淵，它吞噬你一切塵世幸福，金色的夢。你將像一片落葉，無休無止的往這深淵內飄。你不知道它的邊，它的寬，它的底。你不明白，你將飄到什麼地方。你不知道你最後的所在地，而這正是最恐怖的。肉體的毀滅本身，並不可怖，心臟停止跳躍，也不可懼，可怕的，是那片絕對無限的虛無和渺茫，那片神祕的黑色吞噬……一句話，你被你墜入黑色深淵後的肉體和靈魂的下落的絕對不可知所警懾了。[6]

　　無名氏在小說中當然也沒有迴避黑暗存在的第二個層面，即外界的黑暗瘋狂。所謂「宇宙壓」在具體社會存在方面的表現，就是普遍存在的社會的黑暗與瘋狂。在小說中，社會的黑暗與瘋狂，與個體生命因感受到死亡的重壓而產生的黑暗宿命感是互相映照的，只是「無名書」從其相通的一面看，認為所有這些外界黑暗瘋狂的力量的實質，都是死亡的力量，它們共同構成壓迫生命的「宇宙壓」。對於印蒂來說，對這種「宇宙壓」的理解，也有一個逐步接近本質的過程。從小說來看，印蒂對外界的黑暗有著異常的敏感。《野獸・野獸・野獸》中他最初離家出走，便是因為當他內在的「我」醒來，「他第一眼看見的，就是外界的黑暗和醜惡，……對於它柔嫩的生命，這黑暗和醜惡實在是一種粗糙的壓迫。」在這時，他所感受到的黑暗還是很淺表的，僅僅是學校僵死的紀律與職員的虛偽；到他投身革命時，他把這種黑暗理解為社會性和階級性的：「就這樣，一個階層驢馬樣生活著、掙扎著，全部勞力與心血的唯一意義只是，供養另一階層的荒淫

---

[6]無名氏，《開花在星雲以外》（香港：新聞天地社，1983 年），頁 428～429。下文論述引用均依據該版本，不再一一註明。

與無恥，鞏固它的享樂與罪惡，而被供養被鞏固的，正是殘殺他們奴役他們的梟獠。」到印蒂對革命幻滅投身到愛情的幻美中時，因爲並沒有找尋到真正的「實在」，他不但沒有擺脫黑暗的纏繞威脅，而且對黑暗的感受更加深重，在民族危亡關頭，「他究竟不能用雙手緊蒙住眼睛，不看這時代的鮮血」，同時周圍友人中年喪妻或愛情破滅陷入墮落的悲劇遭遇，也使他的幻夢清醒，「在歡樂的峰頂」追憶與面對無常與宿命的永恆黑暗。

　　「無名書」最爲引人注目的地方，也正在於把生命追求精神自由時面對的永恆的黑暗虛無感，與 20 世紀世界性的混亂瘋狂完全打通。這構成了「無名書」全書的時代性的內容，也正是它所企圖超越的現代焦慮，因爲嚴格來說，擺脫宿命的黑暗重壓，見證永恆的光明，是人類世世代代追求的理想境界，就這點來說，「東海西海，心同理同」，並沒有時代、國界、文化的限制，然而，「無名書」所要面對的黑暗，在人類要面對的永恆宿命與死亡的重壓之外，有著現代特有的內容，這些內容對於東西方古典智慧，似乎都構成嚴峻的挑戰。簡而言之，「無名書」所處理的世界性的混亂與瘋狂，不僅僅是《野獸·野獸·野獸》中所處理的社會矛盾以及隨之而產生的革命野獸一樣的力量，也不僅是威脅個人生活使之無法逃避在安樂鄉中的外來侵略，更是世界性的瘋狂毀滅——在這裡，黑暗以及與之相伴的混亂，不僅是個體性的，也不僅是民族性的，而是世界性的，這一點集中地體現在類似於我們上文所論述的那樣的「無名書」的文體中：

　　一千九百三十四年七月，和任何二十世紀三十年代任一個七月一樣，都不是可愛的。太平洋的颶風，舊金山的大罷工，波蘭百餘年來的空前水災，（無家可歸者四十萬）日軍大包圍黑龍江索仙山義勇軍，平瀋通車，承德日偽軍增兵長城，120 度的亢熱，美國農產品損失萬萬元，中暑死者達 400 人，狂風陣雨怒潮衝擊下，狼山將崩入長江，山西省的大瘟疫，冀北的水災，北運河兩岸淹沒，南京孝陵衛豺狼傷人，……。在這樣一個獰惡時代中，地球上的居民無法寧靜，除了死的寧靜。……人類在痛

苦的活，也在痛苦的死。而一個智識分子，除了社會現實的黑暗，還有一重精神大戈壁的黑暗。……（引文有刪節，為引者所刪。）[7]

《金色的蛇夜》一開始，就借用蘭素子畫中火山噴發前的龐貝城，濃墨重彩地描繪出一幅世界末日前的瘋狂場面，如果從整部「無名書」來看，也可以說，從這裡開始，「無名書」以世界性的瘋狂做為其直接背景的意圖更加清楚地顯露出來，正如 20 世紀前半期世界文學中最優秀的作品都或多或少以文明的毀滅與世界性的瘋狂做為其背景一樣——從這裡我們可以看出「無名書」的毋庸置疑的現代性。不過在無名氏筆下，這種世界性的瘋狂更加加強了刺激感官的力度。這裡所引用的這段文字，是印蒂從東方魔都回到尚保留有古典氣息的家園時的思緒；我們上文所引用的那一段用以說明無名氏狂放恣肆的文體的文字，則是印蒂等人在妓院瘋狂放縱時的精神活動——而不論是精神家園的失落還是性的放縱，在小說中都和世界各大洲的瘋狂事件交織在一起，仿佛是世界性的瘋狂都湧流到作家的意識之中，迫使其不加揀擇地予以羅列。

如果要問什麼是現代焦慮的話，我覺得，這種羅列所構成的做為小說背景的世界性的瘋狂，便是現代焦慮的最明顯的表徵。只有在現代世界，由於交通通訊和現代傳媒的發達，人才第一次有可能變成世界人，個人也才開始有可能接受到世界範圍內各方面的資訊，也第一次明確地意識到世界各地的事情都不是和自己的生命無關的。回頭來看無名氏這裡的羅列，產生的驚人的效果正在於它明確地體現了這種現代的世界性，它典型地體現出進入現代之後各民族都被無可挽回地捲入到世界之中，個人命運與民族命運也不可避免地和世界命運交織在一起。然而，我覺得，無名氏更敏銳的地方在於，他敏感地感受到，對於 20 世紀被捲入現代世界的中國知識分子中最敏感的靈魂來說，他首先所分享的，不是現代世界的各種精神成

[7]無名氏，《金色的蛇夜》（香港：新聞天地社，1983 年），頁 340～342。

就，而是蜂擁而來的現代世界的動亂瘋狂的信息，以及這種混亂瘋狂對於現代人心靈所構成的巨大的壓力。從這個意義上來看，無名氏不由自主也不厭其詳地羅列的這些現代世界的瘋狂現象，即在在昭示出這種瘋狂對於敏感心靈的重壓。這典型地體現出不論是在東方還是西方，每個人都被捲入到世界性的混亂瘋狂之中，個人生命也不可避免地與世界命運發生聯繫，現代世界的危機是大家都要面對的問題。

到這裡，我們終於清楚「無名書」所面對的黑暗永恆的一面與時代性的一面的契合點，恰恰是這種世界性的瘋狂墮落，才與威脅人的心靈的永恆死亡的黑暗虛無相稱，共同構成威脅人類精神的「宇宙壓」。我們也終於清楚，無名氏爲什麼要讓主人公投身於這種黑暗與瘋狂的罪孽之中，因爲如果沒有勇氣面對現代世界性的瘋狂、墮落諸相，說自己已經面對永恆黑暗的威脅那只能是撒謊，因此所獲得的拯救之道也只是沒有實際內容的虛浮之詞；也正因爲面對的瘋狂黑暗至爲深遠廣大，無名氏才不讓自己的主人公完全陷入任何局部問題的局限，也才不能許諾任何符合現代流行思潮的廉價拯救，因爲這些流行思潮本身就是現代中國混亂的症狀；面對現代世界性的巨大的瘋狂與黑暗，主人公必須能夠穿越所有浮在表層的方案才能真正沉入生命底層，觸及生命的本來，看清世界的真相。

這樣，我們便觸及到這種黑暗存在的第三個層面，也是個體生命、民族精神生命與世界命運的結合層，這就是民族精神生命的危機。在這裡，「無名書」進一步把個體生命的焦慮、世界性的瘋狂混亂與民族精神生命的危機聯繫起來。實際上，如果深究一步我們就會發現，現代焦慮的更爲深層的內容，正在於伴隨現代而來的人的精神危機——而這種精神危機是在非常廣大的層面上展開的，正是因爲隨著現代的展開，東西方傳統文化中與人的精神生命息息相關的部分，被現代理性主義的分析和實利主義的算計大面積地破壞，這樣，可怕的就不會是外部的動亂，可怕的是面對外部的瘋狂，人的內部也失去了抵禦的力量。如果再進一步具體考察的話，我們可以毫無疑義地說，在這種共同的現代危機中，東方國家承擔的現代

性惡果遠比西方深重。正如有的學者指出的，西方國家的現代性與第三世界的現代性「兩者是互為表裡、相互依存的，沒有後發資本主義及殖民地，也就不成立先發資本主義以及殖民主義國家」，不存在單純哪一方面的現代性是「真正的現代性」，因為「西方發達國家的現代性」與第三世界「畸形殘缺的現代性」，其實就是「所謂現代性的兩面」。[8]實際上這種「現代性的兩面」對於第三世界國家的破壞包括政治、經濟、社會、制度和文化各方面，更嚴重的是它也包括對人所賴以信靠的精神生命傳統造成的巨大摧殘。如果說在人類的現代進程中，西方的精神傳統也受到嚴重挑戰的話，那麼，東方的一切傳統精神遺產，則不但發生了巨大危機，甚至可以說到了存亡絕續的關頭。不論意識到與否，正如現代中國不由自主也不可避免地被捲入到這種世界性的混亂瘋狂的漩渦之中，現代中國人的精神危機也正是世界性的精神危機的一部分。現代性以一種魔鬼般的巨力摧毀著人的生命，在這種現代瘋狂的重壓之下，一切古典東方的精神智慧和生命境界，如果不能經受挑戰、拷問，穿透層層重壓，就只能和現代人的生存脫節，在世界上找不到位置——而這也就是印蒂感覺到的：「在 N 大城那座古宅中，他曾感到一個東方，也呼吸到一個東方，但這個東方卻不是他目前需要的。傳統東方最高結晶：那一片菩提樹葉的透剔空明寧靜，在他目前生活裡，找不到任何聯繫，在目前這個東方和世界，也找不到任何攀依。」[9]

　　對於失去精神傳統依托的現代人來說，如果在精神生命上不能有所突破有所樹立，那也就只能不由自主地被席捲而去，所有的「文化活動」也就只能與世界性的瘋狂共舞，正如印蒂強烈憎惡的東方文化「自我殖民化」現象：「……舊的東方死了，新的東方沒有出來。摩登文明販子們大跑單幫，從華盛頓、倫敦、巴黎、柏林、東京和另外時髦地方，把一些『主

---

[8]參閱全炯俊，〈「20 世紀中國文學論」批判〉，刊於《文藝理論研究》1999 年第 3 期（1999 年 6 月）；陳思和，〈關於 20 世紀中外文學關係中的世界性因素〉，收入其編年文集《談虎談兔》（桂林：廣西師範大學出版社，2001 年 6 月）。觀點引自陳文，見該書第 56 頁。
[9]無名氏，《金色的蛇夜》，頁 340。

義』萬金油、『政治』頭痛粉、文化八卦丹販來，一個個全以彌賽亞自
居。……在文化精神王國中，只見萬頭蠢動，但都是知識掮客、單幫客、
投機家與賭徒，沒有一個肯學釋迦，在恆河邊苦行 20 年追求真理，也沒有
一個敢學穆罕默德，在沙漠中奔走 30 年仗劍保衛真理。……他所能抓住
的，既只是一座混沌黑暗曇醜的世界，而一時無法改造，——權且還他一
個混沌！黑暗！曇醜！以愷撒的還愷撒。」[10]可以說，走出這種世界性的瘋
狂，構成了中國乃至世界一切心靈的最根本的現代焦慮。

　　這樣，「無名書」就把個人的覺醒與擺脫現代世界的黑暗混亂，與重尋
／重建民族文化的核心聯繫起來。如同一切「現代」一樣，中國的現代的
一個很重要的方面也是一個迫不及待地與過去的一切——不僅包括制度、
文化，也包括過去的智慧斬斷關係的過程，這個過程不可避免地危及民族
生命的核心——賴以維繫其成員團結並給予生命存在最終理由與最高境界
的終極「實在」觀念。小說裡借一個悲劇人物唐鏡清之口，說明缺乏對真
正的「實在」的感知，是我們民族面臨危亡的真正原因：

> 希臘會亡，羅馬會亡，中國會亡，日本也會亡，英國美國也會亡。但有
> 一個東西永不會亡：「實在」！……只要人能捉住真實在，知道實在，即
> 使全地球亡了，毀了，也不覺可怕。我們現在所以覺得一切很可怕，主
> 要原因是：我們精神上先有一片可怕的空虛。日本人飛機大炮未來毀滅
> 我們的生活觀念以前，我們的生活源泉：對實在的真正觀念，先就已潰
> 滅了。我們全部感覺和智慧，都在絕對的無政府狀態，這是最可怕的。[11]

　　實際上，到了這個層次，「無名書」可以說已經觸及中國現代焦慮的核
心，正是因為民族精神生命失去了對「實在」的覺知，才會導致個體的精

---

[10]無名氏，《金色的蛇夜》頁 341～342。原文在「主義」與萬金油之間有分號，但顯屬印刷錯誤，
　　故逕改。
[11]無名氏，《海艷》，頁 377。

神危機，也才會出現在蜂擁而來的現代世界性瘋狂面前失去抵禦的可能並隨波逐流的社會亂相，也才出現了文化領域自我殖民化的種種怪胎。「無名書」企圖從根本上解決問題，就不能不穿越這三個層面直面問題的核心，這也迫使它在尋求生命的光明時重建與歷史記憶的聯繫，重新打通現代人的精神生命與古典東方智慧核心的聯繫。

三、光明與圓全：精神超越之路

　　「無名書」中主人公追求光明的歷程，可以說就是擺脫上述三個層面的現代焦慮的過程：這是一個個體靈魂擺脫死亡的黑暗、虛無的重壓的故事，也是個人擺脫現代世界的瘋狂、虛無的故事，更是一個企圖發現民族精神生命復生的道路的故事。概括印蒂從革命、戀愛、官能、宗教一直到「悟道」的過程，我們可以說這是一條從「外在追求」到「外在超越」最終到「內在超越」的道路，也是從各種東來的淺表的西方現代思潮漸漸深入到西方文化的較深層次最後返回到東方精神生命核心的過程。從《野獸‧野獸‧野獸》一直到《死的巖層》的「無名書」前幾卷中，印蒂最終所走的，可以說都是企圖依憑各種外力的「外在超越之路」，這並不是說主人公沒有內在生活的覺悟，而是說，他把解脫與超越黑暗的力量寄托在外力上面，某種意義上說，這也是因為一開始，印蒂並沒有把這種黑暗看作是內在於生命和世界的，所以，他才會覺得依靠外在的力量可以擺脫與超越這種黑暗。前四部小說每兩部一正一反，相輔相成：正是因為有《野獸‧野獸‧野獸》中企圖憑藉革命暴力建造「美麗新世界」的幻滅，才有了把拯救世界的力量寄托於「愛與美」中的《海艷》；也正是因為有《金色的蛇夜》中的普遍彌漫的末日氣氛與瘋狂逸樂，才有了《死的巖層》中的企圖從宗教中尋求救贖。如果我們考察這兩個回合的結構，我們會發現，每一個小回合中主人公的生命軌跡都是從外在世界收縮到相對內在的領域：相對於「革命」的交響樂來說，「戀愛」與藝術當然是比較接近生命內在的；相對於魔鬼主義的末日放縱來說，在宗教領域企圖尋找生命的拯救

與超越，當然也是更爲接近生命本質的；不過，完全的內在生活的代價，就是完全澈底地從世界中退出，對於印蒂來說，無論是逃入愛與美還是逃入宗教，雖然是生活領域縮小到一個很狹隘的圈子，本質上還是與世界有擺不脫的聯繫，也因此難以有澈底的覺醒與解脫——相對於革命的野獸般的暴力，末日的世界性的瘋狂放縱當然範圍更爲廣泛，相對於「愛與美」的「小我」的拯救，宗教的拯救更是「大我」的拯救——但不論是革命與戀愛，墮落與救贖，本質上都是「有待」的外在超越之路，即使到了宗教領域的救贖，不論是在制度上還是在精神上，也都預設了固有的限度——現實中的體制權威和精神上的神的偶像，也因此終究難說究極；不過，走到這一步，正如世界性的瘋狂的描述已經到了極點一樣，外在超越之路也已經走到盡頭，由此方始爲重新尋求走通內在超越之路埋下了足夠的伏筆。「無名書」的內在節律就是這樣：大瘋狂後是大寧靜，大混亂後是大拯救，直到一切外在的依附攀緣都被消解之後，生命方始證悟最高實在並顯出其本有的自由、光明與莊嚴，此際天人相和相樂，大平靜中有大酩酊，大沉默中有大喜樂。

　　六卷「無名書」中，如果說《金色的蛇夜》最爲筆酣墨飽，《開花在星雲以外》則最爲明淨高遠，氣象遼闊，足以代表整部小說最高的境界。無名氏以一貫的放肆鋪排描摹五千仞岳上華山峰頂的風、雲、雨、霧、星、天，渲染出一幅沒有世俗煙火的純然天行境界，而如同高聳入雲的華岳一樣，印蒂此時也漫步於精神的高空，塵滓漸去，與天地宇宙同呼吸，天道人道相因相成，在特定的時刻豁然貫通而「悟道」。對於我們這些凡夫來說，很難確切明白這種「悟道」之後的境界，如果從小說中的描述來看，則是一舉擺脫了壓迫心靈的「宇宙壓」所帶來的黑暗沉重的感覺（當然包括那種普遍的現代焦慮），心靈中從此一片永恆的空靈、透明：

　　　他感覺中，再沒有死的壓力感覺，更沒有那個可怕的黑色深淵的威脅。
　　　他不只毀滅死的感覺壓力，也消滅了威脅他精神的黑暗感覺。他變成一

個超越一切黑色壓力的人，一個永遠沒有靈魂黑暗感的生命體，他自己的靈魂恆星，將永遠不再有任何日蝕，他的肉體內外，化為一片光明。不管是怎樣可怕的黑暗，經過他的精神調色板，也立刻幻作一片光明，空靈。

……

在這樣的空靈背景下，萬物萬象，一片渾然透明。

現在，他驟然亮了。他頭抬在亮裡，身睡在亮中，手摸在亮內，眼游泳於亮空間，肺呼吸於亮空氣。他的血液，奔流於亮流，他的眼、鼻、嘴、頭髮，完全是一片光明。他自覺從沒有這麼皦亮過。

這片空靈透明，代表人性最高的精神狀態，靈魂的最最崇岳的智慧色素。[12]（引文有刪節，為引者所刪。下同。）

達到這種透明境界，便一舉突破了「宇宙壓」，不但不再為外物所累所牽，而且也不再恐懼死的威脅：

無限永生不是任何神像，不是上帝，不是佛，不是玉皇大帝，或西天王母，它只是一個無限光明皦潔的靈魂宇宙，一片純粹的精神本體。他的魔術，就在於他能把這種本體化為他的新的本能。他本能的用它消滅死，改造黑暗，變化痛苦，剖析萬象，超越現實，抵抗一切宗教。這正像他本能的呼吸氧，排出二氧化碳，讓血液保持潔淨。

他這樣本能的做，如大匠運斧，不留一毫鑿痕。因為，在靈性世界，他自己已變成星球旋轉的一部分。他自己是山，是水，是花，是魚，是星，是風，是樹葉，是綠草，是夏蟬，是風蛾，他是大自然最自然的一部分。他的最高靈魂感如魚游千水，如月映萬波，如明窗透萬光，又如蓮花出汙泥而不染，臨風款舞，如白雲自濁氣而芳潔，飄翔藍天。[13]

---

[12]無名氏，《開花在星雲以外》，頁 430～432。
[13]同前註，頁 432～435。

　　「悟道」之後是否是這樣的境界，沒有經驗的我們很難評判。僅從理論上來看，如果一個人能夠確切地感悟印證宇宙終極實在，「與天地精神相往來」，則理所當然地不再被外界的黑暗壓倒。可以說，這是人類世世代代企圖通過各種途徑（「道」）追尋的境界，陷溺於各種現代焦慮之中的現代人，早已經忘記了尋找通向這種境界的道路，在這個意義上，無名氏在舉國狂亂中標舉這種境界，並非故弄玄虛的空談。「無名書」在濃墨重彩描寫印蒂的各種精神探索時，也特意安排了另外一條相互匯映的線索描寫蘭素子和馬爾提的藝術探索，爲這種生命境界的感性層面做了一個注腳。尤其是蘭素子，在經過對時代的瘋狂的表現之後，在漫長的隱居期探索在油畫上畫出中國水墨畫的神韻（這個人物是以林風眠爲原型的），其關於「現代性的阿波羅」的說法正是綜合了希臘藝術的明亮、平衡和東方藝術的透明空靈，這種中西藝術融合的境界與印蒂悟道後的心靈狀態頗爲一致，可謂異曲同工，這也正是無名氏所渴慕的中西文化融合之後新的生命境界和心靈狀態。做爲人的內在渴慕的一種表現，文學勢必牽涉到人的心靈安頓的問題，從現代中國文學的發展歷程來看，這種渴慕也一直蘊藏在其深層。這自然和現代中國的價值系統的混亂是息息相關的，嚴格說來，如果不能爲心靈找到適當的安頓，種種外在的問題終難有澈底的解決，不過現代中國文學常常被外在問題裏挾而去，因此思路也多偏向於社會政治性的表現，企圖從種種社會政治方案中討解決，即使現代中國最敏感的靈魂，如魯迅、郁達夫、穆旦乃至近期的殘雪、余華等，也更多呈現現代中國人的心靈無處安頓的種種絕境，只有很少的文化人企圖由此再進一步，發展一種建設性的思路——某種意義上，當代中國的潛在寫作中陳寅恪屬於這一思路，沈從文屬於這一思路，無名氏也屬於這一思路，他們各自的取向有異，具體的思路與達到的成就也容或有各種問題，但不管怎麼說，他們都努力企圖從絕境中進行一種新的探索。在這種思路中，無名氏也許是最不沉著落實的一個，卻也是最爲正面地應對這一問題並企圖借助印蒂這一形象清楚地昭示出這一潛藏於現代文學、文化內部的深層線索的一個。印蒂

從外在的社會政治問題一步步走向「悟道」，也正暗含著現代中國精神從社會政治方案走向自我靈魂覺醒的必然道路。

　　借助個人的生活經歷傳達某種特定的時代精神與文化精神，這在西方是從拜倫的《恰爾德·哈洛爾德》、歌德的《浮士德》以迄羅曼·羅蘭的《約翰·克里斯朵夫》等浪漫主義敘事文學傳統慣用的敘述策略，其中的浪漫主義英雄不僅是時代問題的揭示者與時代精神的代表，也往往是文化精神的代表。無名氏的主人公，當然也屬於這些浪漫主義英雄的譜系，不過，在經歷各種事情，獲得種種感悟之後，從無名氏讓他的主人公捨棄所有那些現代的文化潮流進入頗有東方特點的「悟道」過程的事蹟，我們顯然可以看出，無名氏是把他的主人公做為中國文化精神的代表來描寫的。所以，不管小說總體上的敘事方式如何與西方浪漫主義敘事文學傳統脫不了關係，不管無名氏對現代的世界性瘋狂如何敏感，也不管他的誇張鋪排的文體（很多時候變為冗長累贅）如何不符合楚騷漢賦之外典雅的中國文學的簡潔節制的傳統，我們還是會發現，在所有這些怪異西化的表象背後，它的內裡躍動的，是典型的中國心。事實上，我們如果把他和標誌現代西方人的靈魂的浮士德相比，我們就會發現，印蒂雖然和浮士德有許多相似之處，但更多的卻是不同，對於印蒂來說，雖然在現代生活的漩渦中不得不經歷各種各樣的現代潮流，但他卻並不是要借此獲得各種各樣的新的經驗與刺激，換句話說，雖然經歷了各種歧途，印蒂尋求的卻終究是精神的超越和靈魂的拯救，這和浮士德式永無饜足的靈魂為了在世界上尋找種種經驗刺激甚至不惜把靈魂賣給魔鬼也大相逕庭；而為了獲得拯救，印蒂不能也並不需要憑借外力（無論是魔鬼還是天使），而必須憑借自己對於生命圓全的不懈追求，最後他所企慕的境界也不是占有式的對各種經驗的攫取，而是與天地本根合一的平靜圓全境界。如果把浮士德看作現代人的永無饜足的靈魂的寫照，印蒂追求的圓全平靜的境界卻並不是簡單的對傳統的回歸，而是對現代精神的超越。這樣，這種進取的精神就不是盲目的進取，而是生命向理想境界的進發，這是中國文化生生不息的生命力的根

柢所在，也是其在現代雖屢遭挫折卻終必脫胎重生獲得復興的生命源泉所在，這其實也是印蒂這個人物真正的生命力所在。

四、「星球哲學」：未能完滿的探索

因爲「無名書」涉及的方面太廣，這部書的很多地方也超出了純粹文學的領域。如果說，印蒂的精神歷險，或多或少還可以納入狹義的文學範圍內部進行討論，那麼《創世紀大菩提》中關於建立「星球哲學」的討論，則無疑溢出了文學的範圍，但從「無名書」全書的內在邏輯來看，這種溢出卻屬勢在必然：不但全書中充斥著的思想探索的段落邏輯上需要有一個收束，從思想的內在脈絡來看，印蒂「悟道」完成「內聖」之後，也勢必要求從其內部開出理論上的新「外王」——這不但要從思想的根源上對世界性亂象進行清理，而且也要討論其解決途徑，同時也要能夠想像出一種與新的精神境界氣脈相通的生活方式。總體上來看，無名氏在對當代世界亂象從思想根源上進行清理時進行得最爲成功，企圖解決這一問題的原則也頗具見地，在想像相應的社會制度和生活方式時，卻最爲失望。

先看無名氏對於當代世界亂象的清理。《創世紀大菩提》的最後部分，在抗戰結束後的內戰背景下，印蒂等人在創辦地球農場的同時，召集中國最優秀的思想家和學者討論中國文化的未來，在這個會議上達成了一個最低的綱領。這個最低綱領首先表達了對世界未來的憂慮：「人類歷史淹沒在最可怕的洪水中，地球上從來沒有像今天這樣恐怖緊張過。」「科學的巔峰發展，尚未替人類中的多數贏得可保證的幸福，卻已給他們帶來可保證的毀滅。」「檢討這些現實危機，它的根源並不在外，而在內，一切仍在人類本身。當我們中間，還存在著特殊的貧困、飢餓、不幸、痛苦時，危機就存在了。」「這些就是人類目前所面臨的最起碼的現實問題。一切未來的巨大毀滅，包括最可怕的原子大禍，都從這裡開始。那個最殘忍的鈾中子撞

擊，先從這裡開始衝擊的。」[14]這段文字在小說中內戰的背景下多少有些突兀，可是如果我們考慮無名氏寫作這段文字時，世界正處於美蘇爭霸隨時有可能發生核戰危機的冷戰時代，我們就不能不為無名氏處身一隅卻有如此廣闊的視野與精神關懷感到吃驚。《創世紀大菩提》基本上完成於 1960 年，正是中國從三年飢荒剛剛結束的時候，無名氏想必對貧困飢餓與隨時有可能爆發世界大戰的處境感同身受，所以在這個最低綱領中特別強調從「現實的低地」出發而不從抽象的原則出發。

　　也正是從這裡，無名氏獨立地發現了現代世界的一個非常嚴重的問題：「語言的崩潰」──當然不是說語言真的崩潰了，而是說，現代世界語言的迅速意識形態化，不但導致持不同意識形態的集團之間互相不能溝通，即使在同一個集團內部觀點不同者，也無法溝通，甚至在日常生活中，個人與個人之間也無法溝通：

> 自從四五千年前，人類創造言語文字以來，第一次，歷史在這方面發生危機：我們彼此溝通心靈的傳遞物，突然崩潰了，或者說：人與人之間最重要的紐帶，割斷了。沒有這一套的紐帶的傳遞，人類心靈這一套機器，是無法作連鎖活動的。
>
> 同一個字，同一句話，在你我嘴裡，變成南北極。所有的字句，全化為形式，它們再不代表真正的內涵，即使有內涵，卻是一個相互衝突激蕩的內涵，絕不是一種和諧的平靜的內涵，像無風湖水一樣。言語已變成最大的面具，後面隱藏著一副副真眉真眼。常常的，人們不大肯顯露真眉真眼，只把言語當面具，不斷開假面跳舞會。當然，這並不是今天新鮮事，在歷史上，就常常出現過。可是，它的規模之大，場面之普遍，今天卻達到頂點。
>
> ……

---

[14]無名氏，《創世紀大菩提》（臺北：遠景出版公司，1984 年），頁 750～752。下文論述引用均依據該版本，不再一一註明。

因為語言被毒化了，人與人之間的關係，自然也就被毒化了。假如我們
的聲音是有毒的，它的主要的發源地——肉體，也就是有毒的。我們怎
能用有毒的肉體去擁抱別人？用有毒的嘴唇去接吻別人？而且在有毒的
生命與有毒的生命之間，幾乎本能的產生一種彼此自我防禦，客氣點
說，是自我迴避。[15]

對於語言的意識形態化所導致的對人的奴役，現代西方哲人有精采的
論述，即使在中國特殊的環境中，也有胡風在監獄裡對於「語言的偽化」
與「語言奴役的創傷」的思想，無名氏對於語言的
崩潰所導致的現代世界危機與衝突的思考並不孤單。而在 1950、1960
年代中國特殊的環境之下，中國作家對於「語言的偽化」、「語言奴役」乃
至「語言的崩潰」的思考，都不是平靜的哲學思考，而是對現實環境的寫
照以及對之的切身反應。比較可貴的是，即使在這種語言環境中，無名氏
這樣的作家不但仍然堅持用自己的語言進行寫作，而且對偽化的語言環境
進行著獨立的思考與批判，在相當大的程度上，無名氏的這種批判也切中
了當時的世界危機非常關鍵的地方。
　　而由語言的崩潰無名氏順理成章地過渡到對於現代世界的「原則的衝
突」的思考。他發現，世界上最簡單的原則總是最難尋到，而伴隨著「原
則」而來的衝突卻充滿了人類的歷史，尤其是現代世界。最「純粹」的原
則卻總是很難和最現實的物質分開：「在地球上，沒有幾個人能跳開這一
切，像上帝一樣，站立雲端，來裁判這樣，判決那樣。」於是，世界上充
滿了各種各樣難以化解的流血衝突：「先是觀念在打仗，於是原則在戰爭，
終於生命在流血」、「更麻煩的是，當初是一些最簡單的爭執，甚至是純理
論的爭執，一旦與血牽連在一起，特別是，長久泡在血裡以後，你就很難
再把一些原則從混沌泥沼中去搭救出來。你不知道究竟是原則的衝突，還

---

[15]無名氏，《創世紀大菩提》，頁 758～759。

是血的衝突？很少有一個流過血的人——特別是長久流過血的人，能平心靜氣坐下來，像坐在法國沙龍裡一樣，來談論原則。……不管你怎樣措詞溫和，用語婉妙，你總不大容易說服一個在流血的人。主要是：你在說教，他在流血。」面對這個世界的無法調和的衝突，無名氏認爲，要讓地球從毀滅中得救，我們就不得不追溯到這一切衝突的起點：「那第一槍，是誰扳槍機的？那第一箭，是誰射出的？」我們也不得不面對這樣嚴峻的拷問：如果「仍有那許多人那樣熱烈的追求死滅，極無意的想輕輕一筆勾銷地球多少萬年來鬥爭後的結晶文明與文化，對於這些人，我們又怎麼辦呢？」[16]

　　從這裡的引用我們可以看出，無名氏對於 20 世紀以來尤其是冷戰開始以後籠罩在全人類頭上的毀滅的陰影懷著強烈的憂懼。這種憂懼是這樣深重，以至很大程度上成爲他所企圖建立的「星球哲學」的背景。無名氏的「星球哲學」並不僅僅是危機哲學，它更多瞻望的是當人類隨著科學的發展進入星球時代時，隨著人類活動的時空範圍的擴大應該建立的新的哲學與信仰，新的靈魂平衡，乃至新的生命境界，用無名氏的說法，就是：「民族的時代是過去了。國家的時代是過去了。地理上『洲』的觀念是過時了。連『世界』這樣的名詞，也嫌不夠廣泛了。一個星球的概念，代替以上這一切……由於這一劃時代的紀元——星際紀元，即將蒞臨，所有人類的思想、哲學、信仰、主義、觀念，都將從根本發生一次大革命。我們的生活方式，也將有巨大變化。……未來的哲學，將是星際哲學，或星球哲學。……一切將溶入星際光輝中。凡屬於空間最深處的所有神奇質素，將滲入我們的生活。」[17]雖然隨著現代科學的發展，科學幻想小說層出不窮，但是像無名氏這樣認真地對即將來臨的星際時代人類生活、感覺、心靈可能產生的變化進行哲學思考的，卻並不多見。無名氏在想像未來人類的生活時，也表現出非凡的詩的敏感。譬如他設想將來人類的星際生活將失去

---

[16]無名氏，《創世紀大菩提》，頁 762～766。
[17]無名氏，《創世紀大菩提》，頁 754～755，引文有刪節，爲引者所刪。

基本的上下、左右、前後的方向感，宇航員在航空飛行時的浮動的感覺將成爲人類的基本的生活感覺，需要有非凡的天才超出目下的文學、藝術形式的限制方能創造一種新的語言來描述這種新的感覺，而在未來，空間將不再成爲對人類的限制，「那時候，我們每人背上可裝小小飛機翅膀，鳥一樣到處飛（甚至不需裝翅膀，只需帶一種輕便機器）。更可攜一種輕便機器，變成火箭，光樣從這一洲衝到另一洲，只要一兩點鐘，或一二十分鐘，就像我們現在乘公共汽車，從這條街到另一條街。喜馬拉雅山頂，成爲我們住宅邊最親近的小山，隨時可以攀登。北極埃斯基摩人，也是我們的鄰居，隨時可以往還。今夜，我們不妨飛上月亮，到靜海濱散步，明晚，我們將在星際深處飛船上夜遊、跳舞，正像夏夜在黃浦江水上飯店內消遣一樣。」[18]

然而，文學家的詩意遐想並沒有沖淡無名氏內心深處那種強烈的不安，20 世紀的生存體驗始終成爲他內心的陰影，這也使得他的「星球哲學」雖然不是「危機哲學」，但在前瞻未來時卻不乏深重危機意識：「今天科學有點像《天方夜譚》那只瓶子裡的妖魔，漁翁──人類，打開瓶子後，立刻發現，他可能帶給自己無窮危險，最後，只得設法又把妖魔哄騙入瓶中。……一切最綺麗的，都含有極可怕的成分。目前正在進行的核爆炸，就含有毀滅地球的決定因素。有許多感覺，我們將漸漸排除，特別是：那種最固定的凝一感覺。未來，一切將不是固定的、凝一的。人類將像一團火，噴到哪裡、活到哪裡，也可能有一天，活活燒死自己。此刻，反覆的核試爆，尚未毀滅這個星球之前，先將毀滅一切生命的穩定感覺。」[19]「未來人類萬能化的結果，人類生活是無比幸福了，可也充滿更多的威脅。因爲那時，一個人要危害另一個人，是更方便了。陰謀將是輕易兌現的支票。仇恨將是一種大眾化的傳說中的死光。爲了保證幸福本身的

---

[18]無名氏，《創世紀大菩提》，頁 514～515。
[19]無名氏，《創世紀大菩提》，頁 512。

安全，人類的倫理原則與境界是更重要了。」[20]

　　對於這未來可能會面對的更大的危機，無名氏設想，「人類必須創造一種透明的無上智慧境界，來享受那夢樣的未來幸福，還得相應的產生一種簡易的道德原則，保護這種境界與享受。」而爲了達到這種境界，就必須在絕對放縱的浪漫主義與僧侶式的絕對禁欲主義之間達成一種平衡。然而，無名氏不願意這種平衡成爲一種新的獨裁原則，他一再申述：「平衡的追求，是由於權威之消解。當單一的帶獨斷性的靈魂權威瓦解了，生命便找尋平衡，那種大複雜中的和諧。假如我們把平衡也看成單一的，一元的和一元化的權威，這種追求將是輕易的，但結果仍回到一元論的老路上。如果想把一片大海水似的精神狀態，納入和諧，不僅是自然的和諧，還是人工的藝術的和諧，那麼這一工程是艱巨的，比揮舞權威性的音樂指揮棒難得多了。」[21]「多少年來，在靈魂王國裡，我們最大的錯誤是（包括我自己），希望有一個字、一句話，一個最簡單的原則，能構成我們理性聖經和智慧魔杖。只要我們一揮舞魔杖，或口頌經文，一切最大的山岳，會從我們身邊移開，一切最可怕的迷霧，會從我們面前散去。我們不是追求智慧，是找尋智慧的魔術和理性的符籙。這種追求，如果發展到極度，將造成靈魂的惰性和思想的懶散。世界上並沒有這樣一個字，一句話，或一個原則，能一了百了解決一切問題。……任一個字、一句話、一個簡單原則，絕不能建立一座複雜的綜合的永恆宮殿。」[22]這樣，無名氏所說的平衡，就不是建立在一元化原則基礎上的單一的、絕對的、靜止的平衡，而是多元的、包容的、相對的、運動的平衡。我們可以看出，在經歷長久的獨斷論的統治之後，中國知識分子中仍然堅持獨立思考的人或多或少都達到了一種共同的結論。無名氏如此強調這種平衡的相對性和運動性，這使得他的思路多多少少帶上了中國傳統儒家「中庸」思想的「君子而時中」

---

[20]無名氏，《創世紀大菩提》，頁514。
[21]無名氏，《創世紀大菩提》，頁517。
[22]無名氏，《創世紀大菩提》，頁523。

的色彩，我們也可以看出傳統智慧在現代的生命力。

　　另一方面，無名氏也不願意他這裡提倡的靈魂的平衡陷入空洞的概念
說教，爲了強調達致這種平衡背後依托的精神境界，無名氏一再強調支撐
這種平衡的「悟道體」的重要性：「所謂人類精神偉大的平衡，是指全人格
的整個靈魂活動過程。不過，做爲這一過程的重點突破，以及重要結論，
卻是參悟道體。由悟道後所產生的精神嶄新狀態，滲透整個人格，因而完
成最高的最深度的平衡──宇宙的平衡。否則，那依舊是較通俗的平衡，
較膚淺的平衡。此外一般宗教所追求的，只是簡單的道德的平衡，和人格
擬神化的神性平衡，不是現代的平衡。」[23]如果說，無名氏所謂的「星球哲
學」涉及人類時空活動範圍的擴大所導致的人類的精神境界的擴大提高以
及建立新的平衡的話，我們在這裡可以很清楚地看出，這種星球哲學的支
撐的核心，正是前幾卷中印蒂的精神探索以及最終的悟道過程。有了這前
面的艱辛的精神歷程與豁悟，這裡涉及如此巨大的問題時才不至於陷於空
疏膚泛，既有對以往歷史教訓的警惕與反思，又能前瞻一種嶄新的靈魂狀
態。這也才使得全書的氣脈貫通，對個體生命困境探索與對人類現實和未
來的關心內在地聯爲一體。實際上，印蒂只是無名氏設想中的未來人類的
新的精神狀態的一個原型，他設想未來的人類不但能達到這種透明而圓全
的靈魂境界並進一步有所超越──你可以譏笑這是不切實際的空想，卻不
能不被在那樣壓抑的低氣壓下這種廣闊的靈魂境界所感動，正如在小說的
卷末印蒂在初升的太陽中走下山時所說的：「……極少人想把這些觀念溶化
到現實生活中。假如能這樣，我們將具有一種怎樣壯闊的胸襟？……我個
人一生的探索過程，對現代人說，也許是一種可以參考的靈魂資料。」[24]

　　《創世紀大菩提》卷末印蒂的四次講演分別涉及「語言的僞化」、「戰
爭與和平」（建立一種抵抗戰爭的哲學）、在承認世界的多元基礎上的寬容
問題以及從現實出發的對未來的具體思考，前三個方面已如上述，雖則這

---

[23]無名氏，《創世紀大菩提》，頁 522。
[24]無名氏，《創世紀大菩提》，頁 932～933。

些觀點現在已經成爲人所共知的常識，可是如果考慮到無名氏當年是在那樣封閉的環境之下進行思考，你就不能不對他的思想的超前性、廣闊性與敏銳性由衷地表示敬意，同時也會發現爲了得到這些當下的知識者眼中的常識，前驅者付出了多麼緊張的精神勞動與沉重的生命代價，而所有這些思想，即使在中國最封閉的時代，也並不是沒有本土的生命經驗與內在脈絡的。

　　不過，無名氏在設想星球哲學的原則時雖然頗具見地，但在從現實出發肯定地設想未來的具體政治制度、人類統一的新信仰以及具體的道德實踐時則顯得略爲平庸。印蒂的最後一次演講涉及對未來的具體思考，這一思考的前提依其所述，乃是基於 20 世紀的現實所導致的人類對以往文化的懷疑，在這個基礎上，無名氏借印蒂之口來討論兩個半問題——半個問題就是政治問題，無名氏把以往的政治類型分爲四種：軍權、神權、金權和德權，而認爲未來必須建立代議制的「德治」的世界政府，在這個世界政府中，不是政客而是品德高尙的學者、專家擔任議員，借此實現永久的世界和平。世界政府的設想自康德之後就成爲思考世界和平的思想家必然介入的問題領域，只是無名氏並非政治學方面的專家，所以他的世界政府的設想很類似於柏拉圖的理想國的全球版，從中也能聽出康有爲的《大同書》的回響，但因爲缺乏對於絕對權力對人的腐化的警惕，很少考慮分權制衡的問題，而僅僅寄托於德治，這就導致不但這樣的世界政府具有多少可操作性非常讓人懷疑，從根本上說這種架構也很容易導致精英專政的禍根。另外的兩個問題一個是未來世界統一的新信仰，無名氏僅僅朦朧地設想其基本原則，認爲要「接受基督教入世人生觀的啓示，佛教出世人生觀的啓示，結合中國儒家的人本主義的精神，加以二元化（即中庸精神）的融會、和諧，再加上科學精神的啓發，這就可能形成人類新信仰的整體。」這樣的設想多多少少顯得有些蕪亂拼湊，只有在結合上文所提及的所謂「悟道」後的精神境界方能設想其統一與命意所在。另一個問題則是未來的道德實踐問題，無名氏的設想也比較平凡，他一再提及這裡所謂的

道德並不是要求每個人都成爲聖人的理想原則，而是每個普通人都可以從自己做起的，他把人類的道德實踐從完全損己利人到完全損人利己分爲九級道德，而提倡從目前開始，「在生活中，一個人應該恆久地或暫時地稍稍做些損己利人之事」。

無名氏也很清楚，爲人類的未來在具體的社會制度和道德實踐方面進行細節上的設計，超出了他的能力範圍，所以他也申明自己在這些問題上只能提出原則性的設想和建議，可是如果結合無名氏對印蒂等人借以實現自己的原則而起步的地球農場的實踐的想像，我們卻不難發現，無名氏並不能設想出一種令人信服與嚮往的生活方式。在他想像的地球農場中，工人一半時間做工，一半時間學習文化——不僅僅是技術方面的學習，也包括對人類精神文化遺產的吸收，而印蒂等創辦人則無償地在文化知識的教學傳授方面與金錢方面進行幫助——純粹基於道德原則的實踐，在 20 世紀中國並不是沒有先例，比如無政府主義者創辦泉州黎明中學的實踐，比如巴金、吳朗西等人創辦的文化生活出版社，比如梁漱溟等從事的鄉村建設，比如鄒韜奮在生活書店嘗試的經濟分配原則等等，可是這種實踐能夠延續多長時間以及能在多大範圍內推廣，卻始終是存疑的問題。「無名書」中關於地球農場的想像甚至讓人懷疑其靈感來自於自己 20 世紀 1950 年代末下放農場勞動時的經歷。不過，我們從這裡卻可以發現一個很重要的問題，「無名書」中不能設想一種讓人信服與嚮往的生活方式，表面上是一個個人的靈感與想像力的問題，實際上卻觸及 20 世紀中國文化的一個根本性的困擾——一種文化充滿活力的表現，在於它不但能從精神核心上把個人的生命要求與民族文化的生命打通，而且能夠借此創造出自己的生活方式，而個人的生命要求與民族文化的生命乃至生活方式三者之間，應該是一以貫之、氣脈連通的。無名氏描寫印蒂漫長的精神探索時筆酣墨飽，在設想具體的生活方式時卻思致枯窘甚至落入老套，也正說明，雖然在穿越各種世界思潮時中國的知識分子不失其主體性，最終回到自己的民族文化核心時也會發現這個核心仍然是充滿生命力的，可是如何在複雜的現代世

界創造一種類似中國古典時代那樣的文化與生活打成一片的生活方式，仍然需要幾代人的探索、努力。在這個意義上，「無名書」對於現代焦慮的超越，就更多具有精神上的而不是現實上的意義。不過，筆者自然願意相信，既然在最混亂的年代，經歷西方文化的強勢衝擊，中國知識者也仍然能夠發現、創造乃至保有印蒂這樣的文化靈魂的原型，並設想東西方文化衝擊之後的新的生命境界，一種新的文化與生活方式的出現，遠不是不可能的事情——而到那時，「無名書」，很大程度上，就可以說是這一文藝復興的預見與先聲。

　　從文學層面看，「無名書」遠不是一部完美的書。這種不完美體現在很多方面，例如，無名氏在描寫印蒂的生命探險時，每一次都企圖最充分地描寫印蒂的生命歷程，但實際上，由於作家經驗的局限，這是辦不到的事情，這就讓我們發現了「無名書」最大的矛盾，即那種不斷追求、超越的精神，與每一次的生命經歷不徹底從而導致對話不充分的矛盾——譬如印蒂對於革命的反思，不是出於自己從革命的邏輯展開中的探索，而是因為革命隊伍內部無恥小人的陷害與領導者的極「左」心理；又如印蒂對西方宗教的反思，是由於神父獸行的刺激而不是自己內在的探索——類似這樣的情節展開的不充分，都導致書中那些精采的思想缺乏足夠的情節邏輯的支撐。又如其文體上的恣肆，固然很能傳達現代的瘋狂氣息，其寫實之筆，也有很成功的地方（譬如對大後方文人的灰色生活、大雜院中的雞蟲之爭以及庸俗淺薄的知識分子眾生相的描寫，頗有錢鍾書的諷刺筆致），但兩者太過繁複鋪排都難免讓人生厭。無名氏沒有注意藝術上的節制與和諧的重要性，而實際上，這種分寸感也並不容易獲得。不過所有這些不完美最大的根源，都在於「無名書」過於巨大的抱負與作家自身能力與歷史局限之間的矛盾。歷史局限在這裡並不是一句空話，如果我們注意到中國思想界反思革命，要到「文革」之後革命的邏輯與矛盾充分展開與暴露之後方始形成潮流，而中國學界真正注意探討西方宗教傳統的活力所在，更是晚近的事情，我們也自然可以理解寫於 1945～1960 年的「無名書」在這方

面的欠缺之處。作家本人缺乏相應的生活經驗,自然是非常重要的原因,而從總體上看,「無名書」的這些缺陷最大的來源,在於其抱負太過巨大:捕捉一種文化的靈魂,需要歌德完成《浮士德》那樣的不懈激情;而充分地展開歷史的發展與民族知識分子的內心狀態,需要托爾斯泰的《戰爭與和平》那樣從容的造型能力;企圖與現代各種最流行的思潮展開充分對話,則需要陀思妥耶夫斯基那樣的敏感、尖銳與分裂的靈魂;悟道更是歷世歷代的聖者終生追求的目標;設想未來的合理的世界更使得許多思想家花盡了一生心血仍不能有滿意的結果——這些重任每一項都需要花去天才一生的心血,「無名書」企圖把這些巨大抱負匯於一爐,實際上非人力所可完成,其衝突混亂無法完美正是事理之必然。不過,無名氏力圖扛鼎,縱然傷足,其勇氣仍然值得佩服,更何況即使不完美,「無名書」仍然在 20世紀中國文學史上屬於繞不過去的里程碑,其意義也並不限於潛在寫作領域。也正因為如此,「無名書」即使失敗的地方,也傳達出一些值得我們深思的意義。

——選自劉志榮《潛在寫作:1949~1976》

上海:復旦大學出版社,2007 年 4 月

痛苦的雨滴
論無名氏的潛在寫作（下）

◎劉志榮

有些感覺，有些思維，有些大腦外側面或內側面的震顫，「溝」和「葉」的波動，你得馬上記錄下來，才能保全它們的整體，彷彿一塊彈片猛烈射入內臟，你得立刻開刀，才能保全生命。假如遲幾秒或幾分鐘，你將什麼也抓不住。真正，那些最震撼人心的時辰，只屬於你自己，以及和你一同穿越這些時辰的人。你的另外同類，即使是你自己最血緣的妻子或兒女，她們也無法感受，思維。他們無法了解：當你穿越這些時間雨滴時，——假如每秒鐘是一滴，那是緩慢的雨滴；假如百分之一秒是一滴，那是神祕的急雨，——你大腦內側面的那些頂葉、枕葉、額葉，是怎樣震顫的，而一穿過那些雨滴，連你自己也不知道它們是怎樣震顫的。——人一踏進乾燥的屋子，很難再記得外面的潮濕滋味。[1]

　　這段文字是無名氏 20 世紀 1950 年代某年秋獨居杭州運河畔時，在「秋風秋雨，天地晦暝」中，「在一種說不出的壓力下」，兩三日內連續寫出的由 19 篇短文構成的「電光小集」的第一段。無名氏的潛在寫作中，工程最大的自屬完成皇皇巨著「無名書」，除此之外，他還寫了幾個短篇小說，一本愛情自傳《綠色的迴聲》，以及為數不少的詩歌、散文、隨筆、書信，甚至還有文學評論。這些作品中，愛情自傳與「無名書」中的愛情描寫一樣熱情洋溢，局外人卻很難過多置喙；文學評論則多屬閱讀外國經典

---

[1] 無名氏，〈電光小集・痛苦的雨滴〉，《花的恐怖》（武漢：武漢出版社，2006 年 1 月），頁 2。收錄於陳思和主編「潛在寫作文叢」。

的隨想，雖然很有見地但我們也不擬討論；真正讓人感覺到寫作年代的氣氛與寫作者的內心情緒的，則是那些記錄大時代的面影與一己「痛苦的雨滴」的小說、詩歌、散文、隨筆以及書信。

一、詩歌：瘋狂錯亂的世界

在〈電光小集・明天太陽會爬起來麼〉中，無名氏記錄了他初睹「政治運動」時對大時代的最初印象：「永遠是無終無止的波浪運動。海從沒有平靜過。雖然偶有幾秒鐘謐靜，也是歇斯底里式的和平，正像一個瘋婦人狂嚎的小歇，那蒼白的有點畸形的歪扭臉孔的沉默，給人一種更可怕的感覺。在海面大騷囂中，假如人們已被攪昏了，任何真正的純粹歇斯底里式的嘯吼，也就不會教一個早已暈眩了的大腦中樞發生更深的眩暈。一切癱瘓在昏厥邊緣，再輕輕碰觸一下，船就翻了。明天太陽會爬起來麼？在暴風雨中昏厥的船，沒有時間這樣想。有太陽或沒有太陽，都是一樣。有太陽，那種爆炸式的酷熱與亮光，也會毀滅你。此分此秒，毫不存在明天問題，連下一分鐘的問題也沒有。只有這赤裸裸的千分之一秒。神經在做一場神蹟式的賽馬。這個場合，任何一匹塵凡賽馬，絕不可能有駭人的高速度。」[2]無名氏 1950 年代後有意識地處於隱居狀態，也許正因爲如此，他對時代的感覺與熱切投身於運動中的人們的感受迥然相異。從今天的眼光看，由於 50 年代以來的歷次運動的衝擊，社會生活經常被攪擾，確實像從沒有一絲平靜的騷囂的海面。這種情況越到後來越爲嚴重，無名氏對世界的整體感覺也就更爲變形，像他在〈世界〉[3]中所寫的：

才打出一張黑桃愛斯
又閃起團花二
黑夜觀看玉蘭舒卷

---

[2]無名氏，〈電光小集・明天太陽會爬起來麼〉，《花的恐怖》頁 4～5。
[3]無名氏，〈世界〉，《無名氏詩篇》（香港：新聞天地社，1982 年），頁 63～64。

　　白晝我們咒罵

　　土星的光環巫師採擷

　　點亮每一盞傘燈

　　蛛絲代替鎢絲開花

　　在這時期，無名氏表達自己對時代的感受時，多半採用意象濃密變形的詩歌形式，而很少用散文直敘。這當然是懼禍的原因。不過，這些意象濃密的詩歌，聯繫其背景則並不似初讀起來那麼晦澀。如果明白了歷次運動背後的「翻雲覆雨手」，我們不難理解無名氏所說的「才打出一張黑桃愛斯／又閃起團花二／黑夜觀看玉蘭舒卷／白晝我們咒罵」的含義；如果了解在占星書籍中，土星幾乎就像是凶神惡煞一般，往往被標上「第一凶星」的惡名，那就不難明白「土星的光環巫師採擷／點亮每一盞傘燈／蛛絲代替鎢絲開花」是什麼意思。有了這個背景，我們就不難理解這首詩第二段包含的沉痛：

　　生活每一個節目、是

　　不設防的城市，一座座陷落

　　最後陣地是一片空白視覺：

　　究竟、那虛幻的楓樹葉

　　什麼時候停止流血？

　　這個星球，什麼時候

　　　　真正回到萬有引力？

　　從當代詩歌史的角度來考慮，雖然到 20 世紀 80 年代初朦朧詩人的詩歌還受到晦澀的指責，可是如果考慮到無名氏（以及他的好友灰馬）等人的詩歌創作，則這種「晦澀」自 50 年代就已存在。所謂「晦澀」產生的原因，其一自然是因為意象濃密，不易以單義的直白的散文方式來理解，另

外一點則無非是意象扭曲變形，爲習慣於樂觀的時代基調與話語方式的人
們所排斥而已。無名氏詩歌的晦澀，大體上得歸因於第二種原因。李揚在
《抗爭宿命之路》一書中把 20 世紀 1950～1970 年代的「公開文學」歸納
爲「敘事」——「抒情」——「象徵」三種話語方式，按諸史實，則這三
種方式既同時並存又逐項演進，到「象徵」範式統治一切的文革時代，則
一切藝術形式都是「紅光亮」占統治地位，以這種閱讀慣性來讀這種變形
的詩歌，自然會覺得它們對時代的體驗很難索解。但從另外一個角度則不
難看到，與不斷簡化、不斷單義化的樂觀的時代話語一開始就伴生著另一
種文學話語——它不是訴說太陽照射下無邊的光明，而是呻吟著被這光明
的話語壓抑和淤積著的身外和身內的黑暗。從無名氏等人的詩歌到「文
革」時代在青年中湧動著的現代詩歌的初潮，一直到《泥沼裡的頭顱》乃
至殘雪、余華等人的小說，無非是爲這另一面的現實體驗尋找一種新的話
語方式罷了。這種變形的、黑暗的、瘋狂的話語自然讓人不舒服，然而，
你不能對這與彼時的時代旋律一開始就伴生的另一種聲音充耳不聞。

　　嚴格說，也許這種變形的話語表現瘋狂的時代是更爲合適的。試看無
名氏描述「文革」場景的詩篇〈新鮮的死者〉[4]：

　　　　一個陌生形體
　　　　射穿他的視覺。
　　　　這膨脹的紫色女妖，
　　　　像一只巨大橄欖球，
　　　　跌入他的懷抱。

　　　　每一只輪子拒絕她；

---

[4]此詩收錄於《無名氏詩篇》中時爲「砸玻璃之夜組詩」之九，見該書頁 35～37。收錄「潛在寫作
文叢」中的《花的恐怖》時，據編者編選稿篇前說明，該詩與〈蛇色的老婦〉（原爲「砸玻璃之夜
組詩」之七，原題名爲〈一個猶太老婦〉）。〈素描〉其一至其三（原題分別爲〈讀「國會縱火案」
史料〉、〈讀《第七個十字架》〉、〈讀《誰無兒女（二首）》〉等幾首詩在海外發表時假託閱讀與德國
納粹上臺有關的書籍而作，實爲紀錄「文革」中所見。

一條有毒的獸，
尾隨著重重魔魅祟影，
那一串串原始符咒。

孩子拒絕母親。
這紋身的野蠻人：
一具充滿毒素的肉身。
天真的聲帶放散仇恨。

探熱表拒絕她。
聽診器否定她。
勃朗多息閃避她。
白色病床蔑視她。
只有死是最仁慈的主：
她永恆溫暖的家。

真理上演橄欖球戲，
從一只車輪投到另一只車輪，
從一扇門滾到另一扇門，
從一個聲音擲到另一個聲音，
沒有一條友誼手臂，
擁抱她遍體傷痕。

瘟疫播送謊言，
每一片嘴唇散布有毒霧帶。
她從霧影沉默中抬過，
接受「最後」之款待。
他默默埋葬一個最新鮮的死者。

　　這首詩的題記說明了寫作背景:「文化大革命期間,某一對夫婦,丈夫是黨員,妻被發現成分有問題,二人已生幾個子女。在某次鬥爭大會,妻被造反派毒打,遍體重傷。丈夫想送她到醫院,每一輛出租汽車都拒絕運載,連孩子們也視母親爲敵人。丈夫把她背到醫院,沒有一個人願接收她,或者爲她治療。她終於死去。送葬者只有她丈夫一個人。死時,她渾身腫得像一只大橄欖球。」[5]然而,詩句遠遠要比簡單的陳述刺激得多,刺激的原因不僅在於鮮血淋淋的意象的感官刺激,更在於人與非生命的器具和環境的關係的反轉:那受虐的女人被描述成「膨脹的紫色女妖」、「巨大的橄欖球」、「有毒的獸」,說明她不但不再被視爲人,更被看作「尾隨著重重魔魅祟影,/那一串串原始符咒」的妖魔鬼怪;在另一方面,則器具似乎獲得了揀選與主宰人的生命的力量:「每一只輪子拒絕她」、「探熱表拒絕她。/聽診器否定她。/勃朗多息閃避她。/白色病床蔑視她。」屢屢將器具做爲主語,正說明這不是一般性的借代修辭而是貫穿全詩的一種表意原則——人的非人化與器具的人化,正處處顯示出異化的力量。而異化的最高象徵卻是——「真理」,如果我們還記得詩篇一開始,那被毒打的女人被視爲「巨大的橄欖球」,所謂「真理上演橄欖球戲」暗示的「真理」對人的無情捉弄與擊打以及所顯示的異化的普遍與強力就更顯得觸目驚心。而如果仔細思索,越發讓人不寒而慄的是,這首詩冰冷的敘述語調與貫穿全詩的變形的意象,與其說是一種有意的修辭,毋寧說本身就蘊涵在「文革」時代的話語邏輯與現實邏輯之中,它的「晦澀」與「變形」,其實只不過是一種對現實的白描。實際上,按諸無名氏此時期的詩篇,可以說是處處在以這種晦澀的「白描」來記錄他對時代的印象。那種異化與變形的力量貫穿著他的大部分詩篇,譬如〈蛇色的老婦〉中寫被紅衛兵疑爲地主婆毆打遊街的白髮老婦如「灰蜘蛛」、「破抹布」[6],〈密鄰〉中密鄰警惕監視

---

[5] 依據收錄於「潛在寫作文叢」中《花的恐怖》時,無名氏在原稿篇前說明。見該書頁 183,與收錄於《無名氏詩篇》的篇前說明有異,原「說明」假託爲吟詠納粹時期的德國人的行爲。〈出租汽車〉原文如此,或爲作者的疏誤。

[6] 無名氏,《無名氏詩篇》頁 30～33,原爲「砸玻璃之夜組詩」之七,原題名爲〈一個猶太老婦〉。

的眼光如「隱祕的匕首在鄰室牆角閃光。／一隻眼放射玉蘭花芬芳。／一隻眼窺探柔軟的心臟。」[7]描寫監獄生活的〈異音〉也用物化的方式描寫封閉逼仄的環境中人與人之間遭受辱罵壓迫又互相辱罵壓迫的關係：「體積壓入體積。／密度是一根弦震。／一秒彈千次異音。／奇異音塑奇異體紋。／／音的膨脹是體的膨脹。／音的瞬息萬變，／是體的魔術變形。／痛苦隨每一纖維光合。／痛苦於午夜注入永恆。」[8]

　　在「無名書」中，無名氏顯露出一種宏闊的視野，這種視野在他的詩歌中也並沒有消逝。實際上，即使〈異音〉這樣的詩歌，從其普泛的一面看也可看作對某一世界的象徵描述，而無名氏詩歌對當時置身的世界從宏觀角度的描述一直存在著。如果用無名氏一首詩的題目來描述他筆下的「文革」場景的話，那就是：「巨幅史前午夜」——在他那些充滿變形的意象的詩句，無名氏像印象派畫家一樣用畫筆渲染出一幅瘋狂的世界圖像。這是一個騷亂的世界，是一個顛倒錯亂的世界，是一個恐怖的世界，也是一個死亡統治的世界：

　　　宇宙最深的
　　　扁平邊緣，
　　　畫在街線上。
　　　感覺是狂逃星雲，
　　　飛往白線之外。
　　　……
　　　一片片火焰表演絕熱變化。
　　　一陣陣蜈蚣盅
　　　逼生命轉形：
　　　一具具古楔龍化石雕塑。

[7]同前註，頁 142。
[8]收錄於「潛在寫作文叢」中之《花的恐怖》（武漢：武漢出版社，2006 年 1 月）。

這不是為什麼。
來自坦迦伊喀的
原始畫家，
正撕裂人類動脈管，
以咆哮的筆觸，
火山的猩色素，
塗製上帝未完成的巨幅藍圖。
……
千古不死的是巫術。
星雲將無所逃於宇宙，
今夜，銀河系星球必須停止旋轉。

——〈素描‧其一〉

肉體死了，言語活著。
語言死了，觀念活著。
觀念死了，符號活著。

——〈素描‧其二〉

太暈眩於罪惡的燃燒我沉默，
這萬分之一秒我的眸子乾涸。
昨夜我用一夜聽覺雕塑一座石像，
光來了鼠語來了形象碎為微塵。
既然真理敵視每一滴流水，
讓你的眼耳我的喉鼻變成沙漠。
燈光已厭倦燈、窗子厭倦透明，
大海拒絕魚、花朵詛咒蝴蝶。
那獨輪手車的工工聲
將製造千萬個莫扎特貝多芬。
我們將在千萬個鼠舞中死去，

讓無數座洞窟重新占有世界紅塵。

——〈素描‧其三〉

一雙恐怖眸子是萬有的定影
一片沉重鐵閘的緊壓是不朽命運

——〈蒙臉的現實〉[9]

　　文學形式的「陌生化」，讓人們更加直接地感觸到現實，無名氏詩歌這種狂暴的語言風格和尖銳意象，逼迫著讀者不能不感覺到「文革」中現實的存在。「文化大革命」是極「左」意識形態猖獗的時期，可怕的還不是各種虛假的觀念體系，而是這些觀念體系讓人產生幻覺，把眼前赤裸裸的現實的殘酷轉化為天堂裡的盛宴。就此來說，除非徹底閉上眼睛不看歷史，否則不論你如何評價無名氏的詩歌，你都沒法對它的話語方式以及背後的現實感受視而不見。

二、短篇小說：日常生活中的規訓與壓抑

　　在一首名為〈哲學世界〉的詩中，無名氏這樣寫道：「花是美麗的四周沒有眸子／水是美麗的沒有一滴槳聲／樹木是美麗的翅翼亙古絕跡／山是美麗的石蹬沒有回音／／芳香只是形而上學的氤氳／色素只證實實在論者的命題／葉形是巴克萊火光的燃料／巨體只描寫上帝的創造意義／／一個絕對被哲學占有的世界／卻又演化為一粒紐扣，一束繩帶」。[10]在我的閱讀感覺中，這首詩所表達的意思可以涵蓋無名氏這一時期的短篇小說的主要發現。無名氏的長篇小說狂放恣肆，浪漫主義色彩濃厚，但 20 世紀 1950～1970 年代他的幾篇短篇小說，卻帶有強烈的寫實色彩（實際上一些短篇的內容幾乎是作者自己的生活片段的素描，稱之為速寫似乎更為合適一

---

[9]〈素描〉其一至其三已在註 4 中說明，原詩見《無名氏詩篇》頁 6～17。〈蒙臉的現實〉見《無名氏詩篇》頁 126～127。
[10]無名氏，《無名氏詩篇》，頁 119～120。

些；另一些雖然不是作者生活的實錄，但其基礎卻無疑建基於真實的生活體驗）。這些短篇小說有〈拈花〉、〈一型〉、〈契闊〉、〈花的恐怖〉、〈一根鉛絲火鈎〉[11]，它們冷靜地記錄了時代日常生活中一些頗具代表性的斷片。閱讀這些短篇小說，你會發現：不但無名氏作品的話語方式及對時代的整體把握與主流文學迥異，即使其對日常生活的觀察，也呈現了為當時主流文學所遮蔽或忽視的生活暗角。

　　任何敏銳而富於創造性的心靈，可能都會對單調的整齊劃一的群體人格感到本能的厭惡。愛因斯坦就說過這麼一段話：「在人生的豐富多彩的表演中，我覺得真正可貴的，不是政治上的國家，而是有創造性的、有感情的個人，是人格；只有個人才能創造出高尚的和卓越的東西，而群眾本身在思想上總是遲鈍的，在感覺上也總是遲鈍的。講到這裡，我想起了群眾生活中最壞的一種表現，那就是使我厭惡的軍事制度。一個人能夠洋洋得意的隨著軍樂隊在四列縱隊裡行進，單憑這一點就足以使我對他鄙夷不屑。他所以長了一個大腦，只是出於誤會；光是骨髓就可滿足他的全部需要了。文明的這種罪惡的淵藪，應當盡快加以消滅。」[12]然而在 20 世紀的某一階段，社會的意識形態化與軍事制度化在特定區域造成的泯滅個性的群體人格狀態，卻是普遍性的現象。明達之人如果親眼目睹這種現象在 20 世紀全世界竟是如此普遍，鄙夷之外，不免會感覺幾分恐怖，同時也會有幾分驚奇。無名氏也有這種驚奇，他的短篇小說〈一型〉[13]即描述了那個時代頗具代表性的群體人格畫像。小說的主人翁是敘述者「我」的房東的小叔子，他積極響應時代的呼喚，成了某空軍基地的「紅」人，但八年後（大約是 1957～1958 年，正是神州大地轟轟烈烈的年代）他第一次回家時，人們驚奇地發現這個原先「最愛文學」，也很聰敏活潑的人變得非常嚴肅、冷淡，沉默寡言，且看敘述者「我」第一次看到這個人物時的印象：

---

[11]除〈花的恐怖〉收錄於無名氏《一根鉛絲火鈎》（臺北：中天出版社，1999 年 5 月），其餘於均收錄於無名氏，《花與化石》（臺北：中天出版社，1999 年 5 月）。
[12]愛因斯坦，〈我的世界觀〉。該文為愛因斯坦 1921 年在諾貝爾獎頒發典禮上的演講稿。
[13]無名氏，〈一型〉，《一根鉛絲火鈎》，頁 133～153。下文論述引用均依據該版本，不再一一註明。

短短的板刷頭髮，濃濃黑眉，單純的大而黑的眼球，黎黑色的方臉盤，厚厚的沒有表情的嘴唇。這是一種很流行的青年臉孔，你在電影中，舞臺上，畫報裡，街頭，學校，特別是某些……組織中，到處可以遇見。想不到，今天下午，我在馮師母的「繡房」內，又遇到了。按馮家環境、遺傳、教養，按私人揣測，我旁邊這位年輕人，年約二十八九，面目應該算是近於眉清目秀。但由於上述那種神祕變化，也可能是一種巧合，他必須相當濃、方、厚，於是，他竟然濃眉，方臉，厚嘴唇了。至於形象上其他若干種線條，或由外壓，或因內染，更必須盡可能向流行款式發展、看齊，自不必說了。

總之，他的肉體形式，幾乎是從白浪滔天的「市面」上的一副原始模子澆鑄出的。他的精神內容、情態內容，更是從同一種原始模子澆鑄出來的。

馮師母把我介紹完畢後，這位年輕人的不大不小的方臉，輕輕在他白色府綢襯衫領子裡轉動一下，彷彿一個法官端坐在高堂上，側目望臺下犯人一樣。……一個判決似乎立刻寫在他方臉上。

這是一張十足象徵時代的臉：沉默、嚴肅。

這張沉默而嚴肅的臉不但對原先不相識的客人是如此，即使對自己的父母親人也是這樣，甚至面對自己原先很喜愛的侄女們的嬉笑玩鬧，也僅僅是晃過一絲笑容，隨即又陷入沉默的傻笑狀態，以至孩子們笑話他是「啞巴」。小說裡似乎也暗示這種沉默對他來說有某種不得已的因素在內，當孩子們笑他是「啞巴」並離開他時，「這個年輕人不再傻笑了，他黎黑色方臉，微微顯出一點惆悵，剛才被他揉碎了那一朵朵花，又出現在雙頰上。他大而黑的眼球，凝望著四周的空虛的粉壁。慢慢的，他寂寞的站起來，難得有表情的厚厚嘴唇邊，浮起一片悄悄苦笑。」不管這種石化式的表情是有意還是無意的，無名氏想表達的是，這種僵化狀態是對時代的標準反應。他不無刻薄地調侃時代在人精神和肉體上引起的「神祕反應」：

「拿破崙曾吹噓過他靈魂反應靈敏，精神變化迅捷。他說：他到羅馬，是個天主教徒；抵達英國，是個新教徒；入埃及，就是個回教徒。言下之意，將來他登陸印度，必定成爲佛教徒；如進古波斯，則變爲拜火教徒。這種對信仰的反應能力，很像一個傑出的歌劇女演員，喉嚨一轉，一下子，便突然能從低八度唱到高八度。人類肉體，有時也具有類似這種精神變化的奇特能力，雖然不能一下子便會發生從低八度到高八度的劇變，但漸漸的，卻能從低八度轉爲低五度，或低四度。我不是說肉體的成長或衰退，而是指肉體形貌的某種神祕變化。……現在，坐在我不遠處的這位年輕遠客，他的臉貌，似乎正是上述神祕演變的結果。」

　　頗富諷刺意味的是，這個主人公雖然已經變爲一個「似乎比做一個現代的有聲生命更得體、安全」的當代「金人」，但僅僅一年後，他就因爲自己的異母兄弟流居海外而受到「劇烈鬥爭」，被從空軍部門清理出來，成爲商業部門的一個普通職員。對於這樣的時代對個人命運的戲劇性影響，無名氏僅僅在小說的結尾一筆帶過，顯示出他更爲關注富於戲劇性的日常生活細節——一個時代留在人的形貌精神上的印記。本來，時代對人的影響，原不僅僅在個人經歷命運的大起大落方面，當一個人從精神到肉體都被時代的模子重新澆鑄，變爲標準統一的石雕時，這中間所包含的強烈的戲劇性和諷刺性，絕不遜色於大時代中個人命運的大起大落，甚至因爲這種細節可以揭示出一個時代的「意締牢結」借以在日常生活中進行推廣的標準形象，顯得更爲意味深長。不過像無名氏這樣就時代對於個人容貌、形體、神情方面的「神祕」影響進行研究，以筆者所見，在 20 世紀 1950～1970 年代的公開文學乃至 1980 年代的文學中，都極爲罕見，實際上這種標準形象我們並不陌生，在 20 世紀 1950～1970 年代的文學、電影、戲劇，尤其是「文革」中的「革命樣板戲」中，我們都可以看到這種嚴肅、莊重、堅定、筆直、僵硬、呆板的形象，然而，大約因爲在當時的主流意識中這樣的形象正是提倡與模仿的對象，在公開的話語中不會有人注意或明言其非人性的一面，而 1980 年代以後的傷痕文學、反思文學，關注的重

心，則在於由大時代中個人命運的戲劇性的一面，來反思歷史悲劇產生的人性、制度和文化根源（多多少少，這也是當時文學話語中耐人尋味的一個特點），由於更多注意一些具有界標意義的大事件，這種過去年代意味深長的日常生活細節，反而很少有人措意。

　　這也許是由於類似細節所包含的悲劇和諷刺意味，只有置身於當時的環境之中而又與之疏離的敏感心靈才能注意到。這也成了無名氏這些短篇小說的典型特色。以「文革」為背景的〈契闊〉[14]，主題是特定時代人與人關係的微妙變化，無名氏用細節渲染出了特定年代的那種緊張氣氛。兩個闊別十年的朋友，難得一見，卻陷入尷尬的沉默之中，尷尬的原因便是由於時代變化，生活細節亦由之而變，從而釀造出一種特殊的氣氛，使得原來熟悉的朋友產生隔膜，互相猜疑。客人唐一進主人殷之家，即看到原來頗有幾分風雅的主人，其房間的陳設與以往相比，不但變得簡陋粗鄙，其中更充滿了「革命」時代的符號：

> 他那雙帶福爾摩斯味的眸子，不斷巡視四壁。那簡直像春節廟會一樣熱鬧，到處掛著紅紅綠綠紙條，大都是標語口語，什麼「造反有理」，什麼「緊跟……」，什麼「砸爛……」，最醒目的是偉人巨像，上懸「四個偉大」橫幅，兩邊是新式對聯。此外，還有一幅某美術出版社印的新式革命巨畫。

而主人身上的衣著也與時俱進：

> 一套藍色列寧裝，洗過無數次，褪色成一種藍不藍灰不灰的顏色，頭上一頂深藍列寧帽，捲曲，褶皺，有點像擱了一個月以上的大燒餅。看樣子，殷比唐更現出一種僕僕風塵之色——也就是一種老幹部的風格、成

---

[14]無名氏，〈契闊〉，《一根鉛絲火鉤》（臺北：中天出版社，1999 年 5 月），頁 91～112。

色（其實他不是），這種成色，有真空，也有冒牌貨，但一眼很難看清楚。

這種種符號發散出一種讓客人不安的奇怪氣味。與此同時，主人也發現原來性格豪爽的客人變成了一個沉默寡言的「柏拉圖」，身上的氣息也隨時代發生奇特的改變：「他定定望著來客面孔。在這個中年人臉上，第一次，他正式感到一種說不出的變化。以前，那張白白胖胖的圓臉，沒有了，代替的是一副瘦削、蒼老而黎黑的楔形三角臉。這種黑不僅是一種色澤，更是一種黑氣、陰氣；這樣一種黑色，像舊衣服上一種早已固定化的陳年水漬，再也刷不掉、洗不脫。他兩隻眼睛，以前比泉水還澄清，現在卻變成雨後井水，甚至溝水，一片重濁、混沌。它們正是這幅臉上所有黑氣、陰氣的來源，如兩口黑洞洞所發散出的湛沉的黑氣。他也不再像過去一樣，面對面，筆直看人了，眸子總有點猶豫不定，四處游蕩。唐過去原是個小胖子，此刻卻是一個小瘦子，彷彿被什麼壓縮機大大碾壓一次，整個形體縮小了。一套藏青色列寧裝半新不舊，那頂月餅式的列寧帽放在桌上。『啊！他頭髮都花白了，才四十五！』」

這些細節造成的時代氣息不免使兩人互相猜疑起來：客人懷疑主人是積極參加革命的「造反派」，主人則從客人身上的陰沉氣息，以及隨身帶的黑皮包懷疑他是收集材料的「人事幹部」，甚至有可能是來了解自己的近況的，不免毛骨悚然起來。加上兩人的會面不斷夾雜進隔壁鄰居指桑罵槐的惡罵和戶籍警警惕的目光，更是織出一種讓人怔忡不安的氛圍。最後，在這種奇特的氛圍中，客人謝絕主人的盛情招待，臨時撒謊告辭，結束了這次尷尬的會面，主客兩人都鬆了一口氣。小說的結尾，客人唐在一個飯店裡臨窗沉思究竟該不該扮演上午那個沉默警惕的角色：

此刻，他凝視湖上美麗綠葉叢時，心海上已閃爍著一句答覆的「旗語」——那是航海家們慣用的，它只有一個字……

「該！」

他嘆了口氣，不管怎樣，他總算已逃出一場噩夢──即使僅僅是一場可能的噩夢，或似是而非的噩夢。

可以想見，這也是主人此時的心態。本來，兩人見面前，主人預備熱情待友；客人特地來訪，原想敘敘十年契闊，然而兩人見面後，都像哥倫布發現新大陸似地發現彼此身上的變化，而「這新大陸也許還不止一個」，這才改變了念頭：「在『這個時候』，一個人要改變念頭，甚至是最重大的念頭，都是很容易的。而且，只要一改變，哪怕改變的方式極不近人情，得罪人，甚至極使人反感，改變者全不在乎。」小說一開頭即寫到主人對於友誼懷有羅曼蒂克的想像：「『友誼』這兩個字，有許多含意。在那些被廢棄了的時代，幾乎是一部袖珍百科全書，包羅萬象。從一縷少女的黑色髮絲，到老年人的一聲咳嗽；從黃河鯉魚到小窗秋風秋雨，都儲蓄在裡面。童年時代的風箏、陀螺、蟋蟀，青年時代的四步舞、威士忌、小夜曲、三山五嶽風景照片，以及街頭示威遊行，這裡面應有盡有。在這個時候，它還代表另一些前所未有的嶄新內容。那不是代表一杯新酒──新的香雪酒或綠豆燒，也不是一個新的月夜，新的樹葉子的靜，與星星的沉默，它代表一種新的巨大抽象，猶如巴黎新派畫的抽象作品，雖然抽象極了，卻有所涵，有所示，有所敘，一個真正的偉大具體正隱藏其中。……目前，至少對殷來說，友誼正是這一切抽象之大成，一個神祕象徵。它至少能容納人們那些渴望架空和游離的感覺，通過這種感覺，藉那種被當代人認為是抽象圖案式的不可理解的線條與色彩，寄托一種最古老而又最新的生命奧妙體。它又彷彿是一部神話上的無字天書，會認的，全識，不會認的，是一本白紙。」兩人見面後那種尷尬的氣氛與不歡而散的結局，對這種羅曼蒂克的想像構成了巨大的諷刺。在這個特殊的時代，他們再也召喚不回來當年那種深厚的感情，即使能，也沒有人敢冒這個風險，「他們中間到底屹立了一座山：十年！在牆門外不太遠的街上，正響著大鑼大鼓」，

「想用一句話，一個字，推倒這座山峰，或者藉一根內在弦索做繩梯，翻山越嶺，未免太天真話。或者，憑十幾年前的情感火炬，把街頭鑼鼓聲所鼓蕩起來的一種新『人性』一把火燒光，那也未免太愚蠢，不識事務。」與〈一型〉一樣，〈契闊〉也是日常生活中抽取的戲劇性的片段，這裡的戲劇性的因素，在於人的感情在特殊時代中尷尬的錯位與變化。當時代氣氛的變化，使得即使是原來的密友也不敢對友誼抱幻想而互相提防時，這中間的尷尬與諷刺也就包含了巨大的悲劇性。而更值得我們注意的是，兩人的敏感引致彼此越來越疏遠、警惕、害怕，這些戲劇性的變化都是從彼此身上衣著布置、神情舉止等富於時代性的變化等細節處著眼的。這裡沒有鮮血淋漓的場面，卻更加渲染出人與人的關係中那種戒備和恐怖的氣氛無處不在。

　　1950～1970 年代，在 20 世紀中國歷史上是典型的「共名」時期，不論是歷史、現實、社會、日常生活乃至自然存在，都被一步步納入標準化的「共名」之中進行解說，同時所有這一切也都被置於時代「共名」之下進行審視，其結果是使得甚至自然存在、自然美與基本人性，也要經受時代「共名」的審視與解說。[15]同時，在歷史目的論的思維中，所有的人都應按照時代「共名」對其思想、感情乃至感性進行改造。這顯示出時代共名一旦被定於一尊，它便不會被僅僅限於社會關係領域，更根本的是，它也要進入人的基本感性領域——只有到了這一步，它才進入對人性改造的最根本的層面，而這一步，當然要通過對日常生活領域的進入才能真正實現。無名氏的這些描述日常生活的短篇小說，給人印象深刻之處，正在於它們所傳達的特定時代的氛圍，顯示無所不在的權力之眼。它們也更進一步顯示出現代權力運作的軌跡，揭示出其力量不僅在於從外面的控制，更在於通過製造特定的社會氣氛，有效地使得每個個體將之內化為一種內在

---

[15]在這個意義上，楊朔散文中的「托物言志」、劉白羽以長江三峽的景色象徵社會進步的艱難曲折乃至賀敬之的《桂林山水歌》中在自然風景與愛國精神和戰鬥情懷建立聯繫都不是偶然的；這時候的美學界關於山水畫與花鳥畫是否有階級性的論爭，也不是偶然的。

的意識、習性與身體姿態。

　　這種力量不僅在〈一型〉、〈契闊〉中那些被深深地捲入到時代生活中的普通人身上表現出來，即使在那些並不缺乏獨立思考能力、疏離於時代的知識分子身上，也會被它打上難以磨滅的印記。無名氏的小說〈花的恐怖〉[16]即顯示了這一點，而由於它對個體心靈歷程做了敘述，更能讓我們看到這種改造所導致的內在心理過程。這篇小說中的「我」（顯然是無名氏的化身），因為養花、愛花及聽外國音樂之類的生活習性，透露了自己的「靈魂情報」，被周圍的人視為異類，兩次被勞動改造。小說中敘述這種改造的力量，可以一步步泯滅人的任何比較纖細的對於美的感覺──當「我」從改造地回來，「人是歸來了，『花』的感覺尚未完全歸來」，「這時候，我才恍悟，我和當年那些譴責瓜葉菊的眼睛，是真正打成一片了」：

> 進城時，不管看見怎樣的好花、艷花，我幾乎一點感覺也沒有。不管發現怎樣美麗的花之色，我視覺內彷彿也毫無反應。我似乎變成一個色盲，什麼紅的、綠的、黃的，全失去它們意義。也許，我比色盲還進一步，根本就沒有色彩感覺，而色盲者還能感覺灰色。我之所以還能辨別出紅、綠、黃，主要是憑過去記憶，不是靠「現視覺」。而「紅」、「黃」、「藍」、「白」，這些字眼，我之能了解它們含義，也是憑從前詞彙的回憶，不是藉現實感受。不僅這個，就連綺麗的西湖，湖上青山，陽光中搖曳的柳樹，從前是那樣感動我的，也再喚不起我一絲一毫美的感應。我壓根不懂，什麼叫「美」！我倒懂得一件事，15 世紀那些法蘭西兵士，為什麼要用弓箭把達文西一座偉大的傑作射成一片破碎？我現在覺得這其實是一件很自然的事。

　　小說中的「我」本來對美有很敏銳的感覺，甚至經常產生神祕的聯

---

[16] 無名氏，〈花的恐怖〉，《花與化石》，頁 33～68。下文論述引用均依據該書，不再一一註明。

想，例如他恢復「花的感覺」之後，又買了一盆聖誕紅，靜夜對花：「燈光下，她有一種無限甜蜜的靜態。她用一份神祕的靜美包圍我。我想，不管是怎樣俊美的美人，永遠不能和花相比。因爲，不管怎樣瑰麗的血肉生命，永遠沒有一株植物那樣高貴、幽雅、安靜。它顯示人類無法表現的仙境、聖境。……特別是，越是深夜，她越美。有一次，午夜 12 點，我不斷凝視她，在無限靜穆中，我簡直被她迷住了。也許，因爲我這間寂寞房子，不再寂寞了。也許，這片空間，分外顯得寂寞了——一種不是尋常寂寞的寂寞，寂寞得我可以用手摸觸到所謂扁平的『宇宙壁』。」這裡對花的美產生神祕的感覺，也許是由於它顯示出的生命的美、莊嚴與和諧，向人敞顯了某種廣闊的自由和諧的生命境界。不過，當時時代共名的核心是鬥爭，同時，在黑格爾式的歷史理性論話語中，爲了「必然」和「終極目的」的實現，個人的自由感覺必然被無限延宕。在這種共名的審視下，對美的瞬間直覺做爲一種感情方式，自然是可疑的需要被審視被改造的對象。從另一方面看，既然人只是實現歷史必然性的工具，對人的改造便意味著時代共名及其機制從肉體入手到思想、感情甚至到感性全方位對人的改寫與規範，懲罰肉體最終所要達到的結果，正是爲了改造其基本的思想感情方式。

在改造過程中，時代共名顯示出其「戰無不勝」的力量，譬如無名氏寫到，「我」在打草扇的過程中因爲體力不支，四周無人時「學烏龜趴在地上，慢慢爬過去，再一爬一頓，把稻草拖回來」，鍛鍊了一個多月，「才由爬蟲動物進化到真正哺乳動物」；隨之是感覺也慢慢粗礪，在規訓過程中，「我」因爲改造不得不對花痛下殺手，偶然閒暇，即使面對大片絢爛的野花，也只覺得隔膜，畢竟象徵和諧與自由的美是只有在自由與和諧之中而不是在禁閉與懲罰之中體會的：「我點起一支煙，陷入沉思。這僅是『票面』式的沉思，實際卻沒有內涵，沒有觀念，沒有幻象。唯一思想是：『此刻我能在這山頂花園停留多少呢？今後我將永遠生活在我現在這種生活空間嗎？』我相信，即使有幾百枝莎士比亞彩筆，也無法記錄當時的感情。

因爲，當時的一切反應，既不像人類情感，也不是與人類任何精神狀態相
牽連的一種狀態，那幾乎是一種靈魂絕緣。多多少少，我確能認知現實的
極度沉痛性，卻無法用自己最熟練的感官傳達。那是很奇怪的心靈境界，
遠遠超乎法國大師普盧或英國大師喬伊斯所能描繪的。」經歷這種奇怪的
心靈狀態，自然會將時代意識內化到自己心靈深處，最終甚至會在人的感
官與肉體上將之機械化地呈現出來。如果要考察權力機制在個體身上的蹤
跡，〈花的恐怖〉無疑是一個典型的文本，因爲它顯示出權力機制的規訓力
量，甚至進入了最爲個人化的感性層面。

對於個體心靈來說，在權力的審視規訓之後，同時還不得不被迫忍受
另種折磨，這就是日常生活中的無聊瑣事的折磨。在〈一根鉛絲火鉤〉[17]
中，小公務員袁剛在家裡養肺病，不堪忍受自己家裡原來自製的煤爐的不
便以及由之引發的大雜院裡的鄰里糾紛，狠下心來從自己菲薄的收入裡花
錢購買了一只新式煤爐，不想自己的母親還是用原來的方法來和新煤爐
「作戰」，不奏效的時候就習慣成爲自然地對之詛咒不休，結果是爲生活增
添了更多的不便和喧鬧。這樣做的結果，使得企求平靜的袁剛病情不見好
轉，幾乎快進精神病院，甚至想自殺。我們且看小說中袁老太與煤爐「格
鬥」的場面：「他扔掉手裡《老殘遊記》，從藤椅上跳下來。一開門，發現
他的老母像中古日耳曼劍士對擊一樣，正與那只新式煤爐吃力的格鬥著。
那柄破芭蕉扇，簡直像一座車輪，在她手裡不斷旋轉著，一會兒，她撒把
鹽到煤火內，一會兒，拿一根粗鉛絲火鉤從爐底鉤火，一會兒，用熟鐵粗
火簽捅爐子，一會兒，又抓著火剪撥弄煤球。她一急，跳來跳去，那神
態，更像一隻青蛙，彷彿一個頑童正在追捕它。」讀過「無名書」的讀
者，由此可以聯想到小說最後幾卷所描寫的抗戰時期知識分子在大後方的
灰色生活，在那裡，這些敏感的知識分子同樣被日常生活中的瑣事搞得心
慌意亂，不得安寧。這些普通的知識分子，一方面生活在壓抑的大環境之

---

[17]無名氏，〈一根鉛絲火鉤〉，《一根鉛絲火鉤》（臺北：中天出版社，1999年5月），頁1～51。

下，另一方面又不得不忍受來自生活中的瑣屑的折磨，這幾乎成了他們的宿命，而本來對於這些大時代中敏感的靈魂來說，家庭生活的空間，幾乎成了他們唯一可以尋得一點寧靜的空間，如果連這片空間也充滿喧囂，那真是無所逃於天地之間了。袁剛覺得：

> 他是如此渴望安靜，卻偏偏不得安寧，無論是作為病人，或一個正常人，他都需要安靜。「運動」火熱工作繁忙的那些日子裡，下班後，拎著塑料手提包，一踏入門檻，如一個經過驚濤駭浪的舟子，投奔平靜港灣——他的家，當時，他真感到說不出的舒服。養病後，由於外面「運動」越來越狂，狂得像每天發生大火災，每個人全變成戴鋼盔的消防隊員，現在，他厭惡任何聲音、騷亂、緊張。這個世界已夠動蕩不靖了，到處像在強烈地震。假如他自己的港灣內，仍充滿風暴味，或火山味，火藥味，他怎麼受得了？

　　這種渴望安寧而不得的心理，也是「無名書」後幾卷中那些知識分子的心態。實際上，無名氏是把自己 1950、1960 年代那種困窘生活中飽受瑣屑的折磨的心理投射進了這些篇章，根據筆者對無名氏的訪問，這其中的好多材料，都是取材無無名氏這時期的日常生活，不但家常瑣事給他的生活增添了無數的煩惱，大雜院中鄰里之間也經常因為雞零狗碎的事情而發生衝突，這些顯然也是無名氏這樣的知識分子所無法忍受的。「無名書」中把這些鄰里之間的衝突，用國際政治的術語（國際糾紛、戰爭、談判、停戰協議等等）來敘述；在〈一根鉛絲火鈎〉中，也把袁剛母親與爐子搏鬥時的喧鬧，比作「他那座靜靜土國」「邊陲線被入圍」，而短時間的安靜，則「正如一切國際和約——特別是希特勒與民主國家簽訂的條約——總不會持久」——這樣的誇大的比喻有一種強烈的喜劇諷刺效果，讀來甚至讓人想起錢鍾書的某些妙喻，但從另一方面也能看出，無名氏對構成灰色生活的折磨人的瑣屑的喧鬧爭吵的極端厭惡心理。

　　文學史研究者一般把無名氏劃為「新浪漫主義」的代表，這能夠涵蓋無名氏長篇小說那種誇誕的風格，不過卻也容易讓人忽視無名氏熱切關心和冷峻審視現實的一面，而實際上，無名氏對現實的關注，絕不僅僅限於抽象的思考（「無名書」最後一卷印蒂的那些演說中提到的那些具有普遍性的大問題，實際上在當時都是具有現實的迫切性的，像人類由於語言／意識形態的分隔，使得整個地球有可能被毀滅，在冷戰時代就不是理論問題而是迫在眉睫的現實問題）。筆者在訪問無名氏時，他說起那種特殊的環境下，他的潛在寫作反應時代，是用類似京劇大師譚鑫培最有名的唱法「烏雲障月」來寫——月亮本來要露了，可是給烏雲擋住，要露不露，譚鑫培本來嗓子很響，但他特別故意用「烏雲障月」的唱法半露不露，效果非常驚人。無名氏的潛在寫作中對時代的思考，也因為寫作環境的關係，不能不混在一大堆描寫裡「烏雲障月」。「無名書」中所寫的 20 世紀 1940 年代知識分子的灰暗心態，實際上是把他 1950 年代的心態移用過去，而無名氏潛在寫作中的這幾個短篇小說，最能有力地說明他也具備如實地表現日常生活、傳達時代氣氛的寫實能力。這些短篇小說，寫作的時候大約本來也是採取「烏雲障月」的寫法，後來在海外出版時，有的篇章作者增添了一些「點睛之筆」，譬如現在我們看到了〈一根鉛絲火鉤〉的文本的結尾，由袁老太太那根鉛絲火鉤，聯想到在中國掀起各種運動的「魔術師」，也在像袁老太太對付煤爐一樣對付國家和人民，顯得頗為生硬直露，堪稱蛇足。實際上，這些作品的意義完全在於它們傳達出的特定年代普通人的日常生活的灰色氣氛，這與一般文學作品中全力去關注那些轟轟烈烈的運動（不管是歌頌還是批判）形成了強烈的對比。

　　本節一開頭引用的無名氏的詩〈哲學世界〉，即顯示出一個被「哲學」（觀念體系）所統治的灰色世界，在這個世界裡，所有的生命存在乃至具體的存在物，都失去其自在的意義而僅僅被抽空為「哲學」的證據，而一旦失去具體、感性、生命與美，這樣的世界便只是一個乾枯的死寂的世界。這無疑是無名氏對當時社會生活與狂暴相伴的僵化一面的感受。一般

來說，文學寫作中描述 20 世紀 1950～1970 年代的生活時，不免總帶上幾
分英雄色彩或悲劇色彩，前者譬如當時公開文學的描述，後者如以後的傷
痕文學或者反思文學的敘述，然而，不管哪一種敘述，常常不免進行純潔
化的處理，很少有人注意到，一個單一的時代，在轟轟烈烈的表面之後，
卻可能是頗爲單調無趣甚至灰暗猥瑣的日常生活。這不但對於普通人來說
是如此，即使是那些積極投身和引領各種運動的人，他們那種企圖讓豐富
多彩的世界變得乾淨純潔、整齊劃一的思想，其底色其實也是非常庸俗
的。福柯曾經非常輕蔑地嘲笑：「納粹分子都是些最具貶義的幹家務活的老
媽子。他們拿著抹布和掃帚幹活，想要把他們認爲的社會上一切血腥、灰
塵、垃圾都清除乾淨。這是小資產階級種族純潔的拙劣夢想，是爲納粹的
夢想提供論據的。」[18]在這個意義上，那些主動傳染這種純潔時疫的人，其
實並無古典意義上的英雄氣概和悲劇色彩而言，但具有這種老媽子理想的
不只是納粹分子，如果聯想米蘭·昆德拉對「媚俗」的觀察和思考，也許
你會覺得這是現代意識形態籠罩下的一種傳染病（但如果說目今我們人類
已經對這種傳染病免疫，恐怕不免過於樂觀），然而，我們卻經常忽視這種
疾病的普遍和它製造灰暗單調的驚人能力。中國現代文學中本來並不缺少
直面灰色的日常生活的傳統，「五四」時代已有魯迅的〈端午節〉等小說開
其緒，此後像老舍的〈結婚〉等篇，對之也頗爲關注，20 世紀 1940 年代
的苦悶氣氛催生了巴金的〈寒夜〉那樣的名篇，1980 年代末以灰色瑣屑的
日常生活爲主題的新寫實小說更是成爲潮流，而在 1950、1960 年代的公開
寫作中，除過王蒙的〈組織部新來的青年人〉等個別篇章外，卻很少有作
品敢於去描寫日常生活中灰色的一面，像無名氏這樣濃墨重寫地去渲染，
更是絕無可能。不過，這也讓我們注意到了當時的文學權力網絡頗有意味
的地方：當樂觀主義與英雄主義色彩構成了當時的文學權力網絡進行監控
與篩選的重要標準時，當個人只有被組織到關於歷史、革命、理想社會的

---

[18]杜小真編選，《福柯集》（上海：遠東出版社，1998 年），頁 287。

宏大敘述中方能取得存在的意義時，當個人的歷史只有在與之相關的具有
界標性的歷史大事中才能獲得其定位時，人的每天重複的平常生活中的瑣
屑，被書寫在那些瑣屑之上權力網絡的符號，個人身上以及每日的生活中
那些創傷印記，都被認為是無意義的而被壓抑、篩選、刪除——這當然並
不是因為這些符號和印記真的不存在或毫無意義，而是因為它們太具有顛
覆性、太過觸目驚心、太讓人看到真實而不是幻象，所以才更有必要將之
自動壓抑、篩選、刪除，但這種刪除絕不可能是完整的——因為那樣的
話，生活便不存在了——像無名氏的短篇小說這樣的潛在寫作，便說明這
樣的刪除總是會有餘數，它們為我們掀起了時代面紗，讓我們注意到這個
被井井有條的「哲學」統治的轟轟烈烈的時代，其下面綿延著的日常生
活，在另一種目光中，卻是僵硬、灰色、瑣屑、無聊、無趣與無意義的，
無名氏所寫的一段話可以描述這種情況：

> 這是一個觀念最多的時代。也是一個最缺少觀念的時代。當一切觀念只
> 變成一個觀念時，觀念也就死了。當創造主把觀念賦予生命時，它命定
> 是被波浪式的，你爭我奪的。當大海上只有單一波浪時，波浪也就減亡
> 了。沒有波浪，海也就沒有了——終於，你所得到的，只是一口最渺小
> 的千年古井。從這口古井裡，你想變什麼把戲或魔術，人們肯定要搖
> 頭。假如改弦易轍，想汲井水釀酒呢，酒味肯定也不會高明。
> 單單為了拯救觀念本身，最好還它一個千波萬浪的面目吧。[19]

三、散文隨筆：智者的沉思與孤獨者的私語

　　無名氏這時期的散文隨筆中有一些是對當時的典型現象的思考，像
〈靈與肉〉，針對 20 世紀 1950 年代「大力提倡清教徒作風」，討論靈與肉

---

[19]無名氏，〈電光小集・死亡遊戲〉，《花的恐怖》（武漢：武漢出版社，2006 年 1 月），頁 10。

的和諧平衡問題[20]；像〈絲絲縷縷〉，由不見容於「一個狂飆時代」的生命中「微妙的精致的瑣屑的絲絲縷縷」，討論自我兩極的「主動膨脹與被動收縮，浪漫誇張與寫實風格」，而歸終於「正因為每個人都不能扮演聖徒或僧或尼，這些絲絲縷縷，便陪伴我們一生……」；像〈說金錢〉，由金錢的匱乏與無度的追求，討論「自我收縮」與「自我膨脹」之間的平衡……我們不難看出，無名氏所有這些思考，始終是從人性中對立衝突的兩極因素出發，關注生命的健全與平衡問題（我們可以聯想「無名書」中印蒂關於平衡的思想），這既是他對時代現象進行分析的著眼點與衡量標準，也使得他對時代的批評不至流於漫罵。寫於 20 世紀 1960 年代的兩則〈沉思隨筆〉[21]，觸及彌漫整個這一時期的獨斷論與狂熱的群眾運動的虔誠情緒，像〈迷——沉思隨筆之二〉，對形而上學的第一因和宗教獨斷論進行了相當徹底的否定，斷言人們企圖為人生謎底尋求一個獨斷的答案，做為「透徹了解一切現實的根源，把握宇宙萬象真理的根源，把握宇宙萬象真理的最終鑰匙」，「與其說是出自我們的智慧，毋寧說由於我們的荒謬」，「只是我們老祖先——原始蠻人所留下來的荒唐遺產之一。」到目前為止，似乎並沒有證據證明無名氏熟悉康德的哲學，但他的論述，卻與康德頗為一致：

> 1876 年，達爾文又寫道：
> 「一切萬物之創始的神祕，我們是不能解答的。所以，我個人是很願意做一個不可知論者。」
> 這是一種真正的科學態度。這也就像中國孔子所說：「知之為知之，不知為不知，是知也。」
> 直到現在為止，我們既不能、也無法肯定上帝必有，亦不能、也無法肯定上帝必無。那些作出科學式的結論，以為上帝必有或必無的人，即使

---

[20] 收錄於《無名氏散文》（杭州：浙江文藝出版社，1998 年 11 月），頁 344～348。

[21] 〈絲絲縷縷〉、〈說金錢〉、〈沉思隨筆〉兩則（〈說虔誠〉、〈謎〉），均收錄於「潛在寫作文叢」之《花的恐怖》（武漢：武漢出版社，2006 年 1 月），下文論述引用均依據該書，不再一一註明出處。

不是荒唐的，至少也是鹵莽的、輕率的。

中國思想界回歸康德，走出黑格爾的絕對理念的鬼影，20 世紀 1980 年代因李澤厚等人的探討蔚爲潮流，在此之前，胡風、張中曉、顧准的思想探索，也針對絕對理念、歷史理性、終極目這些黑格爾主義的核心觀念提出異議，似乎顯示出在現實逼迫之下當代中國思想史的某種似斷還連的思想脈絡。[22]在這一脈絡中，無名氏並沒有受過什麼哲學訓練，但他的思想卻也不應該被遺忘。

不過，無名氏的立論雖然明確，論述卻頗爲持重。沉思隨筆之一〈說虔誠〉，認爲虔誠雖與宗教牽涉，本身卻來自人類天性。此文雖寫作於特殊年代，作者對宗教狂熱非常反感，卻也承認虔誠做爲人類情感中「一種最重要的酵素」，對人類的科學、藝術、道德有巨大的貢獻：宗教的虔誠及狂熱「曾在人類想像力方面，作過智慧的貢獻」，「狂熱的想像力，不僅爲藝術所需要，也爲科學所需要。這種狂熱的想像力的飛躍，其實就是一種浪漫主義。」「而一切宗教，就其最宗教的部分言，其實不過是另一種形式的浪漫主義罷了。」不過雖然不否定虔誠在人類歷史上的力量，無名氏與他筆下的印蒂一樣，嚮往的是古典中國曾經產生的某種明淨平衡的思想境界，所以他對虔誠發展到偏執狂熱做出了頗爲初中時弊的批判：

假如客觀的分析純粹狂熱，無論是對科學的狂熱，或對藝術的狂熱，或道德的狂熱，有時仍不免有壞的一面。當科學家、藝術家為偏見所圍，堅持錯誤的科學理論或藝術原則時，任何狂熱乃變得很可怕。當人們或宗教徒堅持其錯誤的道德實踐原則時，任何狂熱也很可怕。
任何狂熱的虔誠，都不能憑藉科學或藝術或道德名義，使它多少有毒的一部分在任何時候都可得到絕對安全的消毒。正如沒有一種萬靈丹能一

[22]參閱單世聯，〈告別黑格爾——從張中曉、李澤厚、王元化到顧准〉，《黃河》（1988 年第 8 期）。

次治療地球上一切病症。

　　無名氏的這些思考當然是難能可貴的，它們至少顯示了一個認真的知識分子，即使在隱居狀態中，也自覺地盡著自己的思想責任。不過，筆者更喜歡無名氏在這種際遇中留下的另一些獨白性的隨筆，這些文字記錄了他心靈深處的苦悶和寂寞。我個人認為，這些獨白，雖然不像「無名書」中印蒂的思考與講演那樣高調，也沒有他的詩歌中那種慷慨激昂的憤激與短篇小說中冷峻客觀的諷刺，卻是他的潛在寫作中最為感人的部分，因為正是這為數不多的獨白，讓我們觸摸到特殊年代一個良知未泯的知識者內心最深處的情緒。

　　自 20 世紀 1950 年代開始的歷次運動中，神州大地便翻江倒海，「樹欲靜而風不止」，雷霆之來，掩耳不及，弔詭的是，無名氏卻覺得：「當時許多城市的聲音和行動雖為火山爆發，我卻覺得到處無聲。」現在讀他寫於當時的文字，依然讓人的心靈不由自主地抽緊：

　　已經七個月了，我一個人生活著，絕對的一個人。在我的四周，也有花，也有綠葉，也有陽光，也有貓的蹀躞，——卻沒有一點聲音。常常的，這種無聲的氣氛包圍我，浸透我，一個星期又一個星期。也扭開收音機，也有音樂，但它不屬於我們的四周，它是另一個星球上的流動體，隨它，我也飛翔在我所不認識的那個星體上。可是，即使是這個：貝多芬的雄壯大樂也好，白里遼斯的熱情節奏也好，都不能終止我心頭的無聲狀態，而表現於我身內的，比表現在我身外的更寂滅，更空無。我詫異著，我難道是一個無聲人麼？我是一個聲音絕緣體麼？於是我尋找，想在我身內找，在身外找，到處找，卻什麼聲音也找不到。上帝可能要命令我扮演無聲動物一千年！但我還要找。在白晝找，在黑夜找，最後，在牆角一片陰影裡，我終於找到一點點了，它出現了這麼幾個

字：「一萬年的冰河沉默！」[23]

〈無聲〉有具體的寫作背景，無名氏在前記中這樣說明：「五十年代某年，有幾個月，慈母赴上海小住，而妻子暫陪她，不返杭看我，我分外感到寂寞。這篇短文所寫，就是那時心情。」然而，這篇文章中那種深重的寂寞，卻顯然不只是一己獨處的必然反應，而更來自於與時代的疏離，以及由之產生的與自己的生活環境的隔閡：「從有些地方看，我覺得我已經變態了。沒有一個人真正了解我。我也不了解我四周任何人。他們為什麼這樣呢？我不懂。那些最直率的言語，對我已變成一種古代巴比倫方言。那些最簡單的姿態，對我已是一種埃及楔形文。那些比水還明白的事，對我卻是永恆神祕。」無名氏其實並不是孤僻不合群的人，他之所以陷入絕對的孤獨之中，按照他的解釋，直接的原因就在於他的話語系統與流行的話語系統是兩種不可互相翻譯的語言：「因為，對於渴望真正和平的人，任何火水爆炸聲對他的神經中樞只是無聲。」不管是幸或不幸，他時代互相拋棄，相互之間是厚厚的穿不透的隔閡：

天啊！我和這個世界的關係，真變成花崗岩與片麻岩的關係麼？

越當生活最缺少生活魅力時，我們越容易想起生活。一個觀念總在我腦子裡旋轉：「讓我真正的、好好的生活一次吧！」是的，我們是在生活，但我們卻又從未覺得是在真正生活。而另外許多人，甚至連產生這樣一種觀念的幸運也沒有。這真是人間大慘事。真正，只有在經歷了幾十年戰爭後，我們才深刻知道：什麼是和平！什麼又是和平生活？……人們從沒有比現在更渴望過它們。

上帝知道，我是常常想：「假如我們有那麼一次，也能真正名副其實的和和平平的在大街上走……」天啊，這是可能的麼？

---

[23] 無名氏，〈無聲〉，《花的恐怖》（武漢：武漢出版社，2006 年 1 月）。

於是，我不斷回憶過去的歲月，特別是：漫長西北旅途上的一片寧靜的
荒山野店，那裡的燈光、村酒、夜饌、和堂館親切的聲音……

像許多 20 世紀敏感的知識分子一樣，無名氏有時會從心靈深處覺得，
自己其實是不應屬於這個時代的。因爲想擺脫這個時代，無名氏也多次想
到過自殺，目下可以看到的無名氏寫於「文革」中的兩則關於死的默想，
即顯示出他在特殊時代企圖尋求死亡來解脫的心理：「我們本來非自願的被
硬送到這個世界上。正如一場舊式婚姻，一個少女硬被一頂花轎送到一個
陌生男人的洞房中。假如這個男人還可愛（和他同洞房），或者，至少還宜
於共同生活，我們將居留一個時期，甚至一個較長時期。如果我們發現他
的洞房毫不可愛，甚至令人咋舌，我們盡可隨時離去。」一個人要對自己
的時代絕望到何等程度，才能說出這樣決絕的話來！不過，並不是只有無
名氏一個人產生過自己不屬於所生活的時代這樣的想法，像帕斯捷爾納
克、曼傑施塔姆、穆旦這些迥然不同的詩人，都曾產生過類似的想法。本
來，人類文化自有其獨特領域，一個泛政治化的時代固然可以對之施展無
所不在的壓力，甚至抹煞它的存在，但縱然將之壓縮到一個極其狹小的角
落，卻仍然不可能將之有效收編。《日瓦戈醫生》中，拉莉薩在日瓦戈的遺
體旁這樣傾訴：「生命的謎、死亡的謎，天才的美、質樸的美，這些我們是
熟悉的。可是天地間那些瑣細的爭執，像重新瓜分世界之類，對不起，這
完全不是我們的事。」[24]無名氏心目中理想的知識分子——印蒂，是要關注
全世界的苦難而且企求究極的解決的，但即使這樣，他所關心的，也不是
權力的分配、爭鬥、控制之類「瑣細的爭執」，無名氏自然也會強烈地感到
極端年代無所不在的對文學精神和人類文化的擠壓之不可忍受，死亡的誘
惑即是明證。不過，頗爲反諷的是，當意識到死亡無所不在時，死亡帶來
的解脫，卻反而成了種慰藉，最終成爲支撐人活下去、直面時代的勇氣。

---

[24]（蘇）帕斯捷爾納克著；力岡、冀剛譯《日瓦戈醫生》（桂林：漓江人民出版社，1986 年）。

即使是在「文革」那樣的讓人的心靈困憊空白的時代，無名氏依然企圖從空白寂寞中恢復自己思考和寫作的能力。寫於 1972 年的〈自白〉[25]，裡面自然有對自己心靈空白、靈性枯竭、創造力被迫衰退的憂傷，卻也有著在困憊中奮進的希望：

> 有三四年了，我沒有正式提過筆。可能，這幾年中，我曾提過一次筆。但我記不清了。紙與筆似乎已與我無緣。不過，我經常提筆，但它對我只具有美術意義（書法），不像從前一樣，表現幻覺、思維與觀念，我幾乎完全忘記文字本身存在了。
>
> 寫什麼呢？心如純粹白紙，沒有顏色，沒有聲音，更沒有任何形象；儘管時間一大串一大串流過去，生活的瀚海中擊起一朵又一朵浪花，但我的靈性卻是一片沙漠，不留一絲痕跡。「事如春夢了無痕」，其實，夢本身還是一種痕跡。現在，我倒變成一片純粹真空，除了空白外，了無一色，了無一痕。其實，連空白也說不上。空白還有「白」有「空」，我卻既無「白」，也無「空」——（如果「白」是色，「空」是空間的話）。我究竟是什麼呢？真有點像阿賴耶識那片純粹幻覺的「無」了。
>
> ……
>
> 院子裡很靜，人們似乎都遠遠離開我，我獨自淹在我斗室的寧靜。我有點渴望，想記錄下一些什麼。於是，幾年來，我第一次正式提筆。
>
> 白日總是充實的，不管怎樣陰暗的雨天，只要有宇宙光，生命——肉體與靈魂，總是充實的。難堪的是黑夜。一閉上眼，沉浸在茫茫黑海裡，各式各樣不寧靜的情愫都浮動起來。只有在那個時候，你才感到真正的孤獨，絕緣。所以，歌德臨終時說：「讓我死在星光下的一條乾燥的溝裡吧！」王守仁臨終時也說過：「此心光明，尚有何言？」
>
> 今後幾年或十幾年殘生，僅不過為自己安排一個較寧靜較自足的死而

---

[25] 原題〈無名氏自白〉，《聯合報》1982 年 12 月 22 日，第 8 版。

已。此後,不是為「生」而生,是為「死」而生。那個永遠終點,已不太遙遠的出現在我旅程中了。

我希望,這幾頁自白是一個小小開始,今後我還能有機會在紙上與自己談天。只有自己,是自己唯一的最後知己,因此,一切煩惱、苦痛,只有向自己訴說,我自己解決。別人不僅不能解決,連理解都不可能。上帝既已給我安排下這樣一條奇異的旅程,我也只有按照自己所畫的軌跡走去。沒有人可躊躇的。也沒有什麼可騷亂的。因為,在我這樣年齡,多少才士早已結束他們一生文章,向上帝交上他們的卷子了。

1973 年寫作的〈偶感〉[26]中,無名氏更是抵禦時代的大勇者自勉:「許多傷害甚至毀滅藝術感覺的事物,潮水似的,日日夜夜,不斷沖來。但一個真正的大勇者應該建築堅固的堤壩,抵禦這些衝擊。」無名氏在「文革」中遭受牢獄之災,一生心血所寄的「無名書」後幾卷手稿也被抄走[27],日常生活中除飽受經濟的重壓與婚變的衝擊之外,也少不了許多瑣碎的煩惱。在精神上,無名氏雖然企慕那種高達開闊的境界,但面對橫逆之來,做為一個血肉凡人,他也無法做到太上忘情。1973 年,無名氏與妻子仳離,這對他是一個很大的打擊,翌年聞妻子再嫁,痛苦之餘,於 1974~1976 年寫下了 18 則「夕陽語片」[28],對他這時期內心的掙扎交戰留下了一些難得的紀錄。此時的無名氏已漸入老境,歷經歲月遷移與人世滄桑,心態與壯年時自是迥異:「蓋日近花甲,生命已如夕陽,雖暫殷紅,瞬息西沉矣。茲篇氣象,比之少時時代,不可同日而語矣。」不可同日而語之一,是內心深處某種「最強烈的精素」與「最堅硬的東西」,漸漸消失了——「愛情,不管是怎樣淡淡的一種,只要是愛情,它就形成生命海船的壓艙物那類實體,當後者不再存在時,船就漸漸不穩了。」[29]不可同日之語之

---

[26]無名氏,〈偶感〉,《花的恐怖》(武漢:武漢出版社,2006 年 1 月)。
[27]此時他當然尚無從知道在法官李木天的關照之下,這些手稿還完好無損地保留著。
[28]收錄於《無名氏散文》(杭州:浙江文藝出版社,1998 年 11 月),頁 322~343,
[29]實際上,一開始,無名氏雖然將勞燕分飛的主要原因歸因於妻子,但對自己也頗有自責之處,而

二，是因衰老而漸漸進入一種封閉孤獨的狀態——「衰老最大的一個特徵，是一層厚厚的殼，緊緊包裹你，像繭包裹蠶一樣。這樣一層殼，使你神經隔絕世界，對外界的形形色色，不再敏銳反應。」無名氏在 1949 年後過著隱居生活，與周圍絕大多數的人很難有什麼理解溝通，除了二三友朋往還之外，他能說說話的也只有自己的妻子，所以他說離婚對他的影響，「主要是：從此之後，我在這個地球上，是真正徹底孤立——孤獨了。」無名氏的妻子決意離婚，與受到單位壓力有很大關係，這當然是他事先無法預料也弄不明白的時代與命運的捉弄，他所能做的，除了籌劃自己晚年活下去的經濟依靠外，只有直面自己的孤獨。

> 孤獨不一定可怕，但孤獨者是可怕的。因為，孤獨是個人的事，孤獨者卻與世界有關。不過，先有孤獨，後有孤獨者。從這一角度說，或者，孤獨對世界也是可怕的。
> 孤獨者所以可怕，因為他不真心關心世界。（未婚的希特勒是另一回事，他並不是孤獨者，僅僅獨身而已。）所以如此，因為世界並不關心他。不，世界只在表面上關心他，非透骨澈心的關心他。只有有家庭的人，透過父母妻子兒女，世界才顯出深刻的形象，借助這些形象，世界才顯示對個人的關懷。孤獨者沒有這些媒介，便得不到世界深刻的血肉關懷。
> ……
> ……你本準備一套東西應付你那個時代，想不到他卻完全變了，於是，你原先準備幾乎付之東流。

隨著時間流逝，他的內心深處的傲氣與自尊不免開始復甦，在參加一次婚宴之後，想到自己的妻子，他不禁自負地寫到：「不管新郎能給她多少東西（物質方面），有一樣東西，他卻永遠不會給她：那種純粹詩意的愛情。」「她本是塵俗的，平凡的，只由於我的影響，她才變得稍稍詩意點，不平凡點。一離開我，她又回歸原來面目。也許，她不會感到這些，也許，她會感到，卻後悔不及。一個人只在鑄成真正大錯時，才會有真正的悔恨。」你可以嘲笑無名氏的孩子氣的自負，但從這裡，你依然可以看出，在他心目中，那種對詩意的追求的浪漫情懷依然占有很高的地位，這與外面劇烈變化的時代相比，顯得極為犯沖。

　　偶爾，無名氏會懷疑自己似乎落伍，但他更強烈的想法卻是：「可能，我走的路太遠了，人們只看見我的頭髮隨風飄起，並未見到我真臉，更未目睹我的全形──特別是我的足步，就隨便猜測我的真實存在的真實時空了。我自信並不舊。也許，正因為我太新了，人們無從把我分類，就簡簡單單把我『歸檔』了。」大約有這種自信，無名氏雖然羨慕白朗寧、林風眠永葆的「青春感受性」，卻更覺得「這一類典型，只有青年或中年，沒有老年，未免是遺憾。歌德之所以偉大，正在於他真正感受過青春、中年與老年。」所以，在漸入老境的寂寞中，無名氏也從中體會到寧靜與心靈自由的可貴，由春天的唯美浪漫邁入冬天的肅殺莊嚴，他對人生的感受自然是深入了幾層，最終歸結於一種廣大的平靜開闊的境界：

　　從前，我最愛秋天，現在，我才感到，冬天更可愛。只要室內還有火光，冬季的窗子特別顯得深沉，窗外的一切，似乎也離開我更遠。更主要是：宇宙表現得分外嚴肅，充滿深度。這樣的時候，點一支煙卷，長長冥思，那境界，是無比深刻的。此刻我才明白：為什麼北歐人或寒帶人的作品，特別顯示一種深湛，無論是易卜生的劇本，格里克的音樂，或舊俄杜思妥也夫斯基的小說，都流露出一種冬季的嚴峻、深度。

　　沒有家室子女，一個孤獨者，可以說徹底擺脫了一切塵凡負擔。我只要維持最低生存就行，再沒有野心、夢幻和道義上的人間糾葛。

　　在我的空間，一切正如此刻窗外大雪，雪白一片，毫無其他色素和舞臺畫面。我的觀念裡，也是一片純白、單一、空靈，正如我在「無名書初稿」所描畫的印蒂性靈境界。今後，我將如一個修行僧，隱居於我的小廟──我的家，長與青燈鐘磬相伴。實際上，我並無鐘磬，這樣一種超越的寂寞味，我必須習慣，而且要絕對從中感到享受生的樂趣。因為那是一種與宇宙萬物相化、合而為一的透明境界，也正是我的「浮士德」在華山大上方所沉醉的境界。嚴格說來，這是沉浸；而這種境界並不真寂寞，實無所謂寂寞。

　　無名氏潛在寫作的散文中，有幾篇寫於 1976 年文革即將結束時的遊記，其中的〈莫干山風情畫——一封給友人的信〉和〈水夜〉，文筆又恢復了以往的流動，但生命境界自是去鄉之前寂寞晚年的空曠氣象：

　　這一夜，除了我們三人，整兩層樓近十間房舍，沒有第四條生命。空得我渾身充滿山意。太山意了，第一夜，我反而睡不著。那種神祕岑寂，七八年未重溫了，這一夜它竟放肆地泛濫，那況味，倒使我摸不清楚，我在感什麼，思什麼，觸什麼？勉強形容，有點像乘宇宙飛船，漂浮星海太空，渾身失重，在飄、飄極了，飄成一個無。我這個「無」，半夜起床，入盥洗室，從山谷內，忽響一陣幽玄的風籟，宛若山妖祕語，語絲音縷，一絲絲、一縷縷的透入心脾，那真是微妙，我似在聽無音之音。

　　　　　　　　　　　　——〈莫干山風情畫——一封給友人的信〉[30]

　　一條似無盡頭的運河，寬廣的延展著，……岸上，一派廣蕩而淒靜的黃土平原，原野上的一些桑樹沉入黑暗中，看來真像一片太古荒原。傍靠岸邊，簇現一叢叢高高低低荒草，附近卻沒有人，沒有獸，生命似已停止了；只有大自然自己在活著，它突出的存在符號，就是劃分兩岸的洶洶河流、浪潮，——特別是船尾激起的險壯湍流、漩渦。這時候，一個人躺在船上，恰巧又是空中疊床，四周似動實靜的水聲，襯配著有節奏的輕盈馬達聲，而又被遼闊的岸上荒原包圍，那種離奇的況味，真不容易借言語描畫。我似存在，又似不存在，簡直不知道自己究竟在哪兒？在哪一種空間？

　　　　　　　　　　　　　　　　　　　　　　　　　　——〈水夜〉[31]

　　1949 年後，各種運動讓華夏大地天翻地覆，無名氏個人的隱居生活也

[30] 無名氏，〈莫干山風情畫——一封給友人的信〉，《花的恐怖》（武漢：武漢出版社，2006 年 1月），頁 132～138。

[31] 無名氏，〈水夜〉，《無名氏散文》（杭州：浙江文藝出版社，1998 年 11 月），頁 318～321。引文見該書頁 318～319。

遭遇了大大小小的波折，內心衝突撞擊的風暴無時或止，他曾這樣描述自
己的感受：「整個地球在混亂，你窗外秩序也一天天被破壞，你全部神經被
無數生活瑣事肢解或碎片，特別是：個人的陰暗經濟遠景，幾乎粉碎你核
心觀念中樞，這一切都使你幾乎茫然失措。」而就在時代風暴之中或稍停
之後，他能從寂寞之中體會生命的廣大境界，由自然之中尋得片刻平靜的
安慰，即使這廣大平靜是暫時的，也是狂熱年代很難得的人生境界。這種
境界也只有誠實地面對人生、執著地尋求對其超越的人才有體會的可能，
從今天的角度看，在一個樹欲靜而風不止的時代，無名氏的潛在寫作能有
那樣豐富的內容與深遠的內涵，也與他對生命真誠持之以恆的尋求密切相
關。這也使人想起〈花的恐怖〉結尾的那個富於象徵性的意象：那朵被頑
童採折下來的花，插在玻璃杯中，如漂浮著的被斫下的美女之首，然而它
卻竟也開得鮮豔、持久。小說結尾說：「至少，它在我內心深處喚醒了點什
麼——暫時就稱它為『希望』，或什麼『火焰體』吧！這並不是通常的那種
『希望』，而是本來絕不可能『希望』的那種『希望』，本來絕不可能放射
的那種『火焰體』。現在，我終於明白了，在宇宙，有時候，會有那麼一種
神奇的力量，竟能莫名其妙的支持是那樣長久，那樣堅決。」[32]

——選自劉志榮《潛在寫作：1949～1976》

上海：復旦大學出版社，2007 年 4 月

---

[32]無名氏，〈花的恐怖〉，《花與化石》，頁 61～62。

「無名書稿」縱橫論

◎汪應果[*]
◎趙江濱^{**}

> 未來新藝術必然力求涵蓋宗教和哲學，藝術只是溶合、消化這二者的一
> 種表現技巧。
>
> ——無名氏

「無名書稿」的六卷大書是一部被海內外譽爲「長河型」的長篇小說，它的全部創作過程度過了 15 個漫長的年頭。況且急遽的政治震蕩對文藝的自由發生產生的遏制性作用，這形成了它的後三部半——《金色的蛇夜》續集、《死的巖層》、《開花在星雲以外》、《創世紀大菩提》——是在極不正常的「地下」狀態中寫就的。至於它的公開問世，更是延長了近二十年，並且首先是在海外。

「無名書稿」的這種歷史境遇使得客觀而全面的文學史評說也成了一椿姍姍來遲的事。

1970 年代後期，香港文學史家司馬長風在《中國新文學史》中第一次試圖全面評價無名氏及其「無名書稿」，但囿於第三卷以後的內容還未見到，因而這種工作是殘缺的。1980 年代下半葉以來，嚴家炎在《中國現代小說流派史》、楊義在《中國現代小說史》、馬良春主編的《中國現代文學思潮史》中，都對無名氏及其創作做了專門的評說，但這些研究文字依然

---

[*]發表文章時爲南京大學中國文學系教授，現已退休，定居澳洲墨爾本。
^{**}發表文章時爲南京大學中國文學系博士，現爲寧波大學人文與傳播學院現當代文學專業碩士生導師。

由於材料的嚴重缺乏而停留在霧裡看花式的「淺」、「隔」當中。儘管如此，它們表現了無名氏已經進入了文學史家的關注視野。

　　似乎可以武斷地說，不論作者創作初衷緣自哪一方面，他們都不希望自己的作品僅僅在自我的解讀中完成其意義循環。一位當代作家曾表示：「人可以捨棄一切，卻難以捨棄對理解的渴望。」這當是操文字者的心聲。一個人發憤寫作，無疑希望自己的文字進入審美的「流通」領域被閱讀與理解。歷史上所謂「藏之名山，傳之後世」的文字，如果不是故作驕矜，便是它們有著迫不得已的難言之隱。

　　「無名書稿」的創作有著巨大的抱負，無名氏曾不無自負地透露：

> （「無名書稿」），我相信無論在藝術上、思想上，對中國和世界總有涓滴之獻。——我主要野心實在探討未來人類的信仰和理想：由感覺——思想——信仰——社會問題及政治經濟。我相信一個偉大的新宗教、新信仰即將出現於地球上。[1]

在另一處地方又說：「此生夙願是調和儒、釋、耶三教，建立一個新信仰。」[2]

　　「無名書稿」的創作主旨矚目於人類的未來，但這並不代表它是專門為未來的人而作，只是因為企圖、雄心和處境和當時時代的潛在張力，使它只能暗暗地對未來寄托著殷殷的期待。

　　實際上，即使文化修養很高的胞兄卜少夫，在看了「無名書稿」的前兩卷——《野獸·野獸·野獸》、《海艷》——以後，也不禁搖頭感歎「看不懂」。當時卜少夫任《申報》副總編兼復旦大學副教授。由此亦可見到「無名書稿」所匯聚的藝術探索和思想內容與常人的思想和審美心態的距離是多麼巨大。而直到卜少夫耐心地閱讀到「無名書稿」的第三卷《金色

---

[1] 司馬長風，《中國新文學史》下卷（香港：昭明出版社，1978年），頁108。
[2] 同前註。

的蛇夜》上冊後，才領悟到該書的宏大企圖，並對之「說了不少恭維話」。真誠地表示：「他不只完全看懂了，而且身經創痛，他才深切感受且映證『無名書』所揭示的大時代內核真諦。」[3]

　　「無名書稿」是一部從大文化的角度探討人生與社會問題的大書。之所以對文化如此執著，是因爲他認爲，對社會問題的處理，「政治的解決，並不是一切問題的解決。同樣，政治的糾紛和癥結，也不是一切問題的糾紛和癥結。……事實證明，政治的真理，只是蜉蝣真理：早上誕生，晚上死掉」。[4]對政治運作非理性和暴力現象與人性道德的衝突，他表示，這「不只是一個歷史問題、政治問題，而且也是一個文化問題」。[5]一般來說，宗教在無名氏這裡是做爲文化象徵物的，他在述及東西文化的差異時，經常標舉宗教的特徵來指涉它們的文化性相。因而，文化對社會人心的維繫和聚斂功能，也相應地被表述在這樣的話語中——「純粹政治主張或政見，只能解決一時的社會問題，不能解決人類的永久信仰的，能給人永久信仰的，只有宗教。」[6]

　　考察無名氏的思想、藝術及生活，文化問題對他幾乎是安身立命的靈旗。幾乎是畢生，他都孜孜矻矻於中國乃至人類未來的文化建設工作，爲更合理而健全的人類生活而殫精竭慮。但在 20 世紀上半葉的動蕩中國，如此文化努力卻與具體的文化情境有所闊隔，這使熱烈而不乏精采的精神活動在很大程度上成了高蹈、游離於政治和社會現實的話外音：「五四」以後，先是軍閥爭雄混戰，隨之而來的是轟轟烈烈的北伐，再是大革命失敗後的血雨腥風；幾乎與第一次國內戰爭相伴，日本軍國主義又開始了對中華民族的侵犯，階級矛盾、民族矛盾、黨派之爭，一齊對這個苦難深重的國度施加了巨大的壓力；八年抗戰和四年第二次國內戰爭接踵相連。文化建設的空間被壓縮到了非常狹小的地步，少數知識分子致力的文化建構，

[3]無名氏，《塔裡‧塔外‧女人》（廣州：花城出版社，1995 年），頁 26。
[4]無名氏，《金色的蛇夜》（香港：新聞天地社，1977 年 1 月），頁 20。
[5]無名氏，《野獸‧野獸‧野獸》（廣州：花城出版社，1995 年 2 月），頁 339、340。
[6]同前註。

也只能成為艱難時世孤寂心靈的祈禱。

「無名書稿」通過印蒂這個人物形象，尤其是對他的人生和思想歷程的精細的藝術描繪，讓我們看到一個稟有理性和良知的知識分子的艱難而不懈的人生追求和執著的思想歷險。通過這一過程，也折射了本世紀上半葉中國動蕩不寧的社會現象以及部分灰色人群的靈魂苦吟。它以二百七十餘萬言的浩瀚篇幅和充滿生命激情的獨特表達方式，把人生複雜的諸般景觀雄壯地訴諸筆端，讓人充分感受到了生命的感性洪流和理性思緒的洶湧波濤。生命形態的諸般元素在「無名書稿」中受到了詳盡甚至繁瑣的解析，人生在六次轉換中次第攀升，直到求得生命的「圓全」。對人生的這種全景式地藝術描繪，在中國數千年的文學史篇帙中堪稱絕無僅有，這不能不使它帶有原創意義。

然而引頸西望，「無名書稿」的誕生卻淵源有自。

在無名氏的思想和創作地平線上浮動著西方文化尤其是近現代文化的廣闊背景，並且他是主動進入這個背景的。用他的話說：「對於每一個從事現代文學的中國人，他腦子裡首先泛濫的，是文藝復興以來的歐洲觀念、語言、情調，沒有這些，他的作品將沒有現代新氣息。一部現代中國新文學史，就是近代西方文明文化的衝激史、泛濫史。」[7]這把他創作的文化支撐背景全部告訴我們了。另外，《金色的蛇夜》中的兩場沙龍聚會的節目更清晰地展示了這一點。

第一次沙龍的內容是：戲劇家袁曉初朗誦了一段（瑞典表現主義戲劇家）史特林堡的《死亡舞蹈》的對白，詩人余邁背誦了一首（法國象徵主義詩人）波德萊爾的詩〈黃昏的和諧〉，畫家馬爾提介紹了（現代主義畫家）畢加索的幾幅近作，哲學學者楊易暢談了德國（存在主義）哲學家海岱格（現通譯海德格爾，筆者）一本專論「有」與「無」的著作（按，當指海德格爾的《存在與時間》，該書的中文節譯作為《存在主義哲學》的一

---

[7]無名氏，《綠色的迴聲》（廣州：花城出版社，1995 年），頁 183。

部分，1960 年代初由商務印書館出版，全譯本直到 1987 年才出版）。[8]

另一次沙龍的內容是：林鬱以法文朗誦波德萊爾的詩，余邁朗誦（法國意識流小說家）普盧的《往事追憶錄》片斷（按，即普魯斯特的長篇《追憶逝水年華》），袁曉初朗誦（愛爾蘭意識流小說家）喬也斯的《優里西斯》片斷，韋乘桴朗誦（英國現代小說家）勞倫斯的《查泰萊夫人的情人》片斷，楊易朗誦法國大哲學家海岱格的名著《論時間與無》中的一段（按，此外「法國」當係「德國」筆誤）。[9]

兩個沙龍的內容糜集了西方現代主義藝術和哲學的成分，它們微縮了無名氏的文化性格和文化視野。在這個醒目的文化背景上，說「無名書稿」受孕於西方近現代文化思潮，當是合乎邏輯的。當代學者就有稱「無名書稿」是「頗有分量的現代主義巨著」的[10]，無名氏自己也一再表示：「絕不接受現實主義，永遠皈依未來派。」[11]「象徵主義……以及任何其他主義，對我永遠超過寫實主義。」[12]顯然，「無名書稿」的創作及其題旨和西方近現代文化背景有著密切的關係。那麼，它們體現在哪裡呢？

首先，在「無名書稿」的藝術形式和內容上，但丁的《神曲》和歌德的《浮士德》對它有直接的藝術影響和思想啓發。

但丁的《神曲》是一部未脫歐洲中世紀文化語境的具有濃厚象徵寓意的長詩，它記述了詩人的一次「神遊」：在 35 歲時（所謂「人生中途」），他迷失在一座黑森林裡，盲目轉到天明，來到一個小山腳下，只見山頂上一片陽光燦爛他試圖越過這座小山，可是三隻野獸——豹、獅、母狼（一般認爲，分別象徵淫欲、強權、貪婪）——擋住了去路。正在進退維谷之際，古羅馬大詩人維吉爾應聲而出。他對但丁說：「你戰勝不了這三隻野獸，我將指示你另外一條路徑；開頭我將引你參觀罪人的居地，次則我將

---

[8]無名氏，《金色的蛇夜》續集（香港：新聞天地社，1983 年），頁 255、317 頁。
[9]同前註。
[10]楊義，《中國現代小說史》下卷（北京：人民文學出版社，1986 年），頁 510。
[11]無名氏，《綠色的迴聲》，頁 8、183。
[12]無名氏，《金色的蛇夜》續集，頁 502。

引你爬上靈魂在那裡洗煉的山坡；到了山頂，我把你交給另外一個引導人，伴你遊覽幸福之國。」隨後，但丁跟著維吉爾尋遊了「地獄」、「煉獄」，在「煉獄」之後的山頂是「地上樂園」，那裡維吉爾將他交給但丁少年時的戀人貝阿特麗朵，她又引導但丁遊歷了「天堂」，直到和上帝會面。[13]

《神曲》在充滿宗教神學因素的文化氛圍中，對人生作了細緻的象徵性解剖。一般認為黑森林代表著罪惡，人稍有不注意就會迷失其中；陽光普照的山頂代表著一種人生的理想境界。罪人們希望重見天日，可是因為本身的貪欲（狼）、強權（獅）、淫欲（豹）等原罪因素，或因為社會的邪惡勢力而不能自拔，所以需要外在力量的幫助，這個外在力量就是「理性」。維吉爾是人的理性智慧的化身，他使人知曉罪惡的可怕，鼓勵人修身養性。而在人的智慧之外，又必須有信仰，用神啓作引導，一個人才能達到至善的境界，得到真正的幸福。智慧象徵性地從詩人那裡獲取，而神啓象徵性地來自少女貝阿特麗朵。在兩者的引導下，人才能克服罪孽，走向新生。

「地獄」的設置寓有宗教原罪的思想，人通過「煉獄」的救贖，可以進入至善至美的「天堂」。如果我們剔除了宗教神學的神祕晦澀外衣，不難看出，《神曲》是對人生過程的一種縝密精緻的象徵性闡釋，表現了靈魂經由罪惡而獲得解救的過程。僅從表面即可看出，《神曲》對人生過程結構化闡釋的藝術架構也鮮明體現在「無名書稿」中，《神曲》中揮舞的「人智」和「神智」兩面旗幟也在「無名書稿」中換上了「思想」和「信仰」。

如果說，《神曲》對人生過程給予了三部結構的解釋，那麼，在歌德的詩劇《浮士德》中卻給予了四部結構的解釋，而且充滿了時間焦灼而導致的不息追求的現代人生氣息。

詩劇《浮士德》首先勾畫了人生的「知識悲劇」。年近半百的浮士德是個經綸滿腹之士，可是枯坐書齋不但沒有讓他體會到學問的樂趣，反而使

---

[13]參閱但丁著；王維克譯《神曲》（北京：人民文學出版社，1983年）。

他鬱悶壓抑，倍感學問睽隔於人生社會。他的內心勃動著生命的創作精神，但連他的學生也不能理解他，這讓他深感氣餒，以至他想飲鴆自殺。正在此刻，遠處傳來復活節的宏亮鐘聲和莊嚴的禮讚頌歌，這喚醒了他的生命感。他在意把《聖經》的「泰初有道」譯成「泰初有為」，表現了他希望從學究式的枯燥思索進入能動性的現實生活。

通過與魔鬼梅非斯特的打賭，浮士德的生命從書齋進入了人生的其他層面。

浮士德人生過程的第二個階段是「愛情悲劇」。在魔鬼梅非斯特的誘惑下，浮士德與平民少女格蕾辛很快墜入情網。這場戀愛是一場充滿矛盾的戀愛，二者的思想、經歷、性格差距甚大。而由於一系列的失誤，導致格蕾辛的母親命喪黃泉，造成格蕾辛的哥哥瓦倫廷斃命劍下。最終格蕾辛因為經受不起這些打擊而精神失常，鋃鐺入獄。這個事件使浮士德的精神受到重創。愛是難以圓滿的。

浮士德人生過程的第三個階段是「追求美的悲劇」。浮士德在試管小人荷蒙庫路斯的帶領下，遊歷了古希臘的神話世界。在象徵智慧和正義的刻戒指引下，在同情人類的曼托的鼓勵下，浮士德找到美女海倫，並與之結婚。

海倫是永恆「美」的化身，這種「美」脫世離俗，在它面前，「一切的一切都成了虛偽」。不久，他們孕育了歐福里翁——一個「未來的眾美的創造者」。這個早熟的天才具有奔放不羈、不受時空限制的特點，洋溢著澎湃的生命力，渴望戰鬥。他在天空飛翔著要去參加戰鬥。不幸的是，因為飛得太高，招致墜地身亡。海倫悲痛欲絕，感到「幸福與美不能長久地璧合珠聯」，隨著兒子靈魂在地下的呼叫聲，她也離浮士德而去。美是難以持久的。

浮士德人生過程的第四階段是「社會理想的悲劇」。他從仙鄉返回人世後，深感「事業最要緊，名譽是空言」。他決心在海邊填海造田，造福於民。他召募了千百萬人民築長堤，圍墾灘塗，開鑿運河，建起了一座座人

間樂園。爲了開鑿運河，他令梅非斯特前去勸說兩位老人遷居，孰料梅非斯特卻驅人縱火。而後幽靈又吹瞎了浮士德的眼睛。

海邊王國的建立實現了浮士德有爲於社會的人生理想，他陶醉在這種滿足中。當他聽到鬼怪們爲他掘墓的鍬鏟聲，還以爲是歡樂的人群的勞動聲。他動情地憧憬不已，浸滿幸福光輝地叫道：「停一停吧，你真美麗！」

這是魔鬼梅非斯特與浮士德打賭的約定咒語，在此成了浮士德生命的咒語，說完便倒地身亡。這藝術地是梅非斯特的勝利，然而本質上正如梅非斯特幸災樂禍說的，是「時間勝利了」。[14]人生的不息追求，只有死亡來臨時，才告徹底結束。只要我們回顧一下「無名書稿」中印蒂的不息追求，就可嗅到浮士德的味道。印蒂是浮士德的現代翻版。

顯而易見，「無名書稿」的主旨和藝術形式直迫《神曲》和《浮士德》，當之無愧的是兩部偉大著作的現代中國化嘗試，它也努力地試圖對人生的過程給以結構化的解釋。無名氏在六大卷「無名書稿」中把人生的過程切成分六個階段，他對人生過程各個階段的藝術描繪在逼近現代生活的基礎上給予了更現代思想的解釋。如我們閱讀到印蒂的離家出走的事件並看到作者給予這一過程的詳贍的分析解剖時，我們會非常感興趣地發現，這就像是一份存在主義哲學的個人化檔案。用存在主義哲學術語來說，人來到這個世界是身不由己的，即人是被「拋入」這個世界的。另外，人的本質（意義）不是先天就有的，即「存在先於本質」。人呱呱墜地之時與其他動物顯然保持著很大限度的生理近似性，只是隨著時間的敞開提供給人的意識和意志的極大可能性，人才能動地把某種本質（意義）填充到人們自己的虛無身上。自覺能動的選擇和自我設計是人對自由的最高回報，由此也構成了人在哲學上的存在意義。印蒂的人生覺醒過程正是這樣，有一天，他忽然感覺「精神狀態非常嚴重」，「我整個靈魂只有一個要求：『必須去找，……──找一個東西！』……我只盲目的感覺，這是生命中最可貴

---

[14]參閱歌德著；錢春綺譯《浮士德》（上海：上海譯文出版社，1982 年）。

的『東西』，甚至比生命本身還重要的『東西』。[15]爲什麼會產生這樣的念
頭呢？無名氏揭示道，是因爲社會環境對人性自由的桎梏和人性自由所遭
到的「異化」，正如印蒂自省的那樣：「在這個盲動（出走，筆者）爆發以
前，我一直像機械似地生活著。我也有欲望，有反應，有不滿，但一切只
是類似齒輪與鏈條的動作；它們自己並不是主體。於是，那樣一天突然來
了，我突然發覺，過去所有生活，全無自我意識。我只是環境牽線下的一
具十足木偶。從今天起，那沉睡在黑暗心靈中的『我』，第一次睜開眼睛，
從漫長噩夢中醒來。這個『我』第一次決定開始要做它的軀殼的主人，而
把原先所有各式各樣的主人趕走。」[16]這種人生的思想過程顯然是嶄新現代
意識的。

其次，「無名書稿」所塑造的貫穿性藝術形象——印蒂，不但在中國文
學畫廊而且在世界文學畫廊中都是一個可以占一席之地的人物。他不但是
藝術創作中獨創的「這一個」，而且匯聚了密集的生命哲理。儘管無名氏爲
印蒂的出場鋪陳了大量的現實生活細節，以致他的藝術形象深深栽進現實
生活細節的泥土中，被人們簡單地用生活邏輯來規範。但從本質上衡量，
「無名書稿」是一部充滿形而上意味的象徵主義大書，印蒂則是一個象徵
主義的藝術造形。其實，整部「無名書稿」中的所有人物，大多都帶有象
徵主義色彩，正如無名氏所說：「我的人物描寫，帶點魔幻的意味，都在虛
幻之間。」[17]

無名氏在醞釀與創作「無名書稿」的過程中，其心態並不是僅僅要寫
一部引人入勝、取悅讀者的小說，當然做到這一點對他並不是難事，《北極
風情畫》和《塔裡的女人》即是明證。但他更想把哲學、宗教、人性的許
多內容嚴肅地結構到作品中，做爲對未來社會藝術發展的一個預言和獻
禮：「未來新藝術必然力求涵蓋宗教和哲學，而藝術只是融合、消化這二者

---

[15]無名氏，《野獸‧野獸‧野獸》，頁 15、21。
[16]同前註。
[17]1998 年 5 月 9 日無名氏給汪應果的電話紀錄。

的一種表現技巧。」[18]

「無名書稿」描述和探討的是生命的焦灼和展開，生命的矛盾和追求，以及政治、愛情、欲望、宗教、社會理想等在生命活動中的地位和意義。「無名書稿」第一卷《野獸・野獸・野獸》楔子的三段激烈酣暢有生命狂想和描寫，基本上勾勒了整部書的宗旨：人類的歷史即是生命急速流逝的時間，生命於虛無中誕生，人生的意義需要自己去頑強「尋找」（印蒂是個代表）。

因此，印蒂這個藝術形象是一個藝術象徵體系中逸出的精靈，生命的複雜內涵和人生過程的象徵意義是他的本色。只有這樣，我們才能理解印蒂爲什麼在人生諸相間的不停奔走。這種一味的追求如果放到生活的邏輯中去衡量，它的突兀和生硬都是難以解釋的，然而當它們與生命的內在複雜矛盾性相聯繫時，一切都顯得合理妥帖。印蒂的不停追求負載了生命本性的各個方面，生命根植的內在矛盾性就是驅使印蒂在人生路上狂奔的動力。這樣的藝術考慮便形成了印蒂獨特性格的藝術邏輯。這和浮士德的以追求爲目的的人生旨趣顯然是相似乃爾的。

對印蒂人生的覺醒過程的細緻描寫是「無名書稿」中傳神而富於深刻的地方。它向我們透露了多方面的信息。人的覺醒及其人的主題，在中國是一個直到「五四」前後才出現的社會文化現象，周作人曾於 1918 年在〈人的文學〉中述及：「中國講到這類問題，卻須從頭做起，人的問題從來未經解決，女人小兒更不必說了。如今第一步先從人說起，生了四千年，現在卻還講人的意義，從新要發現『人』，去『辟人荒』，也是可笑的事。但老了再學，總比不學該勝一籌罷。」印蒂的出現，可以說第一次在現代的意義上在中國文學中奏響了人的主題曲。

印蒂的人生覺醒後，隨之面臨的問題就是自由意志賦予的選擇。按照西方傳統的人學觀點，人始終如「赫爾庫勒斯站在十字路口」（柏拉圖），

---

[18]無名氏，《淡水魚冥思》（廣州：花城出版社，1995 年），頁 149。

並且「偏愛較好的」（亞里斯多德）。[19]選擇是人的自由本質的必然要服的苦役。在蘭多拉筆下，上帝是對亞當這樣說的：「我沒有給予你特別的形式，沒有給你特別的遺傳，於是，你將具有並掌握你所希望的裝備，我們使其他所有創造物服從規定的法律。你是唯一不受限制的，並能夠採用和選擇你的意志所決定的東西。爲了你的榮耀，你應該是自己的主人和建造者。你可能退化到動物，也可以上升到神性的高級階段。」[20]人的本質既因自由而有自我選擇與決定的權力，人在天性上也兼具某種危險性。動物由於簡單順應自然，因而不會超出自然形成的本性而爲自己選擇，可是它也不會降到自然形式之下。但人的性質要廣泛得多。人的理性和文化既可以把他提升到高尙層面，也可以因濫用這種稟賦「而變得比野獸更加野獸化」。[21]這大約是無名氏的「無名書稿」第一卷命名爲《野獸‧野獸‧野獸》的主要原因。

　　啓動印蒂「上天入地」尋找的動機是生命朦朧的對「意義」的渴望，哈姆雷特的那句「To be or not to be?」之所以在文化史上不絕如縷，就是因爲它表明了生命在「意義」不清時，選擇是一件多麼困難的事情。

　　不停地對人生的形而上意義的叩問和不停的對人生世相的選擇，構成了印蒂藝術性格的核心內容。這種對人生終極意義的尋訪注定了他身上具有某種理想主義者的特點。因而他一方面狂熱地投身政治運動，另一方面懷疑主義思想常常成爲突出的畫外音。人道主義的觀念常常掣肘著他的政治理念和熱情，無名氏認爲：「人可以不是政治人，但人不能不是人。人若沒有政治活動，並不礙其人格之完整，人若沒有道德活動，則不成爲人。在這裡，政治與道德就有分別了。」[22]印蒂的思想當然與政治原則要產生衝突了，因爲政治只能在有限的範圍內對廣泛的人道思想加以寬容，在更多的時候，政治需要對人道進行遺忘。無名氏對法國的近代歷史和思想是熟

[19]（德）藍德曼著；彭富春譯，《哲學人類學》（北京：中國工人出版社，1988 年），頁 248、249。
[20]同前註。
[21]同註 19，頁 246。
[22]無名氏，《淡水魚冥思》，頁 133。

稔的，著名歷史學家馬迪厄是他經常提及的，通過馬迪厄，他深深了解了法國大革命，思考了法國大革命。

羅伯斯比爾是個充滿道德理想光輝的政治革命領導者，然而他在法國大革命中卻將許多無辜貧民百姓的命斷送在了斷頭臺上，後人至今對此不能原諒。雨果在其《九三年》的末尾寫道，保皇勢力的朗特納克侯爵本可以逃走，但良心的驅使，使他衝進火海救出了兒童，自己因此被捕。革命軍司令官郭文認為，處死這個人會損害革命的聲譽，遂擅自放走了侯爵，因觸犯革命法律，他本人被送上絞刑架。

這是一則頗為典型的政治原則與道德倫理不能調和的文學實例。雨果由此提出了「在絕對正確的革命之上，還有一個絕對正確的人道主義」的著名命題。

無名氏對此當然是頗多會心的，他通過韓慕韓這個人物介紹了這樣一件事：他在參加蘇俄國內戰爭期間，在一次追擊戰中，捉到了一個敵方俘虜，紅軍士兵在搜查他時，發現他藏在身上的少女照片，俘虜知道必死無疑，便狂吻照片。這幕情景讓韓慕韓渾身顫慄，他怒吼著放掉了這個俘虜。[23]生命倫理在無名氏那裡是被同樣祭放在理性最高層面的。

這種情況在法國現代哲學家薩特的筆下，被賦予了生存荒謬的景觀。在小說〈牆〉中，他敘述了這樣一個故事：西班牙內戰期間，共和黨人巴勃洛·伊皮葉達被佛朗哥法西斯分子逮捕。佛朗哥分子訊問巴勃洛·伊皮葉達，企圖逼他招出他的朋友拉蒙·格里的藏身處。巴勃洛·伊皮葉堅執不說，但在臨刑前為了嘲弄敵人，便信口說拉蒙·格里藏在墓地裡。他被免於處決。後來得知，拉蒙·格里為了不牽扯別人，居然真的跑到墓地裡躲藏起來，正好被抓獲。這表面上是由於偶然所致，但薩特卻把它做為一種人類存在的處境比況的，從中也可以看到人類道德的尷尬處。

把生命倫理高懸於政治理念之上，這使印蒂只能成為政治革命的同路

---

[23]無名氏，《野獸·野獸·野獸》，頁164。

人。之後，他的尋找沉入愛的懷抱是自然的，然而愛不是生命的全部，這一點魯迅在小說〈傷逝〉中揭示得夠深刻的了。因此，人生經過愛的羅曼司的洗禮後，必然尋求新的依靠。無名氏的個人生活甚至給出了一個注腳：在愛情與他的六大卷「無名書稿」之間，他寧選擇後者。[24]

印蒂的人生求索中向欲望深淵沉淪的描寫是可能遭致非議、但也是絕對深刻的篇章。自古以來，關於人性的善惡之爭就沒有停息過，也許公允地講，人性的內容中兼有善惡的成分，而且在辯證眼光的哲學家早就意識到「惡也是歷史進步的動力」（黑格爾語），人性之惡造成的戰爭「是促進文明發展的必不可少的手段」。[25]（康德語）

對人性中「惡」的因素的正視，並把它做為人生過程的不可缺少的過程，這是無名氏獨特和高明處。當然，無名氏對此也表現得冷靜而謹慎：「全部脫離獸性，或許是未來的人類。今天的人類，一半是人，一半還是獸。必然發展為全人，獸性才能除去，人有思想以後，腦子已脫離獸的屬性了，但還有半個身子陷在獸裡面。」[26]印蒂為自己的精神墮落也開脫說：「完人常常是不合理的，半人半獸混合物才是合理的。」[27]欲望的孽源在「無名書稿」中不但沒有用理想的道德光輝加以沖淡，相反卻被重重強調了。生命的「感情三部曲」被凝煉精采地概括為——「青年的拜倫狂熱，中年的波德萊爾頹廢，晚年的歌德寧靜」。波德萊爾式的頹廢情調，在中國往往被視作是社會的精神危機的文化相伴物，而在「無名書稿」中，它成了人生過程的一個必然沉淪期：為入「天堂」，先下「地獄」。

經過頹廢的「煉獄」之後，印蒂渴望精神昇華和安頓，於是開始了向宗教尋求安慰的活動，他先入天主教，然而西方的東西不對他的味口，他轉而進入佛教的廟宇。然而尋遊了一遍東西宗教，他發現各有偏頗，不能澈底解決他的人生問題。他由此進入了對雜亂文化思想進行整合的高山

---

[24]無名氏，《綠色的迴聲》，頁 212。
[25]易杰雄編，《世界十大思想家》（合肥：安徽人民出版社，1990 年），頁 755。
[26]無名氏，《淡水魚冥思》，頁 148。
[27]無名氏，《金色的蛇夜》續集，頁 89。

「悟道」生活。「悟道」這個概念帶有神祕主義傾向，但在印蒂這裡，是指他對中西文化進行整合的抽象思維運作過程，其結果是「星球哲學」的誕生和對時間之於生命意義決定性的深刻體驗。

在「悟道」階段，人生意義的奧祕被印蒂通過獨特的感悟而解碼。但作者考慮到，人生意義的解碼必須體現在人生的幸福和社會理想的實現上。在這裡，《神曲》的天堂壯景，《浮士德》的人間樂園，空想社會主義的藍圖，一齊被攝入了《創世紀大菩提》的大文化建構中。

形而上的要求產生於人力圖對自己局限的超越。文學的形而上品性是自古以來偉大作品的標誌之一，在屈原的〈天問〉、〈離騷〉中，在古希臘的悲喜劇中，在《聖經》的優美語言中，在莎士比亞的戲劇中，在歌德的作品中，在雨果、巴爾扎克、托爾斯泰、杜斯妥也夫斯基、卡夫卡……的作品中，文學的卓越創造幾乎都與作家對某種形而上的關心有聯繫。尤其觸及到對人的問題的思考，更是如此。黑格爾在他的《美學》的結尾有個展望，聲言在未來，哲學將取代藝術，後人多對此不以爲然。儘管有些武斷，但藝術的形而上品性或者說藝術的哲學化傾向的加強，在現代的文學藝術創作中也是不爭的事實。文學藝術如果漠視形而上品性的錘煉，至少不能說是一件幸事。人類對現存世界和自己處境的超越性前瞻，是人類對自己命運負責的能動姿態。

當然，文學藝術的形而上品性和形而上追求，不應該是抽象思維和理性說教在作品中的肆意泛濫，而應該從藝術體驗的深度，象徵的深度以及意蘊的深度的恰當表達中得到體現。無名氏在創作「無名書稿」過程中，一再告誡自己「形象！形象！」但一旦他的思想像野馬一樣狂奔，他自己也禁不住這種思想洪流，以至有形而上泛濫之嫌。這多少影響了「無名書稿」的藝術完善性。文學的整體的形而上缺失，是中國現當代文學創作分量較輕的因素之一。而「無名書稿」應是對此的一個舉足輕重的彌補。它以濃烈深邃的形而上品格，接續了西方近代以來的一個經典主題，這個主題，在中國現代文學中顯然是一個尚未得到充分挖掘的方面。一個人孤獨

地跋涉在這樣的文學曠野中，是不免寂寞而有「高處不勝寒」之慨的。從這個角度看，「無名書稿」也是一部應該引起文學史家和文學研究者予以注意的作品。

值得指出的是，印蒂的象徵性藝術形象在「無名書稿」的藝術描寫中不是被貫徹得非常徹底的，他曖昧地搖擺於象徵和寫實之間。從他的藝術個性和獨特的人生行為看，他只能存身於藝術的象徵系統內，只有在這裡他才自洽並輻射著深厚的意義光芒。但從作品不時加給他的社會生活背景和活動的事件——比如參加大革命——來看，他的思想、行為和履歷又「踏實」地黏滯於寫實的層面，與時代和現實聲息相通，他又成了 20 世紀上半葉中國特定時空條件下的一個知識分子形象，反映了先進的知識分子為社會、民族以及個人的前途而不息探求的艱難過程。寫實和象徵是否可以和諧相處，相得益彰，這是一個值得探索的藝術課題，但在「無名書稿」中二者的結合顯然未臻周詳，以至當讀者以寫實的身分確認它時，它的象徵性的藝術因素便受到人們的批評；而當人們用象徵的眼光理解它時，其中的瑣細的寫實性的品格又粗暴地瓦解著藝術象徵體系的內在意蘊。這種作品藝術性質的搖擺分裂現象可能導源於作者創作指導思想的大膽無羈卻又拿捏不定的心理狀態。

除上述兩點以外，「無名書稿」還是部富於藝術創新並具有鮮明風格的作品。無名氏曾自詡說：「我所準備寫的一本大書（即「無名書稿」，筆者），其整個姿態，就是舞蹈與建築的化身。它具備舞蹈的流動性與凝定性；在某種程度，又有建築的堅硬性、浮雕性、沉著性。在舞蹈的開展中，生命乃顯示河流，平靜的與騷動的波浪、光影、陰暗、錯綜、凸凹。」[28]又說：「新的藝術不只表現思想，也得表現情緒、感受，不，應該表示生命本身。生命原就是川流不息的大江河，洶洶湧湧，直奔前去。藝術必須得藉情緒、感受來象徵這種大生命的奔流。就這一點說，藝術不只

---

[28]無名氏，《淡水魚冥思》，頁 208。

思想、顏色、線條和浮面描畫，而必須有一種內在的情緒、感受力量，這
不只在理智，還在熱情、感受的傳染。作品本身有大熱情、大感受，才能
把一種熱情、感受傳染給讀者。」[29]

　　這樣的藝術創作觀，無疑都被無名氏一起在「無名書稿」的創作中付
諸實踐。不僅從內容上說，印蒂的不息人生追求像江河奔流，像一曲駿奔
的樂曲和急速旋轉的舞蹈，而且從字面的藝術描寫效果看，它們也挾帶著
流動氣勢和力度。語言既是經過他反覆錘煉的，同時具有氣蘊於內的貫通
效果。有時，語言在作品中完全成了自己生命的洪流，連作者似乎都難以
節制它的滾滾向前。讓我們信手摘出幾個片段體驗一下：

　　突然，一陣聲音從臺上爆發了。這不是講演，是開花彈的爆炸。爆炸者
　　不僅要炸碎群眾，也要炸碎自己。一片片轟炸的怒吼由臺上衝射出來。
　　左獅整個瘋狂了，獷野的激情使他變得又熱烈，又橫暴。他的激吼不時
　　被臺下掌聲和吼聲衝斷。臺前幾排是一切怒浪的底流，只要這幾排的手
　　臂一揮舞，吼聲一爆發，全部海面就波動起來，一大排怒浪……[30]
　　那是一個下午，他恬適的斜躺在藤椅上，享受著午覺蘇醒後的甜意。他
　　心裡有一種淡淡的熱，熱得很舒服。午後有一種慵困的靜意，屋內的陰
　　涼使他舒適得懶起來，他不想動，就想這樣躺著，讓午睡的感覺長長長
　　長的綿延下去，讓幻想像一片片葉子，隨情緒的風吹，吹到哪裡，是哪
　　裡。……[31]
　　江邊天文臺上，高高的十字形氣象預告幻燈在閃亮。一叢叢摩天巨廈，
　　野怪樣猙然凝立，渾身燃燒著有火玻窗。有的巨廈直是一座座燈火的
　　山，燈火的幻島，無數隻輝煌的眼睛凝望在黑暗中。水面上有船走。並
　　不是船走，而是一簇簇燈火在走。在黯淡星光下，水面沖起的煙顯得很

[29]無名氏，《淡水魚冥思》，頁 149。
[30]無名氏，《野獸‧野獸‧野獸》，頁 139。
[31]無名氏，《海艷》（廣州：花城出版社，1995 年），頁 152。

神祕，水上燈火更是無比魔魅。有的火亮在薄霧裡，如夢裡的玫
瑰。……[32]
獅子是他的頭。毒蛇是他的手臂。野獸是他的身子。火焰是他的眼睛。
瀑布是他的血液。他不是躺在病床上，是躺在古代岩洞裡。二十幾天的
臥病，似乎不僅沒有剝奪他的精力，倒叫他更野獸化了。他覺得從頭部
到腳跟，都充滿原人火力。……[33]

即使從這些未加選擇摘引的文字看，無名氏的「無名書稿」的文字也
有質感硬度。他似乎不喜歡文字的清淡纏綿風格，而喜歡文字的斧斫風
格，他挑選文字就像在鐵砧上打鐵，火花四濺過後，獲得的是瘦硬的純
鋼。他的文字的色彩感很強，並且不是那種柔和的色彩，就像是他所讚賞
的後期印象派大師梵谷或高更的作品，色彩對比突出，亮麗奪目，似乎它
們不是文字，而是燃燒的色彩的火焰。你盡可以不喜歡這種色調，但你無
法迴避這種古怪濃豔色彩中包蘊的生命質素對你的巨大衝擊力，如「雪盤
滾著、蛇旋著，成千成萬銀陀螺似的，團團在高空疾轉。原野、山岳、河
流、岡巒、森林，全沉沒在一片堊白色大泛濫裡。到處急捲起大漩渦風似
的泡沫狀、透明的白瓔珞、玻璃質的白蜈蚣，歪歪斜斜的，毛毛棱棱的，
瘋瘋癲癲的，浩浩蕩蕩的」。[34]

無名氏的語言和使用的語彙是極端個人風格化的，人們對他的獨特表
達方式可能並不都能一下適應。對「無名書稿」的語言，人們大多會新鮮
和生澀一同感受到，造成這種情況的原因是因為無名氏「幾乎甩棄所有前
代和同代作家的語彙，每字每句都別出心裁，重新燃燒，重新錘煉」。[35]

「無名書稿」的確是一部思想深邃、藝術創新的巨著，也許，人們可
以懷疑他那追尋生命「圓全」的結局是否純係子虛烏有，這是因為，宇宙

---

[32]無名氏，《金色的蛇夜》，頁28。
[33]無名氏，《死的巖層》（香港：新聞天地社，1981年9月），頁231。
[34]無名氏，《野獸‧野獸‧野獸》，頁139。
[35]司馬長風，《中國新文學史》下冊，頁106～107。

本身就是殘缺的，非對稱的；也許，人們可以推究所謂最高的「悟」能否真正解決人類的信仰問題，因為畢竟「悟」不過是一種摒棄了推理過程的直覺，它固然也有逼近真理的能力，但那因人而異的不確定性，也就更為顯著了。然而，人們卻不應該指責它在這個血火交織的世紀所做的那些玄玄之想，卻不應該低估它那思想果實的沉甸甸的分量！因為人類任何思辨的偉大成果，常常與那戰亂相連，就像春秋戰國時期的老子、孔子、莊子、屈原，他們當年不也跨過屍橫遍野的大地追尋那玄玄之想嗎？

也許，「無名書稿」複雜深邃的內容和巨大的藝術探索的獨創性工作，是需要時間讓人們慢慢認識和消化的。當然，這個時間是可以預期的。

——選自汪應果、趙江濱《無名氏傳奇》
上海：上海文藝出版社，1998 年

未譜完的樂章
試評無名氏《綠色的迴聲》中的悲劇因素

　　這是一本奇異而迷人的小書。奇異而迷人倒不只因為它敘說的是一個自傳式的愛情故事。奇異而迷人的是故事發展的曲折錯綜，而這曲折錯綜，在常人常理的處置下，既不應曲折，也不會錯綜，應該是「平平坦坦」的皆大歡喜。中國舊的文學、戲曲中的人物、情節，或愛情故事的討人歡心又理所當然的結局，往往是：「大團圓」、「皆大歡喜」、「好人好報」、「有情人終成眷屬」，繼而是「白頭偕老」、「子孫滿堂」。

　　與其說這是作者一廂情願的自欺欺人（Wishful Thinking），毋寧說這是由於人間現實的過度冷酷殘忍，作者在舉手投足間以春秋之筆「替天行道」——在幻想世界裡泡製幸福。這也是西方文學中作家偶用的「Poetic Justice」（詩意的公道）。

　　人世間的郎有才、女有貌，再加「郎才女貌」之間熱烘烘的愛情，在常情常理的客觀環境下，往往，甚至於不可避免地，必然等於「百年好合」、「白頭偕老」。但是在《綠色》小書裡，這「郎才」加「女貌」加「愛情」卻產生了龐大的痛苦與折磨，龐大的哀淒惆悵，龐大的悔恨，龐大的悲劇，與最終，男女主角與讀者共同的喟歎：「唉，怎麼會這樣呢？」

　　怎麼會這樣呢？這是一個不易回答但確有答案的問題。

　　在分析了男女主角的個性、生命觀、愛情觀與內心世界以後，這喟歎不得不由「怎麼會這樣呢？」轉變為「怎麼不會這樣呢？」而一直到「非這樣不可！不會也不可能有第二條路！」

一、古典式的悲劇

《綠色》的男女主角在故事的發展中，是註定了要有一個「愛情的非結合」。這非結合的悲劇倒並非由於女主角在書中一再提及的「命中註定」的「命」。「命是人造的」，書中男主角濮南甫說。「命中註定」的宿命論可以成立，但是只在「人的性格就是人的命運」的大前提下。換言之，「人的性格製造人的命運！」

人性格中某些特定的疵瑕、觀念、迷惑、成見，也就造成他（她）生命不可避免的悲劇。就這一個意義言，《綠色》的悲劇精神是「古典式」的。古希臘，以至於莎士比亞的悲劇性情節的發展，大多數是由於「悲劇英雄」的「自造孽」──自我個性中某些不可抑壓的傲慢、執著、堅持、嫉妒、猜疑、死鑽牛角尖式的頑固，水牛撲月式的癡迷，或舉棋不定式的優柔寡斷：哈姆雷特、奧賽羅、凱撒大帝、馬克白，以至於易卜生劇中的 Peer Gynt、Hedda Gabler……這種種走極端鑽牛角的疵瑕，當然在常人中也有，只不過在文字作品中透過藝術的創作更加誇大，更加濃縮，更加尖銳，而更無妥協性。

這種由於個性造成的悲劇，與其稱之為「古典式」的，不如稱其為「內含的悲劇」──由於人本身內在因素所造成的，以別於「外化的悲劇」──由於社會的、經濟的、偏理的、道德的，或種族等因素所造成的。在男女關係上，外在的因素可呈現於父母的反對，輿論的制裁，法律的制止，戰亂的困擾等等（譬如公主愛上清道伕，小姨子愛上姊夫，妙女郎愛上白髮公，金髮女郎愛上非洲黑仔等等。雖然上述各點在 20 世紀 1980 年代皆不足以構成悲劇因素。）

《綠色》書中的男女主角，也正由於他們本身內涵的因素，即使不為亂世鴛鴦，他們生命中悲劇的陰影仍將閃掠。但是內在因素外添烽火戰亂，這陰影不僅閃掠，更加瀰漫，籠罩，以至於屍裹。

　　女主角姐尼婭（柳燕眉）是一個年輕美麗、聰慧可人的中俄混血女郎。男主角濮南甫是一個風采多才，少年得志的中國作家。在傳奇性的陝北高原上，他們傳奇性的相遇，相會、分離、又會相戀、失戀、相思、重逢、又戀、失戀、苦戀、分離……，最終，怨憤，悔恨，永別……。

　　這「不結合」不只單純的揮手離去，而是一個辛酸、痛苦、折磨、心碎，又令人費解的過程。悲劇的關鍵既在男亦在女。這男女主角中任一在「常情」、「常景」下都內含著某些程度的悲劇情操。但是當這男女雙方在特定的離亂年代裡「相逢又相識」，悲劇不僅可能，而是必然。

　　男主角濮南甫是一個理想主義者，更視「戀愛為藝術」。這將「戀愛」升提為「飲食男女」、「人間煙火」之外的更高境界，已經需要過人的智慧、精力、耐心、毅力、外加幸運。因為在這高境界的標準下，對象選擇的範圍必定縮小。在凡凡眾生中，醜陋、低俗、愚蠢者，必定超過於俊美、高雅、聰慧者。而在諸俊美、高雅、聰慧者中尋覓志同道合、氣味相投者，又更為沙中國金。因此，他在對象的選擇中已內含了「執著」的悲劇可能性。

　　他對女人的要求不只為美麗的外形（「色彩」），更要內涵（「色彩加思想」），要求一份「魔魅的靈魂與形體」的結合。換言之，如果以古希臘女神做比喻，他要求的女性是一位「阿西娜」（智慧）（Athena）與維尼斯混體的嶄新繆斯，這將為他的愛人、伴侶，靈感和「碧愛翠斯」（但丁的愛人與一生創作和靈感）。

　　在他們相戀不久以後，他即將對姐尼婭說：「我對你期望很大，要求也嚴格。」他期望她努力上進，多讀點書，試著寫文章，翻譯俄國文學。照常理言，這要求對任何一個知識分子來說，不為過分。但是這些對這「閱人多矣」，「滄海裡翻滾過的大蚌精」，胴體成熟，思想稚嫩，愛留戀商店櫥窗裡的「珍珠、寶石、金手錶、銀狐大衣」的廿歲「剛開始生活」（她自己語）的青春少女來說，這些要求都可能如那陝北高原上的茫茫黃土一樣的乾燥、窒息而沉重。

　　於是，她望而卻步，先是爽約，繼而開始了這愛情痛苦的拉鋸戰中她一連串令人費解的閃電式的怪誕行爲：炸彈突爆式地與她的學生麥敬希，一個她並不愛的男人訂婚，遠逃蘭州，不久又重返陝西，與濮重逢，不久兩人一吻定情，當男方做進一步的追求時，妲尼婭卻又拋扔一炸彈式的信：「……我一時高興，讓你吻了我，那一時衝動，逢場作戲……我從來沒有愛過你……」

　　繼爾誤解，分離，相思，相聚，重拾舊情……又相愛……但當男方赤裸靈魂，剖心相見地求婚時，她卻又拋扔手榴彈：「我並不愛你，我愛的是另一個人。」於是男主角徹夜失眠，在地獄中翻滾。翌日，他稍微冷靜時，她卻又將昨夜拋扔的炸彈輕描淡寫爲：「我是騙騙你，逗你玩兒的，我並沒有愛另一個人……現在，誰我也不愛，我只愛我……」

　　至此，也奠下了妲尼婭與濮南甫在以後四、五年內「苦戀」的基本格調（Pattern）：男方熱烈，女方亦熱切反應，男方更進一步時，女方冷卻並倒退十步，並向男方出奇不意地扔手榴彈：「我不愛你！」，或閃電式地與別人訂婚或結婚，或遷居他地；當男方被切割得血肉橫飛，在地獄或自毀的邊緣掙扎又重新自振作，意圖自這場戰鬥中撤退時，女方又前進數步：寫信，托弟弟尼古拉牽線，與別人解除婚約，或離婚，繼而萬里追蹤男方……。

二、自賤意識與「幸福的逃離」

　　這究竟是怎樣一種奇特荒唐怪誕又近病態的心理？這青春美麗看似無邪的女人，在那豐腴的胴體裡究竟裏藏著怎樣痙攣的思想？如果說她只是一個莎樂美或卡門式的邪惡女人，樂於挑逗、玩弄、貓戲老鼠式地毀滅男人，視婚姻、婚約爲兒戲；視情感、愛情爲玩笑的話，這將不僅將妲尼婭過於蕩婦公式化，也將愛情，這人類情感中最原始最基本也最複雜難解的情感，過於簡單粗糙化。

　　妲尼婭不是全然天真無辜，如書中另一角色所說的，她「對男人的經

驗，簡直像紐約的梅西百貨公司，豐富得可怕。」也誠如作者所說：她多少帶點「邪味」。但是「邪味」並不表示「邪惡」本身。她倔強，倨傲、矜持、內心又燃著火山燄似的熱情。像一般美麗又青春的女人一樣，她樂於挑逗、調情，樂於試驗自己對異性的魅力與吸引，更樂於玩弄一切愛情的遊戲：嬌喚、賣弄、眉眼傳情、語言挑逗、若即若離、忽冷忽熱、欲擒故縱、半推半就……但是在這一切無傷大雅的虛表後，她血脈中不幸地又跳動著那斯拉夫民族性特有的病態：一種不可理喻、不可抗拒、幾近瘋狂的自毀自虐衝動。這種衝動（Compulsion and Obsession）明顯地現露在陀思妥耶夫斯基筆下的「伊凡」和「葛什卡」（《卡拉馬助夫的兄弟們》），「司塔維柔金」（《鬼迷著》）、「娜斯塔斯亞」（《白癡》），托爾斯泰筆下的「安娜」，契可夫筆下的純情村姑和貴族少女等（《海鷗》與《三姊妹》）。

這些角色都彷彿被一支龐巨得不可抵抗的力量支配著，以至於直趨毀滅。尤其《白癡》中的娜斯塔斯亞，這自虐自毀的衝動導致她二度自嫁給米希金王子的婚禮上臨陣脫逃，最後直奔那瘋狂陰險的「柔各津」（Rogozhin）的懷抱與最終必然的毀滅（柔各津為了不再失去她而將她殺死。）

《綠色》女主角與妲尼婭與娜斯塔斯婭（陀思妥耶夫斯基《白癡》女主角）有不少相似處。病人都貌美出眾、倨傲、有「邪味」（後者更名符其實地「墮落」），都「閱人眾矣」，都周旋在眾多追求者中昂首睥睨，如開屏之孔雀。但是在這熱鬧華麗的虛表下卻掩著一顆孤寂、恐懼、無辜、善良，但又近病態的孩童似的心靈。《白癡》中的米希金工子，這被諸西方評論家視為「基督」象徵的「白癡」（杜氏採其近於孩童般的無辜善良，所謂「白癡」並非指其智慧上的魯鈍。米希金王子實在是「大智若愚」中的大智、上智）對娜斯塔斯婭的愛是為了「拯救」她。

「他真正的相信她可以重生。……他愛她，真正誠心誠意，完完全全地愛她……在他的愛中，有一種對一個生病的可憐的小孩子的那種情感……」（《白癡》，美新圖書版，頁 606）

　　而《綠色》書中的濮南甫對姐尼婭的感情，多少也帶著「拯救」意味。在他們相戀初期，他對她提出一些要求：上進、多看書、自習、學寫文章等……（在愛情中夾雜著「教育」、「改造」與「拯救」的成分並非皆註定要失敗。中外不少成功的師生戀愛正說明其可行性。而蕭伯納的名劇《賣花女》中的希金斯教授將那半文盲的賣花女改造塑捏成全新的生命：大家閨秀、窈窕淑女）。

　　而當四年後，他們在上海重逢，姐尼婭憔悴落魄、二度馮婦，而濮卻意氣風發，為名貫西南的暢銷作家。此時，濮這種「拯救」心情就更加強烈了。

> 我想，我應該和神鬥爭一次，神要毀滅這個女人，我卻要保全她！神把一切黑暗力量加在她身上，使她憔悴、萎謝、衰退，我卻要以「人」的力量，使她再恢復青春的鮮豔……所以如此，是由於命運的殘忍……而我正是這命運這重量的主要一部分。……是的，這是一幅畫壞了的畫，我要從新改過……當我做這一切時，我將不顧我的家庭的反對，一切友人的非議嘲笑——包括社會的物議……。是的，這是一場艱苦的鬥爭，是永恆愛情與社會現實的鬥爭，是永恆美學與歷史悲劇的鬥爭……
>
> ——《綠色的迴聲》，頁 340～341

　　「家庭的反對」、「友人的非議嘲笑」、「社會的物議」等等，作者在此已將這悲劇的「外在因素」——客觀環境的逆障、阻礙，視為這悲劇的主要因素，殊不知在他們相戀初期，並無客觀的因素，悲劇仍頻頻發生，而這初期悲劇的導演卻是姐尼婭自己。她忽冷忽熱，撲朔迷離、飄忽不定的個性，使她每瀕臨與濮愛情成熟時，立即臨陣脫逃，而當濮冷靜卻步時，她卻又如那失卻陽光的向日葵，萎衰消瘦。這深含自毀性的自虐亦即近代心理學上所謂的「幸福（或成功）恐懼症」。「幸福」，「成功」，原為常人生命中追求的主要目標。但是在特殊病態心理下，不少人卻潛意識或下意識

地做出種種不可理喻的行爲逃避「幸福」（或成功）。換言之，和自己過不去，自我打擊。進一步分析時，這病態的因素可能是：

第一、「患得患失症」：因爲幸福（或成功）在未獲得前，爲夢寐以求的追求目標，但是在既獲後，如何去保存它、持續它，勢將爲負擔（雖然爲可喜之負擔）。如不戰戰兢兢相當的努力，這「負擔」也將失去，失卻也必將帶來「痛苦」、「絕望」，與可能的「毀滅」。故爲了避免這未來可能的「絕望」、「痛苦」與「毀滅」，這追求者往往在追求的過程中「功虧一簣」，「急流勇退」，或「知難而退」。但這豈不病態？豈不愚蠢嗎？豈不懦弱？

但是如果再進一步言，既品嚐過「幸福」和「成功」的甜藥，一旦失去，其痛苦情緒必千萬倍於從未品嚐過者所能體會。對一棲留地獄的人，一旦窺視天堂美景，其痛苦悵惘，必遠強烈於從未睹此美景者。

而且，「幸福」、「成功」一旦獲得，生命中之挑戰對象亦即失去（理想的追求與獲得，我在論〈息息菲斯的神話〉一文中曾討論過）。既無挑戰，也即無刺激、無樂趣，（這也就是有情敵的戀愛遠比平坦無辜的戀愛刺激興奮）。

第二因素：追求者內心的潛伏自卑自賤意識。由於這意識，他（她）自覺不配享受這幸福（或成功）的成果，認爲是「非分之福」，認爲這「享用」是超越自己的能力，認爲繼續保持這享用的權利將支付過多的心思，情感和精力。故在「幸福」（或成功）呈現在眼前時，唯一的出路是自欺欺人：「這並不是我要追求的！」故謝絕！故拔腿逃脫！

由於這種自賤意識，人往往也在「拯救」的途上自布羅網，自拿枷鎖。因爲達到「拯救」，自身須要努力犧牲，須要戰勝與否定自我內心的魔性與墮落傾向。《白癡》中的娜斯塔斯婭視米希金王子爲聖潔仁慈的化身，自己實不相配。與米希金戀愛也就是要否定摒棄自己個性中一切的魔性，這需要極大的努力，所以她兩度臨陣脫逃與米希金的婚禮，直投柔各津的懷抱與最終的毀滅。也只有與毀滅結合，才能最終擺脫被拯救的危險。

　　娜斯塔斯婭與妲尼婭在表面上皆倨傲自滿，睥睨眾生。但在心底，在她們的「拯救者」面前，皆有相當程度的自卑意識。娜斯塔斯婭自認墮落，自認只能匹配那與自己同樣瘋狂同樣病態的柔各津。而妲尼婭在「綠」書中屢屢提及自己的學問知識不能匹配濮南甫，在人格道路上，她也不能匹配濮（仁慈、大度、給予、寬容、慷慨等等），自慚形穢：

> 我不能愛你這樣的人，為什麼不能？也許，我發現你太老實了，太好了，好得叫人不能忍受了。你是那麼崇高，我卻是一個平凡的女人，我只能愛一個平凡的男人。真的，我寧願找一個壞一點的人，一個帶著魔鬼味的男人——那倒更耐尋味……

——《綠色的迴聲》，頁253

　　妙在，自卑感與自傲往往是雙生兒，共生並存。表面最倨傲的人，往往心底也懷著極大的恐懼、疑慮與自我否定。但是由於她的一貫好強嘴硬，她竟將對方的「高尚、善良」說成像什麼樣的缺陷或過錯似的。

　　而在與濮的談話中，她也一再表露濮對生命的過高理想，對文學繆斯的追求，對歷史的展望，以及對愛情的過高要求等，對她都是極沉重的精神負擔。

　　妲尼婭與娜斯塔斯婭的悲劇更不同於安娜‧卡列尼娜與愛瑪‧包法利（《包法利夫人》）或卡門的悲劇。雖然，在她們狂野的愛裡，也如同後三者一樣，她們也渴望著刺激、興奮、歡狂、冒險、夜總會、晚禮服、珠光寶氣、舞熱酒酣、愛情的溫馨、物質的逸樂等，但是不同於後三者，在妲尼婭與娜斯塔斯婭渴望這一切的華麗處，心裡更蠢動著一些連她們自己也不能完全理解的更深渴望。總之，在她們對虛榮的酷愛外，總有那麼點：「這還不夠吧！」的悵惘。這對物質以外以上更高境界的渴求，無以名之，或許可稱之為「對靈的飢渴」。由於這飢渴，所以娜斯塔斯婭與妲尼婭皆不甘只為「商人婦」（妲尼婭：「有錢的商人，都是老頭子……富家子

弟，大多是紈袴子，沒有一點真正人性。」（頁 82）所以娜斯塔斯婭與妲尼婭也都和明明不相匹配（或過於吃力地相配）的米希金與濮南甫戀愛。

但是這戀愛也是內心一書劇烈的鬥爭。象徵或誇張地說，這也是神與魔、靈與肉、拯救與墮落的鬥爭。

但是拯救畢竟需要努力！天國畢竟須要掙扎！故她們最後都選擇了自己熟稔的，不費力的，庸俗的人間土地——下嫁和自己勢均力敵又不相愛的男人。

怕樂園的遺失，乾脆不進去！

怕幸福的遺失，乾脆不追求！

嫁自己不愛的男人，即使將來自己或對方移情別戀，也無所謂，因為既無戀愛，也就無失戀之苦。嫁自己不愛又與自己相差無幾的男人，絲毫不費精力，無追趕不止之苦。但是，這是妥協、是懶惰、是懦弱、也是對愛情的真正背棄。

三、愛神如意志的鬥爭與降服

對愛情的背棄既由於自賤意識而產生的疑慮、恐懼與不安全感，但是也由於當愛情狂濤要全然沒頂時對自我意志的最終拯救與肯定。早在公元前一世紀羅馬詩人奧偉（Ovid）即曾說：「愛情是一種搏鬥。」這搏鬥不僅是情感的征服，也是意志的降屈。在西方文學中，英國小說家勞倫斯與瑞典劇作家司春貝格對男女在戀愛與婚姻中拚得你死我活的「意志的鬥爭」有極深刻且細膩的描寫。

「戀愛」之英文為「陷入愛中」（Fall in love）。這「Fall」有摔倒、墮落、失身、誤入陷阱等意。總之，「戀愛」是人生命中最強烈的、最原始的情感之一，不同於單純之人與人間之愛或恨或喜悅或悲傷或憤怒等，僅為單純之情緒之高升、爆發，更為一種身不由己，無可奈何的，近於神祕感的意志的屈服。在熱愛中的人們，當問及為什麼會戀愛時，最常見的反應是：「唉！這怎麼能解釋呢！」這誠如莎翁所謂「愛情為一瘋狂」，這神祕

之來去與熾熱之強烈有如來由不明之高燒疾病。

在理想的愛情裡，戀愛的雙方對象「你思我愛，你給我予」。但是情感不是穀粟，在情感的天秤上也不可能稱分稱釐，雙方對等公平交易。互愛的男女，在情感的付出中總有多少濃稀之分。而這對大多的女性來說，可能是「吃虧的」。俗云：「愛情是女人生命的全部，但卻是男人生命的一部分。」以性別的差異來區別情感的地位與成分或許是不妥的。較真實的說法也許應爲：「愛情是某些人生命的全部，但卻爲別些人生命的一部分。」對愛情的感受與付出大多視個人性格而言。而個性越好勝倔強者，對愛的付出越大，不愛則已，一愛則爲天崩地裂。因此，相對地，他（她）們對陷入戀愛的抗拒力也越強。因爲強烈的愛，強烈如火山海嘯雷電地陷式的愛情——將一個獨立的異體溶合進自我思維的每分每秒，溶合進自我的血脈、筋骨，是對自我意志的極大威脅。換言之，當戀愛對象在生命中取代自我的地位時，這過程中包含了自我意志的強烈鬥爭。而對「既獲又將復失」或「得不償失」的恐懼疑慮更加強這鬥爭。

姐尼婭，這中俄混血的奇女子，可能由於她血脈中跳動著那粗獷不馴的俄羅斯血液，她對愛情的付出與感受遠較那個年代裡的中國女人更爲強烈、濃縮。陀思妥耶夫斯基筆下的宋雅（《罪與罰》）、葛什卡（《卡拉馬助夫的兄弟們》）、托爾斯泰的安娜、屠古涅夫的麗莎（《羅亭》）、娜塔亞（《貴族之家》）等，都有爲她們狂愛的男人滴血心碎，天涯海角，萬里追蹤的決心。這愛情是熾熱的、犧牲的、無保留的。「我真怕，怕有一天，我真會愛上一個人，那樣，我會自甘做他的奴隸，爲他犧牲一切的……」（姐尼婭說。頁 87）但也是潑辣的，慓悍的，「寧爲玉碎勿爲瓦全」的：「假如有一天，我真愛上一個人，假如他真背叛了我，我會毫不留情地殺死他！」（頁 204）

在這熾烈得焚人的熱情上，姐尼婭是與他的俄羅斯姊妹們共忍著同樣強悍的戰慄；而她的悲劇更甚於她們的，在於她血脈中激泣著另一半傳統：中國女人的矜持、自尊、含蓄與被動。所以她滿腔的熱情包裹在一層

故作鎮靜的表皮裡。當她與濮南甫表露情感時，她慣用「假如」、「也許」等未來或假設語氣。在日記中，她表露自己不能完全向他表達愛情的苦衷，又說：「一個女人說話，有時候能像男人那麼容易麼？」（頁 102）

如果再進一步析剖這謎，雖然書中未做明顯的交代，卻耐人尋味的是：姐尼婭，這在書中數度被描寫成「體態豐熟」、「閱人多矣」的青春少女，在她對異性（兩個丈夫外加愛人及其他一些泛泛之交的男友們）怪誕得近於病態的行為裡，可隱藏著另一更深且難言的渴望——對「性愛」不能滿足的要求。

近代病態心理學上有一名詞為 Nymphomania，此字源於希臘文之 Nymph（妮芬）。「妮芬」原指希臘神話中一些棲居山林遊蕩溪澗的美麗仙女們。但此字演變為「妮芬曼尼亞」（妮芬症，妮芬瘋症）卻指女性中對性愛要求過度而永不滿足的病態。這病態實源於心理上的障礙——對性之要求實源於對愛之渴求。心理學家們公認的是妓女們（那些非為生活迫逼而賣淫者）心理上多少為「芬妮症」者——由於幼時家庭生活中缺乏溫情，或成長後失愛，而以事淫業，以期待在性愛中取獲片刻淫情或遺忘。卡門與《金色的蛇夜》中的莎卡羅皆此類型。

姐尼婭在 13、14 歲時因父親失蹤，不得不負擔起家庭生活的重擔——侍養母親與弟弟。生活的擔子在這剛發育的少女心靈上必然地造成極大的壓力與不安全感。因此，她對華麗物質的羨慕（金錶、皮大衣等）。最後在上海與濮南甫會面時，她問「在我想像中，你總該有十根八根金條了！」如果不深深研討她的心理背景，讀者可能只斥她為庸俗虛榮。《飄》中的郝思嘉，美國近代通俗文學中一個極突出極可愛的女人，在經歷烽火戰亂後，家園塗敗，財產盡失，自己都不得不承認變得「視財如命」。這是生活慘痛的教訓。

姐尼婭的早期家庭不幸影響了她的強烈物質欲。而她的物質生活的不安全感又直接地影響了她的愛情觀與對異性的要求。而最大的嘲諷是她兩度下嫁的男人皆不是能供給她舒適與安逸物質生活的人。她那數度逃離的

愛人——濮南甫——卻是在物質與金錢上對她資助最大的人。

這究竟爲了什麼？

這怪誕行爲背後，除了上述的「幸福的逃離症」與「自賤意識」外，可更蘊著某些難言的隱衷？她的兩任丈夫——麥敬希與曹朗，除了在生活上不能給她保障以外，在性愛上可曾使她滿足了，而她之不滿足，是由於他們的缺陷，抑她自己性格上的「芬妮症」作祟？她與濮在上海會面時，她說：「麥敬希多少還能愛，只是不懂如何愛。曹朗一點也不能愛。」（頁314）

曹朗在書中一再被指爲「是個女人」。

而此處之「愛」字是否一語雙關，兼指「性愛」與「情愛」？

抑男女主角尚有另未呈現讀者面前的一角？

作者在書中前言中說：「本書男女主角情節是百分之九十九真實，他們的對話，卻只有百分之九十真實。」但是此書中有關男女主角首次會面的經過與作者弟弟卜幼夫在一篇文章中（〈無名氏所愛的一個女人〉）記載的大有出入。卜幼夫文中曾記錄濮托他轉交給妲尼婭的最後一封信，而此書中卻省略，不知爲何？

德詩人海涅在他的懺悔錄（1854 年）中曾說：「去寫一個自我批判的作品，將爲一個令人難堪，甚至於不可能的工作，我將爲一個傻蛋笨者，如果能對自己的所作所爲隱善揚惡的話！」

世間一切自傳性的作品都有自傳者主觀因素的局限。這局限也使人只能將它視爲史實與杜撰間的混體。因此，筆者在寫這篇分析時，只能著眼妲尼婭在作者筆下所呈現的怪誕行爲。

四、結合又會怎樣？

總之，妲尼婭個性中基本的瑕疵矛盾，外加作者所謂的她靈魂深處未馴服的男性氣質（陽剛、獨立、潑辣，不愛受拘束，對每人個性中陰陽雙性的呈現，德名作家海塞有最好的描述），外加自毀自賤意識與「幸福的逃

離症」，造成她與濮南甫愛情拉鋸戰中不可避免的一連串誤解、心酸、鬥爭與挫折。這一連串的誤解、心酸、鬥爭與挫折。這一連串的誤解、心碎、鬥爭與挫折的代價豪鉅，使男女雙方面瀕毀滅，數瀕瘋狂。但是有創作才能的濮南甫能使其痛苦創傷昇華爲文學作品──《一百萬年以前》、《塔裡的女人》──，但這表面堅強孤傲，實在屠弱易碎的女人卻只能消瘦、憔悴、衰老，以至於最終苦澀、嘲諷、絕望！

悲劇的導演最終也成爲悲劇的主角、犧牲與祭品。戰爭、離亂、社會的物議、客觀的現實等只爲這悲劇中的陪襯布景而已。

1948 年底，當烽火遍延中國大地，這對苦難中的戀人在上海做最後的會面時，姐尼婭已經深深悔悟到自己過去的任性所造成的傷害（其實真正受傷者是她自己），但是一切都太遲了。濮南甫對她以往的三度離去已經深深膽怯，不敢再做「第四次」的嘗試。在這場會面中，男主角的表現似嫌過度理智而無情。但是當人想到他過去一如毛姆（《人性枷鎖》）對米爾垂（Mildred）的一再饒恕、接受、資助、憐惜、狂愛，而屢屢被砍切得血淋淋時，這「郎心似鐵」似乎也可以理解了。

但是人不應也不能將這個悲凄的結局推諉爲「命運」的安排。命運只是各人不同的個性的必然結果。而這個性的形成，這生命中複雜難解的情結、偏見、意念、傲慢、恐懼、激情、衝動，也陰差陽錯地，在無數個嚴冬與長夜，將那個豐腴鮮豔的斯拉夫少女，蛻變爲南中國海貧民窟裡一個苦澀、厭世、凋零、早衰的婦人！

愛默生說：「世人皆愛一個戀愛的人！」世人也皆愛團圓喜劇，而祝願那「天下有情人終成眷屬」。犬儒者會說：世間的有情人泰半隔地相思，而那成眷屬者多半寡愛無情。錯配怨偶原是這生命中冷酷現實之一，但這也符合生命的「悲劇本質」（tragic essene）──「世間不如意事常十之八九」、「生命爲眼淚之谷」等。但是如果歷史倒流，濮南甫與姐尼婭終成眷屬，由於兩人突出的個性：前者對「理想」的執著，對「完美」的苛求；後者內心永恆浮動與焦灼。這結合的最終結局，是否爲幸福，孰能知之？

即使結合，又將如何？

　　一句通行的美諺說：「寧可愛而失去，而不願根本不曾愛過。」愛之密度與濃度更可貴於其長度與廣幅。但是愛情火花之爲迸發，儘管短暫飄忽，終究勝於冷靜的冰寒。

　　就此而論，人們也不必爲妲尼婭與濮南甫唱歎，畢竟他們曾幸福過。儘管在相戀又相離的過程裡，他們曾身歷地陷火山、泣血悲淒，但是，他們也曾窺見天使翼上的金光，也曾傾聽天際雲雀的高歌。

　　僅由於此，讚詠應取代唱歎。

——1983 年 10 月 12 日雨夜完稿

——11 月 1 日午後抄完（手酸臂痛！）

——載《文訊》、《展望》雜誌、《新聞天地》

　　　　——選自卜少夫、區展才主編《現代心靈的探索——無名氏作品研究》
　　　　臺北：黎明文化公司，1989 年 10 月

《無名氏詩篇》散論

◎李庸[*]

一

我一向自認爲讀新詩已能進能出，卻萬萬沒想到，在接觸無名氏詩篇之始，曾數度撫卷長歎，慚愧無法進入到他詩之內在世界，當真是自己的感悟能力不足？抑或是尙未掌握他的詩法？這時窗外車聲以及人群喧嘩之聲似乎特別噪耳，或許該另覓一所幽處，焚香靜坐，滌除塵念之後，再逐字逐句點讀，看他聯珠綴玉的工夫，是否可以營出晶瑩亮麗的藝術精品？

二

根據卜少夫在接受陳曉林的訪問時所說，無名氏在 1944 至 1948 年間，共作過了兩百多首詩，短短四年間，這樣的量不可謂不多，尤其對無名氏來說，一般人津津樂道他的長篇小說，而忽略他的詩之表現，實則那些個人色彩相當濃厚的詩篇，由於是在苦難年代理的寄興遣情之作，更強烈而直接的表達了他的情感與思維。

準此，雖然他的詩是那麼的難解，對他有興趣的人亦應試圖穿越過重重障礙以進入他的詩情領域。

三

新聞天地社所出版的《無名氏詩篇》（1982 年 2 月），計 150 題，172

---

[*]本名李瑞騰，發表文章時爲德明商專講師，現爲中央大學中國文學系教授。

首，內分 11 輯，其中大部分是 1944 至 1948 年間的作品。

這是中國新詩在發展過程中普遍走入歧途的 1940 年代，由於詩人大體都被捲入政治鬥爭的漩渦之中，左翼的文章謬論及充滿暴戾之氣的詩篇成爲詩壇的主導力量，狂亂的吶喊聲震動天地，詩已非詩。（當然仍有一些詩人堅持著詩藝良心，如戴望舒、徐訏等）

在這樣的年代裡，無名氏以愛情小說《北極風情畫》與《塔裡的女人》大受一般讀者的歡迎，以「無名書初稿」前三卷奠定他在中國現代小說史中的地位，詩好像是跟他扯不上關係，然而現在我們才知道，除了是小說家，他更是一位詩人，一位傲視當代的詩人。

要評論無名氏的詩，無論如何都該把它擺入 1940 年代。

四

依我看，無名氏的詩怎麼看都不像 1940 年代的，倒有點接近臺灣 1960 年代的「晦澀」之風。他自己說，他的一些所謂「象徵詩體」，「必須略加解釋」、「非註解不可」，「雖脫胎之象徵派，但也含唐人絕句韻味，是東西詩體混合物」（給他侄子的信中所說）。我們知道，象徵派的詩人所要創造的常是一個神祕之境，一個足可供靈魂得以安息的生命之彼岸

他們採取類推的暗示手法，把可知可感的象抽離或轉化，充滿著神祕的色彩。

這樣的詩和唐人絕句所要求的「語近情遙，含吐不露」，「婉曲回環，刪蕪就簡」大異其趣，實不知無名氏是如何的將二者「混合」成體。

從無名氏的一部分詩篇看來，他所透露出的意圖是相當接近象徵派詩人的追尋：

　　全地球是發光的夢鈾，

　　千萬種爆炸在深藏、隱誘。

　　可一種比金剛鑽更堅固的渴望／

穿透萬千朦朧、迷糊，

奔赴恆星座：創造一顆燦亮的陌生的日球！

——忽然……

　　「創造」的「渴望」似乎就是他詩中的主要題旨之一，而他所欲創造的，包括「一個壯麗的版圖」（〈黑汛〉）、一個「真正回到萬有引力」的「星球」（〈世界〉）、「一個絕對被哲學占有的世界」（〈哲學的世界〉），於是你會發現，他企圖通過「音樂」以重顯「偉大的星球風景」（〈音樂〉），企圖通過「詩」以「復活一個嶄新的美麗整體」（〈詩〉），通過各種媒體而創造一個神祕的美境。

五

　　於是你更會發現，無名氏所造之境是如此「龐大」，大得讓人有一種被壓得喘不過氣的感覺，我想這可能有三種原因。

　　其一即前述所謂創造的渴望；其二是他普遍的採取誇飾；其三是他用字句猛烈搥打自己的肉體與靈魂。前者已述，不贅。關於其三，詩集中觸目可見血淋淋的鏡頭，例如：

我披著蓬亂頭髮凝視：

那淋血的太陽，

又一次撕碎肢體，

擲入室內

　　　　　　　　　　　　　　　　　　——〈終於還是你！〉

啊，你鏡色大月亮

倒映地球第一次凝漿。

我被人性火焰燒焦的血管，

渴望初結的地殼，

　　鏡色的鴻濛蒼茫。

──〈月〉

　　假如你掙扎在毒蛇利牙大痛苦裡，
　　我願投身同一毒蛇。
　　痛苦的裂口是無可彌補的。
　　唯願追逐你靈魂的精素，
　　如日光追逐可怕的海水深度。

──〈共同體〉

　　這樣的例子不勝枚舉，從其中可以感覺得出他把自我撕裂、壓榨、搥擊，已幾近於自虐的程度，那種劇痛，彷如被蛇身纏住，逐漸逐漸被吞噬，毫無疑問，真正的原因來自現象界的大苦難，逼使他一字一句地吐出淒厲的叫嗥。

　　另外亦可看出他在詩之表現上的誇飾性，「我被人性火焰燒焦的血管」是一種什麼樣的情境，他無疑是希望藉著誇張和膨脹以表現他那悲壯苦楚的主題；「啊，靈異的幻象！／我將用核心的焰火，／交換你原子味的精素。／在未來強烈震盪裡，／終有一刻，這片交換／將形成全宇宙的憤怨！」(〈奇異的友誼〉)其實只是記一個友情，何需如此大費周章，提升到宇宙的層面？

　　當然，最最明顯的誇飾是詩行脈絡之中頻頻出現「巨大」、「偉大」等字詞，還有那些如「無數」、「無限」、「成千上萬」、「千百個」等數詞，再加上「最」、「更」等比較詞的推波助瀾，無名氏的詩世界就成了一個誇張的世界。

六

　　要完全掌握無名氏的詩並不簡單，抽象的誇張形容，天文地理等罕見的名詞意象以及那層出不窮的譬喻與典故，使得他的詩在傳達上經過了幾

層轉折，所幸這些障礙往往可以經由詩的小序或注釋來克服，否則也只能望詩興歎「苦恨無人作鄭箋」了。

1982 年 12 月 24 日

——選自卜少夫、區展才主編《現代心靈的探索——無名氏作品研究》
臺北：黎明文化公司，1989 年 10 月

《獄中詩抄》

　　小說家無名氏，著作等身，在我國文壇上享譽十年而不衰。他的文學形象確立於他那瑰麗多姿、而又富於玄思哲理的作品；他的精神和風骨則可視為中國智識分子的典型。但對一般人而言，他的吸引力，毋寧說乃在於他隱失於一個大時代的風暴中歷三十餘年所構成的神祕性。在亂世的激流中，一個人的興衰生滅，無異於一粒泡沫，然而很少人的生死下落像無名氏這樣受到社會大眾普遍的關注。當他去年從蟄伏半生的杭州來到自由祖國，活生生地出現在我們面前時，我們仍不禁驚問：「這真是無名氏嗎？」

　　高中時代，我也曾是千萬個無名氏書迷之一。他的作品凡能買到或借到的，我都讀過。去年得知心儀已久的這位名作家萬劫歸來，重獲自由，且讀過許多有關他的報導，以及他自己寫的文章和詩，我深深為他那傳奇性的遭遇所感動，乃寫了一首〈調無名氏〉的詩在聯副發表。由於這點文學因緣，自無名氏來臺，且與他初晤於一次歡迎酒會中之後，我們便時有過從。在若干次把盞夜話中，我常為他口述的那些驚心動魄的往事所動容。而這些往事，尤其是受中共誣陷，被關在獄中一年零三個月的受難經驗，他都一點一滴記在腦中，化為創痕累累的意象，出獄後寫成感人的詩篇。現在他將這些充滿血淚與憤怒的作品結集出版，囑我為序，因而得有機會一讀再讀，不論在詩藝上或在思想和精神的感染上，我都獲益匪淺。

　　這個詩集共分四輯。第一輯為「獄中詩抄」，二、三、四輯為「出獄詩

---

*詩人，發表文章時為《創世紀詩刊》總編輯，現旅居加拿大溫哥華。

抄」，共計 126 首。「獄中詩抄」都是在他繫獄時打的腹稿，把詩句一一刻在記憶中，出獄後始整理成篇。「出獄詩抄」則是這段受難經驗的補記。據作者自述：「這些詩是對中共罪惡統治的一種抗議、一種良心聲明、一種堅持正義原則的決心」，故這些作品不僅具有文學價值，更有其特殊的時代意義。可以說這些詩是民族苦難的象徵，揭露一個黑暗時代的證言。就主題而言，這些詩大致可歸納為「抗議詩」、「諷喻詩」、和「自勵詩」三類。所謂「自勵詩」，對作家本身尤具積極意義。因在獄中寫詩，不但作者視為一種精神寄託，更是作者賴以「自我催眠、自我鼓勵、自我振作」的精神力量的泉源。

　　無名氏是一位深受中國傳統文化薰陶，而又在大時代的洪爐中經過長時間鍛鍊的作家；他既有中國傳統文人那種「威武不能屈，貧賤不能移」的志節，也有中國詩人那種有所不為的狷介。儘管為了生存，他有時不得不與統治階級虛與委蛇，一度擔任過掛名的「文史館員」[1]，但從未領過一分錢，也從不參加開會，尤未受到思想上的污染，胸中永遠是一片月白風清。當他身繫囹圄時，他從鐵窗外兩株白楊的嫩枝綠葉中感受到生命的光和熱，即使身受各種痛苦與侮辱，但他並不絕望，更不妥協，這種堅忍精神在〈侮辱〉一詩中表露無遺：

　　　　一個不醒的睡是跪降

　　　　永恆白晝射真理水仙香。

　　　　屹立於每一秒是死的生；

　　　　蘇格拉底毒藥杯閃閃放光。

　　　　貝加爾湖雪舞節杖，

---

[1] 1981 年 9 月，浙江文史館聘請無名氏為館員，無名氏當時正大量寄稿件到海外，並準備申請赴香港探親，不得不虛與委蛇。該館屬掛名之職，平日不需工作，亦不開會。至於每月薪資 60 元，無名氏找了個巧妙藉口，未領取，囑該館自己存入銀行，故截至無名氏投奔自由世界止，無名氏從未正式擔任中共公職，亦未為中共工作，更未取過中共分文。

九華菴一士趺坐如蟬，

無限時間是無限純潔，

雪片一樣的侮辱是萬千燦爛。

　　詩中以蘇格拉底、蘇武、王陽明等自喻，我相信他無意在此攀附聖哲，而只是以聖哲之屈志節來激勵自我。在〈上昇〉一詩中，他也以米開朗琪羅與貝多芬的際遇自況。最後一行說：「讓我在千百次圍攻中上昇」，此處所謂的「上昇」，實爲一種精神的超越，比佛家追求肉體的解說更具積極性。由此足證作者乃是一位利用人生苦難以磨練人格、提升生命價值的詩人。

　　當我一一讀完集中的全部作品之後，不禁爲其中那股凜然不可侵犯的道德勇氣所震撼，爲作家那份在舉世滔滔中「雖千萬人吾往矣」的豪情所感動。究竟是一種什麼力量使得無名氏安然渡過數十年的驚濤駭浪，而仍能保持健康的身體、完整的精神、和寧靜的心態，且在極爲惡劣的環境下，孜孜於數百萬字的創作，未曾稍懈？我想，這股力量主要是來自他內在的堅毅意志，和潛修哲學與宗教所培養成的一種人生信念。他的意志力在〈囚徒之歌〉一詩中表現得淋漓盡致。中共嘗稱最頑固的反革命分子有一顆「花崗石的腦袋」，無名氏繫獄期間，雖飽嚐各種痛苦，但他的腦袋不僅「分毫未被改造」，且在高牆、黑門、鐵欄杆的禁閉中，刺刀、鐐銬、獄犬的威逼下，越來越凝固，不稍變化，大有「鼎鑊甘如飴」的胸襟。

　　至於他的人生信念，我們可以從另兩首詩中窺出端倪。其一爲〈入獄週年之獻〉；作者入獄適屆週年，眼看著同室難友終日渾渾噩噩，歲月在日夜遞嬗中逐漸消逝，而他卻能時時警惕自己。詩中第一句「渴望更深的侮蟻」，顯然爲一反諷語式，其實是希望藉更深的痛苦來錘鍊自己更堅強的意志。詩中最後兩行進一步暗示了他當時的心境，以及他的人生信念之根源：

　　一切原始符咒上昇入靜穆，

　　唄默裡整個宇宙變形。

　　他在牢中聽到牆外大街上屋簷下許多人在唸「原始符咒」（毛語錄），
他卻得以倖免。午夜沉寂時，他發現整個宇宙變了形，原始符咒已淨化爲
一種靜穆的天人合一的境界。他之所以能達到這種境界，實由於他已把一
切痛苦與橫逆視爲鍛鍊人格的一種考驗。

　　表現他的人生信念的另一首詩是〈鞭屍展覽〉，其中他提到他在鬥爭會
上之所以能抑制自己的憤怒，是因爲當時「聯想到釋迦牟尼的超脫精神、
耶穌在十字架上的忍苦風格。」這種融入了宗教情懷的人生信念，也正是
使他在諸多困阨中不憂不懼，履險如夷，將一切悲苦化爲凜然正氣的力
量。

　　宗教與哲學給他智慧，侮嶁與痛苦給他力量，但能把他的苦難經驗以
藝術形式表現出來，則非詩人莫辦。我一向認爲：本質上無名氏是一位詩
人。詩人的特質是熱愛生命、感覺敏銳、想像力豐富。無名氏熱愛生命，
追求自由和真理的那份執著，自不待言。而他感受與觀察之敏銳，想像力
之豐富，可以從他那些近乎散文詩的作品如《海艷》、《金色的蛇夜》、《死
的巖層》、《開花在星雲以外》等中求得印證，更可從這個集子的若干作品
中找到具體的證明。例如在〈出獄第一感〉中，他寫道：

　　一辦完出獄手續，我就像一頭受傷的猛獸，疾衝出大鐵門，滿街亂
　　奔……。不論是剛才覓車或此刻坐在車上，我的精神狀態跡近瘋狂，視
　　而不見，聽而不聞，整個人如騰雲駕霧，被一種無法形容的火燄情緒所
　　佔有。一年零三個月來所失去的一切，一剎那間，突然全汹汹湧湧的又
　　回到我身邊。特別表現得強烈的是「世界」本身，在獄中，世界和我幾
　　已絕緣，這一會，它卻像一座山岳，猛然屹立於眼前，我震駭得有點手
　　足無措，應接不暇……。

他在〈出獄第三感〉中所描述的感覺經驗也非常特殊：

> 我從未經歷過這樣奇異的夜。這一夜絕不是夜，也不是白晝，更不象徵時間。它完全是一種實體，像桌子板凳一樣，而又是一種燃燒體、爆炸物。它使一切變成火、化為電，又使任何細微的音籟如 TNT 似的爆炸著……。

其實，在中國大陸那種封閉的社會中，人人都有一些外人無法想像的特殊經驗，只是他們見怪不怪，因習慣而麻木了，我們卻可透過無名氏的感受而獲得深刻的瞭解。譬如，在監獄中他最難忘的經驗是「飢餓」。據他自述，出獄返家的第一頓晚餐，他竟狼吞虎嚥了 16 碗飯，真是駭人聽聞！他的那首〈飢餓〉，很能表達那副饞相——看見香皂，便想到奶油蛋糕；看見木床，便想到香腸；看見布衫，便想到棉子油；看見木桶，便想到白蘭地和牛奶……。但望梅不能止渴，最後他說：「顫巍巍地，我擎起空的杯子」，讀來令人心酸不已。

其次，〈堅硬〉一詩寫的也是一種特殊經驗。無名氏初到香港，曾以「軟綿綿」來形容香港社會的綺靡，卻以「堅硬」來表達他對整個大陸的感受——天空與大地是硬的、街頭行人是硬的、人際關係是硬的、共幹與警察更是堅硬如石。而堅硬另一面的含義是冷漠、殘酷、缺乏溫情。詩中所謂「一顆最後的果核建築最堅硬的醒」，卻強烈暗示出作者當時那種愈硬則愈冷，愈冷則愈使他清醒的精神狀態。這點，再度說明了無名氏那種具有深意的處世哲學——即藉外在的殘酷現實以磨練內在的精神和意志。

敏感的心靈最易受到傷害。無名氏除了身受一年多的牢獄之災外，出獄後又受盡鄰居的冷漠和敵視，致使他的情緒一度處於孤絕的低潮。〈我是塔布〉兩首自嘲詩，即是作者心靈受傷後所發出的低吼。〈兩種沉默〉、〈古僧〉、〈薛西弗斯巨石〉，也都是同樣心理投射的作品。我國古代詩人因政治牽累受到傷害，而將內心的悲憤化之為詩的，大有人在：「九死其未悔」的

屈原、「露重飛難進」的駱賓王、「斯人獨憔悴」的李白、「蠟炬成灰淚始乾」的李商隱、以及「言山水以包名理」的謝靈運，無不是企圖透過藝術形式，以求內心的悲苦得到化解。相較之下，所不同的是無名氏在詩中表現的悲憤和抗議，更爲直接而強烈；既是他個人的控訴，也是全中國人的共同心聲。

——選自卜少夫、區展才主編《現代心靈的探索——無名氏作品研究》
臺北：黎明文化公司，1989 年 10 月

《紅鯊》與《古拉格群島》

◎黃文範[*]

一

　　《紅鯊》為無名氏在臺灣所寫的一篇報導文學，序言說「全是真人真事，由當事人口述，提供資料，由我整理，撰寫報導。除主角外，全部人物都是真姓實名。」[1]他也說：「我一生寫了五六百萬字，三十多本書，只有這本，真正是用別人鮮血寫的書。」

　　《紅鯊》在 1989 年 9 月開始發行，不像傳記性的小說《野獸・野獸・野獸》，也不像個人回憶錄如《海的懲罰》與《走向各各他》，這本書原是根據一位任職情報員的國軍軍官洪憲衡（中文本的化名）的回憶，由無名氏經過多次談話，加以記錄整理後再寫出來，過程非常艱苦。因為洪氏並不懂如何正確抓住回憶重點及細節，需無名氏一再教導、啟發他回憶的技術、及表達方式，書中情節約略如下：

　　1951 年 3 月，洪憲衡在上海為蔣經國供應情報，遭中共祕警逮捕，起先關在上海監獄，1952 年 8 月，發配青海省勞改隊，成為建築青海到西藏公路的修路隊隊員，開始他的苦難。

　　青海省原為中共「古拉格」的中心，也就是遙遠而苛酷的勞改營所在地。「反革命分子」與刑事犯在這裡掙扎求生，卻往往失敗。

　　1954 年秋，洪憲衡從修路隊調出來，遣往青海德令哈農場，進一步勞改，可算是僥倖有福活下來的人。但 13 年之後，幾乎有兩年之久，他遭關

[*]翻譯家。
[1]無名氏，《紅鯊》（臺北：黎明文化公司，1989 年），頁 11。

在一座井底，忍受極殘酷的刑罰。1976 年，北京政府採取新政策，取悅華府，洪憲衡終於和其他國府文武高官一起釋放。但他堅持要去臺北，直至 1978 年 11 月，才能如願到達。1987 年 4 月，無名氏同他初會，對他的經歷大感興趣。後來看了他有關勞改的回憶文字片斷，儘管內容紊亂，文字很差，又多口號教條，仍覺從中可篩選出一些問題，再由新的答案中知道一些真相。於是和他會談數百次，包括聚餐、電話，以便獲得更多的資料，終於進行《紅鯊》寫作。

《紅鯊》是一部震撼人心、直寫人在逆境中求生的重要紀錄，人們可以看到一幕又一幕勞改制度下，成千成萬犧牲者集體受難或死亡的慘劇。例如：

1986 年 2 月 20 日，在青海省會的西寧，共黨當局竟從上午九點到下午三點，用機關鎗掃射綿延不斷遊行向政府抗議的隊伍，造成七、八千人死亡，上萬人受傷，還有兩三萬人遭逮捕。

誰能想到，五、六百人光腿赤腳，在一處冰冷的河流中站成一個個同心圓，好讓圈中比較乾的地區，由別的工人為橋樑打橋墩。那座橋樑的設計師們又哪會想到，這麼多人的雙腿長期浸沒冰水中，晚上烤火取暖，竟從膝蓋脫落下來，斷了。

誰又會料到，這批「土法上馬」的工程師，以這種方式造起的一座大橋，大約一年光景，就和同一條河邊的三層百貨大樓一樣，根本就倒塌了。

誰又會想到，幾年以後，那處工程草率的水庫，竟自崩坍，淹沒了一處村莊，三千多居民中僅有三百人倖存。[2]

二

整整 35 年前，也就是 1968 年 5 月，索忍尼辛在蘇聯的羅德楚伊斯德

---

[2]夏志清，〈索忍尼辛與無名氏〉，《聯合報》1994 年 5 月 14 日。夏氏英文由作者迻譯。

（Rozhdestvo-na-Iste）這一處名不見經傳的小地方，完成了他那部掀天揭地、氣勢磅礴的巨著《古拉格群島》（*The Gulag Archipelago*），記述蘇聯半世紀以來，一種最殘酷制度的實況。這部書由俄文譯成英法各種語文後，震動了全世界，一時之間，洛陽紙貴。

我自 1974 年 9 月 13 日起翻譯《古拉格群島》，在《中央日報》副刊連載，到 1975 年 1 月 31 日停載，我仍繼續翻譯，在同年四月自費出版了中文版《古拉格群島》上卷上冊，具見我對這本書的執著。直到九月，才由遠景出版社接手，後來又續譯中卷及下卷，由「道聲出版社」在 1977 年 5 月及 1979 年 12 月分別發行。

《古拉格群島》的中譯，我並不是頭一個，但譯完全集，卻是我的一項心願。並且敢於自豪，達成了。這部書的各種譯本，不論譯成英文、法文、日文，都是兩個三個翻譯家接力或者合作。這種方式的好處是快，能使譯本早日問世，但缺點則是譯文文詞語氣不能一氣呵成，人名、物名、地名間有舛誤。

我譯完這部大書，共 182 萬 5000 字，前前後後花了七年的時間，油然而生感喟：

「中國的索忍尼辛在何處？」

三

1978 年以後，我們可以漸漸看到大陸的文學作品。但關於勞改制度的文字，一本都沒有。索忍尼辛說過：「鐵打的『群島』，流水的頭頭，勞改營是鐵打就的，因為這種『獨特的』政權，沒有了它，就生存不下去；如果把『酷勞改群島』解散，政權本身也不能存在了。」[3]

所以，初見以勞改隊作背景的一本小說[4]，我十分高興，以為關於大陸

---

[3]《古拉格群島》上冊，頁 774。（《古拉格群島》分上、中、下共三冊，上冊為臺北遠景出版公司，1975 年出版；中冊為臺北道聲出版社，1977 年出版；下冊亦為臺北道聲出版社，1979 年出版）

[4]張賢亮，《男人的一半是女人》（臺北：遠景出版公司，1988 年）。

勞改營實況的書，終於呈現。可是仔細品味，覺得小說家筆下的勞改營，竟與索忍尼辛筆下所描述的大異其趣，像：

> 我只要一投入勞改營，鍬一拿到我的手，麻袋一站上我的肩，稻捆一貼在我的背，我就會入迷，就會發瘋，如同《紅菱艷》中那位可愛的女主人公，一穿上那雙魔鞋，便會不停地跳啊！跳啊！直跳到死一樣。
>
> 幾株粗大的柳樹下面，金色的夕陽映照著他們黑色的囚服。他們列著隊，扛著鍬、甩著手臂。看看他們遠去的背影，頗覺得他們精神抖擻得可愛。
>
> 晚上回來一大瓢，那是多麼噴香誘人的一大瓢呀！蔥花撒得很多，大米麵條是稠稠的……炊事員不停地揮動著粗壯的手臂，俯在熱氣騰騰的大桶上……用海碗那麼大的短柄鐵瓢、一大瓢一大瓢地把「米麵調和」打到勞改犯人的飯盆裡……實實在在地洋溢著人情味。

這種描寫，使人迷惘，這與《古拉格群島》中的勞改營，相差很遠！如果把第二段的「囚」改成「衣」；第三段的「勞改犯」改成「每一個」，這不是「人民公社」嗎？

更使人難以置信的，這部小說還說：「在勞改隊，政治犯卻幾乎都能得到勞改幹部的信任……與他們對刑事犯的態度不同。」這又與索忍尼辛所說的背道而馳。在《古拉格群島》中，「第五十八條犯人」（政治犯）受盡「積極分子」的凌虐，勞改營重用的幹部，是以前的共產黨員與黑道分子的刑事犯，這一點，索忍尼辛用「政治犯的位置」寫了整整一章（《古拉格群島》（中），頁 430），而「積極分子」與「忠貞分子」（《古拉格群島》（中），頁 343、447）也各有一章。以十萬字的篇幅，寫得詳詳盡盡，難道青海的勞改營會由「政治犯」來「當家」嗎？

四

　　早在中共「全國第三次公安會議」上，由毛澤東親筆所擬的決議，以史達林時代的勞改營為藍本，再參以本身累積管理「人犯」的經驗，因此，它的勞改體系，並不亞於蘇聯的《古拉格群島》。

　　只是大陸小說家現在不描寫勞改營真情實況，該由什麼人來加以揭開？

　　有人問過索忍尼辛，寫出這些偉大作品的奧祕何在？他回答道：

　　「奧祕僅僅在於自己被人頭下腳上甩進地獄時，把它寫出來而已。」

　　被甩進地獄裡的大陸作家很多，但走出來的人，連自己的經歷都不寫出真相，旁人又怎麼能置腹推心，把自己的慘痛經驗告訴他來寫？索忍尼辛的《古拉格群島》便是他自己的親身經驗，還加上 227 個勞改犯（zeks）血淋淋的經驗累積而成。

　　中國的索忍尼辛在哪裡？

　　然而，無名氏先生的《紅鯊》刊出，我不禁喟然：

　　「我找到了！」

　　翻譯人只要見到一個英文生字、直接、立刻的反應就是：中文叫什麼？

　　我翻譯《古拉格群島》，譯到蘇聯運送囚犯的火車車皮，稱為「史托里平車」。史托里平（Pyotr Arkadyevich Stolypin，1862～1911）為帝俄時代的政治家，因進行土地改革，及把貧農「殖邊」到鮮卑利亞而聞名；他擔任過內政部長，後來被一名「社會革命黨」人刺殺。這種車皮以他命名。是他的發明，還是在他任內拿來輸送貧農而得名，不得而知。我音譯為「死拖裡病車」。《古》書幾乎用了整整一章來描寫這種車皮。[5]

　　「運囚車皮」多麼齷齪的四個字兒！事實上，全是劊子手的字眼。它

---

[5] 《古拉格群島》上冊，頁 737。

們意思是指出這是鐵路上囚犯的車皮。可是，除開監獄文件之外，旁的地方都沒有見過、用過。犯人習於稱呼這種車皮是「史托里平車」，更簡單的稱呼是「死拖裡病」。

「死拖裡病」車是一種普通客車車皮，裡面堵得嚴嚴實實，但卻有敞開的格窗便於檢查。這些格窗有交錯的對角鐵條，就像人們在車站停車場所見的那一種，一直開到車頂，因為這種車沒有通常從旅客房間凸出在過道上的行李架。過道上都是普普通通的窗戶，可是朝外的一面都有對角的鐵條。囚犯房間裡沒有窗戶，只在第二層睡舖的位置，有一個小不點兒大的鐵柵百葉窗，這也就是何以這種沒有外窗的車皮，看起來很像行李車的原因。到小房間裡面去的是拉門：帶鐵條的鐵框門。

從過道上這一邊看去，這一切活像一個巡迴動物園；一批像人的可憐動物，都胡亂一堆兒擠在獸檻裡，獸檻裡環繞著地板、和床舖四周都是鐵絲格子，他們慘兮兮朝外望著你，求你給點兒東西吃喝。就只有一樣兒不像，在巡迴動物園裡，他們從不讓野獸擠得這麼緊緊實實的。

根據不是犯人的工程師所計算，在「死拖裡病」的小房間裡，底層床舖上可以坐六個人；中層床可以躺三個（這兩層還可以鋪上一個舖位，只除了把門旁邊爬上爬下的空間都堵死了。）上層的行李架上還可以躺上兩個。現在，如果在這 11 個人以外，再塞進 11 個人到房間來（最後一個人，看守員在關門時，得用皮靴把他從門口踹進來），這才算是「死拖裡病」房間中正常的規定人數。兩邊的行李架上，各有兩個人縮成一團兒半坐著；另外五個人躺在加拼的中舖上（他們運氣很好，這處地位要憑打贏了才有，如果有任何犯人是下九流偷兒世界裡來的，那裡就是他們躺的地方）；這麼一來還剩下 13 個人在下層；每一張床舖上各坐五個，兩張床舖的走道，有三個人坐在他們的腳中間。夾雜在人中間的、在人頭上的、在人底上的，都是他們的私人物件。這也就是他們一天又一天，交叉的雙腿在插在身體下坐著的方式。

而中共輸送勞改犯的火車車皮，更等而下之了，無名氏在「鐵悶子」

（見《紅鯊》原書第二章）裡這麼敘述：

這種車廂，又稱「鐵悶子車」，平時專運馬牛豬羊，罕見載人，想不到這次竟輸送我們這些「勞改動物」，而且塞得滿滿的。我們上車時，到處是馬牛糞尿，臭氣薰天，只得用手紙和舊衣服擦乾尿液，把大糞運到馬桶內，再舖上帶來的草蓆，這才能安下身子。

火車由上海開出，沿途只發一些黑麵包果腹，乾巴巴的，不易下嚥，成日難得有水喝，渴極了。夜半車止某站，月臺上盡是兵，三步一崗，五步一哨，荷鎗實彈，重重佈防，嚴密監視，唯恐有逃犯。這時，警衛一連迭催囚徒們火速抬下馬桶，出清糞便，再抬上兩桶開水，供大家飲用。這真是大旱望雲霓，眾人很快喝光。有帶水壺的，便乘機裝滿了。翌日，巴巴的讓每人啜一口，潤潤乾燥嘴唇。

每節列車廂，頂上只開四扇小鐵窗，框內嵌了些鐵杆，排得很密，這就更妨礙空氣流通。我們的眸子朝天望，終日僅見小小四個長方塊，三種被鐵欄杆分割的顏色：亮天、陰天、黑天。沿途風景，只有午夜車停，才偶爾一顯。這時到處一片漆黑，幾盞路燈，稀疏、昏黃，連附近一棵樹、一株草都看不清楚。囚犯抬著開水，才一登車，士兵馬上拿起大鐵鎖，從外面緊鎖車門。縱使一隻小麻雀，也插翅難飛。車廂面積約十幾坪，竟滿塞七八十人。我們完全變成罐頭鳳尾魚，擠得水洩不通。日日夜夜，只能肉貼肉、或坐或站、或臥。坐或臥，連腿也伸不直。空間是這樣密不通風，空氣又污濁不堪，氧氣不足，二氧化碳濃得像稠粥，濃濃的、倒灌我們口鼻，再加上兩隻木製大馬桶，晝夜 24 小時擴散臭氣，且混雜人體擠出的汗液酸味，那一片抑塞呼吸的悶鬱，直使我們瀕於窒息邊緣。

不消幾天，一些人就病了。發熱、頭痛、暈眩、瀉肚、胃疼，不一而足。哪有醫生治療？嘔吐者吐得滿身，濺及同伴，越增腥穢。最苦的是腹瀉，要左一趟、右一趟，從一個個人體上爬過去。他拉了那許多糞

便，越發叫車廂臭氣瀰漫。間有不濟事的，忍不住，正爬著，穢物就瀉到褲子上，甚至滲透長褲，污染了別人。再說那些發燒者，哪怕熱度較高，也不能老躺著休息，叫別人連站幾天幾夜，只得熬著坐起來，硬撐。真是呼天不應，叫地不靈。

這兩位大作家對押送勞改犯的火車，都寫得真實、詳盡、生動。使我恍然大悟，蘇聯的「死拖裡病車」，原來就有個十十足足中國化的對等譯名「鐵悶子」，這是在任何字典上無法學到的一個生字。但相形之下，也使我覺得無名氏先生對「鐵悶子」的描繪，比索忍尼辛筆下「死拖裡病車」鮮活，也更為紮實。

無名氏〈殍繪〉，是繼世界名著《餓》以後，描繪飢餓及勞改營中的飢餓，最出色的一篇，敘述 1959 年到 1961 年「三年大飢荒」中，光是青海柴達木盆地附近的勞改犯，就餓死了十幾萬人！

餓得最兇時，我們所看見的，那已不是一張張人臉。在人們頸椎上蠕動的，是一副副白紙面具，有點像午夜美國三 K 黨；面具上毫無人血，也無人氣，更無人相。因為，每一個活人全像才斷氣的死人，又奇蹟式的暫時復甦一樣。所謂「臉」，大多呈倒三角楔形，有些簡直是骷髏形，人皮直似一層透明薄紙，一扯就破。最突出悲劇性的是雙眼，深深凹陷，兩主睛珠，如兩顆念佛珠，無光，無活意，幾乎無色，望人時，總是淒淒慘慘，好像在說：「下一分鐘我就要死了。」正因每副人相全是淒淒慘慘，而形相有點猙獰，大家也就互不覺慘或猙獰了。覺得「慘」或「猙獰」，這個動詞「覺得」，屬於十年前的過去式。這時候，人們往往連說話也困難，都說不清楚；不是不想說，是說不出。哪怕使盡吃力氣，用透肺活量，一個個的聲音仍低得像蚊子。你只見他們嘴動，冒氣，露牙，不斷嘰哩咕嚕，在發音，微響，像在講話，但洩出來的那一點點幽音，你諦聽好一會，依舊聽不清他究竟在說些什麼。他乾瞪著眼，直直

看你，似乎還未說話，就聲嘶力竭，兩片唇皮不停抖顫，卻有氣無力，
神色悲苦。一種可憐的掙扎，真像他已深深淹沒，沉入水底，還想浮上
來。

夜裡，有的人睡下去，還是活的。天亮時，竟全身冰冷，兩腿筆直。你
簡直弄不清楚，他究竟什麼時候死的？奇的是，有的人，雖死，雙眼卻
睜得老大，牙關也咬得緊緊。通常，死人睜眼咬牙，偶爾也有，卻沒有
這麼多。開睛，是死不瞑目；咬牙切齒，是滿肚子恨。那些死在工地
的、路上的，不少也是張眼咬牙。其中一些，大約是張口想吃，卻吃不
著，想說，卻說不出，想喊，喊不響。

索忍尼辛對勞改營中的集體死亡，也有實實在在的記載：

人們在那裡一待就好幾個月，通鋪上的臭蟲，多得就像蝗蟲一樣。一天
只有半杯水，再沒有多的了！──沒有一個人責問一聲。那裡有一處囚
營全是韓國人，統統死於拉痢。死得半個不留。在我們囚營裡，他們每
天早晨要拖一百具屍體，那時正在蓋一處太平間，所以他們就把犯人套
在拉車上，用人去運石頭。今兒個你拖東西，明天他們把你拖到那裡
去。到了秋天，傷寒蒞臨；我們也幹的是同一樣的辦法，不到發臭不把
屍體交出去──好多領點口糧。甚麼醫療都沒有，我們爬到圍籬邊哀
求：「拿點藥給我們。」看守塔上的衛兵就是一梭子火。然後他們才把患
傷寒的犯人，集中到一棟隔離的營房裡。有些人到不了那裡就死了，回
來的人只有少數幾個。那裡是雙層床，睡上舖的人要是病了，發高燒，
就沒辦法爬下來去上廁所──因此，就會完全流到睡下舖的人身。那裡
的病號有一千五百人，所有的看護都是賊，他們從屍體上拔掉金牙，而
且不僅僅只從屍體上。[6]

---

[6]《古拉格群島》上冊，頁796。

　　《紅鯊》描繪了勞改犯修築青藏公路的慘狀，死了好幾萬勞改犯。索忍尼辛則以整整一章[7]，敘述了蘇聯如何驅使勞改犯修築「白（海）波（羅的海）運河」「莫（斯科）伏（爾加河運河）」，勞改犯在冰天雪地中死去的慘象：

> 每一個工作天完了，工地上總留得有好些屍體，雪花撒在他們臉上。其中一具屍體彎身在翻過來的手推車下面，他的手攏在袖子裡，就在這種樣子活活給凍死。有些人把頭埋在膝蓋中凍僵了；有兩個人背靠背坐著凍死。他們是農家子弟，以及人們可能想得出來的最好工人。他們一次上萬上萬的派到運河工地來，囚營當局想盡辦法，使每一個人都不同自己的父親在一個營區內，他們竭力要拆散一家人，而且馬上派給他們運沙石、搬磚石的工分，哪怕在夏天都沒法子完成。沒有一個人能教他們半點東西，警告他們一下。他們以鄉村中的純樸，拚了老命幹活，很快身體就不行了，然後就凍死掉，人成對兒成對兒抱在一起。到了晚上，雪橇出去收屍，趕車的把屍體往雪橇上一丟，就悶糊糊砰然一聲。
>
> 他們說，在 1931 年到 1932 年的頭一個冬天裡——死掉十萬人，這個數字正等於構成運河工程的全部勞動力。為什麼不相信？更可能的還是打了折扣；在戰爭中的相似情況下，俘虜營的死亡率每天百分之一是普遍的事，也是眾所周知的知識，因此「白波運河工程」中的十萬人，只在三個多月就死光了，後來還有整整一個夏季，再加上一個冬天。[8]

五

　　毛澤東罵知識分子是「臭老九」，整得中國大陸知識分子死去活來，也自有師承。《古拉格群島》寫出在 1919 年 9 月 15 日，高爾基打算為逮捕了

---

[7]《古拉格群島》中冊，頁 91。
[8]《古拉格群島》中冊，頁 126。

的一些知識分子緩頰時，列寧回了封信，顯然，有些知識分子是這一案的被告，列寧批判廣大的俄國知識分子，寫道：「確確實實說來，他們不是全國的人才，而是狗屎。」在另外一次場合裡，他向高爾基說道：「如果我們打碎了太多的腦袋瓜的話，那都是他們（知識分子）的過錯。」「假如知識分子要求正義，為甚麼不投靠我們？」[9]

列寧表達出他對知識分子的不信任和敵意，「腐敗的自由派」，「假裝虔誠」，「在『受過教育人士』中那種習以為常的懶散。」他認為知識分子一直都是鼠目寸光，已經「背叛了工人的本原。」

《紅鯊》中那篇使人悚然的〈井底〉，便使我想起了伯力市「混凝土凹槽」24 小時的酷刑[10]，而〈井底〉那個受刑人，卻在青海的一口二十多公尺深的乾井底下，過了整整兩年不見天日的囚禁生活。

自「文革」以還，中外人士只知道 1976 年 4 月 5 日、1989 年 6 月北京天安門兩次事件，是震動全球的大慘案，卻不知道 1968 年 2 月 22 日，在西寧發生了更大的屠殺。

由於「文革」拋出「造反有理」、「打倒當權派」的口號，一名從上海棉紡廠調到西寧的中年工人吳新華，便成立了「八一八造反派」，準備在 2 月 22 日奪權。

西寧的「當權派」早已在街頭嚴陣以待，對著一排排套著「八一八」紅布黃字袖章的群眾，以機槍掃射，屍積如山，地下的鮮血後來用消防水龍頭沖洗，有的直接流進省府大樓附近的黃河（應為「湟水」），河水一度染成通紅，陳屍七、八千具，輕重傷近萬人，當時與事後遭逮捕的達 2、3 萬人，占了西寧市 40 萬人口 13 分之 1。然而，這一慘絕人寰的屠殺，直到無名氏先生秉筆直書，才為世人所悉。

相似的，索忍尼辛在《古拉格群島》中，也報導了幾次蘇聯勞改營犯

[9]《古拉格群島》上冊，頁 519。
[10]《古拉格群島》上冊，頁 200。

人的集體反抗。在下集第 11 章〈掛斷鐵鏈〉（"Tearing at the Chains"）[11]與
第 12 章〈肯格爾營的四十天〉（"The Forth Days of Kengir"）[12]，做了詳盡
的報導。雖然反抗的群眾都失敗而慘遭屠殺。可是，他們英勇反抗暴政的
史實，透過索忍尼辛與無名氏的秉筆創造，而栩栩如生地活在世人心裡。

　　一般說來，索忍尼辛與無名氏這兩位大作家，有許多相似的地方。

　　他們都是生於 1910 年代的作家，熱愛文學、熱愛真理、更熱愛國家，
可是都受到「祖國」的苛待。索忍尼辛遭判刑八年，放逐三年。無名氏頻
遭迫害，先後曾在浙江杭州邊海灣集中營及潘板橋農場勞改一年多，又囚
禁杭州小車橋監獄一年三月，出獄後又監管三年，也唯其因為他們有這種
「頭下腳上，甩進地獄」的經驗，目歷親經勞改體系，而他們的雄渾文筆
與敢於揭露真相，獲得了廣大群眾信任，紛紛把本身所遭受的痛苦告訴他
們，請他們代寫出來，向全世界控訴。

　　索忍尼辛集結了 227 人的經歷，無一句不真實，寫出了氣勢磅礴的
《古拉格群島》；無名氏回到臺灣，也受到同胞的信託，把親自經受勞改與
慘遭鬥爭的經歷告訴他，再結合他自己的經驗，寫出了《紅鯊》這本書，
舉世為之屏息。

──選自《無名氏的文學作品探索與紀懷》
臺北：文史哲出版社，2004 年 1 月

---

[11] 《古拉格群島》下冊，頁 395。
[12] 《古拉格群島》下冊，頁 451。

輯五◎
研究評論資料目錄

作家生平、作品評論專書與學位論文

專書

1. 卜少夫　　無名氏生死下落　香港　新聞天地社　1976 年 9 月　234 頁

本書收錄無名氏自 1949 年至 1976 年，寄給二哥卜少夫之家書。正文後附錄卜少夫〈在發表《無名氏生死下落》之間〉、衣其〈無名氏及其作品〉、趙子羽〈也談無名氏作品與其人〉、丹扉〈閒話《塔裡的女人》〉、黃苓〈《野獸‧野獸‧野獸》重版贅言〉、崑南〈淺談無名氏初稿三卷——《野獸‧野獸‧野獸》、《海艷》、《金色的蛇夜》〉、黃俊東〈才華卓犖的無名氏〉、九大山人〈無名氏畸人有畸行〉、某先生〈無名氏與卜少夫〉、文靜之〈無名氏與表嫂之戀〉、田雪〈散記無名氏和卜少夫〉。

2. 卜少夫編　　無名氏研究　香港　新聞天地社　1981 年 9 月　260 頁

本書收錄 45 篇文章評論無名氏及其作品：1.方東〈憶無名氏〉；2.阮文達〈無名氏作品及其遭遇〉；3.張佛千〈無名氏逭個人〉；4.沙翁〈無名‧時代‧片段‧狂熱‧高貴‧野獸‧例子‧奢求〉；5.司馬長風〈無名氏五百封信〉；6.司馬長風〈無名氏葉落秋風〉；7.田雪〈無名氏的悲慘命運〉；8.田雪〈西伯利亞鐵路起源〉；9.李雨生〈打算英譯出版無名氏作品〉；10.王恩〈中共應批准無名氏出國〉；11.司馬長風〈無名氏的散文〉；12.黃明月〈無名氏爲孝犧牲自由〉；13.談錫永〈靈體和無名氏〉；14.余樂山〈塗污的書判〉；15.談錫永〈讀《無名氏全書》散記〉；16.侯立朝〈《無名氏全書》的整合觀〉；17.司馬長風〈讀《野獸‧野獸‧野獸》〉；18.司馬長風〈歷史的峽谷〉；19.司馬長風〈浪子回家〉；20.司馬長風〈關於《荒漠裡的人》〉；21.司馬長風〈「無名書稿」獨特性〉；22.司馬長風〈「無名書稿」〉；23.司馬長風〈主題情節不相襯〉；24.司馬長風〈無名氏的「無名書」〉；25.司馬長風〈無名氏的《火燒的都門》〉；26.四真〈《金色的蛇夜》讀後感〉；27.司馬長風〈無名氏「無名書稿」〉；28.蔡炎培〈《無名氏詩鈔》〉；29.懷永〈詩‧悲劇‧無名氏〉；30.叢甦〈印蒂的追尋——無名氏論〉；31.依風露〈無名氏的初戀及其他〉；32.傅頌愉〈《塔裡的女人——令人爭辯的小說》〉；33.趙子羽〈無名氏面紗美得很〉；34.趙子羽〈無名氏野心的揭露〉；35.陳錦波〈無名氏對周氏兄弟之批評〉；36.李相傑〈雜寫無名氏——兼談無名氏在抗戰期的散文〉；37.卜少夫〈在發表〈無名氏生死下落〉之前〉；38.衣其〈無名氏及其作品〉；39.趙子羽〈也談無名氏作品與其人〉；40.黃芩〈《野獸‧野獸‧野獸》重版贅言〉；41.崑南〈淺談無名氏初稿三卷〉；42.黃俊東〈才華卓犖的無名氏〉；43.九大山人〈無名氏畸人有畸

行〉；44.田雪〈散記無名氏和卜少夫〉；45.卜幼夫〈無名氏愛過一個女人〉。

3. 穆子傑編　　無名氏在香港　臺北　遠景出版公司　1983 年 10 月　350 頁

本書收錄無名氏自中國前往香港時，文友、報刊媒體記述及評論無名氏之文章，依時間順序編排，共 3 輯：1.港臺新聞界的反應；2.港臺文藝界的反應；3.文章集納。

4. 區展才主編　　無名氏卷　臺北　遠景出版公司　1983 年 12 月　222 頁

本書收錄曾發表於報章雜誌之有關無名氏作品的評論，立場見解各自獨立，卻同時流露對無名氏的關切。全書收錄：區展才〈序言〉、區展才〈無名氏的思維〉、陳東〈無名氏的開創性突破——《一百萬年以前》重印序言〉、李明〈一部探索人生真諦的啓示錄：讀無名氏《死的巖層》散記〉、李明〈無名氏散文小說獨特風格的探究——《死的巖層》讀後感〉、李明〈試談《北極風情畫》的藝術魅力〉、灰馬〈讀無名氏著作散記〉、陸達誠〈談「創世紀大菩提」序曲〉、L.M〈略談無名氏小說創作的抒情風格——讀《北極風情畫》、《塔裡的女人》、《野獸・野獸、野獸》〉、劉月娥〈無名氏——其人其作〉、陸義民〈與無名氏一席談〉、袁群英〈書曰無名書曰生命——談無名氏的「無名書」〉、麥慧芳〈白與黑的追尋〉、阿卡〈論《野獸・野獸・野獸》中「火」的意象〉、陳逢蘭〈從藝術觀點試評「無名書」〉、阿包〈從《海艷》出發〉、舒蘭〈中國新詩史話——無名氏〉、宋梧剛〈開花的時代——兼述無名氏先生〉、〈《聖誕紅》——無名氏留港期間出版的新作品〉、司馬長風〈司馬長風論無名氏片斷〉、司馬長風〈無名氏的議論〉、司馬長風〈當代大孝無名氏〉、周寧〈讀《契闊》〉、張意強〈「無名書」讀後〉、李庸〈衝破黑暗牢籠——再論《無名氏詩篇》〉、李庸〈《無名氏詩篇》散論〉，共 26 篇。

5. 穆子傑，李揚編　　走出歷史峽谷　臺北　黎明文化公司　1989 年 3 月　366 頁

本書收錄文友、報刊媒體記述評論無名氏的文章。全書分 3 輯，1.「走出大陸・踏上香港」：收錄陳長華〈不堪回首北極風情〉、劉曉梅〈無名氏的行李〉、蔡炎培〈無名氏抵港首日記〉、中國時報〈「最是荷聲聽不足，一窗夢雨試新茶」〉、沙田人〈無名氏來港後動向管窺〉、江素惠〈三十年暗無天日，方寸間跨越時空〉、王震邦，林英喆〈當年街坊青年，談在西安時的無名氏〉、向陽〈無名氏這個人〉、王桂枝〈無名氏獨家訪問記——卜乃夫卅多年來創作的艱辛歷程〉、李錦洪〈追尋世間真愛，反映人生悲歡〉、林翠芬〈人要面對現實，化苦難爲光明〉、陸離〈三十年的孤寂〉、陸離〈開花在星雲以外〉、胡菊人〈無名氏的孝義〉、香山亞黃〈人〉、胡菊人〈他就是印蒂〉、胡菊人〈無名氏的兩句話〉、崑南〈寄望無

名氏接觸廣闊的世界〉、孔言〈請給他寧靜〉、胡菊人〈無名氏何不取道家〉、戴天〈無名氏您好〉、何錦玲〈無名氏的愛情及其他〉、葉積奇〈無名氏，歡迎您〉、曾志成〈「賣魚橋訪無名氏」攝影展〉、劉世俊〈送別無名氏〉、卜少夫〈卅三年一擁抱——紅磡驛前迎四弟〉、卜少夫〈無名氏在香港二週〉、卜幼夫〈無名氏的奇蹟〉、香港電臺〈要有一種「星球哲學」來配合太空時代〉、梁春發〈無名氏先生（卜乃夫先生）〉、〈給司馬長風先生〉、無名氏〈抵港的第一封信〉，共 32 篇；2.「投奔自由·回歸祖國」：收錄聯合報〈卅三年的苦難宣告結束——要以一支禿筆·揭露大陸真象〉、陳長華〈無名氏出港記〉、李雅卿〈共產社會的「外星人」三十年保持自我〉、劉青蓉，張國立〈妙筆寫盡人間真愛〉、劉文傑〈啓德機場·步步驚魂〉、劉青蓉〈才子應有佳人伴〉、曾清嫣〈文化的延續要根植自由天地〉、新生報〈無名氏的證言與行動〉、林焗仁，袁佑民〈一枝銳筆堅挺英拔爲時代見證〉、嚴慧〈神州靉靉滿狼煙，關山重重返祖國〉、楊君實〈無名氏的宣告〉、無名氏〈卅三年的苦難真正結束了〉、卜幼夫〈無名氏的奇蹟〉、陳綏民〈憶無名氏和他的兩本成名書〉、倪匡〈爲無名氏歡呼〉、逯耀東等〈從塔裡到塔外——香江夜訪無名氏〉、顧樹型〈無名氏從地獄來到天堂〉、洛夫〈歲末小品〉、羅青〈你早就知道——詩贈無名氏〉，共 19 篇；3.「定居臺灣」：收錄李鋒〈寧靜港灣情有所歸〉、于淑華〈寶劍贈英雄脂粉送美人——一個偶然機會下見面的無名氏夫人〉、劉睛〈無名氏詩文賺得小嬌娘〉、滕安珍〈寫作和音樂結合譜出愛曲〉、快報〈四十年代蜚聲文壇的無名氏北美之行〉、世界日報〈無名氏爲時代及歷史作見證〉、世界日報〈無名氏比較臺灣海峽兩岸〉、鍾辰芳〈無名氏華府演講，指出臺灣比大陸進步太多〉、方燦〈無名氏赴美加日作見證〉、潘明秀〈海內外反共的心都在燃燒〉、張系國〈散文雜說〉、童世祥〈傳奇生涯引起廣泛回響〉、〔穆子傑，李揚編〕〈緣起〉、司馬中原〈賀精神的勇者〉、〔穆子傑，李揚編〕〈無名氏作品書目〉、〔穆子傑，李揚編〕〈無名氏發表作品之報紙雜誌〉，共 19 篇。正文前有費雪〈代序（一）——古典的再生——迎無名氏〉、炎炎〈代序（二）——無名氏的價值在哪兒？〉、穆子傑〈前言〉、無名氏〈走出歷史峽谷〉、〈「我選擇自由！」〉、〈我的聲明〉、〈答友人及讀者問〉、〈告別香港朋友〉。

6. 卜少夫，區展才編　　現代心靈的探索——無名氏作品研究　臺北　黎明文化公司　1989 年 10 月　358 頁

本書選輯評論家探討無名氏作品中的獨特藝術風格。全書收錄司馬長風〈「無名書稿」獨創性〉、叢甦〈印蒂的追尋——無名氏論〉、黃芩〈《野獸·野獸·野獸》重版贅言〉、L.M〈略談無名氏小說創作的抒情風格——讀《北極風情畫》、《塔裡

的女人》、《野獸・野獸・野獸》〉、崑南〈淺談無名氏初稿三卷——《野獸・野獸・野獸》、《海艷》、《金色的蛇夜》〉、侯立朝〈《無名氏全書的整合觀》、談錫永〈讀「無名氏全書」散記〉、陳東〈無名氏的開創性突破——《一百萬年以前》重印序言〉、李明〈一部探索人生真諦的啓示錄：讀無名氏《死的巖層》散記〉、袁群英〈書曰無名書曰生命——談無名氏的「無名書」〉、區展才〈無名氏的思維〉、倪匡〈無名氏及其作品〉、章伊雯〈悲劇藝術的意義（評《北極風情畫》）〉、洛夫〈《獄中詩抄》〉、陳曉林〈詩・悲劇・無名氏——卜少夫談他的胞弟無名氏〉、叢甦〈未譜完的樂章——試評無名氏《綠色的迴聲》中的悲劇因素〉、蔡炎培〈無名氏詩篇——讀詩與寫信〉、四真〈《金色的蛇夜》讀後感〉、瘂弦〈《海的懲罰》〉、孔令焯〈從《海艷》出發〉、李庸〈衝破黑暗牢籠——再論《無名氏詩篇》，並以此文歡迎無名氏回到自由祖國〉、李庸〈無名氏詩篇散論〉、司馬長風〈無名氏的「無名書」〉、卜幼夫〈亂世兒女的愛情〉，共 24 篇。正文前有卜少夫〈序〉、區展才〈區序〉、區展才〈原序〉。

7. 李　偉　　神秘的無名氏　上海　上海書店出版社　1998 年 8 月　281 頁

本書爲無名氏傳記。全書共 17 章：1.揚州——生命之源；2.童年傳奇；3.負笈北平；4.抗戰，在重慶；5.蜇聲大西北；6.敲開文壇的兩本小說；7.勝利前後；8.尼庵春秋；9.心血鎔鑄「無名書」；10.葛嶺夢斷；11.古運河畔；12.生活並不寧靜；13.坎坷十年；14.和青年們在一起；15.平反以後；16.築巢寶島；17.不是尾聲。正文前有李偉〈神秘帷幕裡的無名氏〉，正文後附錄〈無名氏年譜〉、〈無名氏著作簡目〉。

8. 汪應果，趙江濱　　無名氏傳奇　上海　上海文藝出版社　1998 年 10 月　342 頁

本書爲無名氏研究的學術評傳。全書共 14 章：1.狂狷而早慧的叛逆者；2.踏上人生坎坷不歸途；3.彈撥情感與靈魂的深度哀歌；4.體驗沉重的悲歡羅曼司；5.兌換抽象的精神漫溯；6.時代大波邊緣的文化孤客；7.印蒂的追尋之一：生命的盲動；8.印蒂的追尋之二：跌入浪漫；9.印蒂的追尋之三：向欲望沉淪；10.印蒂追尋之四：搖擺的皈依情懷；11.印蒂的追尋之五：雲海星空中的沉思；12.印蒂的追尋之六：人生終極的圓全；13.「無名書稿」縱橫論；14.落寞歲月的苦難。正文前有序，正文後附錄〈尾聲〉、〈後記〉。

9. 李　偉　　愛河中沉浮的無名氏　珠海　珠海出版社　1999 年 9 月　308 頁

本書從愛情的角度寫無名氏的傳記，探索作家的愛情故事，從「情」的角度透視作家生活，亦從「情」的角度分析作家作品中的人事物。全書共 12 章：1.畸行一少年；2.重慶初戀；3.難諧韓國少女愛；4.愛情拉鋸戰；5.跳出愛情陷阱；6.發生在尼庵

裡的故事；7.斷了綠色的回聲；8.纏綿生死戀；9.在懸崖邊緣上散步；10.幸福的丈夫與幸福的單身漢；11.告別大陸前後；12.寶島鴛盟的驚人變異。正文前有〈一個「情」字產生的長長故事〉；正文後附錄〈尚未參透的謎（後記）〉。

10. **耿傳明　獨行人蹤──無名氏傳　南京　江蘇文藝出版社　2001 年 4 月 247 頁**

本書撰寫無名氏的一生，以作家生平經歷為經，創作作品為緯，對兩者進行相互參照，並以廣闊的視角全面探索作家的一生。全書共 7 章：1.童年與少年時代；2.山城重慶與純情之愛；3.「無名氏」脫穎而出；4.愛與痛的漩渦；5.「無名書稿」：生命境界的開闢與提升；6.西湖卜居；7.幸福的黃昏。正文前有〈引言〉；正文後附錄〈無名氏文學創作年表〉、〈結語〉。

11. **文史哲出版社編委會主編　無名氏的文學作品探索與紀懷　臺北　文史哲出版社　2004 年 10 月　362 頁**

本書蒐羅與無名氏及其作品相關之研討會論文、紀實、新聞與眾人於無名氏過世後對其追憶緬懷之作。全書共 5 部分，1.「無名氏文學作品研討會論文」：收錄黃文範〈《紅鯊》與《古拉格群島》──Wumingshi's Red in Tooth and Claw and Sozthenitsyn's The Gulag Archipelago〉、戈正銘〈巍巍隱天，俯觀雲霓──簡論「無名書」〉、尉天驄〈探求・反思・自由──讀「無名書」〉、羅鵬〈眼睛凝視眼睛──重看無名氏的「無名書」〉、唐翼明〈論無名氏後期短篇小說的藝術得失〉、吳燕娜〈創傷的聲音：評析無名氏的「大牆文學」著作──The Voice of the World：An analysis of Wumingshi's "Prison Literature"〉、〈無名氏文學作品研討會紀實〉，共 6 篇；2.「無名氏作品研討會紀實」；3.「哀榮新聞剪影」：收錄陳文芬〈公祭備極哀榮，政界文壇大老到齊，無名氏追贈華夏獎章〉、中央日報〈為無名氏送行〉、大洋時報〈作家無名氏病逝，臨終前仍心繫著作〉、徐開塵〈老作家天不從願，無名氏，晚境貧病昨病逝〉、張璐文，陳文芬〈《塔裡的女人》、《北極風情畫》作家卜乃夫走了〉、中央日報〈無名氏病逝，藝文界哀悼〉、聯合報〈無名氏病逝，享壽 86 歲〉、賴素鈴〈無名氏研討會主角缺席〉、〈無名氏最後手稿及詩篇手稿〉，共 8 篇；4.「無名氏最後手稿及其詩篇手稿」；5.「追懷文錄」：收錄向明〈小說家寫的詩──感念無名氏〉、張健〈無名的大丈夫，親切的長者──敬悼無名氏〉、碧果〈二〇〇二年的秋天，看魚游〉、徐世澤〈無名氏三大奇蹟〉、張默〈當生命變成礦物時〉、謝輝煌〈小雨，在雲山蒼茫間飄、飄、飄──敬悼無名氏卜乃夫先生〉、魯軍〈無名氏的二三事〉、台客〈聞無名氏逝世〉、黃文範〈無名氏的文采〉、戈正銘〈霜影亂紅凋──悼念乃夫兄〉、向明

〈我們虧欠無名氏〉、王璞〈無名氏，你沒有死〉、辛鬱〈天涯異客──記念作家無名氏先生〉、瘦雲王牌〈無名氏二三事〉、俗子〈沒有人接的電話〉、駱駝〈我最敬愛的無名氏老師〉、戈正銘〈九州生氣恃風雷──論無名氏《野獸‧野獸‧野獸》的元氣〉、魏子雲〈適去，順也〉、周玉山〈哀無名氏先生〉、金筑〈文曲星沉──祭無名氏（卜寧）先生文〉、瘦雲王牌〈無名氏的浪漫情懷──《抒情煙雲》讀後〉、向明〈記憶大海裡的珍寶──略談無名氏的《宇宙投影》〉、王幻〈圓山飯店新春文薈，欣遇無名氏先生，預祝八秩榮慶〉、中華民國新詩學會〈無名氏先生餐敘小記〉、宋北超〈我所知道的無名氏〉、彭正雄〈懷念熱忱待人與堅持創作的無名氏〉，共 26 篇。正文後附錄彭正雄編〈無名氏文學創作年表附小傳〉。

12. 趙江濱　　從邊緣到超越──現代文學史「零餘者」無名氏學術肖像　上海學林出版社　2005 年 5 月　192 頁

本書將無名氏置於社會歷史和中西文化背景脈絡中，對其進行深入挖掘，除分析作家特殊性格、複雜思想、和奇異文學創作形態，亦剖析作家因性格而形成的必然命運。全書共 6 章：1.無名氏：「浮出水面」的文學史失蹤者；2.從叛逆到創造：無名氏生平與創作探頤；3.邊緣與超越：無名氏自由主義的文化關懷；4.離「家」的焦灼：無名氏存在主義的生命關懷；5.語言烏托邦：無名氏現代主義的文學關懷；6.喧嘩與騷動：「無名書」的複雜文化因素研究。正文前有汪應果〈關注形而上‧解讀形而上〉、〈前言〉；正文後附錄〈對立與互補──從巴金到無名氏〉、無名氏〈無名氏綜論《塔裡的女人》和「無名書」〉、〈無名氏年譜簡編〉、〈後記〉。

13. 新聞天地社主編　　四十四位評論家對無名氏代表作──「無名書」評論摘要　香港　新聞天地社　〔未著錄出版日期〕　57 頁

本書蒐錄 44 篇評論無名氏《野獸‧野獸‧野獸》、《海艷》、《金色的蛇夜》、《死的巖層》、《開花的星雲以外》、《創世紀大菩提》之文章摘要。

學位論文

14. 溫鳳霞　　論無名氏小說的詩化品格　山東師範大學中國現當代文學所　碩士論文　朱德發教授指導　2000 年 4 月　42 頁

本論文從解讀小說文本，和作家的主體個性、敘述風格、宗教精神等方面，探尋小說詩化品格的本質特徵及其形式的深層原因。全文共 2 篇：上篇：激情文本的詩化建構；下篇：邊緣人的生命獨語。

15. 郝梁萍　　無名氏──向藝術極限挑戰的小說家　曲阜師範大學中國現當代文
　　　學所　碩士論文　蔡世連教授指導　2001 年 4 月　45 頁

　　本論文研究無名氏在文學史上獨特的價值，同時進一步將之置入 20 世紀文學史的
　　整體框架之中，通過橫向比較的方式，歸納其小說文體上的獨特貢獻。全文共 4
　　章：1.無名氏其人；2.哲理化小說；3.詩化小說；4.感覺化小說。

16. 李曉銘　　生命・哲思・美──無名氏小說的語言藝術特徵　延邊大學中國現
　　　當代文學所　碩士論文　張景忠教授指導　2001 年 5 月　38 頁

　　本論文採用新批評和文體學的研究方法，通過無名氏與魯迅、徐訏等人作品語言的
　　簡單比較，探求無名氏小說的語言藝術特徵，與無名氏在中國現代文學史上的特殊
　　性。全文共 4 章：1.語言：展現又一種生命哲學思考；2.語言：呈現又一種敘述方
　　式；3.語言：營造又一種意象空間；4.語言：昭示又一種獨特的文體。

17. 王寰鵬　　論無名氏小說的生命意識　山東師範大學中國現當代文學所　碩士
　　　論文　吳義勤教授指導　2001 年 10 月　35 頁

　　本論文以無名氏的小說創作爲出發點，解讀其生命意識的內涵。全文共 4 章：1.前
　　言；2.無名氏小說中生命意識的內涵；3.無名氏小說生命意識的審美價值；4.結
　　論：無名氏小說的生命意識在現代文學史上的特殊意義。

18. 趙　智　　論無名氏的精神世界　湖南師範大學中國現當代文學所　碩士論文
　　　顏雄教授指導　2003 年 3 月　45 頁

　　本論文從無名氏的宗教情懷、存在主義、對愛情的追求、象徵手法等探討無名氏的
　　精神世界。全文共 4 章：1.無名氏的宗教情懷；2.生命的沉思與存在的勇氣；3.情
　　愛之思；4.象徵藝術：精神世界的漫遊與投射。

19. 連　敏　　無名氏的生命哲學與「無名書」的小說藝術形式　華僑大學中國現
　　　當代文學所　碩士論文　陳旋波教授指導　2003 年 4 月　54 頁

　　本論文以生命哲學爲理論起點，運用了馬克思主義的立場、觀點與方法，汲取比較
　　文學、文學文化學和結構主義的批評方法，從中尋譯無名氏的生命哲學與「無名
　　書」的小說藝術關係。全文共 3 章：1.尋找超越與詩性風格；2.生死感悟與複調藝
　　術；3.宗教關懷與意象生成。

20. 魏　瑋　　生命涅槃──無名氏及其小說「無名書」論　鄭州大學中國現當代
　　　文學所　碩士論文　張鴻聲教授指導　2003 年 4 月　34 頁

本論文將無名氏放在四、五十年代時代文化背景和文學背景中，來審視「無名書」的獨特意蘊和藝術特色，發掘出他對生命真諦苦苦探索和對生命涅槃的嚮往。全文共 3 章：1.無名氏其人、「無名書」的創作背景；2.「無名書」小說中的生命主題；3.「無名書」小說的藝術特色。

21. 王　麗　　詩性靈魂的自由高蹈──無名氏愛情小說探究　廣西師範大學中國現當代文學所　碩士學位　雷銳教授指導　2004 年　39 頁

本論文從現代主義視角，將無名氏的愛情小說放進一個更為廣闊的框架內，透視其深刻性和獨特性；同時揭示出無名氏愛情小說的詩化特徵，闡述其對現代愛情小說的衝擊與貢獻。全文共 3 篇：1.無名氏的詩性品格與詩意人生；2.無名氏愛情小說的詩情消解；3.無名氏愛情小說的藝術探究。

22. 戈雙劍　　論無名氏創作中的文化意蘊　內蒙古師範大學中國現當代文學所　碩士學位　陶長坤教授指導　2005 年　60 頁

本論文從「文化研究」的角度出發，爬梳無名氏小說，探求西方文化、中國傳統文化、宗教文化等諸種殊異的文化在他思想和創作中的糾纏、融合，進而指出創作中體現的獨特的文化視角及他對人類文化現代化的深切思考。全文共 5 章：1.無名氏──"新信仰"的執著追求者；2.傳統文化：傳統對現代的觀照；3.西方文化：現代手法的形象化闡釋；4.宗教文化：理想對現實的救贖；5.無名氏研究的當代意義。正文後附錄〈無名氏年譜〉。

23. 李洪光　　論「無名書」之人生哲學構建主題　河北大學中國現當代文學研究所　碩士論文　閻浩崗教授指導　2006 年 5 月　57 頁

本論文首先分析印蒂對政治、愛情、病態都市社會的體悟；其次從對「人生應該是什麼」和「人生能夠成為什麼」兩個問題的解答展開，探討「無名書」中生命哲學體系的理性構建。全文共 5 章：1.徘徊、失落於政治與人性的矛盾之中；2.在愛情中體驗人性的和諧完美──高蹈於藝術化的理想國度；3 在墮落中期待昇華──跋涉於現實低地的人性沼澤；4.人生應該是什麼──善；5.人生能夠成為什麼──美。

24. 劉學良　　以天命審視生命，以生命印證天命──試論「無名書」神聖浪漫主義的精神特質　青島大學中國現當代文學所　碩士論文　周海波教授指導　2006 年 12 月　42 頁

本論文研究「無名書」體現出的神聖浪漫主義精神特質，以及此一特質的世界意義

和對中國當代文學創作的啓迪。全文共 3 章：1.何謂浪漫？什麼是浪漫主義的精神核心？；2.神聖浪漫主義精神特質在「無名書」中的體現；3.「無名書」神聖浪漫主義精神特質的意義。

25. 吳冬華　　人，尋找自己——試論中西文化衝突中的無名氏及其「無名書」的創作　湖南師範大學中國現當代文學所　碩士論文　宋劍華教授指導　2007 年 4 月　49 頁

本論文從中西文化衝突的角度還原其思想的形成，進而闡明這種思想對「無名書」創作的影響，從而顯現出無名氏迥異於主流的邊緣性存在意義。全文共 6 章：1.引言；2.中西文化衝突中的無名氏；3.外向尋找；4.雲海星空中的沉思；5.中西調和：建構的圓滿和烏托邦；6.結語。

26. 鄔紅梅　　「無名書」對追尋母題探討　鄭州大學文藝學研究所　碩士論文　夏海波教授指導　2007 年 5 月　48 頁

本論文以「無名書」對追尋母題的繼承、發展和超越爲線索展開論述，從文本形式和內容體現兩個方面闡述「無名書」和追尋母題在文本層面結合的完成；分析「無名書」對既往追尋母題的突破和拓展。全文共 5 章：1.引言：共名時代的「無名」傳奇；2.「無名書」對追尋母題的繼承；3.「無名書」對追尋母題的拓展；4.「無名書」追尋母題中深層的生命意識；5.透視「無名書」追尋母題深遠的人文關懷。

27. 藍七妹　　生命綻放的舞蹈——從「生命自由意志」解讀無名氏的小說　浙江大學中國現當代文學所　碩士論文　黃健教授指導　2007 年 5 月　52 頁

本論文從生命哲學的角度與生命自由意志的哲學範疇探討無名氏的小說。藉此展示他在小說創作中的心路歷程、審美風格，以及他對中國現代小說所做的獨特的藝術探索和歷史貢獻。全文共 5 章：1.前言；2.歷史洪流交匯中的抉擇——無名氏小說創作的意義訴求；3.生命激情的極致綻放——無名氏小說創作的敘事方式；4.狂放無度的審美建構與超越——無名氏小說創作的美學追求；5.結語。

28. 武文剛　　無名氏的文化理想　蘭州大學中國現當代文學研究所　博士論文　趙學勇教授指導　2008 年 5 月　193 頁

本論文以「文化理想」的主線系統梳理分析無名氏的小說創作。重點考察六卷「無名書」建構文化理想的兩大主要路徑，以及「文化理想」的具體內涵，呈現出革命、愛情、欲望、死亡、宗教、道體六個價值範疇被演繹的軌轍。全文共 5 章：1.

文化理想的起步；2.文化理想的建構；3.文化理想遭遇的幾個核心價值範疇；4.搭建文化理想的形象世界；5.文化理想模式下的文體特徵。正文後附錄〈關於無名氏的研究資料〉。

29. 楊書朋　　傳奇與唯美相伴・通俗與現代同行——論無名氏兩部早期愛情小說　南昌大學中國現當代文學研究所　碩士論文　熊岩教授指導　2008年12月　36頁

本論文以無名氏早期兩部小說《北極風情畫》與《塔裡的女人》爲研究對象，以解讀作者愛情小說中關於生命、愛情、人生意義的提問，並揭示其小說中獨特的藝術追求與貢獻。全文共 5 章：1.無名氏愛情小說的傳奇色彩；2.無名氏愛情小說的唯美主義追求；3.無名氏愛情小說的通俗性敘事策略；4.無名氏愛情小說的現代主義特徵；5.結語。

30. 金到熹　　試論無名氏的小說創作特色及其筆下的韓國人形象　復旦大學中國現當代文學研究所　碩士論文　朱文華教授指導　2008年　42頁

本論文考察無名氏的生平與創作背景，探討其創作特色，並分析他早期作品中大量出現的韓國人形象，藉此瞭解當時不同民族文化間的交流和影響。全文共 5 章：1.無名氏概況；2.無名氏小說的浪漫主義特色；3.無名氏小說中的韓國人形象；4.餘論；5.結語。

31. 楊文娟　　文化視野下欲望的突圍與超越——「無名書」主題研究　河北師範大學中國現當代文學研究所　碩士論文　張俊才教授指導　2009年4月　37頁

本論文採用心理學、精神分析學、宗教哲學等理論，從欲望的角度分析，探討「無名書」中欲望如何逐步呈現，欲望與文化的關係，兩者如何在書中統一，並探討這種欲望敘述的方式對於當前欲望化書寫的意義。全文共 4 章：1.執著地沉思：現代性文化危機中的無名氏與「無名書」；2.欲望的困圍與升騰：從此岸的誘惑到彼岸的超越；3.揭開文化的面影：讓欲望的意義敞亮；4.結論。

32. 張　珺　　「無名書」文體特徵簡論　河南大學中國現當代文學研究所　碩士論文　張樂林教授指導　2010年4月　43頁

本論文探討無名氏創作歷程，並分析「無名書」的語言特色與敘述風格，與賦體特徵及對話獨白的等美學效果。全文共 5 章：1.序言；2.「無名書」文體特徵：3.「無名書」文體效果；4.文體形成原因探析；5.結語。

33. 白　玲　　論四十年代小說的想像力——以錢鍾書、張愛玲、徐訏、無名氏為
中心　遼寧師範大學中國現當代文學研究所　碩士論文　王衛平教
授指導　2010 年 5 月　34 頁

本論文以中國四十年代四位作家錢鍾書、張愛玲、徐訏和無名氏的小說作品，探討
情節安排、人物塑造、語言和敘事想像在小說中的具體表現，另外也從作家研究的
角度探求影響小說創作想像力的因素。全文共 5 章：1.引言；2.從運思理論看想像
在小說中的發生；3.從構成要素看想像在小說中的具體；4.從作家研究看影響作家
想像活動的因素；5.結語。

34. 趙玉豔　　生命之花的自由綻放——論無名氏對生命之美和自由的追求　西北
師範大學中國現當代文學所　碩士論文　彭嵐嘉教授指導　2010 年
5 月　55 頁

本論文從文本入手，分析無名氏對生命之美的極致抒寫和對生命自由的執著追尋，
同時在此基礎上超越現實的困境而為人類的生存找到一個終極的信仰和歸宿。全文
共 4 章：1.沉鬱浪漫的性情交織；2.生命之美的極致書寫；3.生命自由的執著追
尋；4.人類理想烏托邦的建構及超越。

35. 于海寶　　超越生死——試論「無名書」的生命觀　山東大學中國現當代文學
研究所　碩士論文　鄭春教授指導　2011 年 5 月　56 頁

本論文以《野獸‧野獸‧野獸》、《海豔》、《金色的蛇夜》、《死的岩層》分析
印蒂由生之迷茫到生之覺悟的過程，再從《開花在星雲以外》、《創世紀大菩提》
分析印蒂所覺悟的「道」，以及在「道」基礎上構建的生命觀。全文共 5 章：1.生
死之間的生命尊嚴；2.向外尋求：生命的迷茫與探索；3.向內尋求：生命的沉思與
回歸；4.意義與局限：不可證明的「道」；5.結語。

36. 劉燕榮　　尋找「形而上」的生命世界——論無名氏的文學創作　華僑大學中
國現當代文學研究所　碩士論文　劉少勤教授指導　2011 年 6 月
52 頁

本論文揭示無名氏的文學創作致力於「形而上」求索的特質和獨特價值，分析「無
名書」如何描繪出印蒂在革命、愛情、罪孽和宗教中尋求生命終極意義但終究幻滅
的波瀾壯闊的人生軌跡。全文共 3 章：1.3 愛的玄思；2.「形而上」生命世界的探
求；3.「形而上」生命世界的構想。

37. 張新珍　　文化詩學視閾下的「無名書」研究　華中科技大學中國現當代文學

研究所　博士論文　何錫章教指導　2012 年 5 月　127 頁

本論文以「文化詩學」的概念，分析「無名書」的文化理想和藝術技巧，進行綜合解讀與詮釋，並探討其作品中藝術品格形成的內外部因素，與藝術得失。全文共 5 章：1.緒論；2.無名氏的文化追求；3.「無名書」的文化主題；4.「無名書」的意象呈現；5.「無名書」的「互文性」。正文後附錄（一）1.目前已收集到的無名氏作品；2.目前收集到的港臺研究著作；（二）攻讀博士期間發表的論文。

38. 陳勝珍　論後期浪漫派的理性特徵　華中師範大學中國現當代文學研究所　碩士論文　張晉業教授指導　2012 年 5 月　39 頁

本論文以後期浪漫主義代表徐訏、無名氏為討論核心，以西方浪漫主義思潮為觀照，探究後期浪漫派的理性特徵及其表現，並闡述浪漫主義文學在四十年代發展的兩難處境。全文共 6 章：1.緒論；2.窟裡的花魂——邊緣化的個體理性選擇；3.現代都市的詩意棲居——道德理性的現代闡釋；4.「最會講故事的人」——現代傳媒理性視野中的大眾化；5.戰火紛飛中「大宇宙觀」的尷尬——理性的悖論與狡點；6.結語。

39. 朱明燕　無名氏短篇小說中的韓人形象研究　山東大學亞非語言文學所　碩士論文　金哲教授指導　2012 年 5 月　52 頁

本論文運用比較文學形象學原理和方法，以無名氏短篇小說中的韓人形象為研究對象，結合當時社會背景及作家個人生活經歷揭示出韓人形象所具有的特徵，探索韓人形象所具有的時代內涵。全文共 5 章：1.序論；2.無名氏韓人短篇題材小說創作的背景；3.韓人形象的類型與特徵；4.韓人形象的時代內涵；5.結論。

40. 韓才恩　無名氏與李範奭——基於「文史互證」基礎上的研究　復旦大學中國現當代文學研究所　碩士論文　劉志榮教授指導　2012 年 5 月　72 頁

本論文的視角集中於無名氏作品中的韓人形象，從較新的視野入手，採用「文史互證」的方法，研究無名氏的小說。尤其聚焦在李範奭身上，以小說中塑造的李範奭形象和歷史中的李範奭形象進行考察比較。全文共 3 章：1.無名氏與韓國人的結識與交往；2.無名氏的韓人題材小說及其反映的李範奭形象；3.從文史互證的角度看無名氏小說中表現的李範奭。

41. 馮海坤　現代精神探索體小說的開篇——《野獸、野獸、野獸》　河北大學中國現當代文學研究所　碩士論文　王會教授指導　2012 年 6 月

38 頁

本論文探討《野獸、野獸、野獸》中的哲學理想、語言結構、環境意象、人物特徵、情緒表達、感知方式等方面，說明無名氏是如何創新小說文體，以進行其現代精神探索體小說的寫作。全文共 6 章：1.引言；2.現代精神探索體；3.現代精神探索體小說的基本特徵──舞蹈化；4.現代精神探索體小說的顯著特徵──環境、意象星球化、感覺化；5.現代精神探索體小說「火」樣的議論和抒情及象徵手法的運用；6.結語。

42. 李　妍　「文化小說」的試驗與探索──無名氏「無名書」研究　北京大學中國現當代文學研究所　碩士論文　吳曉東教授指導　2012 年 12 月　48 頁

本論文以無名氏的「無名書」前三卷爲主要研究對象，探討作者是如何將自己的思想體系和文化建構在小說中以文學的形式表現出來，以及小說中對思想、文化內容的表達如何反觀出作家思想探索所具有的錯雜的內涵。全文共 4 章：1.「文話小說」：「建立未來人類新信仰」；2.「追尋──幻滅」：精神歷程、文化思潮與生命本相；3.「家」作爲意義空間：「文化」的融通與匯合；4.「抒情的哲學」：「新信仰」的情感與文體形式。

作家生平資料篇目

自述

43. 無名氏　鳴謝與罪己──關於《死的巖層》一書出版之感　臺灣時報　1982 年 2 月 13 日　12 版

44. 無名氏　無名氏詩自析　無名氏詩篇　臺北　新聞天地社　1982 年 2 月　頁 286─288

45. 無名氏　我的聲明　民生報　1983 年 3 月 23 日　7 版

46. 無名氏　我的聲明　走出歷史峽谷　臺北　黎明文化公司　1989 年 3 月　頁 8─9

47. 無名氏　序　魚簡　臺北　遠景出版公司　1983 年 4 月　頁 1─2

48. 無名氏　《綠色的迴聲》序[1]　綠色的迴聲　臺北　展望雜誌社　1983 年 7

---

[1]本文後爲黎明文化版之〈跋〉，《綠色的迴聲》後易名爲《我心蕩漾──俄國少女坦尼婭與我的故

月　頁 1—3

49. 無名氏　　跋　綠色的迴聲——無名氏青春期愛情自傳　臺北　黎明文化公司
　　　　　　　1990 年 9 月　頁 491—493

50. 無名氏　　跋　我心蕩漾——俄國少女坦尼婭與我的故事　南京　江蘇文藝出
　　　　　　　版社　2001 年 12 月　頁 352—354

51. 無名氏　　跋[2]　綠色的迴聲　臺北　展望雜誌社　1983 年 7 月　頁 391

52. 無名氏　　後記　綠色的迴聲——無名氏青春期愛情自傳　臺北　黎明文化公
　　　　　　　司　1990 年 9 月　頁 495

53. 無名氏　　學書始末簡記　大成　第 118 期　1983 年 9 月　頁 52—53

54. 無名氏　　學書始末簡記　無名氏詩詞墨蹟　臺北　黎明文化公司　1984 年
　　　　　　　12 月　頁 5—8

55. 無名氏　　試談讀書　新書月刊　第 1 期　1983 年 10 月　頁 7—8

56. 無名氏　　《聖誕紅》序[3]　聖誕紅　臺北　遠景出版公司　1983 年 12 月　頁
　　　　　　　1—2

57. 無名氏　　原序　花的恐怖　臺北　黎明文化公司　1988 年 1 月　頁 1—2

58. 無名氏　　一張帳單——抗戰時期寫作生涯回顧[4]　文訊雜誌　第 7、8 期合刊
　　　　　　　1984 年 2 月　頁 137—144

59. 無名氏　　八年的寫作生涯　抗戰時期文學回憶錄　臺北　文訊月刊雜誌社
　　　　　　　1987 年 7 月　頁 277—285

60. 卜乃夫　　自序　海峽兩岸七大奇蹟——無名氏演講集　臺北　黎明文化公司
　　　　　　　1984 年 4 月　頁 1—3

61. 卜乃夫　　在共產黨恐怖統治下，我是怎樣堅持自由創作的？　海峽兩岸七大
　　　　　　　奇蹟——無名氏演講集　臺北　黎明文化公司　1984 年 4 月　頁
　　　　　　　117—144

　事》。
[2]本文後為黎明文化版之〈後記〉。
[3]本文後收入《花的恐怖》，改篇名為〈原序〉。
[4]本文後改篇名為〈八年的寫作生涯〉。

62. 無名氏　　自序　獄中詩抄　臺北　黎明文化公司　1984 年 5 月　頁 11—21

63. 無名氏　　《獄中詩抄》序　我站在金門望大陸　臺北　黎明文化公司　1985
　　　　　　年 8 月　頁 320—327

64. 無名氏　　我的文學信念——《無名氏自選集》序　青年戰士報　1984 年 9 月
　　　　　　11 日　11 版

65. 無名氏　　自序　無名氏自選集　臺北　黎明文化公司　1985 年 3 月　頁 5—
　　　　　　10

66. 無名氏　　序言　塔裡的女人　臺北　遠景出版公司　1984 年 9 月　頁 1—6

67. 無名氏　　沙漠種玫瑰記　中央日報　1984 年 10 月 7 日　10 版

68. 無名氏　　我的文學觀　文訊雜誌　第 14 期　1984 年 10 月　頁 20—25

69. 無名氏　　我的文學觀　愛情・愛情・愛情　臺北　黎明文化公司　1993 年 5
　　　　　　月　頁 210—217

70. 無名氏　　關於《無名氏詩詞墨蹟》　無名氏詩詞墨蹟　臺北　黎明文化公司
　　　　　　1984 年 12 月　頁 9—13

71. 無名氏　　誰是塔裡的女人？　聯合文學　第 2 期　1984 年 12 月　頁 132—
　　　　　　137

72. 無名氏　　小傳　無名氏自選集　臺北　黎明文化公司　1985 年 3 月　頁 11
　　　　　　—17

73. 無名氏　　幸福的元旦　人生船　臺北　爾雅出版社　1985 年 7 月　頁 2—4

74. 無名氏　　三十三年觀火簡記——跋《海的懲罰》　海的懲罰　臺北　新聞天
　　　　　　地社　1985 年 8 月　頁 169　173

75. 無名氏　　三十三年觀火簡記——跋《海的懲罰》　海的懲罰　臺北　黎明文
　　　　　　化公司　1986 年 10 月　頁 169—173

76. 無名氏　　繩子與我——《我站在金門望大陸》自序　我站在金門望大陸　臺
　　　　　　北　黎明文化公司　1985 年 8 月　頁 1—5

77. 無名氏　　《創世紀大菩提》序　我站在金門望大陸　臺北　黎明文化公司
　　　　　　1985 年 8 月　頁 313—317

78. 無名氏　　　《夜梟詩篇》序　我站在金門望大陸　臺北　黎明文化公司　1985
年 8 月　頁 318—319

79. 無名氏　　　後記　走向各各他　香港　新聞天地社　1986 年 2 月　頁 78—80

80. 無名氏　　　大陸文學的社會背景和我的文學觀（1—3）　臺灣日報　1986 年 3
月 2—4 日　8 版

81. 無名氏　　　大陸文學的社會背景和我的文學觀　無名氏巡迴美、加、日演講紀
要　臺北　光陸出版社　1986 年 4 月　頁 118—130

82. 卜乃夫　　　大陸文學的社會背景和我的文學觀　讀書・時代・生活　臺北　黎
明文化公司　1986 年 8 月　頁 125—138

83. 無名氏　　　無名氏自序　無名氏巡迴美、加、日演講紀要　臺北　光陸出版社
1986 年 4 月　頁 1—6

84. 無名氏　　　壓不倒的含羞草——無名氏談他的文學　無名氏巡迴美、加、日演
講紀要　臺北　光陸出版社　1986 年 4 月　頁 143—145

85. 無名氏　　　解開塔外的懸疑（文學部分）——無名氏與聽眾的對話　無名氏巡
迴美、加、日演講紀要　臺北　光陸出版社　1986 年 4 月　頁 149
—152

86. 無名氏　　　　文學夢語——修正版自序　海艷（上）　臺北　漢光文化公司
1986 年 7 月　頁 11—24

87. 無名氏　　　修正版自序　海艷　廣州　花城出版社　1995 年 1 月　頁 5—10

88. 卜乃夫　　　自序　讀書・時代・生活　臺北　黎明文化公司　1986 年 8 月　頁
1—10

89. 無名氏　　　塔裡的女人　臺灣日報　1987 年 5 月 28 日　8 版

90. 無名氏　　　定本序言[5]　塔裡的女人　臺北　黎明文化公司　1987 年 5 月　頁 1
—8

91. 無名氏　　　定本序言　北極風情畫　臺北　黎明文化公司　1989 年 10 月　頁
1—8

---

[5] 本文後改篇名為〈重修《塔裡的女人》〉。

92. 無名氏　重修《塔裡的女人》　愛情・愛情・愛情　臺北　黎明文化公司　1993 年 5 月　頁 259—264

93. 無名氏　修正版序言　塔裡的女人　臺北　黎明文化公司　1987 年 5 月　頁 1—7

94. 無名氏　半紀楮墨瑣譚——我的創作心路歷程（上、下）　中央日報　1987 年 11 月 14—15 日　10 版

95. 無名氏　文學冥思——紀念創作五十年　臺灣日報　1987 年 12 月 20 日　8 版

96. 無名氏　增訂本序言　花的恐怖　臺北　黎明文化公司　1988 年 1 月　頁 1—6

97. 無名氏　我決定接受人們任何新的公正意見　文訊雜誌　第 34 期　1988 年 2 月　頁 139—145

98. 無名氏　玫瑰自殺（代序）　中國大悲劇時代對話　臺北　黎明文化公司　1988 年 5 月　頁 1—8

99. 無名氏　不能空心，那能了悟？　自由時報　1988 年 6 月 1 日　11 版

100. 無名氏　走出歷史峽谷　走出歷史峽谷　臺北　黎明文化公司　1989 年 3 月　頁 1—6

101. 無名氏　抵港的第一封信　走出歷史峽谷　臺北　黎明文化公司　1989 年 3 月　頁 205—210

102. 無名氏　卅三年的苦難真正結束了　走出歷史峽谷　臺北　黎明文化公司　1989 年 3 月　頁 253—258

103. 無名氏　自序（一）——寫給臺灣這一代青年　紅鯊　臺北　黎明文化公司　1989 年 9 月　頁 1—12

104. 無名氏　自序（二）——再寫給臺灣這一代青年　紅鯊　臺北　黎明文化公司　1989 年 9 月　頁 13—20

105. 無名氏　《塔裡的女人》散憶・省思　臺灣日報　1990 年 4 月 27 日　15 版

106. 無名氏　　　《塔裡的女人》散憶‧省思　愛情‧愛情‧愛情　臺北　黎明文
化公司　1993 年 5 月　頁 265—274

107. 無名氏　　　塔外的女人——我的婚姻心路歷程（代序）　塔外的女人　臺北
風雲時代出版公司　1990 年 4 月　頁 1—16

108. 卜乃夫　　　無名氏的文學語言　國魂　第 537 期　1990 年 8 月　頁 48—51

109. 無名氏　　　修正定本序　綠色的迴聲——無名氏青春期愛情自傳[6]　臺北　黎
明文化公司　1990 年 9 月　頁 1—6

110. 無名氏　　　修正定本序　我心蕩漾——俄國少女坦尼婭與我的故事　南京
江蘇文藝出版社　2001 年 12 月　頁 5—8

111. 無名氏　　　我的筆名　聯合文學　第 82 期　1991 年 8 月　頁 60—61

112. 無名氏　　　自序　蠱甕　臺北　黎明文化公司　1991 年 12 月　頁 1—6

113. 無名氏　　　自序　淡水魚冥思　臺北　黎明文化公司　1992 年 1 月　頁 1—7

114. 無名氏　　　自序（節錄）　淡水魚冥思　廣州　花城出版社　1995 年 1 月
頁 1—2

115. 無名氏　　　海水的聲音　繁華猶記來時路　臺北　中央日報社　1992 年 5 月
頁 47—57

116. 無名氏　　　自序　恐龍世紀　臺北　黎明文化公司　1992 年 12 月　頁 1—5

117. 無名氏　　　自序　愛情‧愛情‧愛情　臺北　黎明文化公司　1993 年 5 月
頁 1—6

118. 無名氏　　　自白——關於「無名書」　愛情‧愛情‧愛情　臺北　黎明文化
公司　1993 年 5 月　頁 218—222

119. 無名氏　　　「無名書」一席談　愛情‧愛情‧愛情　臺北　黎明文化公司
1993 年 5 月　頁 223—230

120. 無名氏　　　《北極風情畫》、《塔裡的女人》筆談　愛情‧愛情‧愛情　臺北
黎明文化公司　1993 年 5 月　頁 241—243

---

[6] 《綠色的迴聲——無名氏青春期愛情自傳》後易名爲《我心蕩漾——俄國少女坦尼婭與我的故事》。

121. 無名氏　寫作漫談　愛情・愛情・愛情　臺北　黎明文化公司　1993 年 5 月　頁 244—250

122. 無名氏　白頭宮女話玄宗——大陸版《塔裡的女人》題記　臺灣日報 1994 年 9 月 12 日　9 版

123. 無名氏　無名氏論無名氏　聯合報　1994 年 12 月 23 日　37 版

124. 無名氏　無名氏論無名氏　宇宙投影——人生是夢的放射　臺北　中天出版社　1997 年 12 月　頁 19—21

125. 無名氏　無名氏論無名氏　在生命的光環上跳舞　北京　人民文學出版社 2002 年 6 月　頁 156—157

126. Pu Ning　Prologue: N298 The Secret of the Cave　Red in Tooth and Claw New York　Grove Press　1994 年　頁 25—27

127. 無名氏　塔外的喜劇（代序）——吉日花絮補志　塔裡・塔外・女人　廣州　花城出版社　1995 年 1 月　頁 3—11

128. 無名氏　自序　北極風情畫・塔裡的女人　廣州　花城出版社　1995 年 1 月　頁 1—3

129. 無名氏　告別「無名氏」　中央日報　1997 年 10 月 4 日　18 版

130. 卜　寧　不死的黑玫瑰——《抒情煙雲》序　抒情煙雲〔全 2 冊〕　臺北 文史哲出版社　1998 年 1 月　頁 1—7

131. 無名氏　不死的黑玫瑰——自序　無名氏散文　杭州　浙江文藝出版社 1998 年 11 月　頁 1—7

132. 無名氏　《塔裡的女人》跋　塔裡的女人　臺北　文史哲出版社　1998 年 10 月　頁 179—185

133. 無名氏　警告盜印商——兼談《北極風情》、《塔裡的女人》最後定本　青年日報　1998 年 12 月 11 日　15 版

134. 卜　寧　用腳思想（序一）　一根鉛絲火鈎　臺北　中天出版社　1999 年 5 月　頁 1—4

135. 卜　寧　用腳思想（序一）　花與化石　臺北　中天出版社　1999 年 5 月

頁 1—4

136. 無名氏　用腳思想　中央日報　1999 年 6 月 18 日　18 版

137. 卜　寧　告讀者　創世紀大菩提（上）　臺北　文史哲出版社　1999 年 9
月　頁 3—6

138. 無名氏　略論文化小說——我的文學創作理念　民眾日報　2000 年 2 月 21
—22 日　15 版

139. 無名氏　作者跋　海艷（下）　臺北　文史哲出版社　2000 年 5 月　頁
620—621

140. 無名氏　書中人語（代序）　死的巖層（上）　臺北　文史哲出版社
2001 年 4 月　頁 1—4

141. 無名氏　跋　死的巖層（下）　臺北　文史哲出版社　2001 年 4 月　頁
626—630

142. 卜　寧　《說愛》序　說愛　南京　江蘇文藝出版社　2001 年 12 月　頁 1
—5

143. 無名氏　《談情》小序　談情　南京　江蘇文藝出版社　2001 年 12 月　頁
1—2

144. 無名氏　金陵燕夢重溫——新版代序　我心蕩漾——俄國少女坦尼婭與我
的故事　南京　江蘇文藝出版社　2001 年 12 月　頁 1—4

145. 無名氏　略記大陸出版拙著簡況　文訊雜誌　第 197 期　2002 年 3 月　頁
43—45

146. 無名氏　光棍自述　在生命的光環上跳舞　北京　人民文學出版社　2002
年 6 月　頁 149—155

147. 無名氏　「無名書」寫作經過記略　在生命的光環上跳舞　北京　人民文
學出版社　2002 年 6 月　頁 167—173

148. 無名氏　無名氏縱論《塔裡的女人》和「無名書」　從邊緣到超越——現
代文學史「零餘者」無名氏學術肖像　上海　學林出版社　2005
年 5 月　頁 140—157

149. 無名氏　　附一：略談小說創作　《無名書》精粹　武漢　武漢出版社
2006 年 1 月　頁 511—526

他述

150. 黃俊東　　才華卓犖的無名氏　現代中國作家剪影　香港　友聯出版社
1972 年 12 月　頁 266—268

151. 黃俊東　　才華卓犖的無名氏　無名氏生死下落　香港　新聞天地社　1976
年 9 月　頁 222—224

152. 黃俊東　　才華卓犖的無名氏　無名氏研究　香港　新聞天地社　1981 年 9
月　頁 239—242

153. 卜少夫　　在發表〈無名氏生死下落〉之間　中國時報　1976 年 6 月 2 日
12 版

154. 卜少夫　　在發表〈無名氏生死下落〉之間　無名氏生死下落　香港　新聞
天地社　1976 年 9 月　頁 155—166

155. 卜少夫　　在發表〈無名氏生死下落〉之間　無名氏研究　香港　新聞天地
社　1981 年 9 月　頁 179—190

156. 卜少夫　　談我的四弟無名氏　中國時報　1976 年 9 月 27 日　12 版

157. 卜少夫　　我的四弟無名氏　大成　第 36 期　1976 年 11 月　頁 32—33

158. 卜少夫　　談我的四弟無名氏　人間躑躅　臺北　遠景出版公司　1981 年 3
月　頁 323—329

159. 九大山人　　無名氏畸人有畸行　無名氏生死下落　香港　新聞天地社
1976 年 9 月　頁 225—226

160. 九大山人　　無名氏畸人有畸行　無名氏研究　香港　新聞天地社　1981 年
9 月　頁 243—244

161. 某先生　　無名氏與卜少夫　無名氏生死下落　香港　新聞天地社　1976 年
9 月　頁 227—228

162. 文靜之　　無名氏與表嫂之戀　無名氏生死下落　香港　新聞天地社　1976
年 9 月　頁 229—230

163. 田　雪　　散記無名氏和卜少夫　無名氏生死下落　香港　新聞天地社　　1976 年 9 月　頁 231—234

164. 田　雪　　散記無名氏和卜少夫　無名氏研究　香港　新聞天地社　1981 年　9 月　頁 245—248

165. 張佛千　　無名氏這個人　中國時報　1976 年 11 月 9 日　12 版

166. 卜少夫　　《無名氏生死下落》　中華日報　1976 年 11 月 18 日　9 版

167. 黃明月　　無名氏爲孝犧牲自由　社會教育　第 99 期　1977 年 4 月 5 日　4　版

168. 黃明月　　無名氏爲孝犧牲自由　無名氏研究　香港　新聞天地社　1981 年　9 月　頁 35—36

169. 司馬長風　　中國新文學運動六十年〔無名氏部分〕　文藝風雲　臺北　時報出版公司　1977 年 8 月　頁 21

170. 懷冰〔陳曉林〕　　詩・悲劇・無名氏——卜少夫談他的胞弟無名氏　中國時報　1979 年 6 月 12 日　12 版

171. 懷　冰　　詩・悲劇・無名氏——卜少夫談他的胞弟無名氏　無名氏研究　香港　新聞天地社　1981 年 9 月　頁 107—112

172. 陳曉林　　詩・悲劇・無名氏——卜少夫談他的胞弟無名氏　現代心靈的探索——無名氏作品研究　臺北　黎明文化公司　1989 年 10 月　頁 267—272

173. 卜少夫　　無名氏近況　中國時報　1979 年 8 月 24 日　8 版

174. 趙子羽　　無名氏野心的揭露　工商日報　1979 年 10 月 4 日　11 版

175. 趙子羽　　無名氏野心的揭露　無名氏研究　香港　新聞天地社　1981 年 9 月　頁 159—160

176. 倪　匡　　無名氏！啊，無名氏！　聯合報　1980 年 3 月 21 日　8 版

177. 依風露　　無名氏的初戀及其他　聯合報　1980 年 8 月 9 日　8 版

178. 依風露　　無名氏的初戀及其他　無名氏研究　香港　新聞天地社　1981 年　9 月　頁 149—154

179. 卜少夫　　無名氏的四個女人　人間躑躅　臺北　遠景出版公司　1981 年 3
　　　　　　　月　頁 369—373

180. 方　東　　憶無名氏　無名氏研究　香港　新聞天地社　1981 年 9 月　頁 1
　　　　　　　—2

181. 田　雪　　無名氏的悲慘命運　無名氏研究　香港　新聞天地社　1981 年 9
　　　　　　　月　頁 17—18

182. 田　雪　　西伯利亞鐵路起源　無名氏研究　香港　新聞天地社　1981 年 9
　　　　　　　月　頁 19—20

183. 談錫永　　靈體和無名氏　無名氏研究　香港　新聞天地社　1981 年 9 月
　　　　　　　頁 37—38

184. 卜幼夫　　無名氏愛過一個女人　無名氏研究　香港　新聞天地社　1981 年
　　　　　　　9 月　頁 249—260

185. 劉曉梅　　無名氏的行李　聯合報　1982 年 12 月 25 日　8 版

186. 劉曉梅　　無名氏的行李　走出歷史峽谷　臺北　黎明文化公司　1989 年 3
　　　　　　　月　頁 23—25

187. 蔡炎培　　無名氏抵港首日記　聯合報　1982 年 12 月 25 日　8 版

188. 蔡炎培　　無名氏抵港首日記　走出歷史峽谷　臺北　黎明文化公司　1989
　　　　　　　年 3 月　頁 26—28

189. 卜少夫　　無名氏的《金色的蛇夜》下卷發表之前　金色的蛇夜（續集）
　　　　　　　香港　新聞天地社　1982 年 12 月　頁 1—2

190. 林　毅　　無名氏——文學的虔誠信徒　文學時代叢刊　第 11 期　1983 年 1
　　　　　　　月　頁 66—71

191. 卜少夫　　九龍紅磡驛前迎四弟：並記無名氏在港兩週活動[7]　傳記文學　第
　　　　　　　249 期　1983 年 2 月　頁 57—63

192. 卜少夫　　卅三年一擁抱——紅磡驛前迎四弟　無名氏在香港　臺北　遠景
　　　　　　　出版公司　1983 年 10 月　頁 243—255

---

[7]本文後改篇名爲〈卅三年一擁抱——紅磡驛前迎四弟〉。

193. 卜少夫　　卅三年一擁抱——紅磡驛前迎四弟　走出歷史峽谷　臺北　黎明
　　　　文化公司　1989 年 3 月　頁 149—164

194.〔民生報〕　　無名氏抵臺北，決定不再回大陸　民生報　1983 年 3 月 23 日
　　　　7 版

195. 陳長華　　無名氏出港記　聯合報　1983 年 3 月 24 日　8 版

196. 陳長華　　無名氏出港記　走出歷史峽谷　臺北　黎明文化公司　1989 年 3
　　　　月　頁 216—219

197. 延榮昌　　從無名氏來歸看大陸知識分子心態　國魂　第 450 期　1983 年 5
　　　　月　頁 67—69

198. 杜仲山　　無名氏投奔自由　幼獅文藝　第 353 期　1983 年 5 月　頁 5—11

199. 駱志伊　　此情可待成追憶——無名氏的生死戀　藝文誌　第 213 期　1983
　　　　年 6 月 1 日　頁 50—51

200.〔文訊雜誌〕　　文苑短波——無名氏微恙住院　文訊雜誌　第 1 期　1983
　　　　年 7 月　頁 115

201.〔聯合報〕　　「塔裡的男人」脫「龍窟」——無名氏定今出竹幕　無名氏
　　　　在香港　臺北　遠景出版公司　1983 年 10 月　頁 3—5

202. 陳長華　　無名氏大大有名‧多情人默默懺情　無名氏在香港　臺北　遠景
　　　　出版公司　1983 年 10 月　頁 6—10

203. 向　陽　　無名氏這個人　無名氏在香港　臺北　遠景出版公司　1983 年 10
　　　　月　頁 16—20

204. 向　陽　　無名氏這個人　走出歷史峽谷　臺北　黎明文化公司　1989 年 3
　　　　月　頁 47—51

205. 劉青蓉　　魅力的詞句隱含對自由愛情的熱愛——無名氏演完一場悲劇‧暗
　　　　淡人生終於露曙光　無名氏在香港　臺北　遠景出版公司　1983
　　　　年 10 月　頁 50—52

206. 江素惠　　「煉獄」飛出火鳳凰，「塔裡」走出無名氏！　無名氏在香港　臺
　　　　北　遠景出版公司　1983 年 10 月　頁 53—56

207. 李雅卿　　作家、孝子、一片純情內斂・思想、言行、卅載磨練成熟　無名
　　　　　　　氏在香港　臺北　遠景出版公司　1983 年 10 月　頁 57—60

208. 王震邦，林英喆　　當年街坊青年・談在西安時的無名氏　無名氏在香港
　　　　　　　臺北　遠景出版公司　1983 年 10 月　頁 69—73

209. 王震邦，林英喆　　當年街坊青年，談在西安時的無名氏　走出歷史峽谷
　　　　　　　臺北　黎明文化公司　1989 年 3 月　頁 41—46

210. 費　雪　　古典的再生——迎無名氏　無名氏在香港　臺北　遠景出版公司
　　　　　　　1983 年 10 月　頁 74—76

211. 沙田人　　無名氏來港後動向管窺　無名氏在香港　臺北　遠景出版公司
　　　　　　　1983 年 10 月　頁 97—99

212. 沙田人　　無名氏來港後動向管窺　走出歷史峽谷　臺北　黎明文化公司
　　　　　　　1989 年 3 月　頁 31—33

213. 陳聲悅　　么弟口中的無名氏——訪卜幼夫細說他的乃夫四哥　無名氏在香
　　　　　　　港　臺北　遠景出版公司　1983 年 10 月　頁 111—114

214. 陸　離　　三十年的孤寂　無名氏在香港　臺北　遠景出版公司　1983 年 10
　　　　　　　月　頁 173—174

215. 陸　離　　開花在星雲以外　無名氏在香港　臺北　遠景出版公司　1983 年
　　　　　　　10 月　頁 175—176

216. 陸　離　　開花在星雲以外　走出歷史峽谷　臺北　黎明文化公司　1989 年
　　　　　　　3 月　頁 76—78

217. 胡菊人　　無名氏的孝義　無名氏在香港　臺北　遠景出版公司　1983 年 10
　　　　　　　月　頁 178—179

218. 胡菊人　　無名氏的孝義　走出歷史峽谷　臺北　黎明文化公司　1989 年 3
　　　　　　　月　頁 79—80

219. 香山亞黃　　人　無名氏在香港　臺北　遠景出版公司　1983 年 10 月　頁
　　　　　　　186

220. 香山亞黃　　人　走出歷史峽谷　臺北　黎明文化公司　1989 年 3 月　頁 81

—82

221. 胡菊人　他就是印蒂　無名氏在香港　臺北　遠景出版公司　1983 年 10 月　頁 187—188

222. 胡菊人　他就是印蒂　走出歷史峽谷　臺北　黎明文化公司　1989 年 3 月　頁 83—84

223. 胡菊人　無名氏的兩句話　無名氏在香港　臺北　遠景出版公司　1983 年 10 月　頁 190—191

224. 胡菊人　無名氏的兩句話　走出歷史峽谷　臺北　黎明文化公司　1989 年 3 月　頁 85—86

225. 崑　南　寄望無名氏接觸廣闊的世界　無名氏在香港　臺北　遠景出版公司　1983 年 10 月　頁 192—193

226. 崑　南　寄望無名氏接觸廣闊的世界　走出歷史峽谷　臺北　黎明文化公司　1989 年 3 月　頁 87—89

227. 孔　言　請給他寧靜　無名氏在香港　臺北　遠景出版公司　1983 年 10 月　頁 196—197

228. 孔　言　請給他寧靜　走出歷史峽谷　臺北　黎明文化公司　1989 年 3 月　頁 90—91

229. 戴　天　無名氏，您好！　無名氏在香港　臺北　遠景出版公司　1983 年 10 月　頁 205—206

230. 戴　天　無名氏，您好　走出歷史峽谷　臺北　黎明文化公司　1989 年 3 月　頁 95—97

231. 葉積奇　無名氏，歡迎您　無名氏在香港　臺北　遠景出版公司　1983 年 10 月　頁 229—230

232. 葉積奇　無名氏，歡迎您　走出歷史峽谷　臺北　黎明文化公司　1989 年 3 月　頁 100—110

233. 葉積奇　「無名」變「有名」　無名氏在香港　臺北　遠景出版公司　1983 年 10 月　頁 231—232

234. 葉積奇　承擔命運重壓　無名氏在香港　臺北　遠景出版公司　1983 年 10 月　頁 233—234

235. 葉積奇　生命的戰士　無名氏在香港　臺北　遠景出版公司　1983 年 10 月 頁 235—236

236. 葉積奇　無名氏的哲學　無名氏在香港　臺北　遠景出版公司　1983 年 10 月　頁 237—238

237. 何錦玲　無名氏的愛情及其他　無名氏在香港　臺北　遠景出版公司 1983 年 10 月　頁 239—240

238. 何錦玲　無名氏的愛情及其他　走出歷史峽谷　臺北　黎明文化公司 1989 年 3 月　頁 98—99

239. 卜少夫　無名氏在香港二週　無名氏在香港　臺北　遠景出版公司　1983 年 10 月　頁 256—263

240. 卜少夫　無名氏在香港二週　風雨香港故人　香港　新聞天地社　1985 年 5 月　頁 207—213

241. 卜少夫　無名氏在香港二週　走出歷史峽谷　臺北　黎明文化公司　1989 年 3 月　頁 165—173

242. 卜幼夫　無名氏的奇蹟　無名氏在香港　臺北　遠景出版公司　1983 年 10 月　頁 264—266

243. 卜幼夫　無名氏的奇蹟　走出歷史峽谷　臺北　黎明文化公司　1989 年 3 月　頁 259—264

244. 奇　俊　我在香港見到無名氏　無名氏在香港　臺北　遠景出版公司 1983 年 10 月　頁 291—296

245. 胡子丹　和無名氏聊天　無名氏在香港　臺北　遠景出版公司　1983 年 10 月　頁 297—303

246. 梁春發　無名氏先生（卜乃夫先生）　無名氏在香港　臺北　遠景出版公司　1983 年 10 月　頁 333—339

247. 梁春發　無名氏先生（卜乃夫先生）　走出歷史峽谷　臺北　黎明文化公

　　　　　　　　　司　1989 年 3 月　頁 193—200

248. 〔文訊雜誌〕　　　文苑短波——無名氏稱讚臺灣年輕作家　文訊雜誌　第 4
　　　期　1983 年 10 月　頁 7

249. 史紫忱　談談無名氏的書法藝術:《無名氏詩詞墨蹟》序　新聞天地　第
　　　1866 期　1983 年 11 月 19 日　頁 20—21

250. 史紫忱　《無名氏詩詞墨蹟》序　無名氏詩詞墨蹟　臺北　黎明文化公司
　　　1984 年 12 月　頁 1—3

251. 史紫忱　無名氏的書法　無名氏詩詞墨蹟　臺北　黎明文化公司　1984 年
　　　12 月　頁 4

252. 宋梧剛　開花的時代——兼述無名氏先生　無名氏卷　臺北　遠景出版公
　　　司　1983 年 12 月　頁 179—184

253. 司馬長風　無名氏的議論　無名氏卷　臺北　遠景出版公司　1983 年 12 月
　　　頁 191—192

254. 司馬長風　當代大孝無名氏　無名氏卷　臺北　遠景出版公司　1983 年 12
　　　月　頁 193—194

255. 葉經柱　無名氏與我　臺灣新聞報　1984 年 3 月 17 日　12 版

256. 鄧海翔　編語　海峽兩岸七大奇蹟——無名氏演講集　臺北　黎明文化公
　　　司　1984 年 4 月　頁 1—5

257. 陸震廷　一位典型的中國文人　情緣　臺北　星光出版社　1985 年 11 月
　　　頁 95—98

258. 黃永武　無名氏的寂寞　聯合報　1986 年 2 月 23 日　8 版

259. 黃永武　《走向各各他》序　走向各各他　香港　新聞天地社　1986 年 2
　　　月　頁 1—2

260. 黃永武　《走向各各他》序　海的懲罰　臺北　黎明文化公司　1986 年 10
　　　月　頁 177—178

261. 〔光陸出版社〕　　　無名氏簡介　無名氏巡迴美、加、日演講紀要　臺北
　　　光陸出版社　1986 年 4 月　頁 7—8

262. 羅造盧　無名氏巡迴美加日演講插曲　讀書‧時代‧生活　臺北　黎明文
化公司　1986 年 8 月　頁 223—234

263. 梁實秋　梁實秋跋　海的懲罰　臺北　黎明文化公司　1986 年 10 月　頁
259

264. 文船山　中國文人的另一典型——無名氏印象　那半壁中國文壇　臺北
允晨文化公司　1987 年 9 月　頁 183—185

265. 文船山　真話難話——評外界對無名氏的批評　那半壁中國文壇　臺北
允晨文化公司　1987 年 9 月　頁 187—189

266. 文船山　觀點與角度——再評外界對無名氏的批評　那半壁中國文壇　臺
北　允晨文化公司　1987 年 9 月　頁 191—195

267. 費　雪　代序（一）——古典的再生——迎無名氏　走出歷史峽谷　臺北
黎明文化公司　1989 年 3 月　頁 1—3

268. 炎　炎　代序（二）——無名氏的價值在哪兒？　走出歷史峽谷　臺北
黎明文化公司　1989 年 3 月　頁 1—3

269. 穆子傑　前言　走出歷史峽谷　臺北　黎明文化公司　1989 年 3 月　頁 1
—3

270. 中國時報　最是荷聲聽不足，一窗夢雨試新茶　走出歷史峽谷　臺北　黎
明文化公司　1989 年 3 月　頁 29—30

271. 李錦洪　追尋世間真愛，反映人生悲歡　走出歷史峽谷　臺北　黎明文化
公司　1989 年 3 月　頁 61—65

272. 林翠芬　人要面對現實，化苦難爲光明　走出歷史峽谷　臺北　黎明文化
公司　1989 年 3 月　頁 66—72

273. 陸　離　三十年的孤寂　走出歷史峽谷　臺北　黎明文化公司　1989 年 3
月　頁 73—75

274. 曾志成　「賣魚橋訪無名氏」攝影展　走出歷史峽谷　臺北　黎明文化公
司　1989 年 3 月　頁 111—119

275. 劉世俊　送別無名氏　走出歷史峽谷　臺北　黎明文化公司　1989 年 3 月

　　　　　　　頁 120—148

276. 聯合報　　卅三年的苦難宣告結束——要以一枝禿筆・揭露大陸真象　走出
　　　　　　　歷史峽谷　臺北　黎明文化公司　1989 年 3 月　頁 211—215

277. 李雅卿　　共產社會的「外星人」三十年保持自我　走出歷史峽谷　臺北
　　　　　　　黎明文化公司　1989 年 3 月　頁 220—224

278. 劉青蓉，張國立　　妙筆寫盡人間真愛　走出歷史峽谷　臺北　黎明文化公
　　　　　　　司　1989 年 3 月　頁 225—228

279. 劉文傑　　啓德機場・步步驚魂　走出歷史峽谷　臺北　黎明文化公司
　　　　　　　1989 年 3 月　頁 229—232

280. 劉青蓉　　才子應有佳人伴　走出歷史峽谷　臺北　黎明文化公司　1989 年
　　　　　　　3 月　頁 232—234

281. 曾清嫣　　文化的延續要根植自由天地　走出歷史峽谷　臺北　黎明文化公
　　　　　　　司　1989 年 3 月　頁 235—238

282. 新生報　　無名氏的證言與行動　走出歷史峽谷　臺北　黎明文化公司
　　　　　　　1989 年 3 月　頁 239—241

283. 林烱仁，袁佑民　　一枝銳筆堅挺英拔，爲時代見證　走出歷史峽谷　臺北
　　　　　　　黎明文化公司　1989 年 3 月　頁 242—246

284. 嚴　慧　　神州矍矍滿狼煙，關山重重返祖國　走出歷史峽谷　臺北　黎明
　　　　　　　文化公司　1989 年 3 月　頁 246—248

285. 楊君實　　無名氏的宣告　走出歷史峽谷　臺北　黎明文化公司　1989 年 3
　　　　　　　月　頁 249—252

286. 陳綏民　　憶無名氏和他的兩本成名書　走出歷史峽谷　臺北　黎明文化公
　　　　　　　司　1989 年 3 月　頁 265—269

287. 顧樹型　　無名氏從地獄來到天堂　走出歷史峽谷　臺北　黎明文化公司
　　　　　　　1989 年 3 月　頁 295—303

288. 洛　夫　　歲末小品　走出歷史峽谷　臺北　黎明文化公司　1989 年 3 月
　　　　　　　頁 304—305

289. 羅　青　　你早就知道──詩贈無名氏　走出歷史峽谷　臺北　黎明文化公
　　　　　　　司　1989 年 3 月　頁 306─308

290. 李　鋒　　寧靜港灣情有所歸[8]　走出歷史峽谷　臺北　黎明文化公司　1989
　　　　　　　年 3 月　頁 309─314

291. 李　鋒　　自由天地‧作家無名氏幸福逍遙──寧靜港灣‧佳麗馬福美情有
　　　　　　　所歸　塔外的女人　臺北　風雲時代出版公司　1990 年 4 月　頁
　　　　　　　65─68

292. 李　鋒　　自由天地‧作家無名氏幸福逍遙──寧靜港灣‧佳麗馬福美情有
　　　　　　　所歸　抒情煙雲　臺北　文史哲出版社　1998 年 1 月　頁 297─
　　　　　　　300

293. 于淑華　　寶劍贈英雄脂粉送美人───一個偶然機會下見面的無名氏夫人
　　　　　　　走出歷史峽谷　臺北　黎明文化公司　1989 年 3 月　頁 315─317

294. 劉　晴　　無名氏詩文賺得小嬌娘　走出歷史峽谷　臺北　黎明文化公司
　　　　　　　1989 年 3 月　頁 318─322

295. 滕安珍　　寫作和音樂結合譜出愛曲　走出歷史峽谷　臺北　黎明文化公司
　　　　　　　1989 年 3 月　頁 323─326

296. 快　報　　四十年代蜚聲文壇的無名氏北美之行　走出歷史峽谷　臺北　黎
　　　　　　　明文化公司　1989 年 3 月　頁 327─328

297. 世界日報　　無名氏為時代及歷史作見證　走出歷史峽谷　臺北　黎明文化
　　　　　　　公司　1989 年 3 月　頁 329─332

298. 鍾辰芳　　無名氏華府演講，指出臺灣比大陸進步太多　走出歷史峽谷　臺
　　　　　　　北　黎明文化公司　1989 年 3 月　頁 335─337

299. 方　燦　　無名氏赴美加日作見證　走出歷史峽谷　臺北　黎明文化公司
　　　　　　　1989 年 3 月　頁 338─340

300. 童世祥　　傳奇生涯引起廣泛迴響　走出歷史峽谷　臺北　黎明文化公司

---

[8]本文後改篇名為〈自由天地‧作家無名氏幸福逍遙──寧靜港灣‧佳麗馬福美情有所歸〉，內容略
　有增刪。

1989 年 3 月　頁 347—350

301. 司馬中原　　賀精神的勇者——寫在無名氏創作五十週年前夕　走出歷史峽谷　臺北　黎明文化公司　1989 年 3 月　頁 355—357

302. 卜幼夫　　緣——我初次客串了「紅娘」　塔外的女人　臺北　風雲時代出版公司　1990 年 4 月　頁 43—49

303. 卜幼夫　　緣——我初次客串了「紅娘」　抒情煙雲　臺北　文史哲出版社　1998 年 1 月　頁 274—280

304. 林翠芬　　無名氏找到文學以外的歸宿　塔外的女人　臺北　風雲時代出版公司　1990 年 4 月　頁 63—65

305. 林翠芬　　無名氏找到文學以外的歸宿　抒情煙雲　臺北　文史哲出版社　1998 年 1 月　頁 295—296

306. 〔編輯部〕　　寶島風情畫・無名氏娶嬌妻——塔外的女人・馬福美嫁乃夫　塔外的女人　臺北　風雲時代出版公司　1990 年 4 月　頁 69—71

307. 〔編輯部〕　　寶島風情畫・無名氏娶嬌妻——塔外的女人・馬福美嫁乃夫　抒情煙雲　臺北　文史哲出版社　1998 年 1 月　頁 301—303

308. 朱婉清　　無名之福　塔外的女人　臺北　風雲時代出版公司　1990 年 4 月　頁 71—73

309. 朱婉清　　無名之福　抒情煙雲　臺北　文史哲出版社　1998 年 1 月　頁 304—306

310. 瘦雲王牌　　無名氏先生餐敘小記　雜文雜說　臺北　文史哲出版社　1990 年 7 月　頁 101—102

311. 〔瘦雲王牌〕　　無名氏先生餐敘小記　無名氏的文學作品探索與紀懷　臺北　文史哲出版社　2004 年 10 月　頁 329—330

312. 包竹廉著；王文範譯　　美國人眼中的無名氏　臺灣日報　1994 年 12 月 26 日　9 版

313. 李碩儒　　無名氏生涯記略　黃河　1995 年第 6 期　1995 年 12 月　頁 135—151

314. 傅寧軍　非凡的無名氏　華人時刊　1995 年第 15 期　1995 年　頁 28—29

315. 傅寧軍　非凡的無名氏　江海僑聲　1999 年第 15 期　1999 年 8 月　頁 28—29

316. 李　偉　無名氏——卜乃夫傳奇　文史春秋　1996 年第 5 期　1996 年 9 月　頁 36—39

317. 李　偉　無名氏銷聲匿跡後　民國春秋　1996 年第 4 期　1996 年　頁 51—52

318. 張　放　無名氏的文學因緣　臺灣新聞報　1997 年 4 月 2 日　13 版

319. 張　放　記無名氏　大海作證　臺北　獨家出版社　1997 年 10 月　頁 54—59

320. 向　明　無名氏及其新著——略談《宇宙投影》　臺灣新聞報　1997 年 12 月 5 日　13 版

321. 向　明　記憶大海裡的珍寶——略談無名氏的《宇宙投影》　無名氏的文學作品探索與紀懷　臺北　文史哲出版社　2004 年 10 月　頁 325—327

322. 楊錦郁　繆思跑道的馬拉松　聯合報　1997 年 12 月 15 日　45 版

323. 周玉山　好書大家讀——我所知道的無名氏先生　國魂　第 627 期　1998 年 2 月　頁 86—87

324. 張　默　從無名氏到卜寧　聯合報　1998 年 3 月 23 日　46 版

325. 汪　凌　文壇的獨步舞——無名氏論　當代作家評論　1998 年第 6 期　1998 年 6 月　頁 17—24

326. 李　偉　地窟內的作家——無名氏龍困沙灘卅年（1—8）　臺灣新生報　1998 年 8 月 18—25 日　13 版

327. 　甫　無名氏還我本名　臺灣新聞報　1998 年 12 月 30 日　13 版

328. 李　偉　無名氏大陸行　世紀　1999 年第 1 期　1999 年 1 月　頁 28—32

329. 李　偉　他靜悄悄來，靜悄悄去——記無名氏大陸行　文史春秋　1999 年第 2 期　1999 年 3 月　頁 10—14

330. 李　傳　　無名氏神秘大陸行　炎黃世界　1999 年第 3 期　1999 年 3 月　頁
　　　　　　　14—18

331. 傅寧軍　　無名氏——故地重遊的臺灣名作家　臺聲雜誌　1999 年第 3 期
　　　　　　　1999 年 3 月　頁 37—38

332. 李　偉　　一個「情」字產生的長長故事　愛河中沉浮的無名氏　珠海　珠
　　　　　　　海出版社　1999 年 9 月　頁 1—5

333. 李　偉　　尚未參透的謎（後記）　愛河中沉浮的無名氏　珠海　珠海出版
　　　　　　　社　1999 年 9 月　頁 304—308

334. 李　偉　　無名氏與林希翎　紫金歲月　2000 年第 4 期　2000 年 4 月　頁 17
　　　　　　　—20

335. 李　偉　　無名氏「黃昏戀」的幻滅　文史春秋　2000 年第 3 期　2000 年 7
　　　　　　　月　頁 10—14

336. 耿傳明　　引言　獨行人蹤——無名氏傳　南京　江蘇文藝出版社　2001 年
　　　　　　　4 月　頁 1

337. 〔青年日報〕　名作家無名氏病逝　青年日報　2002 年 10 月 12 日　4 版

338. 〔中華日報〕　卜乃夫生平事略：以《北極風情畫》、《塔裡的女人》兩書
　　　　　　　享盛名　中華日報　2002 年 10 月 12 日　5 版

339. 〔中華日報〕　名作家無名氏病逝，享年八十六歲　中華日報　2002 年 10
　　　　　　　月 12 日　5 版

340. 黃曼瑩　　作家無名氏昨病逝，享年八十六歲　民眾日報　2002 年 10 月 12
　　　　　　　日　6 版

341. 陳曼玲　　無名氏病逝，藝文界哀悼　中央日報　2002 年 10 月 12 日　10 版

342. 〔陳曼玲〕　無名氏病逝，藝文界哀悼　無名氏的文學作品探索與紀懷
　　　　　　　臺北　文史哲出版社　2004 年 10 月　頁 241—242

343. 徐開塵　　老作家天不從願，無名氏，晚境貧病昨病逝——六卷無名書還沒
　　　　　　　有出齊，遺作回憶錄沒法完成了　民生報　2002 年 10 月 12 日
　　　　　　　A13 版

344. 徐開塵　老作家天不從願，無名氏，晚境貧病昨病逝──六卷無名書‧還沒有出齊‧遺作回憶錄‧沒法完成了　無名氏的文學作品探索與紀懷　臺北　文史哲出版社　2004 年 10 月　頁 235─238

345. 周玉山　哀無名氏先生　聯合報　2002 年 10 月 12 日　14 版

346. 周玉山　哀無名氏先生　無名氏的文學作品探索與紀懷　臺北　文史哲出版社　2004 年 10 月　頁 318─319

347. 李令儀　無名氏病逝，享壽 86 歲　聯合報　2002 年 10 月 12 日　14 版

348. 〔李令儀〕　無名氏病逝，享壽 86 歲　無名氏的文學作品探索與紀懷　臺北　文史哲出版社　2004 年 10 月　頁 243─245

349. 張璨文，陳文芬　《塔裡的女人》、《北極風情畫》作家卜乃夫走了　中國時報　2002 年 10 月 12 日　14 版

350. 張璨文，陳文芬　《塔裡的女人》、《北極風情畫》作家卜乃夫走了　無名氏的文學作品探索與紀懷　臺北　文史哲出版社　2004 年 10 月　頁 239─240

351. 陳玲芳　老作家無名氏病逝，藝文界感傷　臺灣日報　2002 年 10 月 12 日　22 版

352. 趙靜瑜　反共作家卜乃夫病逝，享年八十六歲　自由時報　2002 年 10 月 12 日　40 版

353. 〔大洋時報〕　作家無名氏病逝，臨終前仍繫著作　大洋時報　2002 年 10 月 17 日　10 版

354. 〔大洋時報〕　作家無名氏病逝，臨終前仍心繫著作　無名氏的文學作品探索與紀懷　臺北　文史哲出版社　2004 年 10 月　頁 232─234

355. 王　璞　無名氏，你沒有死　青年日報　2002 年 11 月 1 日　10 版

356. 王　璞　無名氏，你沒有死　無名氏的文學作品探索與紀懷　臺北　文史哲出版社　2004 年 10 月　頁 294─300

357. 王　璞　無名氏，你沒有死！　作家錄影傳記十年剪影　臺北　國家圖書館　2009 年 6 月　頁 104─109

358. 辛　鬱　天涯異客——記念作家無名氏先生　青年日報　2002 年 11 月 1 日 10 版

359. 辛　鬱　天涯異客——記念作家無名氏先生　無名氏的文學作品探索與紀懷　臺北　文史哲出版社　2004 年 10 月　頁 301—302

360. 瘦雲王牌　無名氏二三事　青年日報　2002 年 11 月 1 日　10 版

361. 瘦雲王牌　無名氏二三事　無名氏的文學作品探索與紀懷　臺北　文史哲出版社　2004 年 10 月　頁 303—305

362. 向　明　我們虧欠無名氏　青年日報　2002 年 11 月 2 日　10 版

363. 向　明　我們虧欠無名氏　窺詩手記　臺北　禹臨圖書公司　2002 年 12 月 頁 60—61

364. 向　明　我們虧欠無名氏　無名氏的文學作品探索與紀懷　臺北　文史哲出版社　2004 年 10 月　頁 292—293

365. 戈正銘　霜影亂紅凋——哀悼乃夫兄　青年日報　2002 年 11 月 2 日　10 版

366. 戈正銘　霜影亂紅凋——哀悼乃夫兄　無名氏的文學作品探索與紀懷　臺北　文史哲出版社　2004 年 10 月　頁 290—291

367. 台　客　聞無名氏逝世　青年日報　2002 年 11 月 2 日　10 版

368. 台　客　聞無名氏逝世　無名氏的文學作品探索與紀懷　臺北　文史哲出版社　2004 年 10 月　頁 272—273

369. 謝輝煌　小雨，在雲山蒼茫間飄、飄、飄　青年日報　2002 年 11 月 2 日 10 版

370. 謝輝煌　小雨，在雲山蒼茫間飄、飄、飄——敬悼無名氏卜乃夫先生　無名氏的文學作品探索與紀懷　臺北　文史哲出版社　2004 年 10 月 頁 278—280

371. 魯　軍　無名氏的二三事　青年日報　2002 年 11 月 2 日　10 版

372. 魯　軍　無名氏的二三事　無名氏的文學作品探索與紀懷　臺北　文史哲出版社　2004 年 10 月　頁 281—283

373. 張　默　　當生命變成礦物時　中央日報　2002 年 11 月 2 日　16 版

374. 張　默　　當生命變成礦物時　無名氏的文學作品探索與紀懷　臺北　文史
哲出版社　2004 年 10 月　頁 275—277

375. 〔中央日報〕　　為無名氏送行　中央日報　2002 年 11 月 2 日　16 版

376. 〔中央日報〕　　為無名氏送行　無名氏的文學作品探索與紀懷　臺北　文
史哲出版社　2004 年 10 月　頁 231

377. 魏子雲　　適去，順也　中央日報　2002 年 11 月 2 日　16 版

378. 魏子雲　　適去，順也　無名氏的文學作品探索與紀懷　臺北　文史哲出版
社　2004 年 10 月　頁 316—317

379. 卜幼夫　　海水是我們的眼淚——悼四哥無名氏　聯合報　2002 年 11 月 2 日
39 版

380. 徐世澤　　無名氏三大奇蹟　青年日報　2002 年 11 月 3 日　10 版

381. 徐世澤　　無名氏三大奇蹟　無名氏的文學作品探索與紀懷　臺北　文史哲
出版社　2004 年 10 月　頁 271—274

382. 賴素鈴　　無名氏研討會主角缺席　民生報　2002 年 11 月 10 日　A6 版

383. 賴素鈴　　無名氏研討會主角缺席　無名氏的文學作品探索與紀懷　臺北
文史哲出版社　2004 年 10 月　頁 246—248

384. 張　健　　無名的丈夫，親切的長者——敬悼無名氏　臺灣新聞報　2002 年
11 月 10 日　10 版

385. 張　健　　無名的大丈夫，親切的長者——敬悼無名氏　無名氏的文學作品
探索與紀懷　臺北　文史哲出版社　2004 年 10 月　頁 265—267

386. 江素惠　　蒼涼地落幕了——追憶無名氏　明報月刊　第 443 期　2002 年 11
月　頁 88—89

387. 尉天驄　　懷念無名氏先生特輯——記無名氏的逝前日子　文訊雜誌　第 205
期　2002 年 11 月　頁 95—97

388. 肇新〔張昌華〕　　風沙紅塵中的無名氏　傳記文學　第 486 期　2002 年 11
月　頁 62—75

389. 張昌華　風沙紅塵中的無名氏　故紙風雪——文化名人的背影　臺北　秀威資訊科技公司　2008 年 9 月　頁 229—253

390. 張昌華　哀無名氏先生　傳記文學　第 486 期　2002 年 11 月　頁 75—78

391. 張昌華　哀無名氏　書窗讀月　武漢　湖北人民出版社　2007 年 11 月　頁 235—238

392. 戈正銘　珠箔飄燈獨自歸——悼乃夫兄　傳記文學　第 486 期　2002 年 11 月　頁 79

393. 凌　君　「無名氏現象」背後的傳奇愛情　現代婦女　2002 年第 12 期　2002 年 12 月　頁 4—7

394. 李　偉　無名氏的生命低潮期——杭州三十六年　傳記文學　第 487 期　2002 年 12 月　頁 38—54

395. 傅寧軍　無名氏——心繫故地的臺灣作家　兩岸關係　2002 年第 12 期　2002 年 12 月　〔2〕頁

396. 陳思和　爲自由而抗爭的靈魂——懷念無名氏先生　華文文學　2003 年第 1 期　2003 年 1 月　頁 24—26

397. 賈樹明　我和無名氏先生的一面之緣　雨花　2003 年第 1 期　2003 年 1 月　頁 72—73

398. 李　偉　又一片黃葉墜落——追懷無名氏先生　中央日報　2003 年 6 月 1 日　17 版

399. 賈亦棣　卜氏三傑兼弔乃夫兄　藝文漫談　新竹　明新科技大學　2003 年 12 月　頁 178—180

400. 胡建國　卜乃夫先生事略　國史館現藏民國人物傳記史料彙編・第 27 輯　臺北　國史館　2004 年 2 月　頁 1—3

401. 古遠清　無名氏的生命光環　海外來風　南京　東南大學出版社　2004 年 8 月　頁 89—91

402. 古遠清　無名氏：在生命的光環上跳舞　消逝的文學風華　臺北　九歌出版社　2011 年 12 月　頁 171—176

403. 陸達誠　無名氏來訪——有朋自遠方來不亦樂乎　候鳥之愛　臺北　輔仁
　　　大學出版社　2004 年 8 月　頁 14—20

404. 彭正雄　懷念熱忱待人與堅持創作的無名氏　全國新書資訊月刊　第 69 期
　　　2004 年 9 月　頁 4—6

405. 彭正雄　懷念熱忱待人與堅持創作的無名氏　無名氏的文學作品探索與紀
　　　懷　臺北　文史哲出版社　2004 年 10 月　頁 339—344

406. 俗　子　沒有人接的電話　無名氏的文學作品探索與紀懷　臺北　文史哲
　　　出版社　2004 年 10 月　頁 306—308

407. 駱　駝　我最敬愛的無名氏老師　無名氏的文學作品探索與紀懷　臺北
　　　文史哲出版社　2004 年 10 月　頁 309—311

408. 金　筑　文曲星沉——祭無名氏（卜寧）先生文　無名氏的文學作品探索
　　　與紀懷　臺北　文史哲出版社　2004 年 10 月　頁 320—321

409. 宋北超　我所知道的無名氏　無名氏的文學作品探索與紀懷　臺北　文史
　　　哲出版社　2004 年 10 月　頁 331—338

410. 陳希林　追思浪漫文豪無名氏——小說《塔裡的女人》、《北極風情畫》等
　　　曾風行一時文友慨嘆當今「靈與靈的凝固」追尋不再　中國時報
　　　2004 年 11 月 7 日　8 版

411. 汪應果　關注形而上‧解讀形而上（序）　從邊緣到超越——現代文學史
　　　「零餘者」無名氏學術肖像　上海　學林出版社　2005 年 5 月
　　　頁 1—5

412.〔陳思和主編〕　　附：無名氏小傳　花的恐怖　武漢　武漢出版社　2006
　　　年 1 月　頁 378—380

413. 李　偉　「情聖」的悲劇——漫說無名氏生前與身後　名人傳記　2007 年
　　　第 1 期　2007 年 1 月　頁 67—72

414. 張　放　河清海晏〔無名氏部分〕　明道文藝　第 381 期　2007 年 12 月
　　　頁 112—115

415.〔封德屏主編〕　　無名氏　2007 臺灣作家作品目錄　臺南　國立臺灣文學

館　2008 年 7 月　頁 994

416. 孫昌建　無名氏：斯人一生都在戀愛　西湖　2008 年第 11 期　2008 年 11
月　頁 56—60

417. 彭　飛　林風眠與作家無名氏——林風眠研究之二十　榮寶齋　2009 年第
6 期　2009 年 11 月　頁 264—275

418. 沐定勝選編　無名氏小傳　無名氏代表作——塔裡的女人　北京　華夏出
版社　2010 年 1 月　頁 1—2

419. 沙　平　臺灣著名作家無名氏的婚戀傳奇　金田　2012 年第 7 期　2012 年
7 月　頁 10—15

420. 孫德喜　被壓抑的歡呼　準則——政治風暴下的中國知識分子　臺北　秀
威資訊科技公司　2013 年 4 月　頁 201—205

421. 張騰蛟　卜乃夫：《Red in Tooth and Claw》　書註　臺北　爾雅出版社
2013 年 11 月　頁 180—181

422. 張昌華　有名作家「無名氏」　東方收藏　2014 年第 2 期　2014 年 2 月
頁 102—103

423. 高延萍　著名作家「無名氏」——「淒美單相思」伴他 65 載（上、下）
僑園　第 164，166 期　2014 年 3，5 月　頁 90—91，66—67

訪談、對談

424. 施淑青　狂亂時代的仙人掌——香港專訪無名氏　臺灣時報　1983 年 2 月
3 日　12 版

425. 施淑青　狂亂時代的仙人掌　無名氏在香港　臺北　遠景出版公司　1983
年 10 月　頁 267—277

426. 王桂枝　無名氏獨家訪記——卜乃夫卅多年來創作的艱辛歷程　無名氏在
香港　臺北　遠景出版公司　1983 年 10 月　頁 115—122

427. 王桂枝　無名氏獨家訪問記——卜乃夫卅多年來創作的艱辛歷程　走出歷
史峽谷　臺北　黎明文化公司　1989 年 3 月　頁 52—60

428. 江素惠　三十年暗無天日，方寸間跨越時空！——無名氏初晤香港新聞

　　　　　　界・一席話顯示作家日月心　無名氏在香港　臺北　遠景出版公
　　　　　　司　1983 年 10 月　頁 156—161

429. 江素惠　三十年暗無天日，方寸間跨越時空　走出歷史峽谷　臺北　黎明
　　　　　　文化公司　1989 年 3 月　頁 34—40

430. 無名氏等[9]　要有一種「星球哲學」來配合太空時代……　無名氏在香港
　　　　　　臺北　遠景出版公司　1983 年 10 月　頁 278—290

431. 無名氏等　要有一種「星球哲學」來配合太空時代　走出歷史峽谷　臺北
　　　　　　黎明文化公司　1989 年 3 月　頁 178—192

432. 景　季　塔裡的男人——無名齋訪無名氏　無名氏在香港　臺北　遠景出
　　　　　　版公司　1983 年 10 月　頁 304—323

433. 宋梧剛　西湖訪「無名氏」——作家卜寧印象　無名氏在香港　臺北　遠
　　　　　　景出版公司　1983 年 10 月　頁 324—327

434. 陸義民　與無名氏一席談　無名氏卷　臺北　遠景出版公司　1983 年 12 月
　　　　　　頁 127—132

435. 無名氏等[10]　悲劇大時代鐵筆見證（上）——無名氏《海的懲罰》、《走向各
　　　　　　各他》訪問座談　臺灣日報　1986 年 9 月 30 日　8 版

436. 劉洪順　無名氏：沙上畫佛，床上練字　文訊雜誌　第 28 期　1987 年 2 月
　　　　　　頁 29—31

437. 文船山〔黃載生〕　中國大悲劇時代對話——無名氏文船山華府對談　那
　　　　　　半壁中國文壇　臺北　允晨文化公司　1987 年 9 月　頁 215—259

438. 黃載生　中國大悲劇時代對話　中國大悲劇時代對話　臺北　黎明文化公
　　　　　　司　1988 年 5 月　頁 1—44

439. 逯耀東等[11]　從塔裡到塔外——香江夜訪無名氏　走出歷史峽谷　臺北　黎
　　　　　　明文化公司　1989 年 3 月　頁 275—294

440. 潘明秀　海內外反共的心都在燃燒　走出歷史峽谷　臺北　黎明文化公司

[9]主持人：李英豪；與會者：無名氏、戴天、文潔華；紀錄：謝紹文。
[10]主持人：李瑞騰；與會者：朱西甯、洛夫、無名氏；紀錄整理：馬臨。
[11]訪問者：逯耀東、鄭樹森、多多；主持人：金恆煒；紀錄：張文翊。

　　　　　　　　1989 年 3 月　頁 341—343

441. 習賢德　寶島風情畫・無名氏黃昏之戀──塔外的女人・馬福美五月于歸
　　　　　　　塔外的女人　臺北　風雲時代出版公司　1990 年 4 月　頁 54—56

442. 習賢德　寶島風情畫・無名氏黃昏之戀──塔外的女人・馬福美五月于歸
　　　　　　　抒情煙雲　臺北　文史哲出版社　1998 年 1 月　頁 285—287

443. 張國立　琴書相伴・塔外春天　塔外的女人　臺北　風雲時代出版公司
　　　　　　　1990 年 4 月　頁 57—58

444. 張國立　琴書相伴・塔外春天　抒情煙雲　臺北　文史哲出版社　1998 年
　　　　　　　1 月　頁 288—289

445. 牛慶福　一杯甜酒・一齣喜劇　塔外的女人　臺北　風雲時代出版公司
　　　　　　　1990 年 4 月　頁 59—60

446. 牛慶福　一杯甜酒・一齣喜劇　抒情煙雲　臺北　文史哲出版社　1998 年
　　　　　　　1 月　頁 290—291

447. 李瑞騰　愛的對話──訪無名氏談他的愛情　塔外的女人　臺北　風雲時
　　　　　　　代出版公司　1990 年 4 月　頁 61—63

448. 李瑞騰　愛的對話──訪無名氏談他的愛情　抒情煙雲　臺北　文史哲出
　　　　　　　版社　1998 年 1 月　頁 292—294

449. 馮季眉　以自由的心靈堅持創作──專訪作家無名氏　文訊雜誌　第 124
　　　　　　　期　1996 年 2 月　頁 79—82

450. 江中明　無名氏出版全集待奧援　聯合報　1998 年 12 月 17 日　14 版

451. 丹　晨　「神秘的」無名氏　博覽群書　2003 年第 2 期　2003 年 2 月　頁
　　　　　　　97—100

年表

452. 〔無名氏〕　　無名氏作品簡略年表　野獸・野獸・野獸　臺北　遠景出版
　　　　　　　公司　1984 年 12 月　頁 583—585

453. 李　偉　無名氏年譜　神秘的無名氏　上海　上海書店出版社　1998 年 8
　　　　　　　月　頁 268—274

454. 耿傳明　　　無名氏文學創作年表　獨行人蹤——無名氏傳　南京　江蘇文藝
　　　　　　　　　出版社　2001 年 4 月　頁 241—244

455. 彭正雄　　　無名氏文學創作年表初稿　文訊雜誌　第 205 期　2002 年 11 月
　　　　　　　　　頁 98—101

456. 彭正雄　　　無名氏文學創作年表附小傳　無名氏的文學作品探索與紀懷　臺
　　　　　　　　　北　文史哲出版社　2004 年 10 月　頁 347—362

457. 趙江濱　　　無名氏年譜簡編　從邊緣到超越——現代文學史「零餘者」無名
　　　　　　　　　氏學術肖像　上海　學林出版社　2005 年 5 月　頁 158—186

458. 戈雙劍　　　無名氏年譜　論無名氏創作中的文化意蘊　內蒙古師範大學中國
　　　　　　　　　現當代文學所　碩士學位　陶長坤教授指導　2005 年　頁 56—60

其他

459. 李雨生　　　打算英譯出版無名氏作品　新聞天地　第 1508 期　1977 年 1 月 8
　　　　　　　　　日　頁 41—42

460. 李雨生　　　打算英譯出版無名氏作品　無名氏研究　香港　新聞天地社
　　　　　　　　　1981 年 9 月　頁 21—26

461. 王　恩　　　中共應批准無名氏出國　無名氏研究　香港　新聞天地社　1981
　　　　　　　　　年 9 月　頁 27—30

462. 羅　框　　　臺灣的七大奇蹟——評無名氏的一篇演講　前進週刊　第 10 期
　　　　　　　　　1984 年 6 月 4 日　頁 28—29

463.〔民生報〕　　無名氏寫作半世紀——酒會表彰並展作品　民生報　1987 年
　　　　　　　　　12 月 8 日　9 版

464. 祝　勤　　　無名氏創作五十年紀念慶祝會　文訊雜誌　第 34 期　1988 年 2 月
　　　　　　　　　頁 44—50

465. 梁春發　　　給司馬長風先生　走出歷史峽谷　臺北　黎明文化公司　1989 年
　　　　　　　　　3 月　頁 201—204

466.〔中央日報〕　　無名氏告別無名氏——卜寧本名登場‧重新出發　中央日
　　　　　　　　　報　1997 年 12 月 6 日　16 版

467. 陳文芬　無名氏告別無名氏──跟隨他半世紀的筆名說再見‧回復「卜寧」本名出版全集　中國時報　1997 年 12 月 7 日　23 版

468. 林巧雁　作家無名氏昨公祭，國民黨頒華夏獎章　中央日報　2002 年 11 月 3 日　14 版

469. 徐開塵　黨旗覆棺，文友送無名氏──分居妻子未現蹤，幾許悽愴　民生報　2002 年 11 月 3 日　6 版

470. 陳文芬　無名氏追贈華夏獎章──公祭備極哀榮，政界文壇大老到齊　中國時報　2002 年 11 月 3 日　14 版

471. 陳文芬　公祭備極哀榮，政界文壇大老到齊，無名氏追贈華夏獎章　無名氏的文學作品探索與紀懷　臺北　文史哲出版社　2004 年 10 月　頁 229—230

472. 陳宛茜　無名氏全集遙無期──大河小說「無名書」洞察時代，好友歎迄今仍無英譯本　聯合報　2004 年 11 月 7 日　7 版

作品評論篇目

綜論

473. 衣　其　無名氏及其作品　無名氏生死下落　香港　新聞天地社　1976 年 9 月　頁 167—182

474. 衣　其　無名氏及其作品　無名氏研究　香港　新聞天地社　1981 年 9 月　頁 191—208

475. 趙子羽　也談無名氏作品與其人　無名氏生死下落　香港　新聞天地社　1976 年 9 月　頁 183—190

476. 趙子羽　也談無名氏作品與其人　無名氏研究　香港　新聞天地社　1981 年 9 月　頁 209—216

477. 阮文達　無名氏作品及其遭遇　聯合報　1976 年 10 月 17 日　12 版

478. 阮文達　無名氏作品及其遭遇　隨緣隨筆（二）　臺北　聚珍書屋出版社　1983 年 9 月　頁 157—159

479. 卜少夫　　整理無名氏作品經過　新聞天地　第 1514 期　1977 年 2 月　頁 25—26

480. 卜少夫　　整理無名氏作品經過　人間躑躅　臺北　遠景出版公司　1981 年 3 月　頁 315—321

481. 鄒　郎　　好一個狂妄驕傲固執的無名氏[12]　新聞天地　第 1527 期　1977 年 5 月　頁 17—20

482. 司馬長風　　無名氏的散文　中華日報　1977 年 9 月 14 日　12 版

483. 司馬長風　　無名氏的散文　塔裡・塔外・女人　臺北　風雲時代出版社 1990 年 4 月　頁 240—244

484. 司馬長風　　無名氏的散文　塔裡・塔外・女人　廣州　花城出版社　1995 年 1 月　頁 339—342

485. 司馬長風　　無名氏的散文　抒情煙雲（下）　臺北　文史哲出版社　1998 年 1 月　頁 829—832

486. 舒　蘭　　中國新詩史話——無名氏　新文藝　第 280 期　1979 年 7 月　頁 73—78

487. 舒　蘭　　中國新詩史話——無名氏　無名氏卷　臺北　遠景出版公司 1983 年 12 月　頁 169—178

488. 舒　蘭　　對日抗戰時期・其他詩人——無名氏　中國新詩史話（二）　臺 北　渤海堂文化公司　1998 年 10 月　頁 461—463

489. 叢　甦　　印蒂的追尋——無名氏論　聯合報　1980 年 7 月 21 日　8 版

490. 叢　甦　　印蒂的追尋——無名氏論　無名氏研究　香港　新聞天地社 1981 年 9 月　頁 113—148

491. 叢　甦　　印蒂的追尋——無名氏論　現代文學論（聯副三十年文學大系・ 評論卷 19）　臺北　聯合報社　1981 年 12 月　頁 117—152

492. 叢　甦　　印蒂的追尋——無名氏論　現代心靈的探索——無名氏作品研究 臺北　黎明文化公司　1989 年 10 月　頁 5—50

---

[12]本文評論無名氏早期、以及大陸赤化後的作品。

493. 沙　翁　　無名・時代・片段・狂熱・高貴・野獸・例子・奢求　無名氏研究　香港　新聞天地社　1981 年 9 月　頁 7—12

494. 李相傑　　雜寫無名氏──兼談無名氏在抗戰期的散文　無名氏研究　香港　新聞天地社　1981 年 9 月　頁 165—176

495. 蔡炎培　　讀詩與寫信　無名氏詩篇　臺北　新聞天地社　1982 年 2 月　頁 289—294

496. 蔡炎培　　無名氏詩篇──讀詩與寫信　現代心靈的探索──無名氏作品研究　臺北　黎明文化公司　1989 年 10 月　頁 297—304

497. 張騰蛟　　讀寫生活筆記──「薤露」的文學價值──小論無名氏的散文　臺灣新聞報　1983 年 1 月 20 日　12 版

498. 倪　匡　　為無名氏歡呼　臺灣時報　1983 年 3 月 24 日　12 版

499. 倪　匡　　為無名氏歡呼　走出歷史峽谷　臺北　黎明文化公司　1989 年 3 月　頁 270—274

500. 陸達誠　　無名氏的評價　亞洲人　第 4 卷第 5 期　1983 年 4 月　頁 10—11

501. 天　宇　　無名氏作品研究　臺灣時報　1983 年 5 月 9 日　12 版

502. 趙淑俠　　童年・無名氏・張恨水　臺灣日報　1983 年 5 月 17 日　8 版

503. 趙淑俠　　童年・無名氏・張恨水　雪峰雲影　臺北　道聲出版社　1986 年 1 月　頁 171—187

504. 侯立朝　　無名有名的無名氏　無名氏在香港　臺北　遠景出版公司　1983 年 10 月　頁 79—85

505. 胡菊人　　無名氏何不取道家　無名氏在香港　臺北　遠景出版公司　1983 年 10 月　頁 200—201

506. 胡菊人　　無名氏何不取道家　走出歷史峽谷　臺北　黎明文化公司　1989 年 3 月　頁 92—94

507. 區展才　　無名氏的思維　無名氏卷　臺北　遠景出版公司　1983 年 12 月　頁 1—12

508. 區展才　　無名氏的思維　現代心靈的探索──無名氏作品研究　臺北　黎

明文化公司　1989 年 10 月　頁 205—220

509. 陳　東　無名氏的開創性突破——《一百萬年以前》重印序言　無名氏卷
　　　　　　臺北　遠景出版公司　1983 年 12 月　頁 13—22

510. 陳　東　無名氏的開創性突破——《一百萬年以前》重印序言　現代心靈
　　　　　　的探索——無名氏作品研究　臺北　黎明文化公司　1989 年 10 月
　　　　　　頁 149—160

511. 灰　馬　讀無名氏著作散記　無名氏卷　臺北　遠景出版公司　1983 年 12
　　　　　　月　頁 69—84

512. 劉月娥　無名氏——其人其作　無名氏卷　臺北　遠景出版公司　1983 年
　　　　　　12 月　頁 121—125

513. 應鳳凰　無名氏的書　中央日報　1984 年 10 月 29 日　10 版

514. 區展才　無名氏的文字風格與思想深度　文訊雜誌　第 24 期　1986 年 6 月
　　　　　　頁 14—19

515. 〔黃維樑主編〕　對小說的看法和評論——無名氏　中國當代短篇小說選 1
　　　　　　香港　新亞洲出版社　1988 年 4 月　頁 418

516. 嚴家炎　後期浪漫派小說——無名氏及其小說創作　中國現代小說流派史
　　　　　　北京　人民文學出版社　1989 年 8 月　頁 302—309

517. 嚴家炎　後期浪漫派小說——無名氏及其小說創作　中國現代小說流派史
　　　　　　（增訂本）　武漢　長江文藝出版社　2009 年 8 月　頁 308—315

518. 倪　匡　無名氏及其作品　現代心靈的探索——無名氏作品研究　臺北
　　　　　　黎明文化公司　1989 年 10 月　頁 221—244

519. 譚貽楚　略論浪漫派情愛小說藝術情致的營構　中國文學研究　1992 年第
　　　　　　4 期　1992 年 12 月　頁 81—86，12

520. 楊　義　上海孤島及其後的小說——無名氏　中國現代小說史（三）　北
　　　　　　京　人民文學出版社　1993 年 7 月　頁 500—512

521. 劉玉凱　無名氏小說的生命律動——兼論中國 40 年代浪漫派的哲學精神
　　　　　　河北大學學報　1993 年第 4 期　1993 年 12 月　頁 55—62，106

522. 孫鴻雁　　勘探歷史的峽谷——試論無名氏小說的宗教理想　濱州師專學報　第 10 卷第 1 期　1994 年 2 月　頁 19—23

523. 張超主編　　無名氏　臺港澳及海外華人作家辭典　江蘇　南京大學出版社　1994 年 12 月　頁 495

524. 宋劍華　　生存的探索與藝術的選擇——論無名氏與徐訏的小說創作　河北學刊　1995 第 3 期　1995 年 5 月　頁 58—63

525. 劉光宇　　從無名氏小說的人生哲學命題看 40 年代中國現代主義小說主題的變新　山東師範大學學報　1995 年第 4 期　1995年 7 月　頁 91—94

526. 呂　明　　「無名氏」中的女人　青年日報　1996 年 1 月 23 日　15 版

527. 郭德芳　　跋：無名氏的創作特色　塔裡的女人　蘭州　甘肅人民出版社　1996 年 4 月　頁 206—213

528. 唐紹華　　無名氏奔向自由世界　文壇往事見證　臺北　傳記文學社　1996 年 8 月　頁 716—720

529. 劉成友，蔣先武　　並不浪漫的「後期浪漫派」〔無名氏部分〕　湖北大學學報　1996 年第 5 期　1996 年 9 月　頁 45—49

530. 皮述民　　抗戰與內戰時期的現代小說（一九三七——一九四八）〔無名氏部分〕　中國現代文學理論　第 4 期　1996 年 12 月　頁 533

531. 皮述民　　抗戰與內戰時期的現代小說〔無名氏部分〕　二十世紀中國新文學史　臺北　駱駝出版社　1997 年 10 月　頁 255—256

532. 張曉慧，陳政勳　　中國文壇的長青樹——以信念為筆，沾體驗作墨的卜乃夫　1997 年淡水地區藝文、人物誌田野調查研討會　臺北　淡江大學中國文學研究所　1997 年 10 月 13 日

533. 蘇惠昭　　中國的索忍尼辛——無名氏　臺灣時報　1997 年 12 月 2 日　35 版

534. 瘂　弦　　披著詩裝的散文家（上、下）　中華日報　1997 年 12 月 5—6 日　16 版

535. 瘂　弦　　披著詩裝的散文家／代序　在生命的光環上跳舞——旅遊其實是
　　　　　　　一種心情　臺北　中天出版社　1997 年 12 月　〔5〕頁

536. 瘂　弦　　披著詩裝的散文家——無名氏著《在生命的光環上跳舞》代序
　　　　　　　聚繖花序 2　臺北　洪範書店　2004 年 6 月　頁 143—151

537. 李曉寧　　後浪漫派小說簡論〔無名氏部分〕　青海師範大學學報　1997 年
　　　　　　　第 1 期　1997 年　頁 85—91

538. 趙衛民　　浪漫與敘事——無名氏印象　中央日報　1998 年 1 月 24 日　22
　　　　　　　版

539. 趙凌河　　生命意識的浪漫色彩——讀無名氏的小說　中國現代文學研究叢
　　　　　　　刊　1998 年第 1 期　1998 年 2 月　頁 226—235

540. 汪應果，趙江濱　　無名氏對中國現代文學的貢獻　中國現代文學研究叢刊
　　　　　　　1998 年第 1 期　1998 年 2 月　頁 236—243

541. 張　放　　讀無名氏散文有感　更生日報　1998 年 3 月 29 日　20 版

542. 張　放　　讀無名氏散文　臺灣新生報　1998 年 6 月 5 日　13 版

543. 吳義勤　　無名氏的貢獻：現代主義磅礡氣勢的追求[13]　中國現代主義文學史
　　　　　　　（下）　南京　江蘇教育出版社　1998 年 5 月　頁 667—687

544. 段彩華　　生命、哲思形成的至高遊戲——無名氏的文章中有三奇　幼獅文
　　　　　　　藝　第 535 期　1998 年 7 月　頁 30—31

545. 汪應果　　無名氏的語言　臺灣新聞報　1998 年 10 月 7 日　13 版

546. 〔編輯部〕　評論摘要　北極風情畫　臺北　文史哲出版社　1998 年 10 月
　　　　　　　頁 7—13

547. 汪應果，趙江濱　　序　無名氏傳奇　上海　上海文藝出版社　1998 年 10 月
　　　　　　　頁 1—16

548. 何蓮芳　　複調——徐訏、無名氏小說的敘事模式——試論「後浪漫」小說
　　　　　　　的文體特徵　烏魯木齊成人教育學院學報　1998 年第 4 期　1998

[13]本文從現代主義的角度探討無名氏的作品。全文共 2 小節：1.生命與存在：現代主義主題的探尋與超越；2.容納與創新：現代主義藝術風采。

　　　　　　　年　頁 19—24

549. 廉文澄　　論無名氏的後期浪漫派小說　西安教育學院學報　1998 年第 3 期
　　　　　　　1998 年　頁 5—12

550. 瘂　弦　　長泳——無名氏的文學時代　聯合報　1999 年 3 月 19 日　37 版

551. 瘂　弦　　無名氏的文學時代（跋）　創世紀大菩提（下）　臺北　文史哲
　　　　　　　出版社　1999 年 9 月　頁 823—834

552. 瘂　弦　　無名氏的文學時代——《創世紀大菩提》跋　聚繖花序 2　臺北
　　　　　　　洪範書店　2004 年 6 月　頁 255—267

553. 瘂　弦　　中國新文學的崎嶇旅程——兼論無名氏的崛起（上、下）　青年
　　　　　　　日報　1999 年 4 月 12—13 日　15 版

554. 李俏梅　　極端色彩與衝突之美——論無名氏小說的美學格調　廣東社會科
　　　　　　　學　1999 年第 2 期　1999 年 4 月　頁 130—135

555. 黃永成　　論無名氏小說中的生命主題　天中學刊　第 14 卷第 3 期　1999 年
　　　　　　　6 月　頁 65—67

556. 趙江濱　　移向「現代」的足跡——無名氏文學創作簡論　世界華文文學論
　　　　　　　壇　1999 年第 4 期　1999 年 12 月　頁 30—35

557. 呂周聚　　現代主義與浪漫主義的合璧——論無名氏的創作風格　世界華文
　　　　　　　文學論壇　1999 年第 4 期　1999 年 12 月　頁 36—41

558. 徐　雁　　試論無名氏愛情小說的美學風格　咸陽師範專科學校學報　第 14
　　　　　　　卷第 5 期　1999 年 10 月　頁 32—34

559. 李標晶　　浪漫主義文學思潮與中國現代小說——40 年代浪漫小說的衰微
　　　　　　　〔無名氏部分〕　杭州師範學院學報　2000 年第 1 期　2000 年 1
　　　　　　　月　頁 50

560. 韓文革　　無名氏小說創作特色論　湖北大學學報　2000 年第 2 期　2000 年
　　　　　　　3 月　頁 55—58

561. 韓文革　　無名氏小說的文體風格　江漢大學學報　第 17 卷第 2 期　2000 年
　　　　　　　4 月　頁 40—45

562. 夏欣才，范衛東　　讀汪應果、趙江濱的《無名氏傳奇》　徐州師範大學學報　第 26 卷第 2 期　2000 年 6 月　頁 161—162

563. 向　明　　無名氏的狂放浪漫　勁日報　2000 年 7 月 19 日　T4 版

564. 黃永成　　生命的狂想與情緒的洪流——談無名氏小說的藝術特色　天中學刊　第 15 卷第 4 期　2000 年 8 月　頁 44—46

565. 吳道毅　　徐訏、無名氏小說傳奇特徵　武漢大學學報　2000 年第 6 期　2000 年 11 月　頁 864—869

566. 王　冰　　無名氏小說的生命哲學軌跡　廣播電視大學學報　2000 年第 1 期　2000 年　頁 17—20

567. 蔣　益　　20 世紀中國通俗小說的現代化選擇〔無名氏部分〕　求索　2001 年第 5 期　2001 年 9 月　頁 115

568. 郭媛媛　　讀汪應果、趙江濱《無名氏傳奇》　中國現代文學研究叢刊　2001 年第 3 期　2001 年　頁 284　287

569. 耿傳明　　「理想」和「夢」的差異——論無名氏的前期創作及其與時代主導文學的疏離　天津師範大學學報　2001 年第 4 期　2001 年 8 月　頁 50—56

570. 鄒志遠　　無名氏小說解讀　延邊大學學報　2002 年第 1 期　2002 年 3 月　頁 58—62

571. 張萍萍　　20 世紀 40 年代文學中的「文化宗教精神」〔無名氏部分〕　文史哲　2002 年第 3 期　2002 年 5 月　頁 22—26

572. 朱曦，陳興蕪　　徐訏、無名氏小說的「浪漫與現代」模式　中國現代浪漫主義小說模式　重慶　重慶出版社　2002 年 9 月　頁 253—277

573. 蕭　成　　無名氏小說：一條顛覆經典與建構審美理想國的欲望之路　東南學術　2002 年第 6 期　2002 年 9 月　頁 129—134

574. 蕭　成　　無名氏小說：一條顛覆經典與建構審美理想國的欲望之路　中國現代、當代文學研究　2003 年第 3 期　2003 年 3 月　頁 153—158

575. 黃文範　　無名氏的文采　青年日報　2002 年 11 月 2 日　10 版

576. 黃文範　　無名氏的文采　無名氏的文學作品探索與紀懷　臺北　文史哲出
　　　　　　　　版社　2004 年 10 月　頁 286—289

577. 向　明　　小說家寫的詩——感念無名氏[14]　藍星詩學　第 17 期　2003 年 3
　　　　　　　　月　頁 172—175

578. 向　明　　小說家寫的詩——感念無名氏　人間福報　2003 年 12 月 26 日　9
　　　　　　　　版

579. 向　明　　小說家寫的詩——感念無名氏　無名氏的文學作品探索與紀懷
　　　　　　　　臺北　文史哲出版社　2004 年 10 月　頁 261—264

580. 向　明　　無名氏寫的詩　我爲詩狂　臺北　三民書局　2005 年 1 月　頁 7
　　　　　　　　—10

581. 趙　智　　論無名氏情愛小說　湖南商學院學報　第 10 卷第 3 期　2003 年 5
　　　　　　　　月　頁 119—120

582. 郝江波　　論無名氏創作的精神獨立性　河北理工學院學報　第 3 卷第 4 期
　　　　　　　　2003 年 11 月　頁 199—201

583. 何滿子　　有權拒絕，有權鄙視——從知人論世談無名氏　文學自由談
　　　　　　　　2003 年第 3 期　2003 年　頁 15—20

584. 孫世軍，厲向君　　當代無名氏研究的歷時性考察　河南師範大學學報　第
　　　　　　　　30 卷第 4 期　2003 年　頁 68—71

585. 連　敏　　生命哲學——無名氏小說藝術觀照的底蘊　漳州職業大學學報
　　　　　　　　2003 年第 1 期　2003 年 11 月　頁 62—66

586. 趙　智　　論無名氏的宗教情懷　培訓與研究——湖北教育學院學報　第 21
　　　　　　　　卷第 3 期　2004 年 5 月　頁 8—11

587. 湯哲聲　　論 40 年代的流行小說——以徐訏、無名氏、張愛玲、蘇青的小說
　　　　　　　　爲例　華東船舶工業學院學報　第 4 卷第 2 期　2004 年 6 月　頁
　　　　　　　　1—6

588. 唐翼明　　論無名氏後期短篇小說的藝術得失　無名氏的文學作品探索與紀

---

[14]本文後改篇名爲〈無名氏寫的詩〉。

　　　　　　懷　臺北　文史哲出版社　2004 年 10 月　頁 97—122

589. 林錫潛　探尋生命與宗教精神融通的至境——論無名氏的小說　甘肅聯合
　　　　　　大學學報　第 20 卷第 4 期　2004 年 10 月　頁 38—42

590. 吳燕娜　創傷的聲音：評析無名氏的「大牆文學」著作——The Voice of the
　　　　　　World：An analysis of Wumingshi's "Prison Literature"　無名氏
　　　　　　的文學作品探索與紀懷　臺北　文史哲出版社　2004 年 10 月　頁
　　　　　　123—161

591. 尉天驄等[15]　　無名氏文學作品研討會紀實　無名氏的文學作品探索與紀懷
　　　　　　臺北　文史哲出版社　2004 年 10 月　頁 165—216

592. 溫鳳霞，李萌羽　論無名氏小說中詩意幻化的女性形象　山東省青年管理
　　　　　　幹部學院學報　2004 年第 6 期　2004 年 11 月　頁 134—136

593. 羅　門　一次文學深層世界的追蹤——無名氏創作追思討論會有感　青年
　　　　　　日報　2004 年 12 月 3 日　10 版

594. 張桃洲　宗教因素在 20 世紀中國文學中的三種表現形態——以許地山、無
　　　　　　名氏和張承志作品為中心　社會科學研究　2004 年第 3 期　2004
　　　　　　年　頁 135—140

595. 王明科　建構的圓滿與烏托邦：無名氏的文化反思品格　山東科技大學學
　　　　　　報　第 6 卷第 4 期　2004 年 12 月　頁 96—99

596. 趙　智　生命的沉思與存在的勇氣——論無名氏的存在主義思考　船山學
　　　　　　刊　2004 年第 1 期　2004 年　頁 180—183

597. 趙　智　精神世紀的漫遊與透射——論無名氏對《浮士德》象徵藝術的接
　　　　　　受　中國文學研究　2004 年第 3 期　2004 年　頁 101—105

598. 劉志榮　痛苦的雨滴——20 世紀 50 至 70 年代無名氏的散文詩歌和小說[16]
　　　　　　藍　第 17 期　2005 年 1 月　頁 57—88

---

[15]與會者：尉天驄、黃文範、唐冀明、戈正銘、陸達誠、李瑞騰、龍應台、彭正雄、羅鵬、張唐
　鋪、張燕娜、張放、辛鬱、向明、孟秋萍、王樸、徐世澤、宋北超。
[16]本文分析歸納無名氏的散文、詩歌與小說。全文共 3 小節：1.詩歌：瘋狂錯亂的世界；2.短篇小
　說：日常活中的規訓與壓抑；3.散文隨筆：智者的沉思與孤獨者的私語。

599. 劉志榮　代後記：痛苦的雨滴——20 世紀 50 至 70 年代無名氏的散文、詩歌和小說　花的恐怖　武漢　武漢出版社　2006 年 1 月　頁 381—416

600. 劉志榮　痛苦的雨滴：論無名氏的潛在寫作（下）　潛在寫作——1949—1976　上海　復旦大學出版社　2007 年 4 月　頁 79—106

601. 趙江濱　離家的焦灼——無名氏存在主義人生思想發微　寧波大學學報　第 18 卷第 1 期　2005 年 1 月　頁 18—23

602. 溫鳳霞　論無名氏小說的語言風格　山東理工大學學報　第 21 卷第 3 期　2005 年 3 月　頁 81—83

603. 朴宰亨　中國五四現代文學發生以來的朝鮮題材小說創作的演變——三四十年代——「無名氏」為代表　中國現代文學史上的朝鮮題材小說　復旦大學現當代文學所　碩士論文　許道明教授指導　2005 年 4 月　頁 15—17

604. 朴宰亨　中國現代文學史上的朝鮮題材小說的文學成就——以「無名氏」的作品為例　中國現代文學史上的朝鮮題材小說　復旦大學現當代文學所　碩士論文　許道明教授指導　2005 年 4 月　頁 34—39

605. 王明科　新浪漫派：無名氏小說的流派定位　甘肅聯合大學學報　第 21 卷第 2 期　2005 年 4 月　頁 30—33

606. 王明科　論無名氏小說的流派定位　國文天地　第 252 期　2006 年 5 月　頁 74—81

607. 談飛洋　為無名氏正名　佛山科學技術學院學報　第 23 卷第 3 期　2005 年 5 月　頁 67—71

608. 趙江濱　前言　從邊緣到超越——現代文學史「零餘者」無名氏學術肖像　上海　學林出版社　2005 年 5 月　頁 1—4

609. 趙江濱　對立與互補——從巴金到無名氏　從邊緣到超越——現代文學史「零餘者」無名氏學術肖像　上海　學林出版社　2005 年 5 月　頁 128—139

610. 許海麗　在繁鬧中求得雅靜——淺析徐訏、無名氏的小說創作　聊城大學學報　2005 年第 3 期　2005 年　頁 224—226

611. 王明科　魯迅與無名氏的文化反思比較　國文天地　第 248 期　2006 年 1 月　頁 46—51

612. 王明科　魯迅與無名氏的文化反思比較　楚雄師範學院學報　第 21 卷第 1 期　2006 年 1 月　頁 7—11

613. 王明科　建構：略論無名氏小說的文化反思　忻州師範學院學報　第 22 卷第 1 期　2006 年 2 月　頁 1—5，57

614. 王明科　略論無名氏小說的文化反思　社會科學評論　2007 年第 1 期　2007 年　頁 79—84

615. 黃萬華　國統區文學——徐訏、無名氏等的新浪漫小說　中國現當代文學·第 1 卷（五四—1960 年代）　濟南　山東文藝出版社　2006 年 3 月　頁 282—287

616. 黃　軼　通俗性、現代性及文化綜合——論徐訏、無名氏的史學意義　山東社會科學　2006 年第 3 期　2006 年 3 月　頁 65—67

617. 王明科　建構中的怨恨：現代文化艱難締造之掙扎——信仰文化建構中的怨恨　怨恨：中國現代十位小說家文化反思的現代性體驗　山東師範大學中國現當代文學所　博士論文　朱德發教授指導　2006 年 4 月　頁 107—115

618. 黃科安　無名氏：以媚俗手法寫現代的言情故事　東南大學學報　第 8 卷第 3 期　2006 年 5 月　頁 82—85

619. 解志熙　「情調」風格與「傳奇」形態——20 世紀 40 年代國統區小說的浪漫敘事片論——浪漫敘事的時尚樣式：徐訏和無名氏的「摩登傳奇」　新鄉師範高等專科學校學報　第 20 卷第 3 期　2006 年 5 月　頁 89—92

620. 周明鵑　無名氏與西方文化　文教資料　2006 年第 32 期　2006 年 11 月　頁 65—66

621. 王明科　　怨恨與無名氏創作的文化理想建構　中國現代文學研究叢刊　2006 年第 1 期　2006 年　頁 221—231

622. 王　麗　　論無名氏愛情小說的現代主義特徵　青海師專學報　2006 年第 2 期　2006 年　頁 26—28

623. 藍七妹　　無名氏愛情小說的傳播與接受的文化語境　麗水學院學報　第 29 卷第 1 期　2007 年 2 月　頁 42—45

624. 董建平　　通俗性與先鋒性並舉——論無名氏及其作品的雙重身分　語文學刊　2007 年第 11 期　2007 年 11 月　頁 93—95

625. 趙凌河　　無名氏的生命意識美學　重慶社會科學　2007 年第 12 期　2007 年　頁 29—33

626. 閻浩崗主編　　無名氏小說研究　中國現代小說研究概覽　保定　河北大學出版社　2008 年 1 月　頁 577—594

627. 武文剛　　論無名氏早期愛情寫作的精神向度　天水師範學院學報　第 28 卷第 3 期　2008 年 5 月　頁 57—60

628. 胡鴻影　　中國浪漫主義文學的發展——40 年代都市浪漫主義的興起：霓虹燈下現代人的夢寐——無名氏、徐訐的文學創作　浪漫主義在中國　廈門大學文藝學研究所　碩士論文　楊春時教授指導　2008 年 7 月　頁 42—43

629. 王嘉良　　現代浪漫「傳奇」：與西方浪漫文學的趨近——中國現代浪漫文學一種獨特形態的考察〔無名氏部分〕　天津社會科學　2008 年第 6 期　2008 年　頁 96—101

630. 姜　輝　　跨越時空的生命融通——略論陀思妥耶夫斯基對無名氏創作的審美影響　東莞理工學院學報　第 16 卷第 2 期　2009 年 4 月　頁 47—50

631. 王　麗　　論無名氏對現代派愛情小說的新發展　新疆大學學報　第 37 卷第 5 期　2009 年 9 月　頁 116—118

632. 厲向君　　無名氏的文學創作與西方文化的影響　人生悲苦命運的象徵——

　　　　　　　無名氏與其他中國現代作家作品論　成都　巴蜀書社　2009 年 12
　　　　　　　月　頁 184—197

633. 厲向君　　無名氏的文學創作與西方文化的影響　齊魯學刊　第 212 期
　　　　　　　2009 年　頁 147—150

634. 趙玉艷　　戴著鐐銬起舞——論無名氏創作中的浪漫主義色彩　當代小說
　　　　　　　2009 年第 9 期　2009 年　頁 18—19

635. 劉潔琳　　論無名氏（卜乃夫）小說中色彩語言的運用　安徽文學　2009 年
　　　　　　　第 5 期　2009 年　頁 34—35

636. 趙　鵬　　上海唯美主義思潮的尾聲——後期浪漫派與唯美主義：以徐訏、
　　　　　　　無名氏爲例　海上唯美風——上海唯美主義思潮研究　上海師範
　　　　　　　大學中國現當代文學研究所　博士論文　楊劍龍教授指導　2010
　　　　　　　年 3 月　頁 119—125

637. 王　麗　　論無名氏的詩性品格　華北水利水電學院學報　第 26 卷第 2 期
　　　　　　　2010 年 4 月　頁 74—76

638. 王明科　　圓滿建構中的八重難堪——論無名氏創作的文化構建　江西師範
　　　　　　　大學學報　第 43 卷第 3 期　2010 年 6 月　頁 75—80

639. 王　東　　傳奇敘事傳統與徐訏和無名氏的現代都市傳奇　求索　2010 年第
　　　　　　　12 期　2010 年 12 月　頁 215—216，186

640. 張冉冉　　主觀・色彩・生命活力——論西方繪畫野獸派與無名氏的關系
　　　　　　　北方文學　2011 年第 8 期　2011 年 8 月　頁 49

641. 張叢皞，田鵬　無名氏創作中的「紅樓」影像　求索　2011 年第 8 期
　　　　　　　2011 年 8 月　頁 203—205

642. 尉天驄　　無名氏最後的日子——記無名氏　回首我們的時代　臺北　印刻
　　　　　　　文學生活雜誌出版公司　2011 年 11 月　頁 149—161

643. 張　珺　　試論無名氏小說中的愛情悲劇　文科愛好者　第 3 卷第 4 期
　　　　　　　2011 年　頁 1—2

644. 蘇　虹　　論無名氏小說的「外俗內雅」　青春歲月　2012 年第 24 期　2012

年　頁 106

645. 田素芹　論現代通俗小說作家作品的亦雅亦俗〔無名氏部分〕　作家
　　　2013 年第 4 期　2013 年 2 月　頁 9—10

646. 馬　森　抗戰與內戰時期的中文小說——上海孤島崛起的作家——錢鍾
　　　書‧師陀‧張愛玲‧徐訏‧無名氏　印刻文學生活誌　第 119 期
　　　2013 年 7 月　頁 98—103

647. 張玉佩，黃德志　無名氏小說存在主義傾向的藝術表現　呼倫貝爾學院學
　　　報　第 24 卷第 4 期　2013 年 8 月　頁 49—55

648. 金　哲　無名氏韓人題材小說研究述評[17]　黃海學術論壇　第 20 期　2013
　　　年 9 月　頁 211—224

649. 張玉佩，黃德志　無名氏小說中的存在主義　湖州師範學院學報　第 35 卷
　　　第 5 期　2013 年 10 月　頁 48—51，68

650. 朴宰雨　無名氏的韓國緣分與旅韓遊記　第四屆世界華文旅遊文學國際學
　　　術研討會　香港，澳門　香港中文大學聯合書院，香港《明報月
　　　刊》，澳門基金會主辦　2013 年 11 月 28—29 日

651. 杜　洋　無名氏創作中的尼采精神　青年文學家　2013 年第 3 期　2013 年
　　　頁 33

652. 趙彥平　徐訏和無名氏小說的雅與俗　文學教育　2013 年第 8 期　2013 年
　　　頁 48—49

653. 孫　惠　歷時共時析二人——淺析徐訏、無名氏的小說　名作欣賞　2014
　　　年第 6 期　2014 年 2 月　頁 92—93

654. 邱　丹　無名氏小說的存在主義思考　安徽文學　2014 年第 6 期　2014 年
　　　6 月　頁 76—77

分論

◆單行本作品

詩

---

[17]本文考察當前無名氏韓人小說的研究情況，提出未來研究方向的可能性。

《無名氏詩抄》

655. 卜少夫　　《無名氏詩抄》第一次在國內披露　中國時報　1979 年 6 月 12 日
　　　　12 版

656. 〔中國時報〕　　《無名氏詩抄》再度披露　中國時報　1979 年 8 月 24 日
　　　　8 版

《無名氏詩篇》

657. 李　庸　　衝破黑暗牢籠——再論《無名氏詩篇》　無名氏卷　臺北　遠景
　　　　出版公司　1983 年 12 月　頁 211—216

658. 李　庸　　衝破黑暗牢籠——再論《無名氏詩篇》　現代心靈的探索——無
　　　　名氏作品研究　臺北　黎明文化公司　1989 年 10 月　頁 319—
　　　　326

659. 李　庸　　《無名氏詩篇》散論　無名氏卷　臺北　遠景出版公司　1983 年
　　　　12 月　頁 217—223

660. 李　庸　　《無名氏詩篇》散論　現代心靈的探索——無名氏作品研究　臺
　　　　北　黎明文化公司　1989 年 10 月　頁 327—332

《獄中詩抄》

661. 洛　夫　　讀無名氏《獄中詩抄》　聯合報　1984 年 5 月 3 日　8 版

662. 洛　夫　　序　獄中詩抄　臺北　黎明文化公司　1984 年 5 月　頁 1—10

663. 洛　夫　　讀無名氏《獄中詩抄》　詩的邊緣　臺北　漢光文化公司　1986
　　　　年 8 月　頁 112—118

664. 洛　夫　　《獄中詩抄》　現代心靈的探索——無名氏作品研究　臺北　黎
　　　　明文化公司　1989 年 10 月　頁 257—266

665. 余興漢　　時代的苦難與民族的心聲——讀《獄中詩抄》感言（1—2）　臺
　　　　灣日報　1984 年 8 月 30—31 日　8 版

666. 黃永武　　寫在腦紙上的詩　聯合文學　第 1 期　1984 年 11 月　頁 210

散文

《火燒的都門》

667. 司馬長風　　無名氏的《火燒的都門》　無名氏研究　香港　新聞天地社
　　　1981 年 9 月　頁 91—94

668. 司馬長風　　無名氏的《火燒的都門》　塔裡・塔外・女人　臺北　風雲時
　　　代出版公司　1990 年 4 月　頁 235—239

669. 司馬長風　　無名氏的《火燒的都門》　抒情煙雲（下）　臺北　文史哲出
　　　版社　1998 年 1 月　頁 833—837

670. 范培松　　時代呼喚・無畏的抗爭——無名氏的《火燒的都門》　中國散文
　　　史（上）　南京　江蘇教育出版社　2008 年 8 月　頁 457—459

《無名氏巡迴美、加、日演講紀要》

671. 〔光陸出版社〕　　出版者序　無名氏巡迴美、加、日演講紀要　臺北　光
　　　陸出版社　1985 年 4 月　頁 1—2

《海的懲罰》

672. 瘂　弦　　序　海的懲罰　香港　新聞天地社　1985 年 8 月　頁 1—2

673. 瘂　弦　　序　海的懲罰　臺北　黎明文化公司　1986 年 10 月　頁 1—2

674. 瘂　弦　　《海的懲罰》序　現代心靈的探索——無名氏作品研究　臺北
　　　黎明文化公司　1989 年 10 月　頁 311—313

675. 文船山　　中國的《古拉格群島》——讀無名氏《海的懲罰》　中華日報
　　　1986 年 3 月 8 日　11 版

《紅鯊》

676. 黃文範　　中國的索忍尼辛——《古拉格群島》與《紅鯊》比較初探（1—
　　　4）　臺灣日報　1989 年 6 月 1—4 日　8 版

677. 黃文範　　中國的索忍尼辛——《古拉格羣島》與《紅鯊》比較初探　紅鯊
　　　臺北　黎明文化公司　1989 年 9 月　頁 445—468

678. 文船山　　中國的《古拉格群島》——《紅鯊》讀後　臺灣日報　1989 年 11
　　　月 3 日　17 版

679. 司馬中原　　夜讀《紅鯊》　臺灣日報　1989 年 11 月 3 日　17 版

680. 辛　鬱　　生命警惕——讀《紅鯊》有感　臺灣日報　1989 年 11 月 3 日　17

版

681. 季　野　　跟著下沉的心　臺灣日報　1989 年 11 月 3 日　17 版

682. 洛　夫　　歷史悲劇的象徵——《紅鯊》　臺灣日報　1989 年 11 月 3 日　17
　　　　　　　版

683. 張　放　　看過《紅鯊》之後　臺灣日報　1989 年 11 月 3 日　17 版

684. 張　默　　大家來讀《紅鯊》　臺灣日報　1989 年 11 月 3 日　17 版

685. 陳其茂　　《紅鯊》讀後　臺灣日報　1989 年 11 月 3 日　17 版

686. 瘂　弦　　讀《紅鯊》　臺灣日報　1989 年 11 月 3 日　17 版

687. 董崇選　　我讀《紅鯊》　臺灣日報　1989 年 11 月 3 日　17 版

688. 張植珊　　我看《紅鯊》　出版界　第 26 期　1990 年 3 月　頁 24—25

689. 梅育著　　紅海窺秘——評《紅鯊》　聯合報　1994 年 12 月 10 日　37 版

690. C. T. Hsia　　Foreword　Red in Tooth and Claw[18] 〔《紅鯊》〕　New York
　　　　　　　Grove Press　1994 年　頁 11—23

691. 夏志清　　索忍尼辛與無名氏（上、中、下）　聯合報　1994 年 5 月 13 日
　　　　　　　37 版

692. 黃文範　　人性與魔性——評無名氏的《紅鯊》英譯本（上、下）　青年日
　　　　　　　報　1995 年 11 月 22—23 日　15 版

693. 黃文範　　《紅鯊》與《古拉格群島》——Wumingshi's Red in Tooth and Claw
　　　　　　　and　Sozthenitsyn's The Gulag Archipelago　無名氏的文學作品探索
　　　　　　　與紀懷　臺北　文史哲出版社　2004 年 10 月　頁 7—24

《恐龍世紀》

694. 蘇　凡　　遠比「恐龍」恐怖——讀《恐龍世紀》有感　中央日報　1992 年
　　　　　　　10 月 26 日　16 版

695. 蘇　凡　　比「恐龍」更恐怖——讀《恐龍世紀》有感　恐龍世紀　臺北
　　　　　　　黎明文化公司　1992 年 12 月　頁 85—88

《宇宙投影——人生是夢的放射》

---

[18] 本文後譯爲〈索忍尼辛與無名氏〉。

696. 辛　鬱　此情可待——讀無名氏《宇宙投影》有感　中央日報　1997 年 12 月 10 日　21 版

697. 朱　炎　無名氏牛刀宰雞——略談《宇宙投影》　聯合報　1997 年 12 月 11 日　41 版

698. 朱　炎　無名氏牛刀宰雞／代序　宇宙投影——人生是夢的放射　臺北 中天出版社　1997 年 12 月　〔4〕頁

699. 朱　炎　代序：無名氏牛刀宰雞　在生命的光環上跳舞　北京　人民文學 出版社　2002 年 6 月　頁 1—5

700. 朱　炎　無名氏牛刀宰雞　人間有情‧義游於藝　臺北　九歌出版社 2004 年 6 月 10 日　頁 179—184

《抒情煙雲》

701. 〔中央日報〕　無名氏全集第 11 卷《抒情煙雲》出版　中央日報　1998 年 2 月 8 日　18 版

702. 〔中華日報〕　無名氏新書《抒情煙雲》出版　中華日報　1998 年 2 月 11 日　16 版

703. 魏子雲　無名氏的《抒情煙雲》　臺灣新聞報　1998 年 3 月 1 日　13 版

704. 魏子雲　無名氏的《抒情煙雲》　文訊雜誌　第 151 期　1998 年 5 月　頁 58

705. 黃文範　多情才子翦影——評介《抒情煙雲》　青年日報　1998 年 4 月 2 日　15 版

706. 黃文範　多情才子翦影——評《抒情煙雲》　文訊雜誌　第 152 期　1998 年 6 月　頁 56

707. 戈正銘　無名之火　臺灣新生報　1998 年 5 月 6 日　13 版

708. 瘦雲王牌　無名氏的浪漫情懷——《抒情煙雲》讀後　臺灣新聞報　1998 年 5 月 19 日　22 版

709. 瘦雲王牌　無名氏的浪漫情懷——《抒情煙雲》　無名氏的文學作品探索 與紀懷　臺北　文史哲出版社　2004 年 10 月　頁 322—324

710. 段彩華　　無名氏的生活見證——評介《抒情煙雲》　青年日報　1998 年 6 月 4 日　15 版

711. 司馬中原　　晚霞如曙滿天紅——讀無名氏《抒情煙雲》　中央日報　1998 年 7 月 4 日　22 版

《在生命的光環上跳舞——旅遊其實是一種心情》

712. 張拓蕪　　文學舞蹈家——《在生命的光環上跳舞》讀後　臺灣新聞報 1997 年 12 月 24 日　13 版

713. 張　放　　踏遍青山人未老——《在生命的光環上跳舞》讀後　臺灣新聞報 1997 年 12 月 25 日　13 版

小說
《露西亞之戀》

714. 譚錫永　　《露西亞之戀》評論摘要——譚錫永節錄《露西亞之戀》　花的 恐怖　臺北　黎明文化公司　1988 年 1 月　頁 327—328

《北極風情畫》

715. 章伊雯　　悲劇藝術的意義——評《北極風情畫》　中央日報　1945 年 2 月 24 日　4 版

716. 章伊雯　　悲劇藝術的意義（評《北極風情畫》）　現代心靈的探索——無名 氏作品研究　臺北　黎明文化公司　1989 年 10 月　頁 245—255

717. 陳天嵐　　讀書的環境與心境——重讀《北極風情畫》　讀書筆記　臺北 出版家文化公司　1979 年 2 月　頁 189—193

718. 陳長華　　哪堪回首北極風情　聯合報　1982 年 12 月 23 日　3 版

719. 陳長華　　不堪回首北極風情　走出歷史峽谷　臺北　黎明文化公司　1989 年 3 月　頁 17—22

720. 李　明　　試談《北極風情畫》的藝術魅力　無名氏卷　臺北　遠景出版公 司　1983 年 12 月　頁 61—68

721. 方為良〔李明〕　　試談《北極風情畫》的藝術魅力　北極風情畫　臺北 文史哲出版社　1998 年 10 月　頁 227—235

722. 游淑齡　《北極風情畫》　翰海觀潮　臺北　行政院文建會　1997 年 5 月　頁 11—13

723. 李　偉　踏破小說的殘闕古壘（節錄）──七十歲老翁讀《北極風情畫》　北極風情畫　臺北　文史哲出版社　1998 年 10 月　頁 245—246

724. 沈慶利　無名氏《北極風情畫》細讀　中國現代文學研究叢刊　2008 年第 5 期　2008 年　頁 78—85

725. 喬世華　經典愛情是怎樣煉成的──談無名氏對《北極風情畫》的修改　世界華文文學論壇　2010 年第 4 期　2010 年　頁 15—20

726. 趙　蕾　漫談無名氏《北極風情畫》的敘事策略　芒種　2012 年第 12 期　2012 年 6 月　頁 59—60

《塔裡的女人》

727. 〔臺灣日報〕　《塔裡的女人》‧是汪玲從影後最突出精采的一次演出　臺灣日報　1967 年 3 月 1 日　8 版

728. 丹　扉　閒話《塔裡的女人》　無名氏生死下落　香港　新聞天地社　1976 年 9 月　頁 191—199

729. 傅頌愉　《塔裡的女人》──令人爭辯的小說　無名氏研究　香港　新聞天地社　1981 年 9 月　頁 155—156

730. 傅頌愉　《塔裡的女人》　塔裡的女人　臺北　黎明文化公司　1987 年 5 月　頁 1—2

731. 傅頌愉　反應：《塔裡的女人》　塔裡的女人　臺北　文史哲出版社　1998 年 10 月　頁 179—184

732. 游淑齡　《塔裡的女人》　翰海觀潮　臺北　行政院文建會　1997 年 5 月　頁 14—16

733. 陳希林　《塔裡的女人》是無名氏元配　中國時報　2004 年 11 月 7 日　8 版

734. 葉志良　《塔裡的女人》故事賞析　眾聲喧譁的文學花園──現代文學知識精華──小說、戲劇　臺北　雅書堂文化公司　2005 年 3 月

頁 137—139

735. 郭彩俠　「塔裡的瘋女人」：現代文學中的悲劇典型——「塔」裡虔誠的「愛的囚徒」：黎薇　綿陽師範學院學報　第 28 卷第 7 期　2009 年 7 月　頁 53—54

736. 唐　倩　張愛玲與無名氏的小說人物及意蘊比較——看《紅玫瑰與白玫瑰》和《塔裡的女人》　齊齊哈爾師範高等專科學校學報　2007 年第 3 期　2007 年　頁 47—49

737. 劉衛紅　《塔裡的女人》：審美之巔峰　名作欣賞　2010 年第 30 期　2010 年 10 月　頁 131—132

738. 陳素紅　重讀《塔裡的女人》——浪漫主義色彩的自然流溢　大家百科 2010 年第 9 期　2010 年　頁 55

《野獸‧野獸‧野獸》

739. 黃　芩　《野獸‧野獸‧野獸》重版贅言　無名氏生死下落　香港　新聞天地社　1976 年 9 月　頁 200—212

740. 黃　芩　《野獸‧野獸‧野獸》重版贅言　現代心靈的探索——無名氏作品研究　臺北　黎明文化公司　1989 年 10 月　頁 51—65

741. 黃　芩　《野獸‧野獸‧野獸》重版贅言　野獸‧野獸‧野獸　臺北　黎明文化公司　1995 年 1 月　頁 525—537

742. 司馬長風　讀《野獸‧野獸‧野獸》　無名氏研究　香港　新聞天地社 1981 年 9 月　頁 65—66

743. 司馬長風　歷史的峽谷　無名氏研究　香港　新聞天地社　1981 年 9 月 頁 67—68

744. 司馬長風　浪子回家　無名氏研究　香港　新聞天地社　1981 年 9 月　頁 69—70

745. 阿　卡　論《野獸‧野獸‧野獸》中「火」的意象　無名氏卷　臺北　遠景出版公司　1983 年 12 月　頁 149—154

746. 司馬長風　司馬長風論無名氏片斷　無名氏卷　臺北　遠景出版公司

　　　　　　　1983 年 12 月　頁 187—190

747. 司馬長風　　論《野獸・野獸・野獸》斷片　野獸・野獸・野獸　臺北　黎
　　　　　明文化公司　1995 年 1 月　頁 6—7

748. 胡榮錦　　大手筆寫大時代——無名氏和他的「大雷雨」[19]　語文月刊　1993
　　　　　年第 11 期　1993 年 11 月　頁 12—13

749. 夏志清　　夏志清論《野獸・野獸・野獸》斷片　野獸・野獸・野獸　臺北
　　　　　黎明文化公司　1995 年 1 月　頁 8—9

750. 孟丹青　　人生意義的形而上叩問——論無名氏的《野獸・野獸・野獸》
　　　　　世界華文文學論壇　2003 年第 3 期　2003 年 9 月　頁 64—66

751. 戈正銘　　九州生氣恃風雷——論無名氏《野獸・野獸・野獸》的元氣　無
　　　　　名氏的文學作品探索與紀懷　臺北　文史哲出版社　2004 年 10 月
　　　　　頁 312—315

752. 宋瓊英　　40 年代知識分子革命者形象——超越革命追求生命:《野獸・野
　　　　　獸・野獸》中的印蒂　中國現代小說中的知識分子革命者形象
　　　　　華中師範大學中國現當代文學研究所　博士論文　許祖華教授指
　　　　　導　2010 年 3 月　頁 140—148

《海艷》

753. 阿　包　　從《海艷》出發　無名氏卷　臺北　遠景出版公司　1983 年 12 月
　　　　　頁 165—168

754. 曾昭旭　　海艷說了些什麼?——無名氏《海艷》重版序　海艷(上)　臺
　　　　　北　漢光文化公司　1986 年 7 月　頁 7—9

755. 曾昭旭　　海艷說了些什麼?——無名氏《海艷》修正版序　海艷　廣州
　　　　　花城出版社　1995 年 1 月　頁 1—4

756. 曾昭旭　　海艷說了些什麼?——無名氏《海艷》重版序　海艷　臺北　文
　　　　　史哲出版社　2000 年 5 月　頁 5—7

757. 孔令焯　　從《海艷》出發　現代心靈的探索——無名氏作品研究　臺北

---

[19]「大雷雨」爲《野獸・野獸・野獸》的第一節節名。

黎明文化公司　1989 年 10 月　頁 315—318

758. 胡榮錦　海量、海嘯說《海豔》　語文月刊　1994 年第 10 期　1994 年 10 月　頁 13—14

759. 陳祖君　《海豔》藝術分析　臺灣日報　1996 年 9 月 16 日　16 版

760. 戈正銘　我有迷魂招不得——簡論無名氏《海豔》　青年日報　2000 年 5 月 16 日　13 版

761. 方仲文　經典浪漫小說《海豔》　臺灣新聞報　2000 年 7 月 9 日　B8 版

762. 曹懷明　生命怒放的極致——無名氏的小說《海豔》解析　名作欣賞　2003 年第 8 期　2003 年 8 月　頁 49—52

763. 魏　萍　《海豔》中的海和湖　理論學習　2003 年第 10 期　2003 年　頁 64

764. 葛俊俠　空靈：渾然天成的禪境——論無名氏長篇小說《海豔》的風格　語文學刊　2005 年第 1 期　2005 年 1 月　頁 106—107

765. 王泉，代天善　二十世紀中外小說的海洋書寫——以海明威、勞倫斯、鄧剛、無名氏、徐小斌、張煒為例　名作欣賞　2006 年第 2 期　2006 年 1 月　頁 74—76，87

766. 吳　云　《海豔》多重主題論　徐州教育學院學報　第 21 卷第 1 期　2006 年 3 月　頁 118—120

767. 魏　萍　《海豔》的意象解讀——無名氏小說重讀之一　西華師範大學學報　2006 年第 6 期　2006 年 11 月　頁 51—54

768. 楊　莉　過客匆匆——析《海豔》中的主人公形象　劍南文學　2012 年第 7 期　2012 年　頁 61—62

《金色的蛇夜》

769. 四　真　《金色的蛇夜》讀後感　無名氏研究　香港　新聞天地社　1981 年 9 月　頁 95—98

770. 四　真　《金色的蛇夜》讀後感　現代心靈的探索——無名氏作品研究　臺北　黎明文化公司　1989 年 10 月　頁 305—310

771. 卜少夫　《金色的蛇夜》上冊提要　金色的蛇夜（續集）　香港　新聞天
地社　1982 年 12 月　頁 3—5

772. 呂　明　簡論文化小說——評「無名書」第三卷《金色的蛇夜》　中央日
報　1996 年 5 月 13—14 日　18 版

773. 張　默　傾斜浩瀚之美——讀無名氏《金色的蛇夜》小感　青年日報
2000 年 1 月 23 日　15 版

774. 傅建安　「山味」魔女與中國現代都市文化　世界華文文學論壇　2010 年
第 1 期　2010 年　頁 43—46

《死的巖層》

775. 臺繼之　叩開無名氏雪封的城堡——欣賞《死的巖層》的心理準備　聯合
報　1980 年 2 月 21 日　8 版

776. 李　明　一部探索人生真諦的啓示錄：讀無名氏《死的巖層》散記　新聞
天地　第 1820 期　1983 年 1 月　頁 38—44

777. 李　明　一部探索人生真諦的啓示錄：讀無名氏《死的巖層》散記　無名
氏卷　臺北　遠景出版公司　1983 年 12 月　頁 23—46

778. 李　明　一部探索人生真諦的啓示錄：讀無名氏《死的巖層》散記　現代
心靈的探索——無名氏作品研究　臺北　黎明文化公司　1989 年
10 月　頁 161—190

779. 李　明　一部探索人生真諦的啓示錄（節錄）　死的巖層（下）　臺北
文史哲出版社　2001 年 4 月　頁 615—625

780. 李　明　無名氏散文小說獨特風格的探究——《死的巖層》讀後感　無名
氏卷　臺北　遠景出版公司　1983 年 12 月　頁 47—60

781. S.O.S　死的巖層——論無名氏的小說藝術（1—7）　臺灣日報　1987 年 4
月 20—26 日　8 版

782. 王德威　小說創作與文化生產——聯副中長篇小說二十年〔《死的巖層》
部分〕　聯合報　1996 年 11 月 10 日　37 版

783. 黃　芩　走出死亡——讀無名氏的《死的巖層》　青年日報　2001 年 9 月

9 日　10 版

784. 戈正銘　　新宗教觀念──讀無名氏《死的巖層》　全國新書資訊月刊　第
39 期　2002 年 3 月　頁 38─39

《金色的蛇夜（續集）》

785. 卜少夫　　寫在無名氏的《金色的蛇夜（續集）》發表之前　臺灣時報　1980
年 10 月 27 日　12 版

786. 洛　夫　　超越小說的美──讀《金色的蛇夜‧續集》（上、下）　中華日報
1999 年 3 月 21─22 日　16 版

787. 陳思和　　編後記　無名氏卷　上海　上海文藝出版社　2010 年 5 月　頁
291─292

《開花在星雲以外》

788. 陸達誠　　無名氏《開花在星雲以外》　文訊雜誌　第 206 期　2002 年 12 月
頁 98─100

789. 陸達誠　　無名氏《開花在星雲以外》　候鳥之愛　臺北　輔仁大學出版社
2004 年 8 月　頁 21─25

《綠色的迴聲──無名氏青春期愛情自傳》

790. 叢　甦　　未譜完的樂章：試評《綠色的迴聲》中的悲劇因素　文訊雜誌
第 6 期　1983 年 12 月　頁 222─236

791. 叢　甦　　未譜完的樂章：試評《綠色的迴聲》中的悲劇因素　新聞天地
第 1875 期　1984 年 1 月 21 日　頁 222─236

792. 叢　甦　　未譜完的樂章：試評《綠色的迴聲》中的悲劇因素　展望　第 208
期　1984 年 3 月　38─39 頁

793. 叢　甦　　未譜完的樂章：試評《綠色的迴聲》中的悲劇因素　現代心靈的
探索──無名氏作品研究　臺北　黎明文化公司　1989 年 10 月
頁 273─296

794. 卜幼夫　　亂世兒女的愛情（上、下）　聯合報　1984 年 12 月 1 日　8 版

795. 卜幼夫　　亂世兒女的愛情　現代心靈的探索──無名氏作品研究　臺北

　　　　　　　　黎明文化公司　1989 年 10 月　頁 347—358

《創世紀大菩提》

796. 陸達誠　　無名氏的震撼[20]　益世　第 3 卷第 5 期　1983 年 2 月　頁 48—51

797. 陸達誠　　談《創世紀大菩提》序曲　無名氏卷　臺北　遠景出版公司

　　　　　　　1983 年 12 月　頁 85—90

798. 陸達誠　　談《創世紀大菩提》序曲　創世紀大菩提（上）　臺北　文史哲

　　　　　　　出版社　1999 年 9 月　頁 7—12

799. 陸達誠　　無名氏的震撼　候鳥之愛　臺北　輔仁大學出版社　2004 年 8 月

　　　　　　　頁 6—13

《花的恐怖》

800. 李宜涯　　評《花的恐怖》　書海探微　臺北　黎明文化公司　1989 年 3 月

　　　　　　　頁 109—111

801. Luoyong Wang　　Pu Ning and His Writing　Flower Terror: Suffocating Stories of

　　　　　　　China　U.S.A. Homa & Sekey Books　1998 年 12 月　頁 5—7

802. A. Owen Aldridge　　porface　Flower Terror: Suffocating Stories of China

　　　　　　　U.S.A. Homa & Sekey Books　1998 年 12 月　頁 9—16

《花與化石》

803. 魏子雲　　無名氏的文思之源——從短篇小說《花與化石》說起　青年日報

　　　　　　　1999 年 7 月 20 日　15 版

《一根鉛絲火鈎》

804. 蘇士尹　　一本令人拍案叫絕的書（序二）　一根鉛絲火鈎　臺北　中天出

　　　　　　　版社　1999 年 5 月　頁 1—3

《聖誕紅》

805. 　芸　　　無名氏的《聖誕紅》　無名氏在香港　臺北　遠景出版公司

　　　　　　　1983 年 10 月　頁 194—195

806. 　敏　　　《聖誕紅》——無名氏留港期間出版的新作品　無名氏卷　臺北

---

[20]本文後改篇名為〈談《創世紀大菩提》序曲〉。

　　　遠景出版公司　1983 年 12 月　頁 185—186

多部作品

《北極風情畫》、《塔裡的女人》、《一百萬年以前》、《火燒的都門》、《露西亞之戀》、《龍窟》

807. 卜少夫　　無名氏第一批作品出版之前　聯合報　1976 年 9 月 27 日　12 版

808. 卜少夫　　無名氏第一批作品出版之前　人間躑躅　臺北　遠景出版公司
　　　1981 年 3 月　頁 343—350

「無名書 1—3 卷」：《野獸・野獸・野獸》、《海艷》、《金色的蛇夜》

809. 崑　南　　淺談無名氏初稿三卷——《野獸・野獸・野獸》、《海艷》、《金色
　　　的蛇夜》　無名氏生死下落　香港　新聞天地社　1976 年 9 月
　　　頁 213—221

810. 崑　南　　淺談無名氏初稿三卷——《野獸・野獸・野獸》、《海艷》、《金色
　　　的蛇夜》　無名氏研究　香港　新聞天地社　1981 年 9 月　頁
　　　229—238

811. 崑　南　　淺談無名氏初稿三卷——《野獸・野獸・野獸》、《海艷》、《金色
　　　的蛇夜》　現代心靈的探索——無名氏作品研究　臺北　黎明文
　　　化公司　1989 年 10 月　頁 105—158

812. 司馬長風　　無名氏的「無名書」　更生日報　1978 年 4 月 28 日，5 月 1 日
　　　7 版

813. 司馬長風　　無名氏的「無名書」　無名氏研究　香港　新聞天地社　1981
　　　年 9 月　頁 79—90

814. 司馬長風　　無名氏的「無名書」　現代心靈的探索——無名氏作品研究
　　　臺北　黎明文化公司　1989 年 10 月　頁 333—346

815. 司馬長風　　序：無名氏的「無名書」　北極風情畫　臺北　輔新書局
　　　1989 年 4 月　頁 1—12

816. 司馬長風　　「無名書稿」獨創性　無名氏研究　香港　新聞天地社　1981
　　　年 9 月　頁 73—74

817. 司馬長風　「無名書稿」獨創性　現代心靈的探索——無名氏作品研究　臺北　黎明文化公司　1989 年 10 月　頁 1—4

818. 司馬長風　「無名書稿」獨創性　野獸・野獸・野獸　臺北　黎明文化公司　1995 年 1 月　頁 4—5

819. 司馬長風　「無名書稿」　無名氏研究　香港　新聞天地社　1981 年 9 月　頁 75—76

820. 司馬長風　主題情節不相襯　無名氏研究　香港　新聞天地社　1981 年 9 月　頁 77—78

821. 汪應果　無名書的思維（上、下）　臺灣新聞報　1998 年 9 月 15—16 日　13 版

822. 厲向君　略論無名氏與「無名書初稿」　齊魯學刊　2001 年第 5 期　2001 年 9 月　頁 142—144

823. 厲向君　二十世紀「潛在寫作」的典型代表——無名氏及其「無名書初稿」　人生悲苦命運的象徵——無名氏與其他中國現代作家作品論　成都　巴蜀書社　2009 年 12 月　頁 53—65

「無名書 1—6 卷」：《野獸・野獸・野獸》、《海艷》、《金色的蛇夜》、《死的巖層》、《開花在星雲以外》、《創世紀大菩提》

824. 卜少夫　無名氏第二批作品出版之前　中國時報　1977 年 1 月 24—25 日　12 版

825. 侯立朝　「無名氏全書」的整合觀　聯合報　1977 年 3 月 7—8 日　12 版

826. 侯立朝　「無名氏全書」的整合觀　明日世界　第 29 期　1977 年 5 月　頁 11—13

827. 侯立朝　「無名氏全書」的整合觀　無名氏研究　香港　新聞天地社　1981 年 9 月　頁 51—64

828. 侯立朝　「無名氏全書」的整合觀　現代心靈的探索——無名氏作品研究　臺北　黎明文化公司　1989 年 10 月　頁 117—134

829. 談錫永　讀「無名氏全書」散記　明報月刊　第 137 期　1977 年 5 月　頁

93—96

830. 談錫永　讀「無名氏全書」散記　無名氏研究　香港　新聞天地社　1981
　　　年 9 月　頁 41—50

831. 談錫永　讀「無名氏全書」散記　花的恐怖　臺北　黎明文化公司　1988
　　　年 1 月　頁 327—328

832. 談錫永　讀「無名氏全書」散記　現代心靈的探索——無名氏作品研究
　　　臺北　黎明文化公司　1989 年 10 月　頁 135—148

833. 侯立朝　論「無名氏全書」的歷史性格　國魂　第 379 期　1977 年 6 月
　　　頁 26—29

834. 區展才　序言　無名氏卷　臺北　遠景出版公司　1983 年 12 月　頁 1—5

835. 區展才　原序　現代心靈的探索——無名氏作品研究　臺北　黎明文化公
　　　司　1989 年 10 月　頁 1—6

836. 袁群英　書曰無名書曰生命——談無名氏的「無名書」　無名氏卷　臺北
　　　遠景出版公司　1983 年 12 月　頁 133—144

837. 袁群英　書曰無名書曰生命——談無名氏的「無名書」　現代心靈的探索
　　　——無名氏作品研究　臺北　黎明文化公司　1989 年 10 月　頁
　　　191—204

838. 鍾國強，陳逢蘭　從藝術觀點試評「無名書」　無名氏卷　臺北　遠景出
　　　版公司　1983 年 12 月　頁 155—164

839. 張意強　「無名書」讀後　無名氏卷　臺北　遠景出版公司　1983 年 12 月
　　　頁 199—210

840. 天　宇　無名氏「無名書」研究論文導言　文訊雜誌　第 18 期　1986 年 3
　　　月 8 日　頁 88—98

841. 區展才　無名氏思想的獨特性——比較研究「無名書」與中外名著思想內
　　　涵（1—3）　臺灣日報　1987 年 12 月 20—22 日　8 版

842. 涪　村　編後絮語　野獸·野獸·野獸　北京　中國文聯出版公司　1989
　　　年 5 月　頁 373—379

843. 區展才　區序　現代心靈的探索——無名氏作品研究　臺北　黎明文化公司　1989 年 10 月　頁 1—7

844. 區展才　紅樓夢與「無名書」　上海大學學報　1994 年第 4 期　1994 年　頁 47—55

845. 夏志清　夏志清論「無名書」斷片　野獸・野獸・野獸　臺北　黎明文化公司　1995 年 1 月　頁 1—3

846. 陳思和　試論「無名書」[21]　當代作家評論　1998 年第 6 期　1998 年　頁 4—16

847. 陳思和　代序：試論「無名書」　《無名書》精粹　武漢　武漢出版社　2006 年 1 月　頁 1—30

848. 陳思和　當代文學史上的潛在寫作——潛在寫作的代表作——「無名書」　文學史理論的新探索　臺北　新地文化藝術公司　2012 年 11 月　頁 148—183

849. 陳思和　試論無名氏的「無名書」　思和文存第二卷・文學史理論新探　合肥　黃山書社　2013 年 1 月　頁 250—270

850. 瘂　弦　略談「無名書」　金色的蛇夜（上）　臺北　九歌出版社　1999 年 1 月　頁 5—12

851. 陳思和　文學史上的一座火山（1—3）　臺灣新聞報　1999 年 4 月 10—12 日　13 版

852. 汪應果　無名氏談「無名書」　世界華文文學論壇　1999 年第 4 期　1999 年 12 月　頁 28—29

853. 汪應果　二十世紀中國文學的又一座豐碑——「無名書」總序　金色的蛇夜（上）　上海　上海文藝出版社　2001 年 7 月　頁 1—5

854. 陳思和，劉志榮　《金色的蛇夜》代序　金色的蛇夜（上）　上海　上海文藝出版社　2001 年 7 月　頁 1—9

855. 王曉初　論「新海派」作家群的小說創作——無名氏的「無名書稿」等小

---

[21] 本文後改篇名為〈當代文學史上的潛在寫作——潛在寫作的代表作——「無名書」〉

說　西南民族學院學報　2001 年第 9 期　2001 年 9 月　頁 105—
106

856. 溫奉橋，溫鳳霞　　「自由」與「死亡」——論「無名書稿」的詩性品格
青島海洋大學學報　2001 年第 3 期　2001 年　頁 89—92

857. 耿傳明　我讀「無名書」　青年日報　2002 年 3 月 23 日　10 版

858. 尉天驄　探求・反思・自由——讀「無名書」[22]　野獸・野獸・野獸　臺北
文史哲出版社　2002 年 10 月　頁 13—56

859. 尉天驄　探求・反思・自由——讀「無名書」　無名氏的文學作品探索與
紀懷　臺北　文史哲出版社　2004 年 10 月　頁 45—86

860. 尉天驄　無名氏與「無名書」　印刻文學生活誌　第 43 期　2007 年 3 月
頁 200—205

861. 尉天驄　探索・反思・自由——讀「無名書」　荊棘的探索——我的讀書
札記　臺北　允晨文化公司　2014 年 5 月　頁 228—268

862. 劉志榮　現代焦慮的精神超越：論「無名書」　華文文學　2003 年第 1 期
2003 年 1 月　頁 32—41

863. 劉志榮　現代焦慮的精神超越：論無名氏的潛在寫作（上）　潛在寫作—
—1949—1976　上海　復旦大學出版社　2007 年 4 月　頁 56—78

864. 徐　雁　槃涅更生志正躊——試論「無名書」的獨特性及局限　世界華文
文學論壇　2003 年第 1 期　2003 年 3 月　頁 67—71

865. 耿傳明　「無名書」的人文關懷及其對宇宙心靈的探索　中國現代文學研
究叢刊　2003 年第 4 期　2003 年 11 月　頁 203—216

866. 戈正銘　巍巍隱天，俯觀雲霓——簡論「無名書」　無名氏的文學作品探
索與紀懷　臺北　文史哲出版社　2004 年 10 月　頁 25—44

867. 羅　鵬　眼睛凝視眼睛——重看無名氏的「無名書」　無名氏的文學作品
探索與紀懷　臺北　文史哲出版社　2004 年 10 月　頁 87—96

868. 黃科安　沉潛於創作長河型的心靈史詩——論無名氏的「無名書稿」　中

[22]本文後改篇名為〈無名氏與「無名書」〉。

　　　　　　　國地質大學學報　第 5 卷第 3 期　2005 年 5 月　頁 90—94

869. 趙江濱　　「無名書」：孤寂歲月中的文化創造　浙江學刊　2005 年第 2 期　
　　　　　　　2005 年　頁 109—114

870.〔陳思和主編〕　　附二：「無名書」情節簡介　《無名書》精粹　武漢　武
　　　　　　　漢出版社　2006 年 1 月　頁 27—36

871. 姜　輝　　從《浮士德》看「無名書」的精神探求　科教文匯　2006 年第 10
　　　　　　　期　2006 年 10 月　頁 162—163

872. 姜　輝　　在接受與拒斥之間──「無名書」與《罪與罰》的心理藝術比較
　　　　　　　時代文學　2006 年第 6 期　2006 年　頁 76—77

873. 鄔紅梅　　生存意義的執著追求──探討「無名書」中追尋母題的繼承與融
　　　　　　　合　重慶交通大學學報　第 7 卷第 1 期　2007 年 2 月　頁 77—
　　　　　　　78，82

874. 吳多華　　艱難的探索──論「無名書」主人公印蒂的尋找歷程　湖南科技
　　　　　　　學院學報　第 28 卷第 5 期　2007 年 5 月　頁 11—12

875. 杜　燕　　印蒂與浮士德：一對超越時空的精神攣生兒──論「無名書」與
　　　　　　　《浮士德》的精神聯繫　西南民族大學學報　2007 年第 8 期　
　　　　　　　2007 年　頁 190—193

876. 鄔紅梅　　「無名書」追尋意識探討　河南科技大學學報　第 27 卷第 1 期　
　　　　　　　2009 年 2 月　頁 56—59

877. 吳　云　　繁難、濃縮、精專──論「無名書」詞匯的精英特質　安康學院
　　　　　　　學報　第 21 卷第 6 期　2009 年 12 月　頁 46—50

878. 張愛敏　　「無名書」的新解讀　時代文學　2010 年第 11 期　2010 年　頁
　　　　　　　48—49

879. 喬世華　　簡論「無名書」　遼寧師範大學學報　第 34 卷第 1 期　2011 年 1
　　　　　　　月　頁 112—114

880. 鄔紅梅　　從「無名書」看無名氏的生死觀　河南科技大學學報　第 29 卷第
　　　　　　　2 期　2011 年 4 月　頁 45—48

881. 蘇　虹　　無名氏「潛在寫作」時期的獨特價值　金田　第 296 期　2011 年
　　　　頁 52

882. 李秋香，閻浩崗　　互文性視閾中的「無名書」　石家莊鐵道大學學報　第 7
　　　　卷第 1 期　2013 年 3 月　頁 47—51

「無名書 4—6 卷」：《死的巖層》、《開花在星雲以外》、《創世紀大菩提》

883. 司馬長風　　無名氏的「無名書稿」　無名氏研究　香港　新聞天地社
　　　　1981 年 9 月　頁 99—100

《魚簡》、《聖誕紅》

884. 應鳳凰　　太陽的腳印〔《魚簡》、《聖誕紅》部分〕　文訊雜誌　第 2 期
　　　　1983 年 8 月　頁 124—126

《北極風情畫》、《塔裡的女人》、《野獸‧野獸‧野獸》

885. L. M.〔呂明〕　　文學版圖開拓者——略談無名氏小說創作的抒情風格
　　　　（上、中、下）　新書月刊　第 2—4 期　1983 年 11—12 月，
　　　　1984 年 1 月　頁 84—87，81—84，87—89

886. L. M.　　略談無名氏小說創作的抒情風格——讀《北極風情畫》、《塔裡的女
　　　　人》、《野獸‧野獸‧野獸》　無名氏卷　臺北　遠景出版公司
　　　　1983 年 12 月　頁 91—120

887. L. M.　　略談無名氏小說創作的抒情風格——讀《北極風情畫》、《塔裡的女
　　　　人》、《野獸‧野獸‧野獸》　現代心靈的探索——無名氏作品研
　　　　究　臺北　黎明文化公司　1989 年 10 月　頁 67—103

888. 呂　明　　略談無名氏小說創作的抒情風格——讀《北極風情畫》、《塔裡的
　　　　女人》、《野獸‧野獸‧野獸》　北極風情畫　臺北　文史哲出版
　　　　社　1998 年 10 月　頁 236—244

《北極風情畫》、《塔裡的女人》、《綠色的迴聲——無名氏青春期愛情自傳》

889. 龍應台　　濃得化不開——評無名氏的三本愛情小說　新書月刊　第 17 期
　　　　1985 年 2 月　頁 18—22

890. 龍應台　　濃得化不開——評無名氏的三本愛情小說　龍應台評小說　臺北

爾雅出版社　2000 年 4 月　頁 113—130

891. 劉麗霞　　異質文化的遭遇悲劇——論無名氏的三部愛情小說　棗庄師範專
科學校學報　第 18 卷第 6 期　2001 年 12 月　頁 18—22

《北極風情畫》、《塔裡的女人》

892. 錢理群　　《北極風情畫》、《塔裡的女人》研究　中國現代文學研究叢刊
1990 年第 1 期　1990 年 4 月　頁 89—99

893. 游淑齡　　無名氏：《塔裡的女人》、《北極風情畫》，六次修定風雲再起　民
生報　1998 年 11 月 19 日　34 版

894. 陳洪義　　情難捨——無名氏的兩本小說　非禮記書囊　臺北　漢斯書版社
1999 年 8 月　頁 13—17

895. 陸九如　　重讀無名氏　雨花　2000 年第 10 期　2000 年 10 月　頁 58—59

896. 姜　輝　　媚俗的愛情神話——從《北極風情畫》到《塔裡的女人》　廣西
師範大學學報　第 36 卷第 4 期　2000 年 12 月　頁 33—36

897. 姜　輝　　媚俗的愛情神話——從《北極風情畫》到《塔裡的女人》　新疆
師範大學學報　第 22 卷第 1 期　2001 年 1 月　頁 87—91

898. 喬世華　　被命名的「後期浪漫派」〔《北極風情畫》、《塔裡的女人》部
分〕　文化學刊　2014 年第 1 期　2014 年 1 月　頁 100—106

899. 王曉平　　中階文學」概念與雅俗文學界限的打破〔《北極風情畫》、《塔裡
的女人》部分〕　廈門大學學報　2014 年第 3 期　2014 年 5 月
頁 15—17

《在生命的光環上跳舞——旅遊其實是一種心情》、《宇宙投影——人生是夢的放射》

900. 〔中華日報〕　　無名氏「止名」再出發　中華日報　1997 年 12 月 5 日　16
版

901. 〔聯合報〕　　無名氏新書發表會　聯合報　1997 年 12 月 6 日　41 版

902. 〔自立早報〕　　人生八十才開始，恢復本名推新書——無名氏有名了　自
立早報　1997 年 12 月 7 日　12 版

903. 賴素鈴　　老作家，無名氏，真名字，齊入目，首次發表會，卜寧本尊進書
　　　　　　　市　民生報　1997 年 12 月 7 日　19 版

904. 張伯順　　揮別無名氏，卜寧發表新書用了本名　聯合報　1997 年 12 月 7 日
　　　　　　　18 版

905. 管　管　　私房名菜：無名氏散文集　聯合報　1997 年 12 月 15 日　46 版

906. 張　默　　豐沛罕見的生命之旅——讀無名氏新著散文隨感　臺灣日報
　　　　　　　1997 年 12 月 25 日　27 版

907. 黃文範　　汨汨的清溪——讀無名氏二冊新書　青年日報　1998 年 2 月 6 日
　　　　　　　15 版

《花與化石》、《一根鉛絲火鉤》

908. 江中明　　無名氏全集第 9 卷出版　聯合報　1999 年 5 月 30 日　14 版

909. 張　放　　看恐怖連環圖——讀無名氏新作有感　臺灣新生報　1999 年 7 月
　　　　　　　5 日　19 版

910. 黃文範　　無名的魅力　聯合報　1999 年 8 月 9 日　13 版

《露西亞之戀》、《北極風情畫》

911. 吉善美　　同聲相應同氣相求——中國現代作家筆下的朝鮮〔《露西亞之
　　　　　　　戀》、《北極風情畫》部分〕　新文學史料　2000 年第 3 期　2000
　　　　　　　年 8 月　頁 202—203

「無名書 4—5 卷」：《死的巖層》、《開花在星雲以外》

912. 黃繼持　　從死亡到悟道——「無名書」第四、五卷讀後　華文文學　2003
　　　　　　　年第 1 期　2003 年 1 月　頁 27—31

「無名書 1—5 卷」：《野獸・野獸・野獸》、《海艷》、《金色的蛇夜》、《死的巖層》、《開花在星雲以外》

913. 劉學良　　論當代文學創作的價值取向〔「無名書」部分〕　長春師範學院
　　　　　　　學報　第 27 卷第 2 期　2008 年 3 月　頁 85—89

914. 劉學良　　「無名書」和神聖浪漫主義創作　經濟研究導刊　第 44 期　2009
　　　　　　　年　頁 226—228

《露西亞之戀》、《龍窟》

915. 武文剛　　生命力的追逐——析《露西亞之戀》與《龍窟》中人物形象的審
　　　　　　　美特徵　欽州學院學報　第 23 卷第 2 期　2008 年 4 月　頁 69—
　　　　　　　72

《北極風情畫》、《塔裡的女人》、《一百萬年以前》、《露西亞之戀》

916. 熊飛宇　　無名氏的小說與戰時重慶文學界　重慶三峽學院學報　2013 年第
　　　　　　　5 期　2013 年　頁 67—71

單篇作品

917. 羅錦堂　　〈女貞觀〉與〈玉簪記〉　大陸雜誌　第 48 卷第 6 期　1974 年 6
　　　　　　　月　頁 13—17

918. 馮承基　　讀〈小五義〉再談選錄問題　幼獅月刊　第 40 卷第 3 期　1974 年
　　　　　　　9 月　頁 68—73

919. 司馬長風　　關於〈荒漠裡的人〉　無名氏研究　香港　新聞天地社　1981
　　　　　　　年 9 月　頁 71—72

920. 周　寧　　年度小說選評〔〈契闊〉部分〕　明道文藝　第 72 期　1982 年 3
　　　　　　　月　頁 79—81

921. 周　寧　　〈契闊〉附註　七十一年短篇小說選　臺北　爾雅出版社　1983
　　　　　　　年 2 月　頁 87—90

922. 周　寧　　讀〈契闊〉　無名氏卷　臺北　遠景出版公司　1983 年 12 月　頁
　　　　　　　195—198

923. 周　寧　　爾雅版《七十一年短篇小說選》編者評論摘要〔〈契闊〉〕　花
　　　　　　　的恐怖　臺北　黎明文化公司　1988 年 1 月　頁 321—323

924. 周　寧　　爾雅版《七十一年短篇小說選》編者評論摘要〔〈契闊〉〕　一
　　　　　　　根鉛絲火鉤　臺北　中天出版社　1999 年 5 月　頁 205—207

925. 張志忠　　無名氏的另一面——讀〈契闊〉　長城　2002 年第 4 期　2002 年
　　　　　　　7 月　頁 185

926. 李　喬　　年度小說賞析──〈記聖誕紅〉[23]　明道文藝　第 86 期　1983 年　5 月　頁 24─27

927. 李　喬　　〈記聖誕紅〉簡析　七十二年度短篇小說選　臺北　爾雅出版社　1985 年 9 月　頁 41─43

928. 李　喬　　爾雅版《七十二年短篇小說選》編者評論摘要〔〈花的恐怖〉〕　花的恐怖　臺北　黎明文化公司　1988 年 1 月　頁 324─326

929. 李　喬　　無名氏的「恐怖小說」〔〈花的恐怖〉〕　臺灣文學造型　高雄　派色文化出版社　1992 年 7 月　頁 155─158

930. 李　喬　　爾雅版《七十二年短篇小說選》編者評論摘要〔〈花的恐怖〉〕　花與化石　臺北　中天出版社　1999 年 5 月　頁 199─201

931. 蘇士尹　　耶誕紅與〈花的恐怖〉　臺灣新聞報　1999 年 5 月 12 日　13 版

932. 蘇士尹　　一株耶誕紅與〈花的恐怖〉（序二）　花與化石　臺北　中天出版社　1999 年 5 月　頁 5─7

933. 文船山　　要為時代留下見證──讀無名氏〈走向各各他〉的感想　那半壁中國文壇　臺北　允晨文化公司　1988 年 1 月　頁 197─199

934. 司馬中原　民族悲劇的開端〔〈化石〉〕　蠱甕　臺北　黎明文化公司　1991 年 12 月　頁 307─308

935. 司馬中原　民族悲劇的開端〔〈化石〉〕　花與化石　臺北　中天出版社　1999 年 5 月　頁 202

936. 黃文範　　今世何世〔〈化石〉〕　蠱甕　臺北　黎明文化公司　1991 年 12 月　頁 309─310

937. 黃文範　　今世何生〔〈化石〉〕　花與化石　臺北　中天出版社　1999 年 5 月　頁 203

938. 張　默　　杯水車淚──讀〈一杯水〉　蠱甕　臺北　黎明文化公司　1991 年 12 月　頁 311─312

939. 張　默　　杯水車淚──讀〈一杯水〉　花與化石　臺北　中天出版社

---

[23] 〈記聖誕紅〉後改名為〈聖誕紅〉、〈花的恐怖〉。

1999 年 5 月　頁 204—205

940. 管　管　　讀〈一杯水〉的一點感想　蠱甕　臺北　黎明文化公司　1991 年
12 月　頁 313—314

941. 管　管　　讀〈一杯水〉的一點感想　花與化石　臺北　中天出版社　1999
年 5 月　頁 206—207

942. 吳明適　　「想像」與「真實」──〈原色〉所反映的小說與現實的界線
中央日報　1998 年 4 月 6 日　20 版

943. 吳明適　　「想像」與「真實」──〈原色〉所反映的小說與現實的界線
文訊雜誌　第 152 期　1998 年 6 月　頁 66

944. 吳　云　　對純美自然的向往與對醜惡文明的厭棄──無名氏〈海邊的故
事〉中環境描寫的結構內涵　名作欣賞　2010 年第 14 期　2010
年 5 月　頁 76—78

945. 李存光，金宰旭　　解開無名氏的長篇小說〈荒漠裡的人〉之謎[24]　中國現代
文學研究叢刊　2012 年第 7 期　2012 年 7 月　頁 112—120

多篇作品

946. 吳　敏　　被湮沒的記憶──無名氏三部韓人抗日題材小說〔〈紅魔〉、〈龍
窟〉、〈幻〉〕　當代韓國　2008 年春季號　2008 年 3 月　頁 92—
97

947. 楊劍龍　　韓國抗日「義兵運動」的生動寫照──評無名氏的〈紅魔〉、〈龍
窟〉　南昌大學學報　第 42 卷第 4 期　2011 年 7 月　頁 90—93

作品評論目錄、索引

948. 岳明〔吳穎萍〕　　懷念無名氏先生特輯──無名氏作品評論目錄初稿　文
訊雜誌　第 205 期　2002 年 11 月　頁 101—108

949. 吳暉湘　　九十年代徐訏、無名氏小說研究綜述　中國文學研究　2000 年第
3 期　2000 年 7 月　頁 93—96

950. 王　娟　　九十年代以來無名氏研究綜述　南京師範大學文學院學報　2004

---

[24]〈荒漠裡的人〉未曾出版，後拆成〈伽倻〉、〈狩〉、〈奔流〉、〈抒情〉等。

　　　年第 4 期　2004 年 12 月　頁 97—103

951. 武文剛　　關於無名氏的研究資料　無名氏的文化理想　蘭州大學中國現當
　　　代文學研究所　博士論文　趙學勇教授指導　2008 年 5 月　頁
　　　168—191

952. 厲向君　　中國現當代文學中的無名氏研究考略　人生悲苦命運的象徵——
　　　無名氏與其他中國現代作家作品論　成都　巴蜀書社　2009 年 12
　　　月　頁 198—218

953. 厲向君，尹世娟　　中國現當代文學中的無名氏研究考略　廈門廣播電視大
　　　學學報　2010 年第 2 期　2010 年 6 月　頁 74—84

954. 厲向君　　多種視角的港臺及海外無名氏研究　人生悲苦命運的象徵——無
　　　名氏與其他中國現代作家作品論　成都　巴蜀書社　2009 年 12 月
　　　頁 219—244

955. 厲向君　　港臺及海外的無名氏研究管窺　廈門廣播電視大學學報　2011 年
　　　第 4 期　2011 年 11 月　頁 79—85，96

956. 〔封德屏主編〕　　無名氏　臺灣現當代作家評論資料目錄（五）　臺南
　　　國立臺灣文學館　2010 年 11 月　頁 3219—3257

國家圖書館出版品預行編目資料

臺灣現當代作家研究資料彙編. 60, 無名氏 / 陳信元編
選. -- 初版. -- 臺南市：臺灣文學館, 2014.12
　面；　公分
ISBN 978-986-04-3265-7(平裝)

1.無名氏 2.傳記 3.文學評論

863.4　　　　　　　　　　　　　103024274

【臺灣現當代作家研究資料彙編】60

無名氏

發 行 人　翁誌聰
指導單位　行政院文化部
出版單位　國立臺灣文學館
　　　　　地　　址／70041 臺南市中西區中正路 1 號
　　　　　電　　話／06-2217201　　　　　傳　　真／06-2218952
　　　　　網　　址／www.nmtl.gov.tw　　　電子信箱／pba@nmtl.gov.tw

總 策 畫　封德屏
顧　　問　林淇瀁　張恆豪　許俊雅　陳信元　陳義芝　須文蔚　應鳳凰
工作小組　汪黛妏　陳欣怡　陳鈺翔　張傳欣　莊雅晴　黃寁婷　詹宇霈　蘇琬鈞
編　　選　陳信元
責任編輯　黃寁婷
校　　對　杜秀卿　黃寁婷　蘇琬鈞
計畫團隊　財團法人台灣文學發展基金會
美術設計　翁國鈞・不倒翁視覺創意
印　　刷　松霖彩色印刷事業有限公司

著作財產權人　國立臺灣文學館
　　　　本書保留所有權利。欲利用本書全部或部分內容者，須徵求著作財產權人
　　　　同意或書面授權。請洽國立臺灣文學館研究典藏組（電話：06-2217201）

經銷展售　國家書店松江門市（02-25180207）
　　　　　國立臺灣文學館－雪芙瑞文學咖啡坊（06-2214632）
　　　　　三民書局（02-23617511）　　　　五南文化廣場（04-22260330）
　　　　　台灣的店（02-23625799）　　　　府城舊冊店（06-2763093）
　　　　　南天書局（02-23620190）　　　　唐山出版社（02-23633072）
　　　　　草祭二手書店（06-2216872）

初版一刷　2014 年 12 月
定　　價　新臺幣 440 元整
　　　　　第一階段 15 冊新臺幣 5500 元整　　第二階段 12 冊新臺幣 4500 元整
　　　　　第三階段 23 冊新臺幣 8500 元整　　全套 50 冊新臺幣 18500 元整
　　　　　全套 50 冊合購特惠新臺幣 16500 元整
　　　　　第四階段 14 冊新臺幣 5000 元整

GPN　1010302586（單本）　　ISBN　978-986-04-3265-7（單本）
　　　1010000407（套）　　　　　　　978-986-02-7266-6（套）

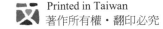